INK

文學叢書

382

大肚城，歸來

趙慧琳◎著

一股台灣歷史大河的洶湧波濤

——來自拍瀑拉PAPORA族人的話

作者創作《大肚城，歸來》，以台灣中部（平埔）拍瀑拉 PAPORA 近四百年歷史爲架構，近兩百年的拍瀑拉 PAPORA（埔里山城）大肚城聚落爲主場景，巴宰族、噶哈巫族、洪安雅族、埔番、邵族、泰雅族、賽德克族、布農族、漢族爲副場景，演繹兩名生命橫跨清治至日治尾期的拍瀑拉 PAPORA 女子一生際遇；同時帶入這兩百年來，多元族群在這塊土地上互動和發展的史實記錄，展現我們日日生活的土地的眞實脈動。

這本書，可以說是第一本詳述台灣中部平埔族群歷史脈絡、社會結構、傳統文化和思想、母系庶民生活……等，一直存在這個島嶼，與我們共同生活卻不爲大家洞悉的土地生命，和該段歷史時程上複雜有序的眾多族群互動關係的，台灣區域性段落式寫實歷史小說。

*

要在台灣平埔族群主體性歷史記述、傳統文化教育從缺數百年，污名化平埔原住民以至族人多遁入主流社會隱身，以及歷來統治者「皇民化」「漢化」政策中，收集中部平埔族群寫實歷史文創小說的素材，眞是難上加難。

拍瀑拉 PAPORA 族裔的作者趙慧琳女士，在九二一大地震採訪工作中，看到族群式微困境，開始大量閱讀文獻、軼事記述，察訪老輩族親的歷史記憶；甚至在烈日下不斷踏訪（平埔）拍瀑拉 PAPORA 大肚五社（大肚南社、大肚中社、大肚北社、水裡社、貓霧捒社）在台中市大肚區、烏日區、龍井區的原鄉，和現今族人居住的埔里鎭大肚城聚落。其孱弱女子外表下的無畏精神毅力和巨大能量，令人佩服。

慧琳她深入聚落和族人互動，記錄拍瀑拉 PAPORA 原生母系社會族性和庶民生活，進而由族裔的歷史主體性視野，貼著拍瀑拉 PAPORA 歷史結構、社會價値觀底蘊和大肚城聚落爲思考本位、精神依附的原點，從段落性史實脈絡上創作詩詞詠嘆式文句，寫下這部充滿族裔、詩人、歷史觀察家情懷的台灣中部西岸平埔族群移墾史的原創性史書小說，爲拍瀑拉 PAPORA 主體歷史建置埋下百年基石，也爲國人的平埔族群認知開了一扇窗。

＊

著名的馬偕醫院林媽利博士，其血液研究論述百分之八十五的國人具「平埔」血統；已奮鬥十數年的台灣「平埔」族群正名運動，即使在今日已進入最熾烈的關頭，「平埔」卻還戴著國人無以清晰洞窺的神祕面具。由「他者」以優勢族群（尤其是歷代統治者）的文字和觀點來記述平埔族群歷史，是沒有文字且在該歷史時程上劣居極弱勢的台灣平埔族群的悲哀。

台灣史上本土原住族群的無奈，在影劇「賽德克・巴萊」展現無遺。但是，又有多少國人認知「賽德克・巴萊」式的族群悲劇，已在這塊土地上重複至今四百年。史書有記載的，包括：荷蘭時代，驅策西拉雅新港社等去征伐麻豆社；清國時代，誘使岸里社追殺中部平埔抗爭族社包括拍瀑拉、巴宰朴仔籬社群……等；日治時代的「賽德克．巴萊」大家已耳熟能詳；甚至到今日，平埔族群的正名還被遮掩在面紗下，驅使族群覺悟主體性歷史要靠自己書寫，族勢要靠自己復振和維繫。是所以，《大肚城，歸來》出版的意義，或許不僅是台灣寫實歷史文創小說面世的盛事，更是台灣原住平埔族群從主體性面向詮釋自己的族群歷史的重要里程碑。

*

我無法掩飾對《大肚城，歸來》出版的喜悅心境。慧琳再三強調要我給予批評，迸其火花；而鄙陋如我，在現階段看到的美與好，已經目不暇給，尤其殷切期望有這部歷史文創小說的導讀書或延伸書出現。這部段落式歷史寫實小說的演繹，必有許多等待再詮釋的枝節；而慧琳鋪陳的大河式架構，也有不少可以繼續發揮的空間。我相信未來慧琳會在這部「段落史」的拍瀑拉 PAPORA 故事裡，繼續她全生命式的無止境創作。拭目以待。

拍瀑拉 PAPORA 大肚社後裔於埔里大肚城

張麗盆　敬筆　二〇一三年十月十五日

自序

如果說，族群或性別認同的當代建構，形同「我是誰？」的重新發問與回答；那麼我的這篇序文，就稱得上是這部作品「身分認同」問題的自我答辯了。

講述台灣人的歷史故事，從漢人渡海史詩的建構，擴大移轉到平埔人遁走內山的島上民族大遷徙。

漢人搏命越渡黑水溝的「渡海」意象，迄今仍是台灣移民社會，從事文學化或戲劇化史詩建構的難以撼動基石。然而當我們從含括原住民族（往昔漢人眼中的「番」）在內的多族群觀點（相關歷史的政治解讀，也多環繞在「番漢」關係），重新檢視這個重大歷史情節，勢必窺見大批漢人渡海移台，除了造就「一府、二鹿、三艋舺」的繁華港市，更對原來西部平原主人的平埔族人，帶來致命衝擊。以中台灣爲例，淪爲少數，被迫漢化的平埔「番」，究竟是要留在原鄉，融合進入漢人主流社會？或者遁走生番界外的內山，與其他族社「打里摺」（同根生、番親之意）共存，繼續做「番」？這即是滿清治台的道光年間，中部平埔五族十多社集體遷徙內山，號稱當年島上最大民族遷徙，此一事件發生的歷史場景，也是本書「序曲」章節的敘事主旨。總括中部平埔族往內山遷徙，是漢人渡海史詩的重新質疑，也是台灣移民社會形成初期的政治反省與歷史補白。

省思「族群盲」和「母系盲」的台灣文學書寫傳統；不再是漢人中心／父權家族的史詩敘事。

我們回顧漢字書寫的台灣文學傳統，即便有大河小說出現，仍大部分是將歷史主角自動設定爲漢人（福佬人、客家人，或是戰後遷台外省族群），而鮮少察覺非漢族群在台灣整體歷史進程中的關鍵存在。我指稱這是無法辨識非漢族群主體性，「族群盲」的歷史小說圖像。我認爲，書寫者只有納入非漢平埔族群的歷史角色，鋪陳庶民生活中族群關係演進，才能全面描繪早年福佬和客家移民的歷史處境，跳脫漢人中心的台灣史觀（比如：以台灣史建構本土認同者，慣常以國姓爺鄭成功的歷史事蹟作爲精神典範，但是從拍瀑拉族群觀點，鄭氏政權是嚴苛殺戮的暴政者；民俗信仰中崇敬的國姓爺，則是拍瀑拉後裔抵死不肯敬拜的神祇）。

同樣地，以漢人爲中心的台灣文學傳統，家族歷史故事的敘事，也架構在父權社會結構底下，以致忽略了「有唐山公、無唐山嬤」的壯闊庶民血脈。母系平埔社群千百年來活躍於島嶼社會，這樣活生生的史前和歷史經驗，竟在當今本土文化的創造性再現中，大半掩埋掉了。這部平埔史詩作品的創造，旨在重新揭露，中台灣母系平埔社群和父權漢移民接觸以後，怎樣我消彼長的性別政治過程。我們或可再思考，台灣母系社群究竟是全然消失了？或者它早潛入我們意識深層，轉化爲可以和當代性別建構相接軌的隱性社會基因？

平埔族缺席的台灣原住民文學？

台灣原運發展至今，帶動呼喚族群主體性的原住民文學創作，而逐漸打破了漢人中心主義的文學窠臼。可惜被指認爲「黃昏民族」的台灣各個平埔族群，不僅在平埔族正名運動中屢受頓挫，還往往在原住民文學的創造風潮中相對缺席。（我們因著令人景仰作家宋澤萊、王家祥、李昂和林建隆等，將寫作視野延伸至歷史中的平埔族群或平埔女性，而受到了鼓舞。然則他（她）們的書寫題材仍侷限在南部西拉雅；這些作品和全台灣遍地開花平埔族群運動的當代呼應，也就顯得不足。）何況島嶼上族群壓迫歷史的文學表述也才起步，文學圈多忽略了受害更早，傷亡比重遠超過二二八的一波波平埔冤魂，無法給予歷史著墨。這也正是本作品醞釀，鎖定官方不承認的少數族群，作爲書寫對象的內在驅力吧。

紀實的族群文學：呈現出多族群關係的台灣歷史地理。

我們試問，有哪一部本土紀實文學，不是偏向特定族群立場的寫作？又有哪一部文學著述背後，不隱藏某種具支配意涵的性別權力結構？

我究因，那是各個族群新近文化覺醒，刺激了族群議題寫作，才使得坦露政治立場的當代族群文學創作，成爲可能。《大肚城，歸來》作爲具有紀實風格的族群小說，在歷史長河中重現的，是台灣特有歷史地理所衍生出來的多族群關係，而絕非單一族群純粹血脈，也絕非唯一、排他的認同意識。（比如本書主角的平埔女子，是在拍瀑拉族的內山聚落長大，卻有漳州漢移民的母親。她的女祖則是和大肚番通婚的巴宰族阿里史社人。當她長成，婚配對象又是另一個平埔族群的洪安雅男子；而往下到她子女、孫子女世代，則開始和較晚一批入山拓墾的客家子弟通婚了。再加上，她的夫婿先是在滿清治台時期的屯丁營內，防守生番中的布農族人（干卓萬）；到日本時代，他成爲隘勇，又進駐隸屬噶哈巫聚落，埔里四庄最前線的蜈蚣崙庄，防守以剽悍著稱的霧社賽德克族人了。總計這部作品中複雜糾葛的不同族群竟超過了十個）。

歷史舞台上，平埔人和異族統治者的帝國之間關係；平埔熟番和生番的關係；以及不同熟番

「打里摺」之間關係演變的展演。

含括台灣各個族群的本土經驗當中，平埔族群切身際遇，最能夠完整呈現一個原住民族，屢經異族帝國（從西荷、清國到日治殖民）以武力鎮壓之外，同化政策懷柔的兼施，怎麼再三反抗，至終走向「後殖民」年代的政治過程。（尤其滿清中國和日本殖民年代，一貫施行以番制番政策，使得平埔人包夾在激烈衝突的漢人與生番中間。充斥族群控制意圖的這種大尺度空間政治操弄，導致生、熟番親與日俱增的認同分歧，甚而強化了彼此敵對意識。）於是從我身爲寫作者的認知，《大肚城，歸來》形同具備歷史縱深的政治小說，旨在呈現不同年代殖民帝國，加諸中部平埔族人的「滅族式」統治，怎麼加速了族群認同崩解和母系家族結構的弱化？（也由於我不得不仰賴當代虛構文字，進行相關歷史情節的片斷重建，不免主觀立場，因此期待讀者們自覺地進／出這樣侷限文本，展開具批判性與創造性的個人閱讀）。

史料 vs. 記憶 vs. 神話：歷史與虛構交織的書寫策略。

被壓迫族群往往在歷史正典寫作的權力爭奪戰中落敗而消音。我的寫作卻是要讓歷經典範轉移的地方歷史知識，以及深層潛入了民間神話的被壓迫者記憶，得以因著當代歷史建構邁向民主化，而在重新「論述」的虛構文本當中，爭取平權發聲位置。因此，族社口傳、無法以科學方法實證的稗官野史和民俗傳說，均可能在這部作品中占有舉足輕重的分量。唯過去學界認可的文獻史料，反倒不同程度地面臨了作者重新檢視，憑藉文學想像來逾越。這樣的寫作策略期許，中部平埔社群或可透過遲來了的文學實踐，一步一步拆解漢人中心思維用來框限伊們，族繁不及備載的台灣歷史神話。

我嘗試以平埔歷史小說的建構，介入族群與性別政治的當代批評。唯後殖民歷史在台灣文學領域的重新建構，眞是困難重重，我初步可以做的，是要思索該怎麼去除那些包裹在歷史知識裡層的族群與性別神話？不過我寧可自承，這部作品還是在寫「神話」。但是差別在於：我的寫作是有意識地援引，出自另類權力體制的地域傳奇，以挑戰從未脫離意識形態鬼魅的歷史正典領域。可以說，迄今平埔研究文獻還無法觸及，大面積、綿延年代的歷史地理「縫隙」，既是我寫作過程無法繞道，最難、最生澀的荒煙地帶，也是我從已然矛盾分歧的少數族群立場，發展出新抵抗神話的創作沃土。

結語：台灣歷史主角的政權輪替。

讓不同族群、不同性別輪流登台，重新成爲歷史主角，是我藉由寫作，推動史觀上「政權」輪替的重要想法。因此，我們若將《大肚城，歸來》歸類爲平埔歷史小說，或者認爲它是平埔女性的小說，恐怕是過度簡化劃分。這同時是一本從平埔人觀點解剖漢移民的歷史小說。我其實是要找出另外一種觀看漢人的方式；另外一種觀看家族性別關係的方式；最終目的則是要窺見台灣歷史中不一樣的「番」人與漢人，不一樣的男人與女人。

致謝

單靠我個人寫作，不足以完成以中台灣族群歷史爲主軸的這一部大河小說。埔里是多元族群基因保存的寶庫，當地文史蓬勃發展，更是民眾引以爲傲的地域特色。若沒有這些族群運動先行者重建在地歷史，以及復育平埔文化的集體努力，就不可能有我作品後進的誕生。我誠摯感謝拍瀑拉後裔張麗盆提供她多年累積的大肚城史料，分享族群認同情感，同時引介我進入這個聚落田野，從老人家頑強記憶獲得創作上的啓迪。有道卡斯血統的埔里文史工作者簡史朗，也是我學習中台灣族群歷史與文化的重要導師。我寫作過程所遇見的諸多困惑，不少是從他口中獲得了解答；而他研究成果的相關文獻，亦成爲我虛構文學轉化的寶貴助力。

著作《霧社事件》、《風中緋櫻》等書的報導文學作家鄧相揚，在我創作的不同階段，不吝與我展開對談，除了分享埔里文史建構的「打里摺」精神，也具體協助我覓得了關鍵地方史料，我由衷感激。水沙連地域研究先驅劉枝萬的論著，對我寫作有莫大助益。此外，致力埔里四庄噶哈巫族群振興的人類學者黃美英、具歷史專長的賽德克女婿程士毅、巴宰後裔潘大和、望山文化負責人白棟樑、推動太平地方學的黃理昌，以及大安溪流域泰雅織者尤瑪達陸等，他們融入族群生活的田野發現，皆成爲我從事族群文學寫作的知識依據，在此一併致謝。還有新故鄉文教基金會董事長廖嘉展、執行長顏新珠，在我寫作資料採集的田野歷程中，情義相挺地支持，我幾度借宿伊們家中，享用私房料理款待，銘記在心。

源自庶民記憶的這部族群史詩作品，從不同族群、不同性別的老人家口述與生平，擷取了創作靈感。我不逐一列名，伊們卻是首要應該享有話語權的共同作者。

〈目錄〉

一股台灣歷史大河的洶湧波濤／張麗盆 003

自序 007

序曲〉

她的查某祖．查埔祖

揹祖公 017

大肚城「烏肉仔」的出世 054

走向烏溪 068

遷徙序曲：泣血番仔山 068

暗夜會合 131

涉渡大肚溪 142

踏入界外，抵達內山以前 147

第壹部〉

iya的兩段婚姻 163

大肚城長大的番仔姑婆 194

水尾庄 224

戀情：林秀才帳房的轎夫 242
水裡城的姐妹 261
枇杷城少年 301
南北番後代的通婚 333
史櫓塔屯丁 339
屯丁之妻 341
干卓萬風雲 344
阿飼在枇杷城 357

第貳部〉

日本時代的母親 365
福基 390
巴宰的煞魔仔 400
- 進出埔里的那一條路 400
- 另外一種埔里番 403
- 兩姐妹的邂逅 404
- 煞魔仔 408
- 番仔寮不歸路 411

蜈蚣崙隘勇 413
- 番太祖 418
- 歸順 423
- 地雷 428

一代隘勇的輓歌 432
吸鴉片 432
水頭庄 434
糖廠：背神主牌仔出埔里 435
王大老和大老娘 445
挑米坑仔插甘蔗 456
北港溪的黃昏 457
大肚城抖田的四個女曲頭 459
小埔社母仔接爸 477
大肚番祖靈在水裡城的終曲 482
參考文獻 489

序曲

她的查某祖・查埔祖

洪阿飼，清治同治十年十一月二十三日出生，日治昭和八年七月十五日死亡，得年六十二歲。她的一生，都在背負歷代祖靈的重量。

洪阿李，清治同治十二年七月二十日出生，日治昭和十六年六月十三日死亡，得年七十歲。她的一生，陪伴被遺忘的祖靈，直到最終。

揹祖公（滿清治台的光緒七年七月初一）

「atau、malau，喃寐，嘯——！」阿公、阿嬤，回家囉！「嘯——！」的尾音快速拉高，衝出洪阿飼的頭殼，再提到半空中盤旋。她跟著大家，連續叫三遍，厲聲透骨。原本隱匿地下的飢餓祖靈，已先行漂泊在有水、崙仔邊的荒莽莿竹欉。母語念誦的這段「叫祖公」禱詞，從這名大肚番童的口中發射，宛如呼喚祖靈的支支利箭。待伊們完成有力命中，祖先們即刻歸返。喔，這久違的人世。

拍瀑拉聯絡曠廢世代的長流斷裂。拙於粉飾的古習俗，便成了今世子孫穿越時光甬道，回溯前人進程的最後憑藉。當你沿大肚城庄仔底，行經往來熱絡的街市路，再鑽過市仔尾，終於走到盡頭，那兒就會有大片莿竹欉的圍籬，充作了天然屏障。這是聚落界限的標示，也是早年拓墾者抵禦外來侵擾的防衛工事。四周盡是良田的這處隱晦地帶，更有低聲行進的灌溉小河渠，神色淡定繞過了身旁的土崙仔。這個崙仔則宛如初懷身孕婦人，僅在她肚腹處，稍微壟起了一處內斂的地景。除非本地人特意指認，無人能夠察覺。

每年七月初一，大肚城開庄先驅的拍瀑拉，都會敦請較孚眾望的族社長者，群聚到有水、有靈的崙仔邊，相伴進行「揹祖公」祭儀。據聞那是直到晚近年代，庄仔底老輩無論體力和人數，都快速衰減。族中長者們同時意識到青壯年齡層的疏離，而有默契地鼓動各家戶內尚未成年的囝仔屯，成群出來，族親中參與「揹祖公」行列。

崙仔邊的竹欉就坐落在大肚城王家那公族仔一大區田的尾溜。從伊們田埂猶然規律的長條狀劃分，則可窺見族親們當年入墾內山的原初鬮分樣貌。伊們總是循著流淌到這聚落邊緣的這一條小河渠，和祖靈們年度相遇。這條溝的寬度，則是連庄仔底不大不小的那些囝仔屯，都可一步躍過；它在街仔尾漢商眼中，也不過是農忙做食，方便「潑田水」的灌溉溝渠罷了。這道河渠先穿過街仔尾，中途出現雙叉溝，接著才流抵了這一處田邊的竹欉。可是它還不稍歇，又直往恆吉城的方向前行。它讓思念祖靈的大肚城老輩篤信不疑，只要目睭前悠悠謙遜的水流不中斷，就可一路溯接大肚溪，再滿載拍瀑拉的原鄉祖靈到來。而那緊挨水邊的土崙仔，可不正是大肚原鄉慣見山崙仔隱喻的重現？

洪阿飼聽不見自己用力發出的呼喊。她只意識到，長幼不一同行隊伍，正構築出不盡協調的混聲叫喚，而在老莿竹欉的四周蔓延開來，形成一陣陣壓抑回音。那是貼近靈界的老成體質，臨到了至親墓葬時刻，方會最後傾瀉的莫名悲切。阿飼夥同的幾個村社孩童，則踩著不同於慣常跑跳的莊重步伐，參差行進，而忘卻伊們只是一群涉世未深的細漢囝仔。

這個沁涼微雨的清晨，迷霧擋路。只有拍瀑拉醒覺的祖靈，不斷投訴，以至發出了不平的呼嘯聲。祂們震動，穿梭在竹林間。祂們號令，使得竹仔頭堅硬的空隙，於分秒之際爆開了新生的嫩筍。祖靈在死與生之間往返。祂們爆裂。這樣的想像，讓阿飼畏怯地低下頭來。

當時她還沒滿十歲吧。

大肚城番完成了合唱的念禱。崙仔邊再度回復了肅靜。同行的大肚番童們瞬時從血性呼喊的通靈人，恢復爲舉止恭謹的幼囝仔。他們一個個蹲下了身軀，隨即將攜來敬拜的祭品——阿拉粿，拋置在冰涼土地的莿竹頭。整個祭儀隊伍反身即將離去。不捨祖靈化作了這群孩童負重的壓力。雙手壓後，做出捧住祖公、祖嬤，背負祂們行路的謙遜姿勢。這樣背負祖公祖嬤的身影，也將是所有拍瀑拉辭世下葬那一日，尋求祖靈歸返之路的共同記號。

死生兩界全無阻隔。拍瀑拉「揹祖公」回家的行列，一路緘默。他們害怕，祖公祖嬤一旦受到低微驚擾，就會拍起無邊無際祖靈的翅膀，斷然飛逝。

「很重嗎？」洪阿飼靜默走在「揹祖公」的行進隊伍中。當下有因老邁而沙啞了的詢問，自她頭後直直灌入耳際。這個聲音像是難以捉摸的庄仔底和風，只有從她肌膚拂過的片刻，才顯得異常清晰。

「你是誰？」阿飼本能地反問。她頭殼裡頭充塞的，可是比莿竹欉還要難纏的一道道防衛意識。

「伊們不友善的外族，喊我『番仔王』。」

「我不認識你。」

「妳念『atau、malau，喃寐，嘯——！』，呼叫阿公、阿嬤，回家囉，我的耳朵聽聞妳的喊聲。我是許多代以前拍瀑拉族人的 malau。我是許多代以前拍瀑拉族人的 atau。我要跟著妳回家。」

「atau，您是阮大肚城番的阿公。malau，您是阮大肚城番的阿嬤。」

「我來自拍瀑拉不受外族約束的年代。」

「您以前就住在我們大肚城庄嗎？」

「我們失去了最早的土地，原來村社也已經消失。拍瀑拉的子孫遷徙到那裡，我們跟著，才找得到回家的路。」

「咱埔裡社（清治時期的「埔裡社」地名，到了日治殖民以後才更改爲「埔里社」）的別種番，講我的baba，就是漢人叫的阿爸仔，是一個大肚番。但是他只會講幾句番仔話。至於我的iya，就是阮老輩喊的kaya，亦就是阮老母，伊卻是漢人。這樣，我和小弟福基仔咁算是大肚番？」

「atau，malau，您們飛走了？」阿飼感覺她的手掌心發熱。

「拍瀑拉的孩子愈來愈少，大肚番那麼多的阿公阿嬷如果沒有人背，就將斷絕了回家的路。」

「阮們自細漢就會『揹祖公』。」

「我熟識阿公、阿嬷。我大漢了後，只要還有氣力行路，還活著，咱不管遷移到哪裡，攏會喊您們轉來。」

「妳長大以後，如果不是和拍瀑拉牽手，妳生的，恐怕也沒辦法繼續『揹祖公』了。漢人言談底下的大肚番四散。連我們都快辨認不出自己的子孫。」洪阿飼無法度揣想，家己大漢了後，會是啥款人的牽手？

「到妳老了的時候，就怕妳一個人背不動我們。」

「我背得動。」拍瀑拉的atau沒有應答。他沉默半晌。由聽起來不像是他，是另外一個急性子atau的那雙嘴唇接下來講話。阿飼像是望見了未曾親炙的海口。那也是大肚城庄老輩們口傳，足以銜接洋海的開闊大河口。他欲望訴說的是拍瀑拉還未受到外族約束的年代。「聽講古早咱大肚番大腿的腳骨，攏比別人較大隻？咱四界有鹿仔肉打來吃，整家夥仔免驚會去餓著？……」阿飼急躁迸出一大串問話。與她相距遙遠的已遺忘時日，彷彿是一掀起那面鐵鼎蓋，就要爛熟了的眼前一大鍋樹薯。

一

回想三、四百年前　綠草豐茂　麋鹿成群

族人沿襲先祖的智慧遊獵四方　自給、知足　與自然共存
那時　旺盛生機的中部平原上　舉目可見野性的鹿場
不曾聽聞　異族君長文明的拘束
從未有過渡海而來的強權　伸手山海之間的土地和河流
我們作爲主人的記憶　要比日照下閃光的樹葉嫩芽還新

活命渡過黑水溝的　在他們眼中　別人都是番
更遠航海而來　要咱磕頭繳稅的掠奪者是他們口中的紅毛番
連我們　咱祖靈在這座島嶼上　比大肚溪底堆疊的石頭還要數算不盡
都成了他們言談中鄙夷的大肚番仔　可是我們的孩子啊
妳不要忘記喔 Papora（拍瀑拉）才是我們驕傲的自稱

二

來了　無聲無息的陷阱　讓幼鹿的 kaya 倒下
奔跑　有孕的 kaya 只剩下最後的抽搐　幼鹿們離散求生
kaya 懷胎內的體溫還未冰冷
絕望中質問　誰是捕殺母子鹿的元兇？
荷蘭東印度公司統治下的 Formosa　竟成了中國獵鹿人的殺戮戰場
受困無法掙脫　是我——拍瀑拉的族長　——是他們口中的那一位番仔王

這頭母鹿斷氣以前　看到了待哺小鹿淚眼的投訴
威力的季節風　豈不化作牠們的哀鳴？
年年吹襲　日日蕭瑟　是大肚台地遽然禿老了的身軀吶

沒有負軛　不受役使　海口山崙仔頂有咱率性地悠遊
這樣景象可將一去不復返？
印度、澎湖渡海　異地輸入的牛隻千百生衍　掠奪土地的貪婪之心跟著在繁殖
東印度公司鼓勵牛犁精耕的稻作豢養出來的卻是中國移民大舉拓墾的野心

鹿皮撕開萬張活鹿曬成了千噸乾脯
得意揚帆　荷蘭東印度公司的商船以它滿載的 Formosa 鹿魂　充作東方的血祭
但是誰說牠們的犧牲必將駛向不歸的航程？
（一六三四年八月十二日　荷蘭商船 Bredamme 號
　運貨清單上記載
　上等貨　一七九七〇張　單價每百張十三兩
　中等貨　一八六四〇張　單價每百張十一兩
　下等貨　一八六四〇張　單價每百張五兩半
Formosa 鹿皮輸出日本總計四四三六〇張）
四萬四千三百六十張鹿皮　超過四萬四千三百六十具安靜的陷阱
也至少有四萬四千三百六十隻 Formosa 麋鹿　落日前倒下
最後　一米一毫　一脯一皮　全都落入包稅、納貢　宰制生計的圈套

不曾自慚的荷蘭東印度公司徵稅記錄：　大肚三社一六四七　二百 Real
一六四八　五百 Real
一六五〇　兩千 Real
一六五一　一千五百 Real……
那麼　他們作爲掠奪者的遙遠帝國是要單憑不能討價還價的貨幣稅額
就來扼住咱拍瀑拉生存的咽喉？
（喔　被資本擄獲的他們　豈愚頑認定了不流血貨幣是伊本國子民福祉的保證？
我 Formosa 的番仔王開始爲伊們子民沾滿了血腥的綢緞衣襟而號哭）

三

只要反抗的理由還在　千百年後　請以武勇姿勢　繼續起風吧
有風的大肚台地　是雄偉高城　你吐出憤慨的聲響
它重複提醒　拍瀑拉的孩子啊　我們絕不是生而臣服的歸順者
（請不要輕信　所有掠奪者共同印記——喋喋不休又自說自話的那支筆）

看吶　Formosa 富庶平野的中西部　從大甲溪北岸到大肚溪流域
全是我——也就是伊們口中那個番仔王管轄的土地
以咱拍瀑拉爲首　各個聲息相通的姐妹部族尊咱爲地域共主
可是東印度公司未曾詢問過我　那支武斷的筆　卻暗指我是悍然鎖國的番仔王
（難道只因我老早看穿　歐荷帝國要將咱祖靈一口呑吃入腹的同化伎倆！）

妳背回家的 atau 怎麼如此沉重啊！
咱當時還在愁苦　拍瀑拉怎麼抵擋　那連惡海都阻拒不了的遠征者欲念？
光從咱海口掀起的怒濤妳的 atau 已然預知他們飢渴地逼近

我　拍瀑拉的 atau 外族又懼又疑的番仔王
如今威嚴面容仍無法掩飾三百年前的悲憤
第一次他們印下不同形狀的足掌帶著拍瀑拉祖靈不熟悉的體味踏進咱的土地而且像劇毒的蛇緊緊咬住了我
他們蒼白的臉孔　不信任我們頭頂上烈日
他們淡色眼珠子　透露出空洞的優越感　而且有征戰敵意從它們鋒利射出
我看透了正思念著他們故鄉情人的眼睛　看到我們拍瀑拉　不過是一隻隻等待馴服的獸

投機者提供密告的情報　讓他們得意竊笑：
番仔王僅一、兩個隨從在側的巡行　哪是王者威嚇的陣仗？
或者您的族人早已司空見慣　那個坐擁跨部族勢力的光榮拍瀑拉　至終要衰退
推敲你管轄的村社　從鼎盛的二十七座村社縮減成如今力孤勢單的十八座社地
再放眼南部 Formosa 已全數臣服於海上強權的我們荷蘭東印度公司
大肚番仔王啊　你還執意頑抗我們歐荷帝國渡海支配的雄心？
他們的笑隆隆震動　快要掀掉咱庇護拍瀑拉老人家的菅芒厝頂吶

那樣自以爲是的張狂襲向了祖先依戀的海岸平原　是纏鬥不肯離去的颱風啊
你們翩翩仕紳的通譯要來學習咱祖靈教導的母語
呸！
請先撤除伊身後效忠　荷蘭皇室的軍兵和火砲　喔你謙謙和平使者是我的噩夢
妳拍瀑拉 atau 斷然否決
讓他們搖晃起山豬一樣好戰的頭顱更甚於對土地施暴的風雨
大肚的番仔王　您拒人於千里之外的高傲從何而來？
（是不是數千年古老部族的頭人早已洞察　和平先驅必然憑藉殘酷的武力做後盾　友誼之門開啓的　反
是日益壯大的拓殖欲望）
喔　我拍瀑拉的孩子　咱祖靈不曾謀面的荷蘭東印度公司謀算——
Formosa 從北部的淡水到台南之間　通暢如老欉的檳榔樹幹　西部平原通路務必獲得全面勝利的控制
備妥了帝國所供應武器的荷蘭軍士　也早將槍砲瞄準了我們拍瀑拉親族的血肉之軀
他們還是颱風天一樣年復一年回到我們祖先熟悉的土地　狂笑：咱番仔王從祖靈學習的土槍與竹箭
怎承受得住伊們所挾持帝國武力嚴厲的鎮壓？

面對荷蘭軍隊侵門踏户的挑釁　拍瀑拉再也無法隱忍
請聽我番仔王跨部族的呼召　爲了捍衛祖先傳承的獵場　咱要奮起爭戰
叢林游擊　火光照亮倉皇的星夜
追趕敵軍　忘記得了恐懼　但忘卻不掉村社內孤立無援的女人和孩童
燒、殺、擄、掠報復的苦果　無一幸免
我　拍瀑拉的 atau　異族口中的番仔王　威嚴的面容仍無法掩飾三百年前的悲憤

試問　公義之名包裝的　豈不是征服者熊熊燃起的欲火？
爲了教化　必須流血
東方商戰利益　世界海上貿易的布局　豈是你們祖先不肯放手的命令？
橘紅火光漫天驚擾了黑幕底下休憩的畜生與禽獸　我番仔王衷心繫念的十多座村社啊
他們說拍瀑拉伏地投降　我——咱拍瀑拉的 atau 自此失去自主民族的地位
荷蘭拓殖者擄獲他們在 Formosa 的最後歸順者

他們紀年的一六四五年　不得不彎下腰來　咱這異族眼中的番仔王
激戰之後
參加了荷蘭東印度公司在台南召開的地方會議　正式簽訂歸順條約
它實際是土地主權淪喪的降書吶
歐荷統治者賜予權柄象徵的藤杖
它尊貴的銀把手冷透了妳拍瀑拉的 atau 執杖如傀儡
殘存的是所有被降伏者都無法去除　層層的政治紋身　反覆刺繡

四

我　拍瀑拉在異族眼中的番仔王　威嚴的面容仍無法掩飾三百年前的悲憤
「我舉刀割裂柔暖貼身的鹿皮
我大聲詛咒昔時無畏的笑臉
我無法入眠

因爲　我的孩子　還在敵人手中嚎啕
和我牽手的男人　身首異處
只有他血肉模糊的首級回家　在我的眼前飄浮
我剩下呼吸　都爲了藐視那個初見的異族——從海上來」

我聽見了　是拍瀑拉女人　述說她失落家園的傷口
可恨我卑微求和（我的威嚴是爲掩飾我至今吞嚥不下反抗者潰敗後的苦澀啊）
往後咱就是生而爲被統治者了　拍瀑拉倖存者眞是偏愛這樣的和平停戰嗎？
我　外族私下竊怯議論的那位番仔王　自此成爲拍瀑拉哀嘆的祖靈

「請簡單地告訴我，您是誰啊？」
「我是他們又懼又欲馴服的番仔王。我一度被拓殖者賜與的權杖啃蝕了驕傲，我是拍瀑拉祖先中的番仔王。可恨入侵者對我的記憶猶新，咱拍瀑拉的孩子們卻早忘記了我。今日我重新燃起了希望。妳歸屬於後來的拍瀑拉，還能夠記得咱比這座島嶼的海岸線還要綿長，同行在唯一反抗道路上的所有 atau、所有 malau 嗎？」
洪阿飼似懂非懂地陷入了歷史擺布的迷陣。

五

風草搖擺　吐露信息　飛鳥啼叫　警訊智慧
走進樹濃徑深的雜木林　我來尋找枝頭上聖鳥——請爲我們判定吉凶

我願傾聽　請用潔淨啼聲　占卜拍瀑拉的未來

我是拍瀑拉的 atau　我是反抗的大肚番仔王
他們紀年的一六六一　另一種他們尊稱的國姓爺鄭成功軍隊圍攻了前一個他們在世界航海冒險所交換
而來的境外權勢於勝利之際所仰賴呼吸而爲了延續這項得勝所到處灑尿一樣模仿複製著的那座不是獨
一無二的熱蘭遮城
兩軍對峙　輸贏未卜
咱大肚番仔王的子民　仍是 Formosa 不馴的野牛
預備格鬥的牛眼　瞪大充血　隨時攻堅的牛角　是即將爆發山洪
拍瀑拉正徘徊　我們怎麼樣在東、西入侵者所編造的網羅之外　摸索出自我解放的出路

容讓一代人長成拍瀑拉藩屬於荷蘭東印度公司的歲月
回首咱被馴化深度還停留在一陣西北雨落下　即可沖刷了的皮膚表層
荷蘭聯合議會的統治權柄　還是品味不到甜度的生澀芒果青　是移動影子
雖則他們使用咱拍瀑拉祖靈無法辨識的異國文字　作爲立約憑據的契書
咱拍瀑拉初始蒙受苦害的歐荷占據　還是以間接統治的溫和手段來施行
那是從咱土著資源的掠奪　讓他們得以在榨取暴利的世界貿易中優游戲耍
甚而他們法治多彩的糖衣　仍包裹著文化拓殖的苦毒
可是我番仔王　繼續提醒妳，拍瀑拉未來的孩子——勿忘祖先訓誨
畢竟我竭力以族長的嚴厲抵擋那隨時要直伸進來　觸怒祖靈的骯髒手掌

Formosa 西部平原的其他主人　如今個個欣喜　聞風歸附新來的強權
如果要逃離西方航海帝國的扼喉之苦
唯一之計是要引入威震海上的明鄭國姓爺　作爲伊民族的救星
隱忍良久的番親們　不再禁制祖先渴血的刀
他們割取歐荷末代統治者慘白無血色的首級　這是代償的血祭
是歸順者重新挺直了腰桿的示威　是渴望解開所有約束的宣告

占卜命運的聖鳥　請用聲音警訊赤足奔跑的方向
拍瀑拉借用你的靈力　避免涉入更大致命的恫嚇
拍瀑拉借用你的翅膀　跳開再一次主權失落的泥濘

他們明鄭軍隊圍攻堅固城牆　這是僵持不下熱蘭遮　不曾住過咱祖靈之城
兩個外來政權島上爭霸　拍瀑拉選邊站？　眞要靠攏哪一方？
或者　番仔王的族親趁勢回復獨立地位的理想國？
預知禍福的聖鳥　請引導夾縫中的拍瀑拉　你是我們共同的意志

異族口中盛暑的 Formosa　安靜在赤炎炎的日頭下
我們冷眼看待反清復明旗幟像迷昏了心智的符咒一般高高揚起
他們國姓爺的官兵　躁動　不安
只因船運後援的糧食不繼　雄獅般威武的軍容底下
已有飢餓的腸肚逼出盜匪的心肺　正義之師？

熱蘭遮攻防的戰役　仍是勝負未決
他們國姓爺先遣的軍隊早猴急地以政權接收者之名
攪刮了荷蘭人吞噬的地方利益

不同　祖靈要我們警覺：
當寓兵於農的鄭軍　前來屯墾取糧
我們拍瀑拉的土地　即刻爲仗勢橫行的餓鬼所踐踏
他們眼中　番不是人？
欺番凌弱　削奪無度的明鄭官兵　激起拍瀑拉沖天的怨氣
我們大肚番　比奔馬還快　迅即成爲他們口中叛亂的兇番
（豈要我們吞忍那尤甚於先前拓殖者的豺狼暴政？）

這只是他們明鄭重兵鎮台　全面武裝拓墾的先聲
同樣讓我們祖靈感覺陌生的他們文字記載
鄭成功親下軍令　援兵大舉進逼　征討咱逆反的大肚番
（已然後退無路的明鄭流亡政權　怎麼可能不遽下鎮壓的重手？）
我大肚番王又舉起捍衛生存的標槍膀臂抖顫確知殊死搏鬥時刻到了
祖先祈福過的標槍眞有靈力的庇佑吶
看　他們鄭軍救援的統帥應聲倒地
敵帥陣亡　引來我方勝利的歡呼
可是這樣的勝仗何其短暫啊　我凝重表情提前襲來　如暗夜重幕

我　拍瀑拉的番仔王一刻前還猛烈顫跳的心神　已陷入黝黑思索
我們族人自主的道路斷絕了嗎？
咱淪爲魚肉的拍瀑拉是連教化的糖衣都舌沾不到了
強權相爭　南方攻防的決戰未竟
新的外來政權加倍嚴苛的奴役早一步誘引我們拍瀑拉——抵擋　再抵擋
再三逆反　咱不怕元氣大傷？又否回過頭來
和先前拓殖政權的歐荷軍士同盟才是咱務實求生的活路？

野性拍瀑拉　持續反抗的意志
浩浩蕩蕩　又見他們鄭軍傾巢進逼局勢
我說蟲蟻般數算不完的中國亡命之徒　從兇惡海面潮湧上來
他們國姓爺麾下的幾艘軍船集結兵力
不掩海盜、流寇性格　獨獨伊們漢移民爲之振奮的王者之師
要求我們拍瀑拉交出土地全部的主權
他們要來接管荷據文件上虛構的疆土　武裝占領　宛如服膺了天職
但是自主意識猶強的拍瀑拉　捍衛族社的決心不輸暴漲的大肚溪水
鄭氏征軍無功而退的咱光榮記憶　再添一樁
我大肚的番仔王意圖介入熱蘭遮最後戰局　扭轉島嶼的命運
看　戰鬥的標槍磨利待命

然而漢移民日後仰仗的國姓爺志在必得　這異族的Formosa

（請記住妳 atau 的訓誡　漢人子孫膜拜的國姓爺　不會是咱磕頭跪拜的神祇）
明鄭孤臣　豈能坐視我們大肚番人猶見鋒芒的鬥志
浮海而來的國姓爺　善用他的報復心　來醞釀更大威嚇
如同海上強襲的颱風　無情掃進了孤立沒有屏障的大肚台地
咱拍瀑拉手握的土直標槍　終究敵不過鄭軍迂迴、狡獪的戰術
直到我　伊們又懼又猜疑的番仔王　成了墜落的首級　我要用噴血來最後講話
我翻落到昔日昂首巡行的族親土地上　那兒是連地下拍瀑拉　都要被趕盡殺絕了
（伊們國姓爺深知　台海撤退無路 Formosa 失據則亡）
直到繼任的下一位番仔王　再度滾落首級　更深染紅了仇視的塵土
明鄭孤臣終於釋懷　伊外來政權揮之不去的夢魘　至此擺脫了

六

我還是拍瀑拉的番仔王　我還是反抗的番仔王
我快要喘不過氣來
我被剝掉好幾層皮
咱拍瀑拉怎麼與生俱來　是供人驅役的禽獸？
祖先的土地　依然強壯　不輸少年人蓄勢待發的身軀
卻再也無法讓我們飽足　拍瀑拉是瀕於乾涸的井
原本肥美多汁性命　已剩下懨懨的最後一口氣息

番餉如巨石的重壓
我們從祖先富饒的土地上收穫的　只能換取比漢人宣紙還削薄的收益
（簡直輕賤如無物）
從歲首到年終　我們大肚番生計所繫的漁獵與田作
也得承受他們鄭氏王朝的強取豪奪
（是不是落敗部族　就要任由專制的賦稅來宰割？）
我族人射獵所獲的麋鹿　全歸漢人包社之商
我們家社畜養的豬、犬、牛、雞　抽麻捻線耐心織就的一匹匹番布
也全包入社商網羅　是他們恣意搜括的囊中物

踐踏咱尊嚴的鄭氏王朝立法　不脫軍權治國者威逼的本色
番社不分男女　每户丁口都要繳納人頭稅　分文難逃
「識字的教冊番　每丁歲徵一石　壯番　一石七斗
　少壯番　一石三斗　番婦　每口一石」
他們這樣一五一十登錄連漁獲工具的罟、網和漁船　海、河出入漁場的
港口　都要承擔重複徵輸的稅額
請讓我模仿漢移民率性的講話　咱一隻牛　可以被他們剝掉幾層皮？
我是拍瀑拉的番仔王　我是反抗的番仔王
講咱是番　根本不把我們當人看番的烙印　讓我們再也無法翻身？
過客心態的他們鄭氏王朝　重兵鎮守台灣　充作明朝遺民反清的基地

軍需煩瑣　連伊統治者口中的老番、番婦及番童　都列入勞役的拍瀑拉
我　憐惜同是拍瀑拉的他們口中這一群憨番

「我　是拍瀑拉的女人
我驚見　他剛健有力的背肌上　血色深紅　百足張牙的蜈蚣
一條一條橫行
我撫摸　在我男人身上肆無忌憚爬動的　其實是腫大裂開的傷口
我流淚　它們　是官府鞭撻留下的痛楚　兀自在申訴」
我的女人說出我的悲憤
不分烈日曝曬的正午　或是　星月暗淡的雨夜
時而　我抓藤攀越峭壁和陡崖
時而　我撐篙涉渡急流的溪澗
接遞軍餉　搬運糧食　官兵索求無度　害得不計其數的差役追趕著我
日復一日我遠離家社　膽戰奔跑在曲折、荒穢的路途上　有誰疲累如我呢？

我是拍瀑拉不死的番仔王
我爲同是拍瀑拉的沙轆社親哀慟　不肯受安慰
異族紀年的一六七〇　也就是明鄭這另一個異族占領的永曆二十四年
忍無可忍的我拍瀑拉兄弟終於奮起抗暴
（鄭氏王朝奴役他們的枷鎖　可有終結之日？）
以肅殺聞名的鄭將劉國軒率兵討伐

引發一連串血腥滅社的恐怖軍事行動
震動了　戰慄了　憤怒了　拍瀑拉歷代安息的祖靈

「海口　從移動到靜止到移動　帆船跟著鹹鹹、黏黏的海風進港
我的眼睛凝望　記憶中麇鹿成群的家社
菅芒花再開的日子尚未到來
屋頂覆蓋了柔韌菅芒的咱所思念家屋　早成灰燼
拍瀑拉失去沙轆社　拍瀑拉被砍斷了最勇猛的一隻手臂
孤寂中　我吟唱：
「懦嗎夏乞武力（往山中捕鹿）
蘇多喃任韋須岐散文（忽想兒子並我妻）
買捷懦離嗎夏武力（速還家再來捕鹿）
葛買蘇散文喃任岐引口支（免得妻子在家盼望）」

倖存者回家的路　罩著層層濃霧　一步之後　撥開的　仍是迷茫
我躲藏
接受陌生海港的庇護
沙轆社最後留下的六個活口　繼續在殺戮的恐懼下接受刑罰
滅社的悲哀　如海口起伏不定的浪潮　一波波拍打　沒有終止
「懦嗎夏乞武力（往山中捕鹿）

葛買蘇散文喃任歧引口支（免得妻子在家盼望）」
買捷懦離嗎夏武力（速還家再來捕鹿）
蘇多喃任韋須岐散文（忽想兒子並我妻）

思念親人的歌聲　喚不回族社遠去的腳步
我的牽手　她頭上戴過的花草還未凋萎
她餵哺幼子的乳香還留在我的眠床上
我的呼吸見證我的餘生都將是最懦弱的獵人
即使我鼓起了勇氣
夢中重回熟悉如同女人家屋沙轆社男人難以忘情的傳統獵場
卻看見　咱手上的竹箭還未發出
已經頹然跪地　風中嗚咽
彷如被射中了要害　血流如注　我落單　成了一頭喪家的公麋鹿

我的牽手　妳頭上戴過的花草將繼續盛開
我孤單亡命歲月　卻有犧牲的妳　作爲我崇拜的祭壇
草場上奔跑　最優雅、尊貴的那頭母麋鹿
我從牠的身軀聞到了妳的體味　看到妳春天的再生
妳柔軟的乳房仍是我的安慰
未來受孕懷胎　沙轆社倖存者後裔的女兒
仍將冠上 kaya 妳不死的名字

而當殺戮王朝在歷史中化爲至極短命的泡沫
咱血脈不斷的拍瀑拉後裔　則將遺傳妳相同的那股傲氣

帆船進港　爲了滿載我的思念
律動海潮音　偷渡的是沙轆社人未挫的抵抗

滅社大屠殺的仇恨從何而來？
初發稻苗的拍瀑拉孩童　何苦強要摘折？
嘴齒脫落的拍瀑拉老人他們佝僂的背早已扛不動反抗的標槍
爲何　他們壽終在比山中猛獸還嗜血的你統治者手中？
哺育幼子的拍瀑拉kaya　初開花蕊的拍瀑拉少女
爲何她們也是你統治者追殺的目標？

是不是　他們再沉默都無法掩飾　渴想加入抗暴行列的澎湃心聲
他們凌厲目光　透露不馴　是被壓迫者原始持有的武器
抑或　殺「番」無異於屠宰野獸？
連罪無辜赤子　連婦老都誅滅無赦的暴行
本來就是外來統治者恫嚇反抗勢力的特效良方？

數百族人的沙轆社　留下我們　最後倖存的幾個活口
菅芒仔我讚美妳的輕盈、強韌　是妳在我浮沉當中　協助了我的呼吸

免得官兵吞噬了我　大海啊　若非妳早一步遮蔽了我的身軀
我怎麼躲得過殺戮者眼睛處處的偵探！
而即使有海港的庇護　我們也得在被殺戮恐懼下　繼續接受刑罰
海口起伏不定的浪潮啊　請沖走拍瀑拉滅社的哀慟

七

我是拍瀑拉的番仔王
祖先借給我的眼睛　是飢餓的禿鷹
埋葬大肚番自尊的歷史墳場　有牠們在空中盤旋
祖先借給我的眼睛　是閃電
它們發亮的瞳孔　劃過被統治者漫長、幽暗的記憶

拍瀑拉祖先的眼睛　看見駭浪下的中國船　一艘接一艘
伊們唐山過台灣的羅漢腳仔　正在搏命兇惡的黑水溝
它們看見　船上滿載的　是打死不退的拓墾移民夢

祖先借給我的眼睛　洞察海、陸霸權詭譎多變的爭戰
當年　滿人自北方入主他們中原　屈服了漢族正統的威權
堅固大陸思維的滿清王朝　取代積極海上冒險的明朝政權
對比中國江山之遼闊

滿清眼中的台灣　只是滴到大海裡　一顆鹹透的淚珠？
控制我們拍瀑拉的明鄭軍權　即使盤據整個台灣
也不過是海上流竄　亡命孤島的盜匪集團？

他們滿清滅鄭　勢在必得
對敵的他們鄭氏　反清復明挑釁的軍幟終於折斷
我們拍瀑拉 kaya 的這座島嶼　算不得是滿清刀俎上的一小片魚肉
「滿清皇帝眞天威」　耳語在島嶼上快速傳播
滿清皇朝一度想要放棄島嶼的意念　也騷動著島上漢民的心

放棄台灣島、遷出島上少數的漢移民？
放棄台灣島、保留地理上比較接近中國的澎湖群島？
台灣徘徊在身分轉折的岔路口
棄台？保台？歷史巨浪中擺盪
我們祖靈未曾交手　滿清盛世的康熙皇仍在深沉算計
誰說　異族統治者的長相沒有可辨識的輪廓？
誰說　外來政權的聲音陌生而遙遠？
我們如今異常冷靜　不代表已接受命運之手漫不經心的擺布
假如　我們拍瀑拉從來未曾折損　或可乘勢改寫島嶼的故事
誰不知　滿清來　它作爲另一個外來政權的鬼魅尾隨而來

滿清不來　我們或能夠喘息　才可以生養　啊！眠夢中自由的拍瀑拉

異族紀年的一六八四　清康熙帝設置台灣府　島嶼首度劃入中國版圖
祖先借給我的眼睛看見
即使　彼岸的漢人蜂擁渡台　移民潮溢滿了祖先熟悉的土地
滿清中國偌大的疆域　拍瀑拉 kaya 的這座島嶼　還是命定站在邊陲

誰是你情感上的歸屬？
台灣　你是棄之可惜的海上孤島？　你是野蠻世界的無主荒地？
我們拍瀑拉眞要吶喊：
你們滿清取代他們明鄭統治　官府欺壓的重手卻是如出一轍？
爲何　我們繳納的番餉　重於在台漢人的賦稅
數倍　甚至十倍於中國內地的清國子民？
這不平等的待遇　透露出我們是次次次次等臣民的眞相
赤裸裸喔　清官吏不時流露的睥睨神情
他們所推行的邊陲政治　更是兩刃的利刀
在庇護我們的同時　也割傷了大肚番與生俱來的尊嚴
滿清統治初期的消極治台政策　雖符合其統治者的現實利益
卻在在刺傷　重創了我們拍瀑拉微小的生存

我是拍瀑拉的番仔王

祖先借給我的眼睛　看見
歷代的外來統治者都長著相似的扭曲臉孔
被統治的歷史有同樣臭酸的味道

「他是羶腥的鼠類　他走過的地方　都留下使人作嘔的空氣
請讓我盡情傾瀉吧　這股濃重、無以化解的厭惡感

一度　我的愛情是原始的狩獵
它比拍瀑拉男人爭戰發出的標槍　還更準確
我只允許　動物中最漂亮的拍瀑拉男人
彎腰俯身　含笑的進來過夜
繼承自我 kaya 的 kaya　這是我長久守護的家屋

如今　和我牽手的拍瀑拉男人　竟被外來入侵者的他
逐出我們的家屋門外
我們族社中的男女　無分老幼　被迫接受他無理的差使
成爲他占有的奴僕　是日夜不休的勞役器具」

我聽到了　這是許多拍瀑拉女人共同控訴的聲音
「是他　掌控了我們的生息
整座族社淪爲他個人擁有的私產

他得以強欺族人
只因他是　惡霸制度下的清廷社商？　他是漢人通事？」

這關鍵的兩百餘年清廷統治
只有奔流不停的大肚溪水　順著拍瀑拉祖先熱血的脈搏
持續注入　陰險易怒的黑水溝
大肚溪水啊　請你打破令人不安的沉默　請告訴我們
作爲官府統治工具的漢人通事　豈是族人無法去除的毒瘤？
我聽到了　拍瀑拉女人憤慨的聲音再度響起：
「他們　有的原是彼岸的盜匪奸民　犯法逃亡
他們　隱姓埋名　遠避台灣化外之地　混跡我們安居的村社
諷刺的是　等到他們熟悉族社的風土民情　通解我們交談的母語
即搖身一變　成爲清廷實質統治的代理人
他們坐享權力的快樂　他們父死子繼　世代流毒
承受層層搜括　苦累至極的我們　剝膚之痛深入骨髓
被榨盡的族人　膏血都已枯乾
食不充腹的我們　也窮到了衣不蔽體的末路

歷經多少的寒暑和雨夜
因應番社公辦　文書接遞的需求　我們車牛俱出　捨命急公
若遇到危險的深溪大潭　都是我們率先下去試水

若行經坎坷的長坡曠野　也是我們前行導車引路
我質問　我們豈是廉價可欺　等待宰殺的雞犬牛羊？
我感到悲哀　我們豈是隨他們賤用　毫無主權的底層奴隸？

多少英挺的拍瀑拉男人　孤獨中承受屈辱
直到老邁
他們都無法從惡霸的漢人社商與通事　爭回摯愛的女人
面對這拍瀑拉的人口日益衰微　難道我們只能　低聲嘆息？」
我　拍瀑拉的番仔王
害怕自己淪為末代的拍瀑拉　斷絕沒有後裔的番仔王

那時　台灣正式納入滿清中國的版圖還不到三十年光陰
可悲啊　拍瀑拉世守的產業　本來舉目可見　廣闊的鹿場與麻地
有的　是被漢人任意占墾的熟番地
要不　則被輕率列入官地
成了官府專斷認定　所謂的「無主荒地」
它們若有千百之大　卻已剩下不到原來十一的比率
而族人賴以為生的鹿群　則已消失大半
這鹿跡將絕的警示　會是拍瀑拉即要滅族的先兆嗎？

拍瀑拉祖先借給我的眼睛看見族人集體的恐慌

蝗蟲壓境般的漢移民　已取得絕對的人口優勢
番漢競爭的壓力持續升高
族人土地急遽喪失的生存危機感　壓迫有如天空密布的黑雲
番、漢雜居　頻繁的接觸
竟讓我拍瀑拉怏怏忘記了祖先告誡的話語

我　拍瀑拉的番仔王
即將淪爲末代的拍瀑拉　斷絕沒有後裔的番仔王

八

我不甘淪爲末代的拍瀑拉
我只能選擇　成爲最後反抗的番仔王

拍瀑拉祖先借給我的眼睛　看見
披麻帶喪的大肚番婦　已站在抗議隊伍裡最醒目的位置
「誰肯　前來傾聽我們的冤屈？
縣府衙門的守衛　強硬的擋住了我們陳情的去路
我們大肚番的憤怒　仍要尋找公義的出口

抗議的聚集絕不輕易解散
我　大肚番婦中最率眞的　今天已勇敢站了出來
要在有權勢的官府面前　替我無辜喪命的牽手喊冤：
他　有如一頭和平、馴良的公麋鹿　奔跑在青綠的草場上
壯碩可比日正當中
當他搶得頭鏢　成爲擅長鬥走的好漢　反倒淪爲官府壓榨的首選
莫可奈何他得仰賴敏捷的身手來駕馭牛車　長途運送軍糧
於是他忍住勞苦　終年爲滿清皇朝效力
怎知包括他在內　五名拍瀑拉族人全被砍下了首級
可恨有官府高層的表親　指使壯役狠下毒手
謊報那一顆顆帶血的　是叛亂兇番的首級
假冒鎭壓番人有功的這幫匪類　還藉此掙得上級風光的獎賞

我　內心不服的大肚番婦　必定討回公道
我回想　去年　我姐妹的大甲西社叛變　群起抗清
當時　他們族社的女人大聲控訴：
「官府爲了建造衙署　急令調撥他們族社的男人　上山伐木
誰人知曉啊　背負巨木下山的勞役　是這樣的沉重
往往　必須動員百人以上的男丁
才扛得動營造可用的一根大木
曲折的山路上

我們的男人　密密麻麻　揮汗前進　是短命的工蟻
當有役力不足時　連我們女人都要承擔　駕馭牛車的苦差
如果我們敢於抗命　就得面對漢人通事嚴厲的鞭撻」

忍不住奴役之苦的我姐妹大甲西社　走向武裝抗暴
我　柔軟心腸的大肚番婦　如今終能體會
若不是官逼民反　他們怎會放棄和平安居的歲月？
若不是尊嚴遭踐踏　誰願意成爲清吏口中必殺的兇番？
而我們大肚番如今是否應該悔恨？
當時　即使我們的男人沒有加入大甲西社抗清的行列
全心扮演清廷「效力良番」這個親善和平的角色
至終　卻仍擺脫不了「必殺兇番」首級落地的相同宿命

大肚番要求官府緝兇的怒吼　撼動不了因循、傲慢的清官吏
公理喚不回　我們不平的情緒正沸騰
拍瀑拉武裝抗暴的火苗也於瞬間升起
他們紀年的清雍正十年　也就是更遙遠異族紀年的一七三二年
大肚番抗議受挫的第二天　閏五月初二
以南大肚社爲首的拍瀑拉
號召水裡、沙轆、牛罵等社的數百名拍瀑拉番親
直抵彰化縣治　圍燒政令中樞的官府衙署　剽悍衝殺

我們拍瀑拉　歷經荷蘭、明鄭及滿清三個外來政權陸續的統治
祖遺的反抗意志　未見折損
大肚番反抗行動的規模與力度　反而愈加擴大
散兵游勇孤獨搏鬥的悲壯　單一族社反抗資源的窘困
都待新一頁歷史積極的突破

爭戰之初
霸氣凌人的滿清官府　仗勢統治者所擁有的優勢兵力和槍砲
當他們面對拍瀑拉族人憑藉武勇精神的反抗
大都仍抱持著輕忽、鄙夷態度
掀起跨族社革命浪潮的我們拍瀑拉
卻已備妥長期對抗的軍事策略　向不公義的政權全面宣戰
時而　我們的戰士埋伏在雜穢的草叢內　靜待突圍的奇襲
甚至　拍瀑拉的壯丁誘敵追趕　使其陷溺在水深泥濘的田洋
我們分頭攻堅　行蹤飄忽不定
連和拍瀑拉親密的鳥獸都屏息以待　分秒窺伺我們神鬼的出沒
我們靈活運用的游擊戰術　閃電的在地武裝行動
次次擊中官府駐兵的要害　讓他們措手不及　反撲乏力
我們已然預知　官府鎮壓的兵力將逐漸增強
他們報復性的殺戮　絕不手軟

但　拍瀑拉反抗的力量　卻是毫不退縮
因我們確信　若要以民抗官　爭取拍瀑拉整體的生存
就要尋求彰化縣境內各個族社的奧援　延長抗清聯合的戰線
若要以小搏大
就得推動跨部落的攻守同盟　擴大區域作戰的布局

我　拍瀑拉的女人　從祖先借給我的眼睛　觀看無奈的世局
大肚番和清官府之間的戰事　有如星火燎原
它往南蔓延　到達貓霧捒社寧靜安適的土地
奮戰的大肚番往北　再攻彰化縣治
沿途上　東、西、北三路的數十里範圍　戰火延燒五十餘座族社
大肚番反抗滿清虐政　受壓迫者的人民革命
演變成番、漢之間糾葛難解的族群仇恨
那是統治者虐番的罪孽
使得無辜波及的漢移民　個個成爲替官償還的血祭
當你們受難流離　我　拍瀑拉的女人　豈不也發出同情的悲憐！

大肚台地的天空　籠罩層層的烏雲
它們　收納拍瀑拉族人千百年來屯積的情緒
它們　落下密雨　連續拍打　前途滿是荊棘的土地
暴雨急敲　菅芒遮蓋的家屋從睡夢中醒來　迎接騷動的祖靈

雨勢磅礡　自高天用力傾注　如奔跑中的千軍萬馬
我　拍瀑拉的番仔王　身體承受雨水不停的沖刷
日復一日　雨水湍急的土地上　我傾聽
祖先狂怒的聲音　如重擊的鐵鎚
落雨和島嶼上的山風交織　發出暴亂的跳舞節奏
「啪」、「噗」、「咻」、「吼」、「答」、「嚇」
空氣中浮動　徹底不安
這激情的　雨的唱歌
取代我脈搏無聲的跳動
也放棄了我平靜緩和的呼吸
萬物生息　同時沉浸　在強悍不屈的雨幕裡　接受庇護
整個世界　也都在欣喜中流淚
這本是　我從在母胎內就熟悉　大雨洗滌的記憶
這盛夏裡連續不停的暴雨
發洩的　卻是我拍瀑拉　經年抑鬱不發的脾氣

重雨激動如飛箭　密集射進溫順、寬容的大肚溪底
匯入它滔滔不絕的身軀
滾動洪流的大肚溪　雨中持續暴漲
它昏沉蒼茫　不輸起伏、悲愴的大海
它隨時準備　一口吞噬企圖跨越的舟船

它急流的溪水　已升漲到危險可怖的深度
才可斷然阻絕　想要強行渡河　滿清官府重兵追擊的腳步

我　拍瀑拉的番仔王　用後來的祖先借給我的眼睛看見
大肚溪北　鄰近南大肚社的古老渡船頭四周
在暴雨沖刷的不安曲調中　早有拍瀑拉的勇士們
藏身在那波折地形的水邊　埋伏在那險峻如刀口的溪岸
這是反抗的拍瀑拉　即將殊死決戰的時刻
憑恃溪水以南的阿束社等地　已有對峙一方的官府　集結大軍
他們據險紮營
他們堵拒了溪口通行的要道
一陣陣飄來　等待征伐的濃重殺氣
早已瀰漫在清新無辜的大肚溪流域
雨中暴漲的大肚溪水啊　你世代護衛　是我們拍瀑拉子民的 kaya

大肚溪暫且安靜下來　秋涼遍野的菅芒　已在河岸上成群微動
溪水退卻的中秋
有最後抵抗的決戰　在暴雨停止的沉默中展開
拍瀑拉爲主的抗清戰士　除了沿著溪北　埋伏在各個河岸的險要
拒堵滿清官兵前進的圍柵、土墩、台寨
早已透過革命者精心的設計　營造起民番戰事的奇觀

作爲長期抗戰所需的糧食　也已積藏充足
大肚溪的心臟地帶　南岸險要的惡馬渡　水鳥報信詭異的騷動

兵分三路
西路從大肚溪出海口的水裡港登岸夾攻
中路從南岸的阿東社北伐
東路自貓霧捒截堵
又於惡馬渡虛張聲勢　假裝渡溪
大軍黑夜渡溪

清兵使用大砲　無情傷亡慘重……

是誰　都能夠預見它的結局
只有大肚番　還在等待一個意料之外的結局？

我拍瀑拉的孩子啊　幾百年以後　請來爲亂葬坑中堆疊的 atau、malau 收屍
只有你們還認得我們頑強的枯骨
而當時戰火正熾　妳敢死的 atau 騎馬率眾　意圖衝出那槍砲齊發的重圍
可恨最懂得妳 atau 悲壯情懷的那匹昂揚戰馬
也在背上拍瀑拉戰士中槍的瞬時　失志狂嚎了起來
而我拍瀑拉共同的 atau 不復聲名的番仔王

今日要在咱大肚番的孩子耳際留下最後讖語：

我惋惜　當年繫結在咱拍瀑拉番仔王威嚴底下　跨部落支援的番親們吶

咱已在最後一波群起抗暴的不歸路上　怯弱地彼此分道揚鑣了

（我如何怪罪呢？昔日握手的咱盟友　假使您轉而企求子孫們在強大箝制下的苟存又因著那樣卑微的猶豫　在自恨中耗弱　而或者　咱兄弟之間比針孔還微小的嫌隙　正讓箝制咱的當今政權　僥倖取得了分化藉口）

袖手旁觀的番兄弟　只得在風聲鶴唳　懲亂緝兇的當頭

跟伊們漢民口中　「番仔反」元兇的咱南大肚等帶頭番社　硬心劃清了界線

唉　已成爲祖靈的我番仔王只得發出遲來的喟嘆：

誰還是咱的番親？誰還是拍瀑拉？

誰又最是神似　異族統治者精心繪製出來的那一幅兇番／良番畫像？

洪阿飼和伊小弟福基，依然各自背帶精神負重的祖公、祖嬤，相伴返回大肚城庄的厝內。他們疾步跨入護庭，毫不遲疑走向門扇後側黯淡的壁腳。那也是空盪無一物的廳房角落。阿飼和福基姐弟倆卸下各自背負的姿勢，敬慎地將祖公、祖嬤安奉上座。那是伊們沿途背負，用小小溫熱身軀，和老邁祖靈相偎，才在不自覺當中，培養出一世人繫絆的莫可言喻情感。那也是爲何，伊們一旦款待起同返家屋的祖公、祖嬤，很快脫下原來生澀模樣，而和拍瀑拉的 atau、malau 們大方可親地互動。

atau 累了。malau 累了。

拍瀑拉 atau、malau 一整年沒回來，肯定很餓了。他們一反平時打鬧嬉戲的童稚習氣，屈膝跪地，開始「飼祖公」。伊們大清早出門以前，親族內 kaya 已先行預備妥當：土角壁角的竹簍裡，盛滿了蒸熟糯米飯。那旁邊還有托盤，奉祭整尾生鮮石鱝仔。這塊簡易祭壇另一側，則置放了滿瓢阿拉酒，充作祭祀的飲品。地土是祖靈的居所。土角壁在更迭歲月中自然風化的孔隙，則恰是爲了接待祖公、祖嬤，邀約他（她）們返回休憩，而微笑洞開的一個個出入口。

阿飼餵養祖公、祖嬤的熟捻動作，讓她成爲最是神色莊嚴的少女祭司。地土就是祖靈。她徒手捏塑出小口糯米糰，抬高在空中比畫幾下，宛如靈咒的發射。她接著又念念有詞地祈福，終於將那口柔Q的飯糰，敬謹塞入了伊吸氣、吐氣之間即可抵達的土角壁孔。阿飼又作狀，一塊塊撕開了鮮美的石鱝魚肉，再一口口餵養，送達了祖靈現身的壁孔。總結她是以雛鳥餵食母鳥的反養姿勢，向著辛苦叫喚回來的祖公、祖嬤，奉獻出靈界裡足夠飽足佳餚。至於她唯一同伴的福基小弟，也學用雙手，捧起糯米磨漿自釀而成的酒汁，數度對空潑灑，飲入祖公、祖嬤笑開懷的口中。

*

拍瀑拉「揹祖公」、「飼祖公」，皆要求族親們齊心允諾現世時間的凝結，方能隱秘啓程的一趟靈界之旅。外人實難窺知，伊們背回庄仔底的拍瀑拉 atau、malau 們，怎麼樣在整個祖靈祭儀結束以後，順利歸返另一個世界？

拍瀑拉族人篤信，已成聚落重要年度賽事的青壯年「走鏢」，具有「送祖公」的深層儀式性意含。五支、六支、七支、八支……，大幅鏢旗成列插掛在大肚城公廳大埕前，已吸引了眾多族親的圍觀。奮力鬥走，爭取頭鏢榮譽的拍瀑拉男子們，也一個個是「送祖公」的任務者。他們朝大路店仔的方向疾奔。他們抵達了烏牛欄崎腳。他們氣喘爬上大馬璘坡。他們沿著墓仔埔旁邊的那一條路繼續跑。他們繞了一個大圈。圓滿的一個送祖旅程。他們從恆吉城那一條入墾古道返回了大肚城庄仔底。

「誰有能耐，搶得今年度的頭鏢？」

拍瀑拉長者們身爲獎賞的評判人，已提前趨近了庄仔底入口。

*

那是遲至阿飼七十歲那一年，意即她自個兒即將踏入祖靈世界，那個現世終結的前夕。眠夢中，她恍惚進入了送別祖公、祖嬤的半現世、半靈界狀態。那也是她始自孩童時期，反覆揣想的現實以外畫面：阿飼帶著小弟福基，雙手再度壓後。最剽悍拍瀑拉的臨終姿勢，也是這樣。他們從門扇後的那座祭壇啓程，靜默走出廳堂大門。伊們絕不驚擾生者。她想像中，尚未長成，而無爭取頭鏢資格的大肚番童們送別祖公、祖嬤，時刻已到。拍瀑拉族人的atau、malau不得不走了。阿飼毫無聲息，因此顯得格外純淨。她也才能在祖靈離去時刻，背負起山邊巨石被擊落了似的衝撞力道。她早分不清楚，那是她主觀心願引發的異想，抑或是拍瀑拉祖靈們眞摯行過的路途？她彷彿瞧見聚落邊界，遠遠另一端的墓仔埔就在眼前。「atau、malau，一路好走。」阿飼心中默念，才將壓後，認眞背負的那一雙手倏地鬆開。她頭也不回地快奔而過。她才又回到死生分隔的日常世界。

不待隔日清晨的雞啼，總是和阿飼同睡一張眠床，卻從未聽聞「揹祖公」實況的伊查埔孫仔即驚覺，阿嬤已決定不再醒來。

大肚城「烏肉仔」的出世（滿清治台的同治十年）

她出生時膚色白皙，像一顆半透明的異國琉璃珠，連皮下血管的色澤、骨骼凹凸的弧度，以及內臟器官蠕動的節奏，都隱然若現。和同一年代的大肚城嬰孩比較，她比庄仔內的拍瀑拉新生兒雪白，也較街仔尾漢商的幼囡們透明純淨。「她是誰的孩子呢？」洪家的女祖英太禾初見這名女嬰，是在產房爲她們母女斷臍帶的時候。那時，剛從產道推擠出來的嬰孩和經過巨痛的母體，仍未完全分離，英太禾卻已開始對她的身世感到困惑，勿寧相信那個眞正孕育她的，不是眼前看得見的漢人生母，而是幾個世代以來所有祖先的總合。她是繼承人，是他們過去的集體再生，也是未來共同創造的結局。英太禾喃喃自語，又像是和祖先在講話。「我是出身阿里史社的巴宰（Pazeh），和大肚南社的拍瀑拉後裔洪修安生下長子洪大材，他又和出自貓霧捒社的拍瀑拉女人味忠合生下五子洪金城，他成年後再和車籠埔黃竹坑的漢人之女江津婚配，如今在大肚城生下這個白皙的女嬰。」英太禾逐一念誦從她所生的一整串系譜，聽來像是祭祀中虔誠的祝文，眼前女嬰透白的膚色仍舊是個無法解答的難題，接下來她陷入無止境沉默，形同面對祖靈質疑時所提出的辯白。

大肚城洪家後輩中的多名新生嬰孩，都曾經仰賴英太禾巧手，完成切斷母子臍帶的生產儀式、她儼然成爲迎接一個個獨立生命，品味他們初始氣質的宗族守門人。她暗自相信，切斷臍帶的執行者必須具備神靈的法力，新生嬰孩才能在往後人生，展現孤單活下去的勇氣。這除了是她身爲宗族長者的特權，更是展現女祖呵護力量的重要場合。她更善用女人日常打結、斷線頭的利落織工，一次次將濕濡帶血的臍帶一端，來回摺疊，再拉緊繫成一個堅定的結，之後毫不猶豫剪斷它。不過，這次竟是她終生難忘的一回。當下她不只計算著女嬰和自己割斷不了的血緣關係，還警覺到異常潔白的幼嬰，正用它天然的身軀，揭露出族人過去的不幸。於是她口中連續發出「auber（音爲 Ub-bach）」、「auber」、「auber」的沉重喟嘆。自此，「auber」既是伊 **apu** 英太禾向天懺悔的禱詞，更是洪阿飼人生中綁縛的第一個名字。

「auber」是不同族社番親之間，慣見的女子命名。「auber」作爲傳統的女子名制，古老原意爲何？已不可考。而當族親們在漢化壓力下，接受僅有口語的「auber」，轉譯爲漢文書寫的「烏肉」，這個原初名制像是歷經漢字強暴，雜種育成了一個更新版本的番仔名。有音無字又遺失它原意的「auber」，從此轉化爲負荷了漢字刻板寓意的「烏肉」。它有意無意地承載著漢人社會對於膚色黝黑平埔女的普遍貶抑，是一個沉重烙印過的傳統番仔名。以致巴宰族社在反制異族污名的歷史進程中，逆反了膚色深淺的原有指涉，才孕生出來的一則新建成神話。這讓「auber」「烏肉」一名，在此不同歷史階段更爲複雜、更爲語義分歧地發酵。這也正是阿里史社出身的英太禾，輾轉在內山傳遞「烏肉仔」這個新命名神話的社群緣由。

英太禾從小聽聞族社長者的告誡，漢人稱爲大肚番的「拍瀑拉」，是伊們唯一的姻親部族。由於大肚番的原鄉社域接近海岸平原，歷代可能和來自海上的盜匪，或是從島外入侵的異族混過血，一旦族人生養膚色白皙女童，眾人則會猜疑：她是不是混雜到了海盜、海上船難的漂流者，或者是外來掠奪者血統？而令本族人惶惑不安，產生了被強暴以致蒙羞受辱的聯想。於是漢人曲解的漢字化番仔名「烏肉」，再經英太禾族親們的多重語意逆轉，折射爲姣白女嬰的一項反制性命名（然而作者我則認爲，伊們族社長者反駁漢人，不滿伊們對我族婦女膚色污名化的同時，卻也仿效起漢人父權思維，將它詮釋成社內女人在道德介面上永遠的警惕，甚至解讀爲族裔女人自發的悔罪）。

自從英太禾和洪修安生下了第一個孩子，幾十年來，這個祖先口傳下來的雜種疑慮，一直埋藏在她的心底，沉積爲厚重、黏稠，卻又模糊不清的恐懼。一個世代接著一個世代的女嬰出世。對於她們膚色深淺的檢查，是她暗中進行自我道德審判的最後一道防線。年復一年英太禾擔憂的事都沒有發生。她一度以爲自己應該老到可以放下這個不明恐慌了。怎料洪阿飼一出母胎，也就是英太禾跟洪修安的兒子的兒子的長女出世了，她才重新意識到阿里史祖先遺傳的恐懼，仍是自己逃不過的宿命。「她長得太蒼白了，莫非身上流著異族人的血？」英太禾注視著膚色清白的這名女嬰，巴宰和拍瀑拉共同後裔的女人，因被入侵者強暴而混血而不潔的愧疚感，終究在英太禾的老年引爆開來。族人破除禁忌的「烏肉仔」命名，總算派上用場。讓她揮之不去的雜種恐懼，即使不易求得徹底救贖的祕方，至少稍稍獲得精神上的紓解。

在這個大肚番建成的聚落，沒有人可以和英太禾分擔這個源自阿里史祖先的恐懼。大肚城庄也沒有其他人會注意到「烏肉仔」乳名的存在。這是她和這名女嬰之間特別的默契。每當她以尾音揚起的聲調，念歌般輕聲呼喚著「烏肉仔」這個私密的小名，總流露出格外疼惜的心意。她老邁的臉龐滿布皺紋，如大把開山刀砍鑿雜木留下的一道一道深溝。她卻因貼近女嬰柔和的小臉，瞬間從剛強不屈的歲月刻痕，撫平爲水面上淺淺蕩漾的波紋，且向著逝去時光，一圈一圈擴散。英太禾注視著女嬰任何微小的表情變化，包括單隻眼睛受到光線刺激，不經意間的睜閉；包括她粉嫩鼻翼呼氣、吸氣的伸展；或者是她嘴唇張開，活像一頭等待吸吮乳汁的小牛犢，都被解讀成幼囡對於「烏肉仔」叫喚的充分理解與回應。女嬰聆聽之際空曠的心靈，有如祖先一度擁有的偌大未耕埔地。英太禾自信獲得了女囡清楚應答；她也爲了扎實填滿它，不厭其煩訴說下去。

「純種的巴宰和純種的拍瀑拉，應該不會再有了。」

「在我生出第一個孩子以前，巴宰和拍瀑拉早就失去了伊們的純眞。」

「『烏肉仔』長得實在美麗，卻讓我感到害怕。在她之後，是不是我的巴宰和拍瀑拉，像是祖先所開鑿的一口又一口湧泉，井水源頭雖未枯竭，卻已污濁，再也無法回復起初的甘甜？」

「巴宰的祖先和拍瀑拉的祖先，我怎能判定他們混雜的起點？我恐怕無力斷絕已經混濁的血脈，更不可能終止外來入侵者再三的威脅。因爲它們正在我們共同孩子的身軀內蔓延。」

「『烏肉仔』還是道地的巴宰和拍瀑拉。這個名字會一路守護，陪伴她平安長大，直到孕育下一代的女嬰。我已經準備妥當了。她絕不是我們女人懷抱的最後一個『烏肉仔』。」

「烏肉仔」的出世與其說喚醒了英太禾的恐懼，不如說是她重新面對雜種疑慮，走出族裔陰霾的轉捩點。她逐漸認清事實：如果女嬰過白的膚色洩漏了外來入侵者強暴的歷史，是非純種女性負罪的印記，那麼，否定雜種的「烏肉仔」命名，實則是在遵循祖訓，完成懺悔行爲的虛應和僞裝下，反亂地完成了她們的掩護行動。如此，她們無法回復純質的身軀，才能在想像中，過渡到另個安全國度，而和過去的不幸眞正隔離。弔詭的是，「烏肉仔」命名和白皙身體互相違逆的情形，反倒爲這些背負雜種原罪的族裔，開啓了更基進的血統混雜之路，甚至強化了雜種的優勢和正當性。換句話說，巴宰和拍瀑拉女人對於雜種演化的時代命運，自此能夠務實接納。她們，不論是否無可考證，傳說幾個世代以前曾經被強暴過的女人，或是流著被強暴者血液的女性後裔，終能透過「烏肉仔」命名的淨化，產生自我撫慰力量。甚而「烏肉仔」的名字已經讓女嬰的身世和進行海上冒險的異族入侵者，以及漂流不倫的海盜展開了血統的接合。

洪阿飼認識這個世界，是從埔裡社的大肚城庄開始；她親身累積的，也是內山生活純粹的記憶。可是遙遠未知的大海，不再是一片空白。洪阿飼在內山出生與成長。她既是女祖為了脫離原始恫嚇，予以懺悔啓示的「烏肉仔」；她更是衍生自雜種恐慌的「烏肉仔」原型，在不停複製以後所出現的文明變種。她存活的氣息和「烏肉仔」命名因此產生了微妙對抗的關係。無聲無息地，大肚城出世的「烏肉仔」已轉化為承受海洋外來混血的新人種，而不再是抵抗異族入侵的倖存者後裔。以至於「烏肉仔」才剛學會說話的年紀，就對阻隔的大海報以同情，描述那個不曾親眼見聞的大海：「一直被關在我的耳朵裡嚎叫，哭個不停，想回家！」

自從「烏肉仔」出世後，洪家女祖英太禾就跳過了女嬰的 kaya 和 malau 這兩代女性角色，而像是由她實質扮演了 kaya，促使她重新恢復年輕 kaya 母性的本能。她洋溢著初為人母的興奮。血統純度受到質疑的「烏肉仔」，反而獲得她加倍關愛。「我是妳的 apu。apu 是妳的女祖；apu 是妳的祖先。很久很久以前的巴宰，我們哪裡有啥阿公啊？我們是到了很後來很後來，才多餘學了他們漢人叫 akun。」

她更直覺相信，這個孩子的成長軌跡，將和巴宰、拍瀑拉的整體禍福相繫；彷彿她個人日後的生存方式，就是族群未來命運的一幕幕預演。英太禾不只擁有超乎想像的女祖權柄，喚她「烏肉仔」，賦予她最早的命名，也在她還是一名幼嬰的人生階段，積極充當她智慧的啓蒙師，引領她探索這個神靈慣常祕密集會的內山聚落。又不可諱言，即使她們住在拍瀑拉的大肚城，英太禾為「烏肉仔」親手揭開的神靈世界，卻多屬於阿里史社流番的祕密。

「一棵樹活，人就活。」英太禾已經七十多歲了，卻還保存明亮高亢的嗓音。這使得聽她說話的人，若同時注視著她的臉龐，就會生出莫名錯愕感。與她對談的人，唯有閉上了眼睛，方可將清脆如響鈴的英太禾聲音，和少女青春體態連結起來，也才能夠為涉及了樹之靈性的這句嚴肅評語，增添一致愉悅感。它也彷彿是少女面對自己所仰慕對象，而兀自傾訴著即將沸騰了的心事。英太禾神似少女的嗓音，並不符合她邁入老年的生理現實。這令人詫異程度，猶如接受「烏肉仔」命名的這名女嬰，竟擁有天賦雪白的膚色。認眞講起來，大自然生長的樹，正是英太禾童年以來，持續愛戀的對象。樹的靈性，和她自己活下去的意志合而爲一。樹的神靈宛如駐守土地家園的綠色兵衛。而她對於周遭樹魂的感應，則像是她曾經展開過，一場又一場無可救藥的自戀。她帶著「烏肉仔」展開生命傳承的旅程，也就從追逐樹靈的戲耍開始。

「我還記得六歲那年的夏天，某日一大早就有強烈日光，從東邊山脈的天際破雲而出。在幾位家族成員共同見證下，阿嬷將我帶到阿里史社內的一棵破布子老樹旁。她表情嚴肅直視著我，說妳如今已經是個斷了奶的 rakihan，我今天要爲妳取個一生可用的正式名字。我溫順地點點頭，用靜默表達完全的信賴。接下來她用溫暖的眼神鼓勵我，教我如何抱住這棵老樹。於是我敞開兩隻手臂，用整個身軀抱住破布子的樹幹，連臉面都直直的黏貼，像是口和鼻一起親吻著它，而因此同時吸入了老樹身軀內具有療效的氣味和汁液。我認眞抱樹的神態，想要和樹合而爲一的固執，讓兩旁圍觀的家人一個個忍不住笑了出來，而緩和了原來肅穆的氣氛。阿嬷隨後鄭重念禱：『妳的名字就同這棵樹一樣叫作 poaly，是神聖的，結子豐碩的。』而且她重複宣告了三次，像是要確認樹的神靈已接收到人樹合同的重大信息。然後她要求我仿照誓詞，自我宣示一遍。於是我用天眞聲調，仰頭大聲呼喊：『我的名字就同這棵樹一樣叫作 poaly……』瞬時我在精神上獲得平穩如大山的依靠，我決定和破布子樹認同的驕傲感，也油然而生。我就是 poaly，poaly 是我，刻印進入樹和我的身心，這才完成了正式命名的儀式。」

「當時我觸摸著堅硬中帶有彈性的樹皮，仰頭望向高天的樹梢，更覺得這棵樹是那麼堅毅和強大。樹頂上，闊面的卵形葉片則紛紛在晨風中擺動，像是牽田祭典中互相拉手，踏著流暢舞步的女人們所穿戴的一片片長裙；枝葉間叢生的金黃色破布子，則是男人和女人孕育成熟的孩子們，已到了待採的豐收季節。我被命名的 poaly，有男人的剛強，也有女性柔媚，以及孩子青春生命的結實。我猜想，這也是家族長者對我長成到今天的整體認定和期許吧。從此以後，以 poaly 命名的我，就養成了和各種樹木說話的生活方式。」

初生的「烏肉仔」尚未清楚看見這個世界以前，已經先感應到大肚城內密布的神靈。她出生才幾個月，就被英太禾抱到大肚城人在某個時期，一度擇定為「揹祖公」地點的那株破布子樹底下，陪伴女祖，懷念她取得poaly命名的童年。拍瀑拉們會在七月初一的晨露剛醒時分，往大路店仔方向，靜默中沿著大溝仔水潺潺的指引，最終抵達田邊醒目的那欉老破布子。那正是鋪設在天空和大地之間，巴宰和拍瀑拉因著宗族聯姻而重疊了的生活舞台。

英太禾教導「烏肉仔」，活著的人如何走路，講話，大肚城生長的樹木就會開口，發出聲音的樹木和這裡的拍瀑拉一起呼吸，牢牢記住了這個世界的善與惡。這些樹還可以脫離土壤的束縛而移動，或是按照自己意願，空中自由來去。她也提醒，樹木會因為站在樹底下的人快樂而青翠，因為以它命名的人忿恨不平而憔悴。至於死去的樹，也都化作樹界不同世代的祖靈，充當聚落的綠色守護神。「烏肉仔」算是個年尾囝仔。回顧她出世才剛滿月，內山冷峻的冬天還未離開，寒氣逼人，女祖卻已經悄然抱著她出門。大肚城的拍瀑拉每年「揹祖公」，有崙仔、有水的那片刺竹欉，是英太禾心所嚮往的目的地。

「聽到竹葉颼颼的響聲了嗎？小心，祖靈的嘴巴有話要提示。請仔細分辨，滄桑體態的老竹和輕盈曲線的新竹，分別藏身輕重不一的祖靈。祂們有著不同世代的差異，卻同樣不捨人世，才會不約而同，回到這個中途休息的地方。這裡算是祖靈共同得到庇護的所在。以後妳不論到哪裡去，只要有刺竹圍住的土地，就算是抵達了我們世界的中心。不管過去或是未來，宗族後裔一定不會認錯的。即使巴宰和拍瀑拉不得不放棄了祖先的土地，只要祖先栽種的刺竹沒有枯乾，就會遇見帶著情感徘徊的祖靈，即使人講『刺竹開花歹年冬』，刺竹也總有微笑的時候。而等到它們年年爆出新筍的時節，記得前去迎接初來的祖靈，這是最適當不過的時機了。」「烏肉仔」被束緊的背巾裹在英太禾懷裡。原來對著她訴說的女祖，兀自轉向叢生的刺竹說話，像是刻意忽略了眾多棲息的祖靈。

「他們漢人常常懷疑，男人是在祢的地方，被我們番社的女人摸走了心肝。他們形容我們都是『摸心仔』，密莿的竹林也是個危險所在了。其實我們在鄉野生活中，原本就是和祢親近的。我們還是小女孩，內心寂寞的時候，就知道走向祢所庇護的陰涼角落，和祢說上幾句貼心的悄悄話。我們並沒有預期，漢人會闖進我們和祢分享的私密世界。哭泣的巴宰女孩、孤單的拍瀑拉女孩，只要路過祢的身旁，就會覺得寬心起來。請祢照顧好我們的祖靈。我們的田園、厝地即使一塊塊被賣掉了，番社的女人仍然從祢找到了回家的方向。莿竹啊莿竹，誰說祢是無法靠近、不能擁抱的？誰說夏天從祢生出的新筍，是苦澀難以入口的？祢只是用身上利莿，保護了脆弱的新筍，直到它們長成挺直的新竹。也只有祢耐得住乾旱的寒冬，具體提示我們生存的韌性；我們的感情一再被刺傷，更只能投靠祢。族人因祢持續的溫柔，傷口快速復元。」莿竹是防禦外來入侵者的綠色兵衛，卻也是平埔番女穿梭神靈世界，和祖靈溝通的日常生活場景。由於莿竹的形體內，出現過無數祖靈的依附，英太禾跟莿竹的靈說話，得要非常小心，不去打擾上面安息的祖靈。莿竹因此成為她最熟悉，自然界最具秀異能力的靈媒。

「走近莿竹之前，先保持靜默。」她抱著滿月的「烏肉仔」，走近祖靈棲身的這片莿竹欉。她像是一名虔誠敬拜者，前來瞻仰心目中高聳的廟堂。「注意看，我們巴宰的煞魔仔，拿兩片香蕉葉當翅膀，裝在背上，嘯一聲，飛上這株莿竹，掛在竹節的最末梢。祂正得意發笑，嘰嘰吱吱鬧個不停，聽到了沒有？」

大肚城分隔庄仔內和街仔尾的水溝邊，有一棵老刺桐。沒有人知道它的年紀有多大。就在「烏肉仔」出世隔年，開春不久的正月天，英太禾又受到地方樹魂的召喚，抱著她出門。襁褓中的「烏肉仔」於是經歷了人生中第一場刺桐花開的紅色盛典。英太禾急迫不安的神態，讓人聯想到這將是她最後度過的紅色刺桐。為了永久保存這個季節，她已然下定決心，要讓年年守候紅色刺桐的自己，扮演反派的竊盜者角色。她趁勢偷走了一直保護著這棵樹花的神靈。

英太禾向來堅持自己的教養方式。她認為，與其培育女嬰和人群接觸的習慣，不如盡早帶她走進神靈無所不在的自然界，學習和各種樹靈親密往來，可是比聚落生活裡人際關係的建立重要得多。即便近年來，大肚城庄不再保有往昔的單純（包括令人生畏的理番官員、精明幹練的漢商家庭，和其他各族社番親等外來人口日益增多），然而「烏肉仔」的女祖面對市街生活的急遽變化，竟是視若無睹。她表現出令人費解的冷感。她徹底漠視大肚城新興的外來勢力。這股情緒也投射到她在這個時期最重要的家族使命——介入「烏肉仔」養育的特殊工作上。她宛如空中飄浮的遊魂。由於她身處不同世界的緣故，不只看不見附近市街熱絡往來的「外人」，連透早、暗時都會相遇的庄仔內拍瀑拉，也得容忍她恣意保持的心神出離狀態。她只是憑藉個人意志，一再背著「烏肉仔」出門。這時她多半能夠流露出嚮往神情，而總是按照聚落裡樹靈分布的地理，飢渴地索求和祂們親近的最後機會。彷彿在下一刻鐘之前，這一切就將永遠失落。

「刺桐就是女人。」不死的老刺桐，是女人在拍瀑拉聚落活下來的重要記號。她撫摸老刺桐曲折糾葛的身幹，指認出女人在一生過程所累積的滄桑，全都盤結，還大膽而公開地一條條書寫下來。英太禾清亮宛如少女的嗓音，突然變得沙啞低沉，像是壓抑多年的沉默老婦，從掩埋樹根的地底下發出了轟隆巨響。這也像是不知名鬼魅吟唱起地下世界的詩歌：「這個最深憤慨的糾結，是和我的男人們一再感情鬥爭的遺留；那一面醜陋至極的扭曲，是我身體日復一日承受劇烈勞動後的實況：身軀上一根根硬如化石的老刺，則是我們抵抗磨難，吞下窘迫生計的祕密紀事。」老刺桐的枝條向著天空張牙舞爪，像是驚嚇過度的女人，習慣性展開了自我防衛的動作。它也暗示女人正透過持續表達的憤怒，完成能量釋放，而且唯有等到這株老刺桐出現了豔麗火紅的花海，才將她一整年中蓄養成熟的精神，燃燒到了頂點。「沒有女人，就沒有刺桐年年帶來的春天，土地也就失去了萬物始動的契機。」

多年以後，每當「烏肉仔」在春天正盛時節走過這株老刺桐，望見滿眼紅花在空中無聲無響地爆開，都會有回到生命原點的感受。由於女祖抱著「烏肉仔」走過第一個紅色刺桐的時候，她初生的雙眼還沒長成清晰聚焦的能力，捕捉到的仍是在朦朧中閃爍，移動不定的紅色光影。不過，這卻在她的記憶裡，創造出終生無法言喻的美麗幻影。這等同於春天焦躁的氣息，也等同於身爲女人的興奮不安，時而讓她在生的極限中暈眩。在她驚喜的同時，這片明亮的紅火又讓她看到了死亡臨界才會有的絕對黑暗。

英太禾抱她走入第一個紅色春天的當下，就世故預言著：「要小心，紅色刺桐可能是要來帶走女人的呼吸，引領她到另外世界，跟所有世代的祖靈會合。」可惜襁褓中的「烏肉仔」並無法如她預期，突破紅嬰仔在心智上的局限。「烏肉仔」有她自己的成長速率。這是和她兩代之隔的英太禾難以跨越，從時間本身自然形成的鴻溝。只有在幾年之後的春天，英太禾辭世了。她葬禮舉行的當日，送葬隊伍最前頭，捧著她骨灰的親族代表，手上同時握住從老刺桐身軀摘下來，一把火紅的花和葉，夾雜在隊伍中間逐漸長成的「烏肉仔」，才能似懂非懂地體悟到：「紅色刺桐是女人。它最後也將帶走女人的呼吸，引領她到另外那個世界。」她往後流離生活更讓她驚覺，春天刺桐捎來的火紅訊息，可能是今世生命即將掉入無止境幽暗前，最後舉辦的一場告別式。

再也沒有人能夠吸引她的目光。除了「烏肉仔」，英太禾對大肚城聚落所有活著的人，一概漠不關心。「烏肉仔」的 kaya、「烏肉仔」的 malau，夾在她和女囡之間的兩代女人，她們生養和傳承的角色，同樣不復存在了。連經常回來的拍瀑拉祖靈，都不是她眞正的興趣所在。爲了扮演「烏肉仔」的啓蒙師角色，她固執地專注在拍瀑拉以外的生靈世界，而對於樹靈活躍的大自然，展開了一連串探索。這是巴宰祖先留下的教誨，要她和她的後代，放棄以人作爲世界的中心，拋棄以人爲本位的自大想像？這樣推論是否牽強，恐怕永遠沒辦法確證。我們可以猜測，這出自英太禾對於拍瀑拉和巴宰未來命運的恐懼。愈來愈多外人湧進了大肚城，大量她無法辨識，難以掌控的外族生靈世界，也被一併帶過來。於是她除了冷靜地置若罔聞，還得回溯自己性命的根源。這是她精神對抗的武器。她了然於心，自己老邁了，來不及等到「烏肉仔」心智長成，再陪伴著她，慢慢從大自然倖存的樹靈世界，求取性命保護和內在安慰的力量。況且大肚城外人勢力的膨脹，帶來不熟識神靈的結果，不只拍瀑拉祖靈再也不敢貿然回家，原來自然界無處不在的樹靈也退縮不前。不再有啓示了。英太禾的憂心，讓她更加定睛「烏肉仔」的啓蒙教育。

大自然神靈的世界才是生活的中心，這是英太禾篤信不疑的。樹隨著祂的神靈生和滅，本身就是歷史事件的主角，理應先行於人世間日復一日的興衰起落。當大肚城拍瀑拉又在分岔的歷史建構當中迷路，只有一株一株筆直的菁仔，在聚落邊緣傲然獨立，自我界定超越的存在。「菁仔的神靈藏在哪裡？」種植成林的菁仔，是這家大肚城人營造住屋界限的圍籬，菁仔本身若有說不出口的祕密，這座家屋也會跟著感染到它飄忽的靈性，而脫離了日常瑣碎的牽絆。英太禾告誡懷中「烏肉仔」：神靈匿居在淺黃色的檳榔花穗，祂們躲進了令人醺醉的檳榔心。她的嚴肅口吻，吸引了原本漫不經心的聚落旁觀者。他們從一段距離之外就豎起了耳朵，猶如就地竊取女祖洩漏的天機。

英太禾隨即撐起長竿，敲下一大束黃熟的菁仔，也摘取了風中髮舞的檳榔花串。她形容，菁仔的莖幹聳直插天，沒有曲折複雜的枝枒，那是屬於神靈象徵的聖柱。對她來說，一粒菁仔的蒂頭，可類比為部落長老的首腦，是神靈發號施令的聖所；一粒菁仔堅碩的肚子則具有性命滋養的地位；而當新鮮剖開的菁仔，發出了震懾感官的芳香，更可成為呈獻祖靈的隆重祭品。「妳要謹記在心，菁仔擁有靈力。」她拉起「烏肉仔」的小手，握住成串檳榔花，淡黃花穗顯得更潔白、更無辜。它們搖擺，穗末輕淡搔癢了女囡白皙的臉頰，而像是女祖賭注的一道感情符咒，要來試驗，能否擾動這名幼嬰對於陌生靈界的欲望。

阿里史社出身的英太禾總是合理懷疑，每株香蕉樹肥碩的葉片底下，它們暗影遮蔽的地方，都有蓄勢待飛的巴宰煞魔仔，作為祂們隱祕藏身的所在。她將略帶偏執的這份直覺，遺傳給了「烏肉仔」，宛如她是唯一揀選，打算一世人信仰下去的後裔。大肚城的聚落內外，隨處可見靜默自得、毫無攻擊性的香蕉樹。也由於英太禾有關煞魔仔的遺傳知識，是這麼確信無誤，而讓大肚番創建的這個聚落，滿溢了巴宰靈界所頌揚的活潑氣象。有別於英太禾對形形色色樹靈擁抱的習慣，每當她路過串串結實的香蕉樹，反倒不停、不摸、目不正視，形色匆匆地直往前走。無人懷疑，她已經和裡頭忙碌的散毛仔，交換了默契的眼神。她懂得煞魔仔在香蕉樹底下不安走動的苦衷，卻從來不去打擾祂們。

英太禾不怎麼理睬漢人社會對於苦楝仔的輕賤。就在刺桐火紅的同一個季節，正是日頭西下時刻，天很快就要暗下來了。那兒往來行人也漸稀少。「烏肉仔」才被她抱到了大路邊的那棵苦楝樹下。背巾包裹的「烏肉仔」和她胸貼著胸，心跳附和著心跳，而藉此讀出了她一貫的心思。漢人認為，苦楝不懷好意。但在英太禾眼中，它慣常住宿了挑動詩意的神靈。她的訓誡化作一句句口傳的詩歌：「這棵苦楝還很年輕，看，枝上長滿淡紫的苦楝花，今天都還無憂無慮，在最盛的青春中開放；到了夜裡，它們就會升上去，和天際遙遠的星星牽手，一起閃爍，直到日出燙人的火焰從遠處延燒過來。」

她一直相信，苦楝精神出自它素雅的花容。她可以意會，苦楝怎麼成了漢人暗暗懼怕的不祥之物，也了解他們不言而喻的忌諱，是從何而來：苦楝在收穫時節結出的，是世俗味覺上最苦承受的果實，到了寒冬盡頭，苦楝的結局也往往是它中空、腐朽、瀕臨枯死的軀幹，而彷彿古老的咒詛，已然挾制了它可憐的樹靈。英太禾此刻盼望，懷抱中的「烏肉仔」能夠洞察苦楝的樹靈，傾聽祂們對於自身命運率直的辯護。

「世人所愛的甜美果實，不是我的本性。咱苦楝結出的苦果，是神靈抗拒人類貪婪的舌、無法飽足的肚腹，不得不設下的自我防護。這也是苦楝免受世人追逐的幸福之果。」

「我的腐朽是大自然的安排。冬季瀕死的苦楝，淬煉祂悲憫弱者的靈性；祂苦情下的虛心，則造就了超越智性方能理解的壯觀奇景。苦楝瀕死，卻守住了內在剛強的神靈。我苦楝，等同於剽悍外貌的任何長青樹。」

「我的花在夜間升上天去，星辰才是我靈性寄託的故鄉。我苦楝花從來不怕世間最苦的結果，它不過是咱神靈對於世人苦情衷心的陪伴。」

數十年之後，大肚城車路邊的這棵苦楝，確實做到了「陪伴世人的苦情」。它履行當日樹靈的宣言。那是「烏肉仔」終究走到她的垂老之年。她最後伴侶王大老，就是在這棵苦楝見證下，和她情感最親密的孫女完成了訣別。那時候，王大老正要走向離世前病榻。無奈他苦等不到黃昏愛情對象——人稱「大老娘」的「烏肉仔」前來道別。兩邊的孩子都不樂見他們再度糾結。於是王大老和洪阿飼小孫女在苦楝樹下短暫的相處，替代了「烏肉仔」終老之際最苦情一幕。

今日「烏肉仔」還沒學會世間宗族口說的語言，卻可了悟女祖對於未來苦情的預言。「苦楝的果實，也有正向靈力。神靈告訴我們，當妳決心迎向人世苦情，它就要昇華爲天際閃亮的星。這般苦情也是抵擋邪魔晦氣，一帖活的藥劑。」苦楝不再是個忌諱，這是巴宰女祖訓誡的終曲。

不老嗓音的穿透，讓女祖英太禾在神態上還可慰留住少女嬌柔。可是從她魁偉體格展露的聲勢，卻又不輸任何武勇男子。這麼不相容的特質並存，竟是她給人的第一印象。她的肩膀寬大，走起路來，很像漢人廟會陣頭的順風耳，在祂左擺右動地遊街當下，任由高突隆起的雙肩，時而朝外側傾斜出誇張的造型。相較於一般女人體態，她算是相當高大了（即使老年期的生理變化，讓她宛如一塊洗滌過的織布，在縮水以後，就明顯短小了原有尺寸。我們也可以預見，她將再乾癟下去）。然而她走路步伐，至今未見遲緩。她是傲氣十足的一頭母獸。她昂首前進，爲了保護懷中幼獸，隨時預備著投入不可避免的爭戰。她習慣用柔軟下垂的壯大乳房，貼住「烏肉仔」纖小胸膛。老小合一敲擊。當女囡噗噗輕跳的活命，透過肌膚相觸的溫熱，不經意傳遞給她，哺育過好幾個孩子的那對乳房，就會猶如燃起了好奇心的活潑小鹿，草場上重新躍奔。她因此領悟到，巴宰和拍瀑拉共同的孩子，不論是否混雜了海上入侵者的血液，已經理直氣壯存活了下來。她猶然功能強大的心脈，總伴隨她潮汐起落的思緒，在周遭環境震盪中，任性脫離了設定在安全頻率內的性命常軌。她時而策動，讓眾生無感的日常，擴音爲紀念已逝年代的一擊擊銅鑼聲。這一切的一切，意在喚醒女囡早熟心志，寄望她快快感應這個神靈無所不在的世界。

英太禾和「烏肉仔」之間七十載的年歲差距，足可讓她們忽略彼此世代的存在。況且英太禾自己生養的兒女，以及再下一代長成了的孫兒女們，分別經歷過諸多生活磨難，她老早覺得精疲力竭了。她大可馴順於無法彌補的世代距離，從而務實採取一個旁觀者的漠然態度。只要她肯放下責任，就能夠仿效靈界祖先，不動聲色地看待「烏肉仔」這個世代的出生和成長。對於走到枯冬年紀的她，這理當是最佳自保之道。何況這些年來，即使漢人勢力進逼，拍瀑拉聚落的騷動不安，已經似若四處溢流的洪水，她都還不動如山，甚而只在輕鬆閒談間，就將族社內外的大幅震盪，給阻絕在自個兒日常家居的安全藩籬之外。誰知「烏肉仔」的出生，扯動她一度淡化的巴宰記憶，祖先遺傳的雜種焦慮，化作一股前所未有的壓力，而讓她萎縮了的我族意識復活。

英太禾回首從她指間流逝的那七十年，正是拍瀑拉和巴宰的驕傲被分別壓抑了的鬱悶年代（誰管你的番社有沒有參加當年番仔反？誰管你的番頭人，曾經爲清國皇朝效勞，立下過不可一世得意的戰功？若非拍瀑拉和巴宰都在海口先後失了勢，怎麼會到頭來，相約撤守進內山？）。「咱大肚城日後養出來的孩子，恐將不再認識祖靈。」巴宰英太禾平日的安分與沉靜，是連拍瀑拉聚落內交遊廣闊的那些番親，都不怎麼能夠感知到她對於神靈即將遠去的焦慮。她出手援救自己的孩子。她要在漢人的身軀氣味、漢人生母的語言，或者是漢人的做生意腦袋充塞了「烏肉仔」的生活以前，搶先一步讓女嬰得以在大自然中，呼吸到她共同祖先的巴宰和拍瀑拉，曾經崇拜過的純淨靈界。

「烏肉仔」出生幾個月後，就開始享受歷代追風者流動生活的快感。女祖英太禾再度抱她出門。她走到石頭公旁邊，停佇在結實累累的龍眼樹下。那時候，庄仔底緊緊相依偎的一棟棟家屋，還用它們充滿草性的呼吸，撥動了老龍眼樹的繁密枝葉，而讓它們一起發出了對著時間搔癢的沙沙聲。「烏肉仔」打開耳朵，才知道這是夏日的涼風；當成熟龍眼的滋味吹散開來，她也在高大樹蔭庇護的距離，第一次用鼻子嗅聞到土地生養果子的清甜。這是靈性啓動的片刻。女祖輕哄懷抱裡的女囡，一邊還用大肚番語響亮叫喚著：「jim-ma-li ba-li」，意思是風吹起來了。她隨即雙臂開展，像是流動的護城河。她又緊緊環抱「烏肉仔」的身軀，繼續孤獨而固執地叫喚著這個代替贖罪的番命名。

「ba-li」，是巴宰人呼喚風的名字，也是大肚城拍瀑拉的吟唱：風發出了聲音。「看不見的空氣在流動，才有生命的發生。我們巴宰的祖先四處移動，在大自然中棲息，居無定所，無所阻礙的飄流。」英太禾要傳達的想法是：比如巴宰人的祖社也叫「ba-li」，是他們定居生活以前「移動的祖社」。這不只象徵了巴宰主幹的力量，也肯定了風的本性。她崇敬那一口吹送的氣息，正是性命所繫的源頭。又如英太禾出身的阿里史社，也是如風移動，到處巡視守護的巴宰兵衛社。他們樂意仿效「ba-li」，吹動活的氣息。他們嚮往「ba-li」，適應自然界中變化不定的方向。可嘆的是，身爲家族先知的英太禾當下並不知曉，居無定所的「ba-li」，不停移動的「ba-li」，竟成爲「烏肉仔」一生飄流的寫照。她從襁褓中接受了追風爲樂的生命洗禮。這大概是她在一世人無情的移動中，仍可獲得精神慰藉的不爲人知的原因吧。

「烏肉仔」長成了日本時代官府正式戶籍登記的洪阿飼。她從大肚城認識的世界，一樣由起伏山巒層層地環繞。不知從哪裡最早吹起的風，一路拂過了盆地命脈的河和湖。這樣的風封閉而肅靜，是莊嚴山風。

以至於祖靈記憶中帶有鹹澀味道的海風，它們漂泊不安的本性，相較於她在內山聚落的每日觸動，還是個味於現實的宗族神話吧。

唯一例外，是在她剛學會說話的時候所形容：大海一度被關在她的耳朵內，形成一陣陣哭喊的風。

「烏肉仔」出身的大肚城洪姓家族，是遲至她的查埔祖洪修安邁入壯年之際，才放棄了依傍大肚台地的原鄉社域。那裡埋葬了族親千百年來面對海洋的全部記憶。恐怕只有等到拍瀑拉族長們歸鄉的眠夢實現，鼓鼓保存在第一代遷徙者口袋內，徒勞無功地帶進了內山的最後幾口海風，才能夠帶著洪阿飼，循沿亂山曲折的烏溪原路，歸返那被遺忘了好幾個世代的海口吧。埔里內山長年籠罩的雲霧還在心理上層層阻隔。也只有老一輩拍瀑拉在寂寞時刻不由自主的遠眺，才捕捉得到大海逐漸褪去的形影。

走向烏溪

遷徙序曲：泣血番仔山

他們四周不見任何騷動。族人的出走如同海面上、荒埔中，或是山崖邊任意吹起的一陣風，瞬間跨過了統治者劃定的地理界限。他們沒有聲音，只是移動，低頭認命的搖擺，輕渺一如彎腰屈身，四面臣服的草芥；他們甘願消滅自己聲音，是因不再相信，同一時代的其他群眾或將豎起傾聽的耳朵。洪修安屬於這個學會了靜默的世代。他自認不算短促的下半生，是在三十三歲那年，從海口走向烏溪，再探入隱蔽內山的那個時刻開始。內山日出日落、月娘循序盈虧，除了無邊際的高天，無論從什麼角度望出去，視野可及最高最遠地方，一律飄落在起伏的山巒間。沒有海平面。對裡面的人來說，一層一層往外擴散的山，是自我防衛的天然屏障，四面八方交錯的峰頂和谷底，無處不是險峻關卡，全都爲了與世隔絕的目的而存在。

如果人們從外面看進來，那裡就是一圈一圈向內聚合的圍城。只有尋求最大庇護，不安超過驚弓之鳥的社群，才會深入那麼封閉的地理。

洪修安的上半生在三十三歲那年結束。那一年，滿清皇朝的統治年表進入道光八年，帝國邊陲的台灣島則正處在一個異常平靜的大遷徙年代。即使多年以後，死了的他，終於從遠離海口原鄉的南大肚社人，一躍而居宗族地位不可撼動的「埔里一世祖」，那仍是出自洪家晚輩後來的追認，而不是他活著時，對於當下遭遇清澈的想像。他作爲大肚社人遷居內山的第一代，自然背負了移墾先驅必有的功過。這也是他終其下半生，一味活在退走陰影底下，沒有勇氣自我評斷的緣故。他無法自禁，陷溺於過度悲觀的思想：回首那海口時代的大肚社，曾經在強勢文化進逼的社會洪流裡，步步退縮。情勢演進到內山階段。這個少數族社即使暫時避開了競爭對手的漢人，卻未必能夠扭轉蕭條處境。社人要徹底洗刷晚近世代卑微的聲名，更是談何容易？他惶惑不安的還包括，等到更多世代過去了，這個大肚城洪家的系譜可能延續，卻更可能在不可預知歷史進程中，草草終結。面對族社無法掌握的未來，他確信的，僅止於自身世代擺脫不了的命運：即使他的下半生將在內山度過，最終也在那裡，取得死後安葬的墓仔埔；他上半生的海口生活，已塑造了他不可推移的海口人體質，而勢必在有生之年，持續決定著他的人生方向。

這裡是同世代族人用腳選擇的新世界，代表了困頓族群最後寄託的一線希望。洪修安因此並不覺得，下半生是要困在善變的群山之中。何況他的上半生，從出生、成長，到首次成爲新生嬰孩的baba，不知吞下過多少鹹味的海口風？他上半生的海口記憶，從來不是短暫附身的鬼魅。他習慣接納的海口風，總是帶著從海上來的那股浪蕩氣息——難以用言語形容還繼續吹進他的身軀。即使他遠離了海岸原鄉，內山終年可及，還是伊這種海口人方能適應的莫測氣象吶。

他剛走進內山，那種充滿期待卻又坎坷難安的心境，神似他初爲人父，第一眼望見孩子的悸動與猶豫。他並不覺得自己和這嬰孩眞有任何關聯。他因著感覺相異而排斥，接著產生了莫名驚懼。他豈料想得到，往後歷經朝夕的相處，一度未知，而讓他倍感威脅的這個不懂世事性命，竟擁有他迄今熟悉的一切，是他過去是是非非準確的再現。洪修安看到了已剝離歷史的重返。相似的譬喻，還是他下半生當中，用來換取內在平靜的憑藉：他人生換場，走進內山異質的風景。這兒不論是在盆地開闊晴空下，位移、變形，又綿延不絕的白雲，正按照它們安適的節奏，或聚散、或漂流。至於山城無數雨落的陰霾中，憤怒山霧急遽降下，又以水鹿躍奔速度，攻略一座座不知名峰巒。這些都像極了大海裡好動的海濤和白浪，爲了爭奪地盤，而在不同天候掩護下，耍弄出足以刺激平庸者鬥志的各式各樣翻滾姿勢。這裡新開啓的天際線上，雖然沒有過去祖先留下的記憶，卻映現出洪修安爲自己創造的另一座海洋。

洪修安會因著老邁，而模糊了他在大肚城庄的下半生記憶。可是只要他追憶起那個越界遷徙的不確定年代，他上半生的鮮明圖像，就會跟著一幕幕復活了。他回想：當年族人走向移墾新生地，期待另闢族群生存的空間。由於那時候自己正值青壯，而一度以爲，單靠自身勇健氣力，就算具備了他鄉移墾的條件。如今他終於承認，當時如果少了對烏溪這條 kaya 之河的信任，失落了對於這個流域眞心的倚賴，恐怕就無法毅然決然，夥同拍瀑拉族人出離了原鄉。對他來說，烏溪奔流的水，同樣涵養著剛強力道，而且它沿循千百年來未曾中斷的方向，持續穿越曲折亂山。接著，西出的烏溪匯入了平原地帶的大肚溪，最後一體流進寬闊海口。那麼，藏匿內山的新天地，和那暴露海口的原鄉，就有了生命臍帶的聯繫。內山移民的族人，若要閃避集體離散的宿命，這條大河也像是他們抓住的唯一貴重權杖了。自然界不分猛獸野禽，都有類似的求生本能。拍瀑拉島上歷經激烈族群競爭，成爲潰散失利的一方，同樣亟需原始溪河的慰藉。他們期待在退走的新生地上，爲下一個世代覓取生存下去的動能。洪修安記憶中未曾褪色的海口文明，也才能獲得重新根植的契機。

洪修安從小在大肚溪旁生活。對他來說，只要是這條大河水系流過的地方，就不會是個遙遠異地。即使他們走進去的那個陌生地方，從此看不到熟悉的海天一線，他早已生成的海口人體質，還是能夠適應那內山環境的挑釁吧。

大肚城內族親看到的洪修安下半生，總是奮力活在內山現實。他並未留連海口失去的歲月，對於南大肚社過去生活種種，更是閉口不談。數十年下來，他對於逝去生活的冷感，竟成爲他悼念上半生的唯一表情。外人無從窺知，他暗藏的鄉愁一如斬不斷的大肚溪水，還日夜澆灌他在大肚城庄新闢的田園。「看守現在的田園，讓灌溉的溪水繼續流下去，就不會失去我們大肚社人世代立足的原鄉。」他不時這樣提醒著自己。還好他懂得那流進內山的溪水，正是他護衛原鄉情感的武器。這也如同他腰際永遠繫掛的那把番刀：經過隱忍，經過等待，最後才被允許，讓它彎彎的鋒利在冷風中出鞘，一舉破除大肚社人失落海口的迷障。

他從小認識的大海，不能少了大肚山夜以繼日的凝視，而大肚溪一旦停止唱歌，海水恐怕也會失望而乾涸。如果大肚山是呵護社人的堅強膀臂，那麼壯闊流域的大肚溪就是哺育社人豐滿的乳房。她順應節氣循環，榮枯有序；她體貼大地的悲喜，適時消漲；她不停流淌、自由溢出的乳汁，更散發出海口風土才有的體香。可以說，他對南大肚社的記憶，包括了整個海口地帶連成一氣的大地景觀和生命節奏，而不限於族人在萎縮社址上最後擁有的幾棟厝地；或是淪爲漢人聚落的土地間隙，零星散布的孤寂田園；或是破碎地圖的角落上，少數倖存的荒山埔地。

才過十月中旬，還不是最冷時節。海口冬天颳進來的北風，是大海密集的喘息，從他迎風的目睭角、洞開鼻孔、緊閉嘴唇的縫隙，或是耳後溫熱的軟骨，滲透伊整個身體，瀰漫在與血肉相連的筋骨當中。他並不覺得冷，只感到情緒上輕微激動著。他從小熟悉大肚山麓南來北往的風。這裡所有季節、所有方向、所有強弱不同的風，都化約作地方性格鮮明的海口風，成爲他們身分認同的標的。歷代大肚社人習慣的海口風，成了保護他的第二層皮膚。海口風是在大海上長途旅行過，滄桑的空氣，是肉眼看不見，卻時時感覺得到，爲族人尊嚴而自由飛翔的信號鳥。它向退居山麓的社人一再見證，述說那海水親吻過的海岸快要到了，那鳥兒用腳爪畫過的海邊沙地，就在距離伊厝地不遠的所在。

海口風等同於洪修安時時刻刻呼吸的空氣。它再怎麼任性妄爲，再三短曝浪蕩不羈行徑，卻從來不曾興起致命野心，要來無理侵奪他的村社。他自信這裡的風和南大肚社人擁有一致的生存意志，不會輕易犯下自我毀滅罪行。即使拍瀑拉更早一處原鄉——位在大肚溪口的水裡港，常常和狡黠的海口風相纏鬥，河海交會處倒灌的巨濤，氾濫的洪流，也不時威脅那兒土地安全，他對於這長年呑下肚腹的海口風，仍不產生絲毫負面觀感。

不論風水季的春夏，或是枯旱時期的秋冬，大肚社人都能聆聽海口風變化的心事；他們篤信，海口風就是大海向土地回報的最新信息，是大海思考的方式，大肚社人的祖先老早學會，不去對抗大海所吹送的偉大思想，只是用心聽聞，有如那是族人日常進行生命儀式的一環，甚而從這風吹草動，冷靜占卜出來他們未來的命運。比如說，他判斷今天的海口，似乎起了微妙變化，風的吹拂很密集，節奏有力，卻像是個忠實可靠的年輕人，正憑恃他矯健腿力，爲村社裡的長者飛快捎來祖靈迫切的音訊。不用擔心，暖和日頭還在。這有點兒沁涼的海口風，其實是青春善意的化身。他毫不鬆懈地奔跑，已經快要耗盡力氣，但是他爽朗呼吸裡，還繼續傳遞著開放的信息。

「我來去山仔頂庄，找陳海講代誌。」洪修安中午吃飽，才坐下沒多久，就急著出門。

「kaya 那邊，我已經事先給伊講。」牽手英太禾知道他是要去拜託朋友，幫忙處理大租錢問題。她怕伊這個人急性，會怪她動作太慢，趕緊跟他提起另一件事。不過她心知肚明，這兩件事怎會不相干呢？

他沒有看她。但是她讀得出來，他掛心她 kaya 對這件事的反應。他沒有再追問。

「jim-ma-li ba-li！起涼風了，出去要多穿一領衫。」她用修安熟悉的大肚番仔話，混雜著從漢人學來的福佬話，關心外面風大，他出門時不要冷到了。她其實想問他那件事的進展。

「我日頭落海以前會轉來。」

「你明仔在有閒，去山頂多撿寡仔柴仔枝。」她不必急著現時知會他。灶腳還有一堆柴。他則暗想，這次是該多背一些雜木仔柴回來。「我要砍多少柴，才儲備足夠這一整個寒天燒火的需要？」他認眞考慮，他就要走了，她和孩子暫時留守社內，生活當中會有多少麻煩，得倚靠她一個人的肩膀承擔？要等到多久以後，他才能在內山安頓，好再回來，帶伊們作夥走？「漢庄那群惹事生非的羅漢腳仔，不是常常笑咱番社啥攏嘸，唯獨留落來的番婆尙多？」

他們彼此已有默契，這件事就這樣決定了。兩人分頭在忙。忙碌中他有些興奮，卻夾雜著不捨；她表現鎮定，彷彿不當它一回事，又得暗自努力，心理上適應這項決定帶來的未知前景。

洪修安覺得伊目睭一睜一閉，如同竹箭射出的瞬間，就可以從自家厝地，越過中心地帶的公廳、社人共有的公地，再行到社口附近的水井處。他從那裡往前多踏一步，越過望高寮的所在，也就跨出了他所歸屬南大肚社的範圍。

在他童年記憶裡，這是一條走不到盡頭的長路。「妳要去哪裡？進來坐一下。」社人之間往來綿密，即使這些厝地，外表看來是獨立門戶的一間間家屋，實質有纏繞不休的藤蔓，將彼此聯絡成一大片的情感瓜葛。他依稀記得，malau 牽著伊的手，每經過一處社內家戶，她光打個招呼、寒暄幾句，或者偶爾盛情難卻，不得不進去坐一坐再出來，如此走走停停，到日頭快要掉落大海了，嬤孫仔兩個，可能還走不到目睭早觸及了的社口（要伊們行經下面更遠處，數十倍人口的整座社腳庄？那就更不用講了）。洪修安是直到成年，熟稔了社外漢庄和繁華的大肚街市，才不再深信不疑，伊們南大肚社是個令外人心生畏懼的大社。

修安細漢時，kaya 經常鄭重其事拷問：「哪裡是我們南大肚社的田界？」當他愣住，不知如何應答，kaya 就會老神在在，伺機重提她自小聽聞的往事：「在你太祖的年代，中國來的清朝大官問過咱們頭人，哪裡才是南大肚社的田界？」他永遠記得，kaya 炯炯燃著火把的那一對番仔目，比大溪的水還要清澈地映現出眞正主人才有的權柄。「咱當時的頭人回答：『東灰灰、西霧霧，你目睭看得到，攏是阮們的土地。』」

那是他從孩童時代延續至今的感受：咱目睭前看得到，攏是大肚社人擁有的土地。他沉重耳朵，有kaya 的聲音再度響起。這時他才彷彿重新取得了優勢地位，八方眺望。社邊北勢的方向，應該是社內阿眉大目叔的埔園。他小的時候，那塊園仔還是雜草蔓生的埔地，間隙則有身形不一的幾株野生雜木。他時常鑽進去，獨自遊蕩，讓那榛莽世界瀰漫的月桃香，包圍住伊這個孤僻少年。

這塊地已闢作旱園。洪修安時常看得到外面來的漢佃，在這裡栽種樹薯、蕃薯之類旱作，無一刻閒置。當時他只有十多歲吧，baba 會不時嘆氣，自顧自地數落著大目叔，怎麼會以不到一大員的粗俗價錢，就將伊祖傳的這座埔園，輕易典讓了出去？何況雙方不是議約，幾年內，他可以再贖回？這麼多年過去了，伊爲何全無動靜呢？又如今這片熟園，是不是還落在那個姓許的漢人手中？

如果他的少年時光靜止不動，那麼大目叔的埔園以東，交界處應該還是眉義伯的熟園；西邊相連，則依然是龜鱉阿公的地；那兒往南方向，也一定是大宇勇舅仔的園界了。他不敢多想。連他現時目睭看得到，社邊這些熟悉的田園，就在漢人扼住社人生息的同時，一塊、一塊，無聲無息割走了。「那麼，社人在這裡還有繼續喘息的空間嗎？」那個呼之欲出答案，並不是他們眞正需要的。

「你也準備要走了？」

「大姨，妳打算怎樣？」

「我的大子做頭前，幾年前就移進去了。我第二個子和她招入門的翁婿，也早就搬到咱番社腳底的漢人庄頭，嘛無可能跟咱社內的大肚番作夥走。」

我看著斗肉姨，就親像看著早早過身的 kaya。

斗肉姨仔蹲在院埕內曝曬菜乾。她用過度乾皺的雙手，替同樣在縮水以後，快速失去了瑰麗容貌的菜葉仔逐一翻邊。她一如平常，在緩慢時間裡度過自個兒才懂得的退縮年日。斗肉姨的神貌比她的實際年齡還顯得蒼老。當她抬頭注視路過的我，原本應該亮如閃電的眼珠子，竟被四周灰濁的眼白重重包圍，空洞無神到快要瞎掉。這同時我又察覺，伊們正在泛出憂傷淚光。唯有她仍在等待中的記憶復活，方能讓伊們恢復往昔銳利吧：那是比她更老邁的祖靈，依附在她眼珠子裡面，一邊祂們冷眼察看，跑得比風還要快的族社轉變；一邊祂們回憶起，伊們南大肚社人過往的光榮。

斗肉姨仔洞察的目光從我身上移開。她逕自唱起語意混沌的歌謠，曲調神似牽田祭典中深沉探入大肚溪底的吟唱，也同樣執著於離散祖靈的喚回。「跟我 kaya 生前一樣，她肯定是專注在祖靈身上了。」這是我對 kaya 臨終之際，腳踝餘溫的類似記憶。

本來我只想匆匆穿過伊厝地頭前的巷路。她不再理會我。她這個下意識唱曲卻形同一對一的固執召喚。我不得不停下腳步，跟著隔離在渺遠時空之外的祖靈，走進伊厝頭前窄小的院埕。她背後的土角厝，現今只剩下正身的單一條龍還堪居住。原來三合院的兩側護龍，早已坍塌。這座正身也好像隨時要傾倒。若不是靠她超強意志的支撐，外表紅潤如初生嬰孩，實則病弱了的這一塊塊老土角，可能老早鬆垮下來。每日爲她遮風避雨的這片草簷，也將隨之覆沒。

如今搖搖欲墜的這間土角厝，正是斗肉姨仔幾十年前呱呱落地的所在。我魯莽地繞過了她，又急急挨近這座厝身。我將身軀和臉面，貼住伊整面的土角壁。我慣常不是很活躍的手掌心，連著平常時仔就害羞得要命的那幾根手指頭，一起來來回回，撫摸著日曬底下發燒似地燙熱，幾十年來不曾離散的那一塊塊老土角。伊們一直呼吸著。伊們各自擁有不同的番仔名，日後也將活到不同壽數。

這是我從小習慣了的；是我感覺孤單時，慣常進行的一人遊戲。不同地方的泥土，可製作出不同色澤的土角。我會品評：有的是陰森的棕黑色，讓人聯想到死亡；有的蒼白、沒有血氣，是單調的灰黃，而像是失去了活力的地土，不再滋養萬物；也有的是塗抹過胭脂，透明膚色的粉紅，它溫厚土質會隨著不同時段天光，妖嬈發散出百變的風景。我早已聽聞，山上紅崁頂的土塊，最有濃郁的胭脂氣息了。而我當下觸摸的斗肉姨仔土角厝，則以幾近悲愴的紅，壓制住伊體內輕浮玩世的那股胭脂味。

「你 kaya 過世不少年了。」

「這棟土角厝的土，是從哪兒取來的？」

難道她是不滿 kaya 被我遺忘了？我並沒有順著她的話尾。不過我眞是希望，她可明確告訴我，kaya 也在召喚回來的祖靈當中。我特意避開對 kaya 的談論，是怕打擾了包括她在內的祖靈。

「番仔山的。」

「看起來不像。『番仔山』的土愈來愈沒有血色了。」

「不曾哭過的『番仔山』，就是這個顏色。」

「『番仔山』爲何那麼悲傷？我記得，伊哭到快崩掉。」

「是啊，『番仔山』不會任性哭泣的。」洪修安從斗肉姨仔的土角厝，就可清楚望見社腳庄民口中的「番仔山」。於是他默念：我們番仔王還充滿威嚴的很久以前，這座山就有咱南大肚社人爲伊取得的名字。可惜我們忘得一乾二淨。但不是我們存心遺忘。祖靈若要怪罪，那應該是我們太靠近這座山了。它就在我們的後門口。每當社腳庄的漢人，從地勢較低的西邊和南邊，遠遠眺望這座山，也同時望見了我們的村社。他們人數愈來愈多，幾十個、幾百個快速在增加，像是山園仔草萊，趁我們稍稍歇睏的暗眠，大量新竄出來。我們永遠來不及撲滅吶。他們的觀點，就是附近聚落大多數住民的意志，他們的眼光，也成爲地方上更趨主流的時尚：這裡是「番社」；我們社人是「從番社下來的」；我們是「大肚番」；伸出膀臂護衛我們的，當然就是禍福與共的這座「番仔山」了。

那是我小時候情景。只要我們這群社內孩童你一句、我一句，「番仔山」、「番仔山」叫個不停，老到沒有牙齒的女祖就會前來喝斥：「『番』什麼『番』，那麼難聽；山就是山，爲什麼還要加上一字『番』？大肚社就是大肚社，爲什麼硬要喊咱是『番』社？伊們才是『番』！」她氣急敗壞模樣，令我印象深刻：像是有著假想的敵人對她趕盡殺絕。她被逼到了山崁邊，再往前一步，就是萬丈深淵。她索性一轉身，向我們這邊反擊了過來。她提起柴木修造的手杖，一步一拐，再重重落下敲擊著地面，殺氣騰騰。我們不明就理，只覺得好玩，而像大肚山崙仔頂成群攀爬的猴子，興奮異常地叫囂。讓她追著跑，還故意在她面前挑釁，輪流喊著「番仔山」，甚至把「番仔」的發音加重、拉長，叫成一聲聲的「番仔——山」。直到我們累了，才得意洋洋地一哄而散。

那當時我如果懂得用咱番仔話問查某祖：「我們的山，叫啥名？」我們就不會永遠失去這座山的番仔名了。我們當年幼稚的戲謔，深深刺傷了女祖。我是直到長成，才意識到原來我也繼承了她的驕傲，活在「『番』仔山」、「『番』社」稱呼的無止境屈辱中。

那是社人首次進入內山的前一年。那期間也正是公議耕墾事務緊鑼密鼓籌劃的階段。社腳庄漢人開始了綿密傳遞的耳語：「『番仔山』快要崩了；『番仔山』在出血水囉！」一天強過一天，日夜不停，「番仔山」整片陡峭的土壁，眞的從天而降，一脈一脈洪流。它們傾瀉，時而湍急、時而低緩。那洪水的顏色，則神似斗肉姨仔的土角厝，連最魯鈍的人都可意會，那是從最帶感情地土挖出來，最悲愴的紅。不論在日頭赤炎炎的大晴日，或是陰沉落雨天，血紅的流瀑照常飛沖而下。誰料想得到呢？社腳庄的漢人，竟比住在「番仔山」邊的咱們還恐懼。他們擔憂，「番仔山」莫非出現了山神震怒的異象？更由於他們篤信，「番仔山」上安住多年，應當是「番仔」的祖靈，而懼怕祂們吞忍多時才發出的這股怒氣，是衝著下面的漢人而來。

「番仔山」長年赤裸的山壁，流出一條一條的紅色溝渠，而且透過這幾脈洪流在時間裡雕刻的力量，逐漸加深了傷痕。行經的人都得承認，只有紅花米染過的水漿，才會那麼無所禁忌地豔紅；也只有婦女月事流出的經血，才會那樣黏稠，散發出令人不安的生腥味。沒有人知道，山上的紅流究竟從何而來？何時它才願意停止？洪修安還記得，一段時間以後，從「番仔山」銀月升起的那個時辰開始，南大肚社就不再有讓人熟眠的夜晚了：身上披掛一條條血水的「番仔山」，除了純眞的流水聲，還會傳出一陣陣近似人聲的嗚咽。即使它壓抑了音量，聽聞者莫不確信，那是這座山的情緒性抽搐。連和「番仔山」隔著一段距離的社腳庄民都信誓旦旦：「若非傷痛至極，人間不會出現這樣悲涼的哭號。」

於是不再有人懷疑，那是泣血中的「番仔山」。直到有一天，該社頭人轆仔球召聚了社內多名老者，希冀解讀「番仔山」不斷泣血的異象。他們低聲交談了好一會兒，才推派一個人出來說話。「請祖靈爲我們解謎吧。」這名長者告訴頭人：何不讓他們一起站在「番仔山」面前，誠懇召請山上歷代的祖靈？這是伊們讀取「番仔山」心事的唯一途徑了。

轆仔球是當時南大肚和水裡兩社通事，也是即將帶領社眾走進內山的拍瀑拉頭人。長夜裡陪伴哭泣的「番仔山」，跟著浸濕在血光中的銀月，終於掉進了平靜山凹。隔天清晨，轆仔球帶領社內耆老們，走到了「番仔山」腳下的一小塊荒埔。「番仔山」的低聲飲泣和微帶寒意的海口風，混爲音質極不協調的重唱。拍瀑拉老人手牽著手，用母語唱起了他們即興編入歌詞的牽曲，召請祖靈的簡易儀式開始了。

他們的唱詞翻譯起來大概是這樣的：

請教訓愚笨的子孫　我們祖先住過的山怎麼哭了
可以嗎　我們今天來到這裡　一起用衣袖擦乾祢的眼淚
祢的血再流下去　我們的孩子——男孩、女孩
　他們全部　漂亮的圓臉愈來愈尖　沒有血色了
有什麼話　山上的祖先要告訴我們的　請儘管說　用唱歌的也可以
是不是　我們很多族人要走了　很遠很遠　看不到大海的內山　一起進去了
恐怕他們斷掉音訊　忘記了路　要走回家　南大肚社人的祖靈也要跟著四散
一個接著一個　我們大肚社人將要離開這座山　這是祢的痛苦
大肚社人就要離散　山要荒涼
這對嗎　山因此流血　哭泣不停　是山不肯接受安慰的緣故
請不要再爲我們哭泣了
我們自己都要哭了　這是怎麼回事呢
我們是老人了
年輕人都離開　爲我們找到新的土地　找到一個沒有漢人的地方
我們老到走不動了
守不住祖先土地　是祢替我們這些老人　流下最後一滴眼淚
我眞的要哭了
請祢不要一直哭
讓我們的人去吧

他們走了　他們會再回來　以後請祖靈跟大家一起走吧

我唱歌　也是我的哭聲

我眞的要哭

我們被人遺忘了

洪修安並不記得，「番仔山」泣血最後怎麼停止。所有社腳庄民都說，是「番社」的人要走，「番仔山」艱苦心，才會哭得那麼悽慘，血快流光了。這時他才訝然：「如今我挨近斗肉姨的土角厝，正是社親們即將展開下一波遷徙的離別時刻。莫非取自『番仔山』身軀的這些土塊，和當年山上祖靈，感應到同樣強度的悲愴？」

近幾年來，斗肉姨仔也快變成這間厝的一塊土角。她不僅一樣悲愴，一樣隨時可以倒塌，還更固執到一步都移不開這塊地土。任誰也搬她不動了。自從她的kaya——我小時候喚作阿伯獅姨嬤——過世以後，她繼承了這一落厝地，所有祖傳田園，也一併交給她和妹妹阿甲，共同掌管。入贅她家門的斗肉姨丈，則是出身漢庄，渡海佃墾的羅漢腳仔。我只知道斗肉姨丈姓郭，其他一概不清楚。阿伯獅姨嬤生前，也總是對著社親誇口，如同炫耀自家豢犬，指稱他是厝內最勤快、最可靠的一名長工。即使她言談間露出當家掌權者的傲氣，仍不失女性家長對於招贅子婿的寵信。

斗肉姨仔口中提及的大子、二子，其實就是她的大女兒、二女兒。福佬人看輕的查某子，卻是她認定的承家之子。她們在她心目中的重要性，和一般漢人家族擁有繼承地位的兒子們，有過之而無不及。但令她遺憾，早在幾年前，她的二女兒就跟著也是入贅的夫婿，搬到社腳。斗肉姨第二子所生的那群孫仔，也隨從伊第二子婿的家族姓氏，成爲陳家子孫，而和社腳庄民稱謂的「番社」這邊，逐漸疏遠了。

斗肉姨仔又將面對不可預知的變動。她將如何抉擇，安養晚年？修安相當憂心。究竟她應該冒險一試，及早隨從社親們先驅的腳步，走進遙遠內山？還是讓她繼續留在出生地的這間土角厝內，由海口風陪伴，度過不再有族社生活的空洞晚年？假如她選擇留在原地，身後入土爲安，則頂多成爲陳姓子孫奉祀的另一個漢人祖嬤？

溯自十二、三年前，斗肉姨仔已歷經過萬分難堪處境。「你還記得斗肉姨丈？從他二十五歲嫁過來，你阿伯獅姨嬤祖傳的田園，攏交由伊耕作、發落。結果伊利用我毫無戒心，竟將其中幾塊埔園，陸續轉到了他的名下。」斗肉姨仔的這段家族恩怨，是他從少年時代開始聽聞，熟到不能再熟的老掉牙故事。洪修安仍感意外。她不是自顧自地誦唱起召請祖靈的曲調，怎又遽然提起她招贅漢夫，卻被設計，奪取母傳園產的不堪往事？

「我尚憤慨，是你姨嬤過身，我面對那麼大筆的喪葬費，竟是借貸無門呐。我連個可以商量的對象都沒有。你姨丈從頭到尾，像個無事的外人。我這個傳家的女兒必須出面，想辦法解決我這個拍瀑拉家族眼前的困難。這是逼不得已。我們把最後剩下的幾坵山園，全數杜賣了。」

我迄今嚴肅表情，帶著自家人才有的感同身受。我說過，活著的斗肉姨仔，幾乎等同於我死去的 kaya。昔日她們是往來密切的社內姐妹。我 kaya 的 kaya 也有個讓她身受其害的漢夫。他不是一世人像個不相干外人，就是專門吃掉女子承家的田園，像是讓人防不勝防的一條臭青母。牠雖無致命劇毒，卻會無聲響溜進了敞開門戶，餓狠狠吞噬伊們自家飼養的雞仔、鴨仔等牲畜。

我不好意思當面揭露，斗肉姨仔的窘迫處境，有著更漫長內在刑罰過程。她棄守的最後山園，在阿伯獅姨嬤的少年代，早就出佃，由漢人承墾了。接續下來，她還一度典讓這塊土地，借貸錢款，以塡補生計短缺的破洞。斗肉姨仔依舊盼望，她還有贖回的一天。「咱歷代祖先捉魚打獵維生，大自然的資源取之不竭。如今我們順應漢人社會，卻是步步需要開銷，褲袋仔內不多裝一寡仔備用的清水銀，是會艱苦到走投無路。」怎知幾年下來，她的財務狀況仍未見起色，不時有一隻窮鬼在後面追趕，讓她喘不過氣來。阿伯獅姨嬤的死，最後壓垮了她的意志。斗肉姨仔和共同繼承園產的妹妹，由招贅的漢夫居中見證，以六十大員時價，把坐落在社腳庄北勢山坑的這塊山園，賣給了漢庄的陳家。我可提供更精確描述的是，從一開始出典，演變到最後杜賣盡根，那筆土地買賣正是長久覬覦山園的漢人，透過姨丈身爲番女婿的仲介角色，積極牽引而成。這是她無法預知，卻又按部就班設計過的一場騙局。

「我已經眞吞忍啊。」因爲這層關係，當年甘願賣地葬母的斗肉姨仔，竟在事隔已久的這時，透過吟誦祖靈的純淨嗓音，傾倒她在俗世積壓的怒氣。那眞是她一世人盤據不散的屈辱。這個破口帶來的傷痛，更強烈腐蝕她日益衰敗的現狀。斗肉姨丈名下轉承的那些園埔，後來也一一散落。斗肉姨仔獨自終老，只能依靠杜賣土地的那紙契約附議，每年收取區區二百文大租錢了。「修安啊，每年我光要收齊這二百文大租錢，就快耗掉半條性命。」由於雙方約定的大租錢，不時被藉故推託。即使對方如期繳納，也常有恃無恐，任意減少應付額度。這自然使得斗肉姨仔的生計更無憑藉了。

他緊緊握住她的手掌，像是對受傷孩子無言的勘慰。他所要傳達的，也是社內孩子回饋長者的溫情。「即使我想跟著你們，遠走內山，你阿伯獅姨嬤和以前祖先的墓葬，還是帶不走啊。當年我爲了付清她喪終的費用，賣盡名下最後土地。如今，我若一走了之，先祖骨骸就要遺棄。我們已經失去了田園。我們就算付過這樣昂貴代價，竟也難以保守家族的祖靈，免於日後漂泊。」

斗肉姨仔這時的投訴，宛如修安已故 kaya 借用伊姐妹仔伴活著的嘴巴，從墓葬地下發出她的哀情。斗肉姨仔脫口而出的疑慮，正是他久藏心底的無奈：田園可以賣取他遷的價銀，伊們空盪下來的厝地，未來仍可返回，一賣千休作清水銀。然而伊們無力遷出的祖先墓葬，卻是活著的拍瀑拉無法彌補的虧欠；大肚社人每年召喚祖靈的那一刻，恐將成爲族人共同嘆息的日子。

修安留下斗肉姨仔。伊目睭繼續泛著洞察世事的淚光，口中持續吟唱她自個兒編排，詞意混沌的祖靈歌。「我們是不是被遺忘很久了？」斗肉姨仔剛剛從嘴巴吐出來的這句歌詞，讓他錯覺那是才埋葬沒幾年光景的伊 kaya 骸骨，此刻受到驚擾，正在地下震動，是即將被拋棄者失望的低吟。他思緒沉重地繼續往前走。他正要穿越社內公廳的門前，頓時不由自主停下了腳步。他自問：不是日落之前咱就會返回的嗎？我怎麼這樣放心不下，好像我此時此刻不進去看看，就將失掉我的最後一瞥？這不是即將遠行的人才會有的繫絆？

菅芒厝頂不需要換新的草嗎？這個所在一年比一年落破，看不出原有恢宏。裡面空無一人。這間公廳好久沒有整修了。

*

「各位長者和社親，我們必須面對，這次再走掉一批人，會是更大的一群，南大肚社在這裡的人數愈來愈少，更沒有勢力，等於是要廢社了。」那個人的聲音不大，但由於他的語氣過度嚴肅，竟迫使圍坐的社眾們，一個個抿住了嘴唇。他們腦袋裡未必裝著相同的盤算，卻是目光一致，把生活裡原本熟悉的彼此，充作陌生獵場上等待捕獲的獵物，且發動了狩獵者狡獪的本能，監視著集會所內細微的動靜。南大肚社現任土目愛箸蛤肉想像著，他正攤開了那紙「立思保全招派開墾永耕字」。從一段距離看，眞正映入眼簾的，應該只有紙上幾幅掌紋清晰、重重落下的大手印。那是立約頭人身體血肉的一部分，不只洩漏過去歲月的蒼涼、粗獷和不馴，也承認了他們對未來命運的屈從。比起密密麻麻書寫的漢字，率直拓印的手掌才是易懂、具備靈力的符號，它們由內山蛤美蘭社番土目阿密等人，以及居中見證的思貓丹社番土目們分別覆蓋，而讓人錯覺那迎接春天的，正是滿紙盛放的一叢叢紅色刺桐。

道光肆年貳月，由南大肚和水裡二社通事郭球、北大肚社土目愛箸武澤，夥同北投等平埔族社的頭人們，共同列名的一份耕墾契字。這項契約的存在，不只展示了南大肚社人首次入墾內山的成果，也將說服在場族人跟進，當下抉擇，來繼續完成下一波冒險行動。

「我們不會就此四散。大家作夥走，共同到內山耕作開墾，也是爲了打開另一條生存的路。」四、五年前，社通事轆仔球、土目烏肉武厘也一度召集社眾，針對是否回應內山番親的招募，進行過謹慎的合議。由於那時族社的頭人也是遷徙內山的領導人，如今相關會議的主持，才會落在匆促繼任的愛箸蛤肉肩上。

他展現的，不再是具有實權的領導人氣魄。他不過是平輩兄弟，和眾人綁繫在同一條命運的褲帶上。他渴望取得威信的表情，仍流露出深不見底人性的恐懼。說眞的，這至少安慰了在場社親，這裡聚集，留著未走的人，可能還是維持著母社運作的骨幹人物。這個集會還未放膽開議，空氣裡就瀰漫了不可取代的和諧和結論：步入風中殘燭的南大肚社，計畫一批跟著一批，陸續出走，涉及的不外是招募者提供的機會、務實的遷徙策略，以及族人總體安全的考量，而不再是遷移與否的意向對決。這個時代再也沒有大肚番王力拚三腳戰神的偉大神話了。

當年支持這項合議的社親，多半已經遠走內山，其中還猶豫不前的，則包括了今天再度出席公議集會的一部分人。當時他們雖然在理智上承諾了這項遷徙行動，卻因爲現實條件的阻礙，或受到複雜親情力量左右，至今停留在原地。也有與會者仍舊採取一貫疏離的態度，有關自己家園的未來，他們寧願信仰，是不可抗拒的環境掌握了最終決定權。公的歸公的，集體歸集體。有的還是捨棄了個人主動的立場，打算永遠觀望下去。他們有的仍在測試底限：自我長期依附的對象——集體的族社生活，一旦從原地挪開，這斷了箏線的家族還能像是灌溉飽足，按期結穗，微風中挺立的稻禾？社人集體生命的鍊條鬆開了嗎？分批遷徙，也是一次決定性的出走。這個南大肚社近年來罕見的公議場面，還是讓與會者親嘗到期待和退縮的雙重滋味，以及那兩邊拉鋸的磨苦。這也是即將離散的社群才有的知覺。

在座的白番開始發言。阿三站起來：「咱這裡再住下去，會愈來愈嘸趣味。咱們大肚番快要損龜了。」阿三找不到更文明語言，可充分表達社人不願再住下去的消沉意識。那是一種長期失落後的困阨感。他覺得這應該是祖靈同意的時機，由伊來跟族親講古，陳述伊們從阿祖時代就有的困境：

這是我阿祖細漢時仔的南大肚社。漢人瞨咱南大肚社人的田，由我們收取大租。拓墾漢人因此流傳這樣說法：本社族人身爲地主，統統都是「大肚番銀滿厝間」。漢人借米要還，常常趁我們中午吃飯的時候。因為他們發現，我們習俗是中午吃飯時，必須沉默，不能出聲說話，更不能任意起身，離開座位。我們遇到漢人挑在這個時間來還米，只好比手畫腳，請他們自行把米還回我們的米倉。直到有一天，漢人又選擇午餐時間前來還米，剛好我們南大肚社人家裡養的獵犬大聲吠叫，衝了出來，而不小心撞倒捧著米斗仔的漢人。我們社人只好打破禁忌，趕快起身跑了出來，幫忙撿拾撞翻在地的漢人米斗仔。當社親將倒出來的米粒重新裝回，才訝然察覺，他借出的時候，明明是滿滿的平斗，這奸巧漢人歸還的，卻只是窄小容量的一個尖斗，實際只還回了可憐的一點點米糧。我們至此才發現了眞相，可恨原來是相信漢人的，卻遭受了無理矇騙而不自知。

阿三說故事的方式，南大肚社人理應是主角。誰知幾代以後，同樣故事也在社腳的漢庄內廣為流傳，漸次成為漳州阿嬤跟孫仔輩講古的經典。出自伊們口中，針對「大肚番銀滿厝間」的形容，即使那隻獵犬還是踢翻了米斗仔，即使南大肚社人的處境還是值得同情，那解釋的重點卻是大肚番比較「憨」、比較「好騙」，而故事中的漢人，當然是比較「巧」，謀算有度的一方了。一旦換漢人來講古，許久才被拆穿的這齣騙劇，開始散發出詼諧的喜感。

阿三的悍草眞好。伊講古的時，會配合情節發展，用力揮動他極端情緒性的手勢。那一連串劇情發展當中，跑出來叫吠的獵犬、撞翻了的米斗仔、社人對滿斗白米的期待，以及被詐騙社人瞬間爆發的憤慨，一一擄獲在場社親的心。他們用目光回饋的，則是站在同一陣線，手足的同情。不過聆聽者還是覺得，即使威猛氣勢的他在腰間插上了番刀，仍是個被束縛了手腳的消沉戰士。他不再有公平的戰場，剩下的只是自殘的力量。他彷彿是當年那隻衝撞詐騙者的獵犬。他不是個思想複雜的讀冊人，但是他更有從悲憤中自我覺悟的勇氣。他說：「我們失望，卻一直沒有眞正學到該有的教訓。」

阿三希望，這個流傳在漢人中間的拍瀑拉族人故事，可以為南大肚社人正在醞釀的另一次遷徙，提供寓言般的智慧啓示。即使這個「大肚番銀滿厝間」的美好想像，伴隨的是一個殘酷現實下的詐欺故事，它也是在場社番自小耳熟能詳，陪同他們一起長大，密集聽聞，像呼吸一樣的傳家童話，並不新鮮。但是他們今天卻共同意識到，這個故事不是舊事重提，相同情節還繼續發生在自己身上，他們不能再用隱忍，壓抑心中洪水般的輕蔑，對於漢「番」嚴重落差的現今情勢，他們必須一致發動精神上的反制。這也是社人出走，終將匯成洪流的動力。即使，他們清楚看到了彼此：受害的彼此對於漢人所居處境，早因羨慕而認同，他們即使是動作笨拙，像是牙牙學語者，卻還是發動熱切的心，在生活中積極仿效了起來。這樣的矛盾心情正是鑽進他的心臟，日夜咬住他的一條惡蟲。

愛箸蛤肉讀取了社眾的情緒，被漢人社會邊緣化的社人，正急著找尋下一個盼望的出口。他如同敉平傷者悲愴的祭師，且將這個社內公議，視同凝聚族人的一場神聖祭典。幾年前社人首度遷徙內山的景象，在他口中竟然化作了追念遙遠年代的懷想曲：「山中麋鹿是快速奔馳的閃電，也成了我們記憶裡唯一捕捉的美好時光。同是我們平埔打里摺，北投社的勇士們入山打鹿，山中閃動的鹿蹤成爲共同命運的嚮導，他們巧遇了出自水沙連的思貓丹社番親，是把蛤美蘭社親和你、我繫在一起的彩色阿拉帶，中間傳遞了內山、海口彼此的難堪和苦情，也是引動慈悲力量的中介者。這從此開啓了平埔社親跨族合議的新時代。我們遠走內山的耕墾行動，不只驚動了沉睡山神，更讓見證的大河，跟著祖靈低聲在嗚咽，這是族人告別大海的一次大遷移。平埔各社同心接受召請，和蛤美蘭社親訂立合約，我們拍瀑拉展開集團移動，作爲內山先行者的這批社人，除滅荊棘、闢斬草萊，幾年下來開荒成田，逐漸有了可觀的耕墾規模。」本社土目愛箸蛤肉明細列舉我們拍瀑拉族所得的一大份，是由五個社頭共同分配，總共刊分了六十五份埔地，本社人取得其中的二十七份。他還進一步強調，那是個沒有漢人的地方，對於族人來說，更是個充滿了機會的新世界。擁抱土地的滿足，拋開對土地貪得無厭的漢人，這些族人渴望已久的願景，終於讓這場公議移動的方向，逐漸觸摸到社親們敏感的心。

對於習慣窮乏的人來說，疑慮是比夢想的編織更周密。「幾年前移入內山的那批社親，有一部分人，比如說阿眉烏義、蒲氏武厘，去沒多久，又再跑回來住，可見他們的耕墾，並不如我們想像般順遂。這就是我所擔心的，如果我們跟著再走一批人，恐怕會再遇到同樣困境，將面對的可能還是無法解決的難題。」就在合議的公眾開始編織內山的救贖圖案時，中年社婦阿保老興針對遷徙的不確定性，吐露了她的憂心。與其說這是她所提出的質疑，不如說是她早就打定主意，即使萬般艱困，都要放手一搏。那個只能到內山編織的彩色未來，也許像是還沒穿過的一雙草鞋仔，她很想試探看看，穿戴起來是否眞的舒適合腳。

大家記憶猶新，首次遷移那年，社內壯丁阿眉鬥志高昂，暫時拋下妻兒和厝地，夥同族人前進內山，無疑是當年耕墾行動的最先鋒。那時爲了籌措耕墾的資金，他勒緊褲帶，咬牙動用了祖傳的幾坵山園，才借貸到急需的清水現銀。這爲數不小的一筆錢，就是用來採買禮物，和各社打里摺共同給付蛤美蘭社，是取得耕墾權利的對價。怎料那年早季的水稻還沒收割，阿眉就和同批出去的蒲氏等人，低調回到了社裡來。這件事當初引人注目的程度，不輸第一次，拍瀑拉中的先驅者進入內山，而在留下的社人中間，引來了一連串震盪。出去的和留下的；走了，又回來的和走了，就不再有音訊的，同樣令人無法置身事外：大家都在彼此的樂觀和絕望中，看到了自己憂喜參半的臉孔。大家不直接詢問，卻仍期待對方最忠實的告白，目的是要卸除反射的鏡面所映照，自身背負的種種疑慮。

困惑是未下雨前籠罩的一朵朵烏雲；困惑，比解釋散布得更快。留下的南大肚社人，腦海裡有盛夏午後突然下起的一陣暴雨，它快速出現了各式各樣的猜測，形成一幕幕異地神奇的幻景：開拓者眼睛所看到的耕墾新生地，日夜都有跨越藍天的彩虹橋。那裡的春天，有千百群舞的彩蝶，在肥沃土壤的田園中，相約殉葬。這是移墾社人親手開闢的。拍瀑拉壯丁的汗水，是爲了摯愛女人的生存而流，他就是家鄉的希望。草萊茂生，等待移民先驅的劈斬；和他相伴爲伍的，只有四周山林瀰漫的瘴氣和蛇毒。他總是能夠度過霜凍的寒夜。新綠的早稻撫慰了孤單男人的心，稻稈裏著草香，裡面暗藏南大肚社女子的嘆息，從原鄉的溪水一路傳進來。直到有一天，內山的清晨還未完全醒來，睡在我們身旁，白日裡滿是拓墾者豪氣的拍瀑拉族親，被取去了 kaya 爲他生出的俊美頭顱。我聞到了血腥，他的頸項還有暗紅的血液噴出。我的眼淚滴在同伴頸項上，和他青壯的熱血混合，這時我才開始思念起大肚溪畔無憂的童年——我最熟悉的大水今天成了淚水和血滴熱烈的匯流。天亮以前，這是最無情的一刻。清晨的第一道曙光總算出現了。出草的青番仔，只在晨露的小徑上，留下淡化了敵意的足印。深山子民從祖先傳承的驕傲，也是我的傷口。

社內的人紛紛揣度，只有出草的青番仔，只有更大的恐懼和挫折，才可能讓這幾個堅決出走的拍瀑拉，再度返回沒有希望的原鄉。社婦阿保老興年輕的時候，曾經以勇悍著稱，不過今天她的質問，卻和族人日漸畏怯的心有關。早在十多年前，阿保開始賣斷祖傳的土地，這也是她重新像個無辜的孩子，對人生感到無止境恐懼的開端。土地是祖先的。何不讓土地自由？她從祖先遺傳的天性，可說是放任的。土地回饋給她生養的憑藉，足夠了。她不去統御，不是從更多土地，生出更多控制不了的欲望。她個人面對土地的過往，一度不知擁有的快樂，不知失落的痛苦，更從未體會過完全占領的快感。這未必出自純眞。她用最天然的方式，擁有了一切。

「幾年前，阿六、阿甲那幾口灶，出去的人不到一年半載就安頓好，回來將妻子、兒女和家族長輩分別帶走了。」有人出聲，意在安撫焦躁的阿保，聽得出來這個人選擇樂觀，也是爲了提高自己的勇氣。

出走；留在原社，分裂的南大肚社很難產生新的斷層了。「即使我們又走了一大批人，明年，牽田、揹祖公，還是應該如期進行。還是壯年的男丁先走，社女、老人和孩童，暫時先留下來吧。每戶的厝地由他們守住；不管留下的，走的，大家都要互相照顧。我們即使一批批去了，還是記得年年再回來收大租。有人不放心，但是社人共有的公地，不要動。即使我們心內想，是要永久遷走了，還是可能再回來的。社內的公務，我們要會打算。有些社人還沒決定要走，恐怕必須報知官府，重新立個土目，留下的社人愈來愈少，是不是請官府爲同是拍瀑拉的南大肚和水裡兩社，推派一名通事即可。」如今可以參與合議的社人，大半是「白番」了。擔任甲頭的富哩宗，儼然是以長者身分發言，從他的態度可以推知，社人離開大肚原鄉已是大勢所趨。他自己跟著走，看來也是遲早的事。這和圳溝引水，灌溉田園是同樣道理，他也是從務實立場，推論出社人公議不得不有的方向。

「內山耕墾如果順利，住得下去，再回來賣公地也不遲。」這口吻初聽起來，是對遷移內山採取了保守態度，但更深剝開他的心思，其實他對割捨原鄉，早有了充分的心理準備。烏義的口氣世故，他緊皺著兩道黝黑的粗眉，讓人覺得一直在憤怒，不過他相對溫馴的眼光裡，卻閃著最後棄守者的狼狽。尤其公地原是凝聚社人認同的最後象徵。等到社人陸續移出，原社失去聚集族人的動力，不再實質存在，那麼公地的傳統意義也將跟著瓦解。說話的烏義眞正意思是，海口已經是個愈來愈陌生的地方了。在場的洪修安彷彿聽到，情同兄弟的他正在喃喃自語：「我覺得自己不再屬於這裡了。」這聽不到的心底話可能具有雙重意涵：一是說，我是不想離開原鄉的社人，但是這裡已找不到我的容身之處；另一層更深隱藏的想法也可能是，我確實不會離開原鄉，不過，留在這裡的我，也不再屬於那個即將消失的南大肚社；放眼四周，那些人口日益膨脹的漢庄，才是我日後注定的歸屬。

「這次社內舉行的牽田走鏢結束，就可以走了。」公議即將終結，愛箸蚧肉用目光的餘溫，掃視全場，他適時給予暖意，多過最高裁決者進行宣判的嚴酷。眼前社親聚集的景象，仍讓他暗自心驚：剩下的社人，眞的不多了，即使我們全部走光，都算是元氣大傷以後，倖存的一小群了。沒有強烈異議，公議算是通過。南大肚社將再度參與平埔打里摺的行列，入山耕墾。公議場上沒有出聲反對這項決議的，並不表示這回一定跟著走。至於決心不走的，早認定自己可以活在漢人世界。那也許是更安全的另一生存選擇。在這內心掙扎的關卡，他們說不出口的苦悶，反而讓自己表現得更鎮定。心有定見的洪修安，則一副冷眼旁觀的瀟灑，他一眼看出，烏義叔的心情多麼沉重。

社內最初的公議即將結束，浩大移墾工程所需面對的各項難題，也才開始。愛箸蚧肉不得不展現出頭人處理遷移事務必有的強悍意志。「各位社親，我們一旦接受蛤美蘭社人的招墾，和他們訂立永耕的契字，就須和其他各社的平埔打里摺合議，根據耕墾土地刊分的數量，饋送內山番親對等的禮物。除了打死不退的毅力，這是我們應該付出的道義和情誼。這批開墾需用的禮物，將包括鼎、銅鼎、棉被、朱吱被、朱吱馬褂、草藍布匹等具備時價的物件，各從數百到上千不等的數量。由於這回入山耕墾的預計人數和土地刊分數量，都較上回增多，同議的二十幾社平埔族親，可能須共同承擔這數千大員的禮物總額。目前距動身前去耕墾的時日，已漸漸接近，我擔心，大家可能還有困難？盼望大家共同努力，籌措足夠的資金。」

他詢問的，不只是社人移墾的主觀意願。族人內山移民，除了豪邁勇氣，仍需具備現世的資財。這是他們社群實力的一大考驗。

「伊們平平是大肚番，正港太過散赤的公族仔，要走？眞拚咧。在咱來看是想歸想，到尾仔嘛會行無路。」這是從貼近伊們的社腳漢庄，不難聽聞的議論趨勢。

他早已預見，本社匯聚壯丁的多寡，以及購置禮物的財源充裕與否，都將影響他們進入內山的拓墾規模。幾年前，族人首度入山耕墾時，大部分社人就已面臨過同樣的取捨。愛箸蛤肉今天最後的提醒和公告，在場社親並不感到意外。非走不可的社人，早在默默盤算，積極尋求可能籌措資金的方法和門路。不過在這樣敏感時刻，原本靜悄悄的公廳，因著社親私下的交頭接耳，彼此議論，竟一下子出現了密集嗡嗡聲。他們壓低聲音，像是餓極了的成群蚊子，攻擊之際又得一邊發出殊死戰鬥的叫喊。由於拍瀑拉長者的寬容，原來此起彼落細鳴，很快擴大聲量。這兒雜沓人聲可一點兒都不輸熱絡市街了。沉穩發言的長者已被群眾遺忘。顯然這才是公議最後的底限。有意他遷的社人，若要跨越這道最低門檻，仍得窮盡畢生的心力。

「我的園仔邊還有幾門祖先的墓，眞不放心。但這是沒辦法的事。咱以後再看吧。」

「我看目前情勢，只能先顧全咱還活著的人吧。」

天色伯替所有社親講出了心內共同的負荷。他吐露眞情的話語，並不期待更好結局的挽回。幸好他們有自小根植的拍瀑拉習俗，足可安慰他。「不過，只要社內還持續『揹祖公』的祖靈祭，祖先和現世活著的社人，就不會中斷了彼此的聯繫。」天色伯最後發言前，仍若有所思沉默了半晌。

洪修安按循復活記憶的現場指引，重新鑽進了拍瀑拉遺落的時間縫隙。他走到當時座席的位置。他重溫那一天，族人有了關鍵的決定。上個月初，社人在這間公廳內，召開耕墾內山的社眾會議，全場下來，他沒有一句話。此刻空無一人的公廳，他獨自走了進來，熱血沸騰，像是爲了即將搬演的重要角色，走上布景完備的戲台。他揣想當天公議還沒結束，自己終於鼓起勇氣，站了出來。他無非是替困窘的社親，謀求一個更圓滿意義的解答：「我們墓葬祖先的骸骨，埋在大肚山的土下，他們生了根、發了芽，長出數不清的菅芒、雜木仔、月桃和土芭樂樹。幾代下來，他們在這裡和風、和草、和土、和海已經合而爲一。我記得女祖說過，我們的墓碑雖然只是一顆從大肚溪畔揀來的石頭，子孫要記得它的形狀和顏色，要記得它摸起來的感覺；我們的墓碑上沒有名字，我們卻有隨時等待召喚的祖靈。是不是，我們的祖先一直提醒：不要忘記了召喚祖靈的歌。我們必須帶走的，不是歷代大肚南社所有共同的祖靈嗎？背祖先的骸骨，捧著家族神主牌仔一起走，這根本是漢人的風俗。難道我們忘掉自己是誰了嗎？」

*

他順勢用兩隻手扶住水井口，傾身探入井內，一圈又一圈石頭鋪設的井壁，很像冬眠的蛇身上脫下的漂亮蛇皮，引誘他那雙渴望沉進井底的眼睛。他再度想像縱身跳下的刺激。這是他小時候最愛玩的觀井遊戲。他記得查某祖說過：「這口井是我們拍瀑拉最清最明的眼睛。」洪修安長成以後，雖然沒有魁偉體型，卻已鍛鍊成身形頎長的壯丁，相對來看，這意欲探入井底的冒險動作，應該不再激發他危機般的快感。「這口井不再清澈，水量也枯減了。難道那祖先開掘的地下湧泉，也感知這最後一群受傷的南大肚社人即將離開，而不再盡情湧出？」洪修安從現在這一口井陰沉不定的表情，感受到更加逼近，全體社人共同的危機，這危險遊戲卻已失落了童年曾有的愉悅。井水映出他自我批判的思想：「長者是不是教訓過：那裡有我們拍瀑拉，那裡就有流不盡的湧泉；我們的井，是失散的拍瀑拉兄弟最後相認的地方。如今將棄井而去的社人，形同捨棄了自己優越的知識和文明，而那曾經是祖先引以爲傲的。」

誰若繞過這口水井，扼守南大肚社進出的社口，就在不遠的幾步路了。那也是下面的社腳庄，和這座「番社」各據西、東，在彼此界域上一路「對峙」，數代以來你消我長，勢力纏鬥的起點。「這是番仔井；我是住在番社那邊的；番社口出出入入，大抵就是我們這些『從番社下來的人』了。」洪修安每次踏出社口，都會自動生出一種即將「出去」的警覺。「他們是從番社下來的。」下面番社腳的人用不同眼光看待他們，他早就習以爲常。「他們社腳的漢人。」社內長輩講起過往幾代和漢人之間的恩恩怨怨，社腳庄民也常成爲具體例證的對象。在他的成長記憶中，「番社」好比一座生活的孤島，只有身旁安靜的「番仔山」，才是社人友善的倚靠。而當族親從社內眺望大肚溪的方向，就可想像日頭下閃爍多姿的河道，不正宛如南大肚社女人盛裝時候，腰際醒目的織錦阿拉帶？只有這條大河一心一意繫住了更遠、遼闊的大海，身爲大肚番童的洪修安，才獲得精神上完全的慰藉。

「社腳不是在遠遠的下面嗎？」家裡的 atau 以前時常這樣反問他。atau 個性隨和，但他生前只要講到了社腳庄，總是語帶嘲弄，毫不掩飾他對於漢人的輕鄙。atau 耿耿於懷，位在社腳庄內的一塊園仔，明明是他 atau 清楚交代過，留下來給他的。怎料後來，那座庄頭內的漢人竟將這片旱園指認爲「無主荒地」，再伺機向官府報請陞科，無理侵占了。

「社腳不遠，就在我的腳底下。連我的腳趾頭踩到的一隻螞蟻，都比伊整庄頭大得多。」洪修安聽多 atau 的抱怨，也會聰明回話，在他面前大大貶抑社腳庄人的勢力。他是光用一張嘴巴，要來逼退漢庄氣焰。待他長大，就不得不正視，社腳庄民的生活界限確實一路逼近。如同八爪章魚的漢庄，是從不同方向伸進了「番社」一帶的拍瀑拉傳統領域。如今這番社口的所在，像是在原來南大肚社的胸膛正中央，被刺進了一刀。致命。這無法止血的南大肚社，已是奄奄一息。

進來社腳庄的唐山移民愈來愈多，他們如同風水季的大肚溪水，來勢洶洶，且不再遵循原有水道的規範：這股四處溢漫的洪流，完全排斥在固定水路上的行走。他們肆無忌憚地另闢新路，大舉侵呑原來溪埔以外的土地。他們爲了爭取更多生存空間而鬥狠，哪裡都敢走。他們不時趁虛而入。社腳漢庄不斷擴張的新界，終於模糊了「番社」拍瀑拉對自己邊界的最初想像。

洪修安走在社腳庄人新闢的牛車路上。漢人新興開發的痕跡，沿途比比皆是。看來社人已無氣力守住最後的土地。

「要出去？」社腳庄的青龍仔伯一個人站在伊的厝前空地上，用心翻曬著晚季收割的稻穀。這只是他跟路人隨意寒暄的客套話。他們不熟。對青龍仔伯來說，他不過是「從番社落來耶」，是社內人口漸稀，不再對伊們漢人構成威脅的「大肚番」。但是洪修安早就牢牢記住他：當年和伊 baba 親如兄弟的蒲氏叔，就曾因爲他 atau 遺下的水田，被眼前骨力種吃的青龍仔伯取走，而在伊 baba 面前失態，無助孩童似的嚎啕大哭了起來。

那大約是二十年前的事了。從我很小的時候，蒲氏叔就常到家裡走動。率直的他，不時咧開了唇形細緻，一點兒都不輸漂亮女人的嘴巴，憨厚地笑著。好像天塌下來，都會有人幫他頂似的。他喜歡找我比賽走鏢。他結實腿肚，跑起來有夜行山貓的敏捷，是我崇拜的英雄。叔仔一直獨身。後來終於有個叫阿甲的女人願意當他的牽手。baba 就開玩笑，說他：「年紀一大把了，還能找得到願意跟他的牽手，肯定是他誠心感動了南大肚社的祖靈，特別庇佑，才有這樣的好運吶。」我知道 baba 是高興到如同自己親兄弟在辦喜事。那幾天他除了沉浸在由衷祝福的喜悅中，還不時感慨萬千地喃喃自語：「咱蒲氏找得到牽手眞嘸簡單，眞嘸簡單。咱們平埔番的查某人，不少是寧可去當漢人的牽手。講起來咱大肚番到老嘛找嘸牽手，豈只咱蒲氏孤一個？」

蒲氏叔仔養家活口並非易事。他覓得牽手，才不出幾年，就落魄到日食難度。他是連最起碼一日三頓，顧好全家夥腹肚，都做不到。叔仔情急下只好把坐落在社腳庄的祖承水田，就近出佃給那庄頭的漢人。雖然當年契字註明的是永佃批，那塊土地實質是被他賣掉了。那年我十三歲了，還是無法理解，應當從此過著幸福快樂日子的叔仔，爲何硬是在生活現實中，給一步步壓垮了？他的那場嚎啕大哭，算是提早送走了我無憂的少年時期。

「這棟瓦厝是眞婧、眞氣派，應該是這幾年才蓋的？」我目光掃射這座格局寬敞，欣欣向榮的三合院，猜想坐落在社腳庄西勢的這片厝地，原本應是蒲氏叔的土地；那開闊的院埕上曝曬的稻穀，莫非就是拍瀑拉祖先爲子孫預備好的糧餉？青龍仔伯的勤奮和富庶，引來我莫名的失落。我爲了掩飾自虐的情緒，只好用更亢奮語調，表演著過度諂媚的應酬戲碼。

「你蒲氏叔仔還在耶否？幾年前，伊生活更歹過，窮到要被鬼掠去囉，才連這塊田的番大租都典讓給我。聽說伊的牽手後來也跟別人跑了，講講耶實在嘛可憐。我已經盡量幫忙伊啊。伊若無愛打拚，莫知影打算，只靠借貸現銀來度日子，難怪最後會敗了了。咱最後一句話，伊根本是番仔性無改，才會走無路。那實在是會害死人的無底深坑。」我心內暗想：「原來青龍仔伯早就熟識我。」青龍仔伯宛如神佛勸善的那席話，並不減損叔仔在我心目中的崇高地位。青龍仔伯聽來謙遜、頗具同情心的言談，裡頭卻挾帶更大貶抑。「他其實是充滿爭鬥心的。」這想法我只能放在心裡。而青龍仔伯按藏不住的勝利者自誇，反而讓我腦海裡，重新浮現伊蒲氏叔仔憨厚可親的身影——那是他在無妻無子的日子裡，常見的花開一樣笑容。青龍仔伯在我面前搖頭嘆息的，不只是叔仔個人歹命的過往。伊口氣裡影射的，應該是包括我在內，這一整群大肚番日落西山的命運。我窘迫到無法回話，只能再度逃回停格了的少年記憶：「這是眞的，蒲氏叔仔對人生感到飽足的笑臉，一直鼓舞著我。他永遠是那個搶得頭鏢的英雄。」我揣想，如果叔仔還在人世，應該問問沒有了土地、晚年潦倒的他：「您想要遷移到內山嗎？來吧，我們一起走到那個沒有漢人的地方。」我相信，叔仔一定露出了勝利者笑容。

*

洪修安順著社腳庄內的牛車路往南走，從過溝不遠的路途上，就望見了福和宮滿是雕刻、彩繪的醒目建築。他十五歲那年，蒲氏叔仔佃賣水田還不到兩年，社腳這間庄廟就風光落成了。這是漳州人從唐山分靈，爲了護佑這裡移民而籌建的廟宇，包含池、溫、朱、高和李這五姓氏的五府王爺，都是他們祭祀的主神，屬於具有除煞解厄法力，守衛全體庄民的地方神廟。福和宮從創建以來，即是社腳庄民的共同精神寄託。這個月初，朱府千歲慶祝生日，經庄內各方角頭全力動員，這座庄廟才熱鬧滾滾過，跟著王爺浩浩蕩蕩出巡的幾尊大型神將，也還意猶未盡，排排站立在廟側走廊上。幾天以後，溫府千歲又逢聖誕，祂們巡庄時搖頭晃肩，威風八面不可一世的盛大場面，又將重演。

路過的洪修安入境隨俗，踏入福和宮的主殿，雙手合掌簡單行了個禮。「這又不是恁大肚番的神明。」他當然知道，圍坐成一圈，在廟前榕樹底下，午後納涼的社腳庄老大人，是從他轉進來的那一刻起，就目不轉睛地釘住了他，監視他的一舉一動。這是他們無聲的質疑。況且這幾仙五府王爺都是從福建原鄉渡海來台灣的本尊，是漳州人信靠的守護神，連同樣來自唐山的泉州人和客人，都互不相干，各拜各的神、各燒各的金爐了，怎麼還輪得到平埔番來拜伊們的王爺？

「你這大肚番，對阮們拜啥？即使恁平埔番早就歸化清朝。阮們祖先從唐山來，才有拜媽祖，傳王爺的香火。這廟內事嘛恐驚仔只有阮們庄頭的人才有份。」修安感覺得出來，目光片刻不離他身的漢庄耆老們，嘸講出嘴的心內面，正在議論紛紛。

「這不是阮們孤嘮，愛怨妒別人。社腳是社腳；番社是番社，兩邊平常時仔嘛嘸在互相陪對。咱王爺生熱鬧，抑是扛媽祖巡庄，從來嘛不曾踏入去你們頂面的番社一腳步。」修安覺得，伊們相信只有用更冷漠目光逼退，讓他早早離開漳州人歸屬的這間王爺廟，社腳庄「人人有份」的這座大廟，才會平靜下來。他充分理解這群漢庄老大人的心情。社腳建廟是前所未有的庄內大事。福和宮建成以前，前來社腳拓墾的漢移民雖快速增多，逐漸形成聚落規模，伊們心理上仍自愧是客居他鄉的外來者。即使「有唐山公、無唐山嬤」，早年來到這裡移墾的羅漢腳仔，不少和大肚各社族人通婚，有了拍瀑拉牽手；即使伊們有同姓宗親互相照應，仍是提心吊膽過日子。修安思索：伊們不是飽受青番仔出草威脅，就是涉入漳泉鬥、閩粵鬥，要不也會受到抗官民亂的牽連，「五年一小亂、十年一大亂」，地方上難有真正平靖之日。有廟才有庄，當年福和宮順利蓋起來，社腳漢人才覺得性命有了倚靠，穩妥定住下來吧。不過伊們社腳庄今仔日壯大，付出代價的，更包括了土地淪入伊們手中的阮大肚番。

「難道我們注定是這場競爭的失敗者？」修安不時自問。他正值鬥志高昂的壯年，還不大能夠體會不得不認輸者的心境。

那是到了修安阿太的年代，住在社腳的漢人才漸漸多起來。那時，他們也大半倚靠佃作南大肚社人的田園來過生活。「我們剛來時眞散赤，日子眞歹過」，社腳庄長者緬懷開墾初期的艱難，總是這樣告誡子孫。用排斥目光驅趕了修安的這幾個老大人，細漢時想必都曾聽聞長輩這樣的訓勉。

「咱這些大肚社的拍瀑拉，要跟漢人從唐山過海，遠路嘸簡單請來的神明討平安？嘸啦。」這是修安的atau，晚年最常掛在嘴邊的一句話。那是在他的世代，渡海漢人百倍、千倍增長。南大肚社逐漸被後來居上的一波波移民潮圍困，成爲自我封閉的孤島。從此以後，社人若要北上，走到大肚街上洽辦、採購；或是探訪中、北大肚和水裡等社族親。要不伊們南向出去，往學田庄一帶收大租；往中渡頭搭船過溪，最終行抵對岸彰化縣城，可一定要穿過社腳庄內快速滋長的巷弄。虎視眈眈的漢庄，即將淹沒伊們庄民口中的「番社」。載浮載沉社人，一旦掉落異族拓墾者用汗水蓄滿的大海內，就更顯得勢單力薄了。如今連修安也不得不默認：「我這個大肚番要在社腳庄的漢人廟內求保佑？免肖想喔。」

社腳庄民比誰都還要清楚：嘸法度蓋大廟的庄頭，絕不可能在鄰近聚落中，出類拔萃。愈是無倚無靠的小庄頭，愈渴望有一座大廟的加持。福和宮到底是間小廟，還是一座大廟？這就在人看、在人想囉。修安回想，自從福和宮蓋起來以後，年年有五府千歲輪流做生日，社腳庄民除了家己組織弄獅的陣頭，嘛會請大肚頂街的北管樂團前來助陣。他經常好奇地跑到廟會現場逗熱鬧，覺得扛王爺的神轎搖晃時，像是喝醉了酒的大漢前朝皇帝。那前導開路的一尊尊神將，震懾八方的甩袖擺動，似乎讓他親睹了滿人還未入主中國的舊朝廷內，穿戴起威武袍褂的成列武將。至於這一整座王爺廟，就算是天威降臨的華麗宮殿了。五府千歲按照原鄉不同姓氏的宗族地位，各自代言。王爺既是天上神祇，也是地上權位的實力展現。他們老早忘卻滿清的異族統治。他們轉而洋洋得意，這裡原來頭家的大肚番，不再是唐山移民一爭天下的對手。就在地方新興的這座漢庄內，大清帝國視爲敵境之民的這一小群漳州移民，總算就地實現了伊們統御江山的美夢。修安意識到，漢人的神明國度裡也有高低位階明確的分化。當他虔誠膜拜漢人庄廟的神祇，頂多是歸化了的番，對於異族想像的天朝，卑微臣服的一次叩首罷了。

「這裡的王爺應該早就熟識咱們大肚番查某、查埔的面相。連伊們金身，攏生得一副番仔面、番仔面。」修安不安凝望著這幾尊王爺千歲。孤單的他在敵意環伺下，確切感知祂們莊嚴威容，正露出了超越時空的友善微笑。社腳庄的漢民在本地立足的基礎愈穩固，小小庄廟的福和宮，也就水漲船高，跟著香火興旺了起來。這裡的王爺即使比不上大肚頂街、下街媽祖的崇榮地位和超人氣；祂和水裡港福順宮內的老三爺比較起來，也缺少了見識過無數風浪的那份霸氣。不過就祂在庄內至今形成的氣勢，已足夠讓一部分從番社下來的拍瀑拉，慢慢信服起穿戴大漢官服的這幾尊地方神，樂意跟著大批湧進的漳州移民，拿香一起膜拜了。修安發現，不論各庄爭搶頭香的漢人們，怎麼優越感作祟，緊抱住自家神明不放，仍擋不住部分「西瓜偎大邊」的拍瀑拉，或明或暗跟著正得勢的伊們，拜起了王爺和媽祖等民間神祇。而這股信仰轉變的流風，確實在各個番社內，引起不小騷動。或者它一度造成族人之間的分裂。

「那幾尊歹面腔的王爺，又不是我們的祖先，拜祂們做什麼！」斗肉姨仔的二查某子，招贅了社腳庄的陳姓漢夫，幾年前搬到那裡住了以後，也跟著翁婿，一起信仰了守護庄頭的王爺。這成了斗肉姨仔心中的痛。

「這妳無啥了解。我如果不幫忙準備牲禮，學伊們漢人拿香，跟著社腳庄的長輩奉祀王爺，那麼日後我在庄頭，要如何跟人站起？何況聽講這間福和宮的五府千歲眞靈驗，會幫人醫病、除煞解厄。阮們厝內大小平安，攏愛靠這些神明囉。這是全家夥仔的代誌，我不能不顧慮。kaya 妳也要從我的立場，替我想看嘜。」斗肉姨仔的二查某子曾經當面反駁伊 kaya 的叨念。

「那我們的祖先也不用顧了？我死了後，妳也不會回來『揹祖公』，讓我們在外面流浪囉？」斗肉姨仔還是認爲，聽得懂番仔話的，才是她的神，話語會通的拍瀑拉祖靈，才是眞正家族庇佑的力量。福佬話伊嘛會曉講，但是畢竟很難講到心內事。她何苦向漢人的王爺公交心？

「但是kaya妳知否？至少我嘛還有在灶腳的門扇後，惦惦仔飼咱大肚番的祖公、祖嬤。妳認爲，咱照本分做到這種程度，還算是背祖？」斗肉姨仔的二查某子仍覺得委屈。

「咱kaya、atau是有多麼唆見光？妳那根本是私底下偷偷仔拜。咱kaya、atau讓妳背轉去，嘛眞見笑。我看伊們奉祀在大廳的漢人公嬤，早嘛給咱kaya、atau當作伊們的巡邏和查某嫺仔來使喚。」

「嘸，好啦。我自現在開始，就不是番社的人啊。」斗肉姨仔二查某子意氣用事丟下的這句話，竟比「背祖」與否的先前爭辯，更加讓伊kaya傷心。

斗肉姨仔根深柢固，自傲於伊們拍瀑拉祖先，是連最威嚇的東寧王朝國姓爺，都反感不拜了，其他還有啥王爺公，可以讓她眞正服氣？她們母女的信仰衝突，只是兩人眾多衝突中的一道小傷口。拍瀑拉的這個kaya最難諒解，是女兒和她一樣，娶進了漢人翁婿，結果這個明言招贅的查某子，仍無法延續她一生的堅持——守住南大肚社祖先賜與的族社生活和命名。她們之間環環相扣的衝突，並沒有隨著歲月的流逝而敉平。她們中間的唯一變化，是斗肉姨仔更老了。少年輩可以聽得懂斗肉姨所唱番仔歌耶，嘛愈來愈少。然而這同時，社腳庄福和宮的王爺生，卻是一年比一年熱鬧了。

修安看到，部分的社內族人，不分男女，可能受到現實環境的驅使，或是出自不同動機，或深或淺，和福和宮的王爺們陸續締結了善緣。他印象深刻，社人一度傳得沸沸揚揚，講蒲氏叔仔的牽手阿甲，就會在福和宮王爺生，人潮鼎沸的庄廟大拜拜期間，陪著斗肉姨仔的二女兒前去求籤、討平安。

「那後來，才有庄頭那個不速鬼的老查埔，跑來跟伊勾勾纏，久久嘛唆散場。」

姑且不論，這樣流言是眞是假。修安猜想類似情事的發生，可能是連蒲氏叔仔生前，都阻擋不了吧。他如今雖然好奇，也不可能再有深究的勇氣。

我喜歡從牛車路岔出去，鑽進小條的巷仔弄內穿梭。那裡面才有溪蝦仔同款，活潑亂跳的庄民生活。在曲折的巷道裡，我看得到哪個人家的柴堆，還疊得高高的；哪一戶飼的豬仔子，肥得比較快。或者我也樂於品評，每一家供桌上，各自擺設了什麼顏色的鮮花和素果？以及那家院埕裡會跳出來，毛色最油光的一隻黑狗？我是有極大欲望，逐一窺探漢庄生活的實況。

漢人的確帶來了前所未有的奇觀。他們是我的查埔祖，至上推至咱阿太世代，還仍陌生的外來族裔。不過我也注意到，漢庄巷弄裡無處不在，一對對窺伺的眼睛——它們可能來自調皮卻純真的孩童、童養媳出身的羞怯農婦，以及一生拚鬥，只剩下孱弱軀殼的老大人。這些窺伺來自漢庄中的無力者，而非擁有實權的爭鬥主角。由於我不是漢人，他們就自動扮演起漢庄侍衛的角色。我無非是要走「出去」，卻因他們過度防衛的心態，而將單純「路過」的我，視作「闖進來」的可疑入侵者。照理來說，既然他們土地原來都是我們大肚番的，如今也應該可以從容款待我，一如客氣招呼著路過的賓客。可惜伊們並不信任我們。

「你這個小孩眞歹款，明明已經吃飽了，又再來。你咁是大肚番？」即將路過社腳埔仔頂，我心血來潮彎進了裡面的小巷。少年阿嬤正在給伊細漢孫飼飯。她對著抱住伊腰際，身旁另一個較大年齡查埔囝仔，不耐煩地吼了幾句。她親像習慣用吠叫來示威，一隻管家的老狗。她忙得沒聽到我走近的腳步聲，更不可能有空閒，轉過身來看我。因此，她出嘴教訓囝仔是「大肚番」，應該不是針對我。

那分明是指桑罵槐。我在意的是被喝斥了的那名孩童。即使等他長大以後，看得見的「大肚番」都已走遠，「大肚番」這個名字卻像醃菜脯一樣保存了下來。他的童年印刻了我們的貪婪？這將是永遠無法洗刷的污名。按照漢人的說法，這究竟是誰在「乞丐趕了廟公」？我無法辯解。誰能說明：只是貧窮，才會讓善意的造訪者，被看作鄙陋的，闖入孩童無辜生活的，專占便宜的「無賴」，或者他根本是個潛在的「賊仔」？

「我還看得出來是個大肚番嗎？」修安戲謔似的自問。天高皇帝遠的滿清王朝難道不怕徒勞嗎？渡海移民可能還是清廷治理台灣的心頭大患，同化的「番」卻已不再讓漢人的移民社會寢食難安。即使平埔番樂意歸化清廷，駐台官吏也是用心計較，辦理著教化的事務；即使「大肚番」已是等待同情的日暮民族，但是依附這個「番社」而生，如今獨自壯大、不斷繁衍的漢庄，卻更需要清楚分辨彼此身分的藩籬。修安老早洞悉，伊們「大肚番」愈是不喜歡暴露自己非漢的體質，以免帶來壓迫性的番歧視；漢人愈是享受這個移民世界存在的番階級，期待咱繼續充作社會底層。他們長期處在帝國邊陲的屈辱，才可稍微獲得心理上的平復，這樣效果甚至不輸自身尊嚴的伸張。「我們平埔番不再是任何人的威脅。我們只會逐漸消失。即使這樣，我現在也否定不了自己是個大肚番。」修安眞正要問：是不是，在不遠的將來，我的「大肚番」身分會被全盤否定？是不是，自己什麼也不是？

他逃命似跑到隔壁厝地的後面，在埔仔頂找到了長年湧出的那股清流。這一小片平靜的湧泉，暫時成了補償人世混濁的祕密鏡子。他不由自主凝視著自己反射的身影。「他從前額到腦後的頭髮，被剃掉了一圈，自此他不再屬於傳統散毛的番世代，而是個留了長辮子的清朝子民。他的上身，穿著保守長袖的藍衫，前襟斜斜開出了一整排的布鈕，緊緊包住他厚實的男性胸膛，他的下半身則是穿著褲口寬闊，粗布裁縫的一襲黑長褲，而遮蔽了他精壯的兩條腿——他記得，這有力的雙腿曾經讓他自由，如同快速奔跑的山羌。連他原來愉悅、任性的雙足，也被編織堅韌的草鞋所捆綁，即使是在鄉野中孤獨行走，他的足履動作卻已受到了禮教規範無形的束縛。」這是修安從土地自然的鏡面所看到的「他」。這個「他」將頸後的辮子往前甩，再以左掌承接，且用獵人捕殺獵物的手勁一把抓住它，那同時捕捉到的，也是他的曾祖父當年薙髮留辮，歸化了清廷的那一幕。

清代乾隆二十三年，台灣道楊景素諭令平埔各族的「熟番」薙髮留辮，同時實施賜漢姓制度。這個平埔漢化的關鍵年代，剛好也是洪修安伊 atau 出生的同一年。「我聽我的 baba 講過，他小的時候，南大肚社的查埔人都還不習慣穿漢人衫仔褲。」他們袒腹露肚，腰繫番用的山刀、背扛竹製的弓箭，赤足往來社人的獵場和旱園。至於社內女人不只避免了綁小腳的麻煩，大部分也還不習慣穿上文明象徵——布帛的鞋履。她們喜愛在頸項上掛起長長的彩珠串，也經常在裙襬下邊的小腿部位，包裹護腿的織布，讓顏色飽和的圖騰隨著性感的腳踝挪移，同時在她的大腳盤所撫摸過的每一寸土地上，婀娜多姿搖晃著。這樣的女性體態融入了泥濘、塵土和草萊，而讓自小戀慕母體的他，難以忘懷。

修安查埔祖是在滿清治台的乾隆初年出生。那也是雍正年間「番仔反」結束以後，還不到四、五年期間的族人療傷期。看來馴順的南大肚社人，當年實則還有未縫合的傷口，悄悄在滴血。修安查埔祖是在「番仔反」以後長成的世代。他從小接受「大肚社學」的儒學教化，既熟讀《三字經》，也通曉四書、五經的人倫義理。「我baba經常講，如果談人情義理，漢人有的多是掛在嘴邊，擺在我們番童社學裡，一長串有口無心，任人誦讀的經句。講一款、做一款，這些唱高調的義理在他們的現實生活中，卻不容易落實。不像我們大肚番，對待人坦率、單純、沒有心機。我們日常的付出，不論喜怒，都是眞情。」

接受社學薫陶的修安查埔祖，也是社人薙髮留辮的第一代。他童年印象的查埔祖，已經走到人生最末尾的一段路，而不得不容忍無情歲月，將他頭顱上蓄留的長辮子，一根根染白了。他高頭大馬，膚色黝黑。於是當他的顱頂盤起髮辮，或是讓長長的辮子繞頭垂下，看起來確實比社腳庄那一帶的漳州籍漢人，更爲神似曾有過射箭、騎馬的北國青春，而又一度征服了大漢中原的滿清皇族遺老。

那是他們一廂情願的想像。最後他的查埔祖是拖著離不開頭顱的那條長辮子，躺進只堪容身的一具薄木棺材裡。他和一樣埋葬土下的祖先大不相同了。當他血肉之軀腐蝕淨盡，徒剩一堆白骨，像是不朽的那條白髮辮子，卻仍絲絲留存，而讓移動的拍瀑拉祖靈，尷尬地辨識出他歸屬於滿清皇朝子民的政治身分。

洪修安開始一連串的自問自答：

「成爲祖靈的查埔祖，一旦回過頭來，探望分離了一段時間的自己身軀。即使餘溫不再，這條爬滿蛆蟲的辮子，還依舊是他的驕傲嗎？在他生前，我從來不敢多問一句；到他死後，我反而急躁不安，想從地下安靜的他，即時擄獲一個最圓滿的答案。

「我是否必要坦承，這樣焦躁源自於咱對死後未知道路的巨大畏懼？因爲我的頭顱上，也有一條帶著自己獨立靈魂的髮辮。滿族人相信，保護頭顱的辮髮是靈魂眞正的棲息所。我才不信那一套。祖先不認識的長辮子，根本是盤據在我們頭頂上，分秒監視著我們的另一副靈魂。我覺得大清王朝滿人的祖靈，已經騎著快馬，從北疆異域的白山黑水，飛奔渡海而來。祂們附身在我們自行編織好，靈界巢穴般的每一條髮辮上。那是個無比沉重的負擔。彷彿我們從查埔祖薙髮留辮的那時刻起，開始接受髮辮有形的束縛，從此失去了沒有帝王統御的自由。是不是，我擔心大肚『番』的祖先是看透了這條陌生辮子，知曉它正貪婪著不相配的名分，而把頭殼內裝著的眞正的我，歸爲異類的祖靈，以至於讓祂就此落單？是不是，我也深深眷戀著這條辮子，欲望這條異族之靈，於我死後，猶可出力提高我的地位？

「而當我這個大肚番被綁架的頭顱，從此埋入了地下，是否它還能夠繼續洗刷，咱前生被視作下等『番』民的污名？我已經是薙髮留辮的第三代大肚番。照理說，拍瀑拉祖先早已習慣，新來的祖靈另行攜『伴』，挾帶異族口音的髮靈，一起回家（這就如同在我出生前幾年，開始攜眷渡台的新一波漢移民）。於是我安慰自己：如果至今我還在擔心，拍瀑拉祖靈是否會對意圖威嚇的留辮，展開集體排斥？那應該是多慮了。」

洪修安從小留辮。咱套用漢移民出口成章的說法，他頭上這條長長的髮辮，已經是「天公地道的代誌」。若非殘存自伊查埔祖世代，漫長不安記憶的糾結和阻擾，他應該不會出現這種非常超齡的辮髮情結。以下都是他從查埔祖那裡斷斷續續聽來的：

「我走在人來人往的大肚街上，假裝無所事事的閒逛著。我在一家剃頭店的門口停了下來。說這是街仔路上的一間店，不如說是狹窄的穿堂過道旁，好容易挪出剩餘空間，才擺出的一具流動剃頭擔。剛好空檔。剃頭師傅笑呵呵招呼著路過的人。我敏感到，他招攬生意的客人中，並沒有我的存在。他的滿臉笑意還來不及收回來，就在瞥見我的瞬間凍結了。或者讓我更準確描述，他是當街招攬生意，精打細算的獵人，卻分明不將我視爲獵物。按照他在這一行業多年老早培養出來的嗅覺，多數還是披頭散髮的大肚番，哪有必要動用到他那支利落的剃頭刀？

『你要剃頭？』他的問話像在開著很大玩笑。這句問話一被我的耳朵聽進去，意思就成了反對。我說：『我要留辮子。不要再頭毛散散。我頭殼前的整片，給我剃清氣。』我覺得他不是很想做成這筆生意。我的屁股還是在空檔的剃頭椅上，毫不退縮坐下了。站立在我背後的剃頭師傅，顯得非常矮小。他時而繞到我的旁邊、我的前面。我在剃髮過程，大半時間選擇閉上了眼睛。我不時感應到他的雙手，不帶感情移動著，熟稔到不知猶豫爲何物。它們一如刑場上揮刀的劊子手，因著正義執法的加持，而不曾有過軟弱片刻。

「他又露出了刻意討好的職業性笑容。我只能沉溺在過度樂觀的想像中，以能忍受得住自己前顱即將發射出來的冷冷青光。那是來自赤裸頭皮。行刑之後闢出的一大片月牙狀新生地，不得不面對熱鬧市街上陌生目光的質疑。我只不過是個衣不蔽體的新生兒，哪有反手的氣力？我很後悔，祖先爲什麼來不及警訊，我們番子弟，絕不可輕易剃除具有原生靈力的毛髮？我擔心災禍將跟著來臨。前半生身爲頭毛散散的番，這樣的自在消失了。但我就此歸化爲大清子民，獲得庇護的安全感，卻未如預期般快速降臨。初次剃髮的我，只覺得像是被擄獲的一隻山豬。我不只糊里糊塗就範，還被拔光了保護全身的一根根硬毛。我連內臟腸肚都被掏出，徒然剩下任憑宰割的空洞感。

「他們都在嘲笑我，包括操刀不眨眼的那個剃頭仔師傅在內。我在回家路上遇見的所有人，即使原來是熟識的，也一律變生分了。漢庄人迴避的目光，讓我渾身不自在。那是刻意保持距離的更大敵意。大肚番親的視線不再率直。我化成了荒謬存在的外人。

「簡單講，咱就是民、番兩邊皆不是的四不像吧。我被這種糟蹋自我形象的意念給附身了。幾年之後，當我頭髮蓄長，也習慣梳成結實、光滑的辮子，連原來嘲笑的眼光，都終於見識到我威武沉穩的氣象。可是我從來不敢承認，我竟還無可救藥地，繼續活在糟蹋自己的感覺中。我外表上一心歸化，骨子裡還繼續從辮子異靈附身的自我戲謔和鄙夷，取得一點點背叛了滿清皇帝的快樂。

「奇怪的是，這記憶讓我聯想到『番仔反』年代被官府斬殺了的番親們。從我懂事以來，『番仔反』的烽火早就燒成了沉默的灰燼。可是有關這一驚天動地事件的隱諱低語，卻在我忙碌的兩邊耳朵，持續進進出出，祕令般傳遞著仍未澆滅的反抗意念。

「我在世故盛年，才親身經歷了薙頭留辮的馴順與臣服。但是咱小時候耳語聽聞的反抗，夥同迄今還未澆熄的烽火『番仔反』，正從我剛剛受刑過的身軀，找到擴大矛盾的歷史隙縫。我頭顱上激越的爭戰，一觸即發。『歸化的 kaya 是誰？她肯定是反抗吧』，我總是這麼想。

「我可以忽略漢庄人輕率的判斷，但受不了來自社人異樣的眼光。只能任由他們如針刺的目視，一再傷害我。即使早在好幾年前，已有其他族社的平埔番親配合政令，薙髮蓄辮，我們南大肚社的長者還是出奇冷淡。

「他們沒有太多堅決反對的辯詞。他們清楚咱實力已不復當年，恐再也乏力發出異議的聲音。不過他們還是狡黠放慢了馴服的腳步。他們只是事不關己，說說這樣的話：『我們的祖先不習慣留辮子。』

「由於我們不具眞正威脅性，連社人對天賜恩澤的消極抵制，都無法激怒第一線監控的地方官府。結果我成爲社人當中，最早留辮子的幾顆頭顱之一。當我走近社口的那一刻，很心虛。我感覺迎面而來，清澈可見溪底的社人番仔目，都化作獵首的番刀。光是它們凝注的瞬間，就可砍下頓失祖靈庇護的我這顆頭顱了。『難道是異族盤據的靈，讓我成了族人向入侵者出草的祭品？』我不斷問自己。我細漢時聽老一輩講古，我們祖先嘛和青番仔同款，不時出草。獵首者只要從砍下頭顱取得一小撮頭髮，編織，然後裝飾在家己身上，就會產生超強庇護的靈力。這樣傳說是眞是假，已無法分辨。但是我卻感覺到，剃髮的我已經先被砍下了頭顱；取而代之的那條髮辮，實際是滿人祖先棲息地。拍瀑拉祖靈不認識我這條蓄長了的辮子。拍瀑拉祖先的靈力，早被獵首者取去的頭髮帶走。滿人是漢人的獵首者；漢人再獵取了我這個島上平埔人的頭顱；結果我的祖先誤識我重新蓄留的髮辮，以爲是北中國入侵者的滿族人來了。我猜想我的悲哀來自：這還在淌血的頸項，同一處傷口，被自己族人再一次獵首了。」

「伊明明是披頭散髮的平埔番，怎麼去剃一個咱清國漢人的頭？」

「咦，莫非是再一次改朝換代了？伊生作番仔目、番仔目，一看就是正港大肚番，想要假鬼假怪，剃頭留辮子來扮作咱們的模樣，除非天落紅雨，要不然番和人怎樣會同款？眞拚咧，我看伊到頭來嘛是無彩工。我自細漢到今仔日，還不曾看過那麼笑虧的代誌。伊這個樣，實在讓我看眞嘜順眼。」

「我看他是挑故意要嚇驚咱的囝仔。夭壽歹看，這些大肚番憨到要死，不夠格還敢學咱的人，剃頭、編頭鬃？這分明是在糟蹋咱嘛。雖然大肚番過去很富有，這附近土地攏是伊們的，但是到現在，也敗到差不多了。嘜怨咱軟土深掘。伊們乾脆作夥來拜咱的祖公仔，後代子孫都嘜作番囉。我認爲伊們若希望徹底學咱，做漢人，得愛這樣行，才是最正確的路。」

社腳庄漢人幸災樂禍的閒言閒語，伴隨一陣陣海口風，吹進洪修安查埔祖一成不變的日常呼吸裡。當天回家路上，他不禁起疑：「帝王統御難道是順民的寵信，是被統治對象彼此分化，從殘酷競爭得來的最大獎賞？」當治台官府下令平埔各社男丁，一律薙髮留辮，竟在毫不相干的漢庄民人中間，引發不小騷動。他們內心或有不平，番原來是頭毛散散的族類，比伊們這些正港大清子民的漢人，更低一等才對，怎可接受天威恩寵，從此民番不分？

漢庄老一輩口傳，數代以前滿人入主中原，他們祖先完全沒有歸化爲滿人的意願，更遑論馴服於異族統治的喜悅。那是在改朝換代的肅殺氣氛下，伊們才不得不屈服了。薙髮留辮，是皇旨聖令。「留髮不留頭」、「留頭不留髮」，有比這樣政令還嚴厲的恫嚇嗎？那個時代，留起滿清辮子的漢人，是爲了保命才剃頭，因此屈辱地留下了異族認同的長辮子。怎知幾代以後，習慣留辮子的漢人慢慢將異族威權的印記，內化爲子民驕傲。以至於修安的查埔祖如今不安，漢庄人莫非是將重蹈伊們薙頭留辮之恥的平埔人，看作是永遠的番，而不配在這座島嶼上，和他們分享大清子民的正統地位？

滿清治台的乾隆二十三年，官府下令，歸化的平埔熟番薙髮留辮。當年修安的查埔祖絕對有法度嚴拒剃頭蓄辮的政令。他未曾在任何子孫面前提及這埋藏多年的心事。他從來不肯承認，半推半就地和官府配合，蓄留非我族類的辮子，大半出於不願繼續做番的自卑心作祟。他的潛藏想法，也是要和留滿人辮子的漢移民，在同是異族統治的帝國底下，取得平等競逐的機會。這是上位者的臣服策略，也是漸成少數的平埔人，重新爭取生存空間的策反。而他身爲弱化族群的一員，不得不忍辱負重，這樣心境也已書寫在他光溜溜青皮所鋪展，詭譎難測的前顱上。

修安查埔祖薙髮留辮的最早記憶，是和他童年讀冊識字的社學生活重疊在一起。和大多數的社內族人比起來，他算是頗爲「知書達禮」的一個了。不過，究竟這個辮髮冠履的社學啓蒙過程，是引導他消弭了番、漢差別，或是讓他更加意識到民、番之間難以跨越的那道鴻溝？他一直找不到眞正答案，這也使得他終其一生，都游移在兩者之間，而不斷尋找著自己族社可能安頓的位置。

雍正十二年，治台的清官府於南北路各縣下的熟番村社，設置教化番童的社學。第三年，修安的查埔祖出世。又過了幾年，他以番童身分，入讀大肚社學，接受人倫義理的教化，也編納在彰化縣二十社學的官辦體制內。

當年官府要求，凡是入學番童，從頭頂上髮辮到足履的布帛鞋襪，一律都得仿效漢人穿著打扮。修安查埔祖記憶猶新，這個教化政令在剛開始實行階段，社學同伴的番童家長們對於辮髮靈力還有所忌諱。於是囝仔們用盡了吃奶氣力，排斥這異族風俗，不讓社師們將它強壓在伊們祖靈居所的頭顱上。番童們深沉的恐懼，終於壓制不住地傾瀉出來。當時他們只是誤踏陷阱而受傷了的一隻隻小獸，可是他們悲傷涕泣的嘶叫聲，像是預示著大山崩塌、河海倒灌的那類型死生災變。「有這麼嚴重嗎？這是爲他們好，不用多久就會習慣了吧。」當然許多漢庄人可能會覺得，這不是太小題大做了嗎？「哪家哪族的小孩，不是常常這樣子哭鬧不休？囝仔有時是晚上尿床了會哭。伊和玩伴打架輸了，也會哭；生病時，老爸老母熬湯藥灌他，也會用哭鬧反抗、拒喝，硬是把苦口良藥當成了要弒殺伊的毒劑，不知感恩。咱想要讀冊，就要有個規矩和體統。又不是官府半路仔掠人，細漢就要伊去做兵？」平埔番童不服從，終究引來道貌岸然社師的恫嚇。他們以溫文舉止充當了社學當局馴化的劊子手。

平埔番童當年抵死不從的泣訴，想來稚氣，卻是修安查埔祖一世人無法平復的挫傷。「伊們目的是要教乖咱這陣囝仔，不是眞正要咱多熟識孔子公啦。」這樣體制衝突，讓他往後社學生活核心的儒學教化，變得不可信賴。這群社學生親歷的，不過是他們 atau、malau 從未教導過的優勢漢文化，日後要在他們番童思想園地裡，長成不可根拔大樹的一個強力移植過程。這是針對整個未來世代的集體綁架。修安查埔祖回溯他短暫薙髮、打辮的童年，可說是異族官府使用非武力，迫使他們下個世代，連日常人倫思考都得歸順，形塑爲滿清良民的一項政治設計。他們童稚淚水也不過是帝國統治底下，拍瀑拉先行付出的最表面代價。

其實他也喜歡社學。

他的世代長成於社學風氣最鼎盛的乾隆時期；大肚番居處的彰化縣境，也是當年台灣島上社學最發達地區。中部平埔在雍正年間發動的那場「番仔反」，無論對官府，或是對他們鎮壓對象的反亂族社，還都驚悸猶存。修安的查埔祖如果不是早早被送進社學，成了知書達禮的讀冊囝仔，可能他還會像一頭野山羌，在社域內四界流竄。他也一定可以聽聞更多情節離奇的反亂故事。那些血腥記憶肯定足夠讓伊這樣的猴囝仔，日頭腳照三頓吃到飽飽（那豈是歷史的巧合？修安查埔祖出生、長成的後「番仔反」年代，約略是以番社學的普及設置爲開端。番社學頓時成了滿清治台官府規訓平埔番社的一座座政戰紮營）。

當年帶頭「番仔反」的南大肚社，如今元氣大傷，但官府對它的戒心，卻無一日稍緩。連大肚社學內，平靖安和的日課讀經；教忠義、教節孝的邦國禮儀訓誨，還暗藏了監看拍瀑拉的詭詐心機。

「你今天在社學，老師教了你什麼？讀那些，以後會有用嗎？」社內老人家喜歡用語帶懷疑的口吻探問他。那背後意思其實是：你可不要學會愈來愈像他們漢人了。

「你昨天放學後，都在做什麼？有沒有勤快一點，一遍又一遍背誦我所交代的句讀？」社師威嚴的叮嚀，則逼著社童在放學後，一樣不敢輕佻和放肆。他尊敬社內老人家，也必須服從來自社師的教誨。他從小就懂得，活在兩種對峙力量的夾縫底下——在現實上無力反抗，卻不是眞心臣服的拍瀑拉親族，以及官府統治勢力所挾帶，更大一股社會洪流之間，浮沉度過了伊未曾無邪過的囝仔時代。

他一點兒都不討厭社學。他年輕心智在那兒的所有見聞，都是那麼新鮮，所有事物全都欣欣向榮。他還是可以在矛盾夾縫中竊取學習的愉悅，以及這一類教化底下的愉悅，所可能帶來的生命助益。不是嗎？社學是要教他拋棄洄游在社人唾液內，逐漸酸腐了的母語。萬般皆下品，唯有讀書高的社學空間，也讓他逃避了「番仔反」失敗之後，整個族社不解的鬱悶。那裡的空氣飄蕩著反覆朗讀的《三字經》、四書和五經。

對他來說，發出聲音的漢文字，如同水田裡生長的一株株稻苗，本身就是智性育成的一連串冒險。而且對只有口傳智識的大肚社童來說，那在筆墨中優雅伸展開四肢的漢文字，也是官能上極大的誘惑。

「人之初，性本善。性相近，習相遠。苟不教，性乃遷。教之道，貴以專……」入學初期，當他跟著漢衫布履的社師，隨同窗們搖頭晃腦，大聲念誦著初學者入門的《三字經》，可他並非全然有口無心。他多少能從自己接觸過的家人、社親，以及半是想像的漢人生活中，為這些需要具體印證的義理，撥雲見日地找到現實的出路。等到他晉升到四書《論語》的句讀，思考也更成熟了。所謂子曰：「吾日三省吾身」、「弟子，入則孝，出則弟，謹而信，汎愛眾，而親仁。行有餘力，則以學文」、「朝聞道，夕死可矣」，以及比如說曾子曰：「慎終，追遠，民德歸厚矣」等經書中的道理，都讓赤子之心的他，感到心有戚戚焉。且通過客觀知識的理解，以及美好書文的薰陶，最後內化為自己的人倫價值，以及對於謙謙君子崇高的想望。

到了他不大不小年紀，就已經對這段社學生活形成了日積月累的不滿。比如講，《三字經》的內文記載著：「三綱者，君臣義，父子親，夫婦順。」伊就只能腦袋連續翻跳幾個筋斗，要不就是顛倒來讀。否則伊們南大肚社拍瀑拉的祖先，哪有可能心甘情願，臣服於威嚇帝國的君王？那是他們社內長者講的。幾年前，大肚社拍瀑拉可不就是官府口中指控，帶頭「番仔反」的亂事禍首？若存君臣之義，伊們怎麼甘做兇番？更何況，他們長輩早就不屑這種官方版本的解讀。他們寧可自剖，伊熟番族社是因不堪壓迫，才終於奮進武裝，集體起義了。如今誰會那麼白目，要他們和治台的滿清官府談判啥君臣之義呢？他們當然認為，這些高來高去的義理過於一廂情願。他們還不如跳脫拍瀑拉長者陌生的封建思考，轉向非君非臣的最初番、漢關係，來得更務實些。

「誰不識咱拍瀑拉 malau 在公族仔內舉足輕重的分量？大片土地攏是咱 kaya 在得。咱 baba 是嫁入來。哪有可能，咱 kaya 在厝內得愛聽咱 baba 在伊面頭前大細聲？」大肚番童從小習慣男人入贅女家的族內招贅婚，也眼見承家的拍瀑拉 kaya，愈是活到了 malau 的那把年紀，就愈是威信十足，維繫起族社生活的命脈。修安的查埔祖因此非常不解，孔孟之學怎可能貶抑女人家，將她們排除在三綱五常之外呢？而《三字經》以冗長篇幅，教導學子自遠古的羲農和黃帝以來，中國道統的歷代傳承，也讓他讀來很是頭痛。當社師口沫橫飛，還自認「通古今，若親目」，將它闡述得頭頭是道，他就更能夠意會，舉止端正而又聰穎過人的幾位社學生，何以反倒一臉茫然枯坐著？

社學生們誦讀和伊宗族血統毫不相干，中國累世王朝的興衰更迭，除了符合漢人儒學教化意旨，也讓大肚番童們對於自己出身，開始感覺錯亂。修安查埔祖一直活到了垂老之年，才敢在心裡頭這樣默默批評著：「中國的儒學經書雖有滿紙仁義道德，卻無法解釋，我們族社遇見到的漢人移民社會，為何多半是狡詐、惡鬥成性，又為著私利爭奪不休的世間貪婪形貌？當年我們一踏到社學，族親們常用的拍瀑拉族語，就被貶抑成不夠文明的講話，只能像糞坑使用過的一堆草紙，繼續發臭地被丟棄。誰講：社師要培養我們中規中矩的漢文修為，就應該禁止我們使用他心目中粗鄙的番仔話？」而修安查埔祖在社學生時代最感困惑的部分，則是伊們社學生雖有句讀漢文的能力，可是社學裡，不時傳來的朗朗讀冊聲，卻是字字句句，祖遺般流出了社師再三矯正，還無力改造的濃濃番仔腔。

如果童年可以重新來過，他寧可逃回更早世代，躲進他們沒有社學的童年。他逃學過，而且那是一場少年歡樂的大逃亡（請小心聆聽修安查埔祖的心聲。因為他的回憶總充滿了對細節的誇大，對關鍵事件的選擇性遺忘，以及對相關人物持續的誤解）。

修安查埔祖在多年以後猶能記得，那名社師為了表現他傳統士大夫的淵博學識，學堂上不時引經據典。可是被列為出色番童的他，卻還是打從心底恨他（無論他怎麼充滿了深重罪惡感）。那是修安查埔祖直到了晚年，才願意坦白：「他如果知道我對他的眞正觀感，就不會對他教化番童的成就，那樣洋洋得意了。」

修安查埔祖無以言喻的焦慮，讓我來替他分析：他討厭社師高言闊論「中國有皇帝，萬邦咸悅服」；他討厭社師故意在番童生面前，批評裸身的社番和番婦統統是「無羞恥心、無衣冠志」。他討厭社師愛嘲笑社番怎麼誇張地荒廢了田地；還變本加厲，為漢移民「荒地廣開墾，隙地盡栽種」的侵呑土地行為，提供了義理教化的正當性。反倒他從小崇拜社番伯叔，往腰間跨插上一把番刀的武勇。但是當社師告誡他們「何必持標槍，何必佩刀劍」，勸導漁獵見長的社番從此棄賣刀槍，換取務農的牛犢，更讓他喪氣到了極點。那也是從這名社師的告誡，他才驚覺到未經父母認定，不透過媒妁之言，彼此歡悅的男女情感，在漢人眼中根本是不合體統的事。

社師日常教化為番童們帶來更大挫傷的自貶，他只能默默承擔。這得怪他尚未成年，沒有反擊氣力。他只能自我安慰：反正，只有在社學裡面，他才需要小心翼翼學習，當個有體統的冠履君子。他一旦放了學，又可呼吸到社內不同空氣。直到有一天，社師再度訓誨番童們：「人有人裝扮，豈可同禽獸」，竟讓身陷學堂的他，為了部分社人至今如同「禽獸」的衣著，羞愧地抬不起頭來。「如果赤身裸體的大肚番，真的是你目瞯中的禽獸，卻比那些禽獸不如的『衣冠禽獸』還可親，還值得尊敬。」於是，他展開了前所未有的大逃學計畫。每天社學時間一到，他還是衣帛冠履走出家門。只不過，他會在半途的車路上，偷偷轉個彎，一溜煙跑向番仔山的方向。自我流放的他，成了鎮日遊蕩山野的番少年。可惜他的逃亡遊戲並沒有維持太久。他浪蕩山徑的行蹤很快被大人發現。最後他還是在社師人倫義理的勸說下，草草畏縮了個人叛逃的偉大計畫。他被捕抓。他逃犯似的回到了那個教化的牢籠，一直到逐漸習慣社學，接受了背後龐大的歸化體制。

就這樣，他的童年跟著結束了。

洪修安自身的大肚社童年，和伊查埔祖的大肚社童年，竟是透過查埔祖當年社學逃亡的孤寂記憶，彼此重疊在一起。

*

「阿海，你老母最近身體好否？」

「你要走了？」

「今年晚稻的收成怎麼樣？」

「何時？」

「我想你這次不走不行了。」

「你們大肚番剩下不多。在這裡住有夠久囉。」

「如果不是漳仔和泉仔在反亂，你們山仔頂的人也不會從水裡港搬來。」

「這你最知道的。阮們山仔頂的人就是曾經那樣狼狽。咱跑路過，才會這麼野蠻性。那當時就是看這山仔頂有一個『目仔鷳哥』，較無人敢惹這土匪頭，阮祖先才從水裡港跑來這邊投靠。」

「你再講一次，那隻鷳哥精後來怎麼了？」修安笑了起來。阿海和伊無住同庄頭，卻是上好的兄弟仔，平時仔就講話投機。他細漢上愛聽阿海話唬爛，繪聲繪影山仔頂的鷳哥精。

「你想咧？當然早早被阮們『老三爺』處理掉囉。」

「這我知影啦。你講過幾千遍啊。不過我想要再聽一遍。回想你亦是猴囝仔，三不五時找我結黨。眞無膽啊，常常要我和你作伴，無，莫敢行過你們庄仔尾那條山路。」

「你還記得？下角靠山的所在，咱目睭望過去，有一大欉的老莿竹，背後則有隆起的一座山崙仔。幾年前，那兒曾經是鷳哥精藏身的所在。過去庄內的人傳說，一到天色漸暗的黃昏，那整條山徑就會爬滿了蜈蚣和各類毒蟲，驚到無人敢行過。伊們議論紛紛，莫非是這隻鷳哥精在作怪？『目仔鷳哥』有牠幫助、當靠山，才會愈來愈匪類。可以講是全全無王法。」

「最後是靠咱們『老三爺』親身落去趕。聽咱老夥仔講，鷳哥精是被王爺的箭射中而亡。即使庄仔內沒人親眼目睹中箭的鷳哥精，卻有人對天咒誓，看到牠受傷滴下的血跡，以及從牠身上散落，色彩繽紛的好幾根羽毛。隨著鷳哥精的除滅，庄仔內原本橫霸霸的『目仔鷳哥』，才慢慢收斂。」

「有影無影，莫非又在臭彈囉。庄仔內祀奉，替你們收精的，咁是『老三爺』的本尊？你若胡亂講，就嘜驚水裡港的人莫甘願，來這兒找你們討轉去？」

「修安，你眞知影，我細漢只要嚎嘜停，阮阿公就會講伊參加『漳泉拚』的代誌來騙我。每次聽伊講起漳泉反亂，咱命不保夕，整家夥仔遷厝，我就會自動停。惦惦，嘜再大聲嚎啊。」阿海囝仔時，一點兒攏嘜憨。他經常目睭瞪大大蕊，似懂非懂凝望著阿公，品嘗伊重返了過去的那副經典表情：伊眉頭故意皺成彎曲的兩條臭蟲。嘴巴翹翹閃劍光，親像即刻要跟人相戰起來。同時伊兩門鼻孔嘛擴大到可以塞大塊柴入去燒啊。

結果這麼多年下來，被迫當固定聽眾的阿海，對這段故事是熟到連伊暗時做眠夢，嘛有法度正正經經，從頭到尾再講一遍給伊家己聽。伊阿公都是這樣說的：

「你有所不知，咱陳家從渡台的開基祖，就住在海口水裡港。哪知影咱分作漳仔、泉仔兩派，在大家拓墾漸有規模的那當時，竟像是彼此早有不共戴天之仇。大家相刣，分類械鬥了起來。大里杙的漳仔才來過，攻庄、又搶又刣咱本地的泉州人。在水裡港這個所在，咱這群漳仔本來就跟伊們泉仔，親像煮雜菜尾仔，同庄混混住作夥。咱就聽到同庄的漳仔，連夜報馬仔，風聲講伊們泉仔正火速糾眾，隨時有可能要衝過來，和咱這些漳州人拚生死。咱目睭金金，看伊們洩恨、報復的行動就要開始。你阿公不得已，帶著咱整家夥仔，大大小小，趁半暝仔天還未光，就趕緊包袱仔款款耶，隨著咱漳仔族親。避走到了這邊的山仔頂。咱投靠的，就是人稱呼作『目仔鸚哥』的那個大土匪頭。

「大家逃命時陣，還會記得將作夥渡海，保護咱漳州移民的三府王爺捧出來。等到反亂平靖了，有人要轉去水裡港，神明當然嘛愛請轉去。不過想要繼續留落來的另外一陣人，捨不得和王爺分開，就將這三尊請到佛仔店，由師傅按照祂們的相貌，逐一雕刻出生得一模一樣的分身。等於是割神明出去祀奉的意思。咱留在這邊的，只需要每年轉去水裡港進香就可以了。

「結果，留在山仔頂的幾個庄內人竟生出了自私性。伊們背著家己心肝，趁那三仙本尊和新刻的分身還同住一室的短短三日內，偷偷啊將祂們調換。那些人錯將新的分身請回水裡港，正港的老三爺反倒是留在咱們山仔頂。對方自頭到尾攏不知情。聽講因爲這個緣故，往後幾年，本庄王爺多次被請回水裡港的祖廟進香，煞攏不肯落轎，就是無愛委屈伊正港本尊的威嚴。」

「我看你們漢人眞奇怪。同款是保佑漳仔子孫，王爺是連本尊、分身，攏要現出野蠻性。大家爭搶頭香。簡單拜一個神明，嘛愛輸人無輸陣。同款是從黑水溝渡台的漢移民，明明過得來，就算撿到一條命啊。可是看你們一邊舉旗『漳』，一邊嘶喊『泉』的口號，一庄攻過一庄，根本就無啥深仇大恨的生分人，嘛愛做對敵。」修安是跟阿海自細漢就熟，比親兄弟仔還要親，才敢講這些有耶無耶。伊想講反正要走了，恐驚耶日後無機會啊，就將眞久攏藏在心肝底的這些話，全部給伊倒倒出來，嘛算是解一口氣。

「你們有所不知。那個橫霸霸的『目仔鷳哥』，早年在山仔頂這頭做巢，就是占著阮們大肚番祖承的土地。」修安不好意思直接質問，阿海伊陳家的祖公仔，一開始在水裡港立足，嘛跟伊拍瀑拉番親眞纏。水裡社撤退到這邊山，嘛是有伊們的苦衷。

修安轉念一想，家己跟阿海再怎麼貼心，這些想法嘛可能會大大冒犯了伊。到尾仔修安是一句嘛講嘜出嘴。「你們分類鬥狠毫不手軟，是互相要吞吃入腹的一群野獸，哪有孔孟儒學的仁義道德可言？莫非你們早已意識，阮們平埔番失勢，不再是你們漢人競爭對手，不可能再發動啥『番仔反』囉？咱驚你們一旦占贏，取得本來攏是阮們的土地，爭勝意志就親像燒了一半的火炭，嘜收煞。火更旺，更炙熱了。接落來，就輪到你們漢人家己相爭。大家心抓橫，非刣到你死我活不可。在我來看，你們雖然霸占了大部分土地，是拓墾勝利的那邊，卻落得兄弟相殘，是比阮們大肚番節節敗退，害祖先失去了顏面，活得更悲哀吶。」

比起一寡仔目睭生在頭殼頂的漢人，阿海算是眞了解修安這款大肚番糾結的心內事。「講起來，阮姓陳的尚早在水裡港討吃，有法度站起，加減嘛是有去占著你們拍瀑拉的地。到尾仔，漳仔和泉仔拚生死，若無刣到憨面去，阮阿公怎麼會背著阮老爸，躲到這麼偏僻的山仔頂？

「今仔日看恁大肚番，被環境逼到這款程度，我才可以稍微體會你的無奈。況且咱自細漢，就一直想問阿公：咱一直到今仔日都還那麼野蠻性，不時要站出來，捍衛咱庄內人的自尊，是不是阮們攏是那隻鷳哥精又再投胎轉世的子孫？

「大家行到這個地步。恁大肚番如果決心要走，躲入去內山繼續做番嘛好。反正講起來，阮們漢人嘛常常比你們更番。既然你們就有才調，尙好和阮們離離較遠。嘛好，嘜再給阮們的人騙。咱講較無情咧，恁可能嘛心內在想，嘜跟阮們這幫人有啥相交扯，看日後睏得較會安心否？」

與其說阿海眞同情修安伊們大肚番的處境，不如講伊嘛想趁這個機會，幫日子嘛嘸多好過的漢庄墾民，加減吐出一寡仔怨氣。「你們前幾代的大肚番，土地敗了了，有夠慘。但是在過去這兩、三代，阮們漢人也不見得眞正平靖過日子。阮們互相之間的冤仇已經結眞深。有一次，阮老爸帶我去到貓羅溪左邊的庄頭，亦就是芬園的社口庄。那裡住著曾經跟咱相對敵的泉仔老夥仔。閒談間，跟阮們講起伊庄仔，平平是『漳泉拚』的受害者，竟和同款感覺眞無奈的阮們，開始互相惜緣囉。

「像是對著伊信任的家己子孫仔，侃侃而談險惡的過往。伊說，社口庄隔著一條貓羅溪，和下茄荖庄相對岸。大家比評起來，下茄荖庄那邊頭的厝確實有較婧，眞多攏有翹趐仔，有夠氣派。但是可憐伊們社口庄仔內，如今就眞歹找會到像這款的大間厝囉。那原因是當年漳泉拚尙烈的時，下茄荖那個庄頭的漳仔較強，打到溪這邊過來。住在伊們庄耶，有一部分泉仔就跟對方硬拚，煞害眞多人犧牲。那些漳仔將伊整群打打死喔。

「在社口庄鬥輸的泉仔，剩下活口就朝南邊，一路逃亡。

「幾年以後，兩邊械鬥平息了。伊倖存者的泉仔返鄉回庄。可憐伊們遺棄多時的舊厝地，除了四界發草，還荒蕪到老早發出了大欉樹仔。連伊庄仔內多戶人家的厝頂橫梁，是早年過海，從大陸運來台灣的大塊福杉，也都一支一支，被對岸下茄荖那邊的人拆拆走，埋到伊們土腳下底，充作起新厝時的地基囉。

「阮老爸仔童年逃難的記憶猶存。咱原本認爲，從那個老大人眞厚泉州腔的福佬話吐露出來，漳仔、泉仔之間未解的恩仇，恐怕會讓伊更加憤慨。但出乎我意料，伊們其實是從彼此的傷口，看到了當年盲目可笑，宛如惡火燎原的一場場爭鬥。」

*

這約略是晚季水稻收成的時節。放眼望去，附近許多水田業已收割，泥土表面都只剩下黃色稻草的短梗。清晨開始，海口來的風讓四面八方的燒田，形成漫天嗆鼻的煙霧。它們經過海口風的煽動，擴散更快更遠，幾乎覆蓋了下面社腳庄的整片天空，而和營磐埔的燒田、山仔頂的燒田，甚至遠到王田庄的燒田，全都連成一體。天還沒有暗下來，它們就都失去彼此界線，以及平日利害相干的分野。

秋冬的海口風還停不下來。幾塊田心已經燃燼，面目焦黑。等到濃煙一點點散去，即使天幕日頭還不肯落下，耕作的人卻已看到一年耕耘結局，而提早鎮靜了下來。「燒成灰燼的稻梗，應該是滋長新一季稻苗的養分。社腳庄明年早稻收成的時候，我們恐怕已經不在這裡了。」洪修安注視眼前進行的一切，他若有所思的眼神帶出最後先知的警戒，和即將遠行冒險家的丰采。或者它們就是獵人。它們即將試探新的獵場。它們爲著尋覓眞正具挑戰性的獵物，全力散發不懈的鬥志。

修安忘記了他升格父親之後應有的嚴肅。他開始逆著風的方向，飛奔了起來。他追趕的是日落大海的一瞬間。小的時候，他最愛在即將日落的黃昏時刻，飛快跑向村社東邊，斜坡上升的山崁頂，直到接近番仔山的位置。他站在雜木林蔭的制高點，模仿附近超過人身高度的一叢叢菅芒：他帶著蕭瑟詩意，卻不失樂觀；他沉入壯年茫然的大洋中，還能不忘年少張狂。他被現實壓迫，經常喘不過氣來的頭顱，這一刻要輕蔑搖擺來拒絕，要在祖靈面前醉酒了。他的頭顱直到開始擺動，才化作了風中驅逐惡靈，掃除穢氣的那束菅芒稈。

他目光越過社口熟悉的範圍，超出社腳庄上密集的厝地和交錯的院落。他更高拉出視角，用注目來禮敬蜿蜒流向海口的大肚溪，懷想它如同繫在 kaya 纖細腰間的那條織錦阿拉帶。他用目光緊緊擁抱，又用快如閃電的速度，鬆開，不肯陷溺於對它的依戀。

往更遠的地方搜索吧。當他眺望最西邊，以飛鷺捕魚的敏捷目光，躍入朦朧難辨的海天一線；接著，他更急切要來擄獲大肚溪入海的準確位置。那兒總會瞬時出現又圓又大鑲金的日頭，感覺是挨到了極近的距離。日頭預備降臨，滾落到祖先不曾離開過的村社。它是一顆即將燒成灰燼的大火球，胭脂塗抹的豔紅，單單允許金橘溫存的滲透。豔紅和金橘合體是最幸福的顏色，是滿足了的人間欲望。修安從小就覺得，日落大海是有氣味的：那是蕃薯烤熟時，焦黑如火場死屍的皮殼所能發散出來的甜美滋味。它即使不再赤熱，也仍保存著可以灼傷人體的餘溫。它只應許了瞬間的逗留，就選擇在那隱約可見的海天交會處，躺到無止境延伸的那一條地平線上，然後直直沉落。它徒然留下失去方向的滿天紅霞，以及令人嘆息的一隙空白。這就是南大肚社的落日。日頭將繼續從這兒掉落大海，拍瀑拉走了以後。想著、想著，洪修安微揚的嘴角終於露出一抹落日餘暉。

出門時他並沒有告訴牽手，打算自個兒走一趟渡船頭。這其實是早已想好的行程，但是他卻刻意略過，半句都不對她提起。他想，自己又不是要去找什麼人，也不辦什麼正事，何必說呢？他只不過想要重溫孩提時代跑到大肚溪畔遊蕩的快樂。從社口出大肚南社，南向沿著社腳庄的牛車路下行，路過這幾年才興建的漢人福和宮，再轉經埔仔頂陳家的那座三合院，接著路經田埂邊的土地公小廟，又切過山仔頂庄的整條聚落邊界。他最後跨進營盤埔，順著最大一條車路轉進去，往東南側的方向繼續行進，就可走入地勢高起，從番仔王時代即居險要戰略位置的中渡頭，而抵達了大肚溪邊。

這條路一直是拍瀑拉孩童最大的日常誘惑。如果大肚南社倚靠的番仔山，代表了最後世代渴求的安全，那麼通往大肚溪的這條路，就是南大肚社人接續祖先，朝大海冒險的出口。修安記不得，他是從哪一位族社長者的口中，記取了這個教訓。或者，過去根本沒有人提及。那已經是所有社人與生俱來的信仰：通往大肚溪的這條路，同時是尋求海口撫慰的出路，也原本就是大肚社群「身軀」的一部分，是伊們祖靈用好幾個世代腳蹤覆蓋了的領土。他們在日常生活中，得時時跨越這兒的歷程，形同族人共同主權的宣告，而接近了漢人廟會期間，神祇出巡遊庄路徑所寓意的信眾完整疆界。

到了修安少年時期，包括社腳、山仔頂等相鄰的漢庄，都已習慣了將大肚南社的界域，圈限在番仔山守護得到的「番社」內；一旦出了「番社口」，那就是和大肚番全然不相干的界域，是分別歸屬漳、泉閩南人，或者粵籍客人的新興漢墾地帶了。本能走向大肚溪的修安，是透過他不停移動的番少年身軀，繼承了南大肚社人的在地驕傲，甚至遺傳了他們在番仔王統治年代，就已擁有的海口主權意識。可以說他在南大肚社的前半生，是一面隨著社人漢化腳步，半仿效起附近漢庄的少年勤耕生活。但他在更多時候，還是我行我素，享受那追捕海口風的灑脫生活。他成功延續了族遊獵天性，而不馴服於終年守候田園的唯一價值（也因此他還得擔心，自己會不會被誤指爲漢庄遊民的「羅漢腳仔」？）。

修安經常穿梭大肚溪岸。他尤其愛看從海口進來的大大小小帆船，怎麼樣在繁忙河道中，悠閒行走。海口風是大肚溪推引帆船前進的重要動力，也只有從那一艘艘帆船漂泊的身影，他才看到了這長年吹拂的海口風，是如何固執地承襲著大海的意志。從海口進來的帆船，也是大量帶來移墾漢人的禍首？這片開放的海口也將大肚社人祖承的土地，曝曬在飢渴田園的漢墾民面前，一如將綠土上豐沛的原物料，裸露在以掠奪爲樂的外來商賈、海盜和匪類們貪婪的嘴邊？直到他前半生結束的時候，海口留下的這些歷史難題，也都沒有獲得解答。不過他總是相信，自己宗族和海之間的聯繫，也算是命中注定吧。比如說，他的家族姓氏「洪」，部首帶水，保存大海奔流的意象，它如同初生嬰兒身體的胎記，是自己難忘祖先根源的海洋，才爲後世留下了指認的憑藉。他期望後代人也可感應，那濃酒般剛烈的暗示。

修安成爲識字的社學生以前，並不特別對自己的名字感到驕傲；同樣地，他也一直不知道自己姓「洪」。他只是聽，一再重複聽，知道了 baba 叫作「烏鴉武厘」、kaya 是「阿武興」。對他來說，「修安」這個名字只是一個發音，只有發出這個聲音的人，所表達的可辨識感情，無論是疼惜、禁制、分享，或是單純的愉悅和憤怒，才皆賜與「我」具體歸屬感。那些喊名度量出彼此關係，是喊他名字的人，和「我」中間的確實距離。這個名字讀出了他們的親疏遠近，卻和「我」所存在的家族地位與社群個性，全然無關。

還未成年的修安，後來也不再事事聽從 baba、kaya 的指令了。他開始沒大沒小，任性表達自己的主張了。這時他才察覺，漢人契書上手印立據的「烏鴉」，一旦場景轉換，移到了漢庄頑童不知天高地厚的臭嘴，可就不一定是在喊伊 baba 的名。咱尋常日子，在更多機緣下聽聞的，是牠——那全身墨黑，沙啞啼叫的悲戚林中鳥。牠是不明歹運即將降臨的凶兆。

直到修安鄭重其事，爲伊長子取了個四平八穩的漢名，他才回想起少年時期對著 baba「興師問罪」的厚顏往事。「baba，爲什麼你是『烏鴉』？那麼歹聽的名。咱四周邊嘛不曾看過這種鳥。」修安終於適應了社學生活。他偶爾也會模仿社師老氣橫秋的講話口吻。他在意的，不只是 baba 名字的鄙陋。早識得了漢字的他，更不解在伊心目中溫情的 kaya，爲什麼叫作阿「武」？不公平啊！大大羞辱了伊啊！伊 kaya 又不是鎮日無所事事，逞兇鬥狠的那群漢庄羅漢腳仔。但是最愛 kaya 的「我」，自尊愈是遭受打擊，愈是保持緘默，不肯追問。

「我們大肚番的祖先原本有名無姓。」修安 baba 說不出口。他無法親口告訴修安，自己當年爲了初生長子命名，一度陷入困獸的掙扎。他該怎麼解釋，帶領親族出離「有名無姓」母文化的第一步，就是優先爲長子取上符合漢字本位思考的名字——「修安」。如今他從修安稚氣的探詢，才意識到當年做出的決定，反倒確認了當初所做決定，實在是個先見之明的抉擇。烏鴉武厘暗自思量：「孩子遲早會步入漢人社會，需要有個讓他在那兒立足，名如其人驕傲、出眾的名字。」

baba 看到伊心頭灼燙的焦慮，已化作撥開烏雲的一道道日光，而終於輻射出詩一般的話語。他知曉自己有責任協助孩子，撫平那可能會一世人附身的焦慮：「我的兒子，我們拍瀑拉祖先賜福的名字是美麗的。可惜它們是天上飛鳥，拍動著彩色羽翅在唱歌。人們只能用傾聽的耳朵去捕捉。等到漢人套用文字設下的陷阱，寫出『烏鴉』，要來誘捕祖先以前的名字。這時它眞正最清亮的聲音，卻早已飛走了。我的兒子，在漢文耕作的世界，咱拍瀑拉都是啞巴。況且我擁有過最自然的名字。可惜那只有以前的祖先才叫得出來。」

正如 baba 所預料，修安自從進入社學讀冊以後，就能從漢文經書的句讀，文意清晰地認得了自己的名字。而且他相當自豪。爲他取名「修安」，正是「烏鴉武厘」這一代接受儒學薰陶，懂得儒生風範的漢文化，才出現的番童命名。

baba 自己被寫成「烏鴉」，他不但沒有針對這樣不雅的漢名，在修安面前多作解釋，反而是帶著溫馴笑意，鼓勵他要懂得上進。「你這『修安』兩字，取自《論語》『修己以安人』、『修己以安百姓』，這是古早時孔子公衡量『君子』的最高標準。期許你從個人修爲做起，日後得以實現堯舜治理天下的義理。咱替你取這個名字，不過是對你從小讀聖賢書的一點點寄望罷了。」烏鴉武厘爲了幫長子取個漢人可以接受的好名字，就必須建立一套合理說詞。這是他無中生有，爲整個公族仔冠上漢姓，所先一步立定，既穩固又合身的大根梁柱。

烏鴉武厘的創舉維艱，不輸開天闢地。

「我和阿武興生下的第一個孩子，他有名有姓。他叫作洪修安。」

洪修安世代，剛好橫跨了截然不同的兩種生活。先行的日子面目模糊。我們唯一可辨識，那是男女皆無姓氏的年代。「我們的祖先本來有名無姓。」baba「烏鴉」講不出口。洪修安後來也懂了。

「你憨到連老爸仔姓啥攏莫知？喔，除非你們攏無在拜公媽。眞了然。世大人枉費飼你到那麼大漢。」無奈他和上一代人一樣，不動聲色地忍受著漢庄人狐疑地回問。他也從來沒有對任何後輩啓齒過。

從修安懂事以來，社內的人還是習慣稱呼他 kaya「阿武興」，baba 則是「烏鴉武厘」。至於他 kaya 這邊頭的 malau 叫作「阿保老興」；平日就喊阿公的 kaya 這邊頭 atau，則是唯一掛漢姓的長輩。他是早年入贅番社的漢庄羅漢腳仔，全名叫作林水生。而他 baba 那邊的 malau 是「阿百宇上港」、atau 則被稱作「阿眉烏義」。他還記得 kaya 這邊的查某祖好像是「阿媽蛤肉」、查埔祖叫作「愛箸高」。印象中，baba 那邊的查某祖叫「阿百元」、查埔祖則是「烏義九」。這些都是大肚社人代代口傳的古老名字。在修安還沒進社學，目不識漢字以前，每當他聽聞有人口中念出這些親族長輩的名字，總覺得出自番仔話的未被漢字化發音，會在周遭呼吸中產生符咒似的魔力，而把好幾個世代以前，擁有過同樣名字的拍瀑拉祖靈們，一個個召喚回來。

一個最單純的名字，成了往來穿梭好幾個世代的強韌織線，而命定把所有錯雜記憶，細密編入頑固織紋的那塊番仔布裡頭。當拍瀑拉呼喚一個族人的名字，等同於呼喚那個名字的 kaya、baba、kaya 的 kaya、baba 的 baba、kaya 的 kaya 的 kaya、baba 的 baba 的 baba……他感應到了。雖然沒有人教導過他，也沒有人知道，他一度擁有這些密碼似的感應。

對於不懂番仔話，非拍瀑拉的異族來說，這些番仔名根本是漢文粗暴音譯下，一串無意義的自言自語。伊們借用漢字，可是借屍還魂？他們第一道手續是先宰殺了那個漢字，接著才用還未退去體溫的那個空洞字屍，硬來湊出以伊番仔音爲魂魄的這些書寫人名。裝入漢字骨灰罈的這些番仔名，在被重新圈套的字義上，許多指涉了鄉野中最鄙陋的事物，凡常等同於「雞」、「蛤肉」之類的畜生。有讀過冊的修安只能把伊幹譙惦惦仔吞在嘴內：「那眞明顯，攏是有讀冊的人鬼頭鬼腦，想要用伊漢人祖公仔傳落來，死人骨頭的那些字，給咱平埔仔一世人壓落底。」

baba 當年安慰話語，一直是修安受傷取暖的日頭光。他力圖振作。唯有拍瀑拉和還在來來去去的咱番親們，都淪爲了少數，才能夠祕密分享，那些番仔名可以是日頭、是颱風、是下雨、是雨停之後的彩虹、是紀念祖先海口生活的湛藍大海、是指引前路吉凶的聖鳥、是昔日獵人與勇士化身的所有古老寓意。社番長者中常見的漢字菜市仔名，雖淪爲粗鄙意象，卻在他們彼此叫喚之際，成了修安主觀取得慰藉的祖靈歌。

出自《論語》典故的「修安」這個名字，讓他得以在社師面前昂首闊步；出自漢人百家姓的「洪」，也房角石般安鎭了他的社學生活。即便如此，他進社學，開始識字的頭幾年，還是讓他陷入了黯淡少年期。

這和他暗藏的另一個祕密有關：他從社師教導，認識了自己擁有的百家姓，可是他同時發現，比他年長的親族成員，竟無一人得以和他共享這個外來姓氏。他更小年紀時，曾經一知半解，聽 atau 講起，伊叫作「阿眉烏義」，其中的「烏義」繼承了伊 baba「烏義九」的部分名字。atau 當初表情堅定告訴他，傳續 baba 名字，是身爲人子最大的驕傲。

修安這一代人的名字，注定是祖先不熟識的。他更覺得困擾，是番社內內外外的拍瀑拉，以至於社腳漢庄從庄頭行到庄仔尾，或者伊們跑更遠，從大肚的頂街行到下街，竟沒有人知曉，他這個「洪」修安是南大肚社哪一戶人家的子弟。

在他以前，親族家人沒有一個人冠「洪」姓。baba、kaya 甫爲他獵獲的這個漢姓，一旦指認爲他個人的姓氏，就可以倒轉過來，爲修安 baba、kaya 的親族長輩們，一併解決沒有姓氏的苦惱。當然，漢人百家姓從來不是伊們番社生活的日常必需品。後來他們也只有在契書或者官府登錄的漢字文件上，才竹篙湊菜刀地將祖靈不曾聽聞的「洪」姓，加冠在比絲瓜藤還綿長的原來番仔名上。它們成了名不名、姓不姓，混搭的「洪烏鴉武厘」、「洪阿眉烏義」、「洪阿百宇上港」，或者是「洪阿武興」。

全家人只有修安，一生出來就姓「洪」；也只有他，不知排斥，就接受了這個外來姓氏，且容讓這個姓氏成爲伊更新血統的動力。他喪失掉從拍瀑拉祖先，傳續家族命名的特別寵信。「kaya 讓我愛戀拍瀑拉乳房的溫暖，baba 卻讓我覺得，自己還不想斷奶，就過繼給了和咱祖先敵對的氏族。」

洪修安只得自我療傷。

青澀少年的伊，自囚在無可遣返的孤兒意識中。

一個人出生時，被叫出的第一個名字，不管官府承不承認，都會跟伊一生；一個人出生時不存在的姓氏，永遠不屬於伊，那個虛構的親族，終究會被遺忘。這只涉及了個人歸屬，無關眞僞。

早在修安 baba 那邊的 atau「阿眉烏義」出生那年，也就是清治乾隆二十三年，滿清治台官府開始賜與漢姓。於是同爲平埔熟番的岸里大社等，就有多數番親加冠了有「水」、有「田」、有「番」記號的漢人「潘」姓。獨獨伊大肚番，還活在先人領頭「番仔反」的過時氛圍。數十年過去了，伊們對於官府賜與漢姓的「德政」，仍是毫不領情。拍瀑拉像是善於持續不服從，以此表達伊們消極的抵抗。

隨著番、漢勢力消長，大肚社人歷代的堅持開始動搖。洪修安家族從無姓到有姓，讓熟番家族的親屬系譜，一夕間瓦解了。這種情形不僅出現在他的家族。相近年代，許多平埔番親已同時擁有兩個名字：一是無姓氏的長落落番仔名；另一是加冠了來路不明姓氏的漢化名字。伊們雙棲的姓或名，可便利於公、私不同場合的使用。不可思議的是，除非伊們早就關係疏淺，否則誰是誰的 baba、誰是誰的 malau，也還暫時不會搞混。而當洪修安重新指認原來就很熟悉的社親，想要逐一喊出伊們東拼西湊的姓名，就得先準確串起伊們兄弟、父子、伯叔、公祖，以及姐妹、母女、甥舅、姨嬸等相關名譜。伊們接枝了漢姓和番仔名的新親族系譜，宛如糾結的苦楝樹幹，從分枝上分別長出了滿欉月桃葉和累累垂掛的芭樂果子。伊們在繽紛榮景底下，不知不覺喪失了增生繁殖的欲能。

「這個囝仔是哪一天生的？」烏鴉武厘只記得長子出生在月圓的晚上。海口來的那幾港風吹了有夠透。那同一日，隔壁豬寮的豬母也在唉，有四隻黑豬仔子分娩。伊山園仔的樹薯也才剛剛割起來，是這一季收成的好時節。靦腆的他只好坦白：「平常時仔我嘛無在看日曆仔。不知確實是哪一日。」

「你是這個囝仔的老爸，你姓啥？」

「我給他號名洪修安，」baba 爲伊報戶口時煞有介事的模樣，旁邊的人都覺得好笑。

「你姓洪就是囉？」

「沒有啦。」

「嘸？你到底姓啥？」

「沒有啦。」

「這嘛嘸啥。免吞吞吐吐。你的意思是，連你是姓啥，家己攏莫知，對否？」

「伊姓洪。阮的囝仔姓洪。」

「我是在問，你姓啥？」

「阮們生的囝仔，決定要姓洪，就對啦。你照我的意思報，就對啊。」

「嘸就你的牽手姓洪？」

修安的 baba 惦惦無應。

這官府的人開始罵人啊。「你這個人嘛眞白目。」伊眞正想要罵的第二句話，最後又吞入去：「嘸你就正港是憨番。」

烏鴉武厘不是講不清楚。他寧可吃悶虧，任由別人恥笑。

「爲啥咱們要姓洪？」修安大漢以後，曾經問過 baba 同款的代誌。

烏鴉武厘還是講不清楚。他不是心虛。修安漸漸懂得他的心意。修安算是可以理解自己姓氏取得的緣由。

「我們姓洪的公族仔，最早始祖是從中國的敦煌發源。那是遠在大漠西北的甘肅地區。」他從小就常豎起耳朵，聽 baba 提高了嗓門，一副講古仙耶習慣誇大情節的模樣，大談特談：「那烏溪以北，若是林家的勢力；烏溪以南，就是咱姓洪的天下囉。」

當他說：「放眼烏溪南岸……」我就假裝閉起眼睛，隨著他散布咒文似的古怪語調，黯黑中神遊。

「自西而東，從石頭埔、頂茄荖、新庄、番仔田，再過那個牛屎崎，到險要地形的北勢湳，哪一個庄頭，不是咱們姓洪的？」伊閉眼沉思，順手關閉這個眞實世界。修安想像自己是個從漢人天庭降落世間的代天巡狩，欣慰這一處處洪姓聚落合成的領土，還在不斷拓展中。伊反觀，拍瀑拉的大肚五社，從水裡社、中大肚社、北大肚社，貓霧捒社到南大肚社，卻是迅捷敗退和萎縮。兩邊形成了殘酷對比。

烏鴉武厘念咒般蠕動的嘴唇，蹦出另一突兀推論：「姓洪的公族仔都很團結。」瞬時他又表情神祕起來，好像這一大欉洪姓宗親，個個都是官府追緝的某個地下會黨成員。這尷尬處境逼使他從侃侃而談，化作一陣壓低的耳語：「咱姓洪的公族仔眞無同款。伊們若有親人亡故，落葬以前，一定得用白布包裹屍體，緊緊捆住全身，才能移入棺木內。」這段耳語進行的速度很緩慢，好像在他講話的過程，族親們正等待一名洪姓嬰孩要誕生了。伊們等待他經過全部人生的坎坷，終於來到臨終時刻，終於嚥下最後一口氣。伊身軀失去溫度，四肢僵硬了。無瑕的白布送來了。被白布包裹住的伊就此靈魂潔淨了。我們從一個宗族接受死亡的姿勢，才能認出伊們呼吸時候的面貌。在同一具棺木內，伊肯定不願再雙手壓後，伊忘記了回歸拍瀑拉祖靈的「揹祖公」姿勢。

然後烏鴉武厘留下伏筆般結論：「根據看風水的地理仙仔所講，這和敦煌回民源遠流長的『念祖』喪葬儀式，並無不同。」修安活像一枝草，提前探知了baba如風吹動的意向。伊接嘴baba的話尾：「所以烏溪南岸的洪姓宗親跟咱們同款，伊們最早源流，出自甘肅敦煌。」

洪家是烏溪南岸最大土豪。林家是烏溪以北最具影響力的地方氏族。兩家幾代累積的宿怨難以排解，而形成了隔岸對峙的兩大世仇。乾隆五十一年，大里杙的林爽文率眾反亂，北勢湳洪家出力協助清廷，成爲平亂有功的義民，從此和林家結下冤仇。後來林家嫡系遷移阿罩霧，進行更大規模的拓墾，洪家爲爭奪從烏溪引水的灌溉利益，又和他們展開無休止的兩姓械鬥。

「我們洪家的祖籍在唐山。我們是漳州平和縣人。」烏鴉武厘自幼通曉漢語文，並非無知之輩。經他抉擇，烏溪南北各據一方的洪、林兩家，同時成了伊整個公族仔認祖歸宗的對象。

這兩個長期敵對的有力之家，一是和南大肚社洪家同樣出自敦煌源流的同姓宗親；另一則和他們相同祖籍，是來自「大陸漳州平和縣」的唐山同鄉。它們讓南大肚社洪家在漢人社會中的背景顯赫起來。兩邊都是穩妥的靠山。

修安初曉人情世事，就有baba那一代人爲他「創造性揭露」姓氏的起源。這成了重壓他心頭的一件離奇公案。偏偏始作俑者的烏鴉武厘，從來不覺得有啥自相矛盾，而彷彿和他生活在同一年代的社人，都能明白箇中道理。連他牽手阿武興的親族，包括她年邁kaya阿保老興，都分享了外來的姓氏和祖籍。這如同大肚社人的先祖一旦遇見冷冬低溫，就會取用鹿皮，縫製外套來禦寒，都是族人求生本能所發動的自救作爲罷了。

「我一直很珍惜，kaya肯把自己名字送給我。能有妳的名字在我的名字裡面，我一輩子都不會孤單。」

「那是祖先留給我們的名字。我的名字裡面也有我kaya的名字。以後妳的孩子也要傳續自己祖先的名字。那才是讓我最高興的事。」

阿武興很記得 kaya 和自己的這一段談話。那是她和烏鴉武厘牽手以前，母女相伴進入彰化縣城，用農閒漁獵的收穫，交易生活需用品，而在回程中途片刻休息的時候，互相體恤的心內話。

「孩子的 baba 給他取名『修安』。烏鴉武厘讀過漢文，講是取自孔子公的教導，很斯文的一個名字。有合妳的意？」阿武興早預知了，kaya 對她孫子的命名，會有多麼失望。

「我的女兒啊，只要孩子能夠傳承祖先留下的名字，任何一個，kaya 我都會感到欣慰的。」無以回應的阿武興隨即補充：「我的孩子，全名叫作洪修安。」

「祖先恐怕記不住他的名字。我也是。」阿保老興女兒的孩子，無緣無故「生出來」和漢人一模一樣的命名，讓她噩夢成眞的恐懼升高了。她回想年輕時候，招贅了漢庄姓林的羅漢腳仔，卻還懂得堅持，爲自己腹肚生出來的每一個「土生囝仔」，取上祖先留下來的名字。她不怕孩子們繼續有名無姓，也從來不考慮，是否爲伊們冠上漢父的林姓。

「咱甘有需要姓啥？騙肖耶。咱飼的那隻獵狗若眞會曉追那些兔仔、山羌，嘛無一定要給伊姓陳或姓李。」她骨子裡覺得姓氏無用。

當年阿保老興繼承伊 kaya 名字的同時，也得到伊祖傳的拍瀑拉土地。如今她在焦慮中暗自思索：咱查某子以後生的查某子，也要姓洪了。過去究竟是伊娶烏鴉武厘，抑是烏鴉武厘娶伊？就無啥差別囉。伊們不管查某、查埔，以後攏是姓洪。咱拍瀑拉祖先日後可怎麼認得伊們？咱土地割了了，如今只剩下腹肚邊的那一小塊。如果咱憨憨，打算全部放在伊們手頭，那麼恐怕在生時，被官府火砲轟打到無法度被收屍的拍瀑拉祖靈們，是要對咱怨嘆不已了。

「以前咱拍瀑拉有姓洪的嗎？」她很不滿孫子的命名方式。

阿武興嘸回嘴。

「外面人叫伊啥，我嘸管。在咱厝內，我還是叫伊『愛箸烏義』好了。」「愛箸」是阿保老興 atau 的名；

至於「烏義」，則傳續了烏鴉武厘 atau 的名。她以拍瀑拉 kaya 在家屋內無上權柄，平和嗓音裡帶著尖刺，對這逐步棄守了立場的女兒叫陣。

「難道是我太固執，跟不上時代的變化？」阿武興怎聽得見，伊 kaya 此刻更爲嚴厲的自問。

「我會和伊那邊的老輩，慢慢仔參詳看嘜。」「伊」指的是烏鴉武厘。阿武興當然懂得伊 kaya 逆反的心意。

滿清治台官府賜與漢姓，這個拍瀑拉家族向來興趣缺缺。那是直到阿武興和同社烏鴉武厘牽手，生養後代而擔負起成家的責任，他們才稍微動搖了立場。

阿武興沒上過社學。她日後修習漢文的機會，也是渺茫。然而伊 baba 是漢人，伊對漢庄生活的理解，未必輸給熟讀聖賢書的烏鴉武厘。加上她比牽手的這男人大了三歲，彼此遂有默契，讓她在長子冠漢姓、取漢名的抉擇過程，發言扮演關鍵的角色。「我無憨到那邊去。會渾然不知，咱就親像孫悟空那隻潑猴，從此給伊們束一圈頭箍？咱是爲了取得金箍棒，才半甘願，套入去這個僞造的假姓。伊官府好比唐僧，給咱詳細念了緊箍咒。日後家族仔一代湠一代，只會愈綁愈緊。咱免想講半路仔後悔，就可以拔拔起來啊。」

阿武興還多了一層擔憂。「那是人 baba 的姓？抑是挨咱 kaya 這邊的姓？」她和烏鴉武厘之間的沙盤推演，至今獨缺敏感的這一項。伊愈想愈不安：baba 在漢庄結伴的那些兄弟仔，嫁出去的查某子就是潑出去的水，生的囝仔嘛無權吃伊老母的姓。更甭想，咱這些查某子「賊」有法度轉去後頭厝，分那家夥一分五釐的財產。阿武興認眞面對家己處境，明明是伊娶了烏鴉武厘。但是如果從伊們囝仔開始，當機立斷出借一個漢姓來箍。是不是伊子孫們到尾仔，嘛得愛循這漢姓的例，偏過去老爸仔那邊頭，吃作伊們查埔人的姓？

這成爲阿武興對伊 kaya 終生的虧欠。

「唐山渡海來台的漢人，數量勝過咱大肚溪淤積日深的泥沙。我們大肚番一度是河面上自由航行的孤帆。我們渴望持續迎風，卻擔心未抵達海口以前，就先擱淺了。」

阿武興意識到拍瀑拉的阻滯不前，和沿大肚溪上溯的漢人拓墾潮有關。到她成長年代，日趨邊緣化的大肚社人不再有推動反亂本錢；反倒是不同祖籍的唐山移民，進入了分類競爭的白熱化階段。阿武興警覺，自己認同的母系拍瀑拉就算被推擠到生存的最邊線，也未必可以置身事外，過著自保無虞的日子。

阿武興難以忘懷童年親睹的一幅血腥畫面：恬靜綠意的水田邊，有狹路相逢的兩隻水牛，雙雙用犄角對衝了起來。牠們激烈爭鬥的結果，是田間阿叔從原來無事的局外人，不意中捲入了這場殊死的牛鬥。當時阿叔緊抓繩索，拚命要拉住其中一隻亢奮的水牛。兩隻蠻牛狂奔纏鬥，還未分出勝負，也無一甘願倒下認輸，阿叔他就先斃命在自己的血泊裡。他成了角力下犧牲的祭品。

「這名牽牛的壯漢如果放手，不要夾在激戰的兩隻牛中間，就不致喪命了。」阿武興的直覺啟示她：活在漳泉拚、閩粵鬥夾縫的大肚番，極可能遭逢類似的不測。阿武興推想，同是漢移民的漳、泉和粵籍客家人抓對械鬥，即使互有傷損，都還勢均力敵。反觀脆弱的拍瀑拉，如今僅存最後一線生機，她一旦被流竄的分類械鬥捲入，豈不是要獨自承受最後的敗亡？（不可諱言，伊這樣的類比存在不小破綻。誰不知，現今伊拍瀑拉處境，可說連手握繩索，看管牛隻的那個阿叔都還不如吶。）

漳泉拚剛開始那一年，阿武興都還沒滿十歲吶。可是她卻能夠從祖先熟悉的土地，嗅出那股風聲鶴唳的反亂氣息：

「你們庄頭傳出風聲，說泉仔要打過來了。」拍瀑拉祖靈成為竊聽者。

「咱們庄仔底在召集人馬，說要鬥陣去打那邊的漳仔囉。」難道僥倖渡過黑水溝的這群人，還沒來得及將祖先牌位捧過來，才會誤認這塊化外之地，做啥都不致驚擾到伊祖先的靈魂？

「一個庄頭攻過一個庄頭，焚燒的火，宣泄了誰的報復情緒？剩下的活口要說話。漳州腔、泉州腔、客語、番仔腔……單單不同口音，就可判生判死，認定你是不是咱首要的對敵。唐山是咱共同的故鄉？這也是衝突吧。」咱拍瀑拉祖靈怎可能默不吭聲呢？

「喔，伊們不必另闢戰區。泉州人交易買賣的市街、漳州人開墾的水田、客家人聚居的夥房，都成了鬥毆、追打的第一現場。」拍瀑拉離開了，還有拍瀑拉祖靈不走。這印證祂們不是現場少數。

「請不必穿上和官府交接的正式軍服。手上沾血的棍棒和鐮刀，就足以讓勤耕農民，化身劫掠鄉里的暴徒。只有潔淨無瑕的嬰孩襁褓布，包裹得了逃難人潮失措的腳步。就在你敬拜祖先的廳堂前，我們路過的人，看不到延續香火的子弟。那兒只有門戶深鎖，關閉不曉得會持續多久的寂寥。我們早習慣了強橫暴行。發生在日常生活。出現在多汁果實遮蔭的老樹下。伊們查某人也習慣了，在灶君所庇佑柴火還沒燒成了灰燼以前，陌生戰火就要在迎接賓客的門外匆促發動。它襲擊的對象，包括溫言勸阻的母親、期待安枕無憂的老大人，以及天眞嘻笑的孩童。請你和我們分享粥飯跟溫飽；對他，我們卻是拳腳相向；目的是要你在祥和平靜的家園，開闢仇恨擴大的刑場。咱殺戮兄弟，眞找不到更好地方。請牢牢記住，你們不同的宗族血緣、你們差異的祖籍原鄉，本身就是潛在不可原諒的罪行。更何況你們保存無瑕的原鄉口音，輕易洩漏了你是不同拓墾勢力的擁護者。咱不分動亂前線，或是後方生而和平的庄頭，昨日才救贖了產難婦女的接生地方，明日清理完畢，又將淪爲下一個戰場。」

kaya阿武興的大發議論，不會比修安做囝仔開始，就自伊奶頭汲飲來耶奶仔水較少。「講啥，漳州人的天公爐有三蕊耳朵；泉州人使用的，是另外一款耶四蕊耳朵。漳仔一黨、泉仔同命，無論伊們怎麼分類，在咱大肚社人來看，攏是同文同種的漢人。大家決意界線分明，莫非是要找個藉口，繼續相爭那更大的地盤?直到我生子，做人kaya了，漢庄無情的械鬥還未結束。不分大、小庄頭皆難幸免，比地方上雞瘟、豬瘟的蔓延還要快。我感覺最可憐，還是散赤無力，得靠有錢人吃穿的那些田佃和巡邏仔。伊們提心吊膽，恐驚失去了理智的對敵，害伊們又一無所有，跟著頭家逃命。至於咱們大肚番就已勢單力薄了，如果再被牽連，更將沒得翻身了。」

阿武興記取教訓，牽牛的阿叔意外喪命，是伊面對兩隻水牛鬥狠，還不肯，或者也可能來不及鬆開那繩索，才成爲角力犧牲者。他的厄運，源自伊和其中鬥狠者的運命相繫。「阿叔的處境，還算是從人牽牛，無堵好才變作牛拉人。啊咱大肚番，本來就由漢庄的人拖咧走。咱甘有可能，安心留在這裡，免驚去給伊風颱尾掃掃到？」無論如何她都不敢妄想，在抓對廝殺的激戰中，那表面局外的少數，眞能偏安，繼續享有中立、不沾鍋的第三種選擇？

阿武興還是半個漳州人。這樣身分讓她陷入了更深焦慮。她寧願拿下一代的未來當賭注，積極參與這場豪賭。她不想苟活在受迫四處逃竄的陰影底下。她世故地認爲，持守超然立場的不可能任務，反倒會讓那橫暴的兩邊，雙雙懷疑你，指證你根本是從暗地裡支援著對手，而殆無疑義歸屬了敵對陣營。也正是這樣的分類解讀，讓你這弱化了的旁觀者，陷入最危險、孤立的處境。伊 baba 是漳州人，整個大肚溪流域的靠山地帶，也多爲漳人地盤。於是阿武興務實地選邊站，讓親族正式披掛上漳人土豪的姓氏和祖籍，作爲投靠伊們勢力的宣告。這也是她默許烏鴉武厘，爲剛出生長子冠上漢姓，作爲生存防禦武器的隱含動機吧。

阿武興覺得自己從小帶著兩個分離的心思，冷眼觀看漳泉的生死鬥：kaya 那邊的拍瀑拉血統提醒她，這片土地一直在流血，沒啥好驚惶的。無論如何熾烈焚燒的烽火，還是要升起濃煙，高處迎接歷代安息的祖靈。最終祂們會從煙梯一步一步走下來，撫慰亡命道途的住民。從羅漢腳仔 baba 遞送的漳人情感，則是再三叮囑：我們有膽，渡過黑水溝，本來就是不驚死的一群（反正我們一無所有。轉去，也是死路一條）。我們哪敢奢求台灣錢淹腳目？只要咱生活還算過得去，也就打死不退了。

阿武興早早意識，漳泉拚帶來的不安，反倒加深這兩個分離的心思對於土地原初的依賴。大肚番婦的 kaya 和羅漢腳仔的 baba，都是赤腳踩踏在土地上的人。他們直接觸摸土質，有了充實感受，而讓伊們輕蔑那一觸即發的更大騷動。

四界蔓延的械鬥氛圍，確實威脅到唐山移民搏命積累的利益。有財力雄厚的移墾家族開始算計，小小台灣若再動亂下去，恐非子孫未來安居的樂土。拓墾有成的這類型初代移民，還未生出根深柢固的情感，因而興起念頭，何不一走了之？他們籌劃怎麼挾資出走；一旦情非得已，即可搭船內渡，逃回大陸原籍。有資有力者才敢誇口，怎麼走避島上不息的禍亂。

於是阿武興的少女長成，除去瀰漫了漳泉拚的大小冤魂，又有收納在伊異想抽屜內，唐山客返鄉的一波波避難潮。伊早年聽聞的避難奇談，爲長子修安的戴冠漢姓，意外添加了合理化動機：阿武興因之揣想，這個拍瀑拉家族一旦從外來姓氏，獲致有力宗族的認證，以及同步確認了伊們虛構的祖籍，那麼，純屬想像層次的原鄉，豈不也成了亂世裡替宗族留下活口，以至讓倖存後代覓得他鄉退路的捷徑？

洪、林這兩大宗姓的土豪，一度隔著烏溪，南北爭鬥。姑且不論後世對伊們成敗優劣的評價，伊們確實一齊站到了時代舞台的正中央，共同躍爲中台灣進入清治風雲年代的新興氏族。

這個南大肚社家族選擇和來自漳州漳浦的烏溪南岸土豪，分享同一姓氏；伊們也可以認同，其宿敵——大里杙林家在大陸漳州平和縣的確切原籍。不怎麼兜得攏的這個姓氏與祖籍源流，並不因著現實歧異，而抵銷了它的眞確度。雖講密密鴨蛋，嘛會迸孔，伊們至終所要彰顯，仍是拼湊而成的浮面意象之外，猶可在伊們潛意識中自我嘲諷，那樣出自了僞造，轟轟烈烈的認祖歸宗過程。

最耐人尋味，是伊們選擇「仿效」的洪姓宗族，擁有助官平亂的義民光環；但他們認可的唐山祖籍，卻和強烈反清意識的叛賊首腦林爽文相同。「沒有林爽文，我的童年就少了一半。」這是出自烏鴉武厘的肺腑之言。林爽文帶動的全台反亂長達一年半。有人說他是製造社會動盪的匪類和暴徒；有人看伊是反清復明的天地會首領；也有人認同他是帶領唐山移民，反抗清廷貪腐的拓墾英雄。

生而爲番童，是烏鴉武厘一度希冀逃避的身分；漢移民社會的反亂要角林爽文，更是烏鴉武厘療癒他成長寂寞的良方。當年，他熱中傾聽有關林爽文戰事的一切閒談；他還私下模擬，林爽文部隊的逃竄路線；他也憑藉百無禁忌的少年想像力，演練著官兵追緝的規模和進度。如果他有辦法推翻勝者爲王、敗者爲寇的歷史定律，那麼林爽文的人生結局，又可以怎麼樣獲得重新的解釋？

他更祕密揣想著，假設林爽文的眞正血統，是拍瀑拉番仔王的後裔，以他爲首的這場反亂，不就是咱正港的番仔反？人家說，林爽文反亂初始之際，伊們大肚社通事烏肉典曾經站在官府那一邊，和清廷通風報信了。這樣傳說讓烏鴉武厘無法置信。雖然南大肚社長者們對林爽文仰仗的漳州人勢力，向來沒有好印象；可是他們對於貪瀆成性的滿清官兵，又怎麼會有特殊情分？他寧可推斷，大肚社人或許爲了不得罪統治者，而消極協助過官兵，仍和積極助清，介入亂事的平靖，而以戰功彪炳聞名的伊們巴宰番親，明顯區隔了角色。

烏鴉武厘堅信，拍瀑拉對當權者的反抗，是血液裡早已存在的。這在任何情況底下，都沒有妥協餘地。他們怎可能充當統治官府的打手？烏鴉武厘知曉，南大肚社族長們跟他一樣，對於林爽文反亂充滿了期待。這個事件帶來不可言喻的興奮。他寧可想像，宛如受拘囚徒的伊們，正殷切等待救援友軍的挺進。他們就要恢復自由了。烏鴉武厘有時候也會陷入矛盾而自責：以林爽文爲代表的漳州人拓墾集團，不是幾乎吞噬了大肚社人最後的生存空間？他們還能夠期待這群掠奪者的任何救贖嗎？

林爽文宗族於反亂失敗後受到的屈辱，烏鴉武厘多少心存悲憫。當他升爲人父，而替長子找尋漢姓和大陸原籍，作爲宗族託付對象的時候，大里杙林家祖籍的漳州平和縣，就成爲伊寄望所在了。似乎他只有走上了這條路，伊童年時期的林爽文，才可能跟著借屍還魂。於是當我們回溯，烏鴉武厘早年那暗示性的沉默，終於讓撲朔迷離的這件宗族公案，昭然若揭地浮現出它的謎底：林爽文事變中，林姓家族以反清、抗官爲職志，猶如雍正年間大肚番人策動的番仔反。這正是南大肚社洪家選擇和伊們分享同一大陸原籍的根本誘因。

若有後輩追溯宗族起源，「烏肉仔」的老祖洪修安還是會這樣答覆：「我們的祖先來自大陸漳州的平和縣。」這是上一輩長者告訴他的。上一輩也可以推說，這是從伊的上一輩，口傳下來。這不是自己杜撰的。然而，他愈是言之鑿鑿，忠實地傳述，對於挾帶權威的這個標準答案，就愈感到困惑，而竟生出類似作僞證的心虛。

他們不會彼此拆穿。那是他和 baba 烏鴉武厘之間永遠的默契：宗親要在現世獲得善意接納，升格成爲大清子「民」。伊們想要脫離做「番」的次等地位，這應該是最好說詞了。

修安心底再不踏實，還是選擇了深信不疑的立場。久而久之，捍衛這樣的宗族起源說，成爲族親們共同的意願。甚至到了阿飼的 baba 洪金城，更將之視爲認證身分的典範版本，而全盤接收下來。伊的慎重態度，也不亞於豐厚資產的繼承。只有伊們因循了這樣的祖籍認定，這支「洪」姓作爲綿遠傳承的一個漢姓宗族，才是無庸置疑的。它的最早源流，還溯自甘肅敦煌。然而，修安作爲這個口傳的共犯，仍不時自問：「我們是替自己的家族系譜，找到了永世立足的根基？或者，這只是大肚『番』所借戴的一副漢族假面？」

暗夜會合

「祢即將造成缺憾的圓臉，從高處呵護了眠夢裡不再有大肚番的漢庄。祢也用祖先險些遺忘了的陰沉側面，照看我們穿過沁涼荒埔的少數腳步。足夠了。請不吝指引，黑幕裡灑下讓大河提前醒來的微光吧。」月圓清冷的光，像一面失重銀盤，在空中漫無目標浮游。那是直到末了，祂才又信守承諾，用圓滿的臉所預告的無可回復缺憾，探照這一群人行過的每一片破碎溪埔。

因爲銀月綿綿的撫觸，他們破皮、流血，又期待儘快長成厚繭的腳盤，即使反覆踩過草萊、泥濘和礫石，仍可時時享有那柔光所帶來，意志上多一層的牢牢防護。這讓他們在神色上尊貴，像是翱翔在沒有塵垢的高空雲層內。

「此時此刻，假使背負的是咱細漢囝仔，會同款沉重。但我一路上，可以緊緊貼住伊身軀，烘著那溫溫、燒燒的感覺，該有多好。」洪修安怎會不知艱難路途才剛開始。他還是稍嫌過早地感傷了起來。他身上總共背負了兩口鐵鼎、兩領草藍布和一大領棉被。內山勢單力薄的蛤美蘭社番，困境中召喚伊平埔番親們前去拓墾。修安夥同族親們費心籌措的大批禮物，就是爲了奉送對方，作爲內山土地永耕權的至誠交換。

「我要走了。」丑時剛過。他跟牽手輕聲道別。孩子還在熟睡中。這過程愈是淡然不著痕跡，就愈成爲今世永別的一個慎重提示。

他必須先走到社口。大家約好在那兒集合。昨日他雖然在天色方暗時刻，提早眠床上躺下，卻在走出家門以前的漫漫上半夜裡，輾轉反側。還好他一上路，即使談不上精神振奮，仍比飽睡的平日清醒得多。

修安一踏出家門，就習慣性地回過頭來。

他瞭望番仔山的方向。他同時瞥見碩大明朗的圓月，仍懸掛在半裸的山崁仔頂。由近到遠，伊拍瀑拉祖先熟識的那些山崙仔，像是原來厚厚穿著，冷冬禦寒的那些衣衫，一件一件都被脫掉了。「漢人一陣一陣來，咱附近崙仔頂的大欉樹仔，煞前前後後攏給伊們砍了了。」修安記得，早有拍瀑拉老人家警告過：咱失去厚衣保暖的裸露山崙仔，最終是要引來，在伊們腳側伏行如蛇的這一條大溪，於奔向海口之前莽撞失控的暴怒。

中、北大肚社和水裡社族親們即將成群到來。

他安心了。曙光升起以前的夜深，絕不是任憑黯黑占領的世界。同時讓海口泛化爲銀光的番仔山圓月，正引領他們族親，走在早已啓程了的這趟旅途。番仔山灑落的月光，也是伊拍瀑拉「飼祖公」時候，往空中霧灑、淨化的祭酒。看吶，北大肚社的頭人愛箸池、中大肚社的頭人蒲氏上港，以及水裡社的頭人戴烏蚋，已分別帶領共同意願的各社拍瀑拉，前來南大肚社的社口會合。

他們這靜默出走的現場，是要比番仔山的可能位移還決絕、還壯觀。

「咱嘜孤單。」修安總算在離去之際，確認伊拍瀑拉不是窮途末路的族社。他頓然理解：假如繼續留在出生、長大的原社，等著千倍、萬倍擴增的漢人移民潮，淹沒拍瀑拉最後的驕傲，那才是伊們忍無可忍的景況。

他們是同一批遷徙內山的拍瀑拉族親；他們共同承擔的，是連占卜吉凶的聖鳥都無法測知的未來。洪修安默想著番仔山在一百年、兩百年、三百年後的光景：年復一年，又是萬物枯綏的秋冬時節。只有番仔山菅芒愈發旺盛地生發著。是誰默許妳的放縱，讓妳所向無敵長高了？直到妳碩長身軀，超過咱一個、兩個戰士的拍瀑拉。可不是連最目中無人的海口風，都逃犯似的，央求妳這個勝利者慷慨的藏匿？或者，只有最無知者才誤指妳的罪過，控訴那是妳，將咱南大肚社人昔日的榮光全數掩埋掉。

菅芒啊菅芒，除了成群離去的拍瀑拉，誰還需要妳殷殷庇護呢？菅芒啊菅芒，那是咱對妳無情棄用，造就了妳今日的得勝，使得妳成爲拍瀑拉節節敗退的一個遲來宣告。一百年、兩百年、三百年以後，所有來訪番仔山的人，還將從妳全面覆蓋的孤寂，驚覺妳對難以回頭的番仔王子孫，仍有放不下的等待。

「阿三，烏溪這條路，你以前走過？」修安是經審慎評估，才打破了靜默。可是他扼要問話，任何人聽來，都會覺得只是隨意閒聊而已。

修安揣想，自己是和即將同行的社親，不算失禮地打了一聲招呼。

然而修安仍感不安。他自問：「咱一旦去到個陌生地方，是否連原本熟識不過的拍瀑拉，都要彼此覺得生疏了呢？」他像是預見了離鄉必有的艱難。他們亟需互相照應。他只得繼續攀談，直到和阿三建立起防範災厄的共同默契。「我聽人講，行南邊，順烏溪入去內山的這個路線，先要在內國姓歇睏一眠。第二天就可以走到了。」

「如果沒遇見生番出來刣人，才會這麼順遂吧。」阿三無意潑伊冷水。

「免驚，咱們有一大群拍瀑拉咧。若無走散去，應該未歹行才對。」

「那是咱心情沉重，行未開腳，不是眞正路途有多困難吧。」原本不發一語的烏義，也插嘴加入了伊們談話。隨後他又補上一句，像是祖先慣用竹箭，精準無誤地射進了伊們所有出走拍瀑拉的心坎裡。「唉，今日你、我有哪一個，不是老人、牽手和囝仔，全部放在厝耶？」

「咱拍瀑拉都到齊了？」月光底下，所有身軀皆披罩上薄薄一層茫霧。他們因而飄忽不定。那是直到帶頭的拍瀑拉開口，身旁社親聽見伊所發出的渾厚嗓音，從老早淪爲蒼鷹獵物的逝去時光，一路穿透，融入了飽含悽愴的微光當中，他們才能夠確證，眼前形體只是浮物。

南大肚社土目愛箸蛤肉詢問族人會合的進度。他同時將目光掃向黯影中沉睡的社內厝地。他更牽掛留待原社的族人。有零落雞啼，從伊們覺得安心的距離傳來。這比慣常的破曉雞鳴，提早了好些時辰。牠們的匆促執行，也欠缺平日意氣風發的鼓動感，而更多是跟著豢養者的番社家戶，莫名焦慮了起來。

不明狗吠陣響。牠們總是適時出聲，療癒拍瀑拉獵人離家的孤寂。

離天幕泛白還有一大段時辰。愛箸蛤肉猜想，社腳的漢庄人家早已醒來。他們必定是從險渡黑水溝的噩夢中驚醒了。他們不安，勝過即將遠走的拍瀑拉，以至如臨大敵，窺伺拍瀑拉五社嚴密組織的行腳。也因此他們急於掌握伊大肚番沿途合體，結伴同行的所有動靜。

「還差幾個。我們社人負責籌措的禮物都安排妥當了。」南大肚社甲頭富哩宗回覆他。伊又將兩只銅鼎愼重舉起，暗影中，讓漂亮凸出的鼎底彼此碰撞，扎實發出了響聲。這舉動像是用它們不菲身價，提醒社人內山耕墾必須付出的一切。此時有一陣壓低交談聲，由遠而近傳來。一群人急促行進的腳步聲，朝向這邊逼近。現場所有等候的拍瀑拉不約而同抬起了頭。伊們從原先進入警戒狀態的專注，轉爲期待成眞的喜形於色。

「大家辛苦。」愛箸蛤肉領頭走出社口。他以狩獵者慣有的敏捷步伐，迎接前來會合的他社拍瀑拉。

「恐怕各位族親久等，我們差不多是兩隻腳用鳥仔翅在空中飛的速度趕來。」這是北大肚社愛箸池爽朗的回應。

同樣要來會合的水裡社人、中大肚社人還未出現。

晚子時結束前後，愛箸池等人已預先走出北大肚社。他們成群佇候在頂街媽祖廟前的車路邊。

天光以前，所有公眾活動都讓人覺得是地下會社的祕密聚集和結盟。

「沒有人從背後追趕我們。」愛箸池暗自思索，伊們拍瀑拉終於退出了現今族群比武的擂台。「當咱大肚番社的山崁仔，那大欉樹仔一片一片，被占咱土地的漢人砍盡殺絕，我也就了然於心，咱拍瀑拉遲早是要走投無路了。」

「atau，那是從什麼時候開始，咱這裡的漢人愈過來愈多？」愛箸池回想起他小時候一度迫切的探問。他印象深刻，只因爲讓伊一知半解的 atau 應答，講到了啥「鴨母王」的反亂。

「咱返頭來看，伊漢人渡過黑水溝了後的頭一回反亂，就是那個『鴨母王』朱一貴帶頭。伊嘛是漳州人。那是比咱番仔反更早的年代。講起來眞不幸，聽講嘛是官逼民反。但偏偏伊們在南部反了失敗，四界動亂的結果，許多南台灣漢移民開始往北邊移走。這些北遷發展的漢人，於是成了滿溢海口的大潮，至終是要倒灌咱拍瀑拉祖傳的土地。」

他們後續拔根的運途，一如番仔山砍伐殆盡的古老雜木林。愛箬池覺得他們拍瀑拉今日的集團出走，也像山野環境不再適宜物種繁衍，動物本能的大規模遷徙。

「你們在這裡等，我很快就會回來。」愛箬池獨自走向頂街，下意識地趨近了香火鼎盛的媽祖廟。

他並不習慣敬拜漢人的神祇。

「伊們媽祖婆親像咱拍瀑拉的kaya。伊嘛嘜驚那肖肖耶海口風。」漢人廟裡祭祀的眾神，就屬媽祖這仙查某神，最能博得他的好感。

他們遷移內山的終極意願，是要走到一個沒有漢人的地方。一旦生活在沒有漢人的界外，他從小以非崇拜者眼光，冷眼旁觀漢人媽祖，想像祂怎麼在信眾面前展現海神魅力的個人記憶，也將不復存在。

「這是我最後一次來看祂。咱來跟頂街的『飛媽』道別吧。」愛箬池在推開廟門的霎時，終於綻放出笑臉。幾年前，頂街老三媽的金身不翼而飛。傳說那是買賣菁仔染料的挑夫，在相隔遙遠的噶瑪蘭，意外發現失蹤多日的這尊「大肚媽」，才請祂連夜趕路，「飛」回頂街。伊的「飛媽」盛名，從此不脛而走。

愛箬池對於頂街「飛媽」當年失蹤一事，萬分好奇，主觀覺得祂和平埔「番」很投緣：彼此有志一同，不計險阻地跋山涉水，就是渴望跑得遠遠，逃逸到崇山峻嶺的另一頭，鮮少漢人蹤跡的地方，覓得新生活。「啥人不知，伊漢人有唐山公、無唐山嬤？莫非祂是……」愛箬池一度懷疑這尊「飛媽」的眞正身世。

愛箬池首度雙手合十。他對著端坐金殿的「大肚媽」誠心許願：今日拍瀑拉恐無回頭路的內山行，可以仰望「飛媽」的共鳴與庇蔭。

貓霧捒社親將在頂嘮脣會合。他們以外的拍瀑拉遷徙者，都已抵達南大肚社口。內山移墾的大肚番親們可以啓程了。

洪修安早有萬全準備。剛開始，得沿大肚溪上溯的這一段路，他也不陌生。更不用說，他是伴隨了皆爲兄弟、伯叔的族親，成群離開共同的母社。「咱 kaya 生我，在她劇烈產難的過程，可忍受了比我今日還要百倍、千倍的疼痛？」從今以後，修安必須和母社切斷生活上的連帶。這個可預知時刻終於到來。然而將他從熟悉土地撕裂開來，這巨創的傷口還是讓他痛楚到了求援伊產難母親的地步。

修安的 atau 曾經教導，南大肚社從來不會像嗜肉禿鷹，貪婪咬住固定的地方。拍瀑拉祖先多次遷徙。伊們移動如和風。讓土地休養生息，則是族人順應自然的天性。反過來說，貪奪土地的人，是將每一塊活力的草埔和林地，想像爲等待拓墾的荒地，而欲望在上頭密集耕作和生產。這樣的支配者恐怕是要激怒，總有一天也會困倦了的土地。伊 atau 還特別提醒，一旦土地受到不明原因咒詛，貧弱，出現了疲態，就要毫不遲疑棄置，社人才有未來活路。化爲記憶的每一座舊社，都曾經是飽滿氣力的新社。

一行人走過了社腳福和宮，再從埔仔頂切出去。他們在小土地公廟附近轉了個彎，又沿山仔頂庄的邊界往下走，終於來到營盤埔。眾人只要順著兩側已收割過的平靜水稻田，多走上一小段路，就可進入船仔頭的漢人聚落。屬中渡頭的大肚溪岸，屆時就要在伊們眼前壯闊伸展了。

修安不顧同行者魚貫前進，毫不稍緩的伶俐步伐，而在車路邊的一棵老刺桐前頭，停佇了半晌。他虔敬而專一地凝視這棵老樹，接著用拍瀑拉祖先才聽得見的聲音，跟她展開交談：

「我們的祖先認爲妳盛開的紅色花朵，代表了拍瀑拉女人。這時我又看到妳爲這個季節結下的果子，滿掛在帶莿枝椏上。無知者將這瘤狀帶莿的枝椏視作醜陋，如同我們強壯體格的拍瀑拉孩子，在漢人心目中竟是粗鄙的族類。

「我今天走了。不是一個人。我們是最後不肯同化爲漢人的那一群。請賜給我們足夠延續命脈的種子，讓它們安全地藏在我遷徙身軀的最裡頭。那麼吹送希望的風，一定會將它們播種到豐厚生機的土壤內。

「請相信，我離開以後總會爲妳的孩子們，找到活下去的尊嚴，而在我們期待闢建的內山田園和厝地，重現妳紅色燃燒的形影。到那時候，即將和拍瀑拉祖靈會面的每個女人，都會摘下一束紅色刺桐，當作回家路上互相指認的記號。」

「你剛才一邊跑、一邊裝進口袋裡的是什麼？」烏義詢問他。

「一把刺桐的果子。」他伸長了手，從老樹上摘下幾株念珠形狀的莢果。他敏銳的指尖摸得出來，裡面包含了數不清的刺桐種子。將它們握在手掌心的瞬間，他感覺自己的心逐漸暖和起來。這是少數他還帶得走的美麗盼望。他感慨：「在我即將離去的最後時刻，終於等到開過花的刺桐結了果。」

整群大肚社人摸黑前行。這一小段路，他再熟悉不過了。即使他閉上眼睛，用手觸摸方向，都走得到大肚溪岸。眼前船仔頭聚落的居民，多半是來自漳州的楊姓墾戶。他們的合院式瓦厝，集中坐落在曲折如迷宮的蜿蜒巷弄中。這些瓦厝禦寒似的，硬擠在一塊兒；最外一層更有土角堆砌起來的圍牆，充當了堅實守護者。惡臉向外的土牆群，張開了好多對狐疑的鷹眼。顯然那是警戒心重的庄民們，在固定間隙的各個方位，留下禦敵時偵防的孔洞。

圓月凝視底下，聚落不動聲色地沉睡著。他們一行人走過的雜沓腳步聲，也只能招引，不知從哪個角落傳來，提不起勁的幾聲狗吠。修安還是察覺，船仔頭永遠是戒備森嚴的：高高聾起，利於偵探的地勢；靠近溪岸，則有渡船頭的看守；以及大肚溪浪蕩到了這個地方，無預警的轉彎。這些足可說服登上這個聚落的人，認同這裡天生就是爲了激戰的誘引而存在。這裡肯定是個易守難攻的戰略要衝。他寧可相信，「戰爭」才是它眞正的地名。

「渡船頭這庄，住的大半是楊姓漳州人。庄民們的大陸原籍，據說也是平和縣。他們豈不就是和我們洪家同祖籍的宗親？」修安一邊自問，一邊感嘆：「如果我們眞的和他們血脈相連，同根同源，今天就會留下，不必出走了。如果我們和他們一樣，是漢人，又何必千方百計，躲到沒有漢人的地方？」

聚落最外圍，引導下坡路的，是高眺身影的一大欉莿竹圍。他的眼睛還沒看見大肚溪，已經聽到流動的水聲，急躁要打破中渡頭河岸的寂靜。夜半裡涼風吹亂河面的節奏，足可讓懷想未來幸福的這一群遷徙者，著魔似的愉悅了起來。正當同行的社親們，逐一步下溪埔，等候中的修安，則趁勢站到了終年繁忙的渡頭起始點。他想：人們從地勢高聳的這一邊溪岸，臨下眺望低緩對岸，若在良好天候，視線可及的最遠景致，應該就是彰化縣城北側，出了城門口，漢人茄苳腳庄的那座菜公寮了。

眼前祥和無害的夜半溪景，反而提供修安更大的遐思空間，讓他順利掉入遙遠，卻還隱祕傳述，番親們反清的最後決戰：又是溪水滿漲的風水季，大肚溪水深難渡，以南大肚社等爲首的中部平埔諸社，憑恃祖先熟悉的天險，擋住了清廷調派的重兵。清軍就在對岸聚集、安營，意圖從四面堵塞大肚番的突圍之路。

直到溪水漸退的入秋時節，才是對峙的雙方即將生死決戰的關鍵時刻。修安突然蹲低身子，讓溪埔荒地上雜生的草萊和菅芒，在風吹咻咻的不止息騷動中，依然忠誠地掩護著他。這是 atau 跟他口述的景象：他是身手敏捷的拍瀑拉勇士。南大肚社徵召抗清，他是埋伏者。他從來不會落單。他更多的同伴，還藏匿在菅芒搖擺時蕭瑟的空隙。警醒吧，燃燒火把的番仔目。請持續監視，敵營膽敢妄行的任何風吹草動。

他們手中待發的槍箭，哪一支不是爲了抵拒官府殲滅族人的意念？

修安莫名亢奮起來。他看到蠢蠢欲動的對岸惡馬渡，清軍開始渡溪了。當那跨代蔓延的怒火升高，夥伴們也開始互相傳遞戒備的暗語：敵軍就要過來了。怎料清軍虛張聲勢，那是他們狡猾的戰略啊。惡馬渡那一頭僞裝渡溪的風聲，竟是敵營從其他方向過溪設伏的掩護。殺氣重重的清兵，早就匿伏在我們身旁——他們西路從水裡港過來、東路自貓霧捒挨近，中路則從阿東社那個方向北上。官兵無法忍受咱反抗者持續鼓動的挑釁，而將我們視作惡不可赦的寇讎。誰知我們只要求最起碼的尊嚴和公道？

「我聽到大砲轟隆的巨響。」修安的四肢不再聽從他自由意志的使喚。倒下去。沒有疼痛的感覺。他看到自己身軀被炸碎了。他觸摸到自個兒還正燒燙的鮮血，在空中墜馬的當下噴射而出，連那對岸旁觀的溪埔，都染成了痛苦腥紅。

敵人難道還期待，更多拍瀑拉的血來洗滌這條負罪的溪流？祖先的拍瀑拉同伴呢？他們再怎麼碩健的身軀，也抵擋不住清軍運來大砲的轟擊吶。

「修安，快跟過來。」他還在恍神狀態，仍依稀聽到阿三等人對他的叫喚。

即將遠走的時候，他終於明白：今日他們遷徙內山，也算是當年番仔反失敗的延續。這是必然結局。火槍大砲震裂了祖先不肯屈從的身軀。伊們堆疊成山。伊們反亂者屍身，無人敢來收取。伊們一直躺在大肚溪埔，就是現在這個荒煙蔓草中，迄至今日，還等待官府記憶嗜血的啃噬。伊們身軀在巨爆時撕裂的痛楚，不曾消散，是我們番親尊嚴致命的重擊。我們反抗的祖先，一度用肉身迎接了帝國大砲想要粉碎伊們的意圖。大清帝國何嘗不是透過了震耳欲聾的大砲，發洩伊們對咱發動番仔反的寢食難安？滿清治台官府雖從西方拓殖的船堅砲利，含恨記取了教訓，可是伊們借來反擊，卻是咱番親彎弓上待發的竹箭，以及伊們握弓挑釁的區區肉身。而當年在這大肚溪岸的決戰中，伊們清軍炸掉的，也是咱拍瀑拉點燃的反抗引信吧。

修安意識到，終結了大肚社人反抗力量的這一座渡口戰場，正是今日族親們沿溪走入內山的起始點。他們不會渡河南下。即使這兒白日裡就是官民南來北往，熱絡穿梭的渡津，南下再過五里路的近程，更是衙門所在地的彰化縣城了。前進內山的埔裡社，這正是官府要員和民人普遍熟悉的通道，它沿途各個村社，也被認爲是文明開化程度較高的地方，說它是全台灣南、北各路往來折衝的主要路徑，也不爲過。

他們不能忘懷，當年番仔反蜂起之際，社中不分男女，齊赴彰化縣城告官伸冤，就是在這沙洲橫亙的渡頭上，忍無可忍沸騰了憤慨的情緒。由漢人掌控的這一條官道，今日不再是他們首要的選擇。他們同樣沸騰心緒決定通過的，卻是人跡罕見，遍布荊棘的另一條窄路。他們放棄了和主流同化的生存捷徑，因爲那是令祖先感到悲傷的寂寞路途。他們萬萬不該忘記，祖靈堅守南大肚社的本意，是要在大肚溪奔向海口的關鍵地帶，扼住它致命的咽喉。而他不難想像，大肚社人的興衰，攸關了整條大河千百年來的命運。

*

「沿著這一段溪路走，只要還看得見從水裡港開進來的帆船，就還沒眞正走遠，不算和海口故鄉離散了。」修安邊走邊回憶，他小時候最喜歡一個人跑到這兒，蹲在正對風口，荒野三不管地帶的溪岸上，遠眺來去不受拘束的竹筏和風帆。拍瀑拉土目帶領的遷徙隊伍步下溪岸，跋涉在荒埔小徑中，任由超過人身的芒草包圍他們。風吹長草颼颼地響，連溪旁部分枝葉凋敝的雜木林、微露枯黃神色的莿竹欉，和本性憨厚的香蕉樹，也跟著在空中粗魯地呼嘯。

風聲伴唱，大河流過的曲調更形繁複地交疊。祖先給予過拍瀑拉命名的蟲鳥，於是假借半眠半醒，送來陣陣渙散的唧啁聲。也由於還未天光，仰賴圓月指引的遷徙行進者還是半盲，而不得不拉長了靈敏耳朵，接收四周妄動的微音。這些情境就使得無心叫喚的蟲鳥，意外搶盡了鋒頭。

眾人總算探出荒草路。

不久，他們又整批走向溪畔平滑的石灘地。

此後他們更是一語不發，沿溪前行。

趕路的人連心思都在急促移動，無法靜止下來。他愈往前行，消逝歲月殘存的記憶，愈是急於從背後追趕過他。一旦過去的記憶大幅超前，即將到來的未來時刻，就成爲遲來的已逝時光，是日後不斷的舊事重提。他繼續挺進的方向，和前所未見的嶄新世界更加距離遙遠，而成爲實質的後退之路了。

他們沿著溪埔走，身軀取代流動溪水，手腳滑行一如撐開風帆的舟筏。他們在沉靜月光的掩護下，輕巧行進。修安覺悟那不肯跟隨月光的溪流，是黏住他們，束縛的黑色腰帶；也更是大肚社祖先們，不得不行使緘默權的過去。它們暫且凝固不動了。只有溪岸還居高，如同洞察世情的神祇，注目著他們浮萍似的腳步。溪埔上行走的人，化作蜿蜒流動的大河。而當溯行避禍的人流抵達了內山，不就是海口乾渴成旱，臨終的末日？

修安行走中。他喜歡凝視破碎的沙洲橫亙在大河中央，感覺它們伸入河床根深的力量，正迫使走上歧路的溪水繞道分流。河道分裂，橫亙的沙洲同時也心碎了。那不過是他心中唯美的假象：只有溪心的沙洲傲然獨立。只有它不偏不倚的中立。只有它的分離，足以傲視左右溪岸選邊靠攏的卑微姿態。他走得愈急，孤立的沙洲愈往後退，他感覺那兒可能是囚禁大河欲念的最後一間黑牢，但是如今大肚社人離棄家鄉的意念，似乎讓它們瀕臨崩塌了。沙洲上覆蓋了綠色大肚溪被禁錮的願望，只有沉穩月光偷窺得到它們！有別於春夏風水季時，河中沙洲寬敞的胸膛，總是被群起暴動的急流所淹沒，剛進入秋冬枯水期的這一大片渡船頭沙洲，卻執意爲著即將離去的大肚社人，裸露出大河潛藏的欲望：就回流到沒有漢人的地方吧！

月光公平照亮了左側的大肚山脈。修安暗想：「很快地我們會經過下一個渡口的藍仔頭，再抵達烏溪支流交會的頂嘮脣，就算走到緩和躺下的大肚山尾巴了，那些發自海口，漂亮溪行的帆船，自此再也無法上行，只剩下孤零零划動著的一些小竹排游向烏溪支流。那兒就真正是我們告別大肚原鄉的地方。」修安走在身軀前頭的雙腳可以告訴他，拍瀑拉盤據的大肚溪岸，不再有居高俯瞰對岸的優勢了。他足踏的卑微溪埔，還在繼續往下沉。在藍仔頭庄臨岸的土墩外圍，有一圈防衛的莿竹林，反倒不成比例地高聳。它不僅帶著拒人千里的嚴峻表情，更如實傳達出庄民飽受的敵意，以及因之而來的恐慌。

修安祈求月光帶來更多的恩澤。他睜大眼睛，凝視那一路上相陪伴的大肚溪水：「這一段水域感覺好寬闊。水流的聲音聽起來很像振奮人心的咚咚鼓聲。」還是夜色籠罩，黝黑的河川表面竟還鑲嵌上幽幽銀白。溪心墨色的浮洲上，則寄居了一大扇一大扇漂泊的菅芒花。它們時時搖曳，正忙於召喚更深蕭瑟的秋意。他同時聽到行進隊伍的中間，有幾個人先是彼此低聲耳語，接著突然停下腳步，而引來後方追隨者一陣意外的騷動。

「再走下去就是林仔潭渡了，我們不是應該從這裡渡溪南下的嗎？」有人語帶疑慮問道。

「如果不從這裡渡河，至少也應該在頂嘮脣的下一個渡口——柴仔坑渡過溪南下。」月光下出現另一個低沉嗓音附和著。

修安並不吭聲。他還是老神在在，緊跟前頭帶領的各社頭人。

「渡溪的時機未到。」他猜想，現在的林仔潭渡和先前的中渡頭，以及下一個庄頭頂嘮脣的渡口都一樣，是渡溪南下，在彰化縣城會合後，取快官方向東行，再通往內山的埔裡社。那是官府衙門和漢人習慣經過的大車路幹道。他思索：「我們既然要走到沒有漢人的內山，是連他們官商熟悉的通路，都沒趣味了。番親們最好避開他們，摸索出心甘情願的另一條道途。」

涉渡大肚溪

這片溪埔是如此寬闊。修安覺得彷彿走到了一望無際的平野。他默念：「怎麼看不到溪水了？難道向著夜空敞開的這一大段河流，早被他們貪婪的漢移民偷偷吃掉，無知的我們還被蒙在鼓裡？」左側的遠方，清晰可見大肚山逐漸走低，在它末梢部位不得不趴了下來；還是左側，但是更靠近他們一點兒的地方，出現了另一個房舍密集的聚落。洪修安不禁遐想：「每走一小段路，望見些許人煙，總是能感受到溫暖的慰藉。不過那又是個漢庄。沿途上其他番社的人，跟我們的情況應該差不多。像是對岸，離彰化縣城不遠的阿東社人，原來也是強大的。怎知當年番仔反功敗垂成，他們無力復業，連糊口都有困難，只好將大部分土地低價贌賣給漢人。既然土地早就沒有了，如今能夠走的，豈不毫無眷戀地速速遷出，就此遠走他鄉？」

他覺得，不遠處的漢庄居民，正豎起了好奇的耳扇，聆聽他們這群遷徙者雜沓不一的腳步聲。漢庄的人應該感覺，他們這群大肚番趁天光未亮就開始行走，才更像是前所未見的奇觀，是一場特異的眠夢吧。再往前走，右側溪埔後面的流水又跑過來，讓沿溪而行的他們看得清楚，不致迷失了前進的方向。又不久，他們輕鬆跨過一條無名小溪，它根本無視秋涼時節降臨的寒意，還穿戴一身翠綠草木，猶如一名活力充沛的頑童，邊跑跳、歌唱著匯入了老態畢露的大肚溪床。

不是修安出了神，才產生這樣的遐想。眞有頂嘮腎庄民，當日還未天光，就從眠夢中驚醒。那天清晨丑時剛過，溫家壯丁大溪就無法再安穩入眠。他做了個相當奇特的夢。在這短暫夢境裡，他從南大肚社人愛箸典買，方才收割過的那塊水田，竟像捲鋪蓋一樣，被對方輕易捲成一個小捆。這個大肚番還當面拿出苧麻繩，將這輕便攜帶的田皮從腰間繫緊了。對方不忘開玩笑：「這樣包，比用月桃葉包捆的粿粽還結實。」隨後，對方手腳利落地將它背在身後，完全感覺不到什麼重量似的。這個大肚番同時解釋：「這是我祖先留下的最後一塊地了。我必須即刻贖回，帶著一起走。」

幾年前，溫大溪才從大肚移來這邊耕墾。他和溫家不同房的兄弟們爲了開墾這塊土地，耕作水稻，耗費極大苦心。他按年繳納番大租，算是有在照步來。如今他看這塊地，是比家己性命還重要了。眠夢時他舉起鐮刀，作勢要跟對方車拚，是要阻擋對方取走伊安身立命的田園。他衝動之下，一刀砍過去，人就醒了。即使沒有眞的鐮刀在手，他看見家己雙掌猶是緊握拳頭，身軀還直在流沁汗。

「無啥要緊，這只是眠夢而已。」他十分清醒。可是這夢境殘餘，也足夠讓他繼續處在驚悸不安的狀態。他仍舊側躺床上，想著等待天幕翻出了魚肚白，就要到田耶行行、看看，伊才安心。他這樣躺著，不知過了多久，外面還是暗眠摸。突然間他從眠床邊，緊閉窗櫺的縫隙，聽到一陣急促紛亂的聲響。間或同一方向傳來幾聲呼喊，以及刻意壓低了音量的綿密交談。當他更專注聆聽著，迅即發現這群人的交頭接耳，還夾雜了他聽不懂的幾句番仔話。他初步猜測，這陣嘈雜人聲是從北邊學田庄的那個方位傳過來。

那是大肚五社之一的整批貓霧捒社男丁，順著大肚山尾端的山徑小路，往南一路走下來。當他們抵達頂嘮脣庄時，片刻也不歇息，就急忙朝著烏溪的方向走去。

溫大溪一溜煙跑出房門。月光底下，他站在厝頭前空地上，目送這群番招伴作夥經過的形影。

「他們是誰？」他們正要移走，入內山開墾。「伊們要往哪裡去？」他們應該是大肚番。溫大溪納悶，家己對此事件，早有明確輪廓，怎麼心裡頭又再浮現相關的疑問。不是全無意義嗎？

在他看來，這群番有的學了漢文，穿衫、舉止，也多少仿效了伊漢人的風俗，可依舊不是家己人。「番就是番。」伊老爸不是時常將這句話掛在嘴邊？但是他必須承認，這群大肚番和伊拚性命開墾，骨力作食的日常勞碌，卻有著剪不斷的因緣。「再怎麼講，咱嘛愛叫伊們一聲『番頭家』。」

大溪想：伊們沒辦法生存，今仔日才會要走。伊們絕對帶不走半塊田園。伊們番剩下沒幾個。咱沒啥好驚。然而當他現場目擊了大肚番的出走，還是無法漠然以對。「伊們走，咱漢人脫不了關係。」原來伊不失樸實的心肝，暗藏了勝利者的愧疚。漢人全盤取得土地和生計的優勢，是他從家族長輩繼承的光榮，也是他良心上沉重的負荷。

大溪覺得，大肚番遁走，他作爲漢人移墾者，嘛嘸法度鬆一口氣。伊們一旦從地域生活中消失，漢人移墾先驅怎麼樣引發原住他族滴血亡命的渡台記憶，將不再完整。或者它失落了大半。伊的祖公仔渡台，初初就相作夥，若不是大肚番，難道是一群鬼？伊的祖公仔跟人相爭土地，半騙半強，才占過手，那些退敗者嘛全全是大肚番。伊又認眞講起，本底是羅漢腳仔的公族仔老輩，有緣牽手，抑是鴨霸去給人冒犯的對象，咁不是那些大肚番的查某人？

伊這群愈來愈蝦擺的親同，只有從附近田園熟識的座標，找得到炊煙常升的番社厝地；或者伊們閒來無事，泡上一大壺茶米茶，隨手拈來大肚番人的憨愚；或者伊們更超過，講一寡仔大肚番怎樣失勢的風涼話，那麼，險渡黑水溝這個公族仔的完整記憶，才算保存了下來。

溫大溪如今悵然若失，或有被離棄的孤單，其實較多出於自私。那是一個人的鮮明記憶裡，對於受欺侮對象的依戀。當他自問：「伊們是誰」，困惑的其實是家己祖公仔的移墾正當性；當他不解「伊們要往哪裡去」，追究的也是：留在海口的伊這大群漢移民後代，眞能取代時勢驅趕的大肚番，保證不再重蹈伊們遠走流離的宿命？

天光以前，月照反倒多一層增重了它的迷離。成群大肚番行進中的臉龐，仍是模糊難辨。他們的肉色更黝亮，他們的番仔目更深邃，他們的身軀更拉長，他們的喜怒情緒也更直接。這是溫大溪在月照底下，對他們無遮蔽的評價。他們只是往前走。他從沒告訴過他們，他感覺他們是美麗的。他們和勤於耕墾的漢人同款，承擔了逼不得已的遷徙。他們和他們，都不得不放棄祖居地，而在山與海的生存夾縫間，重新尋覓情感寄託的立足之地。他們和他只是有著深淺不一的膚色，他們認識世界的第一個話語，同樣由生養他們的母親所決定。

這恐怕是加害族群拋不掉的畏罪意識在作祟。溫大溪寧願歸屬這群人。他共感。他聽到他們邊走邊吟唱著特殊的曲調，很像漳州歌仔戲中的哭調仔。他聽不懂唱詞，卻聯想著眼前蕭瑟的行進，更像是喪葬中的送別隊伍。而他們沿路遞送，不正是強力抑制之後，才得以局部釋放的悲泣？

溫大溪跟隨他們。

他直到老邁之年，才在懵懂無知的孫子面前，洩洪似的提起了天光以前的那日夜深。冷峻月照讓大肚番的出走行列更形疏遠，彷彿他們是剛剛抵達的一群外位仔人。他不意中走在中間。不算短的一段溪路。他們涉水過溪，他也在他們中間，感覺緩急無常的水速，和那秋涼以後，益加捉摸不定的溪水溫度。沒有拍瀑拉察覺他不是大肚番。即將遁逃的圓月，給了他更大僞裝的勇氣，讓他更自溺於漢人最後的懺情。即使他和他們，從貼近的距離互相陪伴過，他仍感覺家己只從渺遠地方，望見了這一行人縮小中的背影。在他記憶中，出走的大肚番只有一面面陰沉的背部，背負了一支又一支東山再起的銅鼎。其他就什麼都記不起來了。

他們走向烏溪匯流的岔路口：筏仔溪、大里溪、貓羅溪作夥唱歌，在這兒遇見了心亂神迷的烏溪，而決定流進同一條大河的身軀。不屬於番漢社會的這個身軀，從來不了解土地被吞噬，應該作何感受？它也從來不想知道，什麼是逆來順受。

大肚四社的族人們，正等候最後一批遷徙同行者——貓霧拺社族親的到來。他們右側的渡口，在高傲土岸和突兀隆起的幾座沙洲之間，愼行穿梭。人們如果從相對卑微的這邊溪埔，直目遠眺，常會誤以爲溪中綿長橫亙的沙洲，已取代擺渡停靠的對岸，老早是最遠可及的地方了。眾人只要渡溪，抵達對岸，再過快官，南下一直走，左側就是貓羅溪畔，多座泉庄散布的鄉里。至於對面岸上，則是明顯升高了的八卦台地；它的高不可攀，已足可藐視烏溪北側，低落下沉的那些溪埔與河岸了。

不出修安先前預料，帶領他們的頭人們，決定捨棄人煙密集的南渡大車路。他們一行人折向西南，轉入偏僻方向。他們一直涉渡到了烏溪主幹的右岸，才終於擺脫那幾條支流不時的蠱惑。

修安心底呼喊：無緣的竹排吶，往北邊漂流吧！忙碌的竹排吶，往西邊漂流吧！海口再會了！

枯水期才見裸露的匯流處，那兒有一大片溪床，鋪成平緩的石灘地，任他雙足自由的踩踏，而喚醒了他少年時期涉渡溪水的愉悅回憶。走烏溪的這群大肚社人，如今只有涉水渡溪，才能產生和這條大河合而爲一的感悟。他面帶微笑，閉上了雙眼，兩邊溪岸皆遠遠退去。他提醒自己，爬上岸邊，得到安全庇護，還是虛幻一場。只有他置身不斷流逝的溪水中，專注聆賞處在當下與過去交界處的聲音，感受差一步即可捕捉到手的已逝時光，才是眞實。

他覺得溪畔裸露的每一塊鵝卵石，都曾因激流的沖蝕，而破碎、殘缺，而磨出光滑馴順表面，最後出現了歲月刻痕的圖紋，也因此創造出獨特的身世。他相信，大肚五社的拍瀑拉族親們今夜踏過的每一顆溪石，即使在千百年後，仍會在愛講故事的溪水流過時，潺潺追述他們這一夜是多麼不捨離去的心情。

他提起右腳，小心將整條腿放進淺灘溪流中。很不耐煩，又無心滾動的那股溪水，正從四面八方衝撞過來。溪流的動作輕微，卻在他浸泡水中、濕漉漉的腳踝皮膚上，掀起幾陣不安的漩渦。他懷疑，一心一意流向海口的大肚溪，想要阻撓他逆流的前進。

「水眞冷。今天第一步涉過烏溪的感覺，只能靠我自己牢牢記住。即使我們渡過溪水，可是流水無痕，終究不可能留下任何足跡的。」只有當枯降的烏溪水，仍如四面八方而來的伏擊戰士，包圍著洪修安，同時空洞無情，往前沖刷，他才清醒了：爲何面對了時代激流的咱大肚社人，無法停留原地？他們只有勉力前進，不畏逆水威脅，才有機會脫離深不見底的漩渦糾纏。

天色由銀光下的黯黑，轉爲飽和藍調。圓月則比薄霧還輕盈，隨時要跌落溪底。烏溪右岸的這條溪埔路，眞的比通達彰化縣城的大車路荒僻許多，彷彿是從未有過人跡的異地邊境。連他們一群人集結走來的身影，都擴散出濃濃孤寂的味道，如同急速行走中，他們還一邊散發著屍肉腐臭的氣息。修安想著，自己寧可是從大肚社人身上割下的一塊腐肉，都比活在漢人貪婪無度的世界，還好上千百倍。他們唯有走在被拋棄這端的溪埔路上，才感覺界外的內山，不遠了。

踏入界外，抵達內山以前

他們終於擺脫夜月。由於整個漫長路途才剛啓程，還不到稍作停息的時候，他們繼續往前走。眼前這一段烏溪水並不遵循固定河道，而是四處橫行和遊走，溪底和河岸的分野也要隨時不見了。烏溪水如同一隻狡猾的蛇，靠柔軟、有彈性的腹部在土上滑行，準備吞噬毫無防範能力的低窪地方。人們目光所及的溪埔，今日還披滿了羽翼漂亮，宛如飛鳥翱翔的菅芒，明日可能就消失在泥濘低地的沼澤中。靠近它的人，一不小心踩上去，也許整個人就將陷落不可自拔的污泥中。

等待春夏風水季到來，即使這一大片新興沼澤早已吸引喜好泥濘的蟲鳥停佇，還是極可能被竄逃的洪流所淹沒，而成爲深不見底的大河溪心了。於是優雅如墨綠色綢緞的溪，歷經毫無節制的氾濫後，可能化作一面湖，好能盡情呑噬水中的浮洲。命運再一次循環交替，他們今日踏過的乾涸草埔仔，可能曾經是溪心孤獨的浮島，或者是讓土地得以大大鳴放心事的石螺，以後能夠安心躺臥下來的深水潭。

這片溪心時而水聲如擊鼓。日復一日，這片溪心也會因著溪水任性的改道，離棄原先容貌，而重新蓋滿了草木和礫土。或者這片溪心將再度輪迴爲水中乾涸的沙洲。還是不久的將來，這片溪心又可營造出睥睨溪岸的另一座高台。「聽老輩講，原因從這裡來：自從咱番仔山附近的大欉樹仔，一片一片砍了了，伊烏溪這邊頭的大水，就開始使性地，四界亂亂鑽囉。」修安今日親睹，和周圍埔地反覆格鬥的大里溪和貓羅溪這兩條分支，除了讓kaya之河的烏溪，左右爲難，是連它們彼此分合，都陷入了膠著。他眼前這一大片溪埔地，牢牢包夾在它們中間，而成爲漢墾戶最無法信賴的荒穢地帶。於是當伊們出走的大肚社人，曲折繞行其上，而被解讀作流匪的逃亡，也不令人感到意外了。

「我們還是停留在原地？」修安求救似的，和身邊同行的社親攀談起來。他說，他們這群人不作歇息的趕路，卻感覺並沒有實際往前走。沿途上只見溪埔、沼澤、河岸和沙洲形成了破碎紛亂的景致，而且再三重複，讓他分不清楚已走過的溪埔，和眼前正要展開的路途，兩者之間有何差別？他只得嘆息：「我們走得愈快，愈覺得正在返回原地。這比受到束縛，無法自由行動的困頓處境還危險。我們即使無法選擇其他的路徑，這也必定不是個錯誤的方向，但我還是害怕，必須一直向前走，卻又走不出去的宿命。」

「咱放眼望去，這一段路盡是遼闊的溪埔。如果不是溪水率性亂流，讓它們皆成了潛在的水路，恐怕連溪底田，都被漢人開墾光了。怎有哪一吋溪底，躲得開他們揮動鋤頭時，謀求田園的欲念？」修安不解：漢人不是感嘆，烏溪是一條出沒無常的「鑽地蛇」，隨時預備向著他們「崩護岸」？這沿途上到處是被荒埔圍困的大水窟。即使他們暫時「寄作」，開墾了田園，無人知曉，從來不事先借路的烏溪，如果哪一天硬是要走過，他們是否束手無策？修安再一轉念：「咱免煩惱。漢人不喜歡的荒埔，我們反而走得自在。」

「從這邊看過去，對岸的漢庄，是快官？」有社親舉起左臂，指向明顯隆起的對岸聚落。

「挑夫從鹿仔港和彰化縣城那個方向走來，往回內山，在埔裡社做漢番交易。他們絡繹不絕，不是都要經過快官庄嗎？」修安從遠處望見人煙稠密的漢庄，竟是從找無出路的先前沮喪，轉爲更大的惶惑不安。

「是不是有衙門捕快，從那邊追趕過來？」他開個小玩笑，竟讓同行者質樸的眼神，高度警戒地閃爍著。它們像是趁曙光來臨以前，交換著外人無法意會的祕密信息。

「伊們百姓的漳泉拚都還未結束，怎有空閒跑來抓咱大肚番。」

「奇怪，我看到從快官下去，那沿路的天頂，還染了一大片血紅。那是啥人罪過啊？」也有拍瀑拉這樣形容。

「就怕他們吃飽太閒，換來和咱們生死拚。」

他們的玩笑不是沒有道理。今日他們如果走溪西那一線，就會從頂嘮膌直接南渡大肚溪，過柴仔坑渡；再從對岸的渡船頭，經過田中央庄、快官庄，同時順著貓羅溪南下。接著他們必須穿越水氣一樣，隨時要蒸發了的貓羅社，才得以跨溪，到達了近山地帶漳人爲主的區域。最後他們會經過下茄荖、頂茄荖這兩座村莊，而當繼續東行，可就是往新莊仔和牛屎崎那個方向走去了。

沿途漳、泉對峙的漢庄，一個接一個，連成一長串醒目的珠鍊。看來它們是恬靜平野和安詳的鄉里；不過若回到械鬥最激烈的年代，就全是燒殺搶掠不停的烽火舞台了。

溪西那一頭的平埔番社，包括阿束社、柴仔坑社、半線社、馬芝遴社、東螺社、二林社和貓羅社，不是人口日漸凋零，瀕於散社，就是和番親們共組內山移墾的「平埔打里摺」，而在陸續遷徙中，從原地離散了。可預見這溪西平埔風景，會愈來愈蕭條，以至盡是「番」去「社」空的冷清。對照沿線新興的漢庄，則正亢奮，等候下一回合更激烈的內鬥，來重新撕開各自傷口。修安於是輕嘆：若非這般情勢，咱這群拍瀑拉今日何必固執，走向了荒僻溪東，以致任由水、路不分的溪湳埔地，反覆給咱愚弄？

左側有醒來的日頭一路跟蹤他們。修安受到清新晨露的激勵，也就不很在意眼前溪埔的荒穢景象：破碎分歧的河道、陰鬱沉積的泥沙、宛如崩坍過的散亂溪石，和半剝落了綠意的枯枝和雜木。不久後，他將目光移向和現身的日頭同一方向，跨過就應該是同安厝的那個聚落位置（溪東這邊的泉州人也跑光了。是不是他們一度移來這邊，拓墾建庄，又歷經了生死拚以後，現今這地方只剩下空有其名的「同安厝」？而離它不遠處的「番仔園」，也是個名不副實的聚落。兩地洩漏了漢墾和平埔流離的共同命運，也都是伊們拍瀑拉走過烏溪，無法避開的風景）。

他瞥見溫順起伏的遠山，還籠罩在宛如麻紗織出的茫霧中。那像是輕柔細紗，層層裹住他率性袒露的肌膚；而除了形成有距離的美，還爲他帶來暖意。

茫霧罩住高高的天，卻遮蔽不了山神鬼祟下探的視線。「依附在山這一頭的村莊，時常瀰漫著和咱祖靈一樣疾飛的濃霧，就是漢人的阿罩霧了。」

「快到界外了。」

「我出生以前，阿罩霧還在生番界外吶。」這是修安 atau 愛照三頓講的代誌。他總認定，atau 從伊嘴巴塞進自個兒耳朵的生番界紛紛擾擾，可不會比小時候 malau 塞進他嘴巴的香噴噴米粒還要少。

他從來不覺得聽飽了。「在我出生以前，草湖溪以南的柳樹湳和登台，都還站在生番界上。時序再往前推，也是自你阿太少年時，才開始有潮州人進去開墾。否則那裡根本是禁止漢人出入的生番界外。」阿罩霧還站在生番界上。可是幾個鄰近的漢庄，如今都已劃歸界內。然而有關它們之前被官府排斥在生番界外的記憶，修安毫不陌生。很會騙小孩的伊 atau，總是先摸摸自己的頸項，再裝出劇烈疼痛，卻又混雜了大功告成，足堪欣慰的古怪神情。最終一幕，才是伊 atau 驚悚口吻的提醒：「那一帶經常有青番出草。」

「青番爲什麼出來刣人？」修安不確定那是因著 atau 僞裝的痛苦，還是 atau 極度不協調的滿足，讓童稚無憂的伊，決心追究生番界外的眞相。

「伊們生氣了。」atau 同情他們。

「你應該知道，很久很久以前咱拍瀑拉祖先也會出草。」atau 不只私底下同情他們，還認同自個兒祖先出於同源，也是砍人頭的番。

「聽我 atau 講，咱是一直到番仔王的時代，不同村社還會互相出草。」

「從柳樹湳、登台到阿罩霧一帶，都是他們祖先自古傳承的獵場。」atau 選擇站在他們那一邊了。

「那一帶也是咱們平埔番親居住的地方。」修安猜：難道 atau 反悔了？看來兩邊各有苦衷。眞相不會只是單一立場的反映吧。

「聽說連深居水沙連的水社番，也到那一帶出草過。」

「潮州人最早入侵柳樹湳、登台一帶。他們在山腳埔地，積極闢墾田園，而逼使生番兄弟不得不出草示警。若是咱拍瀑拉的獵人，也要挺身捍衛祖先的獵場，對否？可能有拍瀑拉覺得你 atau 太過偏激，罵講咱莫知影好歹。可是我暗暗在歡喜。那些漢墾對咱平埔是軟土深掘。青番復仇刣伊人頭，算來嘛是替咱們出了一口氣。」

「當初拓墾漢人的貪婪腳步，不肯稍稍停緩。伊們不時潛入山林，惹來剽悍眉加臘番更大的反抗。就在我們拍瀑拉「番仔反」的相近年代，他們也大規模出草。他們宛如宣戰的毀墾焚殺，更驚動官府，引來了清軍鎭壓。直到我出生的前幾年，這些生番戰士還一度出山，對柳樹湳汛的守兵展開了襲擊。那一回合征戰，據說是由咱們北投社番親來引帶。」修安的 atau 明明知影，伊講這些冤仇代誌，細漢孫可能未了解。但是伊老囉，等不及孫子長大了。伊感覺逼切，想要趕緊講給孫聽。

「那較遠的起因，就是漢墾戶抗租，後來，又不肯按官府判決，將熟田歸還北投社人。咱族親忍無可忍，才生出計謀，返頭向內山生番求援。咱族親是給伊們一個教訓。官府常常利用咱平埔，叫咱扮黑面，硬把咱夾在伊漢人和生番中間，害咱番和番起衝突。咱不是像伊所講的那麼憨。北投番親當時就策動了這樣的反間計。」修安不曾淡忘，伊 atau 當年談起番親間接的反亂，他爆竹爆開似的眼神有多麼輝煌。

「當年流了漢人血的不幸事件，背後藏著咱無同款番攏受到欺壓的憤慨。這你要了解。唉，眞可惜這件生番攻擊事件的落幕，是漢通事張達京召集同是咱番親的岸裡社戰士，將那群生番逼退了。」修安好奇，atau 是不是也要仿效伊漢庄的講古仙，口出啥「道高一尺，魔高一丈」的八股評論？

「那麼，當年生番一度是我們平埔番的盟友；同是番親的岸裡社人，反倒成了跟官府合作的敵對勢力？」修安急問。

「這講起來就更複雜了。你想看嘜：潮州人早年界外私墾，飽受生番出草的威脅。可是最終迫使他們放棄拓墾的良田，遠走東勢山城的，不是因著失去獵場而憤怒的生番，也不是被占去了族社土地的平埔番親，而是跟他們同根生的漢移民。咱回想閔粵械鬥，漢人互拚生死的悽慘程度，也就可以了解，岸裡社人受到官府誘引，和其他番親一度緊張對立的時代荒謬了。」atau 並不直接回答修安提問。

「不是只有眉加臘番，因爲獵場被占而憤慨；Ataabu 社親也是失去最後土地的受害者。大里杙仔林家不是藉口贌墾，慢慢奪去伊們的家園？」atau 的公議還沒有結束。

「眉加臘番會來刣咱們？」

「刣過咱。」

「咱嘛是番親，平平受到漢人壓制。伊們爲什麼要刣咱們？」

「咱們嘛早就習慣，不時在防範伊們。」

「難道兄弟仔不能和好？」

「伊們並嘸信任咱們。咱們嘛驚伊們。」atau 反倒轉來疼惜修安的天眞。

「講較白咧，這和清朝官府統治台灣的權謀有關係。冤仇從那來耶。你要明白，清國防範最深，不是刣頭的青番，也不是發動過番仔反的咱們，而是三年一小反、五年一大亂的漢移民。出身大里杙林家的林爽文帶頭反亂，台灣全島動盪。當伊們最後流竄內山，清廷不就拉攏一部分青番，以及歸化的岸裡社番武力，才將伊餘黨除滅？

「換一個角度來想，清廷不只是以番制漢，還進一步用咱熟番制伊們青番。在官府刻意安排底下，咱們平埔壯丁豈不個個成了生番界上防番的隘勇和屯丁？一旦土牛界上起了紛爭，不是咱們熟番阻殺青番，就是咱最終成了伊們出草的祭品。這樣牽拖起來，咱們不得已嘛充作了官府統治的工具。」

atau 洞察大局的感慨，總結生番出草的分析，隨著修安年齡漸長，竟在他的記憶中愈發鮮明。今日他跟隨平埔打里摺，遷徙界外內山，atau 的不平之鳴，也成了支持動力。回顧林爽文反亂挫敗之後，阿罩霧以南的萬斗六地方，有八十多甲的未墾荒埔，全數歸給番親組合的北投小屯管轄。於是從修安 baba 那一代開始，南大肚社男丁接續扮演兵農兩棲的屯番角色。他們也更切身體悟，官府表面「好意」的擺布，至終是將伊們籠困在生番界上。而那結果，是讓伊們有多艱苦作番咧。

「叫咱守隘寮，分給咱一人一甲地？嘜憨喔，那根本是看會著，吃未著。」

「那養贍埔地攏在啥所在，你咁知？夭壽喔，跟咱拍瀑拉番社離那麼遠。咱一移去那裡屯墾，可憐就成了拋家棄子的羅漢腳仔。」

「無好。那日子無好過啦。」

「官府講好聽是『護番』，替咱打算盤。講本意是救咱，最起碼，嘜給咱連求一個溫飽攏嘸。」

「咱兩邊頭實在就顧未路來，哪有可能去耕作？到尾仔，地嘛給別人拿拿去啊。官府哪算是有誠意咧？無效啦。」

修安細漢的時，三不五時就聽番社那些伯仔、叔仔，整群拍瀑拉作夥，議論伊們屯田的好歹。因此伊早就發覺，大家講來講去，盡是這種眞失志的話。可是父輩拍瀑拉守隘屯田，無處發作的那股沖天怨氣，竟毫不減損伊對於生番界上的無盡想像。他時常在院埕的最中心，用尖石塊，往地面劃出筆直權威的界線。再花不少時間，鏟掉周圍覆土，同時順沿人工築成的這條邊線，賣力墾出隔離的溝壕。

接下來，修安會要求厝內出出入入的大人和玩伴，必定嚴格遵守他不准越界的指令。他更擅長模仿官府恐嚇的模樣：「除非你是生番，否則不許踏出邊界。」

這條線的右邊，就是界外危險的三不管地帶了。

修安自詡肩負著邊防要務。可是他在極其無聊的大半時間裡，卻不時像在玩跳格子遊戲，單腳越過了武斷建成的那條界線。他藉由遊走邊界的不馴，製造出民番越界的刺激。他超喜歡那種挑釁了禁令的快感。他還會找來其他童伴，在邊界險要地形上，設立隘口，並且利用撿拾的枯草木竹，搭建他想像中的堅固隘寮。

那是他童年最快樂的時光。

直到他成年，接替了baba世代的社務，成爲土牛界外水底寮的一名屯墾番丁，他自幼嚮往的屯丁英雄形象，才宣告幻滅。他體驗到遠離族社的孤寂。他更認清：番界那一條邊線的設置愈專斷，番界內、外的區分愈難取得民番兩邊的信任，官府愈要密集標示番界的位址。那像是用一大塊鮮肥肉片，充當狩獵陷阱上的誘餌。那一道隔離愈多引發漢移民越界私墾的欲望；那一道隔離也鼓動了生番勇士，激化伊們報復入侵者的決心。修安窺知，生番界其實跟著民番拉鋸的欲求，不斷移動而修正。哪裡出現族群利益的衝突，哪裡就要重新劃定看不見的欲望邊界。也只有哪裡出現了民番互傷的武力攻伐，分隔番界內、外的那個嚴厲界址，才算被實質看見了。

漢人是性命攏敢拿來賭，連刣頭嘛莫驚囉，誰能夠治得了伊們肖愛土地的症頭？生番界無法固定一地，只能隨著民番衝突動線，進行殺戮現場的位移。最後它又成爲異族引爆鬥爭，各自合理化殘酷理由的時候，必要跨越的那個危險臨界點。

爭戰的動機總是隱而未顯。修安兒時想像的邊界英雄，太過美好了。使得他一屆成年，就必須從自身窘困，搗毀那自欺欺人的冒充。這一切竟使他逆反。他因而期待，山溪的暴洪或土崩，狠狠沖垮了官府設置的那一整條生番界。在他看來，早年硬石豎立的界碑；後來以根深難移的莿竹和刺桐當界限；或者是近年來，掘壕深挖的漫漫土牛溝，都不過是火線上流血的了無新意記號。

「我怎能忘懷，我們一度活在番界上的無奈？」

修安早已厭倦所有地理上實存的生番界。唯獨今日，他樂意跟著拍瀑拉社親，順沿烏溪的路，走向生番界。這是他成年以來，第一次覺得踏近生番界，是令他殷切期待，充滿了希望的一件事。那理由是這麼簡單：夾在生番界上，漢番兩難的宿命角色，不再糾纏著他了。

「我終於不必生活在番界內。」他也對自己如此傾訴。

近幾年來，伊拍瀑拉族親們是連包夾在番漢中間的卑微角色都要失去，不再有做番的充裕環境了。他曾經自問：我不是熟讀漢文，通達儒學的經書，可以適應漢人社會禮俗了嗎？選擇留下來，咱的後代就是漢人了。自己爲什麼還那麼固執，寧願繼續做番？

他不是從來沒有動搖過。此時他即將跨過生番界，才終於確定了「我要做番」，而覺得心境和烏溪的溪底一樣踏實。他從土牛溝深掘的黯黑洞穴走出來。他抬頭探看周遭，眾人才走到喀哩一帶。即使這還是坐落溪畔的一處漢庄，他離開漢人、離開海口市街的感覺已然篤定。

「Ataabu 社是怎麼消失的？貓羅社人走到哪裡去了？」修安曾經問過 atau。

「無清楚。連他們是誰，大家也印象模糊了。不是只有他們。每個族社都有可能落到這樣的處境。咱們只是一粒小卵石，任人拋擲過溪面，一不注意，就不見蹤影。即使咱穩穩躺在同一處溪畔，誰又分辨得出，不同時辰從咱旁邊細聲走過的流水？」

修安已習慣了烏溪的陪伴。他不時眺望左側不遠的山巒，猜想那山坑旁，有水圳灌溉的大片田園，應該屬於萬斗六的庄民們。他像是憶起了珍貴往事，而對著同行社親急忙解釋著：「萬斗六社不是平白無故消失。他們應該早走了一步。當進入內山，還是我們朦朧的期待，對他們來說，卻已經是呼吸裡的眞實。作爲有膽識的遷徙先驅，他們絕不甘心消失在原地。」

他揣測，漢人的萬斗六庄愈發達，早淪爲邊緣的萬斗六社，顯見是要愈加偈促了。番界線上，身分模稜兩可的原鄉，是可能以它超乎常情的反坐力，排擠了滯留的番親，而以致驅策他們，提前嚮往那內山全番的世界。他的視線落到同一方向。他憑藉想像，望見了社人斷然離棄的番社風景：不再飄散番童稚語的空厝地。來不及捕捉過去的鄰舍臉孔。嗅聞不到伊們體味的陌生空氣。那兒有的，只是斷然否認番身分的極少數，和伊們用力的搖頭：「沒有。這裡哪有住啥番仔。伊們早就走了了啊。」

他們還是逼近了生番界外。溪東渴望生番界，但是還有一段距離，他們先停在南勢仔的地方，打算南渡過溪了。洪修安覺得，他對於海口原鄉的牽掛開始剝落。他們走烏溪，很像一群賊仔走在溪埔彎路上，溪水走路發出忙碌響聲，如千面合奏的擊鼓，竟和他鼻子吸氣、吐氣的均勻節奏合一。習慣偏離河道的溪水，則趁隙衝撞他，自此在他枯旱的身體內循環，四周終於安靜下來，只能聽到他一個人的呼吸，是潺潺流水，他宣告自己活著，豈是爲了再度注入海口？再會吧，逐漸遠了的大肚溪。直到成全這條大河的旨意：奔向下一個世代，不再回頭。

「這段溪心的砂石很細，並不好渡吶。」

「這個季節的烏溪顯得蕭瑟而緩和。我們千萬不要被它的外表給欺騙了。」修安對於烏溪善變的本性，自是摸透了。他們避開看來狹窄易渡的溪段，反而選擇寬闊河域，接受挑戰潦過較廣的溪路（祖先的智慧教導他們，窄小緊縮的溪段，總是埋伏著深水急流，反而是寬大敞開的溪面，底下才有平緩愉悅的水流）。他仍保持高度警戒。即使烏溪的水正來回輕吻著他。一步一步往前挪移的腳踝，則是他接受大河淨化儀式的器官。他整個身心回復到少年時代撫摸大肚溪的日常幸福。他期待再度潛入大肚溪底。天空飛鳥的方向，沒有界內、界外的分隔，溪底穿梭的他，也決心模仿溪底橫行的毛蟹，不再接受任何番界禁令的拘束。

他仿效一尾鰱魚游泳的身姿、和一群歹仔共同分享覓食的收穫，也忙著回應一尾石鱝仔發怒時弄濁了溪水的表情。他時而藏身在一大隊溪哥仔優游的行伍，接受牠們最嚴密的保護；他更利用了幾隻三角仔互相追逐的空檔，放縱貪享水中玩耍的目無法紀。此刻他寧願自己早是洪水浩劫後，或者無情瘟疫來臨的當頭，漂流在烏溪河面上的一具死屍，無論是水牛浮屍、豬隻病體，甚至是「番」、是「漢」已難分辨的落難者遺容，都可以輕鬆自在浮躺著看天，一路以溪流爲家，從容漂行下去。

拋棄已成對岸的象鼻坑山，放下身後那一大面陡峭危阨的溪畔岩壁，伊們從牛屎崎半圓弧的斜坡越過了茄荖山，就是北勢湳。伊們一行人走在漢庄拓墾者開闢的牛路份仔上。遠走內山的伊們大肚番，不是如同過水爬崁的牛群，找不到一刻喘息的機會？前頭有牧牛的漢少年，手牽著兩隻水牛，邊走邊吆喝著：「天壽，日頭已經爬到我背上燒了，怎麼恁都還趕不動，不要再走走停停，邊走邊放屎囉。」修安判斷現在沾滿了牛屎的路面，原本不就屬於生番界外的荒埔嗎？看來漢人沿邊侵墾，大舉拓殖山腳埔地的速度驚人，清廷官府反覆聲張的封鎖禁令，恐怕再也抵擋不住。

他們一旦越界，走進非法拓墾者的生活場域，對那條界線怎麼游移不定，番界上還遺留多少爭執，也就不以爲意了。修安自我提醒：烏溪北岸的阿罩霧林家和南岸拓墾的洪家，彼此跨過好幾個世代的爭水大戰，不正是利用這溪岸險要地形的屏障，作爲拚鬥爭霸的舞台嗎？剛才走過的溪埔，許多溪蔗還在心有未甘地蔓生著，它們難道也將和菅榛頭上軍幟飛揚的白茅，年復一年爭霸下去？看啦，滿地流血桐生長的速度雖快，可惜不夠堅韌，嚴厲的溪風一吹，就要陣前倒戈般彎下腰來。洪修安單從它們屈服流血的身影，就能聞見林、洪兩家隔溪火併，至今無法驅散的血腥。

插秧的時節到了。烏溪南岸的洪姓農民們個個手持鋤頭、犁頭、鐮刀、菜刀和棍棒。他們要不頭戴漆紅的斗笠，就是在手臂、腰間或額頭上，束緊了識別的紅帶子。這一群人浩浩蕩蕩，卻不是走向自家墾作的水田，他們急忙涉水，渡過了水位逐漸高漲的烏溪。北岸的土堤早就裂開了破口，導引烏溪的水，潺潺流向了霧峰林家開築的圳溝。綁紅帶子的墾民們一時氣憤難平，隨即化身作替天行道的兵丁。他們於是鬪河床爲戰場，搶先一步攻堅，以捍衛氏族水利的權益。林家灌溉的圳頭被搗毀了。紅帶子飛揚的墾民盤據烏溪，就地組成不小陣仗的護水衛武營。待林家發現灌溉的水源被粗暴斬斷了，隨即緊急動員，展開搶奪田水的激烈反擊，洪、林兩家烏溪爭水的戰爭就此周而復始，年年爆發開來。修安回首他們剛剛南渡的烏溪畔，不正是最血腥，動輒得咎的脆弱戰區？他感嘆此刻烏溪的平靖，竟是如此短暫，一旦明年早春播稻的農忙時節來臨，這一段烏溪河床上的濺血，又將流經大肚原鄉，注入無辜的海口？

烏溪兩大漢墾家族長年的血戰，也在修安身上集中爆發，這正是爲何他在最後離開的時刻，還在自怨自艾，還懷抱著自己說不出口的痛處。baba 不是要他引以爲傲？他說洪家是溯自敦煌的同姓族親；林家則是出自漳州平和縣的同籍宗親。如今他走過這兩大家族賴以生存的烏溪現場，才赫然發現分別和他們同姓、同籍的這兩大家族，除了衝突和流血，對他來說根本是陌生、不相干的族類。他預估這兩大家族戰火，將會伴著烏溪的水，源遠流長。一旦修安和他的子孫，將他們視爲認祖的對象，那麼百年之後面對的，恐怕也是無法平靖的自身認同內戰吧。

修安目測，他們現時走到的地方，和漢人挑夫進出內山的忙碌中途站——北投街和草鞋墩，應該相距不遠。他感嘆，即使一行人特地繞道，在那附近稍作停留，恐怕也不復見南、北投社的洪安雅番親們，怎麼熱絡群聚的往昔情景了。他老早聽說，繁華的北投新街，已取代舊街地位。這幾年來，北投社人積極遷徙內山，他們移走人數之多，可說是番親族社中之最。他們原社人去厝空的景象，也就不難想見。他如今最大盼望，則是不久之後，內山的平安再相會。

他們繼續前行。修安放眼這鄰近的屯仔園，漢人私墾者一面耕種，一面又得時時警戒。他們高舉斧鋤，新闢得來的大量園仔，不就是伊們熟番屯丁，日夜駐守過的養贍埔地嗎？當他們從烏溪南渡，所經過的「番仔田」，是不再有「番」耕作的稻田；同樣地，現在走過的「屯仔園」，也看不到北投小屯的壯丁們敏捷移動的身影。此刻同行的阿三也怨嘆：「生番界上開鑿的土牛溝，乾脆統統填平算了；開立的界碑也可以推倒；而官府種植的界竹更是毫無意義的物件。還保留，做什麼呢？不立即砍掉，又有何實質作用？

漢人的腳伸入沿山生番界，已不足爲奇。恐怕他們尾隨我們進到了內山，也是遲早會發生的事。」

他們重新回到烏溪畔。漢人聚落的茄苳腳，是他們稍作歇息的地方。那裡可享受到一窟湧泉賜與人間的甜美；泉旁那棵體態硬朗的老茄苳，就終年飲用這汩汩而出的甘泉。

「怎麼這樣可憐啊。是誰，從它腰間狠狠斬斷了？有誰比這欉老茄苳還忠心，願意世世代代保護這兒的庄民？」不捨離開原鄉的大肚社人，最能夠了悟老樹的靈性。老樹盤坐的根部，就是社人探入土地最深處的性命臍帶。那是他們棄社遠走的時候，一併失落了的。他們因此更恨任意砍樹的人，將這些人看作殺人不眨眼的惡徒。

「雙方一定有什麼解不開的深仇大恨，才會下這樣的毒手。」

「宛如天大冤仇的這段記憶，恐怕比生番出草留下的恐怖還持久。」

「對方的想法，莫非是要毀掉這個庄頭？」

他們議論紛紛，多人用手掌輕輕撫摸，依然明顯的那些砍痕。老茄苳受傷的枝幹，幾乎被剖成兩半，恐怕難以復原了。

「這是李和洪，不同姓的械鬥相殺，事件擴大，一路追殺到這邊來的結果。」在地的漢人解釋給他們聽。

「這裡的李和洪，不都是漳州人嗎？爲什麼連伊家己人，都還要相刣？」

「你們看，那是流到山裡來的烏溪。」有人不經意中轉移了話題。的確，他們眼睛看到的是一條陌生的烏溪。沿岸多是巨木參天的森嚴，山高谷深的夾層才是瀑布、溪澗和急流。它和烏溪抵達海口平原時候的敞開，有著完全不一樣的性情。

「從這邊望過去，那是對岸的大掘坑、鳥嘴潭、竹篙坑，然後就是火焰山囉。」本地庄民早習慣來來去去的挑夫、拓墾者，以及明目張膽進行漢番交易的投機者。可能是長年孤寂致使吧，他們面對浩浩蕩蕩、整群遷徙的拍瀑拉，竟像是遇到了來自原鄉漢人，而忘記這些客旅者其實是帶著倖存「番」認同，走向了非漢的內山。

修安心想，漢人拓墾推進到這個地方，才幾年前的事。他們爲這附近山坑、水潭或山巒取得的名字，肯定都很年輕，不會是它們最古老的命名。「這附近出沒的生番，才叫得出它們眞正的名字吧！」或者他寧可相信，自己第一次看到的所有地景，都是沒有名字的。他承諾，一旦內山拓墾成功，回南大肚社接來長者、牽手和兒女的時候，將會爲它們重新命名。「既然我們未來的家園，未曾有過漢人的定居，那麼，我們的孩子日後喊這些地方，當然要用新的拍瀑拉名字。」

修安推測，他們大半是早年界外侵墾者的後裔。他從有限的接觸，直觀：他們的膚色、行走姿態、四肢體格、漳州口音、注視對方時的眼神，甚至他們混合了森林靜穆的空氣，才擴散開來的體味，都和大肚原鄉接觸過的漢移民有所不同。他覺得終日和山林爲伍，長年與生番、猛獸搏鬥的這群墾民，除了具備漢人與天爭地的拚鬥習性，也逐漸仿效了生番和走獸的體質。大概他們作爲山林中的少數，必須時時警戒，才能在長期孤立的群山、激流和蟲鳥蛇獸中，逐漸習得適應維生的法則吧。

「你們已經進去不少人。」當地墾民足可見證，修安這一群人，並不是首批遷徙內山的大肚社人。他們也絕對不同於短暫往返，候鳥般來來去去的挑夫和漢商。

「我們漢人爲了田園，才不得已，潛入這裡開墾。你們卻打算進去做『番』。」漢墾民清楚意識到，這群人進到內山，不單爲了爭土地。

「不怕伊們出草？」拍瀑拉祖先習慣的，是海口，不是崇山峻嶺的環境。對洪修安來說，據聞是寬廣埔地的埔裡社本身，並不令人畏懼。他眞正憂心忡忡，反而是群山環繞的阻隔，還有伊們進出內山途中，隨時得要防範生番突襲的茫茫未知。

「青番仔沒啥好驚耶。」這些墾民其實也是防制生番的隘勇。他發現，站在拓殖第一線的漢墾先鋒，並不喜歡談論敏感的生番話題。

「這就是他們口中的火焰山奇景。」這群拍瀑拉遷移者拋開漢人不同姓氏間械鬥的陰影，從堵拒生番要塞的「內木柵」附近，涉渡烏溪水，至此行走在北岸溪埔的平林地方，層層連峰的山巒，像極了昂首插天的一支支怪形筍。它們不只個個流露出頂王爭勝的剽悍性格，還形成了整體的戲劇張力，火焰山終於在他們眼前壯觀開展了。修安忍不住心中吶喊：「我們走到這裡，才算名副其實，眞正踏進了生番界外。」

當他想起剛剛還在對岸時，漢墾民滔滔不絕訴說的「九九峰」傳奇，他竟嘴角露出酸澀的苦笑。他們漢人傳說，某日路過這一帶的地理仙，抬頭望見這座山，立刻驚呼：「這裡如果出現第一百個山峰，台灣一定會出帝王。」據說他此話一出，就帶動了靈驗的異象：烏溪旁驟然生出無法數計的小螞蟻，牠們排列整齊隊伍，分工合作來回搬運著泥沙，日復一日毫不懈怠，最後眞的就要聚土成丘了。就要大功告成的時候，豈料遙遠海口有強颱來襲，烏溪水位暴漲，又有雷雨轟隆狂下，同時那暗鬱悲慘的天空，有火舌般的閃電從雲層中射出，瞬間劈斷了螞蟻堆成的第一百座高峰。他們形容，那烏溪的後方突有轟然巨響，霎時新造的山峰就已血肉橫飛般粉碎了。因此漢人總是遺憾地眺望著倖存的「九九峰」，感慨命運作弄本地漢人，竟是「天公不許台灣出天子」。

漢人給它們什麼名字，都是後來很以後以後的事了。自己叫的名字，我們怎麼忘記了呢？從深山出來，我們背著獵首刀，要去 mgaga，是跟著溪水走，一直走到這個奇怪形狀的山那裡，沿途的每個地方都取了我們 A'tayal 祖先認識的名字。

「漢人功虧一簣，有啥稀奇？那是連咱番仔王，伊們嘛給咱傳得沸沸揚揚，講咱強是強，到頭來嘛是破功。」

耶，怎麼這個「九九峰」傳說，耳熟得不得了？修安恍然大悟：漢人不也繪聲繪影，咱南大肚社的土墩，只要堆築到第一百座，地方就將出現統治全台的番仔王？

伊們確證鑿鑿，咱拍瀑拉上墩也是蓋到第九十九座，就無以爲繼了。

「可見渡台漢人，對咱番仔王一度寄予了厚望。這群人若不是在伊祖先的原籍地，歹賺吃，哪會拚性命渡海？咱番想要躲到沒有漢人的所在。講起來，兩邊症頭嘛差無多。伊們暗底下最歆羨，無非是這座島上，無再給伊抽重稅的官府。這時在伊們心目中，等於講是番和民無分啊。誰有力反亂，誰就是伊們寄望的王。」

漢人傳講一時的番仔王，不再坐鎮南大肚社。這也成爲伊拍瀑拉如今積弱不振的託辭？修安終於理解，島上漢移民在大清帝國底下的卑屈，和拍瀑拉的走弱比起來，恰如同漢人所形容：「五十步笑百步」吧。

海口的番仔反，終究已熄滅。當伊勾起這沉痛記憶，氣宇軒昂的眼前火焰山，就倏地暗淡了神色。修安再次苦笑。按照他所接受漢文經書的教誨，作爲內山大門的這片界外生番地，根本是在滿清帝王統治未達的蠻夷地方。純眞本性的麗山淨水，爲何需要承擔這麼沉重的被統治者悲憤？

他細細品味這座山，滿山覆蓋著古松，仍是未被外族統治過的原初面目。這是巨木家族安心定住的一座山，是長青的松山，而不需要漢人爲伊另取一個悔不當初的名字。

漢人盛傳的「九九峰」傳奇還不止這些。「林爽文的軍隊曾經跑到這裡來。」他們提及的這段往事，照理說是不可張揚的祕密。違逆官府的私墾者，還是不經意中洩漏了底層漢民認同叛亂頭人的反骨。剛剛老阿伯不也信誓旦旦，林爽文反亂，潰敗前流竄至內山，就曾在地靈人傑的這座山底下，埋藏了數目可觀的金銀，以備日後乘勢再起的軍用。聆聽的修安這才意會，他們漫漫跋涉的烏溪路，從內木柵到龜仔頭這一段，早有林爽文叛軍逆向覆蓋的足跡當前導。只不過當年逃逸的反亂漳民，爲了閃避官兵背後的追緝，而採取了更爲迂迴前進的路線，以讓追兵摸不著伊們眞正的動向。

修安此時自問：「假如我們還有一大群，手上也握反抗的武器，那麼我們還會甘冒叛賊罪名嗎？清廷又會怎麼對付武裝的我們？而即使擁有了武力，誰是我們當今戰鬥的對象？誰是眞正敵人？清廷官府和漢墾百姓，是誰威脅了拍瀑拉整體的生計？」他又想著：當年叛軍是否早已預料，咱們勢將步上伊們竄逃的同一條路？這不過是個巧合。偶然地。還是咱走向內山的烏溪路，正是逃亡者掙脫統治籠牢的唯一自由途徑？而當私墾漢民日日望向這座希望之山，或許能在這官府禁制的法外之地，爲卑微百姓的抗辯，取得些許慰藉吧。

修安熟稔教化的儒學，卻不肯徹底同化，做伊們漢人。他一度樂觀期待，明日繼續做番。可是就在伊跨進內山大門的這一刻，即意識到漢人如影隨形的勢力，料將難以擺脫。當他不再望向漢民建構的「九九峰」陰影，轉而望向烏溪山谷的另一端，迅即出現氣勢磅礴的另一座大山。那些鹿仔港挑夫，行內山無輸在行灶腳，目睭前這片大山壁，就成爲伊們冒進路途中，慣常停佇朝拜的一座聖山。修安於是揣想，當峰峰崢嶸的「九九峰」，經伊拍瀑拉引伸解讀，是不同姓氏、不同籍貫的漢庄之間，群雄競起的一波波械鬥；那麼，由醒目造形的岩壁，所構成的這座「墓碑山」，不就是替伊們大肚社人送終，亡命紀念的一座超大型墓碑？

他們走得更沉默。帶領族親的頭人們，個個表情肅穆。修安猜得出來，他們正在奮力追趕迅將沉落的日頭。漢人腳蹤漸稀的這一帶深澗陡壁，和生番盤據的北港溪，相距不遠了。他們只要再渡一次溪，就會遇見雛形初具的龜仔頭聚落，而算抵達了挑釁官府禁令的漢墾最前線。

「我們如果遇見青番，該怎麼辦？」帶領他們的拍瀑拉頭人們都暗自預演著，算是稀鬆平常的這類情節。

「原作生番厲，不造漢民巢」，豎立在龜仔頭坪的這塊石碑，並非年代久遠的官設遺址。這具禁碑也分明是清國嚇阻漢墾，堵絕烏溪破口的無可妥協皇令。修安再次感覺，此刻伊們腳踏的陌生地土，竟用千百斤重腳鐐，扣住了再無退路的拍瀑拉。這塊石碑禁令的措辭愈強烈，愈能讓伊感受到漢人不畏王法，意圖侵墾所有沃土，不達目的，絕不罷休的亡命之志。修安只能務實評價：光有嚴厲嘴巴，簡直未來墓誌銘的這塊禁碑，哪有法度在活人世界發揮作用，保護界外隔離的番吶。

第壹部 〉

iya 的兩段婚姻

乳名「烏肉仔」的洪阿飼在大肚城出世，緣起於江津的第一段婚姻。十年後，當江津踏入她的第二段婚姻，阿飼也只能聽憑曲折人生的擺布，提早結束了伊的大肚城童年。

那年早春，快要滿十九歲的江津出嫁了。她初經歷的婚姻生活，雖在青春正盛時早折，卻給了她充裕時間，為長女阿飼鑄造出不輸銅牆鐵壁的身世歸屬。這就是為何，幾個世代以後，離散到番仔寮庄的洪家晚輩，猶能再三傳述，這個「番仔姑婆」搶救公嬤牌仔的英勇事蹟。阿飼早被族社遺忘。但是大肚城「番仔姑婆」在徬徨的歷史十字路口上，怎麼表現「強腳」，搶救伊祖公、祖嬤仔，仍透過遠勝於春風的口碑之傳誦，準確保存了下來。

「阮厝內的人怎麼會把我嫁到路途迢遠的內山？」阿飼還真細漢，就聽過伊 iya 江津，不經意地怨嘆著伊的後頭厝。從阿飼領略，iya 口出怨言，不是對眼前的大肚城生活多麼不滿，她只是思鄉病發作了。從土名黃竹坑的車籠埔庄，進到內山埔裡社的大肚城，中間分隔的距離，究竟有多遠？這成了阿飼急待解答的困惑。

當年她總是透過空想，而不是實際往返，測度那路途的長短。偶爾她走過庄仔底，也會跟著停佇龍眼樹枝上的群鳥交談，託付輕盈身軀的牠們，快快飛往 iya 長大的村莊。

接下來她又得耐著性子等候那群信鳥的回覆。當牠們再次結伴，返回了大肚城庄，她就可以從那群鳥在空中展翅的疲態，確認兩地驚人的距離。只要她有機會，再聽一次，iya當年嫁娶怎樣跋山涉水的追述，她就將大膽揣想，家己是和iya同輩的伴嫁。她將自願，隨同一個漢人新娘，重溫伊快要十九歲那年，顛簸入山和伊baba牽手的過渡儀式。

陪伴iya嫁給伊baba，阿飼是和iya一起嫁進了大肚社人還未宣布棄守的熟番聚落。伊知影這所有盡心盡力，仍是於事無補。問題可能出在，和大肚城番通婚的iya和她，這兩個不同世代對於兩地差距的感知，天差地別，而未必是實質上地理遠近的出入。阿飼繼續充當忠實的聽眾。讓江津細數伊少女時代的同庄姐妹仔，有的嫁去內新庄；有的和番仔寮人做親戚；也有的嫁雞隨雞、嫁狗隨狗，成爲那原本生疏萬斗六庄的媳婦。當然啦，有同庄的查某囝仔，嫁作了阿罩霧少年的牽手，嘛無啥好大驚小怪。她們是連嫁去這些鄰近漢庄，都算是和伊們後頭厝，相隔了一段不短的路途。

阿飼iya就眞正嫁去眞遠的所在。伊記得iya曾經慶幸：「還好，我無綁腳。咱不是三寸金蓮的娘仔。否則阮恐驚耶整後半世人，攏必須靠那些扛轎的，才有法度轉去咱後頭厝行行耶。」阿飼長大了後回想，iya雖然是大腳婆，結果嘛愛倚靠一個扛轎耶。伊啥講了準準。

江津嫁來大肚城，全是伊的兄哥鄭旺作主。江津父母早早就無啊。伊的兩個阿姐嘛出嫁啊。現時伊唯一會當仰仗的，只有這麼一個親兄哥囉。鄭旺自細漢過繼給同庄的鄭姓人家；最近幾年，才接手了鄭家名下的山園和厝地。兄哥和江津雖已不同姓，畢竟還是鄭「皮」江「骨」，而對於無倚無靠的小妹，毫不推託看顧著。鄭旺對待江津，算是長兄如父了。

做人養子的江津兄哥，平常時除了協助耕墾坐落黃竹坑山腳的鄭家山園，也得跋涉內山番境，兼做「換番」頭路來賺吃。鄭旺因此熟悉水沙連的埔裡社。他主觀認爲，那兒才眞正是個到處有發展空間的好所在。鄭家長輩從荒埔闢墾得來的山園，除了人工挖掘的蓄水池，並無水圳灌溉設施，頂多只能種植甘蔗和樹薯等旱作。大多數時候他們是看天吃飯，足夠糊口就不錯了。他若想致富，一夕翻轉命運，可說難上加難。

近幾年來，他干犯官府禁令，多次冒險挺進內山，「換番」牟利，正出自這樣緣由。

「我咁一定得要嫁去那麼遠的所在？」江津早意識到，這門已談定的親事，並無她置喙餘地。她出生、長大，皆在近山的車籠埔庄，從小聽聞青番仔出草的鄉野議論。可是她從來沒有進出過內山番境。在她印象中，那是還未開放漢墾，沒有官府治理，又無王法拘束的險惡生存環境。

「早年，把守黃竹坑隘口的大肚番招墾，鄭家長輩衝著伊們的屯仔園，索性移來車籠埔庄住。阮那家夥人，是從贌伊們隘番的土地起家。鄭家每年攏固定繳那大租穀，給姓味的貓霧捒社番，充作隘丁口糧。到後來，伊們味家隨族社遷入內山，才將山園仔杜賣給了阮鄭家。

「伊們後代有時還是會轉來作客，住個幾天。阮鄭家的人，顧念講土地本來是伊們的，就認眞款待伊們，不敢失禮。咱就親像拜地基主同款，飲水思源啦。嘛因此，阮們和大肚城味家的叔伯仔，一直攏有交陪。我每次入去埔裡社『換番』，嘛攏會住在伊們厝內。最近伊們跟我提起這門親事，男方那邊，就堵好是味家大姑婆的細漢後生。」

鄭旺用一長串話語，解說伊和大肚城洪家，怎麼論及了江津親事的整個前因後果。伊主要是希望，小妹可以安心。她未來出嫁的夫家，和車籠埔庄有眞深的淵源。伊那家夥仔和江津兄哥這邊的鄭家，也早就熟識了。比如伊未來的翁婿洪金城，就有伊姓味的老母，曾經和鄭旺接觸過。而洪家阿嬤和查某祖，也都是阿里史社出身。伊們遷入去內山以前的後頭厝，過去就是認管過沙歷巴來的隘番。「雖然講，伊們移出去有二十多年啊，嘛還對咱們黃竹坑一帶，記憶猶新。大家牽牽起來，嘛算親咧。」

兄哥苦勸江津的所有理由，特意漏掉了他精明盤算，和現世開發利益有關的現實條件：洪家在大肚城庄，嘛還有不少土地。大肚城街仔尾更是內山「換番」的漢挑夫們，匯集交易的中心。像他，來自偏僻山腳的車籠埔庄，怎可能和人多勢眾，又是出身行郊林立鹿仔港的泉州籍挑夫，在內山交易上拚出一個輸贏？他私心計算，如果家己小妹可以和那兒的大肚城番結親戚，對伊日後「換番」生意的拓展，想必大有助益。「咱不就可以就地緣之便，從埔裡番在水沙連一帶的親族人脈，取得拓展先機？」鄭旺這樣默默打算著。

「所以伊的老輩在咱這裡守過隘口？那群番後來走了了。伊就是這些平埔的子孫仔？」江津並無疑問。可是她仍認爲，有必要跟家己再確認這樣的既存事實。或許她只是講給家己聽。她自我提醒，這樣家族仔背景，可能隱含啥威脅？內山番社迄今還是嚴禁漢人出入的界域，這導致庄頭眞多查某囝仔，明明住在這近山一帶，卻不曾踏入生番界外。

鄭旺的經歷，可就大不相同。江津兄哥專門賺耶是「換番」的錢。平日伊走內山，無輸在「行灶腳」。在伊來講這是眞普通的代誌；可是江津總認爲家己兄哥是在故作瀟灑。「伊硬裝出來。講啥伊攏無在驚死，根本是在咱面頭前展英雄。講尬白咧，咱兄哥做耶，是隨時會給人刣頭的生意。連一寡仔環境嘛無啥好的人，攏無情願去行這途耶。」雖然兄哥無明講，江津也可以體認，伊們出身散赤的家族仔，若想要鹹魚翻生，至少要有鋌而走險的膽識。

江津自細漢，就從庄仔底老輩，聽聞不少平埔的代誌。但是所有故事耶尾仔，攏是伊們怎麼「走路」，移入去內山。還有伊們土地，怎樣從一開始贌給人做、到後來暫時典讓，至終又淪落到了非杜賣不可的地步。「眞夭壽骨。這些平埔仔，講連在伊們手頭，尙尾仔剩落來的番大租，攏給伊們拿拿出來胎借。到頭來，這些屯丁、隘番的土地，煞攏變作咱庄仔底某某墾戶的山園仔或埔地。」江津納悶，伊兄哥現今時常提起，有關埔裡番的代誌，嘛大部分還牽涉到伊們土地守不守得住的是是非非。

「我嘛一句番仔話攏嘜曉講。」江津非常惶恐，伊番仔話根本就聽得霧煞煞。伊無法度想，家己如果眞耶嫁入去埔裡社，做伊們熟番家族仔的媳婦，該怎麼適應那兒的生活？

「除了老番，大肚城庄仔底的人，尤其少年輩耶，加減嘛攏會曉講咱們福佬話。妳就完全免煩惱這款的代誌。」鄭旺私底下探聽過，伊們洪家同房的阿叔，娶入門的阿嬸，就是住大肚城街仔尾，姓方的泉州人。伊正港是當地鹿仔港挑夫的外甥女。而他未來妹婿洪金城則有四個兄弟仔。伊大兄的牽手，姓沈，是大肚城庄仔底人的查某子。伊這個姓沈的家族仔，嘛有混著漢人血緣。可以講，伊們大肚城番和漢人通婚，是愈來愈普遍囉。伊因此看得更徹底：「如果大家無從伊們分得啥好處；如果伊家族仔環境太歹咧，怎麼會有漢人，願意跟這家夥仔人結親戚？」

「阿兄，你講那個人是鰥夫，牽手才死沒多久？」

「伊以前的牽手破病過身。伊多妳無幾歲，還少年。不幸的代誌攏會過去。」兄哥是江津生活上唯一的倚靠；伊怎可能違抗伊的意思？伊必須認清現實：家己父母過身的時陣，除了一寮仔厝地，並無留給伊們半塊山園仔。就算伊兄哥分給鄭家做子，取得幾分地的園仔，伊從事耕墾的收入，仍是微薄。江津因而猜想，日後伊兄哥有法度幫伊籌耶嫁妝，應該嘛眞寒磣。伊怎能奢望優渥人家的匹配？伊雖然還不懂啥人情世事，仍可窺知，兄哥穩是看伊對方，加減還有一寡仔田產，才不多計較，緊緊就將家己小妹跟那個大肚城番送作堆，做伊再婚的番婆仔囉。

江津還未看過這個查埔人，就由兄哥講定這門親事，她也認命了。

她當然不會搞混，這群大肚城番是從海口移入去耶，並不是住深山林內，三不五時會來給咱出草的青番仔。而且老實說，伊老爸是長工，生前只會贌一寡仔園仔來做。伊整家夥仔，嘛只有一角仔厝地好做巢。可以講，她作爲毫無憑藉的窮佃之女，又是尷尬夾縫在近山地帶的漢墾後裔，嘛無一定贏得過伊們有田、有厝地的埔裡番。但是她仍訝異於自身的優越感，不解家己爲何對輾轉進到內山的平埔家族，不自覺地生出了鄙夷心態？她自問：難道只因爲家己血緣上是一個漢人？那麼，伊眞有法度嫁雞隨雞，成爲內山的「番」婦？而假使伊老爸還活在世間，咁會同意這門親事？咁會捨得伊嫁去那麼遠的所在？表面上，她擔心男方能否接納伊這樣全然不懂番俗的漢人媳婦；骨子裡讓她過不去，卻是打從心底，對於後半世人「番」婦角色的自我排斥。

「明天透早作夥去山耶採筍仔。」江津笑了。那已經是去年夏天的事。阿葉仔那群人又來招伊。

「你們也沒有人可以帶，發動一大群人，咁有路用？要有人懂筍路，摸得到出筍的山壁縫，我才考慮跟著去。」調皮的江津故意虧他們。她早就躍躍欲試。每逢採筍時節，她會跟庄內的人結伴，入山採筍仔。

這已成爲她懷念阿爸和阿母的方式。

「今年恐怕來不及採筍仔囉。」江津只能輕喟。

「這是斷頭筍。」這款的筍仔名，普通人一聽，難免驚尬要死。江津卻沒有被恫嚇到。

她從做園的阿爸仔，第一次聽聞了在地人特予山筍的暱稱。伊老爸眞含慢講話。可是他極簡吐出的話語，總足夠江津久久長長去體察。他處理這種筍的程序，也絕不輕忽任何細節，以至於他當下專注神態，讓她牢牢記住了。往後，儘管她只觸摸到一小節斷頭筍，腦海裡就會重新浮現，伊阿爸仔是怎麼將山岩間輕賤的筍仔子，當作了曠世珍寶來採集。雖然阿爸仔稍嫌短促這一生，絕少走出平埔和界外過渡的鄉野，也終究毫無怨言，倚靠這滿坑黃竹存活了下來。

「我嘛要去。我不管，後回一定要讓我跟。」阿爸總是在近午時刻返家。他進門以前，得先把變沉重了的背上竹簍放下。江津會聞到剛離土的整堆幼筍，帶有淡薄仔苦澀的青甜，同時混雜到經常流了整身軀汗的阿爸仔氣味。他粗大的膀臂、長滿硬繭的腳掌，都仍沾黏山岩邊滑落的土礫和沙塵。他腳掌表皮則有血跡乾涸的明顯刮痕。

「這些斷頭筍怎麼瘦巴巴？哎呀，眞像永遠飼未大漢的囝仔。」阿爸採回的生筍，約略有成人大拇指那個寸尺。童稚的江津愛不釋手。「我一嘴，就可以吞落去腹肚。」

江津老爸是骨力有名耶。伊在落山半路仔，就將剛掘出來的整簍筍仔，攏整理過一遍啊。他一律剝殼，只留下筍尖和筍節上、下，最脆嫩的一小段。江津好奇地隨口問起：「是你將筍仔頭砍斷了，才叫作斷頭筍？」

伊阿爸仔只會曉憨憨仔笑。

眞的不用阿爸那時陣就給伊講。等到伊逐漸長成的少女時代，一切就都明瞭了。

她跟著阿爸走向山坑。阿爸全神貫注地警戒起來。他早已察覺，頑強對手的走獸正埋伏某處。他炯炯眼神飄向北面那座山。

頻繁入山的車籠埔庄叔伯，通常指說，那就是「望山」了。意思不是他們預警，望向了這面山。恰恰相反。上山採筍的庄民們，還背著空盪盪的竹簍。極可能伊們才要動身，就被盯梢了。那肯定是青番仔派來的斥候。目睭前只有黃竹纖長腰身的款擺。含蓄如綁腳閨女的大片竹欉裡面，往往藏匿了燃燒火把一樣的番仔目，居高臨下，偵察這些漢墾的一動一靜。此類上山情節搬演，已成爲車籠埔庄民世代傳承的慣習。

採筍季節乍來，江津老爸如昔搶進。

他慣常從黃竹坑隘口出庄，再循草湖溪的溪底路入山，接著沿途從峭壁懸崖處，探尋削尖微露的新生斷頭筍。

「請眾神明保佑咱們採筍仔一路平安。」江津幫忙燒金紙。竄出的火苗很快將紙錢燒成灰燼。紙灰飄散在困惑著誰是伊主人的溪路上，一部分沖進了身分不明的激流中，而從今日茫然的物質存在，跨入屬於另一時間刻度的靈性空間。她覺得不管是地基主、石頭公、山神或是好兄弟，統統回應，全部靈驗了。阿爸循例，擇取即將入山的溪畔，進行簡易祈福的祭儀。草湖溪野四散的草叢，正是出草青番仔最可能藏身的所在。那兒也往往是他們阻拒漢墾入山的殺戮前線。

當地庄民們繪聲繪影：從咱漢人頸項砍斷了的一具具頭顱，跌落河床。他們成爲獨立的一群，而和猶然緊握斧鋤、鐮刀的四肢離異。聽說這幾顆乾渴極了的斷頭，總是在入夜前聚首，夥同暢飲那尚存日照餘溫的草湖溪水。他們還會相邀，浸泡在溪水裡。他們彼此並不多言，只等傷口上凝結的血跡慢慢洗滌淨盡了。他們是等到離頭那一刻，才讓緊繃的神經鬆弛下來，不再處於時時警備狀態。同樣地，屬於另一群的他們身軀，也只有到了無頭，才肯暫且休止那數十年墾佃生涯的勞碌。他們返回男人還未充斥征服欲望的身軀機制。他們從隱匿的肌理、骨架，一直到肉眼可察的膚色與細紋，皆展現出過去未有的舒坦，他們的優美總算不是爲了格鬥而存在。

若說那最後形成了驚悚場景，可又言過其實了。那場面反倒籠罩著無法言喻的和解氣氛。近山出入的草湖溪口，自從設計爲防番的關卡，就注定了本地作爲族群戰場的宿命。無敵、我好惡的天然地景就此消失。而當防番隘口形同虛設，平埔番親因著屯番角色的失效而出走，漢墾地位益發穩固的江津父祖輩，就得自我武裝，兼任邊境禦番的自衛隊。這使得活躍於黃竹坑一帶的山筍採集者，自己也如同一支支斷頭筍。伊們好容易從易崩土質的山崖峭壁冒出頭，站穩了，卻隨時會被折取脆嫩的性命。

幾年下來，江津已熟稔怎麼伴隨阿爸腳步，溪畔靜默燒著金紙，然後父女倆雙雙背負起空竹簍，頭也不回走向了草湖溪的深處。他們總是順利通過斷頭威脅的溪路。她未曾親見青番仔的蹤影，而使得這條筍路極爲虛幻不實。於是她開始期待，和青番戰士的下一次相逢；她也藉由不測遭遇的妄想，讓阿母大鼎蒸煮的斷頭筍，入口時咀嚼出更難忘的滋味。每當阿爸攜回的竹簍裝滿了斷頭筍，利落接手的阿母，通常先是文文地笑，才淡漠加上一句：「身軀去洗洗耶」。江津日後回想這經年重複的情景，才意會到阿母喜悅的，不單是男人入山採筍的收成；重點應該是他的太平歸來吧。

江津動心起念，出嫁以前再進萬興宮燒個香。那兒廟埕是車籠埔最熱鬧的所在，它的四周，有家家戶戶用正身護龍向內聚集，彼此守衛，一圈又一圈緊密靠攏。當她穿梭於彎曲轉折的巷道，仍會不由自主朝「望山」的方向回探。她還想回到兒時住過的漢佃厝地走走。那個偏南方位，十分逼近黃竹坑隘口，是比庄仔底更形孤立的外圍地帶。那裡沿途一帶，有闢墾成熟的大片甘蔗園、樹薯園，以及間隙散布的水池和龍眼林。到了甘蔗採收季節，土埂路上總會有忙碌的蔗車，一台接一台，熱騰騰駛過，而後留下車輪錯雜碾過的深痕。江津自細漢，就得靠著埔園中，每株甘蔗日復一日拉拔的高度、水池浮草蓄積厚度、龍眼結實大小，以及蔗車輪壓痕深淺，來理解伊終須告別父家的速度和寓意。它們是陪伴伊長成的精神導師。她也很熟悉，附近幾條溪流的源頭，怎麼在這兒，從山高水深的內山，遽流入地勢減緩的近山埔地，而像是斷離了侷促、陡峭的環山，即失序地解放開來。當群溪們難以適應，苦覓不得原來水路，只好四散橫流了。這遽遷情勢使得原本集流於一條溪的單純水路，擴染爲三、四支放縱水系。每當風水季到來，因著地形落差而橫流的鄰近山水，也就在江津父祖輩接力闢墾的溪畔田園，造成了不可收拾的氾濫。

伊出嫁的日子到了。她頭一回瞥見兄哥要伊嫁的查埔人。那也是她第一次，從近山地帶的車籠埔庄，深深走進遐想已久的內山。她出嫁遠行的這段山路，也是漢墾亡命者遠避官府追緝，遁走內山的逃難路。江津嫁入內山，是從草湖溪上游，翻山越嶺通過了火焰山區，才又沿著烏溪，走北路，行經過龜仔頭、內國姓等聚落，再一路進到水沙連的埔裡社。據說這正是三、四代人以前，林爽文反亂，萬人竄逃內山，驚天動地的一部分重疊路線。

按照漢民婚俗，出嫁新娘總是一路沉默。父家長們只允許她低聲嗚咽，用哭泣傾訴查某子拜別親長的感傷。江津早已無父無母。隨時可能斷頭番屯界上，仰頭家鼻息的墾佃家族，方能貼切形容伊粗鄙的出身。若以雄據一方的漢墾頭家，張揚集富以後，門當戶對嫁女的霸氣，來對照伊今日的寒磣，則簡直是天差地別的境遇了。

江津的未來，總予旁觀者孤注一擲的感受。有嘴無心的左鄰右舍，單純看熱鬧的鄰近庄民，都在冷眼耳語：「她要嫁給大肚番」；或者，伊們直接斷言：「她嫁入去內山做番」。有通靈本事者應當感知，江津身穿喜氣花紅的嫁裳，更神似接受割喉刑罰的雞鴨，任憑那赭紅色血汁噴射為裝飾，構成在昔日番屯界上，和斷頭者越界交談的一場祭典（她應該早在牲禮斷氣時刻，就明白牠即將貢獻，充作整體社群更為完全贖罪的犧牲吧）。而漢佃之女江津，一旦擇取當年平埔屯番的子孫，作為今日婚嫁對象，恐怕現場也獨獨引來了熟番祖靈的奏樂。

那是由伊的兄哥鄭旺，佇立一旁生分的查埔，還有另外幾個番仔面、番仔面的查埔，共同組成了護送江津出嫁的行伍。他們作為貼身侍衛隊的森嚴氣息，使得理當喜氣洋洋的迎親儀式，更像是無時無刻不在防番的武裝警備團，而片面壓制了庄民們原本期待的片晌和樂。

洪阿飼最喜歡聽 iya 講伊嫁來埔裡社大肚城的往事。她三不五時拿出來講。每回開講，可比口才便給的專門講古仙耶，還要口齒伶俐。她也每講一回，就有些許情節變異，後來竟連忠實聽眾的阿飼，都開始困惑，是否 iya 嫁入內山的驚險情節，不過是她自個兒編排的故事。她還不禁懷疑，iya 的後頭厝，準是和庄仔底僅隔著一條溝的街仔尾。iya 講她怎麼一路跟著迎娶伊的生分查埔，涉水過溪、翻山越嶺，致使了伊整領新娘衫，狼狽萬分地一陣濕、一陣乾；最終等伊行入去庄仔底時陣，就已經皺得像一坨醃漬過的鹹菜葉仔。又當她全新縫製的那一襲落地長裙，任由刺草、粗枝椏或雜木欉，往它裙襬處一路刮扯，才讓她不禁臆想，迎接伊這名未滿十九歲新嫁娘的，可絕對不是保證伊安枕無憂的平順歲月吶。阿飼總覺得，iya講述的不是一場婚嫁，而是倉卒逃離災厄，所留下的創傷記憶。讓江津講來神氣活現的，不是鑼鼓喧天前導的花轎；不是伊取得的豐厚聘禮和富貴穿戴的金飾；更不是壓陣夫家氣勢的嫁妝一牛車。她總是語帶神祕：「反清的林爽文，引領反亂者萬人，走草湖溪的溪底，進入阮們黃竹坑。他們沿溪上溯，翻越崎嶇路徑的火焰山區，才接連到了烏溪退路。我出嫁那日，走過入山長路的起點，正是當年林爽文反亂軍隊，大批逃入內山的同一條路。」但阿飼一直不明白，爲何林爽文潛入內山的逃亡記憶，可成爲伊 iya 出嫁事件最具體的情感連結？

阿飼五、六歲，初懂世事了，竟還固執認定查某祖才是她的 iya。她吸吮的是江津泉湧不絕的奶頭，可無論如何，乾扁身軀的英太禾，才是最親密的關係人，也等同是生她的人了。當時的她還不能體會時間流走的不可復返，也無法分辨，年齡差距必定築成的世代鴻溝。她無法區分年齡，持續享受著歲月凍結底下的眾生平等。阿飼三歲那年，查某祖就過世了。她清楚記得她氣味的細節。她說話和沉默過程中，驕傲或憂傷的反差形貌。她多麼容易就看穿了她的故作堅強，還有她對這個分裂靈界自圓其說的解釋。那是褓褓中女囡善用了卓越記憶力，提前成熟，以捍衛原本應該徹底根除的「烏肉仔」源頭。對於阿飼這一類，做囡耶時老早過熟了的查某囝仔，從老到少的啥年紀都不眞實了。她終其一生，無法理解自己和雙親的關聯。那是魔咒般存在的認知障礙，讓出自天性的母女、父女連結，阻擋在某個神祕距離以外（可能旺盛之年的父母，是時時都要震盪變形的地貌；而暮晚之年的查某祖，才自始至終讓她安心。這是阿飼懂事以後，延後提出的解釋）。於是阿飼得透過大量後天的努力，重新發現父母，重建她在女嬰階段就拋棄了的生身父母形象。還有那至深纏繞，他們不曾停止過的歸屬召喚。

在 iya 江津進前，她 baba 先有過一個牽手。這是通人知的代誌，但伊的 baba 不曾親口提起過。她只能從malau那兒聽聞，baba過去的牽手叫阿蘭。她baba呢，除了後來日本時代的戶口簿仔，正式登記了洪九王這個名，大肚城庄仔底的老輩，更習慣喊他偏名「金城仔」。信者恆信，伊baba偏耶、正耶這兩個名，可是深思熟慮，上頭偷偷做過了暗號。九王藏的是以早番仔王造過九十九座土墩的光榮；金城則明示出大肚城在內山一度的鼎盛。

阿飼歹勢問iya，當年伊對baba的第一印象，咁有尬意？他頂多是沿途護送新嫁娘，武裝警戒的番勇？據說兩個人那時啥沒講到半句話。「我在旁仔聽到，他會曉講阮們的話，番仔腔眞重，還一半夾雜了咱聽攏嘸的番仔話。」江津還把車籠埔庄，自細漢逗陣的漢墾長工，拿來和金城仔相比評。「那日咱哪有膽將伊那歹臉腔看詳細？至少伊生了眞高大，悍草嘜歹。伊們整群是面攏總黑仙耶、黑仙。但是伊穿踏，又和咱差無眞多。在我看嘛不是正港有多番。我感覺伊們作夥辦代誌，比阮車籠埔人更草性。若整群無大才，肖肖圍在那兒講啥笑虧，又比阮庄耶那些長工還憨面，還欠人打喔。」江津講到這一段，噗嗤笑了出來：「咱那日是驚到三魂七魄攏快散去啊。咱自顧不暇了，哪有法度將伊從頭到腳看一個詳細。我想講，咱內山就根本走不到。若好運，平安到達了，以後日子長落落，咁活會落去？想想耶差一點仔哭出來。我又不敢大聲嚎，只好強忍著耶。咱趁伊們不注意時陣，才偷偷流了幾滴仔無値錢的目屎吶。」

*

金城仔振奮地將自己打理整齊。昨晚入睡前，他是從頭髮到腳底，清田溝同款全梳洗乾淨了。一名男子這麼愼重沐浴，通常是在他剛出生和死亡前夕才發生。其間唯一區別，是那些情境都是別人協助清洗他的身軀。

今仔日他必須以腿力完成的迎親任務，是從大肚城往返車籠埔庄的長程；而他和漢庄女聯姻的這門親事，也直可比擬，是還沒忘記拍瀑拉的伊這個世代，又一趟死生關鍵的際遇了。

早在幾天以前，遊走各社庄的剃頭擔來到了大肚城。他還把青皮裸露的前半顆頭顱伸向前去，再任憑剃頭師傅精準拳握的剃刀，幫他刮得更爲光滑，以襯托出背後長辮子的烏亮結實感。他上身穿著有領有袖的青藍唐衫。前頭一排整齊的布釦，從喉結處開始，滿滿包裹住伊那胸肌日漸發達的上膛，而使他頓失率性裸露的豪邁。賣力爲他束腰的黑布大棉褲，絕非平日下田慣穿的那種粗番布。哪允許他袒胸露肚？這雙寬敞的褲管牢靠藏住了他修長圓潤的雙腿，粗黑濃密的腿毛，和長年活躍內山林野，終能形塑出來的剛健小腿肚。他這一身喜事的裝扮，不再有拍瀑拉男人昔時體態亮點的大紅腰帶、銅鑄手環和成串珠貝項鍊，少了進一步裝飾的加分。然而當他踏進漢庄，宛如獸皮來覆蓋，有那款唐衫的加持，就像是在伊大肚城庄仔底，將細工縫製的走鏢旗幟，空前勝利地穿戴上了身。此時他對自己青春男性體魄，以及祖遺的俊美容貌，已有足夠自信。如果要他坦白對自身風采的疑慮，他就覺得，只有天生比漢人還要黝黑膚色，是伊身軀無從洗刷、無法褪淡的部分。於是他安慰自己：如果沒有了出自漢人輕鄙的目光，烏肉底也可成爲俊俏男子擄掠女人芳心的優越條件吶。

他入住新厝似的，再套上新買的那雙草鞋，就可以出發了。這一刻雷電般空中閃劈的念頭，不是兩年前，即將出門和阿蘭完婚的畫面。他瞧見的是 atau 過世前幾年，還不厭其煩對伊口傳，拍瀑拉遷徙內山的昔日場景。他曾經問過 atau：「我們爲什麼不肯繼續留在海口，那個祖先住過的地方？」atau 的應答是：「我們累了。我們希望走到一個沒有漢人的地方。」金城仔回想，直到伊十來歲，容他鎮日遊蕩的大肚城庄仔底，都還少見漢人的定住。金城仔初懂世事的時候，以爲「漢人」完全消失了。大肚城老輩的原鄉記憶裡，才有「漢人」容身的餘地。有一陣子，金城仔還會無憑無據渲染長輩想法，加油添醋說「漢人」是由大肚城番聯合埔裡社的其他各種番趕跑了。

金城仔是拍瀑拉移入內山，在大肚城出世的第一代。這兒成爲他思考事情的本位和原點，是他精神依附的眞正原鄉。家族長者早年從海口出走的傳述，警惕子孫們，唯有跟漢人保持距離，彼此井水不犯河水，才能過著安居內山的生活。這和他逆向推演，兀自信仰著，「漢人」是被埔裡社番強力逐出內山的捏造情景，竟是在政治立場上毫不相背離。老輩人的海口原鄉只占有了拍瀑拉回憶的空間，早從伊這一代人生活的內山蒸發了。當他西行，出了庄仔底，中間穿越恆吉仔城，再爬崁過去，眼前敞開的，即是大瑪磷坡頂上的墓仔埔。他幾度遐想，要在那兒蓋一座墓丘，作爲族社原鄉的回憶埋葬地。那麼在石頭立碑上，則應該刻有：「拍瀑拉的海口死於清治道光××年，得年×××。」

金城仔覺得，等他們舉行過這樣的土葬儀式，「漢人」欺凌大肚番的幾代陰魂才能消散。族長愈是灌輸伊們，對於海口原鄉的牽掛，金城仔愈發莫名抗拒著。老輩人不滿「漢人」侵奪的集體記憶，則成爲加諸大肚城新世代肩上，最不可承受的重負。金城仔的 atau 洪修安不時提醒：「我們大肚南社在海口的番社，還有一塊公地。」也有大肚城或水裡城的拍瀑拉長者，每隔一段時間，就得返回海口，聽說是要回去收取番大租。

「我們用土角蓋的厝地，整塊賣給他們姓陳的。轉頭才沒幾年，他們重新翻新厝，畫棟雕梁蓋起了正身護龍的大瓦厝。」

「我每趟回去，都會住上一整個月。那邊的地都變作他們的了。這幾年他們稻仔的收成未歹，生活眞好過。但是咱一提起大租，大家就要打壞感情。我多半還是收不到大租錢。」

「咱們以前的番社，拍瀑拉都搬走啊。即使原來厝地還在，內面住的，也是伊們漢人。漢庄的人愈來愈多。他們的庄廟翻新了後，香火愈來愈旺。不論稻作的水田，抑是旱作的山園仔，舉目所見都種到密密的。我遇到自早認識的漢庄老夥仔，還繼續無理恥笑，講咱們這些番眞憨，以早有一大片埔地，好好放在那兒閒，煞不懂得開墾，才會落魄到子孫仔攏走了了。」

庄仔底的拍瀑拉，時常接觸各式各樣的埔裡社番。金城仔於是認定，番才是伊們日常見識到，所有「人」的同義詞。拍瀑拉老輩經常往來的番親，有他們不同的番仔話；即使有漢人福佬話作爲大家共通的語言，光從他們大異其趣的番仔腔，也能分辨出各個差異的族社。譬如講，每當大肚城長者告誡庄仔底孩童，要他們記住自己是「拍瀑拉」時，那個「拉——啊」的尾音，總是戲劇化提高，同時還吟唱般，拖得長長，彷彿正在等待靜默聽眾的回響。

若講金城仔是大肚城番的一世祖也不爲過。回顧他的孩童階段，「漢人」還停留在大肚城那些 atau、malau 的憤憤不平記憶裡，「漢人」子孫卻已在村童日常玩耍中，被當作假想敵，而由武勇過人的大肚城番逐一消滅了。金城仔是在童稚遊戲中，編造出大快人心的番漢結局；他的童年前期也成功躲開了漢人即刻的威脅。但是那個時期的大肚城，仍享受不到預想該有的承平歲月。

金城仔在庄仔底常常遇到的伯仔，曾警告他：「不管南投社、北投社的番親，住在枇杷城、水頭和十一份仔那一邊頭的，攏是『南番』，和咱們『北番』無同黨。親像牛咧，兩邊有閒就相鬥，簡直水火不相容喔。你長大成人，盡量不要跟他們走太近。」伯仔太不放心，隨後又丟了一句話：「千萬要記住。」

伯仔實在不甘心。他接著喃喃自語：「大家最初入來內山，講啥平平是番親，是『打里摺』。嘐騙咱嘸讀冊，若不是姓巫那個總通事不公，處處袒護伊家己人，伊們這群番，日子才沒那麼好過。」

伯仔言談間，眉眼很深糾結在一塊，兩片嘴唇充血緊閉，像是咬牙切齒。金城仔覺得他那強硬對抗的神色，不同於老輩講到「漢人」時，冤屈飲恨的挫敗感；也沒有討論生番出草時的驚惶不安。他表現出來，比較是身處自家莿竹圍籬內，爲難面對了同根弟兄火併的痛心疾首吧。

按照當年地方上默契的分法，除了住在大肚城、水裡城和生番空的大肚番，還包括牛眠山一帶的頂九番，以及日南、房裡等聚落的下九番，都歸類爲「北番」。眉溪分隔的「南番」、「北番」，從微不足道的紛爭，日積月累爲彼此嫌隙，結果矛盾又愈演愈烈，而竟爆發了分類械鬥的大小事件。「我記得是在咱阿飼滿三歲那年，『南北拚』才喊停。」埔裡社番的「南北拚」，前後貫穿金城仔從童稚到成家的重要年代，其後又蔓延到了他初初升爲人父的那個時期，才終於告一段落。可以說，內山移墾有成的平埔「打里摺」，如今算是各自站穩了腳步。這些「番」和「番」之間率性的拚鬥，雖然談不上部落戰爭的規模，至少讓各族勢力，得以維持住一種恐怖平衡。金城仔則一直認爲，陪伴伊長成的「南番」、「北番」格鬥，本質上更爲接近山林狩獵時，自然界紛紛投入生存角力的寫實情節，而鮮少表達出番漢之間殊死競爭的那樣殘酷力道。

自金城仔出世以來，忠實呵護過內山拍瀑拉的平靜年代，就在和顏悅色的日頭依舊普照大肚城全庄的某一日，無預警打破了。當時，他有三、四歲了吧。他已經很會走路。精力充沛的他，時常飛起外八字的胖腿兒快跑，而讓氣喘噓噓的 atau，如同追逐小鹿的老邁獵人，奮力追趕他。金城仔也學會講話了。他卻遺傳到 baba，緊張起來就會嚴重大舌，除去一開口，要沿途絆倒自己急促舌尖，還持續破碎地，容讓一連串不準確發音，半含在伊忙碌戰場似的細緻嘴型裡。

當天，iya 一大早餵飽了他，就放伊一個囝仔，稻埕內玩土。這和平時無異。金城仔所在的洪家院埕，開口向南。那兒再越過姓毒、姓陳等幾戶人家，就是大肚城公廳了。一群人狂奔的腳步聲，可分辨是從公廳那個方向傳來。現場並無大人跟金城仔講話。伊煞開始大舌，重複發出破碎不全的單音「刣—，刣——，刣，刣，刣——」。

一陣雜沓的奔跑，同時發出金城仔還聽不懂的嚷叫聲，像被追逐而發狂的成群走獸，雜木林中怒吼。聲音更靠近他。隔著一小段距離，出現另一群人，同樣驚惶，後頭追趕了過來。

逼近金城仔的這齣廝殺景象，提早謀害了他的童年。沒有任何一個拍瀑拉的 iya，來得及保護伊囝仔純眞的目光：墾植慣用的鐵鋤、斧頭和祖靈保護的番刀，在空中紛亂揚起。壯碩男性抬高膀臂，如發射的利箭在番親安家的厝地前舞動。奔跑的臉孔，被散髮和灌溉水圳一樣充沛的流血，一起遮蔽了。遺忘海口悲涼的大肚城日頭，如今沾滿非異族的血光。

那個率先倒地的人是拍瀑拉。

接下來哀號倒地的，看起來不是拍瀑拉。

誰是他們的同黨？誰是敵對番武士？

喧鬧的格鬥聲漸次走遠。金城仔這時才嚎啕大哭起來，宛如他剛出世的那一陣哭聲。

金城仔記起了歡樂時刻。就在拍瀑拉內山做番的鼎盛期，新闢完工的茄荎腳圳，也水聲潺潺通到了大肚城。這條水圳從伊們庄仔底的邊緣地帶，直直切過，接下來才又不分晝夜，興高采烈地向北匯流而去。

金城仔baba洪大材手頭耕墾的土地，總計有好幾甲。這些耕地全都坐落在大肚城公廳的東邊，從南投股以南，再經過大水窟和樹林的那一帶，就是了。

這片田園的另外一頭，則連接了相鄰的拍瀑拉聚落——水裡城。茄荖腳圳開鑿成功的隔年春耕，金城仔就充當囝仔工，跟著baba和作夥放伴的幾個社親，來到了承自atau的田間。當他首次窺見，從茄荖腳圳引來的充沛田水，正不急不緩，吟唱中流進了自家田園，一旁笑開懷的伊baba，也跟隨灌溉水流高低不一的聲調，和著安穩節拍，唱起了僅用部分番仔話發音的拍瀑拉歌謠。伊baba歌聲裡的意思大概是：

新開的圳水　沿路唱歌　流進了我家口渴的田園　我聽見了
一起放伴的族親　拍瀑拉的祖靈　祝福我們春天的耕作　我看見了
唱歌的田水　預先慶祝　歡喜秋天即將豐收的稻穀　我將會邀請大家來喝酒
不只有這個春天　還有明年春天
圳路一直開到我們的田園　我會繼續唱歌　跟著田水的歌聲傳到了你的耳朵

金城仔萬萬沒有想到，等待伊漸漸轉大人，聲音變得沙啞低沉，比番鴨公的叫聲還要難聽時節，漢人的勢力也竊賊似的伸進了大肚城庄。在那以前，進逼的「漢人」不過是族長口中遙遠的傳說。金城仔對於漢人競爭的畏懼，還有厚厚一層阻隔，欠缺臨場眞實感。更遑論要他預估，漢人勢力在伊目睭前飛速擴張。或者要他玄想，泉州籍漢商雲集的大肚城街，已在所有拍瀑拉面前，火槍爆裂似的誕生了。

金城仔難掩欣喜。他第二度牽手，卻初次面對了迎娶漢妻的繁文縟節。

令人不悅的陰影持續威脅著他。死去的阿蘭不是問題。他不願意向任何拍瀑拉承認，伊對於自己即將接納漢庄女，心內並不怎麼舒坦。他覺得背叛了祖先。

iya輕敲兩下木門。她不待伊應話，急忙跨過了新房的護庭。

一透早她就把聘禮備妥。她還多用一面紅布巾，從最外一層緊緊包捆，等著親手交給他。

「一年囉。」味忠合一開嘴，就提起阿蘭。伊目的是要金城仔放手，自在行伊下一步路。

金城仔驀然回首，孤單度過的這一年，確實讓伊蒼老不少。阿蘭那個公族仔的拍瀑拉，很不捨金城仔目前處境，看伊煞親像一個餓鬼囝仔，才開始扒白米飯，就無意中摔破了伊剛剛新捧的幼瓷仔碗。

自從娶伊入門的阿蘭過身了後，金城仔頓然失去倚靠。（明明咱若有查埔耶娶查某耶，嘛有顛倒翻耶查某娶查埔。但是漢語福佬話是從那款查埔人自尊的本位，客氣客氣講，是伊們查某耶「招」翁，抑是伊們查埔耶來給平埔的查某人「招」。這款講話的方式，親像在伊們的思想內面，查某耶全全無可能站在跟伊們這種查埔耶同款的家族仔權力，娶伊做翁婿。可比叫伊們去承認，查埔耶嫁給查某，是眞講未出嘴的見笑代。但是偏偏仔這大肚城番內底的查某囝仔，有當時仔嘴去跟伊們漢人的話，講是「招」翁，事實上心內眞不服。伊們根本就是查某娶查埔，有啥不對？）

現時他才二十五歲，還當少年咧。

「找咱同庄的查某囝仔就好啦。」

「這是啥時代啊，誰講一定要咱拍瀑拉，才來相逗陣？」

「咱才不要同庄仔底拍瀑拉的查某子。哪一個不是肖想，來給咱招入去？我不懂伊們在想啥？大家明明就財產愈分愈薄啊。咱不要了。咱這一回是打算要娶入門囉。」

車籠埔庄的路途那麼迢遠。金城仔萬萬沒想到，有一日伊娶牽手，會娶到這裡來。

不明就裡的外人聽起來，會以爲味忠合想代誌，比伊這個子較開化。金城仔這門親事，就是從伊那邊牽來耶。話講她的 atau，自早是嫁來給伊姓味的 malau 做翁婿。「講較白咧，嘛兼做阮 malau 伊味家的長工。」所以講，味家從貓霧拺社移來大肚城以前，伊這個 atau 就曾經在黃竹坑做過守隘口的番丁。味家原本還有官府分配的一塊隘墾地，則坐落在那個隘口附近的山腳處。那塊地先前還是未闢荒埔。直到姓鄭的漢佃開始分墾這塊地，才開發爲甘蔗園。

金城仔的 iya 又講，當年味家還住在貓霧捒社的時，她 baba 才無幾歲，就曾經跟著她 atau，入去黃竹坑收大租。「後來那幾年，伊們姓鄭的，藉口收成不好，時常欠租。我們很難收足該有錢款。表面上大家有來有去。我們味家的族親只要踏腳到，伊們也會照禮數，來給咱款待，互相嘛還算客氣。但實際阮們這邊一直眞呑忍。沒收到的，比收到的還多，這樣咁對？」

金城仔惦惦聽 iya 抱怨對方。「後來味家決定移入內山，需要籌措資金和開墾的工本費。咱萬不得已，只好將那塊旱園俗俗耶賣給鄭家。反正那塊地離咱貓霧捒社，還有好長一段路途。過去我的 atau 必須和社親輪流換班，去到那黃竹坑守隘。伊這樣來來去去的奔波，實在疲累了。等他年紀大些，就再也沒有多餘氣力，守住那邊官賜的土地囉。」iya 漸次低緩的語氣，明白顯示伊 baba、atau 那兩輩的拍瀑拉，有多麼無奈。

金城仔一面揣摩 iya 的意向：鄭家養子的小妹，若讓咱娶入來做牽手，iya 伊應該會眞無歡喜？他皺起眉頭，再萬分篤定，露出了十分爲難的表情。他是要呼應 iya 的心有未甘。怎料伊 iya 話鋒一轉，像是期待金城仔充分了解，她已重新評估，伊這少年代和鄭家再度交手，將怎麼鋪展出全新的局面。「那些都是過去的恩恩怨怨，可以放水流了。兩邊若有緣分結親戚，相信我 atau 會歡喜，嘛一定給咱們保佑才對。」

金城仔不懂 iya 心境的轉折。他暫且解讀：伊 atau 對黃竹坑守隘生涯的嘆息；伊 baba 細漢去到車籠埔庄作客，領略徒有空名番頭家，並不眞正受歡迎的酸澀記憶；以至拍瀑拉味家自願放棄山園的感傷，在在逼她，非得總體承擔不可。而等她一口呑嚥，這些陳年苦楚就不再拓染爲無處申訴的委屈。這就是爲何，不應再有任何瓜葛的雙方，竟容許當年的利害計算，當年的隔閡，在他們無辜的後代中間，毒物般擴散開來。

「伊們算是有尊敬咱番頭家就對啦。」當歲月沖淡了味家人對黃竹坑的無以爲繼感，現今他們反倒渴望，透過血脈融合的通婚，重新擁抱那個任由罪嫌累犯的地方。這再次應驗，所有受害一方熟悉的傷口，都必須透過當事人依戀的本能來轉換。而這樣的舊創痕至終也要承諾，它是帶來具體療效的嶄新處方。

阿蘭是在二十二歲那年，娶了金城仔。當時 iya 是拜託同厝邊阿好姨仔，去到洪家講這門親事。「平平同庄仔底。少年耶若相尬意，咱嘛替伊們歡喜。我是來做便媒人啦。」阿蘭提親，就剩下一個形式。伊做啥攏眞主動，無驚半人同款。連招伊意愛的查埔仔，就親像樹仔頂一隻鳥仔，腹肚飫，就嘴尖尖飛去咬蟲那樣輕鬆。

那日，金城仔剛從外位趕牛轉來。他又必須儘快趕到田裡，於是朝那個方向，匆促前行。就在石頭公旁仔，那欉大龍眼樹腳，伊無意中堵到阿蘭。她正要去番仔井提水。日正當中，整個庄仔底未輸在烘火爐。阿蘭臉頰潮紅。伊的目光遠比耀武日照還凌厲。它們也才能毫不迴避，刺穿了只想擦肩走過的金城仔。「今仔日暗時，月娘出來，我會在圳溝尾溜，那欉刺桐邊仔等你。」阿蘭早早肖想，要跟金城仔單獨相見。

她有法度，免等到伊開嘴。兩個本底住同庄仔底。成年了後，金城仔出來走鏢，阿蘭則必定佇立在圍觀人群當中，昂首含笑，一如大面鏢旗隨風在舒展。她期待他勝出。這情景往往讓金城仔士氣大振，懷想伊是躍奔如箭的公麋鹿。而當金城仔成爲志在奪取頭鏢的少年拍瀑拉；藏身圍觀人潮，卻不會被淹沒的阿蘭，可就是號令圍捕這隻公麋鹿的出草獵人了。

阿蘭的 baba 是姓林的大肚城番。早年他嫁去外地，住姓藩的女方家。兩邊事先約束好，伊在查某那邊厝內做幾年仔長工，待期滿以後，再帶著牽手，轉來大肚城歸家。阿蘭的 baba、iya 算是「嫁出、娶入」，兩家夥平盤，無相輸。

阿蘭的 iya 吻仔，是另外一種番。吻仔的家族丁口稀少，父母衷心期盼，這個查某子無論如何用招耶。可惜事與願違，阿蘭的 baba 只在吻仔厝內住了兩年。兩家最後通融方式，是爲伊們頭胎的長女，取了個「林藩」的複姓，表示這個女兒同時傳承「林」、「藩」兩公族仔的血脈，「林」和「藩」，誰也不能完全吃掉對方的姓。他們的婚配既是「嫁」也是「娶」，「林藩阿蘭」的命名，就在這樣的拉扯中醞釀成形。這也是阿蘭的 iya 堅持，阿蘭必須娶金城仔的理由：如果阿蘭嫁入洪家，那麼她用心計較，保存在查某子的名內面那個「藩」姓，到下一個世代，就注定會被吃掉了。

大肚城庄查某娶查埔，不足爲奇。金城仔是屘仔子，伊頂頭還有三個兄哥，有嫁出、有娶入，他早就心甘情願，打算嫁給所愛的阿蘭。豈知阿蘭竟像她最喜歡的那棵刺桐，選擇在盛夏開出滿欉血紅，爆發出極致明豔之後，就剩下荊棘的傷口，刺痛從小仰慕伊的男人。「刺桐是我。刺桐是咱拍瀑拉查某。」圳溝邊那株流血的刺桐腳，是金城仔和阿蘭定情的所在。於是金城仔將阿蘭的早折，視作那株流血刺桐的招魂。阿蘭的死如同刺桐花開季節的結束。他既然尊崇樹靈，也就順應這個自然的安排。

阿蘭出山的喪事，有金城仔正手捧著她的骨灰甕，左手一束亡婦遺物的刺桐枝。他記得阿蘭說過：「刺桐是我。刺桐是咱拍瀑拉查某。」他相信每年刺桐花開季節，阿蘭都會回來看他。

阿蘭伊 iya 就不肯被安慰了。阿蘭的阿嬤警戒過女兒，她們姓「藩」的，來自一個不甘遺忘自身的番社。「藩」是有田土有草綠有清水有認同歸屬的「番」，意圖從異族流放的身世，進取核心民族獨占的權益。那是用來隱藏，同時標示出自己的密碼。這個姓氏表面上依從了漢文字，卻不是爲了從根連結漢姓的源流。阿蘭的 iya 至感遺憾，身上湧流兩種番血統的長女，來不及生出下一代查某子，就走到她活命的盡頭。作爲多重番家族表徵的「藩」姓，只好隨著世代的中斷而埋葬。

阿蘭世代的大肚城，時而承受拍瀑拉孩童過早的折斷。庄仔底也會有少年、少女春霧般散去。連那如花少婦的猝死，也可能輕佻臨到了未受詛咒的任何一間厝地。

那日清晨，花仔和她暱稱爲「蘭姐」的阿蘭，相邀到山邊旱園採收樹薯。傍晚時分，她們走在歸返大肚城的半途，兩個人背回的斗擀仔內，裝滿了肥碩的樹薯子。「蘭姐，妳不是最愛唱歌？」蘭姐比花仔大好幾歲。她們倆和阿美、香仔，都是自細漢結拜，庄仔底的姐妹仔伴。花仔人如其名。怎知花樣年華的伊，時常嘴翹翹，一副面懊面臭。伊還會一個人細細念，講咱查某囝仔，爲啥自細漢就愛堵到那麼多甘苦的代誌？但心思細膩的人可察覺，當她一談到這群姐妹仔伴，講起伊們怎樣作夥七逃，可就神祕兮兮，亂黨成員似的從嘴角、鼻翼、眉眼，一路笑開，甜到了日頭曬黑成火炭色的後頸項。

花仔總覺得，平日比她開朗得多的蘭姐，今日反倒心事重重。「蘭姐，妳不是最愛唱歌？」花仔重複問著。

蘭姐還是沉默不語。花仔乾脆獨自唱起歌來。等她自編歌詞的番仔歌終曲了，蘭姐總算願意開口。「阿美講，伊會轉來找我。」

蘭姐娶金城仔才沒多久，阿美就死啊。那進前，阿美娶火耕仔，無兩年，就搬轉去火耕仔的厝住。花仔記得阿美抱怨過，火耕仔的 baba 愛飲酒。她煩惱，若家己早死，火耕仔伊厝內的人，可能無法度照顧伊生落來的兩個囝仔。

「我會轉來，將伊們帶走。」這是阿美生前講過的話。她亡故的時候，大漢囝仔已經三、四歲，會四界走，講話嘛開始有一點兒大人氣口。「iya，明年揹祖公，我會帶妳轉來。」伊四正站在阿美的墓前，這麼承諾著。

阿美那墓草還疏短的一、兩年間，伊這兩個囝仔也先後走了。

那當時，花仔還莫知影驚。千眞萬確，阿美並無在伊面頭前講過，啥要轉來找蘭姐？豈知當晚，花仔帶回來的樹薯削了皮，都還沒有落鼎煮，蘭姐一口氣喘不過來，就走了。伊親像一片葉仔，無聲無息飄落。

往後幾十年，花仔還不時憶起蘭姐那日的遺言：「阿美講，她會轉來找我。」花仔在少女時代結拜的那群姐妹仔伴，只有她一個活到老。可是她和她們的感情，還久久長長，聯繫在徒留死亡隱喻的那條黑色阿拉帶上。花仔也總是納悶，伊姐妹仔伴陸續的早折，是否肇禍於伊們拍瀑拉女子已逐漸遺忘，阿拉帶上祖訓的彩繡織紋？

*

洪家移入內山以後，每一口氣的間隙，就有拍瀑拉出生，有拍瀑拉死亡。家族有拍瀑拉死去，是厝內有拍瀑拉即將出世的預告。阿飼的 baba 金城仔在大肚城出世；阿飼的查某太英純朴，也在金城仔兄哥陸續出世的年代，入土爲安埋葬在內山。

江津嫁入洪家，金城仔的 malau 英太禾還在世。洪家上一輩，包括金城仔的 baba 洪大材、iya 味忠合，和阿叔洪忠樑、阿嬸方氏等同房的親戚。至於更遠的房親，則可納入朴植叔、萍嬰叔，以及讀過漢文冊，社會上擁有不錯名望的堯慶伯和琰若伯。金城仔的同輩，都是比他年長的兄哥。除了乳名有支的慝兄，十多歲就飛回去找祖靈，另外三個兄哥都已嫁娶生子了。

到金城仔這一代，庄仔底的拍瀑拉互相通婚的情形還很普遍，拍瀑拉家族飼查某子，招贅翁婿的比率也不小。至於江津同房的妯娌，不是大肚城本地的拍瀑拉，就是出身埔裡社其他的庄頭。江津本家算是相距最遙遠的。只有她不在內山長大；也唯獨她，不屬於埔裡番。

金城仔的大兄墩善，被同庄仔底姓沈的人家招贅。伊牽手的厝地，緊鄰大肚城公廳，就在它的正後方。沈家雖然混過唐山公，吃到漢姓，伊們那個公族仔的 malau 還是純度很高的拍瀑拉。據說，老輩當年也是從海口的大肚中社、北社移來內山。伊們早先跟 kaya、baba 住在生番空，後來才和大肚城人結得親戚。生番空和大肚城攏是拍瀑拉的庄頭，原本就很親了。而金城仔的三哥首法，也入贅大肚城姓高的家族，首法的牽手高崧娶了他以後，就讓他住進了公廳斜對面的高家。從此伊每日早起，推開厝頭前的那扇門，就能瞥見拍瀑拉祖先開鑿的那座古井。若講到金城仔的二兄國貴，他算是洪家青壯輩中，第一個娶妻入門的。這個二嫂姓元。她不是同庄頭的大肚城番，可依然是內山埔裡社正港的番親。這可比講，紅心的土芭樂，當然還是土芭樂的一種，有人嘛感覺，這樣珍稀品種的土芭樂，吃起來氣味會較香吶。

金城仔的 baba 洪大材十歲左右，才跟著金城仔的 atau、malau，從海口的大肚南社移入內山。他的 iya 味忠合，也在比貪甜胡神的一節仔腳還細漢時，就跟伊 baba、iya，從大肚山右側的貓霧捒社搬來。阿飼問過伊 baba：「我的 atau，我的 malau，都是拍瀑拉嗎？」她還追問：「你講 atau、malau 以前攏住在海口。你又講，兩邊番社中間，還隔了幾粒山崙仔。那麼他們早就互相認識了嗎？他們咁有作夥來？」

阿飼的 iya 江津嫁入大肚城沒多久，就意識到她嫁進洪家的同時，另一隻腳跟也踏入了味家的門庭。來自貓霧捒社的味家，在大肚城庄仔底的聲勢，確實不亞於洪家；或者持平來講，是有過之而無不及。當江津慢慢摸熟了庄仔底的生活，聰穎如她，即可將大肚城各家各戶的遠近親疏，宛如古早番仔布的編織圖紋一樣，牽扯出一大片糾纏，又不致混亂的聯姻網絡，而足以重繪出一度緊密的拍瀑拉社親的血緣圖譜。

江津老了以後還念念不忘，當年伊長女阿飼剛學會走路，就開始過家，經常跟著金城仔的 iya 回味家。那才沒幾步路的距離。味家 malau 做的阿拉粿，是阿飼最愛吃的：她包出來的粿，有月桃葉的香氣沁得更深、更入味。阿飼一天到晚黏著金城仔的 iya，她還不到七歲，就可無誤叫出庄仔底各家 malau 對彼此的暱稱，彷彿阿飼和她們，是眞正屬於同一輩分的姐妹。

味忠合還無意中教會阿飼，讓她有能力分辨，那些厝邊老輩才是 malau 小時候在貓霧捒社，就先熟識了的族親。他們包括了味家隔壁的蒲氏家、都家。公廳旁邊姓毒的那一戶，更會有族親，集合在伊們厝地的大埕內，舉辦年度牽田的祭典。屆時，就會有親像老師的毒家長者，站在最前頭，一邊翻閱著課本大小的冊簿仔，而同時不厭其煩，指導後輩誦唱拍瀑拉的祖靈歌。Malau 曾經對阿飼耳提面命：「那是貓霧捒番曲。唱的是我們從貓霧捒社帶進來的番仔歌。」

多年以後，江津不再是大肚城媳婦了。可是她只要輕闔雙眼，就會有庄仔底的公廳、圍繞公廳的一間間土角厝、彎曲通到味家的那條車路、厝和厝之間銜接的小巷弄、番仔井、石頭公，史冊所附長軸地圖一樣，以壯麗山河的氣勢，攤開在她面前。她才終於了解，除了洪家和味家，庄仔底無論姓沈的、姓陳的、姓毒的、姓都的、姓蒲氏的、姓高的、姓王的、姓林的……都屬於她十九歲嫁入門的同一個大公族仔。那一年，她嫁進了拍瀑拉的整座大肚城。

「做阿拉粿的祕訣在月桃葉。不能太老，會有苦味。太嫩的，香氣沁不上來，寸尺也不合用。咱一定要選擇最適中的。這完全要靠妳的經驗。」金城仔再婚，娶江津的第一年，味忠合親手示範，教新入門的這個漢人媳婦做阿拉粿。她提醒江津，水社番每年來收租，沒有阿拉粿，就大大失禮囉。「既然妳有決心，做咱大肚城的查某人，要懂和整庄頭有關係的這項手藝。」

「iya，月桃葉的番仔話怎麼講？」江津認眞想過，伊嫁入來番社，打算過一世人咧。咱不管有多困難，還是加減要學講一寡仔伊們的番仔話。否則伊們若排斥咱，日子準不會好過的。

江津考慮過，內山住的攏是番，在這兒學做番，不會有人訕笑她。當然她不好意思明講，在伊大漢的車籠埔庄，番仔是多麼給人看不起，什麼人膽敢承認伊是番，或是歡喜做番，肯定會被眾人恥笑。伊兄哥是看內山的洪家，還有不少土地，才會把她嫁到番社。她用腳頭烏想嘛知，兄哥看伊查某囝仔是菜籽仔命，一嫁出去，就是別人的。反正只要伊這個小妹，生活過得去，家己勉強和番做親戚，嘛無啥要緊。像江津這種出身散赤家庭的查某囝仔，沒有被早早送出去，當媳婦仔，抑是做大戶人家的查某嫺仔，給人捧屎捧尿，就要謝天謝地囉。

「妳不會講，無啥要緊啦。現在少年輩的，攏會曉講福佬話啊。庄仔底剩下幾個拍瀑拉老輩，也無啥出去和人牽東牽西。伊們有夠固執，愛講一寡仔番仔話，妳千萬不要見怪才好。」味忠合嘴巴講不在意。可是伊心肝頭刺刺，有淡薄仔未平靜。

「咱自細漢就非常討厭漢人。」味忠合暗自感慨，她從小跟著社人進來，度過三、四十年不受漢人干擾的生活。但是這幾年來，因利之所趨，而潛入內山的漢人，竟不在少數。他們漸漸在埔裡社街發達起來。

她已經習慣做大肚城番，她的牽手，也是庄仔底的拍瀑拉；她生的兒子，一個一個長大成人，不管是嫁是娶，至少是內山的埔裡番。現時屘仔子金城仔娶漢人做牽手，最初有伊味家的叔伯仔來撮合。後來鼓勵金城仔，要他答應這門親事的，則是她本人。味忠合看到自身的矛盾。十九歲的江津，一句拍瀑拉的話都不會講。庄仔底牽田，想來她也不會多感興趣。族人揹祖公轉來，查某人準備生魚、糯米飯做祭品，又得蹲在門扇後的壁角飼祖公。她還算乖巧，想必也肯跟咱有樣學樣，照著做。可是她從小膜拜的，是漳州王爺和媽祖，咁有可能要伊轉信咱這？味忠合實在無啥自信。

令味忠合失望的，不是江津。她豈不曾懇求祖靈，千萬不要把阿蘭帶走？她可能直到去見祖靈的那日，都不肯在金城仔頭前，承認自己有過的掙扎：她沒有忘記拍瀑拉長者所交代：「不要再引漢人入來」。但她不得不面對現實。這並非她一個人抵擋得住。漢人再度闖進伊們生活。

她在孩童時代早已萌芽，對於漢人普遍的嫌惡，竟也暗藏欽慕、仰望的情結。即使有濃稠的拍瀑拉血液，策動她，反抗漢人對伊們做番的輕鄙。但她同時察覺，自己從小就想模仿漢人。她潛意識裡設定，最終奮鬥的目標，竟是要獲得漢人社會完全的接納。她自我提醒，那是唯一可能擊敗漢人的途徑。那麼理所當然，她必須從裡到外，徹底改造爲漢人，甚至可以比漢人還要漢人。既然漢人是趕不走的，這是唯一希望。她控制不了連自身都要鄙視，更大邪惡意念的發作：就在下一世代，更多混入漢人的血統，稀釋番性，直到拍瀑拉消失爲止吧。

「我們庄仔底和那邊街仔尾，中間只隔了一條圳溝。不過阮們無論喜事、喪事，從來不和那邊頭的人陪對。他們那邊的人奸巧，妳不要跟他們有太多交扯。」

「我知影。」金城仔的 iya 指的是漢商。江津想，家己的兄哥不就時常進出大肚城，「換番」謀利？咱後頭厝跟街仔尾那陣人，有啥無同款？

味忠合特別提醒，江津才嫁進大肚城，不能不知道漢商日漸匯集的街仔尾，和伊們拍瀑拉數十年來嚴守的庄仔底，畢竟存在緊張關係。味忠合訝異聽聞發自家己同一隻嘴的這席忠告。她總算得以自我原諒，伊一度背離了祖靈的遐想。她又回復了固守拍瀑拉領域的堅定立場。

奇怪的是她忘了，十九歲的江津就是個漢人。

*

大肚城洪家攙入了漢人的血脈，不是從阿飼才開始。她 baba 的上一代，同房叔公洪忠樑娶入門的牽手，就是來自鹿仔港的泉州人。

「阿香，是妳喔。莫怪我遠遠，就聞到那麼香貢貢的味。是來提水？妳一到，臭井水攏會變香。真久無看到妳。無妳這陣是香到哪一粒山去啊？」

阿飼的嬏婆姓方，名叫玉珍，大家習慣用偏名稱呼她「阿香」，還有庄仔底人乾脆加上了「鹿仔港」的地名，像是商品標示一樣，喊起了「鹿仔港香」的響亮名號。

大肚城的拍瀑拉喜歡用土名調侃她，不是沒有道理。二十歲出頭，她嫁進大肚城，可說轟動一時。尤其那幾年，庄仔底攏是番，鮮少漢人住進來。叔公娶她時，年紀也老大不小了。眾人除了戲笑他是老牛吃嫩草，還虧他有夠好運，牽手牽到這個「鹿仔港香」。大肚城的拍瀑拉以前驚過頭，對漢人一律無好印象，但是這個「鹿仔港香」，當時竟還滿受歡迎的。阿飼的嬏婆「鹿仔港香」早年備受注目，好比埔裡番再怎麼討厭漢人，若有鹿仔港挑夫，迢迢路途運來了鹽巴、鐵器、布匹和糖等民生需用品，仍覺得炙手可熱。連深山的生番部落，都亟需仰賴他們運貨供給，也因此出現不少擅長兩面交涉的「番割」。這一幫人手腕高超，違禁扮演著番漢交易的中介。他們所求何物？說穿了，還不是爲了夢寐以求的厚益。阿香會嫁來大肚城，並非偶然。她的屘叔、大兄和幾個同姓房親，都是「鹿港擔埔社」成員。早年「鹿仔港香」和大肚城番的千里姻緣一線牽，足可印證，清官府禁歸禁，漢人的腳步確實已悄悄伸進了內山。

「鹿仔港香」尚未嫁進大肚城，已有人閒言閒語，講伊「擔埔社」的屘叔，只會做「刣頭」的生意。她嫁來內山的前幾年，還覺得委屈。她不習慣忠樑的阿母英太禾愛醃生魚，製作的「給」一罐又一罐，灶腳內整排滿滿攏是。忠樑 iya 醃製的「給」，頓頓都要捧上桌，爲了催促她吃，還不斷誇口：「通庄仔底，無那一口灶的 iya，生魚醃得比咱的較青甜。這麼好味的『給』，世間無地再找啊啦。清朝皇帝尬好命嘛吃無。」然後硬是夾到她的碗內。

阿香在鹿仔港漁村長大，愛吃海魚，伊阿母醃的鹹魚仔，是鄰里間最受稱讚的，屘叔擔入來埔裡社賣的，有一部分嘛是由伊阿母和姨嬤輪流供貨。伊多年的內山生活，就靠著從海口入來鹹魚脯的滋味，才稍稍調解了鄉愁。阿飼這個嬏婆愈愛吃魚，對於挑來的魚貨，就愈挑剔，連事事讓伊的叔公，也忍不住在眾人面前，嫌伊太龜毛。阿飼記得，她有一次和嬏婆同桌吃飯，嬏婆眞好意，特地夾了一片鹿仔港來的鹹魚仔到伊碗內。她鹹魚配飯，吃得津津有味，一下子把飯扒光了。精明的嬏婆看了看她，下巴抬得高過天，一副目中無人的神氣模樣。「我們鹿仔港海邊仔抓的魚仔尙青，游過大海的，肉質才會好，不像這內山是從溝仔底捉，怎麼煮，都有除不掉的一股臭腥味。」

阿飼沒有去過鹿仔港，也沒有看過海，不知道海口長什麼樣子。她大都是從被稱爲「鹿仔港香」的嬏婆那兒，揣摩鹿仔港市街的繁華，想像泉州籍商家如何憑恃雄厚財力，過著錦衣玉食的生活。那兒的富足，當然也包括了從對岸開來的商船，滿載中國貨品，等待港口謀生的一大群苦力，卸貨擔運。她只能從嬏婆固執的表情，合理判斷以對口中國自豪的鹿仔港，代表了令人嚮往的進步地方。相對地，內山埔裡社即使擁有取之不盡的樟腦、羌鹿山產和藤料，從鹿仔港渡海輸出，仍是落後的番境。阿飼惦惦仔體會，雖講嬏婆在內山住了半世人，當伊聽到庄仔底的人，率性喊她一聲「鹿仔港香」，伊心底仍會升起比灶柴旺燒時還要火紅的驕傲。這是她從少婦時代就自視高人一等的原因吧。

阿飼老早習慣嬏婆對鹿仔港的舊日美好回憶，一如適應了她改不了口的泉州腔。獨獨嬏婆對「番仔給」的無情貶抑，讓她一直很反感。嬏婆會等其他大人不在的時候，才開始數落吃「給」番俗的不是。「生魚仔等到屍身腐臭，爬滿噬伊咬伊的蛆蟲了後，才要吞入嘴？那麼多年了，吃『給』還是讓我想要吐，腸仔肚翻到快要絞斷了。」她停了半晌，演出更誇大的受苦表情，像是在吶喊：要我吃「給」，等於逼我接受身軀的酷刑。你們讓「給」的腐臭味，不停在我的血肉內面擴散，我還是個排斥番認同的漢人。我住在你們的番社可以，請不要再叫我吃「給」了，那簡直是要我吞下，比家己身軀臭了了還要黯淡的無望啊。

阿飼終於意識到，在「鹿仔港香」這個嬏婆目睭前，伊不過是個生分的拍瀑拉。她早在記憶開啓以先，已內化了番仔「給」的那股酸腐味。查某祖英太禾從菜櫥仔取出一小甕密封的「給」。她慎重其事的表情，會讓旁邊的人誤以爲她正預備「飼祖公」。莫非祖靈已躲在密封的「給」甕中？她滿意地笑了。開甕了，酸腐的「給」充斥灶腳，彷彿飛行祖靈用來指示祂們的方向。英太禾抓一條魚「給」，放入口中咀嚼，那股酸腐味讓她的知覺充滿了活力。那是讓人不得不塞入最深層記憶的味覺。她狡黠的用意是，失去「給」記憶的味覺者，如同忘記了一吐一吸的那口氣，將活不下去了。那口咀嚼過的「給」，她沒有當場吞下。她含在嘴巴內。當時阿飼才一歲多，已發出好幾顆乳牙。查某祖將那口咀嚼過的「給」，吹氣般傳遞到阿飼口中。阿飼從此擁有「番仔給」持續發酵的性命。

那條魚「給」是用南烘溪捉來的溪哥仔醃製而成。那年水稻秋收的時節剛過，結束了農忙的大肚城番，邀集和他們緊鄰，水裡城的同族壯丁，以歡慶心情涉水走進南烘溪的溪心。拍瀑拉祖先教導的智慧，他們沒有忘記：不可過度驚擾魚蝦部落溪中的休憩。不可以趕盡殺絕，牠們美麗的、肥碩的。不可以濫捕溪底還沒有長大，大家的孩子。潺潺流水不停越過溪石，沖出細緻圖騰的水漩渦，頎長的拍瀑拉男子敲打，擊碎了黃岐樹皮；只待它苦味，卻不致命的汁液，跟著一路漫過的漩渦渲染開來。慢慢地，游過的溪魚如醉酒般暈眩，石鑌、鱸鰻、溪哥仔、歹仔……拍瀑拉男子伸開比樹幹還強韌的膀臂，用三角網仔水中遇見了暫時昏睡的魚群。即使他們謹慎獵取的，只是祖先允諾的那樣小小的一部分，今日拍瀑拉仍在清澈溪流中，完成一場豐收的漁獵。

拍瀑拉返家沒多久，原先短暫暈厥的溪魚們也甦醒過來。由於拍瀑拉祖先不允許牠們的性命被奪走，牠們還是屬於流動的南烘溪。漁獵的拍瀑拉壯丁們，背著滿滿魚簍歸回了大肚城。有來有份，他們在公廳前的空地上，獻出了共同收穫。沒有藏私，沒有隱匿，受敬重的拍瀑拉長者這時出面了。他再次告誡年輕人，有來就有份，公平的祖靈正從高處看著我們吶。咱有幾個拍瀑拉，長者就將漁獲分成幾份，一堆一堆排列了起來。當日黃昏來臨了，大肚城和水裡城的家家戶戶，全爲南烘溪取來的鮮美漁獲而歡樂。拍瀑拉婦女也忙碌起來。有的曬乾、有的鹽漬，還有的拿來醃製番仔「給」。唯有她們當下觸探到，隨番仔「給」密封進了瓦甕的流動南烘溪。

嬸婆嫁進大肚城的頭幾年，已見「鹿仔港擔埔社」熱絡往來的道路。如今打響名號的鹿仔港挑夫，說穿了，最初不過是一群不怕死的苦力。挑夫的牽手們從此自嘲，她們早將少婦無心守寡的紅裙，警覺地穿上了一半。等到他們路途熟稔，勇氣又倍增，即刻放膽，和本地埔里番積極合作，發展出短線投機的內山交易。

「鹿仔港香」的屘叔正是其中引領風騷的先行者。初期他和姪女婿洪忠樑「裡應外合」，協力開拓內山商機。於是當洪忠樑開設的雜貨小鋪，野心勃勃進駐了大肚城庄，攀緣姻親捷徑的「鹿仔港香」屘叔和兄哥等泉州籍挑夫，即成爲店頭貨源的主力供應商。

早年挑夫們跨足一本萬利的邊陲生意場，贏得發展先機；接下來，若要自立門戶，進取創設行號的商業實力，就算不得什麼天大難事了。內山牟利的他們，仍胸懷「逐鹿中原」的大夢，而優先在鹿仔港經營起海口的本店。且當他們站穩腳步，迅即燃起大肚城庄開創分店的熾烈欲望。那稱得上是時勢造英雄吧。慣常莫測的天威，竟是睜一隻眼、閉一隻眼。踩踏違禁紅線的他們，也終究在官府暫且寬容底下，一躍成爲立足大肚城庄的新興漢商。

江津嫁入大肚城洪家的後繼年代，漢商勢力已生根坐大，漸次形成了市街規模。怎知洪忠樑等大肚城番籌資開設的店家，卻在漢商發達變局中，相對地委頓下來。他曾經在閒聊中向友人抱怨：「拚莫過伊們啦。咱們店頭買賣的貨色，還是要從阮母舅那些親同，就是鹿仔港人那邊批來。現時伊們嘛入來開店，家己做頭家，除了有法度掌握貨源，伊投入來的本，嘛比咱厚眞多。咱們怎麼可能和這些漢商相競爭咧？」挑夫和漢商共構的內山交易網絡，不再需要大肚城番無可取代的中介了。似乎洪忠樑店鋪愈不敵漢商行號擴大的規模，「鹿仔港香」在洪家的氣焰愈爲高漲。那是連金城仔再婚的墾佃之女江津，都由於非鹿仔港出身，而難以跟她比評。「伊喔，不曾見過世面的。金城仔娶的牽手，根本是一個庄腳查某囝仔。」這是「鹿仔港香」私底下對江津的評價。

江津十九歲。伊親像剛剛從雞母尾錐迸出來的新蛋。伊猶待溫熱母體，孵育尚未成形的雞仔子，就提前被一陣風颼颼進了樣樣讓她感覺生分的大肚城番家族。庄仔底各家戶中眞正「一家之主」的大肚番 malau 們都很好奇，金城仔新娶入門的牽手，是不是跟伊們投緣的查某囝仔?當她們從洪家的門口埕前路過，不是有事沒事，探進半顆頭來，就是藉故停佇，從剩菜剩飯似的毫不新鮮話題裡，伺機潛入更深內幕的攀談。數日下來，比豬小腸還要狹窄的伊們巷弄，竟顯得喜事盈庭。本來無半日得閒的庄仔底malau、iya，和那些更外圍的姑嬸級人物，可都一一現身，宛如本能採蜜的翩翩蝶影。江津再覺失禮，一時無法度將伊們名字全部記住，非得行踏到不行的伊們，反更迫不及待，像是要來親見自家媳婦了。

江津和金城仔那三個兄哥的牽手們，不管有住同厝腳否，都得摸索出相安無事的彼此對待模式。她很惶恐。姓沈的大嫂住在公廳後壁。一見面，對方就直直盯住伊那兩隻腳，還爽快丟下評語：「妳嘛無綁腳喔？跟阮們同款生了兩副大腳盤。我還誤以爲，你們漢庄的查某一律足不出戶。」江津訝異得不知如何應答。她很快注意到，庄仔底的查某人可不分老少，不論貧富，都是兩條腳穩穩立定，親像文風不動的大欉樹頭，外加腿圍碩壯如耕牛的人腳婆。她只有去到大肚城街仔尾，方能從幾戶漢商進深的厝內，窺見漢庄生活裡最被歆羨，養在深閨，實行綁腳的那種娘仔。

大肚城番依舊鞏固的庄仔底，鮮少瞧見漢庄娘仔那款風中顫巍巍的體態。江津回想伊在車籠埔庄的一位密友，還半是囝仔，就讓伊老爸老母送入去大戶人家，當起了富貴娘仔的查某嫺仔。「伊的面白耶白，好幾層的香粉是塗得比燒整日的灶灰還要厚。」按伊們這群查某嫺仔擅自誇大的形容，這樣幼秀的查某人，活著好比是將身子高高浮出池面的一株水蓮花。她再怎麼高不可攀，伊所能跨出尚闊的腳步，也只是在日日禁閉她的微風中，被動接納著四面逼來的輕浮調戲。更何況，從伊們查某嫺仔巨細靡遺貼身的心得，韌命超過九命怪貓的這款娘仔，可萬萬不是與生俱來脆弱易破的一面薄宣紙吶。

「我又不是那種好命人。」待江津回過神來，才必定屈居劣勢似的，細聲細氣回她。

「等青番仔來追的時，咱這款大腳盤才眞正走會緊，才有法度救妳的命啦。到時陣，妳才知影家己是好命，抑是歹命？」從江津初步的印象，洪家大嫂只是查埔性，實質不會有多麼歹逗陣。

同樣嫁來洪家的金城仔二嫂，只比江津年長幾歲，卻有超出伊那個年紀的沉穩幹練。甫在江津的新婚摸索期，這個二嫂就搶先一步忠告她：「伊這家夥的後輩不分大大小小，只要牽涉到厝內代誌的處理，內內外外，攏是由 iya 作主。」

「想起阮後頭厝，阿母是根本給咱阿爸仔壓一世人。」江津必須以超出己身經驗的揣摩，才能想像金城仔老母在伊們整家族仔內，是怎麼像極了古早的武則天。過去伊老爸將伊老母壓入底，曾經和透早日頭從東邊出來同款，是千古不變的鐵律。江津這樣與生俱來的定見，如今竟來不及一聲哀叫，已然顛倒如番刀刺死的一大頭山豬。牠一度不動如山的悍然身軀，經狩獵隊伍抬回，細膩工法解剖以後，失態地被大塊大塊丟進了柴燒沸騰的銅鼎內。伊緊盯牠滾煮時滲出血汁的失色，同時紅肉也慘澹翻白了，伊才從野性競逐的殘忍表層，過渡到伊十分不熟悉的豁達境地。江津體悟到前所未有的新鮮感。伊僞作天眞地問二嫂：「如果凡事得等 iya 點頭才算，那麼 baba 在咱厝內，不是很沒地位嗎？」查某人三從四德的教誨，猶然在江津耳際反響。「有一寡仔給 iya 娶入來的 baba，尙驚家己一捆包袱仔同款，給那些 iya 大力一扔，就趕趕出去，連暗頭要睏嘛無地去啊。講起來，阮埔里番哪一個庄頭不是這款性？」

庄仔底高家查某子的三嫂，住家離洪家厝地也沒幾步路遠，卻罕見伊往這邊頭出出入入的身影。江津暗想：「伊跟咱嫁出去的查某子是潑出去的水，嘛差不多意思。」金城仔三兄自從嫁入去高家了後，已被默認爲幫伊那家夥人做食，免開錢的長工囉。江津大都是在清晨出門，挨到番仔井提水，才會在人來人往如菜市仔的那口井邊，遇見金城仔的三嫂。好幾次，三嫂停下來和伊閒談，言語間不時夾雜江津聽不懂的番仔話，江津只好佯裝聽懂了，實質猜謎語一般，硬著頭皮一問一答應和著。直到有一天，姓高的三嫂才終於按捺不住性子，而全程使用了江津熟悉的福佬話來戲弄伊：「我看妳才正港是番。咱講那一大堆有耶無耶，妳根本當作是咱菜園仔澆肥在潑屎潑尿，臭到遠遠，妳鼻仔連那耳仔，做夥關關起來啊。無就是妳這邊耳仔聽，那邊耳仔飛出去，只會曉黑白猜。我費心跟妳講整半天咱們的話，不是全全白講耶？」她半開玩笑的抱怨，讓江津第一次體會到，從漢庄嫁來的伊這個媳婦，在這庄仔底仍是無法獲得信任的少數。可以說，伊後頭厝的車籠埔庄人，開口閉口談番的敵意多大，伊在眼前番仔庄就有多難融入做伊們番婦了。

大肚城長大的番仔姑婆

「我看見我的面跌落古井。」

「妳還找到了什麼？務必看詳細。」

洪阿飼才三歲多，卻只要伊 iya 無閒在做啥，伊就一旁搶著，要做那同款代誌。「我眞大漢啊。」這是伊慣常昂揚了下巴，提醒周遭成人的同一句話。伊也總要搭配上，那款無驚半人，死嘛無願認輸的自若神色。尤其伊 iya 每次來到番仔井提水，伊就搶頭鏢同款，衝尙頭前。

「我還看到查某祖。伊的白頭毛攏變黑去。還一直看我。伊在笑我。我想無伊要講啥。」

「不是眞的，嘜黑白亂講。囝仔人有耳無嘴。」江津趕緊抬頭，四處張望。她要確認身旁或近處都沒有庄仔底的厝邊。洪家的查某祖英太禾幾個月前才過世。查某祖最疼阿飼，伊們散毛番的煞魔仔法，聽講又是最厲害的。江津警覺起來，阿飼應該不會騙伊。

阿飼安靜下來。俯身覷井，她更加入神了。她還看到很多很多生分的面。都是以前活著的老夥仔。不是現在的大肚城番。她太幼嫩，伊們太滄桑。不過她相信，伊們都是住過咱庄仔底的拍瀑拉。她用更長時間的等待，來醞釀更充足的靈感，也祈望她此刻沒能說出口的夢想，必將實現：有朝一日，她要親身探入井底，把先後跌進這座古井的所有拍瀑拉，全部救上來。這口孤井，比他們從漢人習俗借用的神主牌仔，更能映照出大肚城庄的歷世歷代。當晴空的雲海遊過盛夏大肚城，古井頭已先吸飽了內山發燒的體溫；當彩繪了羽翼的鳥兒成群繞行大肚城庄，牠們在半空中斷斷續續地合鳴，也成了老井難以一次吞嚥，綿綿延長的現世回響。以至於大肚城庄來來去去的所有面孔，只要一度接觸這口深井毫不藏私的眼神，也就掉進了古井連續記憶——伊們從此囚禁在井底。大肚城再怎麼陰暗角落掩蔽的祕密，也得接受這口古井冷靜的偵察。又有誰不知，拍瀑拉祖先開鑿的這口井，最終是爲了中輟記憶的子孫們所預備？

iya江津口中的番仔井，一直是阿飼和其他庄童們愛去七逃的庄頭遊戲場。有時候，庄仔底年歲稍大的囝仔頭王，會趁大人不在旁邊監看的空檔，兩個、三個湊成一黨，合力拉緊另一端繫住空桶的繩索，「噗通」一聲，桶子下井了。大夥仔初展開的這個冒險動作，已足夠讓他們異常振奮了。

「你拉得太快了」、「不要擠我」、「是你動作太慢啦」、「誰踏到我的腳了，很痛咧」，伊們在現場你一句、我一句，不惜砲火對內，而顯見原本軍紀早蕩然無存了。混亂中，汲滿了清澈井水的木桶開始上升。佇立圍觀的較小孩童們，瞬即滿溢出歆羨表情。他們在旁邊叫囂助陣，全力鼓動心目中無可匹敵的拍瀑拉英雄。

又有一次，看來氣力不小的某庄內女童，趁伊姨嬤提水返家的間隙，獨自模仿起庄仔底婦女怎麼彎腰汲水的利落身手。木桶下井了，矮小的阿飼乾脆趴在井邊，就近關切木桶升落的一舉一動，也順便和禁閉井底的那些老大人行禮問安。老木桶吃足了水，動作緩慢多了。它終於搖擺著粗腰，輕晃中直直上升。怎知在即將大功告成的關鍵時刻，這只木桶竟然睡著一樣，無預警地在半途中停頓下來。此時阿飼稍移動了目光，才赫然發現原來雙腳踏定在桶台上的小姐姐，也飛行似的飄起來。她整個人懸浮在空中，水桶和她一樣卡住，下不來了。

這個女孩好動的身軀凍結在已逝時間裡。住在古井底的那些老夥仔面，又在阿飼眼前清晰浮現了。她看到atau、malau們依舊關愛的眼神中，含著憂心的警訊。其他囝仔全都嚇得愣住。恰巧有肇禍者的姨嬤適時現身。這麼一刺激，肇事的女童才急中生智鬆了手，隨即敏捷跳下地面，「噗通」，原來滿載而歸的木桶，才又跌落，認命回到了井底。古井四周亢奮的情緒並未解除。女童氣急敗壞的姨嬤衝過來，邊追邊罵。原想大顯汲水特技的這名拍瀑拉女童，竟也一溜煙，不見了蹤影。

又有一次，汲水的婦女一分神，竟讓木桶連帶繩索，整個掉落古井。住在公廳邊，庄仔底毒家的少年叔仔於是自告奮勇，攀爬下到了井底。那一年，阿飼長高了，古井圍牆也就不若過去危聳。伊眼見情緒緊綳的庄仔底婦女們，在古井頭四周邊，圍成一個大圈。她們屏息等待，少年兄哥再度爬井而出的喜信。當時還是秋冬枯水期，井水較淺。可是這名拍瀑拉少年在一層又一層，交叉對砌的石井牆中攀爬的孤寂路程，也就相對渺遠了。他模仿山林中的爬蟲，讓四肢的手掌、腳掌，彷彿自動長出了附著力超強的吸盤，一步一步謹慎前進。他的左腳掌暫時攀附在一塊橢圓形石頭上，濕滑滑的感覺，右腳掌接著向上踩，一股沁膚的寒意刺入腳底。他趕緊再往上移。「井壁這塊石頭已經鬆動。」他及時自我警告，如果不立刻移開，可就要墜落深井了。

見證井中攀爬之苦的阿飼更加懂事了。她終於知道，自己夢想是可能實現的：「有朝一日，我要親身探入井底，把跌到這座古井內的所有拍瀑拉，全部救上來。」於是她雄心萬丈期待著，毒家兄哥從井內冒出頭來的當下，除去撿回了木桶，還在後背上，重負著她所關切的那群老夥仔。這是阿飼獨自密謀，井中進行的一場「揹祖公」祭典。他終於要將咱 atau、malau 們帶上來。「兄哥，千萬記得，回程的半途不能轉頭看。」阿飼無聲吶喊著。

阿飼篤信一直困在井底的老拍瀑拉，還是沒能出井。她難掩失望。「也許是他無意中轉了頭，才無法度順利將伊們帶上來。」

阿飼無論見證過多少擾動庄仔底的井邊事件，大肚城古井還是她童年記憶裡最深邃平靜的拍瀑拉聖地。她感覺孤單的時候，只要站在井邊，靜默中凝望井底清澈的泉湧，容讓微笑的 atau、malau 們，和她對望，交換彼此默契的眼神，就可得到精神上些許慰藉吧。她也曾津津有味，聽聞過庄仔底 iya 們在井邊，片片段段閒聊開來的古井話題：

「我的 atau 講過，我們拍瀑拉的祖先最會掘這種番仔井。掘得出好井的所在，才有好水，才能讓大家一代一代活下去。」

「對哦，阮們 malau 也曾經誇口，拍瀑拉是很愛乾淨的一種番，咱不隨便飲無清氣的溝仔水。」

「妳有沒有注意到？隔壁庄的林仔城就沒有咱們大肚番那麼幸運，傳承到了祖先開鑿水井的智慧。他們飲水飲到許多人頸上，都吊掛了一副大脖子。」

「不只是他們。聽說附近好幾個庄頭的番，都很歆羨咱們大肚城，有這麼一口好井。」

「可能就是這口井，街仔尾的漢人才會流嘴爛。伊們心知肚明，咱大肚城好住，才愈聚愈多，像蒼蠅整群一直飛來；結果硬要黏在咱們開墾的土地上，趕都趕不走……」

「咱這款水井，不是入來到大肚城庄才有耶。自早咱在海口，就有法度開啊。過去咱從舊社移走，嘛還有番仔井做證據咧。」

阿飼從古井底看見愈來愈多不同的面孔。她三歲那年，成為祖靈的查某祖，開始在古井底現身。幾年以後，同樣視角的那口井底，出現另一幅新來的面容：尊長者特徵的鬍鬚。他身穿長件龍袍，配套威嚴的馬褂。他頭頂冠戴的，更是全套輝煌的官帽。阿飼自己都覺得奇怪了。「難道大肚城住過這號人物？」她不曾看到過本人，卻從庄仔底人怯懦議論時的敬畏神情，擷取他用過度裝飾撐持起來的恢宏氣概。這如同是她對無法親睹的大肚城大人物，恭謹按照了大家輪番口傳，自發造形，而終究在記憶寶庫的這座古井底，工筆般細膩描繪成的唯一清官畫像。

大肚城人只要跨越茄荖圳溫和淌流的大溝身，穿過街仔尾，就可以在漢商組合的連續幾戶店家之後，也就是新興市街左側的這個區段，望見清官府進駐辦公的那間大厝了。如果崛起中的大肚城街，稱得上是漢商群聚的開發黃金地帶。那麼，作為最早行政中心的這棟官衙之誕生，意味了道貌岸然的治台官府，正尾隨原屬地下犯罪集團的民間商賈，參與逐利內山的事業。當然，從海口長驅而來，挺進了埔裡社心臟的這一處理番衙門，也萬萬不會輕忽它就近監控熟番社群的政治天命吧。

大肚城庄仔底的婦女們一般不識漢文。可是當她們去到古井邊提水，鋪天蓋地閒聊的內容，仍不排除「官府來了」這類，恐惹來殺身之禍的話題。

「挨咱那麼近咁好？」

「哪有算近？人伊是挨街仔尾那邊頭啊。妳免肖想，哪一隻大官虎放一個屁，咱庄仔底就聞得到。」

「妳才是憨咧。那內底根本就無啥大官會踏腳到。再等一百年看嘜。我就無相信，有啥大尾龍抑大隻虎，肯來屈在咱大肚城？」

「對啊，伊們橫直是看咱眞無咧。」

「比一粒鳥屎還不如啦。」

「看咱無，還要入來做啥？」

「咱這裡咁就較好住，較無刣人放火的代誌？抑是較不會得賊偷？」

「妳實在有夠天眞喔！呸，伊無來刣咱這些番，咱就愛偷笑啊。咱咁擸看無，伊們這些大官虎想孔想隙，就是要來監視咱。」

「驚咱又番仔反？」

「唉呦，伊們穩是想講，除非天落紅雨，咱大肚城番才有法度起來反。咱無哪麼勇啊啦。」

「咱早就給官府吃死死啊。」

「大家講較細聲一點。妳們咁莫知影，官商勾結是啥意思？我猜是咱這裡愈來愈多漢商來結市，才把衙門引引入來。」

「但是咱腳頭烏想嘛知，誰想要跟官府合作，嘛是要褲袋仔內有大龍銀裝得飽飽。」

「無啦。妳們擸想偏去。要入來跟那些青番仔拚，搶內山的資源，大富有人也要靠勢刀槍。那是連官府嘛得要靠勢伊們自備武裝，開山行頭前。」

這些人議論滔滔，卻沒有一個知曉，究竟是哪一種官府在那兒辦公？似乎她們晾衫仔褲一樣，家常掛在嘴邊，籠統的「衙門」二字已足夠解釋一切。即使庄仔底婦女的井邊論壇，多少混雜了道聽塗說，她們仍有意識地嘲弄那隱身「衙門」內的大官虎。這讓阿飼井底相遇的清官，雖有龍袍馬褂富貴的加身，五官卻生得獐頭鼠目。而當他張口喝令，更是歪嘴吐舌，井中浮現出惡鬼一樣的德性。

如果談不上普及百姓的實惠，不分民、番，大家一致意見，是寧可過著天高皇帝遠的生活。清廷治台的同治末年，坐落鹿仔港的北路理番同知，在大肚城設分廳，派遣委員移駐。光緒元年，清廷推動「開山撫番」政策，自此允許漢人進入番地拓墾。於是內山新設埔裡社廳，北路理番同知改名爲中路撫民理番同知，一併移紮該地。怎知首屆同知陳星聚上任期滿兩年後，依舊住在海口的鹿仔港市街，不曾實際到過埔裡社。即使有頭有面的庄內長者，有幸踏入這間「衙門」洽公，會見的也頂多是官銜不高的辦事小吏。

阿飼確信，穿官服在井仔底現身的，不像是任人差遣的官場後進。他是大官。大肚城庄仔底人頑固相信，神龍見首不見尾，可用「隱身術」來形容的這員清府官大爺，他每日喝下肚的，正是從他們古井汩汩湧出的好水。

結果眞是有官則靈。原屬於大肚城庄的邊緣地段，漢商「恆吉號」所在的這一帶新開發市街，取代了原來聚落核心的庄仔底，一躍成爲「恆吉仔城」新興壯大的中心。阿飼的iya江津嫁入大肚城洪家，才開始跟著嬸婆「鹿仔港香」拜媽祖。自此篤信媽祖的江津認爲，靠近「恆吉仔城」那頭的大肚城庄，聲勢逐漸超過庄仔底，正是媽祖娘娘進駐的庇蔭。她還認定，那是連離「恆吉宮」沒幾步路的「衙門」，都沾到媽祖香火的福祉，才有鹿仔港進來的大官，威風來鎮守。

阿飼事事精打細算的嬸婆卻持不盡相同的看法。「『恆吉宮』不過是從彰化南瑤宮割香轉來的。我們從鹿仔港來的泉州人，即使沒有喝過鹹水，畢竟還是看過大海的。咱要拜，也得先拜從唐山過海，鎮守祖廟的本尊老媽。那才是咱信徒的榮幸。」庄仔底人慣常戲稱，阿飼的嬸婆是「目睭生在頭殼頂」。自從查某祖英太禾過世，她更變本加厲，不時句句話帶刺，以糟蹋大肚城番的尊嚴爲樂。這似乎是要報復，當年她無法自主，像「俗俗仔賣」同款被嫁到番地來的不平。阿飼記得嬸婆還當面警告過她：「妳千萬不要學查某祖，一世人做番。」嬸婆對恆吉宮媽祖的批評，同樣直截了當。「若不是連大老爺都從鹿仔港移來這兒辦公，讓地方興旺起來，單單靠大肚番學阮漢人，潦草蓋一角仔媽祖間，怎麼可能讓阮們這些見識過大媽祖廟有多靈驗的鹿仔港人，對伊全心來信服咧？」

「難道恆吉宮奉祀的黑面媽祖，是咱正港的大肚番？」阿飼困惑了。

「妳一出生，所有好的、歹的代誌攏總來啊。」江津嫁入內山，才開始信奉媽祖。過去伊住車籠埔庄，一直認定庄仔王爺，才是尙照顧伊們山腳百姓的。

「阿津，阮厝的 malau 要我陪伊轉去生番空行耶，妳咁有興趣跟阮們去？」江津嫁進大肚城那年的三月天，大嫂特地邀約她同行。

「我又不認識妳 malau 後頭厝的人，咁好意思打擾？」江津時常聽庄仔底人提起生番空，那邊的拍瀑拉也不時過來大肚城找親。伊雖然還是個事事恭謹、退讓的新嫁娘，仍打從心底興奮，盤算著是否該陪伴大嫂，到另外一處大肚番的庄頭見識一下？

「生番空的『興安宮』媽祖生，我帶妳去看熱鬧。」金城仔大嫂一起頭就用她開朗笑意，暗示著江津，早春出遊，這將是千載難逢的好時機。可是江津萬萬沒料到，內山竟然還有供奉天上聖母的媽祖間。她打鐵趁熱地追問：「是海口來的媽祖誕辰？莫非聖母是坐船仔入來？」她並不確定保佑海上平安的天上聖母，是否眞的早她一步，搬入來埔裡社住了。

「這尊媽祖主要是咱們大肚番在拜。生番空的拍瀑拉爲了蓋這座廟，除了發動庄仔內熱心的人，作夥出錢出力，也有附近庄頭的別種番出面贊助。比如阮 malau 伊幾個兄弟仔，攏有奉獻。」此時江津竟沒有勇氣在番親戚面前坦承，伊在山腳的漳人聚落長大，其實從未親睹哪一尊聖母吶。而她嫁進大肚城的這段期間，也發現內山沒什麼大型的庄廟可供參拜，大肚城古井前的石頭公，已算是數一數二靈驗的祈求對象。她一度覺得無所倚靠，甚而惶恐，以後日子長落落，誠然要空虛難度了。

「妳們拜的這仙，咁是番仔媽祖？」江津在媽祖神像前，不由自主雙手合十，閉目膜拜。她頗有感觸，自己參拜的第一尊媽祖，原來是黑面「番婆」。大嫂的 malau 帶頭舉香。她愼重瞇起的番仔目，老早陷入比田溝還要深鑿的臉龐皺紋內。她還用江津一句都聽不懂的番仔話，嗡嗡祝念了起來。從大肚城跟隨來訪的她們，站在威望十足的 malau 身後，彷彿是護衛著媽祖婆的一群天上宮女。她們赧顏，羞怯地排成了一列。只有江津暗自擔心：「咱是否必須講伊們的番仔話，那麼眼前非常有『番婆』架式的聖母，才能聽得明白？」

參拜完畢，大嫂的 malau 使用攙雜了番仔話的福佬話，和盤著銀髮長辮的 atau 談話。江津半猜她的意思大約是：清福兄，有這尊媽祖娘娘保佑，過去這一年來，生番空平靖了許多。對方也使用攙雜了番仔話的福佬話應答。江津又推測他的意思是：這仙媽祖婆有靈無靈，妳尚知影。我記得少年時，就時常看見住咱厝邊的妳，跟著姨嬤來阮們厝拜聖母。後來妳移去大肚城，每次回生番空，也都會抽空前來行禮，順便向我 baba 問安。幾年以前，我 baba 即將嚥下最後一口氣時，他千交代、萬交代，聖母的香火絕不能中斷，我只好接手奉祀。有四、五年了，都沒能再看見妳回來。今仔日眞歡喜。

江津瞥見大嫂的 malau，迷失在濃霧中的目睭眶泛出了淚光。江津聽不清楚她蒼老的回話，卻讀得出來大致的含義：我年紀大了，不再有母鹿一樣的腿力，要走那麼遠的路回來，很不容易啊。這是我的孫子，如果不是她願意陪我，恐怕我走不動的。接下來，malau 吐出的最後一句話，響亮又清晰，伊身旁那些查某囝仔都噗嗤一聲，忍不住笑了出來。她是這麼說的：「奇怪，我都變老了，你也如同留著長鬍鬚的一隻白羊，怎麼只有搬來新厝的聖母，還依然那麼年輕，那麼水噹噹咧？」伊自我嘲弄的這句話，終讓 atau 離開了緬懷 baba 的感傷。江津認眞辨識他的話語，裡頭不只攙雜了番仔話，番仔腔也很重，推測起來的意思應當是：記不記得，阮 baba 總是戲笑妳：「驚生番出草的人，都會來拜咱們這仙媽祖。我一看到妳，就知影『生番空』尙驚生番的大肚番婆又轉來囉。」伶牙俐齒的妳，總會不甘示弱地還擊：「就是嘛，如果我這個番婆不是長得這麼歹看面，我漂流得再遠，即使從咱內山這一頭的南烘溪，沖轉去大肚溪口，賀己伯仔您也會翻山越嶺，一路追去，把我撿回生番空才肯罷休，對否？」江津從兩人毫無冷場的對話，猜出 atau 應該是管理媽祖間的廟公才對。這名廟公憶起當年，伊 baba 和大嫂的 malau，怎麼在這尊媽祖面頭前鬥嘴鼓，而在不意中，將聖母離奇身世給扯進了話題，至今仍覺得意趣盎然吶。

巫清福小的時候，最愛聽伊 baba 幽幽講述這尊媽祖漂流歷險的故事。

「我是在大肚中社出生的阿新賀己。我的祖先以前不姓巫，他們有名無姓。這個巫是我按照自己意思再加上去的。我和我的子孫，後來就開始姓巫了。漢文裡的『巫』，有對不正法術的貶抑。我可毫不在意，因爲我一生奉祀媽祖。我少年時，在農閒期經常到大肚溪口抓魚。那裡是大肚溪和海口相交接的地帶。那裡有大河氾濫平原的任性，又有海口潮汐不可捉摸的變化。鹹水、淡水，兩種截然不同的生息，也在那一帶無奈相遇了。我們這一世代的大肚番，也是在番、漢的夾縫中打滾吧。愈來愈多漢人，從海口進來，好比大量倒灌溪口重鹹的海水，沖垮了大河周遭土地原已確信的屏障。我最了解河、海交界的奧祕：大洋和內山衝突的本性，全在這兒顯露無遺。田園定耕的生活，只會讓我獵人稟賦的身軀日漸退化。我唯獨渴望回到拍瀑拉祖先射魚捕蝦，自由的獵場。

「那時候，我們族人就要離開海口。我多麼不安，恐慌自此嗅聞不到大海的鹹味，聽不見風浪在溪口矛盾的叫囂。我們留在海口，沒有拍瀑拉的生活是寂寞的。跟隨族人走進內山，遠離溪口的日夜，也將是寂寞的。頂街媽祖、下街媽祖，那是祢們虔誠的膜拜者，即將奪走我們祖先的海口。

「我一個人站立在溪口，等待水中游魚決志犧牲的動靜。落難水面的天上聖母，總算完成大海上長途的跋涉——妳落單地漂流到了我恍惚的眼前。我迅即讀取妳、我共享的孤寂。每當我一個拍瀑拉，站立在溪口，任憑疾行的海口風，發出輕鄙的嘲諷，我才從妳微小軀體的受難，認清了倖存的拍瀑拉，恐將只有渺茫未來吶。溪口淤積的流沙，猶能印證溪河走過的大小事件，蠻橫的它們竟用污垢的爛泥，覆蓋祢莊嚴的面容。天地之寬廣，這溪口一帶是連大肚社人都失去了容身的居所。更何況祢，是從天庭跌落到人世間最荒蕪的角落？

「我先合十膜拜，懇求讓我用浮出爆怒青筋，滿結了厚繭的手掌，扶起祢斑駁的身軀（只爲了讓祢停止流亡歲月。祢不必在潮汐無情的沖刷中，沉積更多漢人亡命渡海的滄桑）。我們的 kaya 啊，請允許我擦拭祢臉上的瘀傷。讓我將祢供奉在暫且棲身的河岸草叢間。不過頃刻間，我卻發現祢趁我稍不注意，已悄悄移動了坐立的方向。

「祢危襟正坐望向了海口，祢目睭眶濕潤了。

「祢是在遙想至今的坎坷吧。我猜想連祢自身，都是船難的倖存者吧。那是黑水溝翻覆了他們移民台灣的欲望。祢不必自責。愈多唐山移民的成功，預告了我們大肚社人更大滅社的災厄。這恐怕是拍瀑拉祖靈滲透到天庭，才修繕出一夕翻盤的神旨。

「大肚頂街、下街媽祖們金碧輝煌的聖像，無法從高高在上的寶座，安慰即將遠走內山的大肚社人。如今卻是遺孤落魄的祢，見證了我對海口幼稚的依賴。帶走祢，就像是帶走了生生不息的海口。請祢成爲我們大肚番在內山的kaya。祢是被漢人嫌棄的一名母親嗎？或是落難的漢人自顧不暇，祢才有機會成爲我們傾吐苦悶的母神？還是祢早已洞察拍瀑拉的卑微，放心不下，而決定在不可測知的未來，志願擔任我們內山的守護神？一旦遺棄了漢人足跡滿布的海口，祢是否將喪失原有靈力，最終淪落在失去了平埔，以至日趨短折的我們番氣息當中？

「我阿新賀己誠實無僞。就是這樣的緣分，吞嚥過苦澀鹹水的這尊木刻媽祖像，在我遠離海口時，安慰了移墾者漂流的心。那是屬於祂和我對彼此的承諾。祖靈將嫉妒我對祢的忠誠嗎？我不時會有幻象，聽到拍瀑拉祖靈正和祂愉快交談著。那可以是海口和內山、番與漢雙雙和解的訊號？我寧可偷偷詢問歷代固執的祖靈。祂們是不是還在搖頭，不滿孤單的我和落難的漢人媽祖在溪口的那一場邂逅？至少我一直是如此相信著：這尊媽祖主動選擇，來當我們內山拍瀑拉的神明。祂的長相起了變化，神似拍瀑拉女人常見的容貌，祂早遺忘自己一度是漢人的神。」

據說是眞實無誤的這一段事蹟，即使經baba反覆口述，他也能百聽不厭。然後他會拿出自己擴編的另一段故事，好奇地追問下去，非得獲悉自己眞正的身世不可：「baba，我也是你從大肚溪口撿回來的囉？我好像還記得一點點。有鹽巴味道的海浪，從狂暴的海口把我沖了回來。大肚溪口的河面眞是寬闊，已經是看不見陸地的大海了。頭頂上的日頭好刺眼。那是身形纖細，一雙長腳像是踩著高蹺的純白色水鳥，一路陪伴著我，看顧我的安全，直到涉水入溪的你，把我撿上菅芒搖動的岸邊爲止。當時牠忠實報信的鳴叫聲：『嘎——、嘎——、唧——、咯——』現今在我做眠夢的時候，還會反覆出現。」他堅信，自己是大肚溪生出來的孩子。這是他與生俱來的懷想：在這個生番空家族的血統認證過程中，海難、沖上岸，被撿回來的倖存者，更是伊們血緣外收容的族親。

江津和聖母的緣分才正開始。她到生番空參拜媽祖的隔年，大肚城庄也出現了更具公廟格局的一座媽祖間。

「咱拍瀑拉番親建設的生番空，已經有一座『興安宮』，認眞牽起來，媽祖娘娘是度量眞大的查某神，和咱抑眞有緣。咱大肚城庄輸人不輸陣，如今既然能夠在內山站起，也應該有屬於家己庄頭的大間廟才對。」並無任何神明託夢大肚城庄的頭人都阿托。他從拍瀑拉宗族事務習得處世練達的訣竅，也從平埔番親的友好聯盟，惜取共生的智慧。他更通過和鹿仔港漢商的務實交涉，養成了圓融協調的手腕。這些俱全的條件皆提醒他，大肚城庄建廟的時機已然成熟。當他在庄民面前提出蓋廟的重大建設，不是沒有反對聲音。老輩拍瀑拉會質疑：「咱拍瀑拉信的是祖靈。湄洲媽祖明明是漢人奉祀的神。要蓋媽祖廟是好事，但是和我們又有何相干呢？」這時他會安撫老大人：「『揹祖公』是一定要做的。要繼續。牽田也是祖先交代，要傳下來的。不過咱們拜媽祖，和咱們祭祖靈的傳統並不相衝突。何況咱族親奉祀在生番空的那仙媽祖，是拍瀑拉移入內山的時候，就住咱大肚番的庄頭，保佑拍瀑拉合境平安了。祂一直很靈驗啊。媽祖婆若早早就不想做咱拍瀑拉的神，和咱們無緣，肯定不會跟著我們番親一路走來，不離不棄。」都阿托有叔伯姐妹仔嫁去生番空，再抽豬母稅轉來，因此和那邊往來密切。生番空「興安宮」的那尊媽祖，幾十年來怎麼默默庇護了地方；媽祖神威又怎麼陪伴族親，面對生番出沒的威脅，他都時有所聞，而對於媽祖功勞的推崇，簡直可比擬爲聚落頭人恩賜的政績了。

拍瀑拉和媽祖婆之間，早發生了微妙的感情。蓋媽祖廟和他們排斥漢人的情緒，實際是兩回事。對都阿托這一代人來講，漢人對土地貪婪成性，還是令他們心生厭惡，但是以大多數漢人作爲生存競逐的對象，漢人擁有的一切，不知不覺成爲拍瀑拉傾心羨慕的目標，漢人有的輝煌功勳，他們也要有，那是最自然不過的事。

兩年前，生番空的「興安宮」落成，都阿托以大肚城庄頭人身分祝賀參拜，他已倍感壓力了。當場他告訴同行的晚輩：「這間廟的規模要再大許多，才足夠整個埔里社的『番』親作夥來拜。」這看似無心的一句評語，竟爲大肚城庄內更大規格媽祖廟的倡建，預留了驚人伏筆。於是平埔族人當年公議，移入內山聯合開墾的「打里摺」精神，再度發揮了集體效能。除了大肚城庄都阿托，當年內山最具聲望的平埔族社頭人，包括道卡斯族房里庄張世昌、洪安雅族枇杷城庄余清源、噶哈巫四庄的牛眠山庄潘進生等，都加入了媽祖廟首議倡建的行列。

「蓋大廟需要充足資金，那不是單靠一族一社就能達成。」頭人們召開建廟公議，都阿托的發言如一次就要射中目標的利箭。

「如果未來蓋成的媽祖廟是一座公廟，能夠讓南番、北番的各族各社，廣獲平安的庇蔭，那麼我們就可不分彼此，共同募集建廟的錢款。不只是埔裡社內，甚至涵蓋整個水沙連地區五城二堡的民眾，都應該納入建廟資金勸募的對象。」枇杷城庄頭人余清源很快意識到，其他在座者因屬同一陣營，而默契十足地持守著無異議的立場。他們不是沒有意見。他們還在觀望他的可否決策。他們一致想望，是要誘使他率先表態。他該否與會這次建廟公議？那是直到了前一夜，他都還很掙扎。過去那些年，埔裡社「南北拚」的烽火不斷。這類衝突目前雖有減緩跡象，但眉溪南、北族社的分類，新仇舊恨的餘緒，勢難在短期間內完全敉平。他唯恐自己作爲「南番」聚落的代表，如今和聚集公議的這幾個「北番」頭人，會不會因著長年敵對的扞格未解，一不小心就在會議桌上掀起了波瀾？

「既然是人人能拜的公廟，這座媽祖廟究竟要蓋在什麼地方？一定要先達成協議才行。」由於噶哈巫四庄位在埔裡社的最邊陲地帶，牛眠山庄頭人潘進生最關切的問題，莫過於媽祖廟的興建地點了。

「另外我必須講給各位了解。雖然阮們四庄早有人拜『番太祖』，但是信煞魔仔的，至今大有人在。晚近阮們還有族親受洗禮，成爲敬拜上帝的基督信徒。因此，阮們庄仔內有意願拜媽祖，可能動員募捐的庄民，相當有限。」烏牛欄的巴宰頭人潘孝希，近期接受了洋教士所傳播的基督教福音。噶哈巫的四庄也有人開始轉向基督教信仰。連守城份出身的潘進生家族，都有了皈依基督的跡象。伊們日日生活在防番最前線，確實需要神明大力的護佑。但是漢人渡海請來的媽祖，可未必是他們倚靠信仰防番的第一順位選擇。

「大肚城庄所在位置，形同是在咱埔裡社的中心點，和咱們各個番親聚落的相對距離，最爲適中。如果咱要將媽祖廟蓋在那裡，阮們房里庄的族親應該會樂見其成。」道卡斯族頭人張世昌和都阿托之間的互動，一向很正面。他的倡議並不令其他在場者感到意外。

「各位番親如果希望將媽祖廟蓋在大肚城，相信阮們拍瀑拉會大力支持。這樣吧，咱不如將廟蓋在大肚城街最熱鬧的所在。我想除了方便信徒參拜，也可以促進香火的鼎盛。」張世昌提議，正吻合了都阿托預先的構想。他摸得一清二楚，包括四庄頭人潘進生在內的多方勢力，一度共同承管恆吉城仔的草地主份。俗稱「生番股」的這一大片田園，正和大肚城庄最西側，平常時仔就熱鬧滾滾的街仔頭，一氣呵成地銜接。由於潘進生對那一帶十分熟悉，都阿托推測，他也會舉雙手贊成。

「日後反倒轉來，那些漢商必須來跪拜咱埔裡番安座的媽祖婆。咱若腳手無較緊咧，等伊們在咱的地頭又占了上風，家己蓋伊們的廟，那就慘啊，就給伊們看衰咱這群埔裡番囉。」在場頭人祕而不宣，是伊們意圖在大肚城街蓋廟，無非是要向那尾隨而來的漢人勢力，展現他們平埔打里摺在地尚存的優勢。

都阿托等平埔頭人據說最後募得了兩千銀元的善款，廟宇興建工程也在同治十年六月一日完工。坐落在大肚城街仔頭的新建媽祖廟，取名「恆吉宮」，主要奉祀的天上聖母，則是從彰化南瑤宮割香、分靈而來。那一年六月天，江津還挺著大肚子。她懷胎當中的阿飼，也跟著踏進廟門，祈求媽祖保佑了。

「妳去拜過媽祖？」那幾天，大肚城庄仔底的查某人若是相堵到，彼此打招呼的第一句話，就是問這個。

「阿托伯講這間媽祖廟蓋得起來，是咱大肚城的光榮。這嘛展現了咱埔裡番的大團結。」古井邊打水的婦人放開嗓門，作勢喊給全庄的人聽。

「昨天我從廟埕前行過，街仔頭還是很熱鬧，不過媽祖間出出入入，參拜、添油香的人，竟然無幾個。看起來冷冷清清。」

「剛開廟時，大熱鬧過，才隔無幾天的原因吧。」

「米漿釀的酒、石鱝生魚仔，和蒸糯米飯的料，妳都籌好了否？過幾天就要『飼祖公』囉。」

「街仔尾開店的鹿仔港人那麼多，他們不是尙愛拜媽祖婆？」往年，「揹祖公」、牽田和走鏢，都是拍瀑拉祖靈祭的重頭戲。今年度七月初一祭祖的日子已漸逼近。然而她們關心議論的，反是新建媽祖廟的香火盛衰。

「我聽街仔尾做生意的泉州人私底下在會，蓋這座廟，又沒有找伊們參詳。伊們甘願轉去鹿仔港進香。伊們認爲那兒才正港是聖母坐鎭的祖廟。講那大間廟眞正氣派，又多靈驗咧。在他們眼中，這間『恆吉宮』一小粒仔子，哪裡能夠跟伊們的比評？」

「但是開廟那日，阿托伯向大家講，有這間媽祖廟站在咱大肚城，生番日後不敢再挨近了。但是伊們鹿仔港的大媽聖母，若要在第一時間趕入來內山，救伊們這群泉州人，那就要用飛的，才來得及吧。反正咱這尊較近較便利啦。」

「聽我 atau 講過，大肚頂街的媽祖就是會飛啊。」這名年輕婦女提起盛滿水的木桶，深井打上來的水，如古老記憶般不安地晃動著，讓幾波淺淺的水浪溢出了緊張的桶緣。

「較拜託妳咧，提著水，怎麼『飛』？妳以爲自己是媽祖婆？」原來沒出聲的憨直婦女，也起鬨似地笑鬧起來。

「問題是：要防生番，當然是咱大肚番奉祀的番仔媽祖，才有夠力。」

「妳們不要吃飽太閒，替伊們漢人煩惱。難道妳們還看不懂？就是因爲伊們看咱們還是番，咱們頭人請轉來的聖母番味太重，伊們一時無法度習慣啦。」

「妳黑白講。伊們媽祖婆在湄洲早就黑面啊。總講一句，蓋這座廟，咱大肚城庄仔底的拍瀑拉出不少錢，有出有份，是大家公的，我看伊們分明是目孔赤。」

「騙肖仔。咱番就肯拜伊們漢人的媽祖囉，請伊們來咱們蓋的媽祖廟進一個香，就會被咱們這群番白白咬走一塊肉？」

這群拍瀑拉婦女全忘了厝內人還在等她們提水回去，用來煮飯、熬湯。她們沉浸在群情激憤的議論中，間或穿插嘲諷意味濃厚的大笑。霎時有個長臉嚴肅的男子，無聲無息闖進來。他肩上挑著一支細長扁擔，兩端分別懸掛空的木桶。他的出現，改變了古井四周圍的氣氛。她們立即遭逢對敵似的，全體靜默了下來。

「怎麼還沒看到你們頭家娘入去『恆吉宮』燒香？」漢商李嘉謀的「全利號」，是大肚城街仔尾數一數二的店頭。前來擔水的阿漢，正是這家商號僱傭的巡邏。每日他都會在固定時間，出現拍瀑拉庄仔底的這口古井邊。井頭聚集的婦女還不肯散去。這是她們生活中極大樂趣。其中頗具膽識的盛年iya，延續剛剛正熱的媽祖話題。她最終是要試探，阿漢頭家的那一家夥人對於新建媽祖廟的態度。

「妳知影，伊綁腳，出出入入都要有人幫伊扛轎，不可能時常出門。」

「這麼近，才幾步路。免需要真骨力才做得到。若有心，連小隻螞蟻，免一眨目的時間也踏得進去。」

「阮們頭家娘最近才從鹿仔港割香轉來。那邊媽祖真靈驗，香火嘛旺。」阿漢懶得和庄仔底這群查某人你一句、我一句，繼續啼雄落去。照伊這個下腳手人側面聽到的，本來大頭家就無啥歡喜啊。「怎麼庄仔底的大肚番倡議要蓋這間媽祖廟，伊們頭人只顧找那些平埔頭番來參詳？尚無嘛來『全利號』講一聲。伊們就是不肯踏腳到。好像媽祖是伊們埔裡番家己的神咧。既然要蓋以前，就無在招呼啊，日後這間廟的香火會旺否，和阮們這些店家又有何牽涉？」阿漢冷言以對的同時，這樣默想著。

坐落大肚城庄的這間媽祖廟，無疑糾集了眾番之力，才得以順利興建。即使有不少番親，檯面上興致勃勃地參議，仍免不了部分族親私底下的雜音。那是伊們還不習慣平埔人蓋廟，質疑頭人們不過有樣學樣，仿效著漢庄壯大的既成模式。至於初嫁入大肚城的江津，可就順水推舟，熱中信奉起同是漢人家世的湄洲媽了。

江津一有空閒，就往廟裡頭鑽。可惜在她懷胎期間，就跟著膜拜過天上聖母的阿飼，對鄰近「恆吉宮」

的媽祖神力，一貫地不以爲意。阿飼即使長成，到了更懂事年紀，仍對這仙媽祖相當無感。她總是託辭：「聖母喔，是供奉在廟的大廳內，穿得水噹噹的那一仙。咱想像，清朝大官的娘仔，也不會有伊這麼雍容華貴的坐相。伊眞是慈眉善目的『柴頭尪仔』吶。」江津不解，家己親生的查某子，爲何自細漢就對神明這麼不敬，膽敢品頭論足，講咱聖母是一仙「柴頭尪仔」？她只好搖頭嘆息：「攏是伊作囡仔時陣，吃過番仔查某祖太多嘴瀾。」

阿飼對神靈的感受，確實大半來自查某祖英太禾的遺傳：每一棵樹都有神靈。祖靈沒有被關在另一個隔離的世界；每年「揹祖公」，祂們都要回家。更何況她從路邊高高的竹枝仔尾，也不難聽見「煞魔仔」沿路笑到吱吱叫。祂們裝上兩片香蕉葉，就能「咻」一聲，飛到遠遠的地方。阿飼老早認定，山林、溪澗，神靈無處不在。祂們既然有本事，在咱庄仔底飛來飛去，怎麼又會拘束在看不見日頭的廟堂內，穿金戴玉，化身爲和伊們截然不同生活背景的一仙柴頭尪仔咧？

大肚城庄頭人都阿托用心計較，號召埔裡番大團結，才終於蓋起來的「恆吉宮」，並未即刻得見香火鼎盛的榮景。兩年之後，即清同治十二年，設在鹿仔港的「北路理番同知」往內山設置分廳，竟又相中「恆吉宮」旁邊的那塊地。隔年，清廷頒布開山撫番政令；又過了一年，也就是光緒元年，隨即新設埔裡社廳，「北路理番同知」從此更名「中路撫民理番同知」，而且從海口徹底移駐內山。然而有番親深不以爲然：「清朝官府將衙門設在咱們媽祖廟的邊仔，派大官虎每日守在那兒，庄仔底人站遠遠，就驚要破膽，咁有人敢入去燒一個香？」

這一切變化來得太快。庄仔底的人跟著不安起來。阿托伯估量此時急遽變動的局勢，對拍瀑拉未必是好事。但是他若果祈求，地方上的「恆吉宮」快快興旺起來，這可能是個千載難逢的好機會了。如他所料，一旦內山門戶正式對漢人開放，有官、有商的大肚城街，愈發聲勢看漲。容讓漢商們就地合法的這一條街市路，同時升格爲理番政令直達的官路。草創階段仍嫌香火不夠旺的「恆吉宮」，自此出現了轉機。

阿飼六歲那年，也就是清治的光緒三年，她逐漸懂事的時候，大肚城庄又發生新的變故。「這聲慘啊，咱整家夥仔得開始飫腹肚囉。」伊們厝內一家之主的 malau，一反平日豁達性情。她憂心忡忡，不時搖頭嘆息。「我今仔日透早去巡田水，田土吃無水，乾得快要龜裂。即使咱趕緊，跑到更遠那邊的大圳頭探勘，也引灌不到啥水。伊親像囡仔在灑尿，剩下細細港仔。恐驚沒多久以後，就會乾底囉。」阿飼猜想，應該是伊 baba 金城仔一五一十稟報的這席話，讓 malau 前所未見地陷入了愁雲慘霧當中。

「每年這個時陣，南烘溪那邊頭的溪底，應該早就水流滿滿，可以淹高到那溪埔邊了。」伊 baba 嘛開始喘大氣。他又感慨：「咱們大肚番從漢人學會曉開圳灌溉，以爲可以五穀豐收，從此富裕度日了。哪裡知影，咱還是得要年復一年地看天吃飯。」阿飼感覺向來剛強的 baba，如今也走到了束手無策的地步。「不是只有咱們大肚城苦無田水，北邊的眉溪一路流落來，守城份、牛眠山，到房里一帶的庄頭，全部攏欠缺灌溉的田水。我煩惱到現時還踏無水路的眉溪，總有一日會乾底。」阿飼記得 baba 講過，眉溪尚愛大聲細聲，是一個中氣十足的恰查某，轟隆轟隆的大港溪水，任誰最會走鏢，攏走未贏伊。如果持續不雨，天地麻木不仁的結果，讓最愛潺潺歌唱的眉溪攏燒聲，那就眞眞無望了。

「天上聖母是保佑海上平安的查某神。咱頭殼稍變竅一下，伊嘛可以講是一位水神。咱爲何不去祈求，請伊爲咱們降下甘霖？」住街市路的鹿仔港人，擔心此時此刻再從海口請媽祖婆，入來埔裡社替大家消弭旱害，聖母伊再怎麼慈悲爲懷，面對祂鞭長莫及的內山，也要遺憾家己緩不濟急的庇蔭。他們原本就不太瞧得起埔裡番眾集資興建的「恆吉宮」。這些頭家多少介意，這間所拜，可能只是雷同於贗品等級的「番仔」媽祖，因而生出了近廟欺神心理。加諸漢商們在內山購入的田產，逐年增多，使得這兒一遭逢大旱，他們也要面臨求水若渴的窘迫了。爲著絕處逢生，不得不拉低近幾年來日益抬高的身段。「還是移來內山住的媽祖，比較熟悉這裡的雨水和溪路。咱同心來懇求伊，應當會靈驗才對。」

祈雨當天，連「恆吉宮」外的廟埕上，都擠滿了來自各個庄頭的埔裡番。伊們個個神情嚴肅。住在這條街市路邊的漢商家族成員，也自動混雜在尋求降雨神蹟的人群中。阿飼跟在江津身旁，首次感受到媽祖婆的神聖性。這間媽祖廟在她面前一下子壯觀起來，似乎已能容納得下她所認識的每個漢人，以及每個拍瀑拉和伊們的祖靈。這尊聖母不再是她眼中木訥的柴頭尪仔。她目睹祈雨盛況的同時，不禁暗自評比，「揹祖公」時返家的祖靈、背後插翅兩枝香蕉葉的「煞魔仔」，和這尊漢人媽祖，各自展現靈力的高低。「如果阮查某祖還在人世，伊會跑來媽祖婆面頭前求雨否？」不會有人注意到，她正露出豁然開朗的笑顏。

「今仔日會落雨否？」阿飼煞有其事地認眞了起來。她每天都在等待降雨的奇蹟。她長大以後，卻怎麼也回想不起來，當年鎮日等待媽祖顯靈的最後結果。她向來引以爲傲的記憶，何以出現不可挽回的空白？這不可能發生卻發生了的個人遺忘，實在源自阿飼的私心。她從來不願承認，渡海媽祖果眞獨占了當年祈雨競技的舞台。即使敗寇成王，高下立判，她還寧可讓同具女性靈力的漢人媽祖和平埔煞魔仔，持續輸贏未決，甚而在伊心目中，一逕正邪難辨地懸疑下去。

「阿托伯今仔日來過。伊講，每一戶出三大員的清水銀，用來酬謝『恆吉宮』媽祖婆的保佑。」江津認爲啥攏可以省，唯獨奉獻給聖母的這筆善款，絕不能短少個一分五釐。她成爲大肚城庄頭人的忠實擁護者，還提醒金城仔，必定以最虔敬的態度，回應聖母全心救世的靈驗作爲。這是出自埔裡番神奇的造化，漢人渡海守護神的媽祖婆，成功再生爲鎮守內山的超級水神。

阿飼終生難忘，伊六歲那年，番親們爲了酬謝媽祖大德，而大規模動員，繞境了各個庄頭的「恆吉宮」慶典：從彰化南瑤宮割香轉來，一路起乩的鑾轎；搭配那鑼鼓喧天、爆竹陣響的陣頭排場。最終在大肚城街的廟埕前，還有身穿官服、拉高嗓門，用奇腔怪調唱出完全聽不懂念詞的隆重北管戲碼。而當那兒搭設起小型布袋戲台，連續幾天熱鬧的演出，阿飼可務必要準時報到了。伊們這一大群庄童怎可能乖乖蹲在戲棚腳？大部分時間，伊們是在臨時搭建的戲棚四周圍，野放似的奔跑、互相追逐著。不管戲台上搬演的是教忠教孝的人情義理；不管操偶師傅們在意的，是不是大漢天威的宣達；這群埔裡番童實質認同的，毋寧是會走鏢、會嘆息、會講笑虧、會磨墨寫字、會在刀光劍影下拚生死的那一具具活戲尪仔吶。

阿飼看戲尪仔看到出神。她獨自開始一趟不可能完成的旅程：長大以後，伊將成爲舞台中央，蓮步含羞的同一個主角娘子。她是挎罩在沉重倫常底下的那尊查某戲尪仔；踏著三寸金蓮，飄浮在戲台頂上的那具尪仔身軀，是她。而這場酬神大典連續展開的時日，阿飼跟著陷入了堅持滯留的同一齣夜半眠夢：眉溪的水一天一天漲高。眉溪的水無預警漫過了岸邊溪埔。這一波洪水，比草叢內躲藏的毒蛇還要險惡。奔流南下。破曉以前，這一波洪水無預警淹沒了沉睡中的大肚城庄。那是連「恆吉宮」華麗屋頂上，高高翹起的一對對飛簷，終究都得消失在漫天入侵的洪水裡。

大肚城庄的頭人們原以爲，「恆吉宮」光彩的庇蔭，起碼可以維持幾個世代。哪知恰在同一年，清廷擘劃爲內山理番重鎮的「大埔城」，就在距離大肚城不遠的另外一處選址，雄壯威武聳立了起來。當時阿飼還不到七歲，就跟著baba，前去這座新建的「大埔城」朝聖過。名如其實高壘的土牆，重重圍城；密植的莿竹林外，也環繞有挖深的壕溝。「這是西門」、「這是北門」、「這是東門」、「這是南門」，baba背著阿飼，異國遊覽般穿梭在不同方位的城門邊，驚奇於大清帝國即將擁兵重守的威赫聲勢。「baba，我們大肚城還輪不到是一座『城』。」阿飼的天眞讓自細漢以大肚城庄爲傲的金城仔，體悟到他這一生是注定要挫敗的：那是大肚城的卑微下跌，裁決了他個體的頓挫。「咱們走鏢，一直繞著這座大城。直到圍城的面牆和城門，統統在咱們面頭前倒落去，好否？妳聽，轟、轟、轟、轟，城牆倒塌了。」金城仔藉口和女兒共同搬演的這齣空間演劇，向新統治神話的「大埔城」示威。這也像是替他遭逢了重大挫敗的大肚城情結復仇。

原本和「恆吉宮」相鄰的理番官府，迅即移出，轉而進駐新建的「大埔城」。大肚城街短暫擁有的政治光環盡失。連光彩一時的「恆吉宮」，也很快呈現出未老先衰的疲態。雖則十年以後，也就是滿清治台的光緒十三年，理番通判吳本杰曾經樂捐一百五十大員的清水銀，重新整修「恆吉宮」。此舉讓這間媽祖廟得以在官贈大匾「厚德配天」的交相輝映下，蛻變爲埔裡社廳轄內的最大神廟，且在平埔族親擁戴之餘，同受漢人尊崇。可惜這座媽祖宮加倍光彩的未來，仍和創建倡議者的大肚城番們漸行漸遠。那是連篤信聖母的江津，都未能適時爭取天啓。致使她從未意識到，伊長女阿飼和這尊媽祖婆的運命如出一轍，都將走向與拍瀑拉族親四散的最後道途。更何況阿飼和大肚城庄之間聯繫更爲緣淺。她是在「恆吉宮」整修容貌，獲得更高尊榮以前，即先一步和整世人吃那口古井水的族親們分離了。

阿飼自個兒被迫和族親離散以前，可丁點都體悟不到匆促時光在庄仔底流失的痛感。而當年的她即使半知不解，仍間接聽聞了族社離散的更大悲愴事件。

「『抄封田』本來是伊那個家族仔耶。」

「那麼可惡，官府抄封伊們的田？」

「不是這樣啦。這故事講起來是落落長。」

「實在無簡單。伊眞好膽，跑去告官，有贏咧。最近官府才認定『抄封田』應當歸還伊們。」

「伊咁是咱們大肚番？」

「不是。伊是草地主的子。」

早些年間，那個少年兒哥時常在大肚城出出入入。理番廳在大肚城庄設立義學，他就是庄仔底義學生中，相當肯受教的一名。

「無嘸啦。伊 iya 早就改嫁了。她再嫁給恆吉城姓楊耶。」

「地主？咱就是嘛。這裡尙頭耶，不是攏屬於咱大肚城番的土地？」

「嘜憨啊啦，咱拍瀑拉移入來埔裡社的一世祖，是受託開墾伊們蛤美蘭社的土地。咱庄仔底人每年做阿拉粿，蒸整籠，等伊們的番親『水社番』入來埔裡社撿粿、收租，是和『吃果子、拜樹頭』同款意思。」

「怎麼不是伊們草地主出面收租？」

「咱平埔番相招入來內山，尙早是由『水社番』居中牽線，幫咱介紹的。」

「照理講應該是草地主來收租。不過伊們那種埔番，也剩下沒幾個了。時勢演變至今，咱可以猜想，伊們也是莫可奈何吧。」

這又是大肚城古井邊的一段日常閒聊。庄仔底人這款汩汩而流的閒談，對懵懂年紀的阿飼來講，可比井底清水長年的湧出，還難穩妥地汲取。

庄仔底和街仔尾分界的那條大圳溝過去，挨到恆吉城仔邊的那一大片田地，庄仔底人攏稱作「抄封田」。阿穆不解的是，既然「抄封田」是麒麟兄哥伊親族仔所有的，怎麼會落到被官府充公的難堪下場？

那是早春時節，阿穆行經這片「抄封田」時，看見初栽的稻苗，和別處田園一樣的純潔和青綠；而眼前從圳溝引入的灌溉水，靜靜滋潤著田土，平和的稻田風光，似乎承諾了富庶的未來，也絲毫沒有人間社會爭端屢起的刻痕。如果埔番才是正港草地主，他們爲何消失了？阿穆眼前愉悅景致的「抄封田」，竟是一片負罪的田園。至於誰是貫徹其中惡行的加害人？是誰替代了純眞土地，成爲官府抄封行動的最終犧牲者？沒有特殊好惡的田園，對此仍保持它一貫的沉默。

阿穆是從義學社師的教誨，初淺懂得了番民告官、申冤平反的含義。這一大片初綠的水田，此刻呈現在他眼前，如同完美畫軸緩緩的拉開：土地沐浴在充足日照裡，漂泊圳水無懼乾旱的威脅，而默許了田園的醉飲。一口接一口。那兒還有，張開彩翼的蝴蝶，在空中飛舞；那兒還有，蟲鳥忙碌唧叫著。早熟的阿穆，隱約聽聞地土下微弱聲音的暗示：走進去吧。這片沃土預備替未來埋葬的，不外是土地爭奪後的恐怖謀殺。

草地主之子望麒麟，每次進出大肚城義學，總有人從伊背後指指點點。出身庄仔底頭人家族的都阿穆，則是他在義學讀冊的同窗。阿穆雖然小望麒麟兩歲，卻憑靠伊是本庄子弟，而時常仗義執言，挺身維護這個埔番兄弟的尊嚴。阿穆尤其注意到，來大肚城讀冊的麒麟兄哥，體格生了眞將才，不過他眉宇間，不時透露出被棄孤兒的失落感。阿穆總是這樣替他抱不平：「麒麟兄哥的身世實在令人同情。若不是官府徵調伊 baba、伊阿伯兩兄弟去『打長毛仔』，一去不回，伊的 iya 也不會被迫改嫁。可憐望家壯丁爲清國犧牲的下場，是橫死異鄉，徒留下年幼可欺的孤兒和寡母。伊們埔番祖先保留的草地主份，才會被咱番親們當作塞來嘴邊的大塊肥肉。大家餓鬼相搶，要將伊們的田呑吃落去，有夠歹看面。」

阿飼並不完全懂得阿穆兄哥老成的言談。但是孩童望麒麟的悲傷，伊們埔番祖先從「抄封田」發出的嘆息，都成爲她大肚城童年不可分割的部分。這也化作阿飼終其一生的理解：「消失的草地主，比失去海口舊社的咱們大肚番還不幸。他們蒙受了極大冤情。」

＊

望麒麟最不喜歡走這一段路。他從恆吉城仔出發，沿著最熱鬧的街市路，從街仔頭走到街仔尾，「恆吉宮」就在右手邊，漢商李嘉謀開設的「全利號」商鋪在左手邊。他再往前走，跨過那條大圳溝，就是通往大肚城庄仔底的大路了。「假如我不來大肚城義學讀冊，就不用每日往返這一條路了。」過去半年多來，望麒麟爲了當義學生，不得不重複行走在這一段路上。他感慨自問：「爲什麼這麼一小段路，我走起來卻是又長又沉重？」

望麒麟回想六歲那年，跟著阿母住進了恆吉城仔的楊家。如今他最不喜歡走過的這條路，正是阿母時常帶著他行經，最熟悉不過的一條路。他自嘲：「即使我目睭看無，都可以一個人，憑記憶摸索出回去的方向和路徑。」沿途中，他的阿母莫娘總會提起單薄的膀臂，指向了市街外圍，遼闊面積的大片田園，接著用喊冤一樣的悲愴聲調，高亢表達著：「這一大片土地，全是你阿爸望澳漏的產業」、「那邊的田，都是你阿伯望督律的」。

那時候，望麒麟感到多麼驕傲，深信這裡永遠是祖先的地方。即使他阿爸早已不在人世，即使他們姓望的親族，所剩人口，也已經屈指可數，而且多是無所憑恃的孤寡老小了，他仍堅信：「只要祖先的土地還在，我們埔番還會是這兒眞正的地主。」

等他年紀稍長，也通曉了漢文詩書，就開始意識到，讓自己剛強站起來，重振望家聲威的時機成熟了。也是這個時候，他才面對了眞相：他們姓望的，身爲「草地主」，早已空有其名，徒然成爲其他番親嘲弄的對象。

阿爸的形象是如此模糊。他只依稀記得，阿爸離家的那個清晨，阿母把他從睡夢中喊醒。天色還暗，這個粗獷的男人不出聲地擁抱他，至少讓他無憾地記住了阿爸身軀的溫熱。此後他們歷經了比瘦弱稻苗長成飽滿稻穗還要緩慢時間的等待。阿母剛強如昔。直到某日，他無意中窺見了阿母的掉淚，察覺她鮮少凝結的幾顆眼淚，因著時日累積，已經要比四面環抱著埔裡社的遠山還壯大。她終於開口：「你阿爸、你阿伯，他們不會回來了。」

他們幫清朝官府「打長毛」，是望麒麟心目中不死的戰士。據說他們是在北台灣，二度「打長毛」的歸途中，吃到腐壞食物，得了拉痢之類急症而猝死。他們從來不是敗將。望麒麟寧可揣想，他們還正昂立決戰現場，轟轟烈烈格鬥著，最終才肯史詩英雄般倒下。

這樣結局最讓望麒麟不安，恐怕還是父伯輩對大清官府至死不渝的效忠。就在他母親最悽慘無助的那幾年，望家喪失了開田能力，只能任由田園荒廢。於是平野沃土的「草地主份」，先是大肚城番羅國忠就近占爲己有；後來又有巴宰族番親潘三彪出頭相爭，主張那是他丈人買管田地，不能排除他們參與開墾的功勞。就在雙方爭地，纏鬥不休的中途，住在大肚城公館的漢人吳根，又加入了混亂戰局。吳根聲稱，他參與茄荖腳圳的開鑿工作，這條大圳溝爲「草地主份」提供了充裕的灌溉田水，單憑這樣重大的貢獻，就應讓他分享這一帶地權。這個地權糾紛至此更趨複雜難解，而逼得官府將之沒收，成了充公的「抄封田」。從望家的立場來看，這算是鄉愿的官府誰都不想得罪，也未能追根究柢的一次調解吧。

望麒麟終於了解眞相，沿途經過大片「抄封田」的街市路，從此成爲他最不喜歡走的一條路。他總覺得「那是他的傷口」。才沒幾個世代以前，埔番將平埔番親們視爲友好同盟的「打里摺」，而召請各族，進來內山開墾。如今他們反倒淪落至被吞噬的厄運。他怎可能不忿忿不平？

望麒麟立誓要爲望家爭回「抄封田」的地權。就在阿飼六歲那年，即眉溪正在鬧乾旱的清治光緒三年八月初，望麒麟向鹿港理番分府告官，要求平反地權。他終於申訴成功。官府於是行文，諭示各個佃戶：「該埔眉兩社番僅有男婦幼小七人，情形殊可憫惻，應即將此項田業斷歸望麒麟等永遠收租承管，而杜紛爭。」

這可能又是「宣告」大於實質的一紙官方文件。這樣一廂情願的判決，最終還是徒具形式。望麒麟洞察，平埔番親和漢人侵田占地各有理由。只要他們互不相讓，同時狡黠意識到埔番後裔的望家，再無阻拒實力，那麼這番義正詞嚴的官樣文章，也起不了啥保護作用吧。

「我讀冊，就是希望有力翻身，讓望家再度興旺。」望麒麟通曉漢文，得以和官府求情申訴，爭回阿爸生前開墾的土地。不過他引以爲憾，仍包括伊阿爸亡後的骨骸，迄今不知流落何處。他們埔番人口凋敝，已是不得不面對的事實。活著的世代飄零，還有一線復活生機，但他已故的阿爸和阿伯，是連屍骨都無法收回，永無入土安葬之日。他們終究成了歸不了家的飄流祖靈。

他不太記得阿爸長相，卻能多次夢見伊。夢中的阿爸高大魁偉，還是腰際佩帶長槍的清國武將。他的面貌清晰，五官完全可辨識。他的眼神沒有憂傷，這是望麒麟最大的安慰。阿爸挺直站立在他眼前，是要他放心：阿爸沒有受傷；阿爸還保存著死亡那一年青春的身軀。他多麼在意阿爸的身軀。阿爸的身軀還正奔馳獵場。阿爸的身軀居住了埔番的記憶。失去阿爸的身軀，將威脅他們日後世代的性命。阿爸在夢中溫和顯現，是爲了鼓勵他，不要輕言放棄，定要跟清國官府持續追討他們遺落異鄉的骨骸。

*

阿飼不識漢字，但是街仔尾醒目的「全利號」招牌，她是無師自通學會了辨識。這家商鋪的大頭家李嘉謀，更是大肚城街喊水會堅凍的頭號人物。阿飼的嬸婆「鹿仔港香」平時喜歡誇口，伊屘叔仔和李嘉謀早年作夥打拚的往事。伊開嘴合嘴，無非是要印證，鹿仔港泉州人這麼會做生意，而能率先在內山發跡，準是天公伯仔早就給伊們注好好耶。「李嘉謀嘛不是一開始就做大頭家。伊嘴邊還未生毛，抑是一個猴囝仔，就眞好膽。伊跟阮屘叔仔做『鹿港擔埔社』的挑夫，從做苦力起家，你們這些少年耶，咁攏知？」

阿飼嬸婆平常待人刻薄，唯獨講起伊們鹿仔港人，才能夠心平氣和。「『鹿港擔埔社』這群人，攏艱苦人出身。伊們內山出出入入，半路被青番仔抓去剁頭，多咧。伊們挑入來的貨，要啥有啥。譬如講鹿港人染的布，埔裡社的查某人尚尬意；這裡做田、做山的人不可欠缺的鋤頭、開山刀，林林總總的農事用鐵具，嘛需要靠伊們擔入來。李嘉謀人骨力，生意腦筋動得快，他的『全利號』除了鹿仔港本鋪，更有大肚城分店發跡街仔尾，也果眞店如其名，爲他賺取不小利潤。他從沒沒無聞的苦力，搖身一變，成爲內山致富的大生意人。

「咱這內山尚缺鹽，那價錢是貴到會驚死番；親像淤少少的量，就可以換到咱埔裡社的一大塊土地。這些憨番眞好騙，其他嘜講，光是欠鹽賒帳，賒鹽的錢款若積久，就可以一塊一塊，把伊們祖公、祖嬤開墾來的土地，像肥軟肥軟的肚邊肉，早慢會割了了。人家講『刣頭的生意有人做，虧錢的生意嘸人做』，李嘉謀這批人如今會發，就是嘜驚『刣頭』，專門入來做『刣頭』的生意。阮厝叔仔伊們嘛眞愛厚話，私底下在猜講，李家在內山的生意若愈做愈大，是不是會考慮，轉去鹿仔港把本鋪的營業結束掉？」

*

阿飼四歲那年，治台官府新設埔裡社廳，行之有年的內山禁墾令，自此解除；加上官方隨後「開山撫番」政策的施行，皆加速了番境門戶的洞開。又當這些漢墾社群爭相湧入，舉凡他們進取足跡踏過的地方，就可能埋下侵吞土地的全新陷阱；而且它們即將帶來，是可預期，日後再度翻天覆地的改變。不可諱言，這些平埔聚落早年內山的創建，是爲了躲避洪水一樣漢人的淹沒。可是伊們如今仍得面臨，慣常隱忍起來的族社離散壓力。總括這樣族群洪流在內山的翻騰，大約是從阿飼六歲那年開始。從這一年，即清治光緒三年開始，短短不到幾年間，另一波漢人移民潮遽現，而且讓人無處躲避大水似的，湧進了放棄海口的拍瀑拉們一手創建的大肚城。

阿飼七足歲了。她原本熟悉的大肚城也不見了。宛如池面上浮萍的眾多陌生面孔，讓阿飼童稚的目光應接不暇。那裡進進出出的漢人，也不局限於講泉州腔的鹿仔港人。

「聽講伊們是搭鐵殼船，從唐山渡海過台灣，再相招，入來內山開墾。」某日，庄仔底的查某人又聚集在古井邊，會東會西。

阿飼感覺，會曉講番仔話的庄仔底人是愈來愈少。只要這群婦女閒暇時聚集在那裡，小小年紀的阿飼就會自動黏過去，聆聽她們夾雜番仔話的番仔腔福佬話，怎麼牽涉到大是大非的一長串潑辣言談。早慧的阿飼更覺察到，她們神似朝廷百官上早朝的古井邊公議，近來是愈發密集了。

阿飼曾見伊三嬸提著空木桶走過來。當下眾婦女寵信的注目禮，刺激她誇大了原本的行走姿勢，簡直將她捧成了廟會北管舞台上的第一女旦。怎知她一蹲下，就忘形地露齒大笑，接著劈頭問：「妳們親像一群大官虎。怎麼官衙大門緊閉，自家人祕密商討著治台大事？喔，哪會氣氛這麼緊張？咁是天跟地要顛倒立啊。」

更多外口人移入來住，反而促成庄仔底人更強內聚力的凝注。阿飼頗能意會：「我看伊們這大群庄仔底的 **malau** 和 **iya**，就像是一大坨樹薯粉勾芡出來的同一碗湯頭，大夥關係黏稠得不得了。」

「伊們那是潮州人。」

「伊們整家夥仔從福建永春渡海，就直接過來啊。」

「鹿仔港泉州人最近又有一大群，相招入來做生意。」

大肚城人已經可以分類爲好幾種。十姓人都進來。從未消失，也沒有減少的庄仔底拍瀑拉，像是擔憂在混雜攪拌的大鍋糖水裡，稀釋了原來濃郁甜度。遽增的漢人移住，一時還威脅不了伊們之間頑強的血緣繫絆。可是七歲阿飼感知到的庄仔底環境，已宛如驟雨沖刷後的脆弱田土。她飽含了始自拍瀑拉長輩，無法言喻的焦慮。他們無力排解的過多淤滯情緒，則藉故伊那無所禁忌的孩童日常行止，隨時要爆衝。

庄童阿飼對於分類分批而來的這些外位仔人，一逕視若無睹。她任性地把沒啥親近牽涉的伊們，抵擋在唯我獨尊的稚嫩心門外。她聽聞自身無聲的吶喊，粗魯地像是在趕耳際嗡嗡作響的蚊蟲：「我討厭你們。你們不要進來了。一直來，又再來。太多了。怎麼陰魂不散，直直要挨過來？阮們不要你們再靠近了。走開啦。」

「咱才來相賭，看伊們是有法度在咱庄頭住多久？免驚啦。若知影內山無那麼好討賺，半眠仔嘛會家己鼻仔摸摸耶，偷溜掉。」有老神在在的拍瀑拉 malau 這麼預測著。

「是啊。妳們咁不曾看過，一做大水，那哄哄叫的整港溪水嘛有當時仔會漲起，淹高到溪埔頂，再連那溪邊的毛蟹和溪底的魚蝦，嘛有可能隨著四界黑白竄的水路，暫時流起來咱大路邊，不小一群活跳跳，在那兒翻、在那兒游。妳們想，原本住溪底的那群魚和蝦，是有多大能耐來占咱的乾土咧？早慢水土不服啦。咱淹田的水，是怎麼會無夠伊們游咧？」另外一個較少年的 malau 附議著。總講一句，伊們感覺免等咱這庄仔底的拍瀑拉，兇狂搬扁擔出來趕，那些不明就裡移入來開墾的十色人，穩是住莫到生根，就走了了啊。

「萬一咱有庄仔底人土地守未著，給伊們買過手，地主變巡邏，尾仔會怎樣，就眞歹講囉。」有悲觀的想法突兀冒出來。

「嘛尙驚咱查埔、查某去跟伊們牽到。咱若囝仔輩跟伊們相嫁娶，根本免等到賣厝賣田園。」

「唉呀，咱煩惱，嘛無彩工。有當時仔是誰混誰；混了，是誰較吃虧？嘛還莫知影輸贏。」阿飼在這古井邊蹲著，聽這群查某人講話講半天，加減聽得懂她們何以憂心。尤其當伊們開始辯：是誰混到誰？混著，咁一定咱拍瀑拉較吃虧？阿飼就感覺是在講伊。是整群在質問伊一人。

*

大肚城開始接納番、漢皆有的十色人，不同來歷販夫走卒，出出入入，本身就像一間雜貨仔店，架上各路貨色的展示，一應俱全。

「你們是新搬來的？」這個查埔囝仔又在龍眼樹腳玩土沙仔。阿飼遇見他很多次了。伊不肯承認家己是生分囝仔似的，直直瞪著阿飼。

「你們是從哪位來耶？」若不是伊終於化被動為主動，跟阿飼交換了個還算善意的眼神，阿飼並不情願繼續與他攀談。

最近阿飼看庄仔底的大人，總是露出猜疑神色。那是山上動物發現有牠們天敵的獸群入侵，而準備妥當，隨時站出來捍衛自身主權的類似心理。於是按照阿飼的詮釋，伊鎮日所作所為，無非是在協助大人們，加強庄仔底的巡邏看守工作。她充滿還擊意味的問話，伴隨的是伊身軀一個突兀的姿勢：寬寬打開，八字型站立著兩隻瘦長的腿肚；貓爪子一樣尖利的兩隻手掌，交叉護住前胸。而當她像極了猴山仔的一隻長手臂，不意中鬆弛，若有所思地往下掉，所有親睹的人，都很難因此鬆一口氣。人們不得不從她眉眼間加倍嚴厲的表情，推測她正要武勇地拔出，插在腰際彎彎的那把番刀。

她一心一意嚇阻，要伊退倒轉去，再也不要在這口古井附近出現。庄仔底的拍瀑拉並不歡迎伊和伊的家人，不管伊們是從哪裡移來。

「你難道是個啞巴？不會講話？」阿飼雖然瘦比巴，在庄仔底的囝仔伴內面，嘛算真落腳的一個。明顯地她比他高大。這助長了她的聲勢。她平常就習慣在查埔囝仔面頭前絕對占上風。那是由於，她早就立定志向，長大後要娶一個骨力的查埔人轉來做長工。

「我叫作洪阿飼，庄仔底的大肚城番，土名嘛，阮查某祖攏叫我『烏肉仔』。」阿飼先前靈巧的動作：一半出鞘的番刀，又悄悄收了回去。伊應該有所感應吧。她從大人困惑的表情，知影庄仔底大肚番的丁口和聲勢，已經快被新近合法移入者壓下去。因此她有必要以大肚城番的身分當作護城的圍牆，她想，老輩的 atau、malau 沒地方再退了。大肚城番才是「我」。

「你如果連家己從哪裡來、是哪一個公族仔的囝仔攏莫知影，難道你是一個 gaza，是乞丐囝仔？你一點仔攏莫驚 sagavu？好膽嘍走，等一下伊們就會來掠你。」阿飼會曉講的拍瀑拉話語嘸多。她看伊竟然是漳州腔嘛聽嘸，就一不做二不休，連本帶利地在伊的福佬話內底，攙雜了番仔話來試探伊。「我看妳是故意假做悾悾憨憨？嘸妳咁跟阮厝邊那個伯公同款，要暗仔就開始吃酒，常常在那兒 a-sa-zi-na？喔，我怎麼講到嘴角全波，妳嘛惦惦嘸愛給我應話？好，不要睬妳啊，我要來去 ni-mi-si！我再講一遍：ni-mi-si，放屎放尿啦。哈，妳煞連 ni-mi-si 嘛聽嘸?!」

嘸一個大人這樣教過阿飼。她卻悲憫，庄仔底大人一貫消極的表達。伊們在現實中抵擋無力，只能步步畏縮。她必須有足夠氣力，才能趕走愈來愈多的漢人，成爲守護拍瀑拉的大英雄。

那個外位仔人的查埔囝仔還是不時跑來。阿飼慢慢和他混熟。他不是一個啞巴囝仔。按他描述，伊們攜家帶眷移來大肚城住的十戶人，統統是直接唐山過海來的潮州人。這個潮州人的囝仔還說他姓「劉」，這是阿飼以前沒有聽過的漢姓（她以爲住在唐山的漢人，許多人也都姓「都」、「毒」和「味」）。「你渡過『黑水溝』？」他這麼小年紀就見識過「黑水溝」，這讓內山出生的阿飼覺得很新奇，不得不對他刮目相看。她很想體會一下「黑水溝」的神奇，卻拉不下臉來，探問他「黑水溝」生啥款？是不是跟眉溪一樣壯觀，一樣曾經穿越過陡峭的山嶺和窄谷？阿飼還是聽不太懂他的潮州話。是他多少學會了泉州腔的福佬話，有時阿飼調皮罵人的一、兩句拍瀑拉語，他似乎也漸漸會意了。阿飼覺得他應該聽得懂。她想：「他惦惦聽，由我罵攏不肯回嘴，咁有影是聽嘸？眞假仙喔。」

阿飼慢慢理解他們不過是入來開墾的艱苦人。他們並不像會做生意的鹿仔港人，一個個獲利翻身，逐漸成爲內山開發的新貴。在他們眼中，庄仔底的拍瀑拉雖然是番，畢竟還擁有土地，不像他們，若非潮州原鄉的日子歹過，窮得快活不下去，怎麼甘願依從官府的內山招墾，攜眷渡海，冒險入來埔裡社求發展？這個姓劉的潮州囝仔談起從唐山渡過「黑水溝」；談起一、兩百個潮州人相招，走進內山的景況，口氣倒像歷盡人世滄桑的小老頭了。

一段時日之後，阿飼終於察覺，最不歡迎這群晚來潮州人，只要提起他們，就表現出輕蔑神態的，其實是街仔尾那撮鹿仔港來的泉州人。有一次，阿飼和伊 iya 去到街仔尾買面件。那家店鋪富裕的頭家娘竟有滿腹不平似的，滔滔抱怨了起來：「伊們潮州人尙凍酸。買物件一分五釐攏愛計較。我尙無尬意做伊們的生意。」頭家娘突然間壓低聲量，像是擔心隔牆有耳。「妳咁嘸感覺眞奇怪？潮州人一口氣有那麼大群搬來咱大肚城住，親像準備要來結黨、拚輸贏？阮們泉州人做買賣，通人好。伊們尙好不要來惹阮們。你們庄仔底的番則要小心了，千萬不要憨憨被伊們騙去。」頭家娘唱戲一樣，根據劇情轉折又再語調高亢：「啥潮州話，比你們庄仔底老夥仔講的番仔話還要土，更難聽。」阿飼感覺到伊 iya 是如此窘迫至無語以對。她們才一走出這家商鋪，江津終於忍不住喃喃自語：「我不是大肚番，也不是你們泉州人，更不是伊們潮州人。妳若知影我是漳州人，就慘啊。妳不是要罵到嚕歹聽？」

阿飼在十歲以前，不曾走出內山。內山以外，除去伊親族長輩們用雙腳走過的記憶之地，其餘地名皆模糊難辨，毫無任何實質意義。「聽講伊們是福建永春人。」庄仔底的人又議論紛紛。阿飼覺得大肚城庄僅存的少數空曠土地，都快要被新來的移民擠滿，而像極水蛙夜半聒噪時鼓起的肚皮，早晚是要撐破了。永春？這個地名只是飄浮的朝霧。永春人？阿飼全面搜索不同世代親族的記憶，並無「永春人」留下的任何印象，對伊們拍瀑拉來講，這「永春人」等同於祖先未曾耕墾過的一塊記憶荒埔。

在大肚城不易劃界的孩童國度，阿飼和一戶新來黃姓人家的查某囝仔，很快混熟了。黃姓女童土名「阿梅」，比阿飼大個兩、三歲，卻永遠一臉畏怯，彷彿驚嚇過度，再也回不過神。有一天，阿梅怯懦問起：「妳老母有找人幫妳收驚過否？」阿飼第一次聽聞「收驚」的用語，而好奇地追問究竟。

原來阿梅的老母曾經好幾次請人替伊查某子收驚，讓小小年紀的梅仔，成爲見識過各式各樣民俗能人的箇中老手。她形容，那盛滿白米的碗口，聽過一陣咒念，不久前才剛獲得撫平，下一刻竟出現了慌亂漩渦的圖樣，而如何神奇地映照出她內心難以緩和的驚嚇。

「妳是被山內的大尾蛇驚著？」梅仔搖頭。

「咁是媽祖廟口一大串的爆竹，追過來炸妳？」她還是面無表情，唯一可察覺，是她眉頭微蹙時再度升高的惶惶不安。

「莫非是擋在大路邊那隻黑狗，曾經咬住妳不放？」梅仔枯瘦的兩條腿不由自主在顫抖。阿飼寬大的同情心並不能終止梅仔的恐慌。反倒是那十分嚇人的暗影，因著在她們中間的交互感染，而無限擴大。

「那是在暗眠。我在半眠夢中，聽見有人大聲喊叫『青番仔來囉』、『青番仔來囉』。後來我就醒過來。我看到了。我一聲也哭不出來。」

話說永春人趁勢清廷治台官府招墾的政令，結伴渡海來台。梅仔的阿爸於是攜眷，跟著這些同籍的宗親們，整批人進到了內山來。初才渡台的伊們，未曾有過和生番交手的經驗，還莫知驚死，而膽敢跑到了埔裡社東側，近山地帶的五港泉拓墾。他們仗勢清國明令，而建立起來的新移墾區很快招致生番報復。偏不信邪的這群永春人，因而付出慘痛代價，伊們中間被砍下的頭顱，不得不永遠緘默了。梅仔的家人就是劫後餘生，才輾轉避難，移住到媽祖庇護的大肚城庄來。只不過梅仔的驚嚇過度，是術士們再怎麼收驚作法，都無法安撫了。梅仔和她家人那一夜所承受的驚慌，也化爲混血的一部分，而在阿飼成長的大肚城庄內，暗自遺傳下去。

水尾庄

「泉州」、「潮州」、「永春」，這些唐山地名不再遙遠。阿飼愼重默記這一串新鮮的地名，猶如記住了漸次熟識的周遭人名。庄仔底的大肚「番」沒有一個人去過這些地方。不過和阿飼同齡的孩童們，竟比年老長者更熟悉這些地方，更能掌握陷阱一般，密布在伊們日常生活的這些陌生地名。這些地名所意味的實存空間，和庄仔底相距多麼遠啊，可是它們反倒比拍瀑拉家族繼承的祖先名字，具體得多。沒錯，這些地名是用來辨識，歸屬不同地緣的短暫移民。鹿仔港泉州人、廣東潮州人、福建永春人，從這些地方移來的漢人，讓大肚城街愈來愈熱鬧的同時，也更加速稀釋了大肚城番原來的生活氣味。而恰巧在這個年代，阿飼還來不及長大，就像還很纖弱，就過早挖掘出來的一根樹薯條，被不明就裡地，從一度安穩覆蓋的大肚城土壤移出了。

「難道咱大肚城庄的土地，親像一洗濕就縮水的棉布，再也不夠飼活咱這家夥人啊？」阿飼難得聽見，伊 iya 江津那樣忿忿不平的抗議。

每一批新移進來的漢人，都可能成爲伊們土地墾殖的競爭對手。新進入墾者的雄心，讓少數尚未闢作田園的鄰近一帶埔地，蛀蟲啃咬光似的，不見了。大肚城庄顯得擁擠多變，連理應站穩腳步，持續鞏固自家地盤的拍瀑拉們，都感受到不小威脅，而不得不往外謀求更大開發的空間。阿飼不記得，是從哪一季開始，伊 baba 金城仔就不再跟著洪家叔伯和兄長，共同耕墾附近祖傳的田園。可是 iya 因爭執而哭泣的那晚，她卻牢牢記住了。只是從伊年紀難以揣想，盛年的 baba 意氣昂揚，他正欲拓展，那極可能遠比死守大肚城還要可觀的另一番事業。這是連發動了柔情攻勢的伊牽手，想擋也擋不了的態勢。

「你眞正嘸去不行？」

「哪有法度？阮們洪家這幾房的兄弟仔，攏有牽手啊。那麼大口灶，內面老耶、小耶一大群，咱攏得要飼活。阮 baba 留下田產，親像獵獲的一頭山豬，那腹肚邊的肉肥滋滋，一塊、兩塊，不時被外口人割割走，守嘛守不住。」

「聽講水尾庄那一帶，時常有青番仔出來刣人？」

「那是在『生番望』頂。」金城仔心頭摺眞在。他明白只有朝那個危險的方向挺進，才有機會。耕墾者傳說，水尾庄過大水的沿山地帶，常有生番伺候隊，躲在居高臨下的山頂上，瞭望村社內一舉一動。他們一旦發現，一、兩個人落單了，會即刻下落來刣，達成任務之後，即揚長而去。金城仔早就打聽清楚，「生番望」附近的坑口，甚至更進去的坑內，遍山布滿樟樹。任何人若要伐樟熬腦，爭取開發的利益，那裡肯定是拓墾者優先鎖定的目標。

「咱一大群人，他們不敢出來刣。」

「大家親像天大的冤仇人。手握的番刀不見血，怎會甘願？」水尾以北的赤崁一帶，原是泰雅族水眉社人的生活領域，約在清治的咸豐至同治年間，他們才撤退，消失在群山中，於是有人推測他們必定是併入了強悍的眉原群。「這群青番不應該無緣無故不見了。」

生番和平埔熟番之間的恩怨，漢人媳婦江津已耳熟能詳。「那兒原本是他們祖先立足的土地，不要以爲他們跑了，不會再回去。我看他們絕不會善罷干休。」

「召集我們前去拓墾的阿里史社頭人聲稱，他已經從生番那邊取得了那一帶的開墾權。這是有王法的世界。我們這群合資者共同擁有番仔契明確的保障。妳不用多操煩。」

「王法？我嫁來你們內山那頭幾年，連大官虎攏無一個敢入來的這款番地，是要跟人談啥清國的王法？山頂那些番若眞心馴服，也不會被稱作『生番』囉。你們平埔番難道是吃太多阮們漢人的嘴瀾？如今你們只學到一招半式，就懂得寫那種喪盡天良的番仔契，互相來騙？莫非用這一小張字紙，就有法度逼誰就範？還要伊們順你們的意，打印上彼此愚弄的腳印、手印？今仔日你得講清楚。」

「如果妳無歡喜我出去，直接講一聲，何必牽拖到那麼遠？妳是番，抑是我是番？難道我莫知影家己做番的輕重？」

「我不是不明理，硬阻擋你去外位仔賺吃。咱若不是煩惱，你一個人跑到那山邊，恐驚白白送死，去給番仔刣，我又何苦，甘願在這裡給你怨，嘛堅持反對你出去打拚？」

「妳放心。阮們打算請東勢角過來的客人仔長工，來逗陣做。」

「再講，我總不能繼續留在大肚城，憨憨仔等死吧。這樣消極，是不可能有啥出脫。」金城仔決定將大肚城的田園，放給兄長們照管，家己則夥同其他平埔族親，往水尾方向從事先驅性拓墾。可以說他一半是對新興樟腦事業，有所企圖，一半也是時勢所逼。他意識到拍瀑拉番親在大肚城庄的地主優勢日減，再繼續綁在同樣原地，恐怕日後也是沒有前途的。他自我提醒：咱目睭前這個「行出去」的機會，必須要好好啊掠住耶。牽手江津的反對，更激發他放手一搏的鬥志。

往後金城仔在水尾庄發展的任何動靜，皆逃不過大肚城番親的迫切關注。他們這群人開發得失，也總是被擴大解釋爲，拍瀑拉介入開山風潮的成敗典範，而承受了長者們最嚴格的檢驗。有同輩人探問：「金城仔和人合資，出去開山，究竟出了多少清水大銀？」有老輩人也好奇：「招那群客人仔入來咱內山做腦丁，工錢合算嗎？咱做頭家，咁喊伊們會震動？」還有大肚城 malau 們替他煩惱：「伐樟熬腦的事業，若是繼續發展，難道不會冒犯了大欉樹仔的神靈？」

阿飼記得，有一回 baba 帶伊出門，讓她初次感覺，父女倆可能要走到一個很遠的地方。「爬上崁頂的烏牛欄，落高階，過了大水，才是水尾。」baba 一路上念著通關密語般的口訣，除了用來標示移動的地理方位，彷彿也可以縮短腳程，甚至形成了驅散生番的一套有力符咒。她終於親睹讓 iya 無法心安的「水尾」，而且對這個生番出沒的沿山地帶，產生了具體探索得來的印象。「baba 牽著我的手。目睭前是大水在跑。我兩隻腳一潦入水，就驚嚇得不敢往下看。我只能緊閉雙眼，逆著水流，拚命往前走。」過了大水，她繼續跟著 baba 走。即使伊身旁有一群至親叔伯結伴，都感覺父女倆形單影隻，窺伺的番眼更如利箭，隨時從四面八方飛射過來。寂寞的眉溪招來開闊的綠色草埔。水聲不絕，敲醒了不遠處的沿山，還一直在密林中回響。

這兒的土地日後將走向怎樣的命運仍不確定。天空投影溪水中，引來晴日裡一陣陣異常的嗚咽。這目中無人的溪流眞正承載的，應該是捉摸不定雲層在崇高處流動的危險重量吧。

阿飼相信，有輕盈的流水，才能夠令人安心地植根於地土上；無一刻停滯的溪流，才有權柄主導這個肥沃的綠色世界。這兒的水具有永恆的氣質：阿飼憑藉孩童無邪的知覺，辨識出水流的強度和方向。那是水流運用伊的純粹性，控制了「水尾」這個地方的日常節奏——而不是山，不是住在這兒的人。和日益壅塞的大肚城街比起來，這兒的風情更坦率，披蓋了更多美麗的新綠。當然這個地方更多隱藏的危阨，同樣是即將臨到目睭前的眞實事件。

不可捉摸的水，比賴以生根的土石還可靠。這個地方是水的氣力獨大的聖壇，預告的是流水在時間中不可回溯的本性。平埔族人集資開墾「水尾」的沿山地帶，不落人後的金城仔，成爲大肚城番跟進，追逐開山浪潮的先鋒。這樣的角色，像是比過年走鏢時搶得頭鏢者，還足以傲人似的。

阿飼 baba 跑到「過大水」才可觸及的這片土地，一去就會住上好幾天。伊每趟返家，也總能夠帶回不同故事。無論伊 baba 講述的，是陰暗、晦澀的心境，或者是明亮、開朗的景況，同樣讓她對新奇事物的渴望，更難被豢養。她從未感到飽足。

「我們一群人從坑口附近爬上去。滿山的樟木林，用向天伸展的茂密枝葉，遮蔽了惡毒的日頭。更深入，這時咱的呼吸，被迎面撲來的樟仔味全面占領了。我卻毫不在意，只沉醉在無窮的希望中。」

金城仔帶著客家長工開山，早適應了伐樟生活的艱苦。他們熟稔的砍伐技術，讓利斧從空中劈殺，迅即落下的力道神準。因此受害的老樟木，往往在感受到傷口劇痛以前，就已「啪——」、「啪——」、「啪——」，不支而應聲倒地了。

阿飼一直住在大肚城庄，可是她最嚮往的，卻是伊 baba 經常轉述的腦寮生活：我們派腦丁們輪流看守。他必須盯住那團日夜不熄的火焰。熱烘烘的腦寮內，我們正在趕工。夥伴們忙碌熬樟腦，這番情景使我不禁聯想：神靈不正在升空的煙火中持續往返？難道我有責任，幫伊們驅散山中難耐的孤寂？連我自個兒都亟需拍瀑拉祖靈的鼓舞。可是我從未如此篤定：祖靈不再信任我了。

一段時間以後，阿飼又聽伊 baba 大談特談，種植甘蔗的風光事蹟，而等同於宣告，他參與的拓墾事業，正邁向令人稱羨的新開發階段。

「山裡哪有地給咱開園仔咧？」阿飼無法想像繁茂山林的陡然消失。

「妳囝仔人不懂。等咱將那整大片的樟樹林銼銼掉，不就全部是騰空出來的土地？」金城仔得意自滿的口吻，成功壓抑了連他自個兒都無法解釋的那股憂傷。這憂傷又不自覺地化作伊面部表情，而且從他斧鑿極深的老成眉頭上，飛瀑似的狂瀉出來。若非他早遠離了牽手梳妝的明鏡，因此看不到自身沮喪的雙眉，要不有誰能夠承擔，這樣十足扭曲了的世代處境？

由伐樟而起的這股內在衝突會形成，是和伊拍瀑拉祖先對土地的敬畏有關。

「咱只要有耐心，工作一段時日，慢慢整理地，就可以一排一排順序插甘蔗囉。」他們這群平埔出資者懂得和生番勢力周旋，擁有了開發主導權，又引進了客家長工，可說如虎添翼。他們似乎意識到，在形勢快速變化的內山世界，若要和陸續湧入的漢移民一爭長短，不能不加強仿效主流社會資本經營的手腕。他們的開發心態，愈來愈像占盡了伊們祖先便宜的漢移民。

「山內大欉樟仔，不是有樹的神靈？」阿飼記得小時候，查某祖英太禾告誡過她，一草一木都住有祖靈，砍樹的人就是罪不可赦的殺人犯。

金城仔頓時語塞。他轉而心中默念：「這該不會是我覺得憂傷的緣故吧？」

「無法度。咱有一大家夥仔人要飼，三頓嘛要考慮。」金城仔懊惱不已。他不想在伊長女心底，留下如此飢不擇食的父親形象。他的祖先何嘗大肆砍伐過樟木？

近年來，清廷治台官府推行開山撫番政策，內山的樟腦生產事業，因著海外出口可能帶來的暴利，躍升爲俗世開發者難以抵禦的莫大誘惑。

「生產的樟腦是要大批運到海口，進而用船載送，賣出台灣島，咱們才需要鋸掉那麼多的老樟。」

金城仔不是毫無掙扎。他對樟木有著特殊情感。每次走進山內，一聞到樟木的氣味，他就整個人失重一般，愉快地飄飛起來。他相信老樟擁有招魂的力量。他還記得，伊怎麼帶領著客家長工，在「田尾」的坑口砍殺了第一株老樟。當樹皮破開裂口的瞬時，站在一旁督工的他，突然失去了與生俱來的嗅覺，再也聞不到任何樟樹的芳香。「這是樹靈捎給我的警訊嗎？」伐樟者殺戮的欲望，出自竊取樟腦的終極意圖。金城仔豈不知道，是天意讓它散發神祕的氣味，如今才將招致整棵樟樹平白的殉難，動怒的樹靈一旦奪走他辨識氣味的本能，眾人耗費氣力斬首的老樟，不就形成了對他這個無情號令者最直接的懲罰？「事到如今，我已經無路可退了。」金城仔獨自守住這個祕密。失去嗅覺的他日復一日，參與砍殺樟樹的開發行動，更不時扮演著第一線號令者角色，嚴酷執行時代性的進步事業。直到有一天，嗅不到樟腦味道的他，悄然來到即將砍伐的某一棵無名樟樹下。他依舊默不作聲，只是張開兩隻手掌，若有所思地觸摸著樹皮。他手掌的面積寬闊，但一隻隻修長的手指頭卻經常讓人誤判，以為那根本不屬於長年在泥濘裡耕墾的人。

樹幹濕潤，像是剛剛才大哭過一場。他不知不覺跟著祂流下眼淚。那幾滴淚莫非是虧欠的表白？他開始跟這棵樹說話：神靈請不要驚惶。祢在這裡好久了。是我們的好多好多代。祢的根無法剷除，祢的血肉早已和土地合為一體。我們即將前來索取祢命，請原諒我們不得已的苦衷。死亡、死亡，同時威脅著我們這群帶頭砍殺的人。我其實是活在自己斧頭追緝的陰影下。

又再過了一段時間，阿飼注意力很快從「腦寮」轉向了「糖廍」。她最歡喜聽伊 baba 活龍活現，描繪那野性未泯牛隻，如何被綁束在勞碌生活中。牠只能順命，牽拖著那具笨重的製糖硨，一圈復一圈，直到牠哭喪表情，終於壓榨出甘甜濃稠的蔗糖汁液。

又經過了幾冬，阿飼聽到伊 iya 在庄仔底的婦女中間，驕傲地發布了一則最新消息：「金城仔在『水尾』種的稻仔可以收割囉。」原來伊 baba 帶人剷平的樟仔林，已新生為一大片可耕墾園地。那樣沃土赤裸的出世，形同和天強搶的一場母難。墾殖先鋒的伊們，最後還成功開鑿了水圳。他們引入汩汩湧流的眉溪水，而在沿山的低階台地上，闢出灌溉水源充足的梯狀稻田。

最終印刻在阿飼心目中的 baba 形象，就是在這個對外拓墾的非常時期，塑造出來。即使阿飼不曾在「水尾」住過半暗，仍有叔伯輩會在庄仔底遇見伊時，開始稱呼她是「水尾庄金城仔的查某子」。伊 baba 自細漢在大肚城庄長大，是個道地拍瀑拉的族社出身，反倒模糊了。自從大肚城容納爆炸數量的外來移民，不肯死守庄仔底的金城仔，也逐漸在十色人來來去去的浮晃記憶中除名了。

*

「巴萬，你看到了什麼？」

「這附近的山林長得比我們的頭髮還茂密，他們不可能發現我們。」

「那是我們祖先的河流。」

「那不是漢人住的地方嗎？」

「不對，那是平埔人住的地方。那也是我們祖先哭泣，淚水匯流出一條溪的地方。」

「巴萬，我們的祖先不要這個地方了？」

「我不對，我從祖靈呼吸的空氣收回來這句話。這個地方現在還是Pittu的。」

「瓦歷斯，我們Pittu早就跑了，只好投靠Mabaala的親戚，你的父親怎麼一點點都沒有告訴過你？」

「我沒有亂講。我們Pittu絕不甘心放棄這條祖先的大河，這是我的父親訓誡孩子的道理。」

他們躲藏在山頂的密林內。那兒不算高，距離天上的雲層還很遠，卻已稱得上是這一帶的地形制高點。他們無論走到哪邊去，都聽得到輕佻浮浪的水聲，連樹林搖動葉梢時陰沉的風聲，都被水流明亮的音調同化了。當他們瞇眼抬頭，仔細盯著天際浮動的白雲，這時反映在它們翻白肚皮上的，竟是停不下來的溪流所激起的漂亮漩渦和水紋。躁急的眉溪快奔，似有理不清的千頭萬緒，只爲了和那一股驕傲的南烘溪流會面。因此當她遇到了頑固突出的這面山岩，竟異常溫馴地轉個大大曲度的彎，再毫不眷戀地走遠。進來「水尾」拓墾的人，習慣給這片山頭取名「生番望」，表明他們對於生番武士喜歡躲在這邊向下偵伺，並不意外。更透徹來看，出入「水尾」沿山的冒險者，不論是從東勢角輾轉進來，島內二度移民的客家長工，或是幾代以來定居內山的平埔聚落，如今再往沿山地帶開發的平埔族人，一到這兒的第一個動作，必定是警覺地用目光掃射那顆鬼祟表情的「生番望」。即使在星月稀微的深夜，他們回到厝內，躺上安穩的眠床，也會三不五時朝向「生番望」的預設方位，目光肅殺的來回巡防。

當Pittu的後代瓦歷斯．西也尼追著風到來，站穩在同一座山頂，他除了尋覓祖先在這塊土地上殘留的體味，也迫切需要長得比少年人頭髮還濃密的完整綠林，全力掩護他閃電一般的身影。他同時透過不斷的自我警訊，來排遣父祖輩遺傳給他的被驅逐者恐懼：「我們的『打里摺』背叛了自己朋友，平埔人的心肝愈來愈像漢人，是劇毒發作時的顏色。他們找來更多漢人，拿賊一樣的眼睛，和我們兄弟的感情對立。巴萬，通報我們 gaga 的年輕人，務必小心，他們是要隨時防範我們再回來的意志。昔日的『打里摺』番親竟用仇敵的眼珠子，望向這座無辜的山頂，偵察我們的目光其實來自侵吞土地的賊啊！」

巴萬和瓦歷斯是最好的朋友。他們的父親塔達歐和西也尼都歸屬 Murauts，感情比眞正兄弟還要親。平常巴萬喜歡嘲笑瓦歷斯，說他鼻子長得好像一面堅硬的峭壁，連動作靈活可以倒掛的猴子，都爬不過去；瓦歷斯也會不甘示弱，回嘴吐嘈說巴萬從兩條短腿長出來的厚腳掌，根本抓不住崎嶇蛇行的山徑，他那兩隻腳宛如獵人追逐下，倉皇逃跑的忙亂山豬蹄，在土石地面滾動時發出的聲響，連遠遠空中盤旋的老鷹，也受到了不小的驚嚇吶。這次他們兩人回到 Pittu 祖先居住的地方，還是戲耍般沿途對槓下去，各持己見的爭辯反成爲他們最佳自娛的方式。

「我在這裡出生，將來我死了的時候，卻不能埋葬在這個地方。」巴萬一直無法明瞭，當年 Pittu 爲什麼非要離開這個地方不可？父親塔達歐過度誇大的憤憤不平，並未眞正說服他。塔達歐總是怪罪埔番蛤美蘭社人，指出他們一時天眞，招引平埔人來內山，確實帶來了日後無窮的禍害。幾個世代因循下來，曾經和他們互稱「打里摺」的平埔人，竟是他們瀕臨毀社滅族的元兇？而該爲族人如今奄奄一息的孤絕景況，付出最慘痛代價？Pittu 冷眼旁觀，溫馴的埔番爲了抵禦漢人勢力再三欺凌，不得不引入聯合陣營的平埔人。表面上，埔番不再孤立無援，他們因此毫不自知，早已被文明包裝的公議合同文字牽著鼻子走，一步步踏入那任人擺布的圈套內。

「千萬不要相信平埔人，他們不配做番，漢人怎麼誘騙他們，他們也全部學會了，反過來欺侮自己日漸弱小的兄弟『打里摺』。」塔達歐經常教訓兒子：「我們 Pittu 不能留在平埔人呼吸的地方，取用和他們同樣源頭的眉溪水，必須離開，很遠很遠，跑到他們看不見的地方。」他不時警惕年輕孩子，埔番蛤美蘭社人以爲活在和解的世界，沒有戰爭了，歸屬他們無憂的後代可以存活，興盛如夏日奔騰的眉溪了。然而他們萬萬沒料想到，正是這種屈從的心態，使得分散如稀薄空氣的少數族裔，持續暴露在「最危險的」處境下。「他們是怎麼被取代的？他們如何心甘情願，從祖先居住的土地上，無聲無息消失了？這一切竟然全來不及留下最後掙扎的動作。任何一點點亡命前掙扎的跡象，都被符合情理的掠奪者掩蓋住了。」塔達歐將Pittu對平埔「打里摺」的不滿，如同炙熱火焰冒出的濃煙，透過對著祖靈上上下下無言的溝通，逐漸升高了彼此互爲仇敵的恨意。他的兒子巴萬長成後，則倚靠他腰際斜插的那把番刀，繼續遺傳Pittu在撤退時的不平。巴萬回來，居高站立在平埔人慣稱的「生番望」頂上。這時他望見的，除了「水尾庄」內有平埔人和客家漢人混居的拓墾聚落，還有他們聯手殺戮樟木林後所闢成的腦寮、甘蔗園和水稻田，而和目前開發景象重疊的，更是他小時候跟著最後一群Pittu離開這片原居地時的形影：Pittu長者剛強的目光，不願意再一次巡禮，祖先所崇拜的土地飽含著淚水，濕潤了他那雙蒼老、模糊的眼珠子。Pittu遷徙的隊伍一路舞蹈著，過去一切的記憶都化爲水面上的倒影。

塔達歐將最小孩子巴萬輕輕背負在他寬厚的肩膀上，他知道往山裡走，是保護Pittu生存尊嚴的唯一方向，最遠白雲遮蔽的那個山尖，才有他的孩子未來庇護的居所。不要再戀棧往後撤退的眉溪了。那水聲不停訴說，Pittu在這兒的驕傲，巴萬的母親一定聽見了，否則她不會偷偷在流淚。而當這個清晨草葉上的露水借給她，淚珠滴到了溪谷中，連水中遺忘了過去的游魚，也跟著傷感。她早就想過，她的孩子再也不能像自然裡無憂的一條魚，水中戲耍後，爲沖刷了歷史痕跡的眉溪流水，激起一小圈、一小圈歡樂的漣漪和水花。她不敢再想下去：眉溪才是Pittu所有孩子的母親，從今以後，Pittu的孩子都將成爲告別了祖先的孤兒吶。

「好久好久以前，不肯同化在你們勢力下，我們Pittu跑了，山裡去投靠Mabaala的親戚。不過，當你們再次望見前來爭鬥的戰士，手中握有嚴厲的番刀，你們一定不會看錯，不是我們Mabaala的親戚來看你們。你們當然分辨得出，命定是我們跑了的Pittu，回到祖先呼吸的地方，取犧牲者的頭顱，用它灌滿的血腥，來思想以前的生活。」在Mabaala部落長成的Pittu勇士巴萬，不再是當年從眉溪出走的那個弱小孩子。不過當他順著眉溪源流的走向，瞭望沿山地景時，舉目可見的腦寮、甘蔗園和水稻田，並不意味著欣欣向榮的景氣。從他解讀，那是被剃光了綠色髮絲的土地禿頂了，它們災難般暴露出脆弱的表層，這幅沉淪的眉溪圖畫竟讓他忘卻了偵防戰士驍勇不屈的天職，而放任自己的情感一逕墮落至莫名無助的深淵內。巴萬今日無助症候的發作，不過是當年 Pittu 堅決出走後，長久淤積的無奈情緒如狂雨下的溪水延後暴漲，而終於潰決，暴發了洪流。收容記憶的大河潰決。它所帶來的無助，絕不是孩童巴萬自己造成的，那理當是整個 Pittu 失望的附身。

瓦歷斯除了鼻形陡峭如懸崖，他纏鬥到底的意志也足以讓山林猛獸膽怯而走避。他從父親西也尼學到了岩壁般固守的領域觀，堅持 Pittu 未曾拋棄眉溪流過的祖居地。他們暫時轉向深山內的 Mabaala 親戚，尋求一隻堅強手臂的奧援，在他們如火上升的期待下，必將族人生存爭戰的時空界限給拉長了。「沒有眉溪，就沒有 Pittu。」巴萬對於 Pittu 撤退的想像，瓦歷斯完全不能同意。「西也尼不是講明白了？只要 Pittu 世代的祖靈不肯離開眉溪，Pittu 的勇士就有守望土地的決心。」瓦歷斯從跨肩斜背的煙草袋，依續取出煙斗、煙草和打火石，一派男人在承平休戰時才具備的悠遠沉思。不過令人詫異的是，他莊嚴藤帽底下晶亮的眼珠子，卻仍流露出銳利、渴望的眼神，表明是獵人遇見了心所嚮往的山林狩獵物，強力追逐的原始戰鬥一觸即發。巴萬不禁預感，不久後瓦歷斯就將發表更具顛覆性的一段宣戰誓言。

他避開了瓦歷斯鷹眼的掃射，將沉重的目光灌注在瓦歷斯胸前斜掛的那件披肩上。不知道多長時間過去了。成串豔紅色的挑花菱形紋、黑底上浮織出的一整排純白菱形紋，在巴萬眼前化作一個又一個 Pittu 歸回的祖靈。祂們騷動的眼神和瓦歷斯形似，沒有一絲安息的意願。「我們所尊敬的 Pittu 長者，怎麼可能出賣了眉溪躺臥的山林土地？平埔人請人代書寫下的那一紙開墾契字，只能自圓其說他們對於 Pittu 土地的貪婪。他們借貸的漢人文字內，充滿了暗藏的機巧，而不見眞正誠信的影子。攤開雙方公平合議的背後，埋伏著祖先最恨惡的欺瞞，而那一堆詐騙的巧術不是曾經傷害過平埔『打里摺』嗎？這紙片面同意的交易，豈能借給你們，作爲殺戮我們 Pittu 記憶的兇刀？」瓦歷斯，你準備好了，隨時讓腰際沉睡的那把獵首刀出鞘？

巴萬不知如何安慰他。瓦歷斯繼續陳明他的控訴：和平歲月不可能被記錄在漢人誓約的契字上，唯有進行爭戰的日子，平埔人才可能創造更大矇騙的空間。埔番蛤美蘭社人落入結盟的圈套，將祖先土地的主權換成一紙虛構的承諾，不疑有他地將對方侵奪土地的貪婪，等同於「打里摺」間仗義伸張的同情。這不正使得他們最後僅存的結局，頂多是「草地主」這個空洞的身分？我們 Pitu 的祖靈多年來守候的，絕對是手執番刀再回來的子孫，我們的身軀隨時準備流血，而不是靠著那份無用契字，任憑文明的虛假表情出賣了族人與生俱有的權益。

「祖靈呼喚我們獵首的刀，今日務必取回帶血頭顱，Pitu 的災厄才能停止。」巴萬適時提醒瓦歷斯，逼迫倖存的 Pitu，往深山投靠 Mabaala 的惡勢力，除了是威脅他們祖先土地的平埔人，更有跟蹤平埔人進入內山的漢人，以及他們共同帶來前所未見的致命惡疾。「我們 Pitu 的祖先從來沒有遇到過這麼不乾淨的惡病，震怒的祖靈發動了，獵人頭安撫祖靈，神聖的祭祀不能再延遲。你不要輕易忘掉了我們出草者背負的任務。」

*

「有幾個青番仔躲在大溪對面的山頂。他們居高臨下，向這邊望過來。」警備中的金城仔反而顯得更沉穩。他前一陣子還能表現出旺盛鬥志，如今卻是有氣無力，神態疲乏的模樣；即使敵方進逼挑釁的緊急處境，都不能激發他的對抗意識似的。這幾天來，天候變涼，入夜後沿山一帶更瀰漫著寒意，彷彿整個眉溪流過的地方已經通體虛弱，隨時可能不支傾倒了。他感覺連黑暗惡病的來襲，都有令人爲之著迷的吸引力。他因此並不排斥。「Pitu 的刀要來砍下我拍瀑拉的頭？你們尊敬的老頭目，不是與平埔『打里摺』的阿里史頭人用忠貞的契字立了誓約，允諾我們土地開墾的權利？在祖靈見證下的 Pitu 難道反悔了嗎？我們已經聽過太多牽強的詭辯，再也無法忍受你們利用喧鬧的眉溪，起來控訴平埔『打里摺』，替我們冠上詐欺和瞞騙的污名。被憤怒蒙蔽了理智的 Pitu 啊，不識漢字的你們，豈可把一個一個漢字工整書寫而串成的契字，統統視爲咬住 Pittu 頸項的毒蛇？你們拿拔出的番刀，替代理論用的柔軟口舌，講什麼是我們先行霸占了 Pittu 祖先的土地，等到鞏固地盤，既成了事實，才半哄騙、半逼就範，把你們圈套住，再來畫下那紙屈辱的契字？」

煩躁的金城仔失去了耐性，他覺得胸悶和頭痛欲裂，怎麼那守護眉溪出入的咽喉，占據著水尾沿山最頑強地勢的「生番望」，整座山岩突然發病似的癲狂，晃動了起來？它從低聲地嗡嗡鳴叫，擴大爲山岩撞擊時的震撼，然後是崩塌前間歇的嚎叫。好容易等到了片刻安靜，那兒又有沉落到眉溪肚腹的一陣巨響。

「頭家。」客家長工一夥人將金城仔團團圍住。體力衰竭的他，看來一臉驚駭。他昏厥倒下的地方，四周是飽滿穀穗彎下腰來的稻浪。那兒正是他進入水尾，沿山砍伐樟木林的起點。「你們千萬要提高警覺，『生番望』那邊有好幾把出鞘的番刀。刀光在樹林間閃晃，要下來殺人囉。」金城仔最是憂心，並不是眼前這個危機。已經好幾天了，他感覺脖子部位有炙熱火苗持續燒灼著黑暗通道的咽喉，連吞嚥口水都極不舒服。他向來不輸一頭山豬，這般自豪的體魄消失了。他只得忍受四肢痠軟症候日夜的糾纏。他連站在赤炎炎日頭當中，都覺得全身發冷，寒顫不安。他忍耐吃進腹肚的食物，最後也會「嘔」、「嘔」的幾聲，狼狽吐了出來。「頭家你額頭怎麼燒燙燙？我們先背你到寮仔內歇睏。等一下再拔些草藥，熬來給你退燒。」這是一名葉姓長工給他的貼心建議。金城仔心內暗驚。他喃喃自語：我害怕的日子終於來臨。

病痛的悽慘讓金城仔渴望回到伊小時候熟悉的熱鬧市街：每逢過年，伊達邵都會前去大肚城收租。那時他們來訪的聲勢多麼浩大。他們以花冠盛裝，在庄仔底沿路遊行。他們大方展示平埔「打里摺」贈與的大塊醃漬鹹肉和阿拉粿。番親們家家戶戶，沉浸在感念恩情的節慶氛圍中。他們的快活滲透到聚落大動脈的街市路上。

曾幾何時，祖先不曾遇見過的惡靈降臨內山。純潔的水沙連，大大受詛咒，惡靈在她納入同一身軀的地域歸屬中，重重挫傷了伊達邵母親。先是伊孩子明顯突出的額頭，再來是髮角隱晦的地方；而後是原來平滑如潭水的面頰，通達如熟悉山路的頸項；接著是伊們勞碌工作之後，應該亮澤如日出的手腕皮膚。它們還擴散到伊們剛強手臂上，稠密如早春剛播下的種苗；最終又傳播到日日撫觸土地的下肢，那是最懂得謙遜的身體部位了。母親哭訴她從頭到腳出痘的孩子，莫非再也抵擋不了惡靈的附身？水沙連孩子的身軀只能任由水皰侵襲，密密麻麻如布滿天空的繁星。不待天明，它們急速紅腫，在瀕死的刑罰中腫脹，直到化膿的汁液破皮流出，活人的氣息被撲鼻惡臭淹沒了。

直到那時，熱病纏身的思貓丹社人才醒悟過來，在四處喪葬的哀歌中，深思與懊悔：當年我們聽聞蛤美蘭社人在內山孤立無援的苦情，又遇見平埔「打里摺」失落了海口土地的傷懷。那是我們水沙連社伊達邵體恤番親，溫情扮演牽線媒人的角色，才招引平埔人，進內山拓墾。可恨連我們漂流的祖靈都無法預知，脫離不了漢人的平埔人，早成爲跟著漢人呼吸的影子，所有依附漢人身軀的惡靈，也將如影隨形，成爲影子中籠罩不散，牽連爲共犯的第二層影子。

「shpuut、shpuut，不懂得我們的禁忌，隨意呸痰、亂放屁的你們這些人啊。shpuut、shpuut，你們是shpuut。」伊達邵這樣稱呼著平埔番親們擺脫不了的漢人。這一批惡靈宣告黑暗主權的代價，得由許許多多進入祖靈世界的伊達邵，共同來承擔。漢人的幾年之間光景，卻是我們用山環抱的那潭水，一漲一落短促之間隙，咱水沙連祖靈已在母親們滴下淚珠以前，召走了數千個還不願停止呼吸的伊達邵。

*

阿飼安靜看著 iya 匆促收拾行李。她瞥見 iya 眼角泛出了淚光。

「我要跟妳去。」

「我早就講過了，妳不能跟。」江津用加倍嚴厲的語調嚇阻伊的大查某子。

「小弟仔要照顧好，我出門才會安心。」江津回想金城仔來車籠埔庄迎娶她的那日透早。如今伊帶著同樣坎坷心情，預備面對同一個查埔人，也一樣擔憂著不能承受的未來。只不過當年新嫁娘的她，驚懼中仍抱持素直、光明的希望，現時伊是兩個囝仔的老母，卻提早有了最壞打算。

「那裡又不遠。水尾庄我早就去過啊。baba 那當時還稱讚，講我眞好膽，過大水一點兒攏莫驚。」阿飼還在跟江津嚕，她上嘴唇翹得高高，好強卻又急得快要嚎出來的表情。她知影 baba「出痘仔」囉。山寮仔的長工來庄仔底報消息，要伊 iya 趕緊過去。

「嘜再吵。妳咁欠我修理？」她哪會不知，染這款病的人必須隔離。厝內若有人染得這種歹症頭，整庄頭會驚到沒人敢挨近。連咱半路仔堵到，停一下要相照問，攏不會有人理睬你。他們還要沿路喊衰，親像堵到鬼同款。金城仔的阿嬸「鹿仔港香」嘴尙介毒。她不是曾經講過，「出痘仔」這種惡病不是很快要了你的命，就是一世人留下醜陋的「麻仔面」，不論是男是女，攏算破相囉。伊這個阿嬸輾轉聽來的民間版清宮傳奇，就充滿了這樣的疫病祕辛：「話說清朝入關，初始統治中原的順治皇帝，不是隱匿深宮，規避從塞北疫區前來朝貢的蒙古王公；就是在京城爆發重大疫情時，倉皇逃出皇城，自我隔離在荒郊的山野中，如遠避戰禍般，閃躲天花的襲擊。堪可憐憫是他終究還在『出痘』威脅下，英年早逝了。而伊皇太子康熙出生不久，就被送出皇宮『避痘』，還是在兩歲多感染了天花。他後來雖逃過了生死劫難，仍留下終生麻面。可悲的是，當康熙帝終生推廣種痘防疫法，有效嚇阻了天花蔓延，滿清皇室仍在間隔兩代以後，再度面對這一死亡疫病的威脅：死裡逃生的咸豐帝，也是麻子；慈禧太后獨生子的同治皇帝，則在未滿二十歲的青春盛年，猝死於滿目瘡痍的天花災病。」模仿講古仙的阿嬸，當時還特別壓低嗓音。她昭然若揭，透露了貴爲天子的清宮皇帝，不也持續敗陣在不可抗拒的天花疫病？

金城仔如今染上惡疾的打擊，讓遠嫁內山番社的漢人少婦江津，在一夜之間老成世故了。尤其近幾年來，足可奪命的「出痘仔」疫病，隨著漢人入墾的腳步加快，而在各個內山聚落無情的擴散。漢人帶來致死「惡靈」的傳言不脛而走。即使不少平埔人接受了官府「種痘」防疫的保護，作爲平埔「打里摺」的伊達邵，卻因生番身分，未晉「文明」教化行列，而遺漏在防疫守護的官方網絡之外。可恨伊們隔離不了日益趨近的漢人，只得平白暴露在「惡靈」滅族的無止境恐慌中。

「誰還沒有『種痘』？水社番一大群人來收租時，最好躲在家己厝內，不要出來了。」江津回想，今年夏天牽田期間，她和大肚城的拍瀑拉婦女一起做阿拉粿，表面上她們擁有如昔的歡樂，更深探測，那兒卻浮游了更多疏離，以及短期間內驅趕不散的不信任。彷彿每一塊剛蒸熟了的肥軟阿拉粿，皆有可能藏匿了眾多「惡靈」。即將帶來滿面瘡痍的天花災病，怕是會藉由難以設防的阿拉粿，流竄四方。

「我看免驚啦。咱若繼續給伊們漢人纏著耶跟，伊們切未清氣，伊們水社番早慢會將咱們，和那些愛亂放屁的 shpuut，一律看作不潔的『惡靈』。我煩惱，根本是伊們一看著咱們，就趕緊走避。今年阿拉粿嘛免蒸蒸那樣多。這幾年，水社番元氣大傷，恐驚伊們再來收租，嘛眞稀糜。」

「唉，連咱四周圍的拍瀑拉攏這麼悲觀囉。」江津畢竟是從外庄嫁入來的漢人媳婦。她可以觸覺到，從伊溫熱指掌間捏塑出雛形，草綠、活的一塊塊阿拉粿，暗示的不再是這些番家族慣常的歡慶（只可惜她仍讀不出來，阿拉粿可能是內山水社番、水眉社番、埔社草地主和伊們引來的平埔人，在官府傾灌大量漢墾民的意志底下，彼此傳遞災厄信息的新一批喪葬紀念物吧）。

江津還未嫁入內山，就曾經「種痘」過，因此早能免除對「出痘」疫病的恐懼。她萬萬沒有想到，金城仔從小到大不曾「種痘」過。她出發前往水尾庄以前，忍不住探問金城仔的阿母：「malau，咱庄仔底人不是眞多攏有『種痘』仔，哪會只有咱金城仔無咧？」和她一樣憂心的味忠合，只輕淡回應著：「伊們洪家的 malau 英太禾在世的時候就告誡子孫，咱不是漢人，咱有家己拍瀑拉的祖靈在保護。」她敏感到，平常時仔尬意會東會西的厝邊隔壁，或是街市路邊做買賣的店家，掛在嘴邊雖然還是親切招呼的「頭家娘，入來坐喔」、「妳要去哪裡？要來作夥吃飯否？」，卻顯見態度有所保留，或者顯露出驚弓之鳥的神色，而彷彿因著預防傳染的心理作祟，提前將伊本人看作了瘟疫。

江津細漢印象中，車籠埔庄若有人做師公，過身出山的，時而可聞是短命的查埔人。平埔人的內山大肚城庄也不例外。「咱查某人死翁婿，常常有。」每當隔壁庄頭有人辦喪事，出山隊伍路經了大肚城街，總會有蒼涼心態的拍瀑拉 malau，旁觀這眼前哀情，跟著嘆息的同時，冷靜陳述伊們的了悟。

現時江津家已堵到，也能認命了。她潦過大水，咬牙在逆流中站穩的當下，也先行預備好了至親可能的死亡。反正她從小經歷的每一項重大考驗，都不容許她有事先演練的機會。那些發生如同急風驟雨，來了就是來了。誰若抵擋不住，人也活不下去。這樣率直的庶民判準，讓一切好事、壞事皆變得單純極了。

她不是個寡言的人。但不知是何緣故，她火速趕往水尾庄探病的整個歷程，日後鮮少對外人提及。只有遺忘，可以緩和她當下承受的驚嚇。她連恐懼都無法具體感知。那過程彷彿只是一場短暫的暈眩。

病榻上的金城仔猶可意識到：是她來了。他頎長身形總是讓容納伊的床鋪顯得過度窄小。他病重時依然挺直的身軀，則比被他砍伐倒地的大樟木還要固執。他輾轉反側，連有了她溫言的勸慰，都無法舒坦。這令人感覺，或者只有他厭棄了活命，才有放鬆下來的可能吧。他持續發燒，滾燙的體溫一直壓退不下來。她覺得眞可恨。即使金城仔性命的爐火僅存最後餘溫，「惡靈」還不放過他。伊夫婿展現俊美五官的平滑臉面，已稠密發過了痘疹，從數不清膿皰淌出的陣陣惡臭，打擊了他壯年男性的尊嚴。他下意識地將右手臂伸直，再緩慢抬起，接著憤怒地上下揮舞。江津懂得他的意思：「你不要我來照顧？要我遠遠走開？」金城仔緊閉雙眼。目前也只剩下他那尚未渙散的眼神，有法度精準洩漏出伊眞正的心緒了。這也是他極力掩飾的部分。他眞相信水社番所指控，出痘仔這惡病就是對敵的惡靈在作弄。他不要伊軀體內惡靈的鬥爭，蔓延到無辜的牽手和兒女身上。

江津痛心，金城仔竟然將伊身軀重病，等同於惡靈攻擊的後果？看來他不只失去求生意念，還寧可追求與惡靈同歸於盡的悲壯結局。他這最最謙遜的目的，不過是要遏止惡靈持續的壯大。他不准橫行的惡靈，利用他情感需求的弱點，再從他陷入不潔的身軀，後繼擴散到伊親族們乾淨、漂亮的靈性軀體內。

牽手多情凝視著金城仔猶緊緊密閉的那對目睭。難道金城仔以爲，閉鎖的目光才能讓惡靈關入黯黑牢籠？伊不要惡靈再任意出入，以致驚擾到伊至愛的親族。她注視的其實是他整體的容貌，那包括了他自虐的表情，和他不再剛強的軀體骨架。她彷彿看見了守望內山時，可以企及的所有漂亮山巒、溪流和平野。金城仔出痘仔了後，又被惡靈持續肆虐的身軀，如同內山家園意欲連結的所有山巒、溪流和平野，早被蔓延的蟲毒之災所啃蝕。那麼一大片土地腐爛化膿之際，遊走不同世代，以吞噬大地生機爲榮的那股惡靈，一定還不能滿足伊潛藏的欲望吶。

金城仔的悲哀，不在他盛年夭折，也不在江津少婦喪夫的孤單，更不在阿飼和小弟過早來臨的族社流離。「出痘仔」惡病引來伊人生的終結。那一刻，他不得不和出生地的大肚城徹底隔離。他，就是黑暗的瘟疫，他，是引誘了惡靈的不潔身軀。這些都歸咎於他，必要由他主動承擔。這些同時也是漢人罪愆在內山蔓延的苦果。

他斷氣在水尾沿山荒涼的草寮內。活著的拍瀑拉眼目瞭望得到的地方，禁絕了他遺體的歸葬。他的iya、兄長和兒女，只能遙遠聽聞金城仔被惡靈般瘟病纏身的傳說，以致他們對於他離去的悲傷，缺憾了死別現場的直接衝擊。所有時代的瘟疫，皆繼承了虛無夢幻的本質，是同血緣的倖存者終生難以落實的恐怖。江津是唯一陪伴者。她看到金城仔的死，神似水尾庄劫後的風景：時間刻度內永恆流動的不是眉溪的水，而是土地頻受惡靈磨難以後不潔的身軀。被指控爲不潔的那個身軀，在流動時間裡留下記憶的，包括了大群樟木在集體殺戮後的頹倒、伊們開山者在腦寮內共同經歷的煎熬，以及在那沿山地帶，連續誘殺水綠樹靈，使之邁向山林終曲的那一整幅新田風景。

阿飼長大以後，有時自我介紹，也會提起她是水尾庄洪金城的查某子。這樣突兀的說法確實會讓不明就裡者，平添她的族社出身困惑。她個人卻是清楚，只要大肚城的庄仔底沒有舉行過baba的葬禮，洪家親族沒有在他公開的喪事隊伍中哭嚎，伊baba就不曾如iya所描述，比車路邊遊走的無名貓犬更不堪，獨自一人穢賤的亡故。她不可迴避是平埔拓墾者洪金城直系的後代。伊baba在埔裡社沿山一帶推展的墾伐事業，最終淪爲人與山林之間關係失衡的鬥爭，仍由她個人概括承受了。阿飼回想：伊baba豈不是一度誇勝，清國治台官府積極推動「開山撫番」，咱平埔人番是番，「開山」還是可以走在尙頭前。而當伊查某祖的祖靈不以爲然搖頭，伊乖孫金城仔怎麼任意揮砍番刀，成了樹靈詛咒的兇殺案主謀？金城仔還是矛盾地成爲了伊查某子心目中，那個身手矯捷的開山大英雄。

戀情：林秀才帳房的轎夫

很少人注意到他的長相。他長得體不體面並不重要。有權勢的人家，是他服侍對象，他們也通常穩重而體面，這才是關鍵。他的肩膀並不寬闊，卻必須如負重水牛，扛起他應有的天職；而他雙腳生得雖不夠粗壯，勇健、耐磨的強度，超過全新鑄造的一對牛車輪。經年累月下來，他觸地的腳盤不斷長出龜殼一樣的厚繭，等到表皮破了流血，出水泡，結痂後仍會再度裂開，連穿壞丟棄成小墳塚的一雙雙草鞋都宣告，它們保護不了伊這敏感的雙足。他赤裸的兩隻腳成為脫不掉的最後那雙草鞋。

他不是天生沉默。大部分時間他寧可運用簡易的肢體動作，表達他樸素的意見，而等同於他口中講出的話語。這是習慣任人差遣者從謀生工作留下的後遺症。比如說，他垂下眼簾，把頭壓低，不是很熟又不怎麼利害相關的旁人讀取的意思，可能只是「就停在這兒囉」，換作跟他默契十足的，就會意識到「前面有危險，小心不要太靠近了」。當他時而原地轉圈子，時而蹲下來，還讓中斷拱橋一樣的眉頭不自然拉平，那個瞬間，和他一起做食的夥伴馬上能知影「頭家已經等不及了」、「必須改走另一條捷徑」。而且這表白的重點是「若在時限內趕不到目的地，他就準備轉去吃自己」，明白透露了他對這份莫歹的頭路，早做好隨時自我了斷的決心。他如果固執搖擺著頭顱，難得發出幾個「哼——」、「哼——」的連續單音，那就會提醒身旁至親的人：「他被人欺負過頭，不能再忍啦。」

他是番仔寮庄林田水的長子文勝。他們家族的男丁幾代沿襲，都是庄內林家的中鋪所僱傭的長工，連祖傳的姓氏都「挨」伊們頭家，而遺忘了眞正血脈的源頭。他自小穿梭中鋪那座醒目的門樓，在番仔寮林家這房頭的大瓦厝內進進出出，自然耳濡目染了拓墾頭人家族日常瀰漫的富裕氣象。他因此像極了出生後即刻獲得豢養的一隻家犬。他只要忠心耿耿地一路隨從，就不必擔憂啃不到頭家吃完剩餘，丟出門庭外的幾根骨頭仔。那麼他在終生要行的路上，都有了大樹庇蔭，如同從世襲奴僕的身分，萃取出活下來的根本保障。伊老爸阿水叔仔到老了，都以身爲林家人爲榮，他早年爲新生的大兒子取名時，就愼重參照了林家族譜上嚴謹輩分的排序。林家一世祖渡台後，在大里杙爲拓墾奠基，此後受到林爽文事變波及，斬傷了命脈，不過他們打斷手骨顚倒勇，同姓房親先後遷移塗城、霧峰和太平一帶，開枝散葉的結果，番仔寮林家分內鋪、中鋪和外鋪三支，形成庄頭的三大聚落勢力。歸屬林家中鋪勢力的林田水，爲長子取名「文」勝，即攀附上林家第十八世子孫所傳承的「文」字輩。他和聲名鼎盛的霧峰林家宗族長林文察、林文明、林文鳳等，雖然實質地位的尊卑，猶大過於天與地之間的差別，卻也能在底層翻滾時，自詡獲得了精神勝利。這讓他在人前人後都能夠揚眉吐氣。「我是番仔寮庄林家中鋪的人，阮大子和霧峰的林文察同輩。」每當文勝跟著伊老爸出外，阿水叔總是這樣自我介紹。一旦頭家是同親族仔，就是親上加親的厝內人。即便他們實質是林家使喚的僕役，這無關血緣的姓氏連帶，仍讓他們水漲船高，處處高人一等似的。

「坐在那隻大轎內，是哪一位大老爺？」

「退到邊仔去，不要給人家擋到路。無你以後，日子恐驚耶嘸這麼好過。」

「那麼鴨霸？這大條路嘛不是專門爲伊一個人開的。」

「噓，較小聲咧。我看你不曾堵到歹人，才會一點兒攏嘜驚。通庄頭的人，有誰莫知影，這個人尙匪類，你不驚給伊修理到金閃閃？」

「對啊，聽講伊隨便庄仔底，看到哪一家夥的查某囝仔，若尬意，就給人拉去強。」

「他亦是咱家己房親，林家內鋪的大老爺。伊就是咱庄頭通人知的林大海——林武秀才。」阿水叔低聲提示伊身軀邊跟著看熱鬧的文勝仔。姑且不論大家正、反兩面的評價，林秀才出入皆有人抬著大轎護送的顯赫排場，每次都能引來駐足圍觀的人潮。伊們一行人，風風光光穿過的畫面，無不讓這威名遠播的內鋪武秀才，再三成爲人們議論焦點。不過有別於番仔寮人對武秀才永遠的好奇心，以及歷久不衰窺探的欲望，文勝眞正濃烈的興趣，竟集中在這群抬大轎的下腳手人身上。

鮮少人會注意到抬轎的下人。他們是爲盛大排場布景的道具，是無名苦力。他們也許和犁田的水牛群沒有兩樣，頂多比負重奴役的這些畜生，多穿了件唐衫的衣褲。當他們揮汗如雨地前行，沿路享受歡迎和尊崇的，則是那個優越坐轎的富貴人家。不過懷抱少年夢想的長工之子林文勝，卻不禁羨慕起他們多彩的生活：扛轎的人走遍千山萬水，比較躲藏在轎房內的坐轎者，他才是眞正擁有沿途風景的內在富豪。街市遊行時，販夫走卒熱絡的表情；兩地之間長程奔波，必定跨過的綠色山谷和溪流；自然節氣上輪替的秋冬冷風、夏日狂雨和初春的涼意。這些轎夫生涯的最前線，並不讓人感到孤單。一個抬轎的僕役不會遺忘，他不時走向感官豐富的旅程。他才是拓墾土豪們東奔西跑開發事業的引路人，是他決定了身軀前進的速度，以及路途中移動的祕密節奏。

文勝雖說沒有讀漢文冊的命，人也寡言，可是他自細漢腳手伶俐，目睭亦眞尖。他對於一路伺候的頭家，當然很懂得察言觀色。而往往他不待對方開嘴號令，就能先行掌握頭家的好惡，撫順伊心意。文勝這樣的性格特質，使得他能夠在阿水叔刻意經營下，從同一輩的林家長工中，脫穎而出。他如願成爲番仔寮林家備受器重的一名轎夫。阿水叔最洋洋得意，是伊後生像是榮登了千萬中選一的科舉狀元榜，而隨從地方上最有權有勢的武秀才，當上伊一家夥人出門時的「貼身」轎夫。

「文勝，行到頭前山崁仔，就可以先歇睏一下。」有幾年期間，林文勝按常例會在早春時節出差遠行。他是幫武秀才的帳房康丙福抬轎，進內山收租。而且文勝慣常是他轎夫群中的頭手。他們主僕之間，歷經了漫長路途的考驗，因此培養出不錯的默契。林文勝比康丙福大個兩、三歲。每逢他們跨入昔日的界外番境，文弱康丙福就得處處仰仗身手矯健的林文勝。這樣際遇使得文勝除了是林家扛轎苦力，還需充當帳房行進內山的第一武裝侍衛。

「文勝，阿水叔怎樣還無讓你娶牽手？」林文勝抿嘴憨笑。他的雙手合抱，圈住右膝蓋的部位，身軀愈來愈前傾，快要吻到冒出春天嫩芽的草埔地了。

「我有時想想，做一個羅漢腳仔，無牽無掛，反而日子過得較輕鬆。」這是清光緒八年早春，三十四歲的林文勝還是一名扛轎的羅漢腳仔，時常坐伊轎子的武秀才帳房，則早成家立業，當上兩個查埔囝仔的阿爸仔了。

他們在火焰山附近，中途歇息。康丙福注視正前方的眼神，顯得空洞無主。他凝視那看不見的危險，以及隱藏在更深處，千斤、萬斤也放不下的複雜心內事。伊和文勝，兩人的目光毫無交集。「阮做人巡邏耶，拚性命做，一世人不可能有啥出脫。咱顧家己腹肚攏不夠啊，哪有查某人肯做阮牽手？」林文勝難得說出那麼長串的話。他口中傾吐的盡是認分。然而他一樣正視著前方的眼神，竟同步發射出一股蠢蠢欲動的男性欲望，而非空洞絕望。猶如少年時代的他，即使對世襲長工的天命，毫無反抗勇氣，仍從轎夫事業飄浪四方的腳蹤，抓住一絲愉悅的想像，進而鼓舞自己投入嚴苛的苦力生涯。他想，只要他作為苦力的身軀，仍燃燒著拚鬥的意志，他就相信，未來還有選擇機會吧。

林文勝侍候武秀才，替伊整家族仔抬轎，幾年下來，也歷練出這一類型下腳手人，和雇主之間既親又疏的往來方式。此刻他並不難察覺，康丙福一逕壓抑心內事的那股苦悶。

康丙福比文勝少年，就能贏得秀才信任，為內鋪林家掌管會計事務，可見他精明幹練的一面。但是當文勝更細微觀察康丙福的處境，卻不得不為他捏把冷汗了：他是知書達禮的讀冊人，和伊們幹苦力的卑下地位，大不相同。可是他畢竟也只是這個大戶人家花錢僱傭的「巡邏仔」。頭家要他生就生，要他死就死。說穿了，他到頭來也只能任憑宰割，一樣莫可奈何。

「大頭家最近好像常常出門？」當時只有他們兩個人。康丙福有意無意探問著林大海的近日行程。文勝知影伊正港關心，是這趟收租返回，有沒有機會靠近林家小姐？

「大頭家娘比較無閒。」文勝的意思，娘仔三不五時，會跟大頭家娘作夥去拜拜。

「那暗眠，你看到了……？」文勝不吭聲。康丙福也不是眞的要問他。伊知影家己干犯的天打雷劈罪行，勢將不為倫常所容。不過他宛如即將滅頂的求生者，在載浮載沉溪流中，渴望抱住一根浮木。他於是本能尋求文勝這類同是頭家「巡邏仔」的同情。

「你咁莫驚伊心眞狠？」下腳手攏知影，大頭家若遇著面子掛不住，伊性地一抬，啥代誌攏做得出來。

「兩日前，頭家娘透早就召你們入去扛轎，是送伊們去哪兒？」康丙福感激文勝率直的忠告。他一旦確定了對方是同情伊這邊的，就進一步渴望，掌握更多訊息。

「少年娘仔轎內直直哭。」他們抬轎的攏聽得清清楚楚。小姐盡量壓低了聲量，她還是嚎了眞悽慘，彷彿承受不小委屈。大頭家娘沿路對她大細聲，間雜著激憤的哭訴。文勝一旁聽來，是意作威脅，大過於爲母者眞正的悲哀。但少年娘仔伊不爲所動，打算硬到底。平常這對母女若冤家，內鋪的查某嫺仔攏會出來講，抬轎的莽夫們因此多有耳聞。林文勝這回則充當了現場目擊證人。雖然他平日寡言，仍從一個羅漢腳仔粗中帶細的心思，疼惜起處境艱難的這個少年娘仔，而忍不住幫伊披露了點心內事。

文勝對嬌弱的少年娘仔多所偏袒，似有不足爲外人道的緣由：娘仔是自細漢綁腳的閨秀，因而鮮少出門。但只要她一乘上扛轎，莽夫文勝的心神，就會如同春天裡的彩蝶，翩翩飛舞了起來。他從來不敢稍微抬頭，正面將她看個仔細。他只能夠遠遠瞥見，伊柔軟綢緞的衣襟和裙襬，伊掀開轎簾的一小節指尖；或是在座轎行進間，聽聞伊從轎內傳出的文文笑聲。或者他仍須等到風動的時候，才可嗅聞娘仔清新的體香，怎麼從他頸背後側，恬淡飄來，進而和伊汗流浹背時的身軀體味，不成比率地混合了。如同煙飛霧散，難以恆久獵取的這一切官能細節，都讓他甘願臣服在娘仔坐轎的瞬間，而偷偷地，和她建立起一個無法被任何帝王推翻的私密皇國。

「莫知影明年，咱會不會再入來收租？」康丙福突兀地岔開了話題。按照文勝扛轎的經驗，頭前引導的轎夫，若是擱下直行捷徑不走，而臨時轉向，選擇了另一條毫不相干的岔路，那麼，可推斷是原來熟悉路途上，出現了不可預測的危險。

他設想康丙福身爲武秀才管家的帳房，平時辦事機靈，遇上收成不佳，或是生計窘迫的散赤佃農，仍可毫不假以顏色地強力索租。任何時候，頭家派他出去催繳債款，也是絕不手軟。如今他總算意識到，這個精打細算的財務總管有多麼脆弱。文勝更好奇，銅臭味十足的這位大帳房，一旦遇見感情方面的危害，是否還能夠那樣勇往直前？或者他最終只能選擇逃避，作爲伊的解脫途徑？

康丙福不認爲自個兒多慮了。他的惶惑不安就是個警訊：紙包不住火。他涉入的這件風流情債，遲早東窗事發。屆時他想要全身而退，也不是容易的事。「大頭家絕對不會放過我。」他私意將這趟收租，看作是伊最後一次內山的巡行。

「我今仔日有法度在內鋪的林家站起，也是能伸能屈，吞下了不少苦衷。」康丙福何嘗無自知之明。伊能夠攀爬上內鋪掌櫃的大位，從頭到尾，完全攏是看大頭家的面色。一旦他得罪了庄民眼中這個土霸王，不光是伊前途攏總烏有去，可能連最起碼的一條性命，都保不住囉。

番仔寮庄的人背後談起康丙福，攏講伊在地方上是「一人之下、萬人之上」。伊客人仔出身，盛年階段即練就這番攀龍附鳳的工夫，庄民們即便多有猜忌，也不得不對他折服了。尤其番仔寮林家在地方上的聲勢如日中天。他們最愛誇口：「從咱番仔寮庄一直行到車籠埔，攏找無別人的一角仔土地。」林家三大鋪，又以內鋪的林大海武秀才，最是霸氣沖天。鄉里方圓百里內，無一人敢招惹到他，唯恐伊長得虎背熊腰，一要起無情刀槍，肯定傷及無辜了。更何況，他們還有林家數代累進的家產，和仰賴這偌大家族吃飯活口的大批長工，作爲據庄爲王的後盾（這些納入同姓宗親的長工，農忙時刻是佃作高手，一旦遇見抵禦外侮的械鬥關頭，又可充作鄉勇。若有庄內人將武秀才視爲地方上擁兵自重，「土豪中的土豪」，也就名副其實了）。

自清光緒年間，治台官府推行開山撫番政策，深受清廷器重的霧峰林家宗族長林朝棟，獲得全台灣的樟腦專售權。林家自行組織武裝兵力，開發內山樟腦和生產蔗糖，作爲出口貿易大宗的拓墾事業，蒸蒸日上。作爲林家另一支系、和霧峰林家有密切他房宗親關係的番仔寮林家也跟著蠢蠢欲動。內鋪宗族長們雖無林朝棟之輩那樣，擁有直通清宮皇朝的豐功偉業，卻也不甘落於人後，而急於攀附上開山事業的大好形勢。

有庄民傳說，這樣時局下的林大海，雖自認孔武有力，內鋪林家也有聚眾凌弱的本錢。但他畢竟還是小地方上土氣十足的豪強，和曾經長征中國，打過太平天國的林朝棟勢力，仍難在拓墾事業上一爭長短。非林姓自家人的康丙福在短短幾年間竄起，成為族長得力的左右手，即仰仗伊那客家出身。於是有一批批客家宗親，經他招攬，成為伊大頭家發展開山事業的先鋒。他也因此升高為內鋪家臣中的骨幹人物。

「大頭家還需要利用我嗎？」康丙福時常捫心自問。他對林大海心生的畏懼，遠大過對伊本人的忠誠。他很清楚，內鋪林家在番仔寮庄一帶，幾代搜括的土地已趨飽和，個性鴨霸的林大海，對於枯守祖遺資產，並不感到滿足。康丙福按捺下性子沙盤推演的整部棋局是：即使武秀才在本質上不過是個莽夫，仍知影林家未來開山事業，必須借重他在內山的人脈，和他精明算計的巧智。他們方能跟霧峰林朝棟勢力合縱連橫，分取一杯羹。

「骨子裡他還是把我當外人看待。」康丙福一直覺得，林大海不只習慣目中無人，更令他不安的是，大頭家根本不信任伊。幾年來康丙福以誠惶誠恐，「伴君如伴虎」的心境服侍大頭家，使得他變成一個更富於心計的帳房。他在林大海面前，長期唯唯諾諾。可是在許多情況下，他一轉頭，可就變臉，毫無忌憚地扮演了土豪嗜血開發的幫兇。不分族群的大批農奴，都被他踩在腳底下。伊大頭家這樣的大墾戶，更是榨乾了剩餘的山林土地，才肯罷休。讀過孔孟聖賢書的伊，因而背地裡仇恨著家己。

她現在怎麼了？伊阿母知影啥？我那一日坐在大廳，感覺有燥熱的一陣風，自側面迴廊罕有人出入的方向，輕柔拂過了。我下意識抬起了頭。那是她緩步前行，即將穿越的先兆吧。她少女的身形比網住大里溪口的茫霧還不具體。她對陌生世界洞開的目睭，更比眼瞎之人的經歷還純眞，而宣告了她即將用一世人的代價，換取整個家族從目不可見的沉淪中拔出？

康丙福為了救贖他的自我仇恨，寧可落入她用純眞設置的完美圈套。他這次總算理解，從天眞的女人贏得一夜風流，比在槍械底下的賣命更危險。並非他天性就會黑白來。他從未肖想過大頭家的獨生查某子。那根本是任性的阿元，一手主導了這場亡命遊戲。「我是伊意愛的查埔人。」康丙福頭一次覺得，他不再是武秀才手下唯命是從的「巡邏仔」。他比這個歹性地的莽夫還優越。反正「開山」本來就是個隨時準備人頭落地的投機事業。他自知，若無干犯番眾，奪取山林的意志，怎麼稱得上開山拓墾的先鋒？道德君子傳續的家風和祖訓，不適用在像武秀才這樣的爲人父者身上。那自然也壓制不了伊觸犯不倫底線的反逆心理。康丙福即使受到中國五馬分屍酷刑的威脅，都不能承認由男女愛欲構成的這宗罪行。這是爲了殺頭的臨界刺激而存在，天理不容的感情。那是怎麼樣都談不上，是阿元這名如花閨女對伊構成了致命吸引力。「連她對我的愛戀，都和開山事業的巨大誘惑一樣，包裹在我不願坦承的一連串謊言當中。」

康丙福不認爲漢人渡海來台以後的社會，眞能夠繼續遵循過去傳統的倫常、道德及王法。在康丙福眼中，大頭家是個取得了傳統功名的大地主。他更是目無王法的投機者。那是熱中暴利的投機客，反射到在室閨女肉體和精神上的另一種掠奪快感。開山事業推進者最愛的，豈非還是茂密綠林的處女地？康丙福自剖：那是爲開山賣命的查埔人下意識的情緒發洩；也和仲夏暴雨時的大里溪潰決神似。「話說大頭家今仔日有法度累積那麼大筆的家產，豈不是我千辛萬苦，清除了擋在伊頭前的許多阻礙，才開拓出一番新氣象？其實伊安逸慣了，至多是跟在我後面，順勢收割那滿滿結穗的大片稻仔尾。」如同康丙福私底下對家己的形容：「我算是借用了大頭家交在阮手頭，早已沾滿血腥的同一把開山刀，從容不迫地自殘了。」這是他們倆之間，唯一角色的不同。

康丙福年年入來埔裡社收租，攏是林文勝扛轎。他不僅熟識沿著烏溪走的內山道路，對於他們固定歇腳的大肚城公館，更生出類似遊子歸家的自在感受。況且在林文勝本鄉的番仔寮庄，他不過是個扛轎苦力，是老大不小，還找無牽手的羅漢腳仔。可是當他來到內山番社的大肚城，就從容貌鄙陋的下腳人，一下子升格爲身價不凡的另一款人，所有尊貴人士可能得到的特殊禮遇，都讓他獨享了。

超乎原本身分的這些友善對待，大肆鼓舞他表現出高人一等的自信。「阮番仔寮庄流的田水用攏用不了，收成的米糧溢滿一座又一座穀倉。嘜講要飼阮們一大公族仔，即使分一點仔給土角厝內，鑽來鑽去的大隻田鼠仔，容許牠們的嘴齒慢慢仔咬，三年、五年嘛還有夠。講到阮林家三大鋪，那麼大家夥人合起來的土地，是闊到會驚死番。」平時寡言的苦力林文勝，親像水池仔內底聒噪不休的水蛙，連他和這裡埔裡番閒閒在開講，都不自覺大大膨風囉。

好笑伊把番仔寮講得親像無煩無擾富足的仙境，娘仔身軀邊的查某嫺仔是個個飄逸脫俗，如同天上神殿內踏在雲端的仙姑。至於他們抬轎服勞役的長工，地位當然直追站在玉皇大帝兩側，神氣威赫的武將囉。

番仔寮林家的大地主不曾親身入來埔裡社收租，反倒爲伊帳房扛轎的林文勝，成了年年來訪大肚城的熟面孔。又當林文勝隨著意氣風發的康丙福，四處展出武秀才名號，似乎就足以攀緣大夥戶聲勢，來得到內山平埔人半帶疑懼的器重吧。可惜年復一年，轎夫林文勝依舊是大肚城市街上短暫停佇的漢人過客。「唯獨我扛轎行過的每一條道路，將來還會記得我。因爲我汗流浹背，反覆滴濕了內山的土腳。」林文勝陶醉自得的表情，讓旁觀者不得不相信，他是這麼認眞懷想著伊在漂泊道途中流汗的耕耘。

「今年，可能是我最後一次入來收租。」番仔寮庄林家帳房康丙福還憂心忡忡。他不時預警，自個兒將從開山事業的高峰，狠狠墜落下來。他將就此失落大頭家賞賜的全部權力和尊榮。就在這同時，一路隨從他的羅漢腳仔林文勝，則意外捕獵到人生轉變的契機。文勝第一次感覺，他負重如被鐵鍊鎖住的肩膀，以及時常踩陷在泥濘中的悽愴雙腳，統統飛到了比棉絮還要輕盈的高空雲層中。

幾年以後，他依舊無法釐清，當時是他大膽勾引了她，或者根本是他誤闖大肚城番的生活獵場，才不意中成爲她逐獵的目標。甚而難道是伊早死的番仔翁婿，化作了蠱惑人心的番祖靈，以此覓得伊這個漢轎夫，陪伴伊生前牽手的後半世人？

林文勝落腳公館才沒幾天，大肚城市街上的人就迅速傳遞起曖昧的耳語。不過日日陪伴江津，熬度寡居之苦的庄仔底拍瀑拉們，則默契十足地閉口不提這一件事。庄仔底人像是心意堅定，要讓還未醱透的糯米汁，在有效醞釀期限內，徹底發酵，俾讓它釀成了有氣力上升，和祖靈逐一溝通的大口大口祭酒。「查某人死翁婿，常常有。」大肚城市街不分是漢商頭家娘、查某嫺仔、長工，抑或是居無定所的鹿仔港挑夫們，總是在蜚短流長的這段期間，選擇足以化解難堪的這句話，作爲窺伺拍瀑拉遺孀和漢人轎夫，怎麼樣快快送作堆的不倫情節開場白。

「你去過車籠埔否?」江津第一次和林文勝講話。那是伊主動開嘴。

怎麼形容他走路呢?她看他行路的時候,目睭不太看人。即使他步伐不快,也讓人覺得他十分急躁。或者當時不是他在急,是有沉重責任,在伊後邊催促著。如果他是一匹馬,這就是快馬加鞭的意思了。他職業性的好腳力一回歸日常生活,即顯現出長年操過頭的深度疲乏。任何人用心盯著,都可探知行進中的他,走著走著,反而給人行屍走肉的錯愕感。她遠遠偷窺他的臉龐,早衰地流露著和實際年齡極不相稱的風霜感。那和務農子弟每天深鎖在田土裡,任由日頭曝曬相比,又是大不相同。開園耕田的人神情安定,即使乾旱、日曬、過度雨淋、土質匱乏接連考驗,他還是會根深柢固,即使有枯萎、潰爛,都繼續留在原地,沉默承受。它們像是不再拉高的甘蔗,比別地方生產還瘦小的樹薯條,而至終長成了地域風土底下特有的形貌。江津感覺這個轎夫精神的早衰,近似她童年在車籠埔庄看到的那些做山仔人。他們因著隨地保持警戒,防範不明危機從歸屬權限模糊的周遭山林竄出,而陷入一種和出身環境密不可分的習慣性懸疑。那是對於越界引發殺機,時時過敏的不適反應。這是他所立足家鄉,彷彿還未確認她坐落的方位,還持續在一座山和另一座山中間移動著。

江津知影,洪家整公族仔無人會阻擋伊再嫁。這種狀況若換是在伊後頭厝的車籠埔庄,就眞歹講囉。除非這家夥仔人原本散赤,無地討賺來飼你們孤兒、寡婦,必須放妳再嫁。否則那一般是愈富裕的家庭,愈歹參詳,而認定咱守貞節的查某人一嫁入門,死嘛要做伊們那個公族仔的鬼,哪會肯放妳,又去拜別家夥仔的公嬤咧?

「咱拍瀑拉死翁是有,講啥守寡?那就免啊啦。咱無這款例。」

「咱查某可以再娶,咁不是?妳講有哪一家夥的 malau,翁婿早過往,伊就憨憨守在那裡?阮不曾看過。」

「是啊。咱大肚城常常就是查某娶查埔耶入門。又不是咱 iya 攏無土地可以分啊,是有啥好驚咧?咱是無實行講,擋人嘜再嫁娶。」

「咱查某囝仔就無給伊綁腳仔。同款道理，伊若要再找一個翁婿，咱哪有可能給伊綁住耶？」

番庄內空虛喪夫的江津，同時歷經了未曾有過的自在。

總講一句，江津這幾年住番庄，早有理解，伊們庄仔底的查某人，原本來就無那麼閉俗。這個所在，生查某比生查埔的有價值。這是江津自細漢不曾意識到的。這些查某人，嘛無親像伊過去在漢庄所接觸，若是可憐，翁婿早死，根本就不准妳再嫁；若無，硬逼妳，講趕緊得要再嫁誰。那是攏無可能，給妳家己主意。

「車籠埔離阮番仔寮庄無遠。」林文勝的頭家，習慣將他當成無意識的行腳工具。他們將他逼臨體力極限的懸崖邊，卻不可能讓他自行決定，下一趟腳程的方向和目的地。伊這款苦力是有腳無心。那個要去的地方，和他自動隱形的性命目標，通常毫不相干。一個地方和另一個地方的距離遠近，皆不涉及他的個人情感。

他很訝異，此刻家己爲何急於透過一個庄頭和另個庄頭距離的測度，大膽表達伊對彼此相近出身的揣想？

「阮大頭家常常去太平。林家有真多親戚住那裡。」

「不少人來來去去。」

「番仔寮庄離阮車籠埔不遠。我細漢的時，你們庄頭的媽祖間熱鬧，我有入去看戲過。」

「阮有一個同房的阿嬸，就是從車籠埔嫁來。」伊以前攏莫知影，家己這麼厚話。她還來不及應答，他就熱切搶著講，像是對方不肯回話，放伊一個人唱獨腳戲，嘛無啥要緊。

這些心內話藏在伊腹肚內，藏真久啊。如今不吐不快。他傾吐的是一名羅漢腳仔淤積多年的孤單。雖則他長年扛轎的日子，不時身在路途中。他被頭家決定的行程追趕著，不得耽誤，而使得他的注意力，不得不集中在這賣命的兩條腿上。它們前進或停頓，踩在顛簸路面的知覺，是他對肉體親密接觸的最務實想像。當他踏過溪埔路，腳底磨蹭在大小不一的砂石上，那半圓弧狀、光滑飽滿的石頭表面，吸取日照激情後留下的餘溫，已能完美替代查某人柔軟的胸脯，賜給了他溫存的慰藉。路途中注定了，不斷後退的風景，不論是遠山、近樹、平疇、溪岸、台地、緩坡、低谷或者茅廬草舍的人家，都因扛轎的他，和舒適坐在轎內的人，統統是過客的雷同身分，而一致地冷漠以對。結果這反倒激化他征服高傲環境的欲望。它還升高至情欲的濃度，連和他擦肩或者拂面而過的一草一木，都影射了他對查某人身軀的熱切渴望。

林文勝自早就見過江津。只不過今年伊再來，她成了新寡少婦，才讓他重新注意到她的一顰一笑，讓他們之間有了機緣，進一步生發男女情愫。這所有變化如同一株凋萎老樹冒出嫩綠新葉，滿布入夜後的天空，而在僞證死寂的寧靜中，意外爆發了希望。這回他才剛歇腳大肚城公館，就有街市路上開店的漢商巡邏仔，半是無意地提醒伊：「文勝仔，咱認識也不是短短的一冬、兩冬，算是兄弟仔感情囉。你聽我苦勸，眞實甘願一世人，做個無子嗣的羅漢腳仔？等你老，無力扛轎啊，甚至連行路嘛未致力的時，你就知影驚。放較聰明咧，憑你有本事爲大頭家扛轎，這樣好的條件，要在咱埔裡社內面，找一個平埔的番仔查某做牽手，可以講是綽綽有餘。」

林文勝不解，這個人一向唱衰伊們這款扛轎的人。才一年沒見，伊怎麼變成另一個人似的，開始對咱成家立業的光明前景，信心滿滿？

這個蓋雞婆的街仔尾巡邏，終於露出神祕笑容：「你想看嘜，查某人少年就死翁，又帶兩個細漢囝仔，怎麼活得下去？尤其伊們大肚城番不會守，田愈做愈少，恐驚耶怎樣的大公族仔，攏飼未起這孤寡的母仔子。更何況，伊雖然嫁入來番庄，嘛本來就不是平埔人。」是伊主動報馬仔，大肚城番寡婦江津的孤苦景況。

「可憐咱大肚城番才死沒多久，伊的牽手就對著漢人。」

「她本來就不是咱番仔查某。」

「伊們兩個相好，有一陣囉。」

「最可憐是咱庄仔底的大材嬸。伊屘仔子這麼少年就無去，已經眞悽慘囉。萬一江津改嫁了後，又把伊和咱大肚城番生的兩個囝仔帶帶走，伊們 malau 驚會愈艱苦。」

「那查埔孫跟伊 iya 改嫁，是無話講。但是金城仔的大查某子，就嘜肖想要作夥帶帶出去。伊們 malau 尙重那個查某孫仔，這是通庄仔底攏嘛知的代誌。」

「阮如果是番婆，牽多少查埔人的手，伊們絕對攏惦惦，莫有啥意見。如今問題必定出在：我這個漢人查某，是入來做伊們大肚城番的牽手。續落來，阮若跟一個外位仔來的漢人作夥，就明明牽涉到到伊們番庄人的自尊囉。」江津心內這樣嘀咕著。

江津加減懂得忠孝節義的基本人倫，她也並非毫無持守貞節的烈女情懷。但是硬生生橫阻在伊面頭前，是不知該怎樣活下去的難題。伊們洪家的 malau 在金城仔「出痘仔」，病重難醫之際，就曾經憂心表示：「我看祖靈來討人囉，救不回他性命的。早年金城仔伊 baba 過身的時，除了洪家別的房頭，還有咊家嘛在阮同庄頭，做咱的靠山。我眞煩惱妳還那麼少年，兩個囝仔攏還未大漢。妳在咱內山，抑無一個後頭厝可以轉去。萬一金城仔眞是無啊，大肚城洪家恐驚耶無法度給妳過啥好的日子。」

那當時江津難過極了，卻是噥到一半，就將剩下的苦處，嘴爛同款呑轉去。金城仔若狠心撒手，她失去的，將不只是一個翁婿。當年伊從車籠埔庄行入來內山，從漢人查某囝仔，轉作了生分番庄的新婦，其間掙扎，所有遇過的艱難，全然放諸流水。

假如金城仔走了，她將不再有牽絆。伊將遠離平埔的內山？那麼，她下半世人不用再勉強做番了。「我生的兩個囝仔，早混雜了大肚番綿長的血緣。在內山和海口之間徘徊的祖靈，注定要糾纏伊們一世人吧。」

江津渴望有人出現，爲她終結內山的日子。她那新寡少婦狡黠的目光，毫不戀慕形形色色的埔里番，而獨獨專注進出內山日益頻繁的漢人。自從她晉升爲 iya 地位，童貞少女的矜持逐日模糊，她不再停滯在初嘗男女歡愛的羞怯。她沾染了內山番婦的率眞。她們哪有靜默等待查埔人來「牽」伊手的道理？連媒妁之言，禮教規範的形式，都嫌束縛伊們身心了，何況是她這麼一個不再是閨女的寡婦？要活口，就要設下捕獵的陷阱，要飼大漢承家的子女，就要攀緣在另一個查埔人厚實承重的肩膀上。

她能有的選擇並不多。她終於盼到了早春蒞臨的大肚城。他的目睭細細蕊，鑲嵌在艱苦人勞碌的面孔上，像是剛在清晨醒來的一對豌豆莢，半瞇半閉中，還凝凍著清新的露水。江津站在古井邊汲水。他癡癡凝望。當下她意識到，並不惹人厭煩的那兩滴晨露，正滋潤著伊乾涸了一整個冬天的情意。伊的鼻仔塌陷，像坍垮待修的茅草厝頂。加上伊悍草並無真高大，委實短少了金城仔那款，率直呈現在俊秀體態中，宛如利箭射出的堅決意念。

她不自覺將目睭前，大膽凝視伊的這個查埔人，和伊死去不久的番仔翁婿，仔細評比了一番。她在精打細算，又若有所失的同時，竟能極不相稱地精神煥發了起來。金城仔若是無聲沒入暗夜的大山，往古井頭走來的這個查埔人，就是清晨為伊迎接希望的甘露。「這兩桶水那麼重。我記得，妳住的厝，就在頭前的庄仔底，嘜跟大肚城公廳離真遠。我可以幫妳扛過去。」江津含笑默許，極力鼓舞他殷勤的手腳。

雖說他半是一個生分人，江津對伊的苦力形影，早有所聞。番仔寮庄林家的武秀才，每年派帳房入來內山收租。他總是神氣十足地行在頭前，以老練轎夫才有的沉穩步伐，引領著帳房座轎的前進方向。「他是一個羅漢腳仔。人骨力，扛轎腳手又伶俐。」同樣在古井邊取水的另一個庄仔底人，細聲議論著轎夫和寡婦在井邊調情的大膽作為。她們搧風點火的傳言，比古井底清泉汩汩冒出的速度還快。她們估算明年早春以前，這名扛轎男人就會親身扛來大紅的新娘花轎，將穿上再嫁紅裙的江津，風風光光娶出內山的大肚城。嘻鬧中，她們不忘更尖酸嘲諷：「他娶一個牽手，免費奉送兩個未細漢的囝仔。成雙成對，萬年富貴。這個羅漢腳仔好狗運，入來揀到俗貨。伊準備做咱大肚城番的便老爸。」

林文勝和江津曖昧關係的進展，和伊平日扛轎趕路的速度，不相上下。他們還超前了庄仔底人多事的揣測。不用等到第二年早春，當年秋冬更迭的十一月天，金城仔過世未滿一整年，林文勝娶親的花轎，即扛進了內山陰鬱的大肚城庄。

江津陪嫁的囝仔，目睭前只見伊屘仔子福基。罕見從頭到腳光鮮打扮的林文勝，卻更喜上了眉梢。江津穿著喜幛般張揚的綢緞大紅裙，更誇大了她懷有身孕之後，肚腹明顯外突的寸尺。

「恐驚伊花轎坐無一半的路，就要生了。」

「無妳們庄仔底人是在歡喜啥？伊腹肚內，又不是大肚城番的種。」

「夭壽，林文勝不光會曉做人便老爸。」

「騙肖仔，不趕緊娶出去，換作是伊們死快一年的金城仔，躺墓仔埔，留在那兒等做伊們漢人囡仔的便老爸，那就害囉。」

「無要緊。人伊們大肚番較重查某子。留一個大查某子，贏過好幾個查埔耶。」

大肚城街那些現實的生意人，對這門婚事熱中旁觀的程度，顯然遠超過世代守在庄仔底的大肚城番親。他們相招逗熱鬧。別人飲滾水，伊們站在旁邊喊燒似的，爭相走告，講要作夥出來看：「新郎扛轎。新娘是大腹肚的寡婦。伊帶著大肚城番的囝仔要出嫁囉。」

iya 辦喜事那日，阿飼獨自一人，偷偷仔把目睭哭紅腫了。那是形同喪葬告別式的嫁娶儀禮。那年她十二歲，小弟福基八歲多，iya 江津即將改嫁到大里溪畔的番仔寮庄。一般新嫁娘出閣前，得跪別養育之恩的父母，大腹便便即將臨盆的江津，含淚道別的卻是金城仔的 iya，和伊家己親生的長女。

洪家簡直淪爲喪家。大紅嫁裳的江津踏出房門，味忠合則端坐高高廳堂，以金城仔過往那一日的同樣肅穆神情，送別這個再婚的漢媳婦。唯有體態和心智皆不幸早熟的少女阿飼，任憑伊阿嬸在房間內苦勸，仍是抵死不肯出來。

「妳不出來送 iya，莫驚伊會傷心？」

「妳做人大姐，至少在小弟上轎以前，出來和伊講幾句仔話？」

「不要，我不要出去。全庄仔底的人攏在笑咱，講咱 iya 甘願跟一個扛轎的，走到遠遠去，不要我囉。」

「嘜聽伊們黑白講。妳 iya 本來也想把妳作夥帶走，是 malau 不肯。」

「有啥稀罕。我是洪金城的子。我要繼續住在大肚城。才不要去啥番仔寮。」

「所以妳要了解 iya 的苦衷。」

「爲什麼要把福基仔帶走？以後沒人會承認阮小弟是大肚番的子。」

「唉，等妳以後跟人牽手，才會知影妳 iya 今仔日的心情吶。妳嘛嘜那麼硬氣。想看嘜，現時有人住庄仔底，就見笑承認伊是大肚城番啊。」

那日透早天光，阿飼就幫福基仔穿衫。對方爲伊打點好的行頭，從長袍、大褂、瓜皮帽到鞋履，一應俱全。她私底下提醒小弟：「等你大漢，家己轉來大肚城找阮們。畢竟你是咱洪家的人，對否？」不知天高地厚的福基仔，則安慰著哽咽的阿姐：「路再遠，我都會一個人偷跑轉來。我知影大肚城怎麼行。」當日透早，密集鞭炮聲在花轎四周轟隆響起。福基仔又驚又興奮，多少轉移了注意力，而不再糾結進大姐淚眼所湧出的愁苦當中。

浩浩蕩蕩一群人長途出遊，這樣的新鮮感暫時盤據了福基浮動的心懷。他對 iya 戀棧心理的移情，竟將扛轎苦力，視同了値得託付的有力者。他還對著身旁盛裝的 iya 誇口：「等我大漢也要學扛轎。妳想要去多遠的所在，攏無要緊。我送妳，順利去到那裡。」

江津在閨女年代步入的第一次婚姻，是沿著烏溪，走向內山完成的。現今她穿上更妖嬌的大紅嫁衫，則貫徹在遠離內山的全新意志底下。她並不確定，自己再次託付終身的扛轎人，能否用他如日影位移的身軀，擴大遮蔭伊攜來的稚子？不過她至少意識到，出入內山游移的腳蹤，正要糾纏住下一個世代，而且在福基仔自信滿滿的豪語中，牢固生根了。

當林文勝以勝利者姿態，擺脫羅漢腳仔黯淡的生活；整個番仔寮庄所承擔的小地方哀傷，卻更形巨大了。凡在時光完美推進中所發生的大、小事件，從破壞、縫合到再生，皆無法回復原狀。這項無情鐵律不只適用於活在滅頂邊緣的卑微人物。當年年底，大肚城番身後拋下的寡婦江津，才剛透過正式婚配的名分，納入了林文勝戶口，她就在眾目睽睽的短短幾天內，由番仔寮庄的產婆，爲她接生了林文勝骨肉。「她入門那一日，步下花轎當下，咱庄頭眞知人情世事的那些阿婆仔，就猜準準，看伊大腹肚的形狀，穩是查某仔。她隨時可以生啊。」甚至迎娶江津的花轎一踏入庄頭，就有坦率的番仔寮庄人彼此打賭：「林文勝平常時腳手那麼伶俐，煞等伊扛得家己牽手，才知影歹勢。他怎麼慢呑呑，無奶無力的款？莫非轎內底坐了太多人。太重，伊扛不動咧？吼，說不一定這隻花轎扛到半路仔，林文勝還沒潦過咱這裡的大里溪水，他從未見過面的囡仔就等不及，提早將紅撲撲的頭殼和幼綿綿胸坎仔，好奇地伸探了出來。」此時旁觀者中，竟有好挖苦人的，故意連續發出「哇——、哇——、哇——」的響亮號哭聲，而即刻引來一陣壓低的竊笑。

當天一大早，林文勝娶親的喧鬧鑼鼓聲還沒終結，庄內另一頭的內鋪林家，卻已在不動聲色的寂寥中，提早釀成了掀天的風暴。那還是寒氣逼人的清晨時分，離武秀才翹尾張揚的大瓦厝不遠，滿是企圖心的剛升起日頭，依舊突破不了習慣活在沉鬱中的龍眼密林。有一名巡田水的老大人路過那兒。「呸！這些老龍眼欉那麼會拓，厚到親像一層銅牆鐵壁。一寡仔歹面仔尚愛藏在內底喔。」他一直認定，有啥不可告人的陰險物件，長期躲避在這片龍眼林內。

「那群歹物仔住未慣習死人的墓仔埔。」那是他獨特的洞見。

「他們不甘願。龍眼欉最有本事跨過那陰陽違和的兩界。這個所在最合伊們的垃圾趣味。」老大人的氣口，親像神和鬼，他攏嘛會通。他不只懷疑，這一大片龍眼林從來就不是啥乾淨地方。連偶爾發現一、兩隻貓仔、狗仔生蛆的屍骸，安靜橫躺在龍眼密結的某株樹幹底下，伴隨繁榮伸展的枝椏、油綠生機的葉片，而漫天擴散著嗆鼻腐臭味，他都寧可相信，那不過是個小小預警的序曲。它背後還有更大詆毀的力量，正在醞釀中。即使在萬事興隆承平期，番仔寮庄的老大人仍篤信，殺戮存在於時時朽壞與再生的偌大自然界；殺戮意念，可說是一個世代強過了一個世代。

今仔日透早，這片狡獪的龍眼林並沒有在老大人目睭前吐露眞情。也許是庄仔老大人太過習慣它日常的陰沉，反被矇騙了。他謹愼穿過這片龍眼林，就在逼近內鋪的大瓦厝時，原來想要繼續直行的伊，卻突兀地左轉了。他正朝向番仔寮庄最熱鬧的媽祖廟口行。他估算在抵達以前，可以在林家中鋪稍作停留。文勝仔的大腹肚牽手，也將會在那個路口，行落花轎。他想：「從內山出來的這個番婆，竟然會去對著咱庄頭尚古意的羅漢腳仔？咱絕對要給伊看一個詳細。」

康丙福度過最寂寞的一夜。他終於放下心中那粒大石頭。「今仔日文勝娶親轉來，我應該現身，現場給伊熱鬧一下。」他將下垂的手軸輕輕提起。他將放低的下巴抬高一些些。「阮難道連一仙傀儡尪仔攏不如？怎麼腳手攏拉莫震動？怎會天氣冷到頸脖攏僵住了？」他全身並非一動不動。龍眼林內形成的一股風往那邊吹，他下垂的雙手、低俯的下巴，就會微微跟著靠向那邊，不再抗辯，如同枝椏細聲含蓄的搖擺。他擅長踏出穩健步伐，以符合他大帳房優越地位的雙腿，總算不必故作富貴姿態了。它們懸浮在半空中，和土腳之間令人失望的距離，比目睭望得見的黃竹仔坑山還遙遠。那至少證實他確有勇氣放下了浮世的虛名。

昨晚康丙福並未驚動任何人。出門前他挑了一件樸素的藍衫穿上。那是客家子弟無分貴賤，皆有法度籌措的行頭。他也換上一雙全新的黑布履。「他們找到我的時候，最先看到的，應該是腳上穿的這雙鞋。」他希望那個發現他的人，接納他是潔淨、有教養的，而不會過度驚嚇，把他當作鄉野枉死的垃圾鬼。他在龍眼林待了一整夜。一個人。但有許多人的形影，一個接一個浮現，來向他告別。阿元仔是第一個。她哀戚的眼神，透露出堅決獻身的意志，清新湧流在身軀內的情感，讓她宛如一株雍容花朵，在少女階段提前盛開了。「妳阿爹知影否？」她搖頭，極力隱藏自己的恐懼。

「你會驚否？」她這恐怕是多問了的空話。但她相信，他愈是懼怕，兩個人的運命愈會連結在一起，她因此自虐般，獲得了滿足。

「千萬不能讓伊知影。」

「那早慢會發生的代誌。」

「妳得保重。」

「阿母講要摔死給我看。」她沒有多透露，阿母已經作主，發落好她的婚事，對方是萬斗六的大地主，田園真多。他們不會等她點頭。

他從年歲習得的世故，仍掩飾不了伊的懦弱。伊知影，不再出聲的阿元仔，正等待他剛強的承諾。那包括了「咱作夥跑去外位仔」、「等妳把囝仔生落來」之類，令她感到安慰的話語。

他的牽手也來告別。

他先開口了。

「妳要再嫁。」他心內是要對她講，「阮真對不住妳。這世欠的，等後世人再還妳。」

「你哪會忍心放落阮三個母子？」

他覺得自己三魂七魄正慢慢散去，他逐漸冰冷僵硬的身軀，負荷不了更多情感。

他最無法面對的人還是出現了。

「好膽嘜走。」

「大頭家。」

「你還敢叫？」

康丙福知影目前伊僅有一條路可以選擇。

天光，日頭卻照莫入來。老大人來過，又跑了。老大人頭殼原來就裝了太多魔神仔的形影，反而沒有發現他正在龍眼林內。他並沒有太多掙扎，很快就斷氣了。只是他的遊魂還徘徊在附近，護守著熟悉的軀體。絕不是龐大的道德壓力殺了他。

一年後的某日，江津抱她剛滿一歲的細漢查某子，路過這片龍眼林。她懷裡紅嬰仔立刻號哭起來，宛如受到了極大驚嚇。當天直到半暝仔，沒有人可以搖她入睡。江津不由得猜測：「康丙福還孤單一個人住在這兒。」她告訴林文勝這件代誌。「一定是咱查某子去堵到帳房阿伯囉。」隔日，他們準備了幾份牲禮，來到龍眼林對天祭拜。文勝還請作夥扛轎的那些兄弟仔幫忙，抬了一座空轎，擺放在旁邊。伊們恬恬仔燒金紙的時陣，林內起了一陣冷風。林文勝感覺那是康丙福靈驗了。他於是哽咽開口：「帳房老大耶，你每年攏坐我的轎，入去內山收租。阮知影你一個人住這兒，有厝無地轉去，眞受苦。今仔日跟阮牽手特別來招你。請你坐入去咱的大門轎，讓阮扛你轉去，好否？」

水裡城的姐妹

「阿姐。『揹祖公』那日妳有轉來否？」清冷中更形濃烈的月光，陪伴洪阿李跨過了空曠院埕。隨即她又步出整落瓦厝埋下的陰影。她急促走向半天高的成列檳榔樹。「眞無彩。今年菁仔開花，妳未赴看。」她看起來不像是自言自語。而且今夜她是循著檳榔花捎來的警訊出門。

「按理講，原本要娶你的拍瀑拉，應該是阮阿姐。」她的率直帶有挑釁意味。自從阿姐發生了那個事件，她就莫名地感到憤怒。她自認一世人攏無法度平息。

「伊叫啥名？」

幾天前，阿李眞好膽，決戰似的單獨跑去找王大羽，想要跟伊把代誌講個清楚。雖然這不是頭一回。而參加走鏢的大肚城少年家內底，搶得到頭鏢的，拚來拚去，就那幾個。他正是其中之一。她認定這個王大羽根本就假仙。大肚城牽田，顯得最傲氣的查某囝仔，肯定包括從水裡城過來的伊們這對姐妹仔。他哪會叫不出阿姐的名？

「洪家神主牌仔內，找無伊的名啦。」她瞥見王大羽困窘的神色，卻決定將家己作爲受害者，那激烈反擊的本性，變本加厲地投射在他身上。這也成爲他們日後相處關係的原型：失去唯一姐妹的囝查某子，將外人難以調解的悲憤，一古腦兒轉嫁到她和入贅夫婿的綿長情感中。那是她緩和少女成長痛覺的自贖儀式。那是她的自我犧牲吧。

「如果她還活著，滿十八歲了。」她停格在那個盛放的年紀。讓人攀折不到。她是夏日午後遽落的雨線，瀉下，但來不及深入地土。伊只足夠潤澤了高高在上的那一串放浪檳榔花。她曾經因著阿姐的遭遇而感傷。如今她反是羨慕起伊那可憐際遇的短暫發生。

「阮若心肝搰較橫咧，不如明天嘜娶他。牽手這件代誌，咱就不要，徹底給伊放水流好啊。」她還不想娶查埔仔入來厝內。姨嬤來和 iya 講親事，她還氣得甩門而出，外口四界去弄溜鏈了老半天，硬是不肯轉去吃飯。

她知影，那門親事尙開始是要牽給阿姐的。「阮還細漢。」她對男女的代誌並非毫無所知。這兩年來，她也開始褲底會流血。阿姐開始流血那年，第一個知影伊身軀祕密的，就是阿李。於是她追問：「爲什麼查某囝仔大漢，會流那麼多血？」阿姐一副老神在在，決心承擔責任的模樣：「因爲咱祖先入來開墾，被內山的番刣過。伊們思念厝內大小，一直流血，不肯乾，最後順著咱厝後壁頭那條，從天光到暗眠攏嚎莫停的南烘溪，沿路流轉來。咱水裡城的查某囝仔不肯安分，常常潦到那個溪仔邊玩水、洗浴，才慢慢染著了祖先思慕咱們的血腥。」那時她開始恐慌，屬於家己身軀的艱辛日子即將到來。而且她知道的更多。祖先做記號在拍瀑拉查某囝仔身軀的流血，可能暗藏了復仇動機。有朝一日，她會透過查埔人挨近的身軀，或者在伊渴望成爲 iya 的腹肚內，凝結成另一個新生嬰孩的胚胎，以延續番親們腹背受敵的生存處境。

今夜她完全沒有期待婚娶的快樂。

那一日，iya 出來找她，哭喪著臉勸解：「只剩下妳一個子。若不是一眨目，妳阿姐人就無去，今仔日不會讓妳這麼爲難。咱厝內嘛要有較骨力的查埔人，來幫咱做田。不然妳 baba 年紀大囉，咱這個家族仔要怎樣維持落去？」阿李跟伊 iya 作夥傷心。「阮才十三歲，甘願找幾個姐妹仔伴，來厝內逗做食。叫我跟那個王大羽牽手生子，也生嘜轉來十八歲的同一個阿姐。」都阿柿這時展現出更堅決的意志：「妳是要將他娶入來咱水裡城。他會跟妳。阮嘛只有妳一個子。妳一世人，到老攏免離開咱厝內。咱 baba 所有的田園，嘛會放放給妳。」

今仔日她喜慶的婚宴上，baba 不只重複阿姐喪葬那一天的表情。這讓她得到了些許慰藉。「我眞無法度理解。哪有啥人的 baba、iya，甘願查某子飼那大漢，又把伊嫁嫁出去？無講時行抽那啥豬母稅？嘛只是應付、應付，到尾仔亦是連查某子和孫，攏帶帶走。」阿李印象深刻，伊 baba 不只一次跟她述說起返回海口原社的兒時記憶。「咱水裡城的人自早是從水裡社移來。妳咁知，咱那邊的本社還有幾戶仔咱拍瀑拉的親族仔無移過來。細漢時，我曾經陪阮 baba 和其他房伯轉去找親。喔，那邊有社親人無子，頭一個就先去分一個查某囡來飼；到尾仔，又分轉來第二個，才是查埔耶。人多親咧，那邊的漢人囝仔伊就不要，偏偏不驚路途那麼遠，特別入來咱水裡城，分一個轉去飼。」

阿李眞可以理解伊 baba 愛的鹹淡，伊第一是尙愛查某子，生就是賺。第二咧，免講嘛知，查某子要招、要養，尙好是咱同族仔的拍瀑拉，大肚城、生番空攏可以，嘜天天憨憨，又去混著伊們漢人就好。「哼，咱有一寡仔拍瀑拉，愛讀讀那麼多漢文，讀到咱番仔味攏無了了，我才不要咧。」baba 哪會講咱比較有番仔味？阿李可納悶了。問題是，咱 baba 的頂一代，伊那些房伯、房叔看了尙明顯，連一個漢名攏無，嘛攏到老還找無牽手，連傳攏傳莫落去啊，比人較認眞做番又怎麼樣？有啥好處？

洪阿李不解，baba 極力將她推向婚姻，難道是肇因於伊們水裡城洪家，正面臨了單傳無子嗣的集體恐慌？伊 baba 洪旺時常念起：「當年妳大伯公洪元做咱帶領的頭人，將水裡社的族親招作夥，整群搬入來內山。阮們一大家夥人前前後後，陸續從海口的大肚山移來埔裡社開墾。咱千辛萬苦啥攏莫驚，唯獨煩惱是出了一大堆無子嗣的拍瀑拉羅漢腳仔，險險就要斷子斷孫。」

洪旺自細漢，看到伊同公族仔內，綿延好幾房的至親伯叔們，悍草攏莫歹，怎搞得一個個少年時在海口，就已耽誤了婚事。伊們攏還有番仔名，啥「阿萬」啦、「律先」啦、「律見」啦、「生律」啦、「愛汝」啦；也有的還維持著有名無姓，父子連名的拍瀑拉傳統名制。他們大半世人只知影拚生拚死。公族仔傳到了阿李 baba 那一代，共同墾成的田園雖不算少，卻相對地人丁稀薄。「妳老祖過身前幾年，就時常怨嘆，從水裡社出來，不甘願和那些漢人混作夥的，算咱這家族仔子孫仔最旺，尙叫有腳手。哪知影生了這群憨子弟，一個個鱉縮，找無牽手。咱水裡城番是否徒有空殼，而無實質的蛋仁，以致蹦不出半隻雞仔子？等伊腳伸直，雙手背後壁，飛去見祖靈時，恐驚仔咱血脈就險險要斷啊囉。」

阿李早就發現，和伊 baba 同代的房伯、叔，好幾個都不姓「洪」。伊終於忍不住探問了：「伊們和咱，應該不是同公族仔。但是眞奇怪，堵到培墓，伊們嘛會作夥拜咱老祖，對否？」那當時，洪旺是在一陣苦笑之後，拋下嚴正卻語意含糊的聲明：「光看葉仔生成的形狀，還有枝頭掛得果子甜澀的滋味，就會知影，是否同一款樹木伸根入土飼出來的。」直等到某日，阿李聽聞伊 baba 和其中一名房叔火爆的對談，才稍稍理解他故作神祕的先前應答。

「咱們明明是同房的兄弟，怎麼不肯和大家同姓？」

「阮們老爸生前交代，咱若還歡喜做番，祖先留下來的名字就不要改。」

「人講同姓才能同心。這樣下去，幾代以後四散的子孫即使在車路邊堵到，也莫知影該怎麼樣相認了。」

「阮無姓就無姓。要做伊們漢人，是你們家己甘願。我看大家田無溝、水歸流，日後互不干涉就是了。」

阿李知影，伊們這個公族仔是連神主牌仔攏到尾仔，才學那些漢人拜公嬤的例，順著時勢潮流，後補立起來的。伊們回過來推算，baba 的 atau 是入來埔裡社水裡城的一世祖。阿李猜想，伊 baba 的 atau 在生又不完全認同伊家己姓洪，過往了後卻被供奉，成爲洪家公嬤牌仔頂的一世祖，嘛一定有伊身不由己的苦衷吧。

「咱平平姓洪的親同，妳看大肚城洪阿飼，伊的 baba 早早就和漢人牽親戚囉。伊嘴有夠毒的那個阿嬸，更是看咱番眞無的鹿仔港人。咱咁一定要找一個拍瀑拉？」都阿柿拚勢走衝，和大肚城王家老輩商討兩家婚事的期間，阿李故意試探伊 iya 態度的底線。

「若不是拍瀑拉，尙無嘛得要是咱埔裡番。無阮只有妳一個子。妳若跑去拜漢人的公嬤，咱祖公、祖嬤日後是誰來替咱背咧？」

洪阿李還未將王大羽娶入門，就下戰帖似的主動找伊相鬥。但是她骨子裡，仍毫無疑義地默許了與拍瀑拉通婚的雙親堅持。何況伊白細漢，就行灶腳同款，跟 iya 過家，到平平是拍瀑拉聚落的大肚城庄仔底，找伊 iya 後頭厝的 malau 開講。這個 malau 亦是正港拍瀑拉。伊是大肚城高家的查某子，庄仔底人若在高家大埕牽田，自然攏有伊的份。阿李跟這個愛做番的 malau 眞親。伊長成之後循著母系這邊血脈，培養爲族人抖田祭儀中，尙頭前領唱的女曲頭，也就不難理解了（阿李 iya 後頭厝的都家，同時有房親精通著漢文。她因此推斷，伊 baba 一直沒有明講，刮洗講「漢文讀過頭，番仔味無了了」的對象，應該意指了住在大肚城內，特定幾個 iya 親族仔吧）。

（漢人講古仙仔喜歡高談闊論，中國歷史傳奇中，邊疆藩屬的番族公主怎麼樣下嫁漢人，犧牲步入了漢人中心觀點底下的和番政治聯姻。我作爲拍瀑拉後裔的一名當代作者，則將水裡城洪阿李和大肚城王大羽的當年招贅婚，解讀爲逆反的族群抉擇。我認爲這是拍瀑拉意圖排除漢人的同化驅力，血緣認同上的政治抵抗。這是內山平埔番的後裔們，在漢人勢力尾隨而至的緊張年代，有意識地以族社內通婚，重新鞏固自身拍瀑拉認同的一次政治性婚姻安排。）

都阿柿和洪旺的堅持不是沒有道理。追溯到了埔裡社三世的阿旺盛年，洪家親族仔內底，即使還沒開始跟漢人通婚，也逐漸撤退底線，和非拍瀑拉的埔裡番親們建立起密切的聯姻關係。

「咱姓洪的，一個至親的房叔律先，伊就去給烏牛欄的一個姓潘的散毛番招。這一、兩年，伊們生的子，又轉來也咱平平姓洪的招，查某子咧，嘛同款嫁轉來水裡城。日後伊們生的孫，嘛又攏咱水裡城姓洪的。」都阿柿在屘子阿李招贅拍瀑拉的前夕，講起了伊們洪家一位房親，怎麼樣頂一代人出庄，去給散毛番招，但是到了下一代，招嘛好、嫁嘛好，攏又怎麼樣倒轉來水裡城的過程。

「所以講，是 iya 妳給我提醒，咱還要繼續做番？」阿李反問都阿柿。

「我想，妳嘛翹翹耶查某子啊。」當時都阿柿並無直接回答。

伊們母仔子這樣在講心內話的那當時，無一個料想得到，阿李將王大羽招入門，作夥一世人，嘛冤家一世人，但是煞偏偏仔攏無生。到尾仔，伊們養轉來的一女兩男，頭兩個剛巧就是都阿柿提起，出庄給散毛番招，後一代招和嫁，又攏搬轉來水裡城住的洪家族親的又再後一代人。又再尙尾仔，阿李養的屘仔子，就是王大羽同家族仔的囝仔囉。

洪阿李招贅大肚城拍瀑拉王大羽，所排序出來的下一世代養子女族譜，顯見還是一個非漢的內山平埔家族系譜。而當這樣的埔裡番家族，在下下世代的通婚中，開始混入了漢人血緣，也正是洪阿李晚年，成爲了末代拍瀑拉的同一個歷史進程。

*

補償似的洪阿李、王大羽入贅婚，可還壓不住前一年喪事帶來的舉族感傷。昨夜她還獨自一人。當時遲至夜深，她仍無法入眠。於是她步出戶庭，而聞見洪家瓦厝旁的檳榔樹，在孤寂無花的半天中，竟發出恬淡誘人的芳香。她直覺是阿姐轉來看伊。

「記得咱們講過，有滋味的檳榔花尚婧。妳娶翁婿的時，希望滿院埕都是菁仔在酣醉時噴出的香氣。我就笑，講妳死嘛甘願，化作一串最放蕩的檳榔花；即使清麗宛如罩霧，那迷離的白花，也遲早得從半天上摔下，屍首掉落在日照餘溫的地面上。妳則用那一貫爽朗的回應，透露出妳還能無憂地飛越重重雲層，在靜待翻轉運命的暗眠，至終閃爍爲一粒一粒清白的明星。」

她急於跟阿姐傾訴更多織網一樣的心事：「我明日將穿戴的頭冠和紅裙，原來就是爲妳預備的。是山風紛亂在吹，驅散檳榔花稚嫩的心，而傳遞了意外早熟的結果。請讓妳唯一的妹仔，將這份檳榔花般晃動的心思，包裹在咱新娘仔的新鮮身軀內，如含在口內一粒菁仔所發出的灼熱感。妳才是咱水裡城洪家即將新生孩子的iya。不要留下我一人，孤獨的在人世間，漸漸年老了。我不過才十三歲；妳只要肯再多走一步有呼吸的路，十八歲的新娘仔就由妳來當吧。咱兩姐妹，不是一脈單傳、腳步零落的家族。在baba、iya心目中，承接祖傳的家產，妳還是有第一順位當得的份吶。」

那一天她本來要跟阿姐作夥出門。

「咱又不是雙生仔。不要老是跟在我後面。」

「哼，誰稀罕。」

那一天落單了的不只是阿姐，更有和阿姐小小嘔氣的洪阿李。哪知那一日阿姐面對的恐怖，不過是一眨眼時間，而她，則需承擔無腳無手的後半世人。

瓦耐尤旦不認識她。是他側背在腰間的那把獵首刀，決定了出鞘見血的瞬息。那把刀那麼久沒有mgaga，渴了。「妳千萬不能碰。」鐵刀躺在家屋烤火的架子上，他再三警示家裡的女人家。「但是，無時無刻不在注視著我們的祖先，不是教導過，A'tayal 男人在戰鬥時獵首的砍刀，不屑挑釁比他弱小的女人和小孩？」他出草行動的勝利，提前蒙上扭曲的陰影。

「長者一開始就警告我們：當他召回祖靈，完成小米豐收感恩的祈福，Bayungan 的年輕人，得立即離開瀰漫祖靈的這座祭場。他說絕對不能回頭，也別想暗中窺伺，那接受了叫喚的 Mabaala 祖靈。」記得初割小米收穫的那天，瓦耐尤旦帶著敬謹的心，讓山巒起伏般，畫出了優美弧線的自己腰背，緩緩彎曲下來。他割取谷地上長得最豐美的幾束米穗，以英雄的姿態，凱旋回家了。「祈求萬物長成，Mabaala 的子孫感謝祢。」他口中重複禱念，飽滿生機的小米穗，一把掛在屋前的老樹梢，一把插種在日日面山的野地上。等到收穫完畢前後，又有最結實的一把，由他親手懸掛在儲滿米穗的倉庫屋頂間。他全心服膺在 gaga 和諧的祖訓下，因此感應到，他獵取人頭，祭謝祖靈的時刻成熟了。

祖先賜給瓦耐尤旦一個記憶清晰的眠夢。「這到底是贊許的吉夢，還是個預知不祥的凶兆？」由於吉凶難斷，他忍不住跟同一 gaga 的獵團成員抱怨：「很少有如此模稜兩可的夢兆吶。」他不得不尋求部落老人家協助。

「一日解不開這個夢，我們不敢貿然出發。」

「你夢見什麼？」老人家問他。

「先是兩隻鹿。後來只留下一隻。」

「另一隻呢？」

「雲霧快跑，從山的那一頭飄過來，牠就不見了。」
「兩隻鹿在做什麼？」
「不是一公一母。」做夢的瓦耐嘴角笑起來，雖然他的濃眉還是皺成一團，簡直是打不開死結的兩條粗繩索。

老人家閉住眼睛，回到很久以前的樣子。瓦耐懂得他的意思：他陷入沉思，是爲了聆聽全部的做夢。老人家同時搜尋自己過去的做夢。當瓦耐講述夢境的最新情節時，老人家似乎並不覺得陌生。他安適的表情顯得多麼篤定啊，一切夢兆是來自同樣源頭的祖先，是 utux（祖靈）提示成敗的關鍵性語言，只要年輕人肯接受教誨，以後也不會有無解的夢吶。

「utux 帶領共同 gaga 的獵團，進入清楚指示的傳統獵場。跨過眉溪南岸，那個地方從大河交會處一直走下去。兩隻鹿背上皆有如印記紋身的畫斑，分別在日光下閃閃發亮。它們屢經折射，同步轉成了水中漂泊的幻影。那一雙鹿在草埔上奔跑。牠們的體態自在、優美，取代了潛匿在銀色水光下的溪中群魚。牠們似乎比較熟悉遙遠海口的水國度，而彼此輕聲埋怨著，那同樣深不見底的內山世界。牠們又說，祖先通往深不見底內山世界的路途中，必然險象環生。和牠們繼續說，可以形容得出，那兒擋在牠們面前的，是多麼剛硬固執的我們 A'tayal 啊。牠們恐怕誤認了，這裡曾經是祖先安穩休憩的新生地。我夢境裡的眼睛告訴我，那是還沒有長成的一對母鹿。牠們開朗的小蹄盡情踩踏在柔軟草埔上，猶能保持一貫輕盈，稱得上是有力的舞蹈。牠們不沾惹一點點污濁的土塵。牠們像是被保護在清澈溪水上的那面明鏡，看來準是生而無辜的水中初鹿吶。喔，我今日享有了夢境，我今日樂意存活在喜兆的包圍當中。

「雲霧跑得比山風還神速。從崇高險峻的山那一頭，飄入毫無遮掩的平坦溪岸邊，還來不及下降到水面，毫無警訊，擁有靈活眼神的那隻鹿不見了。夢中我感覺好失落。悲哀超過死去一個至親的人。還是那完全出自獵人貪婪的心，惜別的不過是上好體態和神采的美麗獵物，竟逃出了他苦心預設的陷阱？

「為我解夢的你，一定會追問：『留下的那隻呢？』

「沒走的那隻，相較之下身形更纖細。那不過是隻小鹿。牠兀自撲倒在大樹遮蔭的草埔上，一點兒都不懼怕獵人追捕的腳步。那是一株火燒的刺桐，頂上開滿了紅花。我突然覺得慚愧，夢中再追逐下去的，就不是眞 A'tayal 了。牠不過是株剛發出的小米幼苗，一被拔起，很快就要枯萎了，怎能敵得過征戰的 A'tayal 從空中劈過來的利刀？哪來夢中追逐的飽滿小米穗？

「這時候我才發現，自個兒誤闖了祖先暴露凶訊的夢界。我夢裡的眼目看來，那確實是隻頹然倒下的雛鹿。平和的綠草上，小鹿躺臥在自己痛苦表情的血泊中，她眼神帶著新生的期待，很像瓦耐部落飼養的獵犬正在分娩中。所以那是誤會，不再有草場上奔躍，如飛箭射出的小鹿，有的是即將臨盆的一頭受難母鹿？或是因母鹿過早夭折，使得初長還未晉成熟的小鹿，不得不接替擔負了懷胎的使命？夢中的瓦耐於是從追逐的狩獵者，轉作同情奔喪的旁觀者。沒有成形的幼鹿，從這頭幼鹿蒙難的身軀內分娩而出。那是胎死腹中產難的噩耗。夢中獵人的哭泣在瓦耐醒來的床榻上持續著，直到泛白天光趕走了跟年輕人髮絲一樣粗黑的長夜。」

瓦耐等候，老人家顯得異常沉默，就是不開口。他的眼睛還繼續緊閉著，那場夢兆宛若還停留在他從 utux 借來的老邁心跳中。「utux 嘆息喔，這個 A'tayal 子孫居住的山林和以前都不一樣了。這是個預測成功出獵的吉夢；不過 gaga 讀出我們將有禍了。你的獵首刀恐怕前來指控我們，說充滿了復仇意志的 A'tayal 不再清白。我們豈和入侵的敵對者一樣，早失去了傳統征戰者求取更高靈力的目標？」

末了，老人家和他所崇信的 utux，還是在這個新生者胎死的夢兆中沉重讓步了。

到那日清晨，和瓦耐尤旦同一 gaga 的獵首團隊才要出發，剛巧有翠綠靈動的西西利克鳥，出沒在部落附近的樹林中，他們宛如勸阻般來回徘徊著。「噓，注意聽！」瓦耐循著靈鳥警訊似的鳴叫聲，焦急尋覓西西利克飛翔的方向。「我們 gaga 若是為了體貼 utux 的意向而行動，豈有同時得罪了 utux 的道理？」怎料這個早晨的西西利克，還是在他們例行占卜，以辨明吉凶的努力上，給予模稜兩可的指示。心存戒慎的瓦耐只得猜想：「亟待復仇的 utux 將在我們得勝者凱旋歸來時，爲那名替代犧牲的無辜者掉淚吶。」

瓦耐面目嚴肅站立著。妻子協助他穿上胸兜，她祈求 utux，透過緊貼丈夫前胸的整片 Mabaala 織紋，一路看顧他的平安。那是她按照自己嫡系家族的傳承，親手織成的。「utux 的眼睛無時無刻不在注視你。」如同她的編織紋飾，大體呈現了簡潔的形色，她提醒丈夫簡單的一句話，正指出這從頭到腳出獵的盛裝，將無一角落不密織了 A'tayal 隆重的祖訓。她自小即從 yaki 學會了，如何將自己丈夫的安危，全心託付給族人信仰的 utux。她又爲丈夫綁上環身圍繞的大披肩。那片壯觀的織布上，橫紋出現了一道又一道劃過天空的綿長彩虹橋。她終於忍不住地雙手微微顫抖。作爲 A'tayal 女人，她日夜辛勤織布的努力，不就是爲了有一天能夠通過 utux 嚴格的檢查，跨越這座橋，而順利抵達祖先安息的靈界？她也從 yaki 學會了，具備勇氣獵得人頭的男人，才算通過了 utux 的考驗。敬畏祖先的她，用力噙住淚水。她不必再有多餘的話語。她僅用華麗挑花，構築在丈夫結實肌肉的身軀上，通向天上靈界的一道道彩虹橋，已足夠供給他凱旋返家的最大盼望。他慎重戴上出獵的藤帽，出發時刻到了。妻子往後退開一步。送行的孩子們被這凝重氣氛驚嚇，連道別的話語都不敢出聲。「務必記住，家裡的爐火不能熄滅。」這是獵首的禁忌。他再次提醒妻子，隨後從烤火的爐架上，取出了祖傳的那把獵首刀。

瓦耐尤旦已擁有不少獵首的經驗。這回由他帶領的獵團成員共有十人，在 gaga 的嚴密安排下區分爲三組，分別負責出擊、獵首，以及阻止後面追殺的不同任務。他們中間年紀最小的瓦歷斯，今年才滿十二歲，是經部落長者允許，跟隨見習的新人。

「以 utux 的庇佑爲名，我們 Mabaala 的 Bayungan 部落由年輕人出去征戰。」

「很久很久，我們的獵首刀等待 mgaga，時間終於到了。」

「我們不敢奢求勝利的快樂，但是真正的 A'tayal，怎能空著強健的雙手，回來面會時刻叮嚀的 utux？」

「我們坦承很膽小，比山裡跑得最慢的一頭山豬還不如，我們若非有 utux 力量的附身，怎能鎮壓敵人的攻擊？我們哪裡找得到平安回家的路？」

「我們瞧不起自己有限的力量，戰慄中我們樂意將一切戰勝的果實歸給 utux 享用。那是因爲敵人看到了 utux，他們就驚惶後退，才讓我們躲避了威脅性命的險境。」

「不是 A'tayal 的，比山上的風還快，比溪中的流水還急，帶著轟炸我們身軀的惡靈，大舉入侵祖先自由奔馳的獵場。他們眞是面目可憎的開山惡靈，山林一陣一陣的哀痛，激起了我們爭勝復仇的決心。」

「請求 utux 發出重重詛咒，嚇阻兇猛的對敵，以保障所有 gaga 成員的安全。凱旋時我們獵得的首級，誓願帶回到安慰 utux 的那座神聖祭壇上。」

他們進行著祈求安全的 lumohokai 厭勝儀式。這個過程中，生根在他們面前的群山，容顏素淨，宛如剛剛接受了清水的洗滌，而使得最渺遠林木，還一株一株的，枝葉明晰可辨。至此，他們對於 gaga 出發以前，夢占和鳥卜所得的曖昧吉凶，也就自然釋懷了。

同一天，洪阿李的阿姐來到了終年不歇息的南烘溪畔。大肚城庄人正享受著稻作秋收後的一小段安逸時光。四界無一人影。南烘溪在溫和的日光底下，顯得多麼平和、無害。眾人雖在事後議論不休，卻沒有人能夠清楚說明，爲何阿李的大姐，挑選了那樣令人遺憾時刻，獨自來到這無人駐足的溪岸邊。對漢人拓墾者來說，她是個半開化的大腳婆。也由於她野性未脫，極可能是未來夫婿眼中，難以駕馭的平埔番婦。

「他們很像我們。可是我們不是很認識他們咧。」雖說從北港番之類的生番立場，她的族人過度遺忘自己的天性和語言，漢化太深的他們，形同番人中的背叛者，而竟比敵對、肅殺的清朝官兵和漢墾戶，更需要 A'tayal 長期謹愼的防範。因此，同樣生活在內山，她歸屬的族人卻對 A'tayal 更具生存侵略性。而當開發衝突愈演愈烈，她再也稱不上是個遙遠番親的女兒吶。

她不過是個對人世間充滿了期待的開朗少女。自從幾個月前參加過牽田以來，她總會在獨自哼唱拍瀑拉歌謠的時候，想起了某個少年家，還任性地讓他不變的笑容和形影，占據她整個心肝。

「阿姐，妳又失神啦。大聲喊妳，嘛無路用咧。」

「阿李，那麼讓妳猜：我在想啥？」

「妳一個人發呆，瞇瞇仔笑，整顆臉像新出的荔枝，紅沁沁，莫非愛著啥人？」

小妹阿李放肆的推測，頂多顯得淘氣，並不會讓她覺得羞赧。她不是毫無所悉，iya 正在幫她參詳一門親事。那個查埔囝仔是大肚城王家的人。估算比她大個七、八歲吧。水裡城和隔壁的大肚城，做啥攏嘛作夥。兩邊還未牽手的查埔、查某，如果想把對方看個仔細，機會多得是，絕對不必遮遮掩掩，互相偷看。她對他早有個大概的印象：大半他會裝出極嚴肅神色，但是在熟識的兄弟仔伴中間，就眞愛講笑囉。

伊 iya 那邊的都家，在大肚城嘛算是帶領番親的頭人。伊 iya 希望伊娶入來，這個姓王的少年家，則出身庄仔底另一戶有頭有面的家族仔。據說早年拍瀑拉從大肚山遷來，這個姓王的公族仔，原來是大肚南社土目嫡傳的親族。由於伊 iya 那邊頭的都家姐妹仔，和這個王家的叔伯仔，早在上一代締結了姻緣，兩家夥仔毫不生疏；伊 iya 也就順勢盤算，怎樣從伊們中間，覓取大查某子招贅的人選。

不只伊 iya，她和阿李也是自有主張。「咱兩姐妹仔以後娶翁婿，要選擇能夠背咱的祖公、講咱的番仔話的。否則咱驚，是會愈娶愈衰；日後咱洪家的田園仔，嘛眞歹守住耶。」而且早在幾年以前，姐妹倆就私底下約束，絕不娶外位仔入來的漢人做牽手。她們就算是拍瀑拉結親戚，嘛是招翁入來水裡城，厝內幫做長工。「那最好是咱大間厝分作兩落，妳管一邊、我管一邊。」

南烘溪岸這一頭，離水裡城的洪家厝地並不遠。然而那還是孤一個人用喊的，聲音達不到的距離。那是她主觀的感覺：當女人把聲音當成生存戰鬥的武器，嘹亮高亢的嗓門，具備穿透空間的力量，不輸山林裡體格豪邁的走獸。她若對著遠山的高度，幽深放送開來，那一吶喊，連在她家大埕內曝菜脯的 iya，都能約略聽聞，而同樣放膽，像火雞母似的，鳴放幾聲過來。彷彿那只是自家院埕內，毫無顧忌的爭吵，或者是厝邊隔壁日常熟悉的叫喚，是極親密距離內的舉動了。洪阿李的大姐一直把溪邊這頭，當作洪家田園和厝地的一部分，是令她安心的領土。連伊 iya 飼的那群雞仔、鴨仔，有時幾隻迷了路，或是純粹爲了遊樂，都懂得循著矇朧反射的水光和隱約的水流聲，大搖大擺放蕩過來。

瓦耐帶領獵首的 gaga 成員跨過了眉溪。那是夢占中 utux 的指示。他們又如炊煙般移動，嘗試不在承受開發者負荷的地表上，留下可依循腳蹤。他們再繼續越過大河交會處，回溯上游的方向，而時時警覺地在平埔人和漢人雜處的聚落外圍、拓墾者田園，以及荒溪埔地間，搜索獵首的目標。「但願不要遇到兩個落單的少女……」瓦耐開始畏懼那個預警的夢境即將成眞。分擔偵查任務的gaga夥伴，從小段距離外向他傳遞訊號，要他決定是否發動第一波襲擊？他罕見地遲疑了。同樣是張牙舞爪的一棵大樹蔭底下，少女穿著神似漢人打扮的唐衫褲，但是身形和臉龐輪廓，卻帶有濃濃番味，還倔強地流露出渴望歸屬山野密林的殘存意志。「我聽得見，她一個人在唱歌。她在等待她的情人嗎？她唱同樣的歌，給她的祖先聽嗎？那不是漢人的歌。如果她的祖先，不是令我們憤怒的漢人，我還要獵取她的頭顱，完成復仇的戰鬥嗎？假如她是我們背叛者的子孫，今天能夠活命下來嗎？假如她今天活命下來，我們是否還要詛咒，即使她將成爲懷胎婦女，末了仍得忍受死胎從她身軀流出的不潔和血腥？而更可恨，不僅我們A'tayal傳統的祖居地被這一大群入侵者污衊了，連我們的utux都被驚擾，怨氣隨時升高，到了鼓譟不安的地步。敵對者透過軍兵火藥的前導，強權推進他們對山林的貪污。他們侵門踏戶過來了。我們忍無可忍。A'tayal面對的是愈來愈艱辛的生存領域。誰敢藐視我們的utux？我自恨不再有A'tayal戰士眞正的勇氣，才會對一個手上無刀的少女，下達了砍殺指令。悲憫我吧，祖先留下的獵首刀，已渴迫到非要立即見血不可。」

按著行前gaga嚴格分工的規範，瓦耐親手獵砍了唱歌中少女的頭。他宛如一個喪女的父親，自虐地陷入感傷，再也不肯接受安慰。同時他又屬於這個凱旋的gaga隊伍。「瓦歷斯，請爲我們utux的緣故，盡心背起這顆還在滴血的頭顱。」迥異於他石頭般剛硬的表情，瓦耐憂心思索著：見習的孩子長大後，是否將依循我們今日gaga的規範，未來砍殺異族少女的頭，作爲他成人後，具備保護族人靈力的證據？他終於認識到夢兆從吉轉凶的預言眞實性。

他們沒有注意到身旁多了個陌生人。他們一路交談使用的番仔話，她只能勉強聽得懂一點點。她對自身意識清楚的狀態，感到不可思議。「原來頭和身軀分開了，可以這麼輕鬆。」剛開始她的頭不習慣沒有身軀，她必須努力說服自己：「我這個人，按理說是徹底死了。」當她發現，這顆頑固的頭，無時無刻不在掛念原來的身軀，她竟全新體驗，另一種活著的實況：「以前時常聽老人家說，被番仔殺，無頭的屍體不可前去收屍。伊們擔心會爲整個庄仔底招來厄運。我終於能夠體會，當那個身軀還保留心跳和脈搏的餘溫，卻是遍尋，也找不著她這溫熱，才剛分離，被砍斷了的頭顱，那麼她將永遠是個瀕臨死亡的人。她無法眞正成爲一具無望的死屍。於是不管這顆頭顱過去怎麼獨占了她這具身軀的意義，她以前還活著時的所有記憶，將更鮮活地保存下來。那種身軀和首級透過了彼此偏執的回憶，愈是離散兩地，愈渴望回到斷頭以前的那個最後瞬間。二者分別超越了死亡的實質認定。」

「這是顆女人的頭，我們的 utux 眞會那麼容易就高興了嗎?」獵團中有人靦腆地發問。他需要像 utux 一樣崇高的導師。那是因爲他很年輕，對女人膨脹著柔軟胸脯的身體總是那麼敏感，女人頭上濃密的黑髮，除了誘發他亢奮的情緒，大體上很難讓他興起爭鬥的敵意。

「我也一度困惑。回想以前的祖先，透過 gaga，教訓我們 mgaga 時務必謹愼。征戰者得有勇氣，尋找最強有力的對手。一旦護佑 A'tayal 的 utux 肯幫助你，在你面前倒下的敵人，他身上所有不可輕忽的靈力，即將全數化爲你的，成就我們部落的保護靈。我的意思是：你有否注意到，這個具有番婦容貌的女子，並非如你、我想像，是個毫無氣力的弱小對象?那是我們的 utux 提早看透了，她身軀內冒芽茁壯的，正是比他們男人還驍勇善戰的一股靈力。相信 gaga 的選擇不會錯。她雄偉的靈力足夠捍衛我們家社。」

「你是誰，一開口就是可笑的答辯。他們的人愈來愈多、他們攜帶的武器擁有超乎尋常的破壞力。她這樣的女子向他們男人面對面挑釁的征戰，已非你們這群比風和雲稀薄的勇士能夠負荷，是不是?那不過是你們怯懦時，所穿戴的一件極不合身的僞裝。你光有無用的藉口，再也不配做個伊們口中剽悍的北港番戰士。」那是 A'tayal 的 utux 保存了她的靈力。她頭顱裝上了 A'tayal 的耳朵，讓她聽得懂番人的話語，她一開口，就是準確 A'tayal 的發音。

瓦耐出草的獵團是不允許女人加入的。這個介入了他們，女子的 A'tayal 發音，讓他冒汗發顫。

「這兒就是祖先賞賜我們的 Gluban，大家可以停下來休息。」瓦耐顯得不耐煩，快要被女人的聲音給激怒了。不遠處乍見這個 Gluban 的所在，讓他暫時鬆了口氣。

「祖先爲什麼給了我們這個 Gluban？」一路見習的瓦歷斯終於放膽發問。

「待會兒你看就明白了。那裡有一條清澈見底的溪流，只有 A'tayal 的戰士知道，這是用心體貼我們的 utux，允諾一群 mgaga 的 gaga，在返家途中休息的地方。」瓦耐微笑望著這個勇敢的 A'tayal 孩子。他接著朝瓦歷斯方向張開了鼓勵的雙臂：「來吧，即將獻給我們 utux，奧妙靈力的頭顱啊，讓這片 Gluban 無半點污穢的清水，洗滌了妳累積的怨懟。否則誰能忘得掉自己的祖先？誰能否認自己侵犯了 A'tayal 土地的家人呢？」瓦歷斯這時不得不懷疑，當瓦耐用口中的話正對著他，肩上背負的那顆頭顱是否已不知不覺附身，和自己合而爲一了？

「我的敵人吶，我的祖先豈不能站出來，和你們 A'tayal 的 utux 爭執？是誰侵占了你們 utux 所賞賜，曾經安慰過 A'tayal 以前孩子的家園和土地？你們錯了。你們錯取了番親的頭顱。不該就在這條清溪旁向你們 utux 宣告眞誠的懊悔嗎？知道嗎？我的祖先當年復仇的意志比你們還強烈千百倍咧。可恨我們男人的獵首刀已生鏽，我們祖靈早忘記了見血砍頭的歡樂。我的老祖豈不曾叮嚀過拍瀑拉的孩子，若不是海口大片平坦的土地，已被蝗蟲般湧進島嶼的漢人所侵吞，我們又何苦來到內山，日日膽寒你們番刀出鞘，就是我們斷頭蒙難的時刻到了。」

「唉，utux 賞賜我們的夢中預言果然成眞？妳正是胎死腹中，痛苦臥倒在水邊的那頭小母鹿？我不砍下妳的頭，恐怕得罪了誓言保護 A'tayal 的我們 utux；我獵獲了妳新鮮的頭，也會讓我吞下墮落戰士勝之不武的悲哀。如今唯有洗滌人頭的 Gluban，這一片清流，快快讓妳我一起遺失，這些祖先留給我們的痛苦記憶吧。我祈祝那曾經在反抗中沉淪的祖靈，因妳慷慨分享的靈力，最終走向彼此的和解。」

瓦耐握住女人濃密的長髮，在清流中爲她洗滌頭顱。他禱念著：「保護 A'tayal 部落的靈力啊，我們 utux 神聖的祭壇正在等候妳。」他除了潔淨那即將長蛆的皮肉，還得憑靠熟練的動作，敬謹地挖出頭殼中即將腐臭的腦髓，想像她那人世間憤恨不平的記憶，將從此消逝在不停唱歌的純眞清流中。未晉成人的獵首見習生瓦歷斯快要哭泣了。他似乎懂得女人頭顱吞下的悲哀，她讓他想起自己A'tayal的母親：在任何艱難處境下，她們應該共同有一顆剛毅不屈的心。瓦耐刻意露出獵犬般兇狠的目光，目的是要喝斥、嚇阻他那童稚的悲憫，不過同時他也補償般，拍了一拍瓦歷斯青澀的右肩：「utux給你勇氣，重新背起來，將她這顆人頭提回部落，那時，你才會是眞正成人的A'tayal。」

「這些日子，我情願讓自己的雙手安靜，暫停了織布，不就是要等待A'tayal的男人平安回來？」瓦耐妻子的雙手終於在鼻子呼吸以後，又發出了挑釁的聲音。「那是誰要穿的衣服啊？」女兒屏息期待著未知的什麼。她打開織布箱，方正深邃的紅織線亮了起來，迎接黃昏裡冷不防溜進去的幾道含蓄日光。這件是她親手縫製的。「很難織。比我們部落前頭這一條河流還要長的這一段時間，都閒置了，我的織布機。」她彎腰取出那件特製的禮用凱旋服，隆重捧在修長雙臂上。實則很心急的她，出現了極不相稱的緩慢動作，指尖輕柔，細細整理著縫綴在後領下，幾束編結的頭髮。女兒露出不解表情。「不要問。」她嚴厲制止正要開口的女兒。那是用瓦耐獵首回來的頭髮編結而成。在utux注視下，她確信那些髮辮可增添這件衣服無限的靈力，護佑她一再征戰的男人。

瓦耐遵從gaga的訓誡，讓一行人停腳在歸返部落中途，以等候妻子和親族們迎接的隊伍。一路疲累的他們，此刻神采煥發。從遠而近，樹林內間歇傳來歡唱凱旋的歌聲。領頭的妻子終於現身。「瓦耐尤旦，以你命名的孩子們是多麼受到utux的祝福。我們神聖祭首的祝宴即將在部落展開。祖先們不再寂寞。來吧，請讓我爲你穿上A'tayal驕傲的凱旋服。」這是A'tayal獵團最感光榮的時刻，他們總算不辜負utux的期待，承擔了部落生存該有的責任。

洪阿李的大姐聽到了羊羔被宰殺時刻的嗚咽。那是一個滿頭白髮的老人家，明顯將山林生活的風霜，雕刻在他滄涼、不肯退讓的紋面內。當他黝黑、皺褶的臉龐如一大面風化的山岩，悄悄挨近了她，由於被取下以後，她的頭顱還不願閉上眼睛，它們簡直是在時間靜止的紋面所過渡的靈界內，相互瞪視的兩個異類和寇讎。老人家取羊羔噴出的鮮血，塗抹在她如春花盛放的臉龐上，彷彿皮肉還未褪去的那一層青春，才是她必須犧牲的眞正理由。接著，盛裝的瓦耐從老人家手中抓住了無辜的她。忽地一大杯小米酒咕嚕一聲灌入她口中，令她陷入半強亂的酣醉狀態。她忽而開口再訴冤情：「一個落單了的水裡城女子，哪會是武勇的北港番定意襲擊的對象？那絕不是對等的、英雄式搏鬥的戰爭攻擊。你們在祖靈面前還膽怯不肯面對嗎？你們豈可在祭壇前羞辱了過去祖先的光榮？替你們戰士復仇的番刀啊，誰才應該是你用力揮砍的罪魁禍首？莫非充當治台官府馬前卒的霧峰林家，早透過武裝拓墾的農兵大軍，建立起對峙的隘勇線。而且它們一旦穿腸破肚，越過你們祖先守護的領域，就要輕易折斷了北港番武鬥的意志？你們所排斥，不正是漢人利誘下強行推進的一切開山欲念？只因你們安息的祖靈已被騷擾。誰說我們平埔人的後代，不正活在漢人和你們生番的鬥爭夾縫中？我們不過是少數，撤退內山，還守不住手邊才開闢的土地。消失中的我們，一如獵場中已然罕見的麋鹿蹤跡。」

她還來不及閉口。她被砍斷了的纖細頸項已見混雜濃重腥味的的血酒，憂愁落雨般汩汩的流出。瓦耐帶領的獵團成員宛如關閉了生而聽聞眞相的耳朵。他們取杯盛滿了流人血的酒，而後更在她質疑的目光下，以立功者尊嚴的身分，口唇相接地雙雙共飲著僞造而來的勝利滋味。

*

洪阿李和王大羽婚配的熱鬧宴席上，不時有人悄然低語。

「伊有轉來。」

「阿李和他差那麼多歲，哪會合？」

「對啊。跟伊比起來，咱阿李亦是囝仔。」

「本來是要做給阿李那個大姐。」

「發生那種不幸，才隔不到一年。」

「會不會惹來更大災禍？」

「那是阿李的 baba，堅持一定要將伊阿姐的身軀背轉來。」

「揹祖公同款？背轉來。」

阿李的大姐被番仔殺的龐大陰影，繼續籠罩著看似平靜的水裡城。受邀賓客怎麼喜形於色，這場宴席還像是爲了遲來的喪禮而開辦。相較同齡的漢人查某囝仔，新娘子確實擁有了發育早熟的身形。不過整個庄頭的人，都可感染到她好比提前摘食的一粒芒果，果形看似豐滿，但青綠外皮底下，包裹著不夠橙黃的果肉。它還是味帶尖酸，眞咬一口，恐怕連少年家仔堅固的嘴齒都會癱軟。可是退一步想，人們再怎麼挑剔，放著、放著，早摘下的芒果也會逐漸甜美軟化的，不是嗎？

更大問題在於，阿姐被悍然獵取了頭顱，她迄今難以釋懷。彷彿伊 baba 親身背回家的阿姐，因爲找不到伊家己的頭，怎麼勸慰也不肯化作安息的祖靈，而從暗眠到天光，無方向地遊走洪家的厝地。

從大肚城庄仔底到街市路到另一頭的水裡城，除了洪阿李和伊 iya，無人可以諒解，洪旺那日背轉來無頭長女的衝動。更大禍事即將臨到？庄民們本能陷入惶恐中。將近一年過去了，洪家沒有爲阿李的大姐舉辦公開喪葬儀式，更遑論修建一座合宜的土墳。那是連最摸熟了庄頭的長者們都不敢確定，荒草蔓過的路邊，這水裡城洪家長女的骨骸，究竟是裝在那一只金斗甕仔內？以致如今前來參加洪阿李的入贅婚宴者，紛紛從伊習慣了哭喪的稚拙表情，狐疑起伊那個無頭大姐，正在一桌一桌相連，大夥仔起鬨暢飲的酒席間，任性飄蕩著。

水裡城洪家入贅子婿的這場婚宴上，數算男方的主要親族成員，差不多全到齊了。席間安排坐上大位的，除了伊 baba 王阿坪，還包括伊叔伯輩的王德和和王阿水等人。至於與他同輩的王家人，則有和他感情十分親密的叔伯小弟王添財，以及和他一起長大、堂姐妹的王阿網、王阿來和王玉理這一房三姐妹等。王大羽的 baba 在他婚前幾天，就先耳提面命：「大羽，一旦你入了水裡城洪家的大門，就要骨力打拚。千萬不可削咱王家的面子。你知影，咱王家老輩，過去在大肚城庄仔底，可以講是『喊水會堅凍』，海口移來，大大小小番親，怎樣講攏要敬畏咱老祖幾分。」

王阿坪再三講述的同一句話尾：「你要知影好歹」、「你要知影好歹」，有意無意中，仍顯示出伊對大羽入贅後處境，並沒有多大把握。王阿坪既然放喙落心，終究只能自我安慰似的喋喋不休了。他感悟到的，竟是漢人嫁查某子才會有的不捨情懷。即使連蚊蟲攏開始嫌伊厚話，伊還是把握時機，最後叮囑即將離家的兒子：「畢竟伊們水裡城洪家，嘛是會曉講咱番仔話的拍瀑拉，阿李的大伯公洪阿元，當年嘛是咱大肚番入來開墾的水裡社大頭人。咱王家和伊洪家，不像你 iya 那個『施』，原本是外姓。咱同血統的族親有緣來結親戚，好比菜瓜藤牽來牽去，歸根究柢亦是家己人。」

王阿坪娶姓施的牽手。她的後頭厝，早早混過入來內山，給伊們大肚番招的鹿仔港人。嚴格講起來，伊的子大羽這一代，已不再是純拍瀑拉，不是過去人們熟悉的正番。不過伊是固執如昔，伊總是意圖從純大肚番 baba 的本位，原封不動投射他對兒子殷殷的期待，而將下一世代已更多混雜了漢人血統的事實，全然拋擲腦後。因此，大羽被招入水裡城做子婿的喜宴，算得上是伊 baba 力守拍瀑拉血脈，獲得形式上勝利的一場內在歡慶吧。

王大羽差一點兒被家己喜事的大場面給驚嚇到。每一桌宴席，皆滿滿舉起了快要溢出汁液的暢快酒杯。按著長幼次序，陸續填滿的每一個座位，都被客人從小取得的名字所取代。她或他，也早就認識了同桌的每一個人。賓客們不管親疏遠近，全部攏聯繫了起來。然後她或他，可能是別人壓不下心底怨氣那當下，願意聽伊訴苦的對象。喜宴最能夠分享喪禮時獨有的釋放感。他或她，坐在斜對面的那個拍瀑拉，可能是另一個無法割離，卻早就錯置，上、下移位了的尷尬世代。還有更多更多分不清楚誰是誰的孩子。喜宴才走到一半，他們一個個就在酣醉以後的恍惚中，移身到了別人座位上。這一切都成爲失落了權力者的圖樣，然後伊們歸屬同一塊親族血緣的完整織布。忙碌交叉的親族經緯線，因著伊們大膽穿梭，才形成如今有意義的關係圖譜。這是洪阿李和王大羽日後持續孕育家族記憶的母腹。只有在那兒，這個強權世界方能容讓絕非抽象存在的伊們後裔，在拍瀑拉祖靈護佑下持續著床。

誰能參透？眼前這門親事，不只造就了兩大拍瀑拉聚落——大肚城和水裡城的族內聯姻。它是拍瀑拉遷徙內山初始，原來三大部落頭人的家族結盟：名存實亡的大肚南社、水裡社和貓霧捒社，正透過三大土目家族延後在內山聚落實質的婚約，從快要在未來時間裡風化的骨骸堆中巧妙復活了。

「我很快樂，怎麼有辦法呢？再喝下去，酒醉太深，就要哭出來了。你們千萬別見怪。」

「他還很小很小開始，我看著長大。到現在，時間過得那麼快。大羽今天有了，剛剛才要開花，很漂亮的牽手。那當然，我不是很久以後就會老了。不能等到我走不動的時候。家族很久以前的事，不會有人願意記得。大肚山那邊的海口，還保留祖先收取番大租的土地。我真是很高興啊，你成人了。我還是要回去，早晚，賣掉咱拍瀑拉的田園吶。」

王大羽婚宴上，德和仔伯以王家長輩身分，被奉爲座上貴賓。任何場合，他只要喝了一點點酒，必定話匣子大開。不管交談的對方是誰，聽得懂不懂，永遠會把話題牢牢釘住在他 atau 的 baba 很久很久以前風光的事蹟上。「咱祖先住在大肚山。那當時大肚南社土目愛箸武厘的名聲傳遍了海口，誰人不知曉？你們年輕人，什麼都忘記了。」可惜在場的大肚城庄少年輩，罕有人有法度判斷，伊是自以爲是的膨風水雞，還是那個大肚番土目的早年威嚴，實際有過之而無不及？

雖說到了王德和長成的世代，那個口傳的大肚南社已不復存在，伊家族一度引以爲傲的土目頭人地位，換到不同時空的大肚城內，已不復見那麼卓越影響力。但是昔日光榮的殘跡，仍化爲可辨識的記憶，伊們猶如落單了的展翅大鳥，暗夜中繼續盤旋在存活者孤獨的心頭。

只是王德和並未自我意識，那股尊榮所釀造出來，卻是混雜著屍臭的自卑。「大羽啊，外位仔人若有喊你大肚城番的，無啥好見笑。你更可以理直氣壯，咱不是到了大肚城才是番，咱亦是古早就正港的南大肚社番。咱在海口還有祖公仔留落來的田園。」當新郎前來敬酒，德和仔伯即抓住了時機，趕緊耳提面命一番。

然而接著他卻示弱似的，長長嘆了口氣：「咱這代人不能不服老。我每年走烏溪，那海口來去的路途是那麼迢遠，可不一定收得到大租穀。咱只有很少的情況，有法度收一點點仔轉來。那麼究竟是何苦來哉？我累了。你們少年家豈永遠待在旁邊納涼，宛若生來無事模樣？」藉這樣喜慶場合，他更能夠藉由合理釋放的醉意，抒發多年來一直強壓在他肩頭上的番頭家負擔。他莊重凝望著伊，大羽的兩頰明顯潮紅了。王德和又以昔日南大肚社土目直系後裔之名，再度舉起祝福的酒杯：「你以後你的孩子將在水裡城出生。伊不是依然要長成神似拍瀑拉祖先的形貌？今天我再失禮，也一定要提醒你，漢人後裔在昔日南大肚社開闢的水田，飽滿垂下的，不是一串串豐收的金黃稻穗。它們，是風吹蕭蕭時，止不住滴下的黝黑淚珠。夜來了，對不起，我又酒醉，我必須先回家了。」

大羽很不耐煩。這麼多年過去了，為何伊仍得重複聽取德和仔伯講述的海口田園風景？從大肚城瞭望可及的田園，才真正屬於他們。如果不是他敏銳如獵人眼睛的雙腳，一度深陷這兒吸飽了圳水的田中泥濘，曲身傾聽過這兒綠苗對家己健壯軀體無私的讚美，他怎能夠從呼吸中具體生出，對大肚城土地愛慕的情感？大羽即將入贅水裡城了，他還是無法理解，德和仔伯為何禁止不了從祖先的年代就開始滴落的淚珠？他突然想哭。他反過來安慰擅長流淚的長者。即使伊們必得用哭喪表達的族社驕傲，是如此讓他覺得厭倦，一如他恨惡，那夏季暴漲的溪水，怎麼樣地全然不知節制。於是他從遙遠距離，不含任何感情痕跡地開口：「伯仔，祖先今仔日一定無尬意咱們大聲嚎出來。」

「我這麼不好意思吶。」喜宴才進行一半，他就忍不住起身，回家了。一旁的晚輩，醉意中重重壓住他即將離席的身軀。他如同一名坐不住的好動孩童，著急時只能試著眺望眉溪從內山流出的那個方向。他多麼渴望看見群山在雲霧中劃破的缺口。今日大羽喜宴，王德和竟感覺莫名的悽慘。他加倍掛念起 atau 的 baba 留下來的田園。「大肚山下，王田番仔埔的一大片田洋，攏是咱祖公仔耶。自細漢，阮 atau 就時常提醒，害我不時在眠夢中望見那片田洋，胸坎仔則沾滿了吹拂中的海口風，而咱躲避不了風頭的嘴巴裡頭，永遠舔得到鹹鹹濕濕的那股味道。」

大多數時候他像是在自言自語。伊 atau 還活著的年代，每回轉去大肚山收租，返回以後，總會沉默上好幾天。他覺得 atau 還停留在那邊。atau 只有身軀空洞地回來了。但是他不認為那是令人感傷的結果。

atau帶回來的最大後遺症，是伊們昔日的驕傲正逐漸化作沉重的包袱。他對祖先土地早失去了日常扎實的膚觸。祖先最後土地剩下的，多是道義上的責任。那是一條早已乾涸而剝落了的紅嬰仔臍帶。剩下的那塊田園，和立場多變的大肚溪口還是相距不遠，卻和伊家族在內山聚落定根之後的日常生活，無奈斷裂了。只要他們還能夠在無用的名義上，持續擁有最後的這塊零碎土地，南大肚的祖社源頭，就會纏繞下去？可是那並不表示，他們子孫還有歸返原鄉的機會啊。

最後僅只剩餘紀念性的意義了。上一世代倖存的記憶，可以在那塊田園上獲得最隆重的安葬。所以他總能夠準確地產生錯覺：回去收租的atau，其實是回去掃墓吶。那兒是緬懷原鄉，祭祀拍瀑拉漂泊祖靈的最後一座祭壇。那兒微薄的土地主權所供養，大半是已逝者需求，是死者從阻隔的人世間，重新分配到的田份。於是atau慣常籌收不齊的大租銀，像是漢移民燒燼化灰，供請祖先在陰間享用的一疊疊金銀紙，而對子孫現世財寶的累積，發揮不了作用。那塊水田既然標誌了伊們家族亡命敗走的路線，那麼汩汩圳水勤力灌溉的，也算是先人滅社的時候，最後遺留的屠宰場址了。以至於他們所期待，耕稼者每季必有的收穫，可能是伊們逐年枯萎的祖社根性吶。

「那塊地絕對不能賣。」王德和的baba生前如此交代。baba當時鄭重的語氣，像是父子之間最後的攤牌。可是他並不認爲，家族對海口最後一塊土地的執著，等同於傳統漢人「不賣祖宗田」的頑固心理。

「baba，咱住在內山，好幾代囉。」

「咱不可能轉去。」

「你免講我嘛知。」

「除非是等到我歸祖靈了後。」

少年時，不，應該說是更漫長的往後那幾年間，王德和一直很不服氣。

「我們不是決心移走，不再回去了？怎麼還放心不下？難道咱們能夠將那片孤單如浮島的田洋，當作希望的退路？別人攏稱呼咱們大肚城番囉。」

「兒子如何跟生養了家己的baba，爭奪放棄田洋的權力？回不去的原鄉，怎麼憑藉一口冷漠的田洋，贏取後世子孫熱烈的情感回響？祖先海口漂流的飢渴，可以從伊們的生前記憶獲得飽足，但是單單記憶本身，仍無法提供未來世代亟需的活路。Baba您開始手軟了嗎？在我看來，你未曾有過疑慮：請務必截斷我們的原鄉記憶，逼使我們拋棄對海口田園的依賴。阮子孫只有淪落到毫無退路的中途，才有法度完成你們決絕出走的當年事業。」

「孤島一般的那片田洋，已不是咱今仔日的光榮。請不要天眞。誰可沿用那紙薄薄契約書，作爲土地頭家的憑據？這是族社撤退者的安慰？來不及了。祖先和子孫同款不肯面對的眞相，搶先一步從你們溫順的笑容中暴露出來。靠著番大租維持地權的那片田洋，老早從敗陣下來的祖先手中賤賣了。即使未來，身爲子孫的咱們想要合法變賣，也僅止於邀請異族占有者，繼續啃食那堆冰寒屍骨罷了。那片田洋過去甜滋滋長成的血肉，不正隨著拍瀑拉所蒙受的羞辱，在充塞報復情緒的海口風中，通過美麗的行刑而枯乾？」

酗醉後孩子氣的哭泣，成爲年長者製造個人過激言行的藉口。這不只讓王德和提前離開了還正熱鬧的宴席，也爲他逐日沉重的心事，難能可貴地開闢出另一個抒發管道。他走路像風中的一片殘葉，身子搖搖晃晃，卻還能懸掛在穩妥枝頭。他憑直覺摸索眼前那片墨黑，行進中轉了個大大危險的彎，最後獨自鑽進了庄仔底另一處安靜角落。他突然蹲下，在鄰舍低矮的土牆邊嘔吐起來。

「該剖該割的腹肚，倒空，就乾脆死掉算了。」他覺得逼伊發狂吐出的，可能不是肚腹內翻騰不定的穢物，而是令他作嘔的愈來愈疏遠的環境。不過這也是個自相矛盾的想法。他最有自知之明，不論內山或海口，找不到他更熟識的另一處家園了。他在這兒出生、長大，也在這兒覓得牽手、生養子女。他緊閉雙眼，就可以摸遍這個庄仔底，指出每一吋地土在親族生活中的作用和表情。舊土目嫡傳的後裔，自從冠上「王」這個漢姓，兩、三代以來，是再也離不開這處移居的聚落了。

他還沒開始呼吸，大肚城的形影已印記在殷紅血液內。有時他從自身的病識感，比如發高燒，即將失控的體溫，就可大膽揣度，庄仔底看似承平的日常，也瀕臨到維安警戒的臨界點。然而可悲的是，從atau

那兒，隔代遺傳給他的南大肚社記憶，在他毫不排斥的體內，日復一日地凝聚爲海口風土的深層意識：結果那朦朧感知的海口，還有賜與他親暱生活內容的大肚城庄，在他同一副軀體內角力，也勇於指責對方異質入侵的意圖。可說這個拍瀑拉家族一旦跨過了移居的第三代，那過度鮮明的原鄉記憶，反成了適應新生聚落的意識絆腳石。「大羽是我親目睭看伊大漢。祖先若是高興，我會看見他的孩子在水裡城出世。等到他孩子那一代成人，大肚城是否還有舊土目嫡傳的子孫，願意跟我歸去王田的番仔埔，巡看祖先遺留的最後田洋呢？」

回想那一日，是他最能感覺人生幸福的時刻吶。

「稻子的綠色波浪衝高，足夠遮掩頭前的田埂路。是誰派遣了追趕時間的風流舞蹈師，送來一陣陣鹹味的涼風？而當我從平野暑熱的日頭底下逃脫，慢慢清醒了過來，則訝然發現了一隻大黑蝶，以及牠暗藏在羽翼內，驅策咱運命的好幾道閃電紋路。」

成人後他第一次走烏溪，有baba沿路陪伴，教導他怎麼辨識那條晦暗不明的窄路。「從溪埔通往王田番仔埔的方向，荒煙中，有兇猛超過洪水的草穢，淹沒了直通王家田洋的路徑。」他迫不及待想要親睹，好幾代人思念的田園。不是嗎？他還沒學會走路，還爬不到大肚城庄八方密織的田埂路上，atau已經用有力刀柄般粗獷的手掌，撫摸著他結實的小腿和渾圓肉感的腳底，而一邊訓誡著，這孩子有朝一日要代替atau，帶著土目應有威嚴，踏入去海口番仔埔的那處田洋。

王田番仔埔的那片田洋，經常出現在他童稚的夢境中。那兒的田土有鍍金的外觀，華麗超過了那一帶聚落中心的漢人庄廟。「流入那一塊地的田水是甜的。」王德和從不質疑atau的口傳。他一度夢中遊歷奇珍的田園，急渴時他竟毫不猶豫，合掌捧住流淌過泥污田間的灌溉水，自此確認了那兒的田水，可眞甜蜜如糖水。他一直相信那是祖先啓示的夢兆。「到處都是臭田水，有啥好玩的？」每當庄仔底的同年齡男孩們，呼朋引伴，奔逐在纏裹住大肚城沃土的溫暖田埂上，他總是漠不關心，而繼續在心智上追隨atau，孤獨享受著他的啓蒙。他們祖孫，彼此是地下會黨的成員，祕密信仰著遺失在海口的那塊田洋，彷彿那塊田園深挖的地底下，還藏有大肚南社愛箸武厘的舊土目印信，等待他長成後前去尋回。「誰志願扮演大家的土目？」庄仔底的孩童多是在了無新意的追逐中，發洩著額外精力。只有他興起念頭，遊戲中認眞重建了拍瀑拉祖社的土目威望。

「你們說我是誰？」當他喝令一出，兩邊擁戴者就會聲息相通地應答：「伊們畏懼的大肚番仔王來了。」

他接著沉吟：「他千里迢迢回來。請問，咱該不會有什麼苦衷吧？」由他一手策動的這群孩子，表演起來並不困難。他們悍然舉止，宛如剛剛接下神聖使命的一列守衛隊。他們又以訓練有素的聲調來回應：「他來，是要帶領社眾，找回祖先被占去的土地。」

「數十年，就這麼原封不動過去了。」沒有人發現，王德和還獨自傾跌在暗黑土牆邊。陪伴他的，只有作嘔時吐出的酸臭穢物。他是那樣毫不隱瞞地，將祖先的悲傷帶進了子孫現世的歡樂中。「還留著那片田洋做什麼？以後，子孫會有用嗎？誰還記得，拍瀑拉從哪裡走了？如果全部回不去，如果全部尋討不回來，如果留不下一點點以前痕跡，咱不是要愧對祖靈了嗎？」他醉倒在作嘔的現實以前，寧可絕望地大聲哭泣。「我絕不會賣掉 **malau** 的 **malau** 的 **malau** 留給子孫的最後土地。這不是伊們的本意。我每年還是要回去。剩下一個人也可以。問題是，伊們少年輩早自認是內山的大肚城番囉。沒有人需要回去的退路。南大肚社消失了。這是眞的，親族們離開太久了。應該趁我還活在人世，斬斷這一條多餘的尾巴。可是怎麼搞得，今天不是很高興嗎？我說，一切等大羽的孩子出世，讓祖先們看見下一代的時候，再由伊們重新決定吧。」

*

「寒夜中溫暖妳的身軀，這杯酒請暢快喝下吧。蒸熟了，香噴噴的這一口飯粒，讓我謹愼送進妳悲傷時張開的嘴巴。這樣族人才能安心，我們總算沒有虧待妳。這原本是部落待客之道吶。」

水裡城風光招贅的喜事進程，洪阿李毫無做新娘仔的羞澀。她驕傲地抬頭，望見身形靈巧的 iya，穿梭在酣暢飽食的宴席間。阿姐咁有吃飽？可能這才是她最煩惱的事。

她應該可以放心。瓦耐尤旦每日經過，必定停留一會兒，誠心款待這顆新獵回來的女人頭。這時候，我們雖可清楚分辨他的紋面，卻無力從伊多變的表情，洞察其中頑固的心思，因爲那是比山上雜木林裡的草木，還要多樣地交纏。

伊 iya 一桌桌豪氣地敬酒，一個人客一個人客殷勤勸食更大一口的菜肉。她想，有一張嘴可開可合的頭殼，不可避免飢渴的試煉。伊 iya 也正擔心阿姐還未解決的飢饞（多年爲人母的都阿柿當然理解，長期孤單往往讓人失去對吃喝最基本的欲求）。

今仔日透早，庄仔底查埔人就在厝前空地仔，忙碌屠宰獵回來的那頭山豬。她懊惱，生性狡猾的這頭獵物爲何不再透過叫囂似的呻吟，對著辦喜事的咱親族仔追討流血的代價？看牠沉默受難的莊嚴眼神，接近了人性表達，被獵取者五花大綁倒掛的那個龐大身軀，早脫離山神無時無刻的注視。那把獵刀熟稔到像是家己有一隻手。刀鋒毫不猶豫移動，劃開了牠用豐美油肉積蓄而成的圓滾滾肚皮。獵物死亡後的解剖任務豈可旁落？飽足美味的喜慶前夕，她無心瞥見的，頂多是完成了血腥目標的連串殘忍動作。她應該是從男人在犬群陪伴底下入山、追逐，直到遂行屠殺的那些時刻，開始爲混雜血腥氣味的家己婚宴，莫名興奮了起來。她終於脫離阿姐被番殺時，過早面對至親喪亡的生澀。肅殺才是山林中繼續存活的王道。親族仔爲婚禮籌備，所進行刣豬分肉的宰割儀式，是那樣有條不紊，簡直稱得上極致冷靜的一場屠刀之舞蹈。

連無法度東張西望的阿李攏注意到，德和仔伯先行離席了。他是大羽那邊頭，姓王的親戚，同時又是家己 iya 這邊頭，都家很親近的人。阿李自細漢看德和仔伯伊在大肚城都家的厝內，出出入入；也習慣他在讀漢文冊這款人才輩出的 iya 後頭厝，總是極具發言分量的一名長輩。但是阿李從來沒有認眞追問，爲何伯仔伊姓王，卻又歸屬都家的親族仔？

迄今她只聽聞過一個含糊的解釋：咱不確定往上推到那一代人，姓王和姓都的拍瀑拉，兩邊結親戚。

和都家查某子牽手的王家子弟入贅以後，爲了降低原生家族繼承失衡的危機，所生子女中，有的歸屬母系都家的姓氏，有的則有意識地依附到了 baba 那邊的王家。這樣權宜發展出來的姓氏分配，使得兩家族仔血緣分隔的界限，出現了難以辨識的模糊地帶。

阿李並不想深究這些。倒是伊今仔日婚宴上，座上來客究竟是女方或男方親友，竟跟著霧煞煞囉。既然她招贅的夫婿，認眞牽起來，也算是大肚城都家的 iya 親戚，喜宴中所招待的男方親友，就遍尋不著有哪一個，是和 iya 後頭厝疏遠的眞正外人了。難怪伊 iya 都阿柿這麼積極撮合兩人。將挑剔話語反覆掛在嘴邊，同時以疏遠口吻感慨著：「再怎麼講，招來的子婿嘛是別家夥仔 iya 飼大漢的」，仍默認大羽會是讓伊放心的「家己人」。

今夜喜宴，新娘仔阿李並不甘願成爲眾人矚目的焦點。雖然她順應長者期待，以超齡的濃妝豔麗現身，仍有人解讀，這是洪家想要掩蓋先前巨大哀傷的又一個於事無補的舉措。有心的番親們皆可察覺，她心不在焉，彷若徹頭徹尾是個不相干的局外人。伊們休想從她僵硬甚於石礫的應景表情，找到一絲新娘仔對於日後幸福的憧憬。連她偶發燃起，簡直是在戲弄賓客的稚氣未脫笑容，也像是固執反諷：「這根本不應該是我的婚禮。除了阿姐，誰足堪作爲今日招贅的新娘？」意念飄忽的她追問下去：誰是決定這場喜宴的主角？只有她有資格回答。理所當然那是非伊 iya 莫屬了。「來，一定要給我面子。這杯酒請灌落去，飲到乾底。」都阿柿豪邁的勸酒聲，從喜宴另一端傳來。她盈滿如圓月的笑臉，讓悶坐不語的洪阿李更覺委屈。她不解，伊們實則面對了厄運，iya 爲何還這麼自信滿滿？

「我十月懷胎所生的子啊，即使我孤一人款待賓客，時而必須背對著妳，豈不依然讀得出來，妳滿溢的青春悲憤？」都阿柿席間一路招呼的客人總臉譜，可說是伊前半生所交涉，親族網絡大致的縮影。此刻她又自我提醒，絕對不能洩漏出不滿世事的疲態，一如她任性乖張的這個屘仔子。她出身的都家和平平庄仔底的王家結親戚，不是開天闢地頭一遭。但是伊的子今仔日招贅了王家的查埔囝仔，還是大肚城庄內聯姻的大事。她出草似的銳利目光，勝過不曾混血荷蘭犬的 Formosa 土狗成群在圍獵；同時伊們的注視，也不留痕跡掃過了隔壁桌並排而坐的幾名貴客：阿托叔，眾人攏知影伊是咱庄仔底的大頭人，當年帶頭倡建媽祖間的，就是他；阿舉伯，伊遷來大肚城以前，曾經當過海口拍瀑拉的貓霧捒社番社長。他們是原鄉記憶的傳承者，而且眾望所歸，承擔了帶領拍瀑拉，走向共同未來的後續任務。以至現今，他們則須面對另一項棘手難題：怎樣處置迄今遺留原鄉的那些祖先土地？

當都阿柿遊走的心思，還得意於重要賓客齊集的今日排場，突然間一陣擾攘聲從不遠處傳來。

那是老早答應都阿柿，必定親身赴宴的烏義叔來遲了。緊跟在他的身後，是三隻帶惡面的獵犬。牠們不顧喜事的進行，忠心要爲主人清除前頭埋伏的敵意，而一路高亢吠叫著。她無意間瞥見了，隔壁席坐大位的阿舉伯，似乎一確認那匆匆趕到的是誰，即刻皺眉，抿嘴表達伊的不屑，彷彿對方是多麼惡不可赦的一名江洋大盜。

他毫不猶豫，朝向阿舉伯那一桌走去。

「怎麼那麼晚才來？趕緊坐下。來，我先給你倒一杯仔酒。」對方迎接伊的，是合乎喜宴氣氛的開懷笑顏。

自從那件事發生以後，他和阿舉兄的關係開始變淡。他們倆幾乎是不相往來。他並不眞的懊惱，今晚遲到了。他原本是不想出席的。如果伊和舉望兄之間打破的感情無法度彌補，又何必跟他窄路相逢，徒讓少年人歡樂的喜宴，陷入不必要的困窘？「我若看伊整眠結屎面，腹肚就飽啊，哪還能夠盡興飲酒。」猶豫中，他還是被自家豢養的那三隻狗拖來了。牠們彷彿看穿主人正在軟化的心意。「夭壽，是堵到鬼囉？衝那麼緊，要弄啥！」他一邊咒罵牠們的輕浮，一邊同意了牠們莽撞開道的方向，而在有意無意間抱持著希望：一旦他在阿柿囝仔子的招贅宴上現身，或許可以藉機打開伊和阿舉兄之間的心結。「曾經有好長一段時間，阿舉完全沒有勇氣面對那件事。伊想盡辦法閃避我，驚我會追伊，親像咱在山仔，獵捕逐日體衰的一頭老山豬似的。我又不是憨人，哪會莫知影？這就是他至今還在氣我的原因。」他小心度量情勢，最終仍大動作，挑選和伊同桌，正對面的那個狹窄席位。那一桌其實早已滿座，是同桌後輩有禮的退讓，才允許遲來的他，硬塞了進去。

烏義仔感慨，那是去年年初才發生的代誌。

「阿舉兄，咱下井仔頭南邊的那粒山，放那麼久。我看，早慢是要轉去處理掉。」阿舉是用伊面部繃緊的表情，作爲回話。他還瞪大目睭，望向空洞的遠方，彷彿單憑伊過去做番社長的威嚴，就可逼使烏義仔，將伊這麼不識趣的構想，即刻吞轉去。

事實證明，他錯估了形勢。

「咱親族仔早移得遠遠。有誰要挨近那個至今荒廢的所在？比如講你的子阿穆，若我記了無錯，伊十四、五歲就娶牽手，幾年前，嘛生子做老爸啊。等伊囝仔那一代長成，恐怕是連伊要不要承認家己是一個大肚城番，攏還莫知。若嘜講到那麼遠，現時咱目睭還看得到的阿穆好了，伊肯打拚讀冊，這攏好代誌。但是除非咱還在眠夢，否則伊怎麼會有意願，返回海口討生活？（對不對？阿穆，你這麼優秀的青年。阿叔看到你，實在有夠歡喜。今仔日宴席上，你坐在baba旁邊，恬恬仔飲喜酒，陪伴阮們這幾個老夥仔。你知影我的意思。以後你的前途，是靠拿筆。你專心考舉，一定要大大成功，不能讓咱拍瀑拉漏氣。）

阿兄，咱投入那麼大苦心，爲後代保留那片山，會不會終究是白費工夫了？我問你：他們不是老早在內山站穩腳步，像一欉又一欉生根茁壯的綠樹？難道咱還要逼這些拍瀑拉囝仔，回頭守住咱祖公仔放放在那裡的傷心土地？那無公平啦。再過幾年，恐怕咱會老到連轉去探一下，身軀腳手攏無聽咱使喚。我有預感，那樣的日子不遠了。」

阿舉訝異烏義仔心意已決。看來他必須有所回應，設法安撫對方。他從這位房親日漸蒼老的面容，意識到伊們這一代人，正面臨了要跟原鄉徹底割斷的非常焦慮。那是爲了祖先，必得守住伊們對土地承諾的重擔，壓得他喘不過氣來（他勿寧相信，對方並沒有那麼鄙陋，也不眞的讓他感到嫌惡。只是他先前誤判，自個兒假裝癡傻，就足夠讓他打退堂鼓了）。

「你講那座『禁岭山』？咱不可能賣掉啦。你這個老番癲，怎麼忘記了咱細漢時，atau千交代、萬交代，那裡的風水非常特殊，一旦大肆劈草，拓墾淨盡，恐將觸怒安息的祖靈，咱拍瀑拉到時陣受牽連，就悽慘囉。你不要心存僥倖。這粒山一定不能放手，任人肆意開發。祖先取名作『禁岭山』，光從字面解讀，即知它警戒意味濃厚。我不是故意嚇你。外口人若敢破壞，那下場可能會絕子絕孫。這流傳下來的詛咒，豈是空穴來風？」

今仔日他可是有備而來。「你是我最尊敬的兄長，由你開嘴罵我是老番癲，我攏無條件，可以吞落去。我嘛眞無愛跟你答嘴鼓。但是咱祖公、祖媽當年爲何立下了這樣的禁令？棄社遠走的咱這群貓霧捒社人，還要自欺欺人下去嗎？那是再清楚不過：當年渡海拓墾的漢人，一步步霸占了咱番親祖傳的山林、鹿仔場和園仔。唉呀，那是咱祖公仔行到退無可退、忍無可忍的地步，只好用祖靈詛咒的禁令，逼退侵奪者日夜算計的野心。咱只有將那退無可退的最後山園，交由降災的惡靈掌管吧。這是祖先守護海口末代土地的巧計；至今它也成功嚇阻了貪婪無度的漢人。但是我自細漢就尊敬的阿兄啊，每當我遠遠想起，祖先禁令裁種的這片山，都要掉眼淚了。有誰還可能被蒙在鼓裡？當咱隱忍多時的祖先，終於跳出來指責，那麼，恐將誤觸禁忌，帶來終極浩劫者，也絕不會是咱貓霧捒社一直湠到今仔日的子孫。」

阿舉伯的面色暗淡，如同日頭落魄下沉後的天色。「所以講，咱一定不能將祖先迄今守護的這座山，出賣給那一大群拓墾餓犬的後裔。」

烏義仔一反平日的溫吞、沒主見。他不讓過去貴爲番社長的阿舉兄有機可乘。接著他大聲喝斥，像是了不起的靈力正附身：「不要打斷，我在講話。」阿舉深感錯愕，目睭前的烏義仔，爲何不再是守護「禁岭山」的拍瀑拉兵衛？這不正是惡靈進行困獸之鬥的還擊？一陣寒顫之後，他罕見地退縮了。

「恐驚仔連咱的祖靈，攏失去了持續守衛這座山的勇氣。」烏義仔卸除心防以後，終於顯出柔和神色。阿舉於是以莊嚴注目，鼓勵他再講下去，彷彿伊即將吐露的，是族親們共同的心聲。

「因爲這人世間不再有貓霧捒社了。」烏義仔漸次放慢強辯者過度躁進的聲音。阿舉開始冒冷汗。他恐懼的，是自個兒短暫語塞之後，是否將要陷入永劫不復的沉默？而不是對方汩汩流出的鄙陋眞心話。

阿穆很訝異，固執的 baba 怎麼會在如此短促時間內態度軟化，而不再將建議賣山的烏義叔，視作背祖的叛徒。烏義叔講話土直。伊倡議賣地的言行，明顯挑釁了 baba 跟祖先許下的諾言，才在彼此之間，掀起了偌大波瀾，不是嗎？

當時 baba 和烏義叔之間的衝突還未見削減，阿穆就憋不住，扼要表達了伊這一世代人的立場：「你們免替阮們後輩煩惱。大家招招作夥，和你們一起前去探詢祖先的意見，問題不就迎刃而解？」又等到喜宴中掌控全局的阿柿姑，再度前來招呼伊們這一大桌親族仔，反應伶俐的阿穆更懂得裡應外合，爲目睭前劍拔弩張的這兩位老輩，打個小小圓場。「baba、阿叔，祖先看大家歡歡喜喜，就尙圓滿囉。」

「少年人若會曉想，尊敬祖先，咱就歡喜啊。」阿舉的表情變化不大。他唯一擁有的那張面皮，比歷經冗長年歲刻畫，以致難以更新的老樟樹皮更頑固。不過他仍稍微點個頭，正面回應伊的子阿穆體貼的心意。此刻他還決定，一直緊繃的心神，得在後半場婚宴裡鬆弛下來。他側身凝望隔壁桌的新娘仔，欣賞著伊那看來十足有定見的新婦容貌。她才這樣生澀年紀，就得擔負起承家使命，這是連她主動喚作伯公仔的阿舉，都要爲伊抱不平了。相較之下，伊今日招贅的夫婿，雖說年長了好幾歲，不僅無法讓人從伊故作莊重神情，讀出足以震懾四方的類似威望，還顯露出伊和僅有一半年歲的新娘仔之間，不易調解的兩相抗拮意識。

「阿李牽這個查埔囝仔的手，可能不會幸福。」這是阿舉出自伊老輩人關切的直觀判定。這又是後話了，阿李和大羽眞的冤家相鬥，直到死嘛無法度喊停。那是好幾十年之後，伊們的查某孫才無奈補述：「本來兩支墓分開較遠，還相安無事。無想到尾仔子孫仔好意，驚伊們兩個老耶無伴，雞婆將伊們那兩支墓揀作夥，哇，結果煞眞歹，弄得洪家幾家夥仔亂操操。阮們就懷疑是這兩個老夥仔，一住做夥，又再開始鬥啊，哪親像無鬧到弄家散地嘜甘願啦。」

阿李招贅喜宴讓阿舉得以重溫伊熟悉的拍瀑拉通婚。他隨之聯想起，伊家族仔的頂一代人，怎麼在找到拍瀑拉牽手，維繫了正番血脈的同時，還得因應漢姓系譜偏向男方權力的缺漏，展開後裔歸屬的另一輪爭奪戰。

那是關於他 iya 婚配的家族往事：他才初懂世事。一起玩耍的族社孩童，竟是那樣白目，拿了伊的出身，當作大夥仔笑鬧話題。「阮 iya 講，你們 malau 用心計較，牽牽你 baba 這隻大豬哥轉來做種。」眞無大才的那個猴囝仔，就以戲謔口吻，講伊是 iya 打拚生出來，專門給人「抽豬母稅」的豬仔子。

當下他確實感受到莫大屈辱。據悉伊 iya 出身的都家，當年生的全是查某子。爲了母系家族的傳承，伊 iya 招贅了同是拍瀑拉，蒲氏的 baba，接著沿循「抽豬母稅」模式，生出他們這一掛姓都的後裔。

那樣童言無忌的恥笑，可全部集中在充當了傳種公豬的伊 baba 身上。baba 來讓 iya 招，像是專職覓來和「豬母」配種，公族仔內毫無權力、地位可言的一隻「豬哥」罷了。都舉望依稀記得，當時伊爲了反擊這個閒言閒語，竟和玩伴們大打出手，狠狠幹了一架。

當他悻悻然回到厝內，獲悉內情的 iya 非但不同情，還擺出一副不屑模樣。她理直氣壯罵開了：「有啥好恥笑耶。你就大大方方承認，你 iya 我，是一隻『豬母』，你 malau 幫我牽著一隻大『豬哥』，轉來做種。咱 malau 以前常常自豪，講咱拍瀑拉有哪一家夥的查埔囝仔，會莫甘願入門，來跟阮們的查某子相牽手？一直以來，咱查某耶要山園、有山園，要水田、有水田。查埔耶那邊先跟咱約束好，讓咱招入來幾年。那結果，僅只讓咱抽一個豬母稅，嘛算阮們查某這邊頭吃虧，咁不是咧？連我攏在怨嘆，咱拍瀑拉查某怎麼愈來愈無價值啊？你 baba 來給我『抽豬母稅』，算伊好康，賺著耶。你這個憨子，咱家己到底有啥好感覺見笑耶？過去，咱 malau 若聽到這種閒仔話，總是回嗆說，那些查埔仔是不是偷去吃著漢人的嘴爛，開始不肯入來，讓咱查某耶這邊做種？那是伊們那些查埔耶有樣看樣，學會曉計較啊，才自我貶低，恥笑伊家己是來咱 malau 這邊，給咱『抽豬母稅』？實在眞不是款。」

升格當 atau 的阿舉回想至此，不自覺露出了然於胸的笑容。他推斷，阿柿只剩下阿李這個子囉。當伊總結今仔日出席的這場婚宴，不也是爲了滿足，拍瀑拉洪家有一頭豬公來做種？

baba 至今不忘過去身爲族長的威嚴。此刻都阿穆僅止以伊作爲讀冊人，知書達禮的舉止，貼身隨從般，在旁陪侍。他敏捷捕捉了baba跳躍的心思，跟著將目光轉移到今仔日成親的這對新人。阿李招贅的大羽，還大他一歲。大羽二十五歲，是有點兒晚婚了。阿穆因此暗自得意，伊雖然不是長子，卻在五年前，由伊牽手生下了第一個孩子，而早早讓baba升格，當上了atau。

那是baba刻意的栽培，讓阿穆得以通曉詩書和文墨，也因此他年紀輕輕，即獲得庄仔底族親特別的器重。「唉——！」當他想到大肚城瑣瑣碎碎的人情世事，就覺得沉重。他總有預感，baba認眞爲伊擘劃的未來康莊大道，將發生不可測知的諸多變故，那也是伊早熟的心智，仍無力全面承擔的。他猶然自知，伊讀冊多、成家早，稱得上是宗族追求興旺的坎坷路途中，足堪寄予厚望的鮮少對象之一。這景況迫使他少年老成。他又總是孤獨地充當前導，在親族共同命運的湍急橫流中，載浮載沉。而他終其一生追逐不成，卻也擺脫不了的，還包括對科舉功名熱中的期待。這是扣押他青春，漫天蓋地鎖住了他的番性，令伊無所遁逃的教化枷鎖。聰慧如他早已警覺，族親中的長者全力提供優渥條件，作爲加注他一人身上的籌碼，無非是要脫離他們漢化熟番退避內山的劣勢。「阿穆，你扛那筆尾看起來幼幼一撮，卻是有千斤、萬斤重咧。」他們期許，伊有法度和篤信「萬般皆下品，唯有讀書高」的外口漢人菁英，官祿名位上一爭長短。但是這些對伊來講，未必是幸啊。「我打拚想要爬去那尙高山的頂頭，最後還是要葬身在攀爬的半途中。至於那眼目才可企及的渺茫雲端，永遠是無可跨越的另一個世界吶。」

過去幾個月來，阿穆三不五時會反問伊家己：「假如baba堅持不賣祖先的『禁岭山』。那麼一心想望赴府城考舉的伊，來日若果如願求得了功名，還有可能轉去海口大肚，守住毫無拓墾價値的那座山？」

某日，baba告知，大肚那粒山已經賣掉。那時他卻開始懷疑：那兒眞有一座「禁岭山」嗎？對他來說，baba和烏義叔爭辯不休的「禁岭山」，是祖先們流傳，還專門講述給內山出生、長大的拍瀑拉孩童們聽，幫助伊們展開無邊無際想像的遙遠傳說，而不是固著在眞實地土上的一景一物。

阿穆打從少年時期，就不停想像那些闖入「禁岭山」的拓墾者，如何一個個提前面臨祖靈警惕過的厄運？他喜歡遐想這座「禁岭山」的個性：它情願自我封閉，那兒充滿了對入侵者毫不妥協的惡靈。在阿穆心目中，這座「禁岭山」也是無人可比的英雄。它一旦展開報復，就即刻化成原生山林中，保育各個弱勢生靈的善良力量了。

後來，阿穆是連這樣事情也不再質問了：降臨我們所設祭壇的拍瀑拉祖靈，果眞示意，要子孫們棄守一直活在祂們禁令底下的「禁岭山」?

他根本覺得，這座「禁岭山」是爲拍瀑拉孩童們量身訂做的驚悚童話。伊 baba 那一代人最後斷賣的，是不可回溯的原鄉連結，而不是熟番後裔在海口剩餘，連祖靈都餵不飽的一小口土地權益。

幾年以後，都阿穆即在地方上取得尊榮的稱號。大肚城庄日後興衰的責任，彷彿全加諸在伊孤一個人身上。他比實際年齡蒼老了許多。通曉文墨的他，逐漸成了正港有路用的一支筆。拍瀑拉跟人買賣訂約，少不了他手寫的契書。漢文學養的支撐，也讓他成爲最有力的一張嘴巴，內山宗親要和官府交涉，也得仰賴他從旁的協助。

「阿穆啊，你若有閒，來我厝內坐一下。」這個土名件隨他三十多年了。都格正每回聽見尾音挑高的「阿穆仔」、「阿穆仔」喊聲，都會從心底浮出近鄉情怯的感受。彷彿他老早遠離了這個原生的名字。如今他是個失去歸屬的遊子。那時候，都阿穆正式改名爲都格正。庄仔底的長輩們還是習慣叫他阿穆；不這麼叫，他們會覺得伊是個完全無熟識的外位仔人。「都格正?這個人到底是誰?他是哪一家夥的囝仔?」大肚城老輩有事沒事，還會裝傻似的，這樣彼此探問了起來。

「格正」這個正氣凜然的漢名，是委託了鹿仔港出身的漢文仙，特地幫阿穆取成的。那也是他娶妻生子以後，始有的正式命名。自此都阿穆必須人如其名，認眞扮演這個認同大清帝國，遵循儒家教化的「格正」；也唯有這樣，他對傳道、授業、解惑的隆重師恩，方能不覺有所虧欠。

都阿穆還很小的時候，英武伯就相當看重他。別人家的少年在走鏢儀式中奪得頭鏢，英武伯總會欣慰地拍拍伊的肩膀，表示這莫大榮耀，正加諸在年輕拍瀑拉身上。比較起來，他對阿穆這樣一個擅長舞文弄墨的庄仔底囝仔，則更另眼相待了。少年走鏢，拿了頭旗，不過是在自家人中間彼此誇勝；至於阿穆具備的深厚漢文涵養，卻讓伊們眞正有法度行出去。

「咱有讀冊，才能夠和別人相比評。」大肚城庄的老輩像是默認，內山躲避漢人的拍瀑拉，如今又走回頭路，活在漢人社會所決定的主流價值當中。弔詭的是，伊們子孫如果不能比漢人更像漢人，恐怕就無法繼續做番了。英武伯時而自問，伊是否過度偏執了？難道那是拍瀑拉血脈即將斷絕的恐懼在作祟，他才會堅持，樣樣都不能輸漢人？漢人有什麼新鮮玩意兒，他們拍瀑拉就要從封閉的內山，遠遠窺伺，再想盡辦法，一路追趕伊們「進步」的風潮（即使它們如同來自海上的颱風，永遠是狂速轉動地掃過？）。

庄仔底族親的眼內，都格正永遠是都阿穆。於是阿穆學會了自我調整。他在族親面前，也有意識地降低了「都格正」所承受的外界期待。

阿穆小時候仰望的英武伯，總是那麼魁偉高大；庄仔底牽田，也經常由他開頭領唱，同時在祖靈召喚底下，拍瀑拉們圍成一個向內聚合的大圈。而當拍瀑拉婦女們牽手吟唱，她們嚴肅的暗色頭巾竟跟著呼嘯，如同有祖靈庇護的房子。時而被縱容了的伊們步伐，則如水波般，搖晃了伊們的黑色裙襬。又當牽田儀式進行到激情迸發的那一刻，阿穆總要轉而注視英武伯，看他如何繼續站在教導拍瀑拉的神聖位置上，沉穩應答上下往返的祖靈。尤其大肚城祖靈祭，從七月初一「揹祖公」，一直到八月十五牽尾田，有幾名壯丁參加走鏢，就要牽多少眠的田，攏嘛需要伊主持。

如今站在阿穆目睭前，是個軀幹縮水了的老大人。只要他往前多跨一步，就可輕易將對方擊倒。這反而讓他看見自身的脆弱。他眞的很害怕，是不是英武伯很快就要倒下了？

今天他非常不安。

「咱貓霧捒社番曲，漸漸少年人不會唱囉。」

「你 baba 過去是咱貓霧捒的番社長。現在你也是咱大肚城庄的頭人。這款重擔若無交代給你，還有誰，有法度幫咱擔起來？」

「英武伯，您還非常勇壯。」

「許多少年人攏無願意出來囉。」他說話和唱歌，都是一樣的濃濃吟唱。「我是一天到晚罵他們。」他生氣時唱了起來：「阿舊吧施骨彼烏屘，烏屘吓嘈屘。」他眞是忿忿不平了，意思是：「像你們躲避不出來；要誰唱嘛。」

「您是咱尙尊敬的老師。」都阿穆用溫順的眼神安慰著他。

「南宓屑加南箴，恩打茆末。」英武伯感嘆，意思是：不傳、不教給少年人，到底還有誰可以唱呢？

「阿舊阿匏仁大匏汝，甘馬于代吓里。」他低吟了起來。這是給祖先聽，也給都阿穆聽。他搖頭深深的警訓，意思是：不要變成漢人，我們的語言該痛惜。

「屑仔路毺蚋于頷，阿屑綿士久。」都阿穆同意地輕輕點了個頭。他跟著，一個音一個音唱和了起來：「屑仔路毺蚋于頷，阿屑綿士久。」他要英武伯放心，伊絕對不會忘記，貓霧捒社人過去的慘痛教訓：沒有少年人，事不成。他今天被找來，就是爲了壓在英武伯胸坎仔，讓伊無論是在日頭腳，抑是光光的月娘面頭前，攏未當好好仔喘一口氣的這件代誌。

「等我一下。」伊找阿穆來做夥討論，就是爲著這件代誌。

「阿老南彌摹路蚋。」都格止一個音一個音發出來。在旁聆聽的阿穆，則如同從母雞羽翼底下，連續取出一顆顆溫熱孵蛋似的，小心翼翼將它們逐一轉譯成漢字切音。

英武伯領唱貓霧捒社番曲，這是開頭第一句。那聲音所以存在，純粹爲了傳遞長者們思古餘緒的濃度。理應獨立發出的這些聲音，在領唱人恍神的瞬間，當下被壓制了下來。而且直到阿穆使用了仿效漢人的文筆，戮力保存，源自拍瀑拉祖先的這些聲音，才又開封，重新出甕了。在他的思考中，這句吟唱所訴說的意思，曾經是一片空白。那像是伊聽見了，分隔好幾個世代的不知名拍瀑拉，從過去發出了聲音，而且在那裡，將更早世代老人家們的召喚，從人類說話的局限滿溢出來，最終形成了當今暴雨中潰流的一條山溪。

阿穆一直覺得，背後有人正在窺探筆下文墨的細節，猶如他正在從事某種偷天換日的不良勾當。「我這樣做，果眞背叛了漢文仙？」爲他傳道授業的漢文仙，是鹿仔港請來的老師。一板一眼的他，最喜歡講述唐山過台灣的可歌可泣事蹟。那些渡海歷險的民間奇談，卻是讓被迫聽聞的阿穆，全場冷感。它們怎麼都比不上，貓霧捒社番曲所吟唱，拍瀑拉喋喋不休的日常生活，和伊們在其中千絲萬縷的牽絆。

阿穆自覺是個膽大妄爲的竊賊。今日他擅作主張，偷挖、盜來了不虞匱乏的漢字，以便幫著裸露無所遮蔽的拍瀑拉母語，寒涼時節穿戴上，暫且保暖的一、兩件厚衣。或者他是個借屍還魂的江湖術士，任由無主孤魂的拍瀑拉語，從文明亂葬堆中，尋找剩餘可用的枯骨，最後才將祖社失守後即鎮日遊蕩的祖先母語，強加附身在蒼白無血氣的漢字軀殼內。那是漢文仙教授聖賢書的時候不曾暗示，一個陰陽過渡地帶（阿穆師承的漢文仙，篤信學而優則仕的書生傳統。因此他毫不猶豫認定了，獨具優越性的漢文，已足夠讓他還在汩汩游的熟番弟子，有朝一日出人頭地吧）。

書桌前，他顯得鬼鬼祟祟。他還在苦思，該如何有效執行掠奪漢文的偉大計畫？這個時候，他整個人，全部是都阿穆，再也沒有容納「都格正」的額外心力了。「我們若要貓霧捒社祖先的話語復活，就得暫且拘禁漢文，壓制它們自以爲是的靈魂吶。」他用柔中帶骨、軟中有刺的毛筆尖，浸飽那充滿了入侵者野性的黑墨。他陷入黝暗思維：「我不能有絲毫猶豫。讓我暫且拋棄聖賢書中習取的義理吧。讓它們一個字一個字，掉落意義空洞的淵藪。再讓我一個字黏住一個字，鼓動伊們重新的合唱。唯有這樣，我才可能在高傲不可一世的漢字文墨中，借伊漢文屍，還咱番仔話魂。也唯有讓咱拍瀑拉祖靈當下發言，伊們從很久很久以前，鬱積至今的不平聲音，才有法度從埋葬的地底下竄出。」

他一筆一畫漂亮寫下：「焉恕仔茆麭肋，焉恕打訝蚋下里。」

他口中輕輕念著。這原來清楚是貓霧捒社祖先的話語，如今卻從漢人生疏感受，固執而排斥的政治立場，嘔吐了出來。那意思是：「你們操什麼番語?這是什麼鬼話!」

祖先話語用純粹聲音擄獲了他的心跳。那兒充斥著揮之不去的族社情感。那音調本身帶來的撞擊，足讓躺在眉溪底下的不規則形狀卵石，在激流的瞬間粉碎了。伊們僅剩下河岸上的空曠回音，在漢文屍骨的枯乾暗示中，自我放逐似的展開了旅行。聲音安慰了他。書寫文字還是伊們背祖時，最後自殘的牢籠。「如果我們早已決定沉默以對，那很多的漢文，又有啥益處？還可以保存什麼呢？」敵對者的咒語，在他的念誦中逐漸壯大了聲勢。他模擬那股升高的敵意。他又再複誦了一遍，以便讓拍瀑拉隱藏的自愧與羞辱，如退潮後的溪中沙洲，整個無情地裸露了出來。

接著他寫下：「馬加汝吧匏肋吓里，焉恕茆匏肋。」伊們吟唱，咱聽得出來，這個聲音是爲了幫助拍瀑拉祖靈，向著族人傾訴心內的話。上一句話模仿了漢人的敵意。消失了。這是有智慧的長者們不顧年節歡娛，用伊們正在衰老當中的喑啞嗓音，提出了警訓。他們一邊搖頭，繼續質問：你們忘掉番語，哪裡配得上是番人？

他執筆的文墨，霎時間喪失了從自信而來的光彩。不管你識不識字，都可以感受到伊無止境擴展的焦慮。「恩打吓曹氈，馬加林也吧匏肋。」他的耳朵密封住這一小段吟唱，嚴禁它持續在空中迴盪。他意料之外的淚水早已滴落，混雜在拓染了腥臭血色的濃墨內。這樣帶傷的吟詠透露了：要警惕，不要變成漢人啊。

他的筆停不下來。祖靈還在吟唱嗎？不可能吶。誰聽見了呢？他終於開懷笑了。接下來的一段，應該充滿活力，是有所展望的祖靈歌。「龜士噒吓蚋有，龜霜嗹下蚋有。」咱歡樂的祭典，怎麼還是變了調？他對失去原來意義的這一大群漢字，轉而生出沖天的怒氣。「這兒有的，不過是一堆腐壞了的屍骨。」

老人家遍尋不著拍瀑拉小孩和年輕人的臉。他們只能用那滿載悲哀，卻又不肯放棄的聲音，再三召喚。最後連伊親嘴喊轉來的拍瀑拉祖靈，都比如情願走出來，和伊們手牽手抖田的庄仔底少年輩，多得多吶。這樣吟唱的結果，讓長者受屈辱的同時，也讓年輕人受挫？他再也聽不下去了。他筆下的漢字，如同柴頭堆內燃起的火苗。當那書寫場面失控的時候，它們就開始逃竄，而且在伊柔軟的毛筆尖底下，互相踐踏。終了時，它們又在互傷的疼痛中，忘我吶喊著：不要閃躲、不要逃避，統統出來。

阿穆自我提醒，下筆必須謹慎，字字忠於部落長者的吟唱，否則憑恃漢文狡獪的習性，隨時可以吞噬咱貓霧捒社祖先原初的意念。「阿老馬叉水乜乜，阿老馬叉刀叉篤。」他發現自個兒的額頭開始冒冷汗。曲調中，老人家從流失歲月累積的心思意念，是多麼固執啊。這讓少數懂得的年輕人，飽受擴大的威脅。他們更想抽身，逃亡到一個不是漢人、也不是拍瀑拉的什麼地方。老人家意欲挽回的心意，緊追不捨：「大家靠攏來；不要散開去。」他又加上一句：「裕馬叉水匕匕渴，裕馬叉刀叉篤渴。」他看見其中重複的幾個字「馬叉刀叉篤」，像是成群獵狗在瘋狂嚎叫中不捨的追逐和圍捕。牠不過是落單了的走獸。他反覆默念老人家日漸沉啞的曲調，才終於推敲出「馬叉刀叉篤」的漢字切音。當伊們不肯出聲，帶著深山峻谷間可望不可即的距離，凝固在冷淡文墨中，老人家急迫呼喚的心意，亦跟著落空了。貓霧捒社祖先遲來的心思，只能寄託在延後發布的聲音斷層內。他從未這樣強烈感覺到，眼前繁複建築的漢文字，全是伊們多餘的努力。「這些哪是漢文？驕傲的漢字被我摧毀了。這些豈能捕捉得到祖先親近的話語？貓霧捒社的感情還是生疏了。」他只能透過老人家吟唱的現場，躲避漢字堆疊出來的屍臭味。他用番仔音掠奪漢字的原初信念，是否將如空中飛鳥，倏地拍翅遠離了？不要散開去！千萬不要散開去！那變成伊孤一個人的聲音。那群不甘願的漢字因著對伊的抗拒，轉趨沉默。那群失魂落魄的漢字，檯面上保留了拍瀑拉老人家的千叮囑、萬叮囑，最終還是游離，成了更難解開的字謎。它們選擇了不是沒有聲音的緘默。

從他最早童年記憶一路儲存的老人吟唱，指引他看到一處全然陌生的所在。他穿妥草鞋，備用乾糧裝滿了背負的行囊。他腰間配上一把番刀，隨後從側肩扛上，盛滿火藥的另一把全新長槍。末後他又戴上端正儀容的藤帽。他算是滿意了。他聽到身旁那隻狗，爲了尋求寵信而吠叫，跟著露出了開懷笑容。「群那爾西篤，加只里里焉。」老人用吟唱纏裹族親們深淺不一的傷處，還不忘給予適時的提醒：這隻狗迫不及待地奔跑，記得拿繩索繫住牠，用沉穩的手掌拉著耶。

阿穆的筆忙於記述，連一顆芒果成熟，只等待從樹上掉落的那麼一點點時間，都無法完整享有。接下來，該輪到他的聲音加進來唱和了：「老沙馬吓叻蚋，蚋匕骨老密匕。」他能夠精準預測，老人家下一句會唱出什麼來。他原先澎湃意念，終於沉澱出揹祖公、祖嬤時必要的定力。在老人家唇緣浮動的下面念頭，則逐一委由他自視幼弱的筆端來強化：年輕人走；當開路先鋒！他手握鐵證如山的筆墨，他握筆的手腕預先告知，到了，這兒是「哖毛捍打麵捍」。他簡直像是不知天高地厚的孩童，一心一意想要留在從實際生活中消失，徒有地名的那個地方玩耍。這條名叫「哖毛捍打麵捍」的溪流，肯定是老人家無法重遊的舊地。他終於了解，唯有永不受挫的熱情，才能詳盡記載那個地理縫隙裡的最自然形貌。而他，內山大肚城庄的都阿穆，是多麼熱中在失血的漢字群中旅行啊。

野豬吶、鹿吶，他期待那即將升高的另一波亢奮。這支毛筆再也不肯任由他掌握。漸形成自由意志的這支筆，寧可用伊乾裂雙腳，在充滿陷阱的泥濘地上飛奔，終於越過了都阿穆可以理解的原來那條地界。

「任馬里三薦蚋蜜訕，加勿勿吓里。」老人家的意思是：來了個生番，緘默著。

「吧是不林仔，談答蚋買。」對方打手勢傳意。

「加勿匕吓里，屑仔馬私霜郎曷。」如啞巴不說話。

「以吧龜吒茆寂，以吧倫無閃。」不戴帽裹頭巾，穿襤褸。

「大密沙老寂，沙老寂老仔。」仔細看原來穿番布衣。

他多麼渴望追問下去，「哖毛捍打麵捍」是在哪個地方？貓霧拺社的祖先難道不小心闖進了生番的內山？還是相反的處境。在祖先的地方，那個有野豬和鹿的地方，他們並不認識這群生番囉？他於是自責，動員眾多奇怪漢字才得以保存的番曲，實質暗藏了更多祖先破損的記憶。那是伊無法眞正還原的世界。「而是不是，有一天，我們分散開的族人在另一處陌生地方相遇，他們也會說，來了個生番。他們也會緘默，單靠手勢傳情意？」他看見的是未來的情景：他只能重複祖先的話「加勿匕吓里，屑仔馬私霜郎曷」，重重感慨這群散開的拍瀑拉，已經如同啞巴，不說話了。

枇杷城少年（滿清治台的光緒十一年七月十九日）

一隻鳥仔沿路跟隨，是他最忠實的護衛。大半時候，牠一點兒也不肯揮動豐滿的羽翼，僅以地上不留痕跡，像眉筆一樣尖細的鳥爪，若即若離守候在田水獺移動的身旁。同時牠還不忘保持微風般的神態，輕佻前行。他想：「鳥仔習慣用腳行路，即使生著再大再勇猛的翅膀，都會慢慢遺忘，伊山野中騰空飛翔的原來滋味吧。」

伊攏免用目睭看路。伊雙腳揚起一片塵沙，再輕盈落地，猶如空中拍擊的一對鳥翅。他奮力撥開逆向的風，直直向前走。山愈趨近，枇杷城的厝地愈是遠離。田水賴了無牽絆。他看似獨來獨往慣了，仍須維持規律的行進方向。他相信只要繼續走在這條熟悉的車路上，無常來去間，總可以生出回家的感覺。日頭拖了實在有夠長的那條尾溜，快要讓一直怨妒伊的暗眠仔追過囉。他稍放慢腳步，中途喘息的沒幾口氣時間，就跨過了以劃分地界爲天職的番社溝。彷彿他一旦越軌，出離這道低調築成的界限，即勢必在情感上，果敢割斷伊還不捨失落的少年。而且他用這般寶貴條件換來的，可能只是個順逆難料的成年吧。又當他面對這類過渡時間底下的過渡場景，眞正有把握的，頂多是在族社形貌持續變化年代，對內、對外，分別建立起武勇聲名的少男普遍幻象。

他情願一世人享有這群山起伏的包圍。他也篤信，山上至今隱匿的，不外是人世間未解難題的所有解答。他比過去任何階段都還自信滿滿。當他丈量目前身高，可知覺那遠處山腰上蔓生的樹藤，已束緊了他均勻合適的腰身；他寬闊的肩膀，則如同飽滿拉開的長弓，完整擁抱了左右隆起的粗獷山勢。伊總有法度感應，眼目所及，層層疊疊的群山，都是和伊綁同一條褲帶的兄弟仔，也將逐漸和他長成不可分割的同一具身軀。難道那將根源潛藏在伊身軀內的大尺度地理變化，正是他寢食難安的緣故？他爲了即將發生的一切，或說爲了擄獲心儀獵物，早有周全準備，先一步踏入伊們所設下的陷阱。

他光走這一段路，確實不需要賣力睜開伊索求祖靈的雙眼。不肯服從的沿途風景，早被極權的群山吞下。他只要察覺，應該不動的群山，已成爲四面衝出的飢餓獵犬，就會立即將自身武裝成頑固纏鬥的一頭山豬。他繼續直行，用神聖鳥翅般，不肯沾染塵土的兩條腿，往十一份仔的方向推進。化作獵犬，朝他狂奔而來的眼前群山，莫非因著過激的追獵，而益爲體型高大，來勢洶洶？莫非那也是伊們脫離地土的狂奔，才予他從天上直直崩落的險惡感受？他回想自個兒在枇杷城長成的童年，每當望向變化中的群山，總會無端想望，那山上是否存在令人驚喜的不同生活？他也打從心底認定：唯有他攀爬至群山最高的所在，洞察了異族山靈所導演的這一場死亡追獵，群山夜以繼日，層層圍困住伊們枇杷城庄的不可移走危機，方能減緩吧。

「我是枇杷城田春貴最年長的兒子。請允許我走進您的家屋。今晚我必須住在這裡。這都是爲了Mapohan Vakkie。我是從洪安雅（Hoanya）男子中挑選出來，今年度負責召請祖靈的mata。」田水賴自認是個道地枇杷城番。伊們姓田的公族仔，則是早年遷徙內山的北投社人，血緣上歸屬洪安雅分支的Arikan。今日他即按照庄仔底長者的指示，獨自前來十一份仔，投靠同是洪安雅族親的當地頭人。

過去他從未察覺，十一份仔和枇杷城之間，是那麼遙不可及。「日頭熄滅了那麼久，怎麼我還沒有走到？十一份仔是不是已經移到山另外一頭的雲端，或者有善變的月娘，將伊們庄頭偷偷藏在樹林仔內？」他恨不得揮舞番刀，瞬間砍斷這漫無止境的等待。何況他高度期待的這場祖靈祭典，終究是短暫發生。幾天後就要結束了。他轉而冀望，時間推移中出現更無情砍殺，來提前中止這可預知的悲哀。

他老早等待這一天到來。四周漸昏暗。當他愈逼近山腳，八方襲來的黑幕愈發鬼祟。這剛好用來遮掩他因年少得意而顯著的浮躁神色。伊比山獸還靈敏的那雙耳朵，也適時取代黑幕吞噬的雙眼，機警探索著不再有近有遠的周遭。「再過兩個月，我將永遠脫離『ada-aki』的身分。咱當mata，也是最後一次了。」洪安雅族人只允許社內未婚的少年人，充當祭祖儀式的主祭。十六歲的田水賴即將婚娶，因而優先選爲召請祖先的mata。「我的孩子啊，你千萬記住，既然要當主祭的mata，這次Mapohan Vakkie期間，不要回來咱的厝。除非是頭人厝內，也不允許你在其他人家的厝內出出入入。要謹慎，不能冒犯祖先。」

根據洪安雅傳統，族社中得過頭鏢的善跑少年，才有資格在年度祭儀中擔任mata。阿爸在田水賴臨行前的叮囑，因此讓他倍感壓力。他談不上喜歡做番。但他確實是從小憧憬，在社人中間擔任mata的尊榮感。反正一年就這麼一次，他們這群Savava祭拜祖先，過家己的番仔年。這讓他們不致忘記，家己和住在大埔城內的漢人，有啥不一樣的出身源頭。只有這樣時刻，他才能夠從吃的、穿的、唱的、念的，直到追的、跑的，全都脫胎換骨，暫時成了個完全不一樣的人。那是好幾代以前的祖先，古式行為、舉止的保留；那是祖先還沒有住在這裡以前，最熟悉不過的精神召喚；那是應該隨著原初場所的消逝而消逝了的暫停時間；那是田水賴不曾吸氣、吐氣過，洪安雅特有的味道。田水賴揣想，當mata的伊，和廟會戲台上扮仙演出的北管子弟，可能有些共通之處：他們一旦穿戴上不同於常日生活的戲服，就得忘卻平日瑣碎的利害得失，將自身感受，全然囚禁在現實情境以外的古老戲服內，也因此自甘於進駐伊所宣告，或低賤、或高貴的陌生角色中。田水賴自覺，每年祭祖的那幾天，他才稱得上是個不受干擾的自由洪安雅；只有那幾天，漢人帶進來的所有嶄新事物，才接受了祖先徹底的偵查，才隔絕。

幾年以後，田水賴同樣離開了枇杷城的厝，同樣接收到「期間不得返回家己厝內」的禁令。那是坐落在十一份仔庄史櫓塔埔地的大清帝國屯丁營，對伊下達了類似的軍令。當時田水賴已婚娶成家，成為人父。於是那處境如同滿滿裝入長槍的火藥，總是在他封閉而苦悶的軀體內，不定時爆炸開來（比較這一回，他由族長挑選，祭典期間在十一份仔頭人厝內的投靠，則是伊長成以來，首度面對的集體訓誡儀式。這樣的初體驗像是為伊日後命定面對，更漫長、更嚴苛、更冷酷的男子隔離歲月，提供了象徵性的短期培訓）。

第一個夜晚，他從精神上經歷了一趟遠距遷移。十一份仔和枇杷城相伴互望的有限距離，如今無止境擴大為生死阻絕的邊境。那兒像是無可救藥地，有著不良地形在中間橫擋，以致形成無路可通，互為界外的兩個社群。那可能也是眼目看得見對方，實質無法觸摸得到彼此日常體溫的過渡時空。那更是為著至高目標的驅策，而不得不犧牲了個體的滿足。至終那兒必要充斥著集體神聖的守望、維持自潔的身軀，以及禦敵時時警戒的半戰爭狀態。

那一夜，十六歲田水賴確實懷抱著崇敬祖先的心意。不過他那光亮且持續赧紅的臉龐上，同時流露出思春少年恍惚的情思。那像是主祭的 mata，也在他擔任聖職期間，熾烈遐想著怎麼迎接伊未來牽手的女人。這過渡期間的集體分開，就在要求伊和日常隔離的居所內，仍沾滿了天然的情色。這裡是他個人醞釀溫存情懷的集合式庇護所。

田水賴平時習慣將又粗又黑的滿頭長髮，扎實綁成一大條的滿清辮子。這一夜，他遵循族內長者指示，將拘謹束縛的辮髮全數鬆開，披散在他寬闊骨架的腰背後。「當我披頭散髮，豈不像極了道地的『散毛番』？」這是他敢想、卻不敢說出口的話。他們枇杷城的洪安雅和大埔城內的漢人入墾者多有接觸、往來，向來不認爲伊們是和「散毛番」直接牽連的姐妹族社。若有人提及「散毛番」，他們總是不疑，指稱的是集居烏牛欄台地或是四庄一帶，愛講伊們番仔話的正番。因此他相當不解，今晚長者特別指示的這項解髮舊俗。他不禁質疑：「引自滿清皇朝的這款長辮子，早就緊緊捆縛洪安雅。它們聚合的異族統治者靈力，是否讓我們喪失了和祖先溝通的靈力？就在今晚關鍵時刻，長者指教咱這群 mata，在咱們走向祭祖聖壇以前，非先解開長辮不可。這是他們平日不能說出口的祕密？這豈不形成了莫大諷刺？原來我們這群洪安雅少年，跟隨父祖輩遺風，平日留的是和異族祖先溝通，向祂們俯伏膜拜的長辮子。咱們怎能不感到悲哀？我們日常模樣，根本是咱洪安雅祖靈無緣辨識的陌路人。」

他們蹲踞地上，以手抓食糯米蒸熟的 Karai。伊們拿來配食，是少許粗鹽醃製的菜。無一人膽敢出聲。這祭祖前夕安靜用餐的一幕，讓田水賴永遠記住了 Karai 蒸熟後獨特散發的香氣：它們還保留新米的野性；因著蒸熟時沁發的熱氣，迎接過歸返的祖靈，而讓猶是活蹦亂跳飯粒一顆顆入口時，即飽足了靈性的魔力。以至田水賴終其一生，每當遇見飢餓考驗，總會嗅聞到祖靈餵養的糯米香，從遠處一陣陣襲來。

「這件 Riva 穿上去。」田水賴長得不算高大。平時他總愛抱怨，一層一層的衫仔褲，對伊身軀形成了拘禁，全是多餘的廢物。直到今晨，他按照洪安雅傳統，穿起素白底色、無袖開襟的古服飾，才體悟了族人形貌的回歸。他宛如一隻馴獸，甘願接受這件 Riva 超過腰際的號令。他同時允諾這件布衫表層，行走如密語浮現的紅色幾何織紋，朝夕傳遞伊軀體內多變的溫度。充滿信息的這件 Riva，是伊緊密依存的另一層肌膚。他若有所思低下了頭。他細細整理起 Riva 下襬密縫的那一片片白絲條。他跟著，稚氣玩弄 Riva 尾端綴飾的小鈴鐺，聆聽它們隨風款擺時，若即若離，紛紛輕吻伊大腿側的那一小撮嬉鬧。

「這件 Pariku 怎麼這樣穿呢？」田水賴捧住同樣是白底、紅織紋的那件下衣，臉龐乍現了少男的羞赧。這頂多是一塊長方形的布，如何在伊走鏢時陣，溫柔裹住他最能顯示出風速的精幹雙腿？這件 Pariku 大約在中央五分之一以上，截分爲二，示範的長者協助他，用一條細帶，將這面布的上端繫住伊前腰部位；剩餘垂下的布幅，估計有一尺長，就是下面綁腿了。「我們以前哪有可能使用漢人的布？不是這樣的。阮們洪安雅有家己編織的布吶。無法度。難道是咱們查某人織成的布，全部被尖牙利齒的貓鼠咬破了？」長者珍惜伊年少的身軀，將它看作社人共同擁有，滿滿的財富。他讓截片的兩邊，各自綁在比飛鼠還精鍊的伊那兩隻小腿肚上；同時將方形的白布，斜摺出一角，添增作爲上頭防護的帶子。

洪安雅族人祭祖的 Mapohan Vakkie，從走鏢儀式開始。天光未透，主祭的眾家番少年搶先一步，展現出完美紀律。他們在頭人家屋的前院內集合完畢。漫漫長夜快要走過，重山用力壓下的暗影，還籠罩住整個十一份仔庄。一時之間，田水賴還沒法度擺脫四周的沉悶。「Doo-Doo、Doo-Doo、Doo-Doo……」他聽見最高 Massap 正發出前進號令。果決的「Doo-Doo」呼喚聲，劃破了黑暗，也使得伊畏怯的心，從微寒晨露裡倏地溫熱了起來。就在即將轉向晨曦的灰幕底下，他以耿直的步伐，強力衝刺，而讓所有挑剔的旁觀者，不得不忽略了伊不夠高大的身形。

通往大欉樹仔的路途不算很遠。他暗自揣想，最遠，應該是他現今和細漢時陣生活的距離。那才眞是在令人徬徨岔路上，歸返無期的已終結年歲啊。他不淪落到最後一名就好。他安分地間夾在走鏢少年的行列中，全然不把贏取頭鏢，當作戮力以赴的標竿。追根究柢，那是因爲他不願坦承，自認回不去的細漢時陣，正準備在伊奔抵大欉樹仔的關鍵時刻，將當年膽小至極的那個囝仔子，看作一名長年在逃的重刑犯，立即追捕入獄。

自從讓他嚇破膽的那次經驗以後，他已鮮少挨近巨獸般的那欉老樹。

「住在埔里街仔的囝仔，從來不必到山上撿柴，嘛無需要出來牽田。爲啥米咱們枇杷城的囝仔那麼艱苦，啥攏要做？」

「誰叫你是阮番仔生耶？若無愛做咱這種番，隨你歡喜，去街仔頂給漢人做子？算了，就當作我無生過你。」

「誰講我甘願去做伊們漢人的子？我才無稀罕咧。不過你若無承認我是妳生耶，我尚好離遠遠，嘜出現在妳目睭前，妳才會歡喜，對否？」就是那一日下午，他和阿母賭氣，心內想，不如走去一個祕密的所在，永遠藏起來，給伊完全看嘸咱這個囝仔。

他覺得委屈，仍不願在大人面頭前示弱。他更執拗了。這時候任何人瞧見他，都可從伊更顯稚氣的那張臉，輕易判讀伊兩蕊目睭眶內，早有強忍住淚水，如同兩條溢洪的山溪，隨時會潰決。伊絕對無可能，往埔里街仔的方向行。繁華的埔里街仔和伊們枇杷城挨得那麼近，講是咱這邊結屎的鼻孔，快要貼著伊那邊街仔婧婧抹粉的臉頰，兩邊快要黏貼成蔓延的一片，也不爲過。這也讓枇杷城日常的一切，自然而然會被拿來和街仔進步的生活景致相比評。舉凡街坊漢商家庭從唐山輸入，日用需求的那些時髦玩意；漢家女秀氣體面的穿著打扮；泉州人家傳教化的雅致禮俗；他們投入生意場合，熱絡應對時該有的隆重排場；以及街上囝仔自認高人一等的文明氣息，都成爲枇杷城庄內人不知不覺崇尚，打從心底稱羨的攀升標的了。這更是田水賴伊小小年紀即生怨氣，覺得壓抑、不平的緣由：他敏感到，四周環境強烈投射的，是伊們洪安雅即使擁有再多土地、田產，仍必須在各個方面向漢人看齊的內在劣等地位。

「阮們不是漢人。阮們不喜歡漢人。不過阮們終究還是比不上漢人。」同是枇杷城番的庄仔底長者雖未明講，仍足以讓田水賴，以及和伊年齡相仿的那群囝仔，仿效了這款認知。

即使漢人尾隨，侵入了伊們的地盤；即使伊們討厭，漢人自以為是的優越感；伊們還是不由自主，日頭下甘願充當漢人身後扭曲、拉長、以致裁剪不斷、整理不清的暗影。再是勉強，他們也寧可從禮教束縛的漢人品味中，渴飲那極不相稱的優越生存方式。田水賴從伊小小年紀，即可敏感到的那份貶抑，未必指稱具體的物質條件。彷彿那更多是洪安雅族人被集體催眠了的卑劣意識，如同漢人施加的符咒，惡毒地附身到純眞孩童的軀體內。

田水賴一度考慮朝蜈蚣崙的方向走。他害怕眞會遇到了山上獵人頭的青番仔。那麼，他若往西走，大人們反覆傳述，洪安雅早年在埔里社建立聚落的第一個落腳點——五港泉，就成為他蓄意逃家後，最能夠引導他前行方向的潛在庇護所了。那樣的所在，和孩童戲耍的所有祕密基地如出一轍，必得憑靠伊們的遐想而存在。那兒擁有過什麼正式地名，並不重要。他感知那個地方還兀自沉溺在遠古悲傷裡，長年是個陰森的所在。日正當中的豔陽也照射不進。大欉樹仔密布青翠枝葉。伊展現的濃厚生機，根本是要蓄意掩飾，在伊遮蔭底下才有最終喘息的番靈界。他並不懷疑，埔里街仔的漢人早流傳著這樣的耳語：「大欉樹仔本身，就是專門在奉飼伊們番仔靈。」大欉樹仔腳附近有好幾座大門墓。叛逃的田水賴遊走在這幾座大門墓聳立的地界上。死亡還離他很遠。此時此刻他從獨自遊耍創造出來的明亮愉悅，明顯大過了另一個地下社群所連帶的陰沉聯想。

他抬起頭。不是曾經聽大人提及，從這邊頭瞭望過去，那眞大的一片土地，攏是咱枇杷城余家耶？平常時仔伊若行過這仙大欉樹仔，攏莫敢太靠近這粒大石頭。長輩告誡過，這是咱祭祖，祖先轉來那個期間，伊們務必停歇的所在。這欉老茄苳據傳至少千歲囉。田水賴仍懷疑，眞正在這土內生了根，長了腳，地表下吸吮養分，地面上妖嬌活著的，應該是盤據人世，卻又長年不動的這塊冰冷大岩石，而不是四季皆能維持蓊鬱青春的老樹。

「你絕對不能遺忘，咱祖先入來埔裡社，最早開基立業，就在這兒。」田水賴喜歡在附近幾門墓坐落的土堆間獨自攀爬，摸索覆蓋伊們荒蕪墓身的泥濘地表，感覺伊們還維持住母雞蹲下孵蛋時的體溫，所以脫離了敗亡。祂們無名。從固執站立的這幾座碑石，完全讀不出墓中所埋骨骸的出身。這也讓潛逃的田水賴，得以用伊從否定而來的快感，舒緩伊逐步加重的內在恐懼。

「那麼，有誰比我們先一步來到這裡？」他驚疑墓中藏身至今的，可能不是他們祖先的骨骸。這些遺靈會不會是昔日仇敵四散以前，匆忙留下的僞證？也因此祂們無法獲得補償；祂們充滿了被拋棄者的遺恨。石臼中的糯米去了殼，輪流搗成純白精米，才有資格化身爲無雜質的祭品，稍後取得神聖位階，一齊獻給了祖靈。田水賴看見逃家後的伊，正預備和主祭少年的未來身分重疊。「Appa 不是說過，她早在四歲，就離開了母親？她再也想不起來，族人們長什麼樣子了。她更無法得悉，伊們究竟往哪裡散去？」

田水賴從小聽長輩講起，同庄仔底的 Appa 是埔社番的囝仔。當長者們提及「埔社番」，口氣裡總像是帶著霧氣，讓聽聞者在情緒上，陷入了難以撥開的一層層迷離。長者們的論斷也彷彿是升起了炊煙，啵啵作響的聒噪爐灶，伊在忙碌中，只允許自家祖靈上上下下，不間斷地往返，而堅決阻擋了被驅離社群不悅的控訴。算算耶，Appa 大他十歲吧。他親睹早熟的 Appa，不時流露出遺孤氣息。即使她長成以後，嫁給同庄仔底的阿東社頭人林四季爲妻，仍擺脫不了離散者淪爲極少數，命定形單影孤的面容。

他沿著番社溝快奔。他來到河流的地方。主祭的同伴們分別滑下溪埔。伊們各自將預備好的草灰，當作潔淨物，任由它們和奔跑的河水，手掌中混濕，塗抹，接著清洗那顆足夠容納這整個世界的伊家己頭殼。草灰是火燼後的遺骸，亦是再生養分，而流個不停的河水，則是慶賀伊們尚且活著的新歌。田水賴頓然覺悟了祖先傳承這樣儀式的苦心：那是引渡子孫，從環境苦難的焚燒走向自潔，終能再次取得清新性命的循環旅程。他們呼喊，遠處聽聞的人，有的可能解讀，是族中長者呑嚥下最後一口氣，晚輩送終時忍不住哀慟的哭號；有的卻接收到了紅嬰仔出世的喜訊。他們衝刺跑奔回俗稱「五港泉」的這片祭祖靈場，一個個站立在岩塊面前。穿越過重山的冷風，雖不能搖晃老茄苳身軀頂的任何一片葉仔，卻像是挪動祖靈，成功激起了地底生根的大石，以致伊不再生硬的內在震盪，從主祭少年的腳底，一陣陣波浪似的穿透開來。

他們逐一將桔仔葉編入茅草，束成了環狀的 Mavitek，再纏繞在伊們洗淨的頭上。這是即將完成的避邪儀式，亦是少年們榮耀冠冕的佩戴。當下田水賴微微移動了身軀。伊孤一人的 Mavitek 滑落了地面。他憶起那回，憨憨一個氣憤離家的情景。他愈是獨自一人，愈能夠從這一座孤寂的靈場，回憶起枇杷城庄日常生動的場景。「Appa，妳還記得小時候的生活嗎？妳的家人全部跑到哪兒去了？為什麼沒有帶妳一起走？」他從小就愛追問庄仔內 Appa 這樣的問題，也習慣伊陷入深思的緘默。

他知道 Appa 是不一樣的人。那像是沒多久以前的事。枇杷城庄的人不是還很習慣，鄰里之間有她族人的存在？庄內人對她族人的離去，會有失落感嗎？他們根本不屬於自己族裔。所以他們走了，像一場霧的褪去。那減除的，是中間地帶模糊的威脅；也讓伊們平埔熟番擁有的內山領土，終於輪廓明朗了。他們消失，意味了洪安雅已然在聚落內壯大，不再被驅逐了，是嗎？田水賴彷彿在庄仔內四界，攏可以感覺到伊們遺留的氣味。他尋寶一樣，搜索著和 Appa 一樣的人的蛛絲馬跡。日趨成熟的洪安雅聚落，並沒有因著這群人不見了，即改變伊原來的形狀。

Appa 的族人，還有零星幾戶，散居在伊們舊社一帶。那兒和枇杷城距離遙遠，算是偏遠地方了。Appa 的族人投靠誰去了？每當田水賴在庄仔內走動，不期遇見 Appa，即刻覺得枇杷城庄的過去，全部隱藏在她的身當影中，伊眼前所處實境，反而是個徒增困擾的表象。隱匿在她背後，現住眾番不察的原住異族，才是地方上足可敬畏的悠遠勢力。Appa 看似單薄的印證，反倒讓「埔社番」脆弱的過去，具體可追憶。

「沒有幾年前，茄苳腳、鹽土、精米宮、中心仔和咱枇杷城這些地方，不是還有上千名『埔社番』固執的居住？」庄仔內余家人最不能忘記「埔社番」的種種。這相當容易理解。自從洪安雅入來埔裡社開墾，就和 Appa 的親族仔逗陣生活，歷時好幾代人了。表面看起來，是 Appa 的親族們棄守了這塊土地；更深一層理解，這些洪安雅不再有漸成少數「埔社番」的同住，也會慢慢失去持守我族認同的氣力，不是嗎？他們舉辦過年祭典的「公埕」，就在茄苳腳這一帶，比田水賴年長了幾歲的那些洪安雅，無人不知曉。那兒和洪安雅祭祖靈場的大欉樹腳，也相距不遠。田水賴意圖詢問滯留這邊的祖靈：祢們肯定是「埔社番親」的忠誠見證者。當他們的青年跑遍山野，昂揚出獵，女人、孩童們不也興高采烈，往溪埔潛伏，攔溪捉魚？

等到大家終能豐盛賦歸，祢們戀慕世間的氾濫情感，豈不一齊快樂？「公埕」內高高迴盪的鞦韆，早已搭起，老番婦親手釀造的粟米酒，甕裝後四周散布，宛如天上星河流淌出鍍銀的汁液；他們喊作 Kama 的藤框內，則擺滿了美味菜餚，一心一意等待那歌舞酣暢的時刻，快快到來。

作爲伊們「打里摺」的咱洪安雅不會忘記，長者交代，得殷勤攜來咱的禮物，好與咱埔社番親們賓主盡歡。咱怎麼忘記了這樣重要的事呢？等 Appa 長大了，大家才驚醒，開始追問：伊阿母所跟隨的那一整群族親，哪裡去了？不再有鞦韆空中飛盪，托住女人們輕盈的身軀。靜寂了。但還是有微小卻尖銳的質問，空中持續回響：Appa 失散的族人啊，爲何狠心拋開你們原來居住的 Qavizan？你們不告而別，悄然返回屬於同群的 taQavizan 中間，連山林中捕獲山豬的狡猾陷阱，都追緝不到你們流竄時敏捷的腳蹤吶。當 Qavizan 親睹了你們的終結，捕捉你們離散前夕的末代，咱洪安雅似乎也預告了自身類似的結局？我們祖先不是驅逐你們的同樣那一群人吧？誰能夠僞裝，騙說伊們毫不知悉你們的不堪？後來妳 Appa，成爲阿束社頭人的牽手。妳作爲離散者後裔的形影更加鮮明，妳是要代替離開了的族人，留下阮們洪安雅寧可視而不見的記號。妳舉手投足，妳哭笑，都要對照出妳族人無聲無息出走的時候，顛簸落魄的那幅風景嗎？妳刻印了遺孤身分的眼神，正顯示出埔社番和咱洪安雅曖昧的過往關係：那是從番親友誼發展出的敵意。一個孤單的社域，怎能騰出容納兩個異族並存的空間？現實中伊們不得不進行彼此的驅逐。唯一令人感到安慰的結果，是咱缺少了趕盡殺絕的勇氣。這兩邊的番親們，曾經被合理化的友誼所蒙蔽，只好卸責，指稱你們早走向了那連遺忘都不必保留，時間和空間隙縫裡的不完全消失。

上升的霧氣遮蔽田水賴視線。他認爲空中瀰漫的是糯小米純白的靈魂。祂們的靈只有蒸熱時才會輕盈浮起。他聞到糯米的味道像隻收斂了翅膀的小鳥，安靜伏倒在 Gagap 上面。那不是藤製的圓盤？洪安雅婦女們帶著只有最高明藝師才具備的靈巧雙手，一手加水沾濕糯小米團，一手捏出 Pikka 餅的造形——細長圓圓的形狀，祂一邊是頭、一邊是尾部，那是充滿靈性，依然還滑溜溜，強健游玩在溪底的鱸鰻。長者取出一把老番刀，現出殺戮時刻才有的目光，兇狠如閃電。他將白鰻的頭、尾利落切下。他不顧這隻鱸鰻黏稠強韌的身軀，還繼續溫柔地划游在溪底微波中；接下來，他按照主祭人數，出草斬首似的，將牠劈成斷裂的好幾段。

主祭少年們面對瞬間發動的這場戰爭，只能各自強取，奪下那斷首後成了片斷零碎，一節一節，來自鱸鰻頎長的身軀，又即刻將鱸鰻之靈犧牲了的每一節有靈的身軀，吞噬入腹。他們一致爭強好鬥的身手；他們過分誇耀的表情，反而讓原本森嚴的整齣儀式，顯露出少年間彼此戲鬧的虛幻感。一切都爲了迎接歸返的祖靈。

田水賴凝視那尾鱸鰻斬首後的頭顱。牠那一截失意的尾部，仍在砍伐的疼痛中抽搐。槍刃插在竹竿上。他按照長者指示，將一條紅痲線綁束在刀柄部位。他逕自猜測，這是祖先施行的小小詭計，以免不久前還沁出糯米清香的這尾鱸鰻，寄託牠不甘心的靈，再回來尋覓爲伊復仇的機會。斬首後的容光，更加煥發。鰻頭和牠擺動，如同最後抽搐的尾部，彷若未曾分離，一齊躺在草籃內。牠是爲著行刑時冷血的槍刃，充當了最稱職的獻祭。

長者的訓誡不可遺忘。咱洪安雅四界走闖，可眞不簡單，才找到五港泉這個所在，創建起咱的內山拓墾聚落。咱入來內山以前的舊社，早不見蹤影。如果眼前大欉茄苳能夠開枝散葉，繼續庇蔭，咱一定不會平白失去，往昔祖公、祖嬤入來，開基立業的那一段艱辛歲月。樹腳這塊平坦的大岩塊，和這株大欉樹仔作夥，好幾世人了。伊們分都分不開。田水賴還記得伊小時候，會用手指尖觸摸石頭表面，平緩而無情緒起伏的那面大臉，遵循伊堅硬臉龐上，迂迴繞行著的好幾圈皺紋。他一心往返探勘，只爲了調查出那還持續成長茁壯，如樹上新出嫩芽的大石，存在怎樣超越了尋常理解的古老年紀。

他手持一根茅草，陪伴這群主祭少年作夥走。這是午後。他很好奇，主祭頭的手臂爲何捲著一扇長長的芭蕉葉？他也很羨慕，副主祭頭身上攜帶了祭槍。這些和伊日常生活中所發生的事，全然不同。同在的祖靈，才是伊們呼吸時努力的重心。他在穿戴神聖衣衫的禁忌環境裡，交出手中那根淨化的茅草。

只有他們兩人，正副主祭頭，才有面向大欉樹仔的無上權柄。隨時等待，渡過靈界漂流的水岸。今年儀式的正主祭頭早在冥思中，選擇站在親近祖靈的另一端。田水賴覺得正主祭頭的靈魄出竅了。他一路上直直捲住膀臂的芭蕉葉，此時已橫躺在除穢尖兵的茅草上方，最是忠心覆蓋的那一層。他驕傲接下了伊們的獻出。茅草聚集形成的群眾，彷彿替代了執行任務的壯丁們，鋪排在巨石前頭的地土上。這一小捆一小捆束立的茅草群，是洪安雅獵人即將舉行年度除穢儀式中的要角。

喔，洪安雅武勇的獵人們，祈祝你們來年山中獵鹿的敏捷腳步。

枇杷城的尋常生活不見了。這茄苳樹腳一旦從沉睡中醒來，恢復了古老靈場的活力，眼前還活著、矯健身軀的這群人，反而顯得多餘，有如一群毫不起眼的行屍走肉。正主祭頭的目光遙遠，顯出了媒合靈界事務的超然威信。伊口中無需吐出無用言語。副主祭頭隨即獻出狩獵時警戒的武器（這支長槍亦將世上子孫忠誠的守衛，充作漂流祖靈最爲歆羨的一份祭物。它是否同步宣告，要以異族間無止境的彼此驅逐，作爲槍下對決的祭品？一切皆在靜默中緩慢進行著）。

喔，不論這支長槍早流過了人血，是洪安雅勇士守衛族社，涉入殘酷爭戰的利臂；或者這樣長槍，至今猶然是南、北投社後裔們，內山承襲祖先狩獵傳統的不可或缺武器，它都是兇殺的獵具，都沾附了惡靈，最終都需要祖靈施予的淨化。洪安雅主祭頭懇請伊們祖靈，透過這一群茅草的媒介，及早爲槍下的亡魂安靈吶。

主祭頭不忘和伊們的祖靈喊話：咱洪安雅的祖先啊，敬請悅納您們孩子的祭告，保佑咱少年人未來一年更打拚，身軀練得勇，一個個成爲有用的 mata，保護咱庄頭不受外人的侵擾。咱洪安雅的祖先啊，敬請悅納您們孩子的祭告，連咱在內山最後退路的土地，也漸漸有貪婪漢人入來占領，請不要讓那些漢人，繼續騙走我們族人賴以生存的土地吶。

足夠了。田水賴處在最無需背負羞辱的純粹時刻。這是他一生不再出現的潔淨地方。接運祖靈往返的芭蕉葉，鋪設如祭壇，原先置放草籃內，宛如眾人身後遺物的那條鰻，用伊接受了斬首刑罰的鰻頭，以及還在水中囚游如困獸的斷尾，一起獻出，祭壇上面無血色被供奉。田水賴從未感覺伊身軀是這麼壯大。往後不再有敵人，足夠向他誇勝。他故作熟練，模仿這群主祭夥伴一致無誤的動作。他們背向大欉樹仔，排成一列。田水賴聽見簡單吟唱的歌聲，從伊的身後傳來：

「vakkai vakkai, sagu-sagu, raga-zaragan, vavu-zaragan, tagrek.」同樣的吟唱在空中複誦了三次，導致了時間的中止。田水賴猜想，爲了完成牽引祖靈的任務，他們必須讓溪水中流動的時間，短暫停留；伊們呼吸一樣，發自本能的歌聲，才能空中凝固，搭成了迎接的橋梁。他並沒有眞正意識到歌聲的含義。那像是一隻鳥兒，空際飛過，伊才意外聽聞，輕煙一樣不可捉摸的遲來鳥語。那根本不是聲音中流露出來的肺腑情感，驚動了伊魯鈍的知覺——祖先，您們的靈魂來吧，這兒有山鹿，這兒有山豬，您們守護的我們旁邊，是小鹿。

爲著祖靈而武裝的這支長槍，必須向天高高舉起。「hakahui hakahui hakahui」，好多好多獵物在他們眼前。很多很多到數不完，交織的願望讓重複誦叫的讚聲首尾相接，在主祭少年的頭頂上，編成一支又一支俊美圓滿的花冠。血腥的動作通常選擇在無預告的這樣時機下展開。副主祭頭專注在槍的刀刃。它對著大欉樹仔的根部，針對祂們因憤怒而在土腳內密布穿梭，才終於畫成地下叛黨洩漏行蹤的密道圖，連番刺下致命的三槍。他並未親睹這樣完美儀式化了的暴行。他單純的意念是要回到被祖靈刺中要害的大欉樹仔腳。但是他懦弱的兩條腿竟馴順地跟隨了其他主祭少年。他用伊們，快速逆反了伊意志渴望的方向，伊們無辜竄逃似的飛奔。絕對不能向後看啊，他警訓自己。誰不知祖先留下的這樣禁忌，可比山豬嘴裡的那一整排利牙，更能將他們平坦光滑的小腹，一下子撞破到腸肚齊流的悲慘景況？

當天的黃昏落日不認輸。山中野獸一樣，吞噬了洪安雅的暗夜，早該逼近了。日頭苦苦依戀眾番仰望的高天，不願沉落，遲遲不肯下降到洪安雅祖先不曾踏入的深山低谷。田水賴伴隨主祭的同伴，分別往洪安雅居住的各個庄頭巡行。他手握質地強韌的藤杖，將伊視作抽鞭對敵的正義刑具。這正是主祭少年們分享自祖靈的權柄。他抉擇在步入枇杷城庄以前，先拉高了嗓音，以威武口吻的洪安雅母語喊叫。他的本意大概是：「明天要入山獵鹿，所有的年輕人都來集合，大家一起去。」他備妥訓誡的藤杖，樂見伊手中掌握了權柄。有誰膽敢阻擋伊前面的道路？他肯定毫不手軟，予以還擊——那麼，就使勁抽動這支藤杖來伺候吧。

「阿爸不是清楚交代過？咱這不得不的舉動，大都針對目中無番的漢人。」田水賴鮮少這樣威風凜凜。他無所畏怯，大步走進對伊裸露的枇杷城庄。埔里街上崛起的漢商，近年來持續滲透伊的庄頭，力度可比夏日南烘溪急流的水勢，還更滾滾難擋。這讓他血氣方剛的少年生涯更形險惡。他幾度瀕臨失控的懸崖。今日護衛祖靈的藤杖，升高他反擊的信心。「我不再吞忍了。」他期待一度怯懦，比至小蟲蟻還不如的伊這個洪安雅少年，能在祖靈儀典加持的當下，展開超乎想像的偉大蛻變。他作勢一名嗜好酷刑的兵丁，他自許，如果不能重擊入侵者，至少也要捆綁住伊們貪婪伸展的膀臂。

從五港泉到枇杷城庄，他歷經過無數次往返。眼前景象是哪一回發生的？他難以分辨。遠方雖有朝霧瀰漫了山間，終究讓他們近距合音的喊叫穿透了。「所有年輕人都來集合，大家一起去。明天我們要入山獵鹿了。」他在主祭頭的指揮下快奔。這樣追隨祖靈的奔走，並不完全代表他個人爭鬥的意向。或者他意識到，伊若想轉骨武勇的少年，必須懂得調整步伐。他必須遵循耳際流動的風，聆聽祂賜與了眾少年的訓示，而且甘願跟著改變伊行進的方向。長者沒有要求他們沿襲固定路線。「我並不一定非得跑去哪個地方，才能符合祖先的本願。」他亢奮起來，感覺伊正逐漸化身爲山野中毫不拘束的一頭初鹿。

田水賴不加思索即追隨了少年們直觀的路徑。少年們跑進和過去記憶毫不相干的什麼地方。這是個未經他命名，初始狀態的一小塊雜木林。這兒的所有生靈都彼此仰賴，在高度交纏的狀態底下活著。「這裡並不是什麼新的地方吧。」他將修長不輸新生枝椏的膀臂伸展開來。他一頭扶住的，是楓樹不肯彎腰認老的粗幹。伊的另一隻膀臂，則直截出手，啪一聲折斷了細瘦卻堅韌的嫩枝，彷彿一下子劈開了天和地。田水賴自問：從此裂開，不正是他們這群少年和宗族長者與生俱來的聯繫？誰說，這剛剛劃出的傷痕，不值得他們日後細細的思念？

田水賴走鏢時加劇扭動的腰，展現了伊充沛氣力。斷折後的楓葉枝，插上他生澀的腰背，讓人誤以爲，那是翻飛如流雲的枝葉附身，成爲伊軀體上快速拍動的翅膀，他才有了飛奔枇杷城庄的起碼勇氣。他如昔返回枇杷城，卻未曾這樣驚恐。他取用楓枝輕薄的嫩葉，充當了飛翅，祂還神聖依附在他身軀內嗎？一旦伊們中途脫落，勢將留下無可彌補的憾缺。那麼洪安雅少年們今日狩獵的吉凶，不就可以預見，是無聲祖靈提前判決的定局？在他疾奔，抵達枇杷城庄的瞬間，不只不能緩和急迫腳步，反而他在行進中更激烈擺動的身軀，還纏擾著他，極力要將伊軀體內困獸之鬥的那些惡靈，一次甩晃出來。

在他臨行前，阿爸叮囑：「這樣做。你在入山獵鹿的戰事，才能躲避猛獸傷害，免除不幸禍端對你脆弱生命的侵襲。」所有洪安雅勇士都要出來。田水賴緊盯盛裝的老頭目。頭髮泛白的這名長者，舉止上並不顯出老態。他親自率領，他們則用昂揚的吶喊回應，宣告祖靈祭裡必不可缺的這項狩獵行動，即將在猛犬狂奔時，在山中密林殘酷展開了。

他身軀的每個部位都能表現出剛強力道，足可屈服向伊挑釁的任何對象。伊們奔入枇杷城庄之前，短促行經了「舂米宮仔」。那算是今日鬥走旅途中，最讓他感覺幸福的景點。這一小段路上，他沿著大溝，踩住鄉野恬淡的那條線奔走。清綠見底的溝仔水，僅堪容納幾片落葉，於其間漂流如行船。那兒只有愉悅。

舂米宮仔和大埔城繁華的中心區，相距不遠。那一帶和險惡邊境，同樣相距不遠。這條大溝迄今耗弱的動能，不足以吞噬下侵奪者龐然的野心。田水賴眼前溝仔水，是以它低調個性，和緩撤除了伊們這一異動中世代，對於周遭環境慣性提高的敵意吧。

田水賴還在走鏢儀式的中途。他暫且脫離神聖意念，一時興起，玩起了浪蕩兒時的鄉野遊戲。他沒有迷路。他只是捨棄了伊們行進隊伍一心一意航向目的地的精準估算。他容讓自個兒心魂出竅，最終在番社溝卑下攀爬的原地，滯留不前。當年跑到這邊玩耍的庄童，至少要有當地故事，陪伴伊們簡陋條件下的遊戲內容。這兩者關係，猶如漢人缺魚缺肉時，再是清淡米飯，總得有幾塊可口的鹹菜脯，一起搭配著吃。庄頭老輩則更變本加厲。伊們會用極盡浮誇語調，大談特談慣常在這一帶出沒的黑狗精。擅長鄉野傳奇的那幾個老夥仔，猶如漢人鄰里中練武、打拳頭的。伊們必須及早練就自我防衛的好身手。無論對手是虛是實，伊們儲備多時的好幾套拳腳功夫，至少備而不用，就能夠嚇阻鎮日虎視眈眈的那幫煽動者。

他移動的間隙，也行經了同是洪安雅族親的巫家厝頭前。木杵撞擊石板的律動，一如湧動的大溪，急流中跨越了祖先們遺失的時間。伊們在他四周，形成網羅密布的樂音。他們總是在米穀豐收季節，男、女分班，不捨晝夜進行著舂米的工作。那是田水賴自幼形成的習慣。即使平日他雙耳魯鈍，像是難穿透的厚壁，只要一挨近這個舊日的舂米間仔，他就會打開門扇一樣，聽聞從幾個世代以前傳來，亦不因著延宕而呈現出雜質的舂米微音。

無需他努力揣想。那些以差異身高，爲不同音階發言，而又胖瘦不一的木杵們，正在歡娛中，連續敲擊著這片石板，殷勤等候伊們慢一些引發的共鳴。他自顧自，從嘴角漾出微微一抹笑意。他們不是受人苦役的勞動者。那一陣陣遲來杵音，是埔社番親們齊心共感，銘謝土地自然的育成。那是族人離散以前，自給自足展演的歌舞。當日作夥鬥走的主祭少年，無人聽聞過。即使埔社番親昔時舂米的樂音，單靠低緩的一陣風，向著溝仔水波面的擾動，就可送達。

洪安雅的長者們堅持，這一帶應該稱作「舂米鎚仔」才對。那是大溝仔水，爲伊們族親盡心歌唱過了。那也是溝仔水一整年的施壓，才鼓舞了時間役使的這把木鎚，勇士般不死的輪轉。唯有過去記憶所驅策，地土上不停滾動的大鎚，才翻轉得了活潑好動的這一渠新水。流水大力頂撞，自動舂米的輪仔，重壓以後沉了下去，隨即又浮上來。田水賴伴著木槌墜落了。那是遠超過伊實際年齡，衰老歲月的谷底。長者口中流傳，埔番族親草廬茅舍的當年那座「舂米宮仔」，竟連頹傾之後，依然斷續可見，幽微中閃爍如孤星的一點點遺跡，竟不知在哪一日，就整個消失了。這個場景的遺失，恰巧跟他們族人出走的模糊傳言一致。同樣寂寞。他遺憾到了伊這個世代，難道只有保存了鮮少記憶的Appa？

「誰敢在月娘掌權的暗眠，行過『舂米宮仔』？」田水賴聽說，埔社番的祖先並沒有跟著Appa的族人遁走。每當日頭沉落，伊們的祖先就開始忙碌。本身就是歌舞的埔番舂米聲，據傳最遠可以放送到大欉樹仔那一頭的洪安雅靈場。田水賴的族親們猜疑，埔社番的祖靈沒有現世子孫作伴，才安靜不下來。祂們的孩子為何棄守了春米的福地?「咱有聽老輩的無意中講起,伊們有身的查某人,一個接著一個,攏生出雙生啊。伊們著驚,認定是個不祥的兆頭。」究竟是埔社番得罪了家己祖公、祖嬤?抑是這一塊春米的厝地,沾染了什麼穢污?老輩人不願明講。「咱不能多嘴。咱再講落去,就換咱,得罪那不該得罪的對象。祂們像是漢人拜的地基主,繼續留在這個所在。」

他沿途穿越了帶刺密植的竹籬。他又將發笑的香蕉林,拋擲在後頭。田水賴奔走的腳步愈發精實。他自信,繞行枇杷城溝的這一段路,無人追趕得上。少年們緊跟著他,先後跨進了枇杷城庄。他的面容表情未曾這樣嚴肅過。伊的羞赧目光也不敢稍作斜瞥。大批親族老早守候在入庄的大路邊。伊們是以最盛大陣容,迎接這群走鏢少年。不知內情的旁觀者,恐誤以為他是來自外庄的靦腆少年。伊快如疾風的鬥走,帶出從伊濃密髮際,泉水似流下的汗水,也更使得伊黝黑的雙頰,光亮地泛現桃紅。他是在祖靈內底做巢的美少年。田水賴免轉頭看。那根本是多此一舉。他猜知庄頭族親們還正興致昂揚,宛如和祖靈相遇了。他們唯獨凝視他一人。這般自我陶醉的想法,強化了伊原本薄弱的自信,也讓他更加確認,過去吞嚥的魯莽年歲,全為了此一關鍵時刻到來,是伊終究不悔的預備。

他們跨過那拱彎公橋。這是庄內寶貴的記憶,也是伊們共同的遺憾。他訝然感知,若從這兒一直衝落去,恐驚仔會跑轉去伊做紅嬰仔的時。而他再往下走,不就可以舒服回到阿母認眞藏過伊,一口溫暖麻布袋似的平滑腹肚內?庄頭老輩不是告誡過他:「這裡的大溝時常做水,正港是一個地理窟仔。讓咱老的、小的,攏十分無奈的底仔窟。你沒代誌,不要老愛往這邊頭走。」

頭前不就是枇杷城公廳?無需多長時間,他們即可穿越余家的那座大埕。這兒離伊田家的厝地,也沒幾步路了。他同時預感,未來沒啥退路了。只要伊是血氣少年,都該不顧一切地激動起來;即使伊獻出的,是沒有下一步的最終犧牲。

他們刻意繞行余家大埕。田水賴雙眼微閉。早讓頭殼皮燒起來的日頭,怎成了即將熄滅的一堆柴火?儀式走過的光榮時刻,化作了再多驕傲都塡不滿的無底洞。他重新睜開眼睛,已有暗夜用伊家己高舉的火把，照亮了余家頭人正身護龍的大宅；以及它前頭，因著性喜鬥走光陰的竊盜，終究是要淨空伊所有番記憶的老院埕。

不論大人、囝仔，枇杷城庄的男丁攏給伊們喊喊出來啊。

伊們無需要從海口的西螺一帶，請拳頭師傅入來教。「你們無學就不行。從海口跑入來咱內山的漢人羅漢腳仔，是比風飛沙還要厚。天高皇帝遠的清國官府，怎麼救咱會著？好比講咱埔裡社內，不管是咱家己南番，抑是那尚歹逗陣的北番嘛好，若去堵著番社內底，有啥是是非非，攏嘛要有庄仔頭武館訓練出來，咱這群勇番做靠山，對否？」體格魁梧的余家武秀才站在隊伍最前頭。他以宏亮聲音，果決意志，訓令著從各個家夥仔召喚來的男丁。田水賴閃避到闊闊大埕尚外圍的角落，伊畏怯的眼神含帶了不少崇拜。他多麼期待有朝一日，可以和這名武秀才同款，擁有高大出色的身軀。伊也才能和圍繞枇杷城庄的那幾座大山，長年維持著對等、互惠關係。

每日暗頓了，伊們才稍事休息，就會有語帶訓斥的長者們，號召咱庄仔內的壯丁，出門去到余家大埕，集合練武。他們武術訓練的內容，不外乎棍棒自衛和刀劍靈活的操拿。海口漢庄時行的武術，從打拳到弄獅，伊們枇杷城的武館內，一應俱全。那是連精銳盡出的雙刀，或是雙眼之類詭奇招數，也難不倒他們這群武力超卓的子弟。武秀才高過其他族親的身形，慢慢在他珍貴保存的少年記憶裡生根，宛如是他在眞實世界中，自力營造的一座大山。這又令他確信，余家武秀才雖然無法如山不動，至少可以永不倒塌。於是幾代以後，枇杷城人還繼續傳誦，余家武秀才有多麼高大神勇：「人那整團舂米隊的石杵是這麼大顆，煞只有余家武秀才，有法度輕輕鬆鬆，坐在土腳頂打。他一手握一支石杵，坐著，這樣同時上下敲擊，親像一點兒攏免費力。」

余家武秀才差不多和田水賴的老爸平年歲。武秀才可比漢人祭祀的王爺，永遠和枇杷城庄這群少年，保持一段距離，也因此一直是伊們滿心景仰的地方頭號人物，稱得上是未曾讓伊們失望過的地方神明。伊們洪安雅血緣的這位武秀才，不僅是漢人和清國官府爭相交涉的北投社番頭人，更是枇杷城庄最有權勢的地方墾首。由於伊們田家的厝地和余家相距不遠，使得田水賴懂事以來，經驗可及的所有大項、細項代誌，攏圍繞著余家而發生。余家武秀才神似庄頭社會事的最後仲裁者。於是方圓幾里內的族親閒聊，無論扯到啥日常難題，最後必定牽涉到，余家會怎麼樣出面解決的類似結語。「伊們余家……」自然成了庄仔底人喜歡掛在嘴邊的口頭禪。這也就是爲什麼，在每日暗頓了後的休憩時段，田水賴攏免等到庄頭的老輩四界喊人，才肯慢慢仔出門。他總是主動前去余家開設的武館。他因此打從心底，以團練中的少年成員爲榮。有時他幾乎將「伊們余家」等同於「阮們余家」了。

從田家厝地坐落的方位來探看，伊們的東邊是山，南邊嘛是山。無論群山是從倔強不屈的東北邊，向南方後退掃射；或者伊們更換戰術，轉而採取進逼形勢，容任在雲霧中大幅柔化了的南面山巒，正一路擴散，直到極北的無止境地帶。無論如何這樣體態連綿，卻又分別挺立的群山，神似長者們召喚出來，參加走鏢儀式的洪安雅族親：伊們在精神上，是儼然不可分割的整體。

從這落田家厝地長成的囝仔，有哪一個不是天生望向了屏障伊們的山？田水賴及早領悟，當他舉目望山，凝視大山集聚的時候，伊形成了起伏曲線的偌大身軀，也可算是伊們洪安雅和預設了敵意的山中青番仔之間，彼此互不干犯的最起碼距離了。

田水賴一直覺得，余家武秀才的高大，只有他從小瞭望的群山可比擬。若說余家武秀才是個巨人，當理解爲，即使武秀才還在大力衝刺的壯年，伊還不識老邁以後滄桑的滋味，在伊青蔥少年心目中，他永遠是扎根山巔的唯一巨木。也因此，他攀登那山巔的路途有多麼遙遠，伊這個洪安雅少年和枇杷城庄武秀才之間，就存在了怎樣難以丈量的差距。

少年田水賴不是沒有面臨過，那株山巔巨木不顧伊持續仰望的目光，而即將猥瑣倒塌的精神危機。

「有誰的功夫，比咱枇杷城庄的武秀才更好？」

「這樣孔武有力，恐驚仔找無第二個人囉。」

「是啊，埔裡社哪有誰，比伊較勇？」

「咱武館頭人會曉的撇步，嘛是從海口來的拳頭師傅學來耶。咱再怎麼講，按輩分排，咱武秀才還是伊們漢人師傅的徒弟耶，得仿效伊們唐山祖先幾代正傳的武術。庄仔底余家的人怎樣打敗天下無敵手，嘛排不上人尙頂崁耶。」

「咱北投社番當然比伊們漢人還要勇。」

「若講在山內打獵，咱絕對比伊們厲害。」

「若無，咱這些番辛苦練武，有啥路用？咱咁有可能，在咱遠離了山林的武館內，展現出祖先過去狩獵，追逐猛獸的勇氣？」

「山林中出獵，原本屬咱祖靈管理的範圍。咱在武館，每日訓練，拳腳功夫再是利落，攏無可能揣摩出和山豬拚鬥的眉角。唉，咱洪安雅查埔人的出獵本性，恐驚仔在咱學伊們拳頭師傅的比武招式中，慢慢仔退化囉。」

「你的意思是，咱苦練拳頭的結果，不過是頭上盤著長辮子，被馴服了的一群番。可嘆咱有當時啊嘛練武來打家己的番，對付咱的打里摺。連咱行到這個地步，抑是做不成伊們眞正的漢人。」

「咱不得不承認，最好架式的拳頭師傅，嘛比不上潛伏山林的獵人。」

「咱洪安雅獵人若沒有祖靈庇佑，而光靠勇猛，貿然走進了山林，恐怕迎接咱們的，會是厄運。」

「你認爲咱退避到武館的大埕內，苦練拳腳功夫，又兼弄獅出陣，反倒失落了獵人品格的磨練，愈是遠離祖靈，遠離山林？」

「對啊，咱枇杷城弄獅的陣頭再風光，也不過是用來討好漢人奉祀的神明。」

「尙基本，咱還是可以利用拳頭師傅傳授的武術，拿棍仔、拿棒、拿刀劍，齊心抵擋欲來侵犯咱社域的敵人，防衛庄頭婦孺老人的安全。」田水賴向來將余家武館，視爲洪安雅英雄群聚的聖壇。他忍不住替武秀才的用心辯護，相信以伊頭人的威嚴，喊大家出來練武，絕不會做白工。伊辯駁：「咱洪安雅少年，甘願留在庄頭種田，閒暇時集合起來比武、練功，嘛不願在山林中和猛獸爲伍，做啥拿性命來賭的獵人。時代無同款啊。你們洪安雅老獵人，再是擅長跟山豬纏鬥，嘛應該知影，山林內底並不容易覓得自在奔跑的麋鹿了。」

「有誰可以告訴我，獵人出沒山林的智慧，未來是否還可能傳給舞刀、弄劍的拳頭少年？」

「講啥，咱處境是完全無同款囉。庄仔頭那麼大的轉變，有誰阻止得了？請不要幼稚吵鬧。」田水賴一旦出神，能夠從那激辯的回憶裡，將伊喚醒過來，就僅剩下洪安雅少女毫不羞怯的笑聲了。

「無綁腳的洪安雅少女，才會無所忌憚，發出明朗笑聲，像極了磅礴雨勢下，千支萬支飛箭射入大溝仔底的暴動音響。」田水賴心底最崇拜的，其實不是余家武秀才。就在他獨自冥想中，少女的大笑益發擴散，彷彿正在嘲弄他那即將掀開的祕密。

今仔日他和這群主祭少年，是爲祭祖的聖典而鬥走。伊們的繞行路線，正是枇杷城庄家家戶戶往來的必經地方。那兒也算是外地人進出，最爲熱絡通行的一處交叉路口。他們引人注目的程度，早在預期內。不過他仍私心等待，集中了所有榮耀的那個關鍵人物，終將出現在余家大埕前。

「查某人若會曉騎馬射箭，有誰能夠贏過了武秀才的牽手咧？」

平時田水賴從庄頭繞到庄尾，若看見枇杷城番對啥外口人感覺不服氣，而血氣方剛，要在口舌上爭個輸贏，伊就總喜歡將這個足以壓下大部分查埔人，霸氣的枇杷城番婦扛出來，讓伊在族親面頭前，展一下威風咧。今仔日他若不見枇杷城番婦中最具影響力的那位，佇立在迎接伊們的族親行列中，那麼之前他辛苦醞釀的所有得意情緒，反倒將成爲伊日後被同伴們不停恥笑的最難堪把柄了。他以爲自己早將眞正的焦慮藏匿得非常好。他看見阿母也擠在旁觀的人群當中。「阿母今仔日必定感到非常欣慰。伊祭祖後返家，必然要把我喊到大廳，輕拍我鼓得厚厚的壯實肩膀，再含著笑意，眾人面頭前愼重其事地表揚我一番。她應該會強調，伊並沒有白白養育了我這個孩子。我終於長成，足以傳承洪安雅祖先無比的勇氣。」

他還是沒辦法放心。不是嗎？小時候他經常繞遠路，想方設法從余家的大埕前行過。他好奇窺探的對象，正是傳說中武秀才牽手騎過的那匹馬。這匹棕黑顏色的馬並不輕易擺動牠的身軀。從牠宛如一直在哭泣，因而保持了濕潤的溫順眼神，田水賴自認是充分理解了牠對主人的忠誠。牠的皮膚多麼光滑亮麗。若不是護衛枇杷城的群山，吹進來一陣輕佻的風，牠背上那叢尊貴的鬃髮，絕不會如此輕率，在伊偷窺的目光下，神氣地揚起。牠固執的後蹄若果奔馳了起來，肯定會淡淡壓抑伊的節奏，像一起不祥預言似的。那宛若是從遠處傳來，敵陣中戰鼓密布的聲響了。

他未曾親睹武秀才牽手，庄頭跨騎上尊貴身分的這匹馬。

他也從來不掩飾伊對此事失望的程度。

從他還是襁褓中的紅嬰仔，阿母就經常用伊極其平靜的語氣，講述武秀才牽手騎馬射箭的日常情節。當時她那毫不誇大的表情，印記在伊純淨的感覺中，直到伊即將離開人世的困難關卡，伊都無法抹殺這個洪安雅女人爲即將消失的枇杷城庄，所留下的唯一史實。如果她的故事不可置信，那麼所有建構在伊腦海裡的枇杷城庄童年，將一夕崩塌。

「阮估算這匹馬的高度，若非有武秀才的魁梧身軀，誰能夠跨得上去？」每當他偷偷窺伺那匹馬被豢養過程的一舉一動，就更感驚奇，武秀才妻子足可駕馭牠的能耐。田水賴鎮日耽於想像：伊雙腿跨得多利落。宛如山風掃過的伊眼神，有多精準。而那匹馬狂奔的野性，恐怕還不如座騎上的她，專注前傾時，突然將伊柔軟身軀整個貼住馬背來得放肆吧。

「咱枇杷城番壯丁們如果剛好攏在外口，庄仔底豈不僅剩下老人和婦孺，丫是一座空城？」阿母講：「那些年，山內的青番仔時常會跑出來。咱武秀才的牽手個性剽悍，一點嘛無輸庄頭那些查埔人。」她於是告誡庄頭婦女：「咱查某人同款是老爸、老母生，平平有腳有手，若山頂的青番仔落來出草，有啥好驚耶？」她論起道理和緣由，抑嘜輸公廳內高談闊論的那群查埔人。

「咱嘛得考慮清楚，庄頭查埔人有的，不時要出去埔里街仔辦採買。有的若出門去巡田園，路途嘛有一大段咧。有當時仔，伊們一群作夥入去山耶打獵，需要在林仔底過眠。總講一句，咱庄頭若堵到危險，莫是講咱隨便喊一聲，伊們就聽得到，有法度趕轉來救咱。」

即使田水賴的阿母，非常讚賞武秀才牽手的膽識和見地，當她談起這個傳奇的查某人，仍像是在訴說平凡無奇的小事：「咱武秀才的武勇，無人可比。但是她還是莫甘願將整家夥仔的生死，託付給這個無法度時時待在伊身旁的查埔人。若非她平日就從尙武的夫婿，學得了爭戰必備的好身手，當青番仔出來挑釁，她怎可能驍勇善戰，及時展現出騎馬、射箭的精湛功夫？」多年來，阿母一直重複這個故事。可是她所描述，枇杷城番婦騎馬射箭勇退青番仔的戰鬥場景，彷彿每一次都贏得了新鮮的創造。阿母言談間，總讓他覺得混淆，誰是那個騎馬射箭豪邁的女戰士？或許他早有了根深柢固的認知：阿母自認是她；她是阿母；她是枇杷城庄內每個洪安雅族親的阿母。

田水賴如今成爲祖靈儀式中的主祭。是否他還相信，武秀才牽手足可駕馭這匹老邁的戰馬？他尙未針對這樣升起的疑問，尋求可靠解答。而伊很想一探究竟的，還包括武秀才牽手是不是和阿母同款，站立在族親中間，迎接伊光榮的抵達？他走鏢的心思，並不耐煩等候一個較圓滿的解釋。這群主祭少年繞過了中心仔，踏進鹽土一帶，隨即往舊社的方向奔跑。他終能體會，眾人走鏢的時候，腳步凌厲輪替，如空中襲來的一波接一波閃電，才讓他們具體感受，自身是踏實活了下去。

「這口鼎覆蓋在土腳面頂，啥時陣咱有法度將伊掀開，看看底下暗藏什麼玄機？」田水賴感覺家己正往上攀升。伊越過醉漢般袒露的腹肚，快要站上大鼎底部，它也就是這口覆蓋的鼎最高隆起的地方了。

這不是一座山，並不讓他意識到地勢起伏的險峻。但是他每回經過這一帶，都覺得四周景物不如外表看來的安寧。比如說，他幾乎分辨不出，眼前這陣涼風，是不是從南烘溪的方向吹來？好幾個方向的風，不約而同在這兒會合，它們也各自攜帶不同溫度與水氣，像是爲了騷擾行進者對於方位準確的感知。這最終或可解讀爲：這模稜兩可的空間，慣性化身爲釀酒的瓦甕，伊在原地發酵出來的閉鎖性歷史漩渦，正忘我地孕生出無啥害處的幾股亂流罷了。

這不過是終年覆蓋的一口鼎。莫非苦毒日頭假豔光之名的照射，讓它整個火熱發燙？或者它的天命，就是要來壓抑地下竄出的火苗，也才讓它在灰燼之際，蒸發出最後餘溫？縱使人們站上制高位置，還是不敢因它形成的視野，稍感到自豪。田水賴相信，覆蓋在這口鼎下腳，肯定是個無法公開的祕密。「終年覆蓋的這口鼎，按住了追求安身立命者頸項，悶住伊們的嘴，還逼得伊們轉爲順從者，永不得翻身。這如同咱昔時的南、北投社勇士們，雖然接續了遁走的埔番，仍感受到來自四面八方的鎮壓。」昔時公地的社場上，還有剛從平埔入山的那群祖先，來來去去帶來的喧鬧聲，還覆蓋在背向姿勢，悶住使人欲哭的鼎下，無法消散。咱這些番親入來埔裡社，尙早就是落腳在這口鼎邊。那時，伊們共同開墾、彼此照應，誰若任性，排擠別種番，孤立要行伊們家己的路，那是一個也活不下去了。當年伊們暫且落腳的粗陋地方，一旦從咱先行者溫熱的心肝反映出來，竟是繁華如大城的一幕幕榮景。

西側一帶土堆圍成的屋舍，半立半傾倒，再也不是老人家講述的那座「城」。有人說，那是咱入墾番親借住棲身的「舊城」，連流血的腥味，都還混雜著無比甜美的期待；還有人停留在「彰化城」的地名，說那裡曾經是侵墾漢人的營寨，過半埔番被兇殺的恨意，還堆壘在每日降落大地的暗影中。那是更早的記憶吶，或者，咱弄不清楚是誰防禦誰、是誰阻擋誰，它是由布袋、土堆砌成的「布袋城」。這也是田水賴經常聽聞的地名稱號。也正是它——擁有響亮、獨立的名稱，卻無實質意義的形影。可見的是空白土地，而非任何城池軀體的遺留。這個有名無實的疆界，爲孩童時期的田水賴，提供了永不貧乏的烽火想像。讓他得以在遊戲中，盡情推演一場又一場不知爲誰而戰的對峙攻防。

就是在這裡。田水賴看見了蛤美蘭社土目阿密解不開的愁緒。他的憂傷化作老樹幹上滿載風霜的一圈圈皺紋，他的垂老面容則成了孤立枝頭上的危險懸掛。這裡只要有啥風吹草動，他就要重重摔落到洪流急奔的南烘溪底。「難道是地上這口鼎，在南烘溪北不幸的翻覆，才帶來了立即的災厄？」曾幾何時，來自彰化縣邑的郭百年等漢移民，爲了滿足侵墾冒險家失控的野心，以及勢必擄獲的我族利益，而動刀殺害他們過半的社番。這結果導致內山唯一大片埔地的擁有者，竟是大大斬傷了元氣。即使清國官府擋住了漢移民入侵的腳步，來自北邊眉里、致霧和安里萬三社，合起來如大山的強悍勢力，又豈是殘存如衰枝敗葉的埔番，單獨抗衡得了？

「可嘆啊，我們短期內不可能回復祖先的強大了。」

「這內山中僅存的一大片埔地，是如此平坦、漂亮，不輸獵刀從擄獲的山豬身軀割取，最肥美的一大塊腿肉。它新鮮的腥味不是還在空中飄散，猶如更大一塊誘餌嗎？」

「現今內山世界，我們祖先豈是覺得陌生？沒有狩獵的族社不嗜血。大家必須覺悟。祖先曾在一貫嗜血的這塊埔地上，取得了眞正和平。」

「拿刀騷擾我們的，難道都是祖先未曾熟識的新來族社？這已成爲蛤美蘭社的恥辱。」

「渴求土地的野心者追殺我們。咱僅剩下的一半活口，除了呑嚥更多恥辱，還能空口說什麼大話呢？祖先都快耳聾了。」

「我們還不快快醒悟：祖先留給我們的，不再是一望無際企求和平的埔地。它是如此鮮甜，時時刻刻沾染了血腥味。除非我們早已思慮，該如何強大起來，否則任何腰繫番刀的族社，都將循著血腥的美味到來，成爲我們日夜提防的對敵。」

「原來，我們從刀口下搶救回來，慘微數目的男丁，一個個反倒成了祖先加重詛咒的對象。」

田水賴最喜歡聆聽長者們談論番親相招入埔的這一段老故事。只可惜他還不夠世故，還沒眞正意識，當年蛤美蘭社土目阿密招募打里摺番親，進來共守內山埔地，看似兩全的決定，最後帶出的，竟是比停滯刀口上的血腥還要殘酷的終局。

這件事無關是非。「咱北投社人入去很深的內山。那當時，祖先還是住在離海不遠的地方。如何形容那座山吶？老松林的香氣化身了那座山的祖靈，伊沁滿了多重的山頭和雲層最深的交接處。那是它們促膝長談時，唯一可以讓群山屏息靜聽，不致叨擾任何山林走獸的所在。咱在那兒忙著追逐群鹿，多少忘卻了海口部落的憂傷。咱腳步，算是比山中麋鹿還要輕盈吶。」田水賴的北投社祖先，與來自水沙連的思貓丹社番親，就在逐鹿忘憂的這座山上巧遇了彼此。

「咱還是內山做番，生活較平靜。」

「咱番親遇見了什麼苦處？」

「有夠悽慘啦。咱土地一塊一塊失去、田園厝地嘛無了了，攏要活莫落去囉。」

「內山嘛不如咱所想耶那麼平靖。」

「至少有地。」

「艱苦代誌嘛講莫完。」

「咱來問看嘜。阮知影蛤美蘭社番親目前日子嘛眞歹過。伊們埔地是那麼闊，卻沒剩下幾個壯丁可以來守。可悲喔。即使短期內，漢人不會再來侵害。但是偏偏伊們北番眞橫眞歹，三不五時會挨近。」

「恐驚仔咱平埔番親再也找不到新的棲身之處了。」他搖頭嘆息的程度，讓人誤以爲，他就是話語針對的事主。

「你覺得，哪裡才是咱平埔打里摺長久棲身的地方？」思貓丹社番親憐憫的心懷激動了起來。他們居中牽線，前來和蛤美蘭社頭人商議大計，盼能在促成番親們跨社合作的同時，一舉數得，覓取共同的出路。這說明了，蛤美蘭社土目阿密爲何這麼肅穆。他自問：咱應該怎麼樣思慮埔番長遠的安居吶？如今族人們在對敵環伺情境下，除了脫困求生，還能進一步保全族社的未來嗎？

田水賴越過大鼎悶蓋的邊緣。他心想：成群小雀鳥下一回低空炫技的時候，他們的鬥走行程就將結束了吧？他一路受到祖靈約束的意志，看來是被逐漸疲乏的身軀擊潰了。這最後一段路上，四處可見懶散肥大的香蕉樹、層層警戒的竹圍叢，紛紛友善招攬他們：何不來個片刻的歇腳？那是連路途中毫不相干的另一座山，也彷彿對伊張開了安穩的膀臂（唯獨以熟悉身軀，懷抱了洪安雅十一份仔的不動大山，還維持著往後撤退的婉拒態）。

這邊，地方上的族親暱稱作「守城份」；那頭，是長者口中熟稔地名的「查某份」。接下來，伊只要繞道四周植滿竹圍仔的水頭庄，再從左側直直岔出去，走個一小段路，就可返回十一份仔庄，而讓整個儀式終止於這趟鬥走的出發地。

「阮北投社的查某嘸習慣跟在查埔仔後壁，當個沒有聲音的。查某人，哪會動不動就躲起來？有啥好驚歹勢咧。查某人行頭前，阮一開庄就眞時行囉。」庄民所指，是北投社尙早一批入來埔里的先遣墾民中，就有六名婦女同行。「伊們同款，啥攏嘜驚。」如今屬水頭地段的「查某份」，就是當年伊們刊分給那六名女性先驅者的「五索份埔地」。「咱大家看，她們一入來開墾，就有講功勞、有功勞，講地位、有地位，實在眞吃得開。」

田水賴惦惦仔笑開了嘴角。他不禁懷想：「咱以後的牽手尙好亦是大腳婆，可以行在阮頭前，伊在眾人頭前，亦尙好嘛行第一等。不管咱是堵到山、抑堵到水，伊攏攀登得上、越渡得過，嘜驚危險。免咱一直跟在伊邊啊，不時得要呵護伊。那樣，咱住在枇杷城，才有可能久久長長，順遂過日子。」他像是寄以厚望，當年刊分「查某份」的那一群拓墾女先驅，可以是伊日後牽手的典範。

刊分「查某份」的第一名婦女強勢現身：

「阮站出來，硬要擋在你的路中央。不是不讓你順利行過去，是阮早就看透你，有夠天眞。這就是爲何阮選擇祖靈活跳跳的時陣，來對你講幾句貼心的話。」

田水賴疾行的腳步放緩。

「咱不是攏嘸驚。」她年輕遺留下來的眼神，吐露出面對未知的恐懼，宛如面頭前出現了不明挑釁。她和山豬之類走獸，無啥差別：身軀，是用來抵抗的唯一武器。而且她在意識覺醒以先，早臨場做了必要犧牲的判斷。

「阮們將囝仔放在厝內，給老母管顧。」她花蕊半開的笑顏，只是心意已決時候，一種對外的宣示。或說這是警訊，也可以。伊進取的謀略，猶如清晨才剛冒出土的一點兒筍尖，還沒挖深，也就讀不出伊情感上的不捨。田水賴懷疑，她對當年一心一意行人頭前的行動，曾否信念動搖？

刊分「查某份」的第二名婦女還是有話要說：

「你若識得幾個漢字，就會在那本分墾名次總簿上，讀到阮的名。咱絕不畏畏縮縮，咱的名是四四角角，無偏、無歪跟人作夥站起。咱到尾仔有名有分，是阮死嘸去，才換轉來耶。」她非常在乎，公平刊分後的田園厝地，獨立屬於家己名下。「本來阮番，就是查某子在分財產。這樣才有理。」她的聲調愈發急促，讓田水賴覺得她還有很多話要說。

「我沒啥話再講。就這樣。」他還等著進一步聆聽。她的外貌停留在入來埔裡社的約略年紀。田水賴覺得不太舒服。即使她的頭髮背後束成一個果斷、結實的髻，還是某種程度的披頭散髮。那是伊在漫長路途中，日曬雨淋，汗酸與灰塵黏膩落在膚淺暴露的髮際所造成。她除了眼神泛出血色警戒的光芒，她的鄙陋還種植在腳踝以下，從伊那雙大腳盤暴露了出來。她的腳盤因艱苦的磨練而筋骨扭曲，而擴大了地土上盤據的範圍。伊每一隻腳指頭，也像是無所倚靠的孤雛，一一現出張牙舞爪的自我防衛形狀。它們像是站立在懸崖邊，經年和風雨拉鋸的整欉老樹根，寧可冒著扯斷、沖刷後裸露浮出的傷害，也要失態地抓住每一吋礫土。她終究掩飾不了那雙大腳盤的滄桑：底下布滿的古老龜裂與硬繭，仍無力抵擋反覆破皮後，一再發膿的更新血痕。她的肩頭比一般查某人還要寬闊。應該是習於負重的能耐，讓這個女人的雙肩壯碩了起來。可以想見，在入埔先鋒冗長遷徙的行列中，她不曾自外於沉重鐵鼎的背負。

任何探索的目光一挨近，她怎能忽略？即使她勻稱的小腿肚，兩側不分左右，都還閒散包裹在伊藍布寬敞的褲管內，卻可想像伊們從入埔溪路的沿途，接下來抵達草萊新闢的內山，舉凡自認是山野霸王，日夜橫行的那些蟲毒和蛇蠍，是不會有理由放過它們的。如今田水賴在仍嫌稚拙年齡，就已了悟，拓墾先驅中掙得刊分土地，史上留名的北投社查某祖，曾經用伊歸屬於山林走獸的身軀，來替換伊因著母職而脹乳，因著男色而豔麗的女體。以致任何旁觀者都要產生錯覺，眼前講話的祖先，竟是愈積極行動，愈越讀不出伊性別的昔日拚鬥者。

刊分「查某份」的第三名婦女同樣無法不出聲：

「咱北投社再多行一步，就是內山。阮親像站在眾人出出入入的大門口。阮每日在這兒望出望入，眞自由。」田水賴很想指認出她的名字。她的開朗吸引了他。

「大小隻鳥仔怎麼在天頂飛來飛去，阮就怎樣行。你講對否？對阮們來講，哪有番界這條線存在？跨不跨過，也從來不是問題。啥挖土牛溝、立界碑的那款代誌，不過是清國來的大官虎，常常愛耍弄的猴戲。」

「是不是咱北投社的番本來就住在內山？」田水賴相信查某祖嘜講白賊話。

「老實講，阮自查某囡仔時代，早就肖想。咱看有、吃嘸，煞愈一直流嘴爛。」她沒有直接回答。「咱住平埔嘛習慣。咱本來就是平埔的番。不過，咱有一點兒嘸同款，是咱的生活經驗內底，內山嘛不會比海口迢遠。咱甘願像一隻鹿仔，讀嘸路來伊清國皇帝的禁令。」

「哪是冒險？」她因先墾有功，而在土地刊分上，正取了名分的自信，讓她完全輕看「內山險惡」這似是而非的見解。

田水賴和她對談末尾，伊才肯吐露深藏的見解：「咱查某仔早就知影，群山背後，還有一大片平坦埔地。咱早就和內山別款的番親，有來有往。漢人將咱海口整碗捧捧走，害咱土地嘸了了，伊們恐驚是比那內山出草的青番，還要險惡百倍。」

刊分「查某份」的第四名婦女從背後追趕他：

「妳莫驚青番？」田水賴的詢問不是質疑。她的膽識已讓他信服。

「咱偏偏不聽苦勸，決心若是堵到青番要來斬頭，就跟伊們拚到底。」

「話再講倒轉來，咱若堵到青番，嘛未感覺生分。」他不是很懂這個查某祖的用心。青番和伊們，不是自始至終攏是敵對耶？究竟誰才會讓伊們感覺生分？難道這個查某祖和青番有啥特別的交陪？

「阮細漢時，時常聽那些老輩講起，伊們少年時代怎麼頻繁進出內山。入去打鹿仔啦。那內底嘛是咱族人爲了生存的獵場。當時平埔的鹿仔愈來愈少。咱嘸入去深山林內，咁掠有？同款，那山內底的青番嘛不時會跑出來。過去伊們祖先嘛曾經在山腳這邊頭掠鹿仔。官府劃定的生番界跟伊們有何干係？清國根本管不著伊們這群青番。伊們先被逼入去深山，再來，就換咱這些平埔番囉。明明，那王法就進不了內山。咱子孫仔還憨憨，被官府分化了不同款番的立場。在阮查某番婆來看，嘸値啦。」

「妳還有氣力，替伊們青番講話咧。」原來，甘願行頭前的這個查某祖根本就不驚青番。但是田水賴仔細一想，他不也有同樣的困惑嗎？當然，目前他還沒意識到，這問題的答案不論是正、是反，皆將影響他的下半生。

他急促追問：「咱這種番，和伊們青番，是不是眞像？」

「噓，你千萬不能大聲傳出去。聽講咱以前嘛眞愛斬別種『番』的頭殼。你一定沒想過。咱既然入來內山，就是決定要繼續做番。咱無分查某、查埔，若無膽驚青番，不如轉去海口，乖乖仔跟伊們做人。」

田水賴不再追問。咱究竟是想要做番，抑是做人？這樣矛盾一直在他軀體內交戰。他此刻靜默，不意味伊取得了內在平靖。

刊分「查某份」的第五名婦女怏怏跟著跳了出來：

「從咱北投社血緣傳落來的查某囡仔，漸漸不肯再做番了？」田水賴不知該從何抗辯起。

「我沒有立場代替她們答覆。」

「你親目睭看著啥？是不是咱查某囡仔雖然嘸跟漢人綁腳，煞不知不覺，心肝被伊們的習慣束縛了？」

「阮阿母講過，這伊看眞透。伊認爲，咱枇杷城離伊們漢人的大埔城才沒幾步路，免講嘛會被伊們勢力大的那邊拉拉過去。咱看漢商就好，是愈入來愈多。咱查某囝仔不只不娶查埔仔入門，反倒抑甘願嫁出去，給這些匪類的漢商當妻後。要不，她們娶入來的漢人查埔仔有夠精。他們腳踏破草鞋，除了一支扁擔，啥攏嘸，就雙手空空入來，專門吃咱的田園厝地。」

接下來，換田水賴話講嘜停囉。「妳帶頭入來內山。咱今仔日才有可立足的田園厝地。問題是，漢人嘛跟在咱的後壁，蛇同款梭入來。」

「這咱嘛知。但是，有阮第一代入來的查某，比土匪還敢，才有法度在內山重建基業。只是咱萬萬沒料想到，才經過幾代人，內山又快變天了。阮根本不願相信，族內查某囝仔嘛會曉跟人西瓜偎大邊。莫非又要等到全失了了，番親才開始後悔。今仔日情勢再不若往昔，同款嘛要守、要放，全看咱查某囝仔是不是有心，是不是強要做番做到底？」

「咱才不會失去。」田水賴無意間吐出來的這句空話，連伊家己攏嚇一大跳。

「這就是咱這群查某祖煩擾不安的原因。」女祖間續發出長長短短的嘆息，還是等嘸回音。「你必須知影，不是阮入來開墾，才有『查某份』。嚴格講起來，咱北投番自早從祖先傳落來，有哪一塊田園不是咱查某祖嬤牢牢抓在手頭，才守得住？」

「早就變囉。咱嘛有查某番，甘願轉作漢人。」田水賴若非萬不得已，還不想這麼頓挫查某祖自視甚高的番婆尊嚴。

田水賴參與走鏢儀式的最後階段，於半途横擋，還有第六個刊分了「查某份」土地的北投社婦女：

「咱姐妹啊跟你講那麼多了。換我來問，你未來牽手咁不是咱北投番？」

「她不是漢人。」這個查某祖嬤目睭眞利。伊驚是唬弄不了。

「等一下，讓我稍作修正，她只有一半是漢人。事實上，伊阿母嫁入來內山，伊是在咱番親的庄頭大漢。」

「時代不同款囉。查某祖嬤，即使咱平平同庄頭在互相嫁娶，要咱番親完全嘜去混到伊們漢人，眞無簡單喔。」

「阮們知影你眞爲難。照這款情形，咱北投番不就漸漸融去，看嘸啊。」

「妳免煩惱。至少有咱還肯作番。不管哪一種番攏嘛是一家夥。」

「但是你咁確定，你的牽手還願意做番？」

「免想太多。伊不愛做，咱家己做，總可以吧？」

「你未免太天眞咧。咱平埔番的查某，厝內囝仔攏是伊飼大漢，查某耶若不肯再做番，轉性去做漢人，阮老夥仔怎麼帶頭，咱整公族仔跑到深山林內躲，嘛同款會弄家散地。」

「不過咱種，攏混作夥囉。抑是咱要活得下去，比較實在。像阮厝內底，田園愈來愈薄，窮到快要給鬼拖去啊。若有查某囝仔肯做咱牽手，就偷笑啊，咱哪有法度揀人咧？」

「你講的不是沒理。何況咱入來內山的埔裡番，查某囝仔是愈來愈時行嫁給漢人。大家攏嘜記去，咱在平埔，就是敗在這頂頭。大家嘛無認眞思考，阮這幾個番婆，那當時有那個氣魄行頭前，拚性命入來開墾，得土地，咱流血流汗，總講一句，爲的就是要閃避伊們漢人，咁不是咧？」

「請妳不要失望。阮快哭出來了。放心，阮牽手絕對不是妳講的那種漢人所生耶。」

田水賴的最後一小段路，不如想像中穩妥。伊查某祖們才剛結束接連的發言，當年中途退守，至終未能刊分土地的祖靈們，也有話要說。

未刊分到「守城份」的第一個祖靈，正在路上等他：

「你嘸可能讀著阮的名。這是眞不得已啊。有誰知影阮那當時的委屈？」田水賴強烈感覺，正在說話的祖先，應該來自完全不同的祖靈世界。

「那當時，阮嘛千辛萬苦，作夥行入來內山開墾。」他停頓半晌，接下來的話語像是當事者哭喪著臉，才一邊發出的破鑼嗓音。「當初那幾個頭人刊分土地，嘛盡量在替咱想啊。只可惜，阮的無奈更深。一開始，阮嘛不想做漢人，才會拋下一切，跟咱整群番親入來。咱怎麼料想得到，入來內山了後，還是提心吊膽過日子。

「怎樣講咧？咱合力鬪成的田園，哪是坐落在祖先穩妥的土地上。這兒除了有青番出沒，侵擾阮新墾的收成；也有症候不明的瘟病；導致水土不服的瘴癘；或是罕見蟲毒的致命侵害。阮眞嘸習慣。加諸阮對祖先慷慨祝福過的海口生活，還有不小牽掛，才會忍痛割捨一手鬪墾的新地。阮還是退回了海口原鄉。眞的，若非住不下去了，阮怎會平白奉送了內山的付出？」

田水賴並不苛責半途遁逃的拓墾者。他算是相信，而且接納了伊們在好幾個世代以後，遲遲獻出的這一段懺詞。此時，成功刊分了「守城份」土地的另一名嚴肅祖靈，則在聽聞前者懺情的證詞後，急切反駁起對方漏洞百出的論調：

「只有阮是打死嘸走。阮從萬斗六社移來。那兒可不是啥安逸的居所。咱注定是番屯的後裔，砍頭的威脅，如同餵養阮們紅嬰仔大漢的粥湯。防番時伊們敲鑼擊鼓的示警，更是阮們熟識不過，半夜深更助咱好睏眠的搖籃曲。」

「對咱來講，內山爭得土地，才可能走出原先渺茫的處境。這樣的內山開墾，形同生死格鬥，咱們哪有可能讓步，怎會示弱呢？」

「一開始，番親們猶可在兩地之間，來來去去。有的，還生出了棄墾念頭。伊們若想回到原鄉舊社，也還有退路可走（即使伊們棄守的，還包括祖靈對子孫們繼續做番的期待）。咱這群番可就不同。咱早習慣了衝突的邊界。哪裡複製了激烈砍殺的氣氛，哪裡就有潛力，成爲咱久久長長定住的社域。唉，『守城份』刊分的那塊土地，作爲光榮贈與的同時，也暴露出咱作爲衝突倖存者的拓墾原型。」

「講到這裡，你可能才了解了阮的心情。說穿了，『守城份』的刊分，是用咱渴求已久的和平爲代價。當阮們出乎意外成爲歷史贏家，你們後輩子孫，至少不必再爲咱們際遇感傷吶。」

南北番後代的通婚

很長一段時間了，阿飼對水賴身形與高度的組合，總覺得不可思議。「他不高。難道是枇杷城邊仔那幾粒山，壓伊壓過頭？」今年入秋，水賴結婚的那當時，就滿十六歲了。阿飼估算，伊性命中最重要的這個查埔人的身高，還會繼續拉長。她並非有先見之明。阿飼是從伊 baba 在生時的身軀高度，來測度伊夫婿日後肩膀可能抵達的寸尺。換句話說，她早習慣了將伊 baba 旺盛之年的寸尺，當作判斷查埔人身材的基本規格。

阿飼感覺，埔裡番內面，大肚城出身的大肚番查埔仔，一眼就可以看出。他們不一樣，舉手投足會放出特殊信號。他們類似爐灶起火，燒到炭黑的木頭爆出火星，飛到阿飼鼻尖，形成了瞬間的觸摸。或者那樣信息屬於無人聆聽的旁觀者，在伊不以爲然的時候，才會發出一陣戲謔的暗語。又或者，因它們不願屈從，而站到了反對者立場，一如藍布在水中衝動的渲染，遲早會讓四周瀰漫了不滿情緒。以及或者，伊有如季節到來，是自然愉悅的反射，伊使得查埔人臉孔上的每個細部表情，皆暗藏了查某人還在縱容伊的志得意滿。

樹木幼齡的軀幹會持續攀高，阿飼因此認定了，水賴的身軀還要繼續拉長。即使他未長成，就提前成爲阿飼的翁婿，一切仍在混沌不明狀態。水賴和阿飼 baba 相比，只維持住伊少年人謙遜的高度。水賴絕非瘦小。可是當他默不作聲，站在阿飼面頭前，竟讓阿飼感覺伊是還待自個兒拉拔長大的囝仔。她一點兒都不熟悉水賴那樣的骨架和身長比例。當伊開始和水賴睏同眠床，若半眠仔睏未去，伊會不經意撫摸起翁婿的那片胸坎仔。「實在有夠厚。咱水賴萬一在山頂堵到山豬，嘛免替伊煩惱。咱比較驚耶，是那隻山豬若經驗不夠，可能會誤判情勢，以爲咱水賴的胸坎仔是穩當給伊撞未倒的一片山壁。」他的身軀，就是她往後長年生活的地方了。她擔心那將是個令人挫折的所在。「唉，伊跟阮拍瀑拉跟阮 iya 伊們漢人，實在攏無同種。」這是新婚阿飼了無新意的結論吧。

水賴的個性、身形，早被枇杷城庄偏執的風土，以及時時刻刻挑釁伊們聚落的異族群山，以打鐵煉刀似的磨練，給鑄造完成了。阿飼怎能夠自欺？水賴矯健移動的身形，其實是她無力推移半步的頑固大山。他的身軀等同於深具定見的山形。不論做伊牽手的阿飼，往後再耗費多少時日，仍牽動不了和伊順逆處境相繫的這樣基本姿態吧。她一直這樣說服家己：水賴已經被枇杷城眼目可及的每一座山給作夥鎖鏈住了。

無同種的查埔人，全部攏要捲入去的戰爭場域，是阿飼這段婚姻的起頭；它更在十一份仔那邊頭，清晨山霧還未散去的時候，就及早揭開了序幕。比如阿飼後頭厝的拍瀑拉大肚城，和水賴洪安雅的枇杷城，兩邊爲何隔著番社溝，長年南北對峙？難道大家眞是格格不入，分合無常的番親？阿飼不確定她在十三歲這一年涉入的南、北番通婚，可提供合理解釋。

「伊就是勇。」阿飼所嫁的翁婿，若以古早慣例來稱呼伊，就是天生我材必有用的一名「番勇」囉。水賴長得不高，才讓他整個體格，鞏固如山岩，任由歲月沖刷，他只會更形堅強，似是無一力量可以攻破。水賴的本性溫馴，迄至他婚配阿飼的年歲，從未滴流過人血。然而他光站在那裡，毫無敵意佇立，也不必出聲，就能挑釁那些好戰的勇士，決定在刀影血泊中一拚高下。阿飼不待水賴正式踏入戰鬥職業，就了然於胸伊那暴發如山洪的體魄，顯見是爲搏鬥而生，命定爲野心的權勢者所揀選。到頭來，他這具軀體亦將從沒有最後贏家的荒謬戰火，最終歸向祖靈棲息的居所。

阿飼來回對照：水賴和baba。從他們出自不同文、不同種祖先的身軀，辨識出過去與未來截然不同的考驗。這些指示足可讓阿飼清醒，水賴日後必走的那條路，是她毫不熟悉的環境。那是統治者欲念橫流的山林世界。它們現形的，是比走獸撕裂了軀體還要殘酷的人間武鬥。

從大肚城走到枇杷城，中間必須穿越大埔城。阿飼眞是一腹肚火。她怨講有街、有庄的這沿路上，根本親像刣豬破開的腹肚。進前伊們外表看是完整無缺，一條一條通道攏保護好好。等她親身踏上路途，一條一條將它們翻開，才發現假想是聲息相通的大、小條腸仔，內面嘛是東塞、西堵，整串糾結作夥。

阿飼白白多繞了許多遠路。這樣景況讓她忍不住嘆息：「今年我才十三歲咧。」她寧願將家己看作長成的大人。可是當她嬉鬧起來，又稚氣地覺得家己是一個拒絕長大的查某囝仔。「阮就是愛玩，才會嫁來枇杷城。」

在那樣的年代，埔裡番的各個庄頭，本來就時行將十凸歲仔的查某囝仔，講給人做牽手。阿飼只不過比別家夥仔的查某囝仔，多了份孤女的感傷。

阿飼不是不懂，大伯的細姨是煩惱伊再留落去，恐驚仔夜長夢多，到尾仔煞家己大主大意，轉轉過去，行伊們平埔番招贅入門的那一途。到時，厝內雖然多了一名做食的長工，阿飼卻早慢會曉來相搶伊們洪家的田產。「反正伊老母已經改嫁，嘸住咱內山。連帶伊的小弟福基，嘛作夥嫁嫁出去啊。如今剩下阿飼伊孤一個，還留在咱大肚城。伊無父無母，講番不親像番，講漢人，嘛嫌伊番仔味太過重。剋夫查某生的這個查某鬼仔，本來就眞破格。若講伊肖想要嫁啥款好翁婿，鬼才相信。」這個大伯的細姨眞放心。伊整公族仔，不管是哪一房，攏不會有人出聲，要阿飼留落來招翁。

大伯細姨是這一、兩年才從外位仔入來的漢人。伊算盤可打得精，有閒就故意在阿肆面頭前碎碎念：「咱查某囝仔就是油麻菜籽仔命。咱要認分，若有法度趕緊嫁嫁出去，就尙好啦啊。」伊還未講出嘴耶，是要提醒阿飼，嘜不知輕重，跟庄頭這些大肚番有樣學樣，動念要娶子婿入來分這家夥仔人的財產。她向來瞧不起這群番仔查某。「伊們有沒有想過，大肚番敗到今仔日這個地步，田園所剩不多了。咱怎麼有夠妳這個帶衰的查某子賊來鬥分？」

「枇杷城和阮大肚城眞嘸同款。」阿飼早打定了主意，要快快離開大肚城。她怎可能毫不留戀？一開始，她也聽不懂枇杷城這邊的番仔話。她雖然不至於成了目睭看嘸的青瞑仔，卻有一半時間，算是耳聾，抑是啞巴囉。但是好佳在，枇杷城這邊嘛有愈來愈多的漢人長工，從海口入來開墾，時日一久，乾脆給這邊的番婆招作子婿。伊們講的話語，和伊 iya 眞接近。這才讓她稍微排解了外來者的孤寂。

阿飼個人更深的孤單，是肇因她失去了肯維護家己的後頭厝，後壁攏嘸啥靠山啊。「阿飼，妳咁不要跟阮作夥走？」江津再嫁那當時，私底下這樣問過大查某子。

「不要啦。」阿飼的回答又急又果決，像是要徹底割斷 iya 的念頭。

「妳咁講是要繼續在內山做伊們大肚城番？」江津明知影，阿飼是伊跟大肚城番生的子。伊若不要阿飼做番，當年就不應該嫁入來內山。

阿飼轉頭看伊 iya。伊發現，如今決心要再嫁出去海口的 iya，似乎也沾染上洗不掉的番仔味。

「妳本來就是漢人，才會講這款話，對否？我咧，跟妳嘸同款啦。」不知爲何，阿飼有點兒動怒了。她彷彿是要和所有的漢人爲敵。即使她從來不肯承認，在感情上，伊是傾向了早死的 baba 這邊頭。

「妳是我生耶，妳若想要做漢人，嘛是順理成章的代誌。」

阿飼不忍再度刺傷伊 iya。她即使心有不平，仍緩和了先前抗辯的口氣。「阿弟仔跟妳去，有伴就好。」

她避開了 iya 直接的視線，但還是從伊目睭角，瞥見 iya 泛紅的眼眶。

阿飼當時並沒有講出眞心話。她是不想要做大肚城番，也不想當番仔寮庄的漢人。她唯一選擇，是下半世人在內山的生活。iya 嫁入來，又再嫁出去，可不是被大伯的細姨說個正中，是從伊刻薄嘴舌吐出來的那款「油麻菜籽仔命」？阿飼免不了，對伊 iya 產生了些許怨懟。「咱可以承認，家己是去混到漢人的半番。不過阮偏偏仔不認是『油麻菜籽仔命』，不認識隨便給人撒到哪兒，就出土、生根在哪兒。」或許正是這樣緣由，阿飼暗自打算，即使現實條件讓她不得不從大肚城庄嫁出去，她嘛心理上，自視是個娶了埔裡番，作夥牽手，住在內山才會習慣的拍瀑拉查某。大肚城和伊最相好的，就屬一個姓王的姐妹仔。兩人年齡相當，阿飼婚前，就曾經吐露過這款的心事。

「若是阮，甘願招贅一個子婿入來大肚城。平平是番，爲何是咱去住伊查埔仔那邊的厝？」

阿飼若有所思。

「不要緊，枇杷城阮嘛常常去。再遠，嘛比走鏢多嘸幾步路就到啊。好佳在，妳嘸跟妳 iya 走出去。咱抑是跟番相嫁娶較自在。否則，咱這幾個姐妹仔伴，日後講不要疏遠，嘛難囉。」

「對啊，以後妳若娶一個查埔仔入來做牽手，咱姐妹仔伴嘛一個攏不能放。」

「講來講去，抑是番較合咱的氣口。」

「咱大肚城番，和伊們靠南邊的那些枇杷城人，一直不是眞和，妳咁講莫知？」有老輩提醒伊。

阿飼是有考慮過，伊何不娶翁，招一個較勇壯的查埔仔入來大肚城住？大肚城老輩的那些姨嬸，有哪個不招贅？咱查某耶嘛免嫁出去給別種番欺負，不是比較好？伊眞無奈，是家己漢人的 iya 早就嫁出、嫁入。現時陣，baba 這房頭只剩下伊一個孤女，厝內較偏愛查某孫的伊 malau，年紀嘛愈來愈大囉。光伊一個查某囝仔，嘴喊講要招，嘛嘸啥路用。「咱免肖想，有哪一個較有力，較疼惜咱的房親伯叔肯出面？」阿飼只能默不吭聲。

「阮還沒要做人的牽手。」阿飼眞清楚，伊 iya 改嫁，走走那麼遠，剩伊孤一個，丟在大肚城了後，嘸倚憮靠的伊，恐驚仔眞緊就會是洪家別房頭的長輩，出去跟人講婚事的對象。

「枇杷城的番不是不好。那是伊們過去的頭人，處理代誌太不公正咧。怎麼可以這樣大小心？眞使人氣憤。咱才會莫爽，棍仔撂起來就和伊們拚輸贏啊。」這時阿飼才知，咱和枇杷城那邊有過恩怨。

「阮怎麼不曾聽老輩的番講過咧？」南北拚，阿飼早有耳聞。但是她覺得，再怎麼講，大家攏是埔裡番，過去天大的冤仇，如今嘛可以放水流啊。伊納悶的是，這款代誌咁有這麼嚴重，咁還會影響到伊這一代？

「妳講的嘛對。不是有咱大肚城番，給蜈蚣崙那邊的番招？聽講伊們那庄頭的噶哈巫嘛不甘願，講爲什麼咱大肚番先入來埔里做番，就可以分到較平、較好的田園土地？害伊們得要提心吊膽，整年攏在那兒守青番。伊們幾代的番傳落來，嘛憮過著啥平靖的日子。」

阿飼知影庄內老大人自有妙計，適應伊們必須要跟別種番結親戚的尷尬處境。

「總講一句，咱這些埔裡番一時是逗陣的番親，一時又變成相冤仇的對頭。偏偏大家愈來愈多結親戚，即使有誰不服誰，囝仔生落去，種就混著啊。老輩耶半路仔相堵著，嘛要假笑笑，變作同家夥仔的番，妳講是不是？」

阿飼早做好了準備，以後生子，等伊們大漢，知影好歹啊，就會這樣開頭，講述伊家己的婚姻故事：

「從大肚城走到枇杷城，中間必須穿過大埔城。那一年，劉銘傳就在肖想做咱台灣巡撫，籌備給咱台灣建省。」阿飼雖然住在偏僻內山，天高皇帝遠，還多少耳聞了，就在伊嫁入枇杷城的那一年，台灣島嘛劃入了大清帝國的一省。

「官府的意思大家還莫知影？內山番仔的田園土地，以後清朝啥嘛攏要管尬到。無法度，中國被西洋來的番，欺負了有夠累。伊們那些垃圾官，憮入來開山，給咱管較嚴咧，加收寡仔稅，國庫驚會敗到空啊空。」

今年番仔寮媽祖生，江津招伊前人查某子阿飼，專工過去吃拜拜。阿飼住在庄頭那幾日，就曾聽聞伊

iya 這樣的談天論地。這分明是再嫁的江津，聽伊扛轎的古意翁，茶餘飯後所聊起。阿飼猜想，這款國家大事根本不是伊閉俗的後爸仔，平常管得著。這應該是伊幫頭家扛轎，寂寞路途上，從一知半解的道聽塗說，東施效顰揀轉來的空話。暫且不管他有沒有能力，消化這般是是非非，它仍是由他加油添醋，才得以活蹦亂跳產出的一席鄉野議論。它算是如實捕捉了大局丕變，基層只得戒慎恐懼，求取日後活路的普遍心態。這意味的是，不論民番，全部將要網羅在政局更迭的一念之間。這些官番關係詭譎的轉換，仍談不上改朝換代。但是從現今埔裡番的處境推敲，即使伊們繼續躲在退守末路的內山，恐怕仍避免不了在官府和青番仔中間被夾擊，風風雨雨受牽連的窘況。

史櫓塔屯丁（滿清治台的光緒十五年至光緒二十一年）

田水賴來到十一份仔。這是他熟悉的地方。只要是族親的庄頭，攏讓伊感覺，不是去到外位仔，伊堵到耶，嘛嘸一個正港是生分人。

這回他身上攜帶了槍砲。這是天差地別的所在。從今以後，稱得上跟他親密相伴的，只有這一類精鍊的火器。他不是那種六親不認的人。他卻不得不下定決心，從今以後只認這個。伊嘸打算要放子放厝。但是今仔日伊來，是先想通了：日後砲火穩是嘸生目睭。他若執意要捧官府的飯碗，幹屯丁這一行，等於選擇在刀槍的威脅底下生活。伊就得義無反顧，將不服官府治理的番，統統視爲可憎仇敵。「較無情，咱才莫艱苦心，才放會落手。」一起頭，伊的思想還眞單純。

清國官府在埔裡社十一份仔這邊頭，番仔慣稱作史櫓塔的山麓一帶，設立了屯兵營。「官府養阮們這群埔裡番，是要打那些青番仔。伊們躲在咱四周圍，一直在窺伺咱的平埔番庄，看咱這裡有啥動靜否？」

水賴難忘官府錄取了伊的當日情景：主試的武官，親像精打細算的拓墾大戶，打算牽幾隻牛轉來飼。

他們才會一反常態，從頭到腳，仔細打量伊（平常時仔，伊們目睭是生在頭殼頂，完全嘸將咱這些番看在眼內）。主試官們看來很擔心，會不會伊們花那麼多錢買轉來的資產，不過是一隻隻孱弱的病牛？抑是咱不消幾個月操練，不必等到和敵營對峙的緊要關頭，就被那群嗜殺的青番仔，看破了腳手？他們嘛尙驚，起因於瘴熱環境的小小瘟病，才剛侵襲，就見咱這些破少年，一個接一個癱軟在駐紮營區內。「生尬這麼矮，槍咁扛得動？半眠仔若要追青番，恐驚仔走不到幾步路，就被番仔反過來，一刀砍斷了頭頸。」

這位選丁的主考官，可說極盡了貶抑之能事。即使他從好幾代以前的祖先，就開始學漢人：留辮髮，穿草鞋、藍布衫，操起了有番仔口音的福佬話，他還是掩飾不了熟番買辦的那股臭酸味。伊分明是打從心底，瞧不起這些內山的埔裡番。短小精幹的水賴，終究成了雀屏中選的幸運兒。但是從這名主試者的主觀意識，水賴可能還比不上缺腳斷手的喪家之犬（也彷彿他從耳目到四肢，皆有重度殘障，萬萬比不上伊們自早就一路豢養的土勇吶）。

「他看阮們普普，不過是憨番。」水賴還未正式成爲官府豢養的馴犬，即提早看穿了最高軍領難堪的心事。「聽講劉銘傳親下號令，要求伊的部將在咱隔壁庄十一份仔的山腳，設一個屯丁大營。」枇杷城庄的族親們奔相走告。何況伊們萬項代誌，攏尬意跟劉銘傳扯上一點邊，遐想身旁發生的每件新鮮事物，都是伊從台灣省城，直接號令進到內山來。這讓族親們感覺，咱庄仔這邊頭的興衰，聯繫的是島外大清帝國修弊振頹的昂然大志。人家在省城烘火、溫燒茶，伊們在內山寒夜裡，也可以邊發冷顫，邊跟著喊燒。於是有族親樂觀認爲：「從今以後，咱枇杷城少年的番不驚無糧餉啊。」意思是：咱埔裡番不是只會憨勇。人講靠山吃山。伊們清國官府想要把手更長伸入來內山，肖想深山林內龐大的利益，當然不會憨到忘記了咱熟番關鍵的存在。

莫非青番和官府嚴正揭開的衝突，幸而賜與這群嘐驚死的埔裡番，怎麼代代相銜活落來的憑藉？以至於他們的是活落來的尊嚴？

屯丁之妻（滿清治台的光緒十五年）

「你嘸愛做田，甘願一世人拿火槍，跟神出鬼沒的那群青番仔，嘸眠嘸日拚生死？」水賴的牽手阿飼初爲人母。伊隨時用背巾，將紅嬰仔綁在胸口前，一副全天下唯她獨尊的模樣。有進是她第一個囝仔。伊還未足歲。

水賴恬恬聽伊念。

「啥官府？你不要以爲阮就不敢得罪。阮同款嗆。那是尙嘸路用的人，才會跟官府去山內打番。」阿飼腦怒到極點。伊差一點兒連「嘜見笑」這樣鄙夷的氣話攏衝出嘴。

「阮田家走入來內山以前，查埔太就是守隘口的番屯。」水賴大聲辯解。伊的理由聽來，嘛不是全全無理。伊的查埔太，人矮是矮，悍草卻是眞好，無人比得上。傳說伊若氣起來，發威想要衝出去，穩當是勇尬親像腹肚餓幾仔日，嘴尖尖還在流爛的山豬。咱揣想，伊若是從對面大路直直撞過來，連磚仔砌得四正，才新建成的大瓦厝，都會瞬間崩落。在水賴的心目中，當年守在生番界上的這位阿太，身軀準是鐵打的。有老輩就誇口：「你阿太是天不怕、地不怕，堵到要來刣頭的青番，嘛目睭攏嘸眨一下。」水賴從小聽聞阿太守番界的英勇事蹟，它們儼然成爲家族查埔人中間，尙有光彩的古早代。這些繪聲繪影的守隘傳奇，經常讓水賴陷入沉思，想著今仔日伊若從枇杷城的東邊望過去，最靠近的那座山，在腳底下聳立的，就是神氣望高的一座隘寮了。

水賴的查埔太有時不發一語。但是光憑伊懸崖似的，往前挺出的那座胸坎仔；伊準備妥當，即將要和山豬格鬥的徒手與扭腰；伊山貓似的，維持著高度警覺的眼神；以及配合上伊隨時迸發的力道，山羌一樣風速轉動的兩隻腿肚，「勇」，單單這一個字，已足夠爲他解釋這一切了。

「勇」，也正是水賴成長過程中，最根本接受的庭訓。

「尬拜託咧。好漢做事好漢擔。你家己愛風神不敢講，還敢牽拖到那麼遠的公嬤代？」平常時仔，阿飼眞嘸愛在水賴面頭前苦勸不休。但是今仔日，她卻覺得非辯到贏不可。

「阮細漢聽查某祖講，咱這些番入來埔里，就是打算走遠遠，不要繼續和漢人有啥相交扯。咱留在內山做番，就是不肯在官府苛待底下，做伊們的憨百姓。」阿飼講這段話的時，精神上用她尖挺的鼻梁當靠山，至於比水沙連潭水還深邃的兩道目光，則從兩側理直氣壯射出了高傲和不屑。即使她不是預備動武。才發了威，卻更堅決，比慣常爭勇鬥狠的庄頭這些查埔仔，還不可侵犯似的。雖說她從 iya 江津的血緣，有時也會跟著，瞧不起身邊一起生活的這些埔裡番，甚至對伊家己實際有多番，還游移不定。但無庸置疑，這回她是純然站到了番的立場。恐驚仔是伊囡仔時，吃太多查某祖的嘴爛，才會跟她如出一轍，展現出尙純、尙桀驁不馴的番有的氣口。

「阮又不是要走多遠。官府是用阮們守在家已庄頭附近。伊們嘛嘸愛咱走去外位仔。妳免煩惱過頭去。阮還是有法度轉來厝耶，跟過去有啥無同款咧？」水賴顯得極不耐煩。若換作別項代誌，阿飼要管，伊攏可以惦惦仔接受，讓伊主意。但是現在官府選伊去做屯丁，不管阿飼多厭棄這些匪類的大官虎，伊攏不能讓她輕易否決，咱因緣巧合才爭取來的這一條出路。

「阿飼，咱不是愛做漢人大官虎的走狗。咱嘛不是忘了家己抑是一款番，煞反倒轉來提槍，要去刣番。」水賴的辯解仍顯得牽強。無論如何，他是多麼渴望，家己牽手能夠釋懷。伊這項生涯抉擇，也和他自幼的憧憬有關：怎麼樣繼續生活在變幻莫測的山林野地，和危險的青番仔和走獸爲伍。只有這樣，他才能偷偷擁有一點兒，祖先曾經遊走深山大川的自由。今仔日伊提槍，誰說敵對者一定是官兵指定的青番仔？對水賴來講，隘勇或屯丁生活，更多是山林狩獵的警戒與武勇啊。

「這是妳較不懂的。阮枇杷城和十一份仔這邊頭，同族親的番仔庄，本來就有派遣勇壯的男丁，對外進行自我防禦的傳統。阮從入來內山就開始啊。」

水賴認爲他可以解釋得更清楚：「咱入來開墾，新闢田園，連番親攏會起衝突。不同款埔裡番嘛會相變面，更何況四邊窺伺咱，一直眞不甘願咱入來搶伊們獵場的那些青番仔。換一句話講，咱防山頂那些青番落來，出咱的草，這是咱庄頭本來就眞重視耶。妳怎麼會感覺奇怪咧？」

阿飼還是堅持，這些似是而非的論調，不過是水賴拿來塞伊嘴的藉口：「阮眞嘸愛再念你啊。咱若看嘜徹底就害囉。家己庄頭防番，是爲了保護咱平埔番幾代開闢的田園厝地，不是像官府飼的兵仔，或是漢人大地主雇工，大、小尾流氓同款的土勇。伊們是打算侵門踏戶，野心入來內山搶咱的資源。伊們是打算將青番仔祖傳的獵場、山產，和山園，攏總納入清國的口袋仔底，裝給飽飽、燒燒，才在咱這裡耀武揚威。」

「總講一句，什麼防番？那根本是官府打人喊救人，肖貪才要打番。伊們無膽，不敢直接講而已。」阿飼今仔日氣到了。她準備好勢，要給水賴「洗面」洗較徹底一點兒：「嘜騙啦。我看你分明是不肯乖乖仔留在厝內種田。你是驚講，安安分分做食艱苦；去山仔莽撞，跟青番鬥生死，較趣味就對啦！」

「妳要這樣想，阮嘛沒法度。再講，阮今年二十，做人老爸啊，嘛要認眞給牽手和囝仔吃會飽。」水賴停了半晌，顯得有些沮喪，彷彿被牽手觸到了眞正的痛處。

「妳嫁入來枇杷城，做阮牽手的頭一日就知影，咱田家除了現時住的這片厝地，剩下的田園嘛嘸多啊。那地才一小塊，講咱可以多骨力種作，攏總騙人的肖話。聽講阮出世以前，從阿公到老爸那兩代，原來是目睭望過去，見未到邊，大海一樣遼闊的田園。尾仔咱煞親像腹肚邊肉給人慢慢仔割去同款。那裡割一塊、這邊切一角，不知不覺就嘸啊。」

「官府願意給咱錄用，咱就要偷笑囉。否則時機那麼歹，咱若眞未爽，恐驚仔嘛行嘸別條較好的路啊。像阮查埔太那當時，抑是慘到走投無路，才會認命去捧官府的飯碗。隘勇、番丁這等職位，是無中生有、無事忙。阮必須要靠它來吃穿，講實在，嘛有夠無奈啊。這莫非是咱田家一代延續一代的宿命？唉。」

水賴變得低聲下氣，加減有止戰求饒的模樣。他從對立時語調高亢的辯駁，毫不造作地轉爲眠床頭牽手才有的親密和多情。「阿飼，阮知影妳做阮牽手，恐驚仔以後日子不一定好過。妳咁現在就後悔啊？」水賴態度一落軟，反倒讓阿飼堅決的反對，猶如打上一記重重空拳。這股揮空的後坐力，讓她連維持原地，都有困難，要站立不穩了。即或阿飼還是很有把握。她的想法應可接受所有長者的公評。不過她同步進行的無數次自問，卻重複了水賴同款的困擾。水賴所指的目睭前這條路，似乎已威脅到她的下半世人。

「阿飼，伊們這次選入去做屯丁的，攏是咱埔裡番，全是家己，又沒有外人。妳就免掛心啊啦。」

「以後阮的囝仔大漢，尚好不要學你的樣，行這途耶。」

干卓萬風雲

「他們干卓萬番咁是咱的對敵？」

「你若這麼想，屯丁這途仔咁做會落去？」

「阮枇杷城的老大人常常在講，官府的個性，一向是起起倒倒，比颱風落雨的天象還不可預測，嘛『比咱正番還更番』。究竟伊們會行到哪兒，咱嘛莫知。再來，嘛得愛看扮勢。咱想講以後的退路，這時還太早啦。更何況，咱目前過的生活浮浮沉沉，三頓攏歹討賺。既然有官府願意飼咱，只要清國論斷，伊們干卓萬番全是不肯歸順的叛番，那麼咱除了把伊們視為仇敵，還能有其他選擇嗎？」

「官府又不是太閒。伊們哪管得了咱是啥心理。」確實無人知影，田水賴眞正在想啥。他一直感覺，這座屯丁營頂多是個武力駐防的軍備位置，作用是要宣示清國在內山的主權，表達伊劉銘傳眞有夠力，強強要入來開山。

「軍隊是開墾者的前導，武力是腦丁們的後衛。誰敢阻擋劉銘傳拓墾的路，誰帶頭起來反，就有火器槍砲即刻反擊的伺候。」田水賴對武裝拓墾的眉眉角角，早已略知一二，如今唯一差別，只是民、番身分和官府勢力的不同。

他們對官兵，老早看破腳手。「不管是早期入來的咱這群埔裡番，或是長期違禁侵墾的漢民，啥人不帶砍殺的刀槍，就進到了青番仔環伺的內山？這幾年來，換成官府家己腳癢，硬要把手伸入來。可惜這些青番偏偏不信伊們那一套，啥皇帝的天威與聖旨。實際上，國家王法哪裡管得到深山的番社？官府若要大舉闢田園、開山產，當然不能只靠勢大清這個渺茫的國號。」

大家自然是話還未了。「清國的劉銘傳做官是較精功。但不管是唐山來的漢人羅漢腳仔、咱埔裡番，抑是愛出草的青番，在這幫統治者眼中，根本是半斤八兩，大家只能龜笑鱉無尾。可不是，所有民番皆須臣服，否則誰敢反，一律剖無赦！」田水賴清楚，伊們枇杷城早早就風聲，講清國這群大官虎，明明無人正港會放心，放任霧峰林家私自擁有這麼強大的隘勇武力，更何況容忍伊們帶頭進出內山，形同漢人拓墾界的土霸王。

「大家早有所聞，林家飼一大群土勇做後盾，入來內山採樟腦、取山珍，早就眞大尾囉。明眼人一望即知。劉銘傳若不順勢收編，官民一體納爲開山撫番的武力，豈又奈何得了伊們？」水賴從長者的判斷，不禁打了個寒顫。他個人被官府編入屯丁，是否也要戒愼恐懼？

「這群土勇倚靠林家吃穿，不時扛槍入山。可嘆他們的際遇，是否眞勝過了靠天吃飯的憨番？即使伊們頂面的大頭家，早就權力爬上天。」庄頭人這番批評，可不是無的放矢。官方爲了利用民、軍兩棲的武裝拓墾勢力，賦予林家地方上專攬的撫墾大權；不消說，內山樟腦開採帶來的龐大商機，同樣輕易落入這一土豪家族的手中。

長者們哪是不聞世事的憨番？「阮到這個年紀，已經看眞透啊。官府同款處處提防，把你當作動機可疑的叛賊。否則你怎會窩居在孤懸外海的台灣島上，甚而長年藏匿這深山林內？」

族中長老的提醒是有道理。田水賴對伊守番屯丁的身分，雖有幾分光榮感。但他不忘犀利指出：「其實清國大官第一驚，不是青番，而是入來開山的漢墾民；驚伊們靠勢，啥時陣一後悔，一變面，就轉頭做賊。」

水賴記得，長輩講起咱祖太在生番界上守隘做屯丁的典故，總不忘挖苦那些雲端上做官的：「咱嘛不能太天眞，誤以爲大官虎重用咱這些熟番。咱不過是伊們謀略的棋子。講難聽一點，咱等於是官府借刀殺人的打手。伊們眞知影，咱對漢民，有被占去土地的冤仇，不願到今仔日，可說是心結難解。咱入來內山，嘛加減得罪了各路的青番，不是干擾了伊們祖先遺留的獵場，就是成爲伊們生存的威脅。咱跟漢人、和青番之間的矛盾，反倒讓官府能夠聰明地借力使力，形成彼此牽制的力量。」田水賴用腳頭烏想嘛知，只要咱埔裡番繼續夾在中間，青番就得不到咱這些番親攻守同盟的奧援；漢墾的土霸王，也不會成爲官府唯一在內山合作的對象。於是官府不動一兵一卒，就能安穩坐收內山優渥的利益。

「咱只是在這兒，單純替清朝『守番』而已。」表面上，田水賴是對官府效勞的番勇。伊必須認分，吃伊們分派的糧餉，好好仔飼活伊一家夥仔人。

「爲何屯丁營揀中的男丁，全是咱埔裡番？那麼熱鬧的大埔城街，甚至咱枇杷城的庄頭內，不是一波一波海浪似的，捲入來不少漢壯丁？伊們這群骨力的少年家，不是爲了爭田園，寧可拚生死，嘛嘜驚番仔刣，才被官府招入來開山？」官府巧妙安排，背後隱匿的心機，他豈是無所察覺？因著他這一層細膩關照，才能對伊們身處的複雜局勢，了然於心。這使得他一開始即認定，伊們這批精選駐紮的番丁，和住在這座大山後面的千卓萬番，絕不可能涉入一場全面性戰爭。

誰是咱眞正的敵對者？是向來飢渴田園與山產的漢墾民？是對內山突發野心的清國官府？抑或是世代生活在繁茂綠林中的千卓萬番？田水賴的自我提醒，顯得多此一舉。他回想：「咱枇杷城庄的平埔人，聽講尚早開墾，確實會驚去堵到番。這邊山後壁，會有Take Todo走來出草。等阮們囝仔時代，伊們就眞少出來啊。咱老一輩耶，嘛沒人感覺伊們有多歹。」這座屯丁營設置在十一份仔的山麓，史櫓塔，進到田水賴耳朵，是個吟唱般送來了暖意的地名。伊們駐紮的日子，反倒緩慢平和，讓伊年少旺盛的身軀，得以休耕蓄能。他以孤寂來支付欠債的防守歲月，往往正是官方設定的對峙者，毫無襲擊意願的時候。當他不分晝夜仰望這座大山，他的身軀竟可以跟著鬆弛，躺下來，和這座山，和它往兩側拉開的那條獨立稜線一樣，演變成與世無爭，以至近乎自閉的性格。他還欲求再望深過去，用目光觸及它背後一層疊過一層的群山。那偶爾交錯、忽又平行，再下來，在他的驚訝表情底下會合，而後又一起銜接到另一條較陡峭的山線。它們是鏡中映出美麗茸角的水鹿，或屈身臥下、或弓起跳躍、或驚嚇聳起時的背部曲線，出現在同一時間裡。它們不是田水賴目瞷前望見的群山。

他聽見了。它們形成共鳴的多部合音，迴盪在山谷中，在日頭曬乾而縮捲了自己的每一片葉面上；陷入暗藏了 Take Todo 獵人危險陷阱的草叢中。從 Take Todo 祖靈的啟示而吶喊出的這一陣合音，最後總算安魂般撫摸了那些老枝幹上。可憐啊，它們孤立到自罪的地步，只有冰冷的蛇皮，才願意在它粗糙的身軀上行走。眼前這座山和它背後的山林，他渴望囝仔時代跟阿爸上山時偶遇的 Take Todo 再出現。不是從伊目瞷前，不再局限於防衛或偷襲的煩悶戰術。他們飄過樹林。他們應該穿越了大片榛樹林吧。他們喜歡在環繞的山勢中行進。然後，他們不會癡傻而留下了可追蹤的腳印。或者他們也不會讓狩獵目標的走獸，聞出他們 Take Todo 沉積了太多粟酒的體味。直到他們長長貫穿一條曲折的甬道，且在薄薄門扇完美振動的招呼下，如風，友善吹進他兩邊的耳朵，而且收納在伊們暗黑深處的小房子裡。

多年後，他還一直相信，官府口中刁頑不馴的干卓萬番，仍會用比溪水鳴響還清脆、比山蟲鳴叫還能貫穿他頭殼的人間合音，在那座山後面的開朗路徑中，和他不期而遇。按道理講，史櫓塔目的是要掐住干卓萬番出入埔裡社的咽喉。然而當田水賴從那兒面向南邊，反而有著不明原因的窒息感。跟著他被掐住的是十一份仔，甚至是更遠幾步路的枇杷城。自他有意識以來，每隔一段時日，就有 Take Todo 結伴從山後面繞進來。他似曾相識，恍若正看到了消失的埔番，他們終於再返回。地方上的族人不是一直相信嗎？不到幾年間就默然退出的埔番，已經和隱藏在山裡頭的 Take Todo 混在一塊兒，其中某些敏捷的番丁，一旦退化成身軀更形短縮的老番，即可偽裝成全然生分的過客。他對於路徑旁，超過人高荒草淹沒了的埔番舊厝和遺址，竟是無動於心，或者簡直到了形同陌路。記憶中還有他們倖存形影的那群埔裡老番，也容讓他們白白錯認，至終無情飄過了。

「他們爲什麼說自己是 Saibakan 呢?」

「他們是住在竹林的人。」

田水賴自細漢就習慣了。這些 Saibakan，從來沒有講過家己是番。不論屯丁營區密集裝設的槍洞或砲口，一律朝向他所好奇的 Take Todo，指向他們游移行蹤出沒的方位。這兒可不是伊熟悉的十一份仔山腳？他只要面對大山，總會生出相同熟悉感，宛如血緣聯繫力量的感召。而那些足以激勵兵丁的敵我意識，比較起這類先天涵養的熟悉感，反顯得十分短促。交戰雙方，猶如溪底卵石在節奏底下的日夜沖刷。四面威脅過多，造成了磨損，反倒有利於它們平順性格的養成。而且兩邊在扞格、碰撞裡誠心等待的，卻是與戰爭毫不相容的友好。「爲什麼阮感覺，在這兒，時間總是長龍龍，啥攏莫在振動，只有心神嚴重的耗損？」

曾幾何時，田水賴習慣了佇這座山面前，取得一隻走獸才有，從山野中復原的敏銳直觀。說穿了，只有大山才能夠護佑他狩獵的決心，這是令好獵者流連忘返的一座樂園。

「阿爸，那是啥麼聲音?」

「是 Take Todo，他們在 ma chi lu mah。」那是田水賴對於千卓萬獵人的第一印象。他們喊叫，形成一陣陣協調的合唱，和諧聲音宛如隨風散播的草綠，勻稱地繁殖在山的密林裡。忽近忽遠，曲折山徑從這些 ma chi lu mah 穿透性的喊叫，才開鑿出容納獵人軀體的空虛形狀。那支 Take Todo 獵團的身軀還一半隱沒在荊棘草叢中，少年田水獺已如醉酒，出現了微微暈眩症候，怕是伊頭顱一下子被伸出來的番刀給砍斷，也還能沉浸在 ma chi lu mah 的牽引裡，接受它召魂般的撫慰。

田水賴父子自揣伊們倆會寡不敵眾。父子躲藏在雜木混生的草叢內，一面窺看千卓萬獵人通過的行伍。他們的男性軀體因爲串珠胸飾長長的垂掛，在矯健步行中形成一層柔和的庇護，讓窺伺者錯覺了，那些珠串彼此細碎的碰撞，才是 ma chi lu mah 發聲的眞正源頭。他們衣飾前兜燦爛編織的圖騰，則讓田水賴相信，它們宛如動物身軀美豔的紋路，目的是要彰顯那看不見的崇高靈力。

「伊們的目睭真光。」阿爸低聲提醒伊。這群獵人一雙雙發亮的目睭，正是優秀獵人無誤的記號。唯有它們，加上同樣驕傲發亮著，肩膀扛起的自製長槍，以及靈活腰際才有資格佩帶的番刀，才讓伊們多日污垢而鄙陋了的身軀，不在歸返途中顯出了自取其辱的疲憊。

「唉啊……」水賴終於壓抑不住伊興奮的表情。此刻伊才真正解讀出他們 ma chi lu mah 內層層暗藏的密談內容。他看見，干卓萬的獵人行伍中，有的，看來一副神色昂揚模樣，原來，伊身後沉重背負的大簍，早被山豬壯碩的軀體塞滿了。

「這個干卓萬背負的那隻山豬，好像是在他用心鋪設的搖籃裡，舒服睡著了，那是家己飼的囝仔，安穩地靠向他的脊背。那兒宛如山壁上的一整片斷崖，蒸散出活物的熱氣。」水賴無聲評議著目睭前的所見所聞。他們光榮歸返時，必須通過漫長路程的背負。水賴揣想，擅長鬥智的這頭山豬即使被擄獲了，由於牠軀體尚未褪去最後溫熱，休戰下的這一趟背負，豈不培養出他們彼此互賴的情感？他從這群干卓萬獲得靈感，那山林法則下的狩獵者與獵物，未必處在敵對關係。

Take Todo 歸獵的行伍中，有人提醒，說這隻 vaa-nis 身體裡面的血，一直滴下來，順著獵人懸崖形狀的那面背，小溪般淌流至背負者身軀，浸濕了他的短衣。

「你真是個沒有用的人。」年長者訓斥。

「講都不會講你，那是愛掘土、挖草根來吃的 ma-suun，是樹汁流出來了。」

「很高興，背回來在身上，我的是比較漂亮的 pan-pan。發芽以後，樹枝長得真茂盛啊。」隊伍後段有人得意笑談了起來。音量不大。那是趁沒有在 ma chi lu mah 的歇息空檔。

田水賴只模糊聽到了 pan-pan、ma-suun。

阿爸懂得他的困惑。「憨囝仔，山豬 vaa-nis 才會 ma-suun，就是掘土啊。Take Todo 在山上打獵時，不能冒犯這些禁忌。平時叫水鹿仔 nga-bul，打鹿仔的時陣，一定要改口。他們躲避牠的名字，比躲避山上的任何危險還慎重。那頭上犄角，是一大欉茂密的樹枝，就是牠，在這個地方的 ma-suun。」

「他們講，pu-u-haz 發射了，意思是動物被獵槍 bu-sul 打中，砰一聲倒地，死了，皮肉會腐爛，也就是 pu-u-haz 了。」田水賴的阿爸喜歡帶著他，往這邊的山上跑。當他喊累，不情願繼續走下去，阿爸就會威脅：「不肯行？那你嘛免轉去咱庄仔。你乾脆留在這兒，等 Take Todo 來，抓你轉去做子好啊。」阿爸的恫嚇，反倒讓他精神爲之一振。他原來沉重到抬不起來的兩條腿，一下子輕快起來，宛如插在猴山仔紅屁股頂頭，擺動、卻不問世事的那隻愉悅長尾巴。他擔心家己輕浮的神情，恐會洩漏心事，才不實誇大伊不悅的抿嘴。「這邊的山還那麼淺。阮家己嘛行會轉去，有啥好驚咧。」

田水賴囝仔時代的日思夜夢，不外乎怎麼跟隨埔社番的腳步，遁走到更深不可測的群山當中。

「ma-ma-ngan-tub-unun。」田水賴當上洪安雅主祭的那一回，有 Take Todo 老番來到十一份仔，在洪安雅頭目的厝內作客。他從右手那側肩膀，長長斜掛下來，一副老舊鹿皮的煙草袋。他是那麼矮小。田水賴在洪安雅族親中間，身材特別短小，也讓老番特別注意到他，認同他精幹的體格和 Take Todo 接近，天生要如一頭精力過盛的走獸，穿梭在不朽時間密封的山林中。

老番好像被日頭曬乾了的葉片，皺縮了以後捲起來，更形枯瘦。但任何人站在他旁邊，又同時被伊骨骼堅強的支撐，以及四肢活動時，簡樸奮進的力量所震撼。

「水賴，老番誇讚你。他說，你以後會是一個很會打獵的人。」座席上，略通 Take Todo 番語的長者，以莊嚴神情轉譯老番的話。那些講話跟老番佩帶的番刀一樣，比平時短，可是存在罕見的利落。田水賴誤以爲，那是糯米酒的作用太強了。老番深邃、凹陷，比龍眼籽還要大顆的那雙目睭，成爲四周唯一發亮的物件。「那是發現絕佳獵物時，才會現出的光芒。」Take Todo 老番的凌厲目光，似乎因著喝過了好幾回合的糯米酒，而開始充血，逐漸濕潤起來。伊們猶如草叢中迷途了、落單了的孤兔眼珠子。它們因過度遑恐的緣故，多出了謙和。田水賴追究，老番的目睭是因著警覺，才紅色華麗地放亮了。這景象讓其他高大魁梧、泛著油光的青春軀體，全都被拋棄到極度平庸的暗淡地方。「誰能夠看輕這個山中獵人呢？」田水賴總算從這射箭般精準的目光，讀懂了老番急切釋放的信息。它們像是在說：「不要放棄山上。總有一天，你會走向阮這種番的山林。山上夠我們的祖先吃飽。干卓萬祖先的山上，從來沒有看見過清國的影子。」在洪安雅和 Take Todo 祖靈共同見證下，老番和這名枇杷城少年達成了默契：山上的飛鳥、游魚和走獸，足可供養咱番的生活。咱在公平的日頭底下，不必向官府繳稅，就能取得這些。咱番的旱田來自對大自然的崇敬，而不是拓墾者侵占的野心。

「ma-pin-na？」老番的目光轉爲狡黠。

田水賴知影伊在講啥。「他要阮不要忘記了，到山上來，得要尊重 Take Todo 祖先的獵場。」田水賴點頭示意。

「咱要連續翻過幾粒山頭，才能走到 Take Todo 的部落？」少年田水賴時常問伊阿爸。

「如果山徑上，不去遇到 Take Todo 置放的聰明陷阱。」

「你的意思是，咱一不小心，就變成了 Take Todo 的獵物？」出色的獵人該懂得，不該白目，去打擾別款番置放的陷阱。

「咱必須先通過干卓萬獵人的考驗。」

田水賴有更大疑惑，但他不敢冒昧提問。「難道咱侵犯了干卓萬祖先的獵場？咱 Savava 不要上山，只要在枇杷城一帶平坦的土地上，守住祖先開闢的水田？」

「咱祖先較慢入來。」山上浮動的雲不時向他招手。

少年田水賴總是將心思放在山上。那不是沒有道理的。伊跟著阿爸上山，除了尋索比人還要聰明的獵物，也會撞見 Take Todo 和各類走獸拚體力、鬥巧智的狩獵痕跡。他學習獵人生活的第一步，就是去發現 Take Todo 在山林獵場中設下的種種陷阱，認識 Take Todo 世代交手的目標獵物們，是否具備從危機中脫逃的能耐？

「阮的囝你愛知，在有漢人的庄頭，才會有憨番，在山上，是找不到一個憨番吶。」田水賴的阿爸選擇上山，早透露了他的決心：要將伊放屁的屁股，朝向漢人的大埔城。

田水賴感覺 Take Todo 施放的陷阱，是山上生活最具魅力的部分。每當阿爸帶他路經 Take Todo 開闢的旱園，無論種的是番麥或番薯，他攏愛忙著覓 "ma-liun-u-tun"。那麼，伊只要瞧見附近大樹的細枝上，招搖綁束了成熟待採收的番麥子，就知影貪吃好玩的那群猴山仔，可是處境危急了。田水賴習慣檢查地面上的枯葉，試探它們下方，是否暗藏成排的箭竹？它們削尖的竹頭，是否早已抹上劇毒？甚而，他親目瞷看到，活潑貪食的小猴仔已經受困，牠早掉落在 Take Todo 成功僞造的陷阱內，哀叫求援了大半天。這時阿爸就會冷冷出聲：「這群猴山仔老早認識 Take Todo，現在後悔了吧？」

田水賴一旦跟阿爸上了山，就不再有枇杷城族親在平坦土地上成群的保護。阿爸不是跟他講過了嗎？「上山，咱才當得了第一流的獵人。咱若長年困守在田園邊，恐怕連飛鳥、走獸和溪魚，都漸漸認不出咱是誰囉。」這讓田水賴相信，他們埔裡番會曉開圳溝仔，引水灌溉來種稻仔，還不夠看。他想：「咱若莫曉上山打鹿仔，就枉費北投社的祖公、祖嬤，當年怎麼用心計較，才跑入來內山？咱做番的本性，可不能失了了。」

田水賴記得阿爸曾經講過，他若在山上堵到一、兩位仔 Take Todo，不感覺他們是生分人。「有 Take Todo 老番教過我。」通常阿爸會行在田水賴的頭前。伊循著阿爸熟稔的腳步，可是看不到阿爸的臉。有時這情境會讓他生出幻覺，以爲伊阿爸道地是個 Take Todo 飼大漢的囝仔。

「尙讚選一個落雨天，上山來打 ma-suun。雨落愈大愈好。」

「風颱天嘛可以？」

「尙合。」

「咱應該怎麼打 ma-suun？請你教我。」

「你還記得，咱在山上遇到，背他們講的大隻 ma-suun 回家，喔，伊當時是那麼得意。如果伊是用 mau-lu-mon 方式，抓到了這隻 ma-suun，那麼他肯定是 Take Todo 的英雄了。」

「咱嘛去找 ma-suun 決鬥。咱以後在山上堵到 Take Todo，就沒有一個番敢欺負咱囉。」

「那麼，山豬躲在哪裡？」

「在這邊的山頂，問 Take Todo 就對了。他們像是 ma-suun 在大自然中最親的兄弟。落大雨的時陣，聰明的 ma-suun 會去挖個地洞，上面再找來一堆高山芒草或小樹枝，小心覆蓋做掩護。牠們啥細微動作都躲不過 Take Todo 的目睭。你想要知影眉角在哪兒嗎？問 Take Todo 就對了。他們的祖先教導孩子，ma-suun 懂得把鼻子藏在土裡，連土狗都聞不到牠的氣味。」這邊頭山頂的干卓萬，愛用危險性高的 mau-lu-mon 巧計逞英雄，阿爸形容的 ma-suun，則是他們最可敬的對手。咱外口人分不清，那是 ma-suun 啓蒙了 Take Todo 的智慧，還是 Take Todo 男人精湛的狩獵技藝，促成了 ma-suun 的演化。

田水賴長成後，不得不在清國官府的權柄底下，以打干卓萬番爲職志。但他對於 Take Todo 的膽識，竟敢山裡頭尋覓難纏的 ma-suun，進行非生即死的決鬥，還是自嘆弗如。每逢他營區駐紮的前線，急促傳來警訊的竹鼓敲擊聲，他就會不由自主，聯想起山上 ma-suun 面對干卓萬獵者時的警備。干卓萬在哪裡？他們天生是追逐 ma-suun 的聰明人。不用到別的地方費力。就在山脊的稜線下方，或是在高山芒最多的地點，請慢慢找，是不是有熱氣從掘開的土洞冒出來，有 ma-suun 在休息，打鼾的音響？干卓萬確定是尾隨其後了。咱知影，他們是最有勇氣的戰士，絕不會在別處空等，安逸過活。連田水賴阿爸也曾大大誇讚：「Take Todo 腳雖短，卻是風的輪子。哪怕是尖牙叫囂的大山豬，他們喊名爲 ma-suun 的，也追趕不上他們。更何況，Take Todo 射槍與弓箭都很神準，那是他們發出命令，空中追著目標快跑的一隻隻飛腳吶。」

獵人和身爲被獵物的牠，不會是友善夥伴，卻肯定是性情和習氣相差不遠的同類。伊們可嗅聞出對方經常出沒的地點，了解彼此選擇居所的習性，也能預知這個對敵固定遷徙的路徑。這樣伊們方能決定，在亢奮捕殺的過程中，怎麼展開追獵和逃亡的方向，以及啥是對手容易陷入圈套的弱點。多年以後，田水賴還會將所有 Take Todo 獵人，等同於甫被獵殺的溫馴 ma-suun。

屯丁營內，田水賴一逕被要求：將手上火槍時刻瞄準空氣中假想的那群干卓萬。但因著大山在伊目睭前磅礴氣勢的誘導，意識上，伊總是停留在昔日，多次緊跟阿爸出獵，怎麼一起陷進了追擊和搏鬥的危急存亡時刻。「我們爬過好幾座山頭。密林內，我們走進了干卓萬祖先的獵場。每隔一小段時間，我就會問起同樣一件事：『Take Todo 今仔日會出來否？』阿爸總是戲謔似的回話：『好比咱入來干卓萬的厝地，嘸去堵到伊們，那才是天落紅雨，反常的怪事咧。』」

即使田水賴所在營區，特意進行著規律的操練，整座史櫓塔屯丁營日復一日的防衛工作，還是沉滯不前。肅穆戰事的發生，愈發遙不可及。「Take Todo 是好獵人。」那是他赤誠的真話。大山原本就屬於走獸。莫非那是山林中充斥了鳥獸，才讓官府涉入的戰爭顯得蒼白、慘弱？那裡不再有新的敵人。原來對峙雙方，也苦等不到對手更大敵意的挑撥。田水賴解讀，那是連出獵和作戰，都相隔了好長一段距離。更何況，伊目睭前這款防番模式，是多麼怯懦的守備狀態啊。這和傳統出獵，或者作戰時極易鼓動的武勇行為，確實是在精神上彼此對立了。「呸，沒有哪個屯丁算是正港的英雄。」田水賴在伊防番生涯的第一年，就如大埔城內愛簽賭的羅漢腳仔，為伊家己委靡、旱洩職業，下注了令人頹喪的這麼一局賭盤。伊彷彿才在事業起頭，就耗盡了口袋仔內所有的賭金。那兒只剩下目睭前不動的這座山，安慰了伊還在賣力奔馳的狩獵者血液。「咱屯丁空有戰士的刀槍，有啥路用？恐驚仔咱就此喪失了獵人和走獸之間公平競技的機會。」

那是田水賴來到史櫓塔屯丁營的第二年夏天吧。燥熱營區內，他們的生活整個從季節的自然軌道脫落，那兒因此少了不同時節，農作按部就班的耕耘與採收；更經歷不到各式穀物輪替種植的地貌變化。他們青春正旺的肉體，遠離了對山上水鹿長成美麗犄角的守候。或者，他們連最簡單的驚嚇，攏感受不到。可能他們還打從心底羨慕，伊們受命防守的那群 Take Todo，若在山上遇到 ma-tah-dung，還能陷入驚惶，宛如遇見了山林中最可怕的鬼魅。

誰說不是呢？漢人口中的干卓萬番，無論是多麼勇敢的獵人，果真去和高大有力的黑熊照個面，還是會不知不覺腿軟了。無奈田水賴和清一色是埔裡番的這一群屯丁兄弟們，還沒經過多長時間的考驗，就已喪失了期待或者恐懼的本能（無論是對戰士或獵人，這都成了最大責罰）。「咱是不是比日暮西山的老番還要萎縮了呢？」田水賴懷疑，一定有擅長作法的 Take Todo 巫師，不滿伊們史櫓塔屯丁，阻擾了干卓萬進出埔裡社的自由路徑，而選擇在某日昏沉的午後，潛入伊們原本安穩的夢境，大大作弄了伊們吧。

田水賴躲過了惡毒的日頭。他感覺一陣沁涼。那是綠林密織的山谷。他聽見了水聲，本能奔向水邊。他口渴了。他需要乾淨的水。這溪水映照出樹林的深綠。他蹲下來。彎了腰，發現家己沒有了雙手。驚慌下，他猶能急中生智，直接將嘴唇湊近水面，心想，原來自己脖子還不短吶。他把舌頭伸出去，總算舔到了山溪裡的水。一口、兩口，他滿足了。瞬時他才從水鏡中望見了家己耶面。但是，不對啊，他遲疑了。他看見家己頭頂上長出了一對犄角。那種分岔樹枝繁茂的形狀，除了水鹿仔，還有誰能夠擁有呢？「pan-pan、pan-pan」，他第二次模糊聽見了這樣的叫喚聲。那是Take Todo獵者在山中追捕水鹿，才會如此呼喊的密語。田水賴愈加感到困惑了。他急急自問：「難道有一群 Take Todo 在追我？我是他們口中獵物的 pan-pan？」

田水賴夢中快跑了起來，猶如洪安雅祖靈祭中的走鏢，是帶著光榮競賽的心態在奔走。「這兒是山上，可不比咱枇杷城的平坦埔地啊。」他不忘自我提醒。隨即發現他遺失的雙臂，又被找回來了。不同的是，這兩隻手臂退化成 pan-pan 輕盈的前蹄，踢踏在土腳，pan-pan 如何躲避 Take Todo 的追捕，他的雙臂就如何奔躍在沉靜樹林中。

「我這隻 pan-pan 好不容易跑到一片山凹裡，發現了可以躲雨的一座木寮。它正合我的身形，像是早就預備好，要容納我、讓我躲進來避難。怎知我前蹄才一踩進去，就天崩地裂，彷彿有幾百斤重的大石塊轟隆壓到我身上。來不及了。這兒是 Take Todo 設計的 da-ngal，我莽撞前蹄碰觸到的，正是死亡陷阱的機關。」田水賴確信，他驚醒時那滿身汗濕，並不是悶熱的天候造成。那是他日復一日，囚徒般駐紮在史櫓塔，防守假想重敵的千卓萬番，而在他心理上自付了幽微的代價。

「官府首要追獵對象，怎會是咱口中值得尊敬的 Take Todo 獵人？欺人太甚。清國竟是號令，一併追殺南、北番。伊們連和咱較爲親近的千卓萬，攏不肯放過？那是掩人耳目的詐術。阮們認爲，眞正讓官府寢食難安的，其實是違反禁令，大批潛渡更深內山的漢人拓墾者。不被清國歲曆拘束的山林番境，終究受到無妄牽連，才成了清國眼中亟待清洗的大賊窩。那是不法漢墾一半咬在嘴邊，帶血肥肉的鮮腥味，誘出了獵犬般嗜血的官府本性。」

田水賴確信，Take Todo 一般不會將埔裡番當作出草的世仇。「難道那是從咱細漢到現今，短短幾年內，有啥苦楚逼得伊們徹底轉性了？」伊們枇杷城番向來苦惱的，反倒是庄頭夾在南、北番中間的難爲。庄頭長者們喜歡捕風捉影，講起伊們兩邊的冤仇，結了有多深。誰山上越過了界，另一邊番堵到，就斬。「咱等伊們糾結的矛盾，可以鬆綁，最後來解捆，還真拚咧。」

據傳紋面北番非常不甘願，認爲 Take Todo 占走了伊們祖先的獵場。田水賴對此不解：「兩邊的番在山頂做厝邊，雖講三不五時會相爭。伊們出草，若堵到對方，嘛會毫不留情，講刣就刣。但是那兩邊番的關係，即使這樣緊張，猶比不上這一帶現時普遍的不安吶。」他於是認爲，問題應該還是出在，清國官府將兩邊部落一併看作了山上待剿的賊窩。

田水賴很不平：「番的祖傳部落，像是 ma-suun 土窩，一處處被掀開，每一個逼近的獵人攏意識到，他那番刀出鞘，務必一次刺中要害，給狠狠插入了 ma-suun 的心臟吧。咱只有趁 ma-suun 驚醒以前，給牠一刀斃命。這樣的攻擊，才能眞正成功。唉，山上恐驚仔會全面騷動。」

田水賴覺得，若非 Take Todo 在伊們習慣躺臥的土窩內，給入侵者刺中斃命，伊們絕不會一夕轉性，宛如絕地反擊的憤怒 ma-suun 吶。

「難道咱要一世人守在這兒，和山上的獵人持續爲敵？」幾年下來，田水賴終能意識，伊本身就是誤入官府陷阱的一頭獵物。直到他最後斷氣以前，不管剩下多少時間，仍只有原地掙扎的無奈，還等著他。

既然這裡不再有山中高傲的獵人，他怎可能得到眞正英雄的冠冕？

在山麓史櫓塔，他不是防守者。他被拘留了。

那一年，他在屯丁營內醒悟，他還很年輕，他的第一個囝仔出世了。

阿飼在枇杷城

「翁婿？阮是有，嘛親像嘸咧。」

洪阿飼住入來枇杷城第三年，囝仔生落來，做了老母，更了解日常需要是條條難。

講起來，伊第一怨嘆，就是頭胎生的查埔囝仔，取名田有晉，才出世沒幾個月，老爸就被官府召去做屯丁。

「騙肖耶。」她平常講話，聲就眞響亮。她若要大聲喊起來，從庄頭傳到庄尾，嘛嘸啥問題。不了解的人可能會以爲，她正在跟人大小聲，冤家未了。「咱嘛來這兒住不少年囉。咱不只目睭不曾看過，連耳孔嘛罕咧聽人在喊，講啥伊們干卓萬番會落來山腳，給咱枇杷城番出草。」阿飼細漢住大肚城，伊們大肚番和這邊頭的南番無啥交扯，莫怪伊感覺，干卓萬並嘸那麼歹逗陣，一如她慣常掛在嘴邊的話尾：「大家平平攏是番，對否？」

「咱愛飼囝仔，一定愛活落來。嘸咁有啥較好的條件？」阿飼眞理解，萬項代誌無全那麼好康。伊在現實生活的腳步，嘛嘸可能倒退嚕，轉去做查某囝仔，無煩無惱的年歲。伊牽手的水賴是厝內長子，長年跟一群埔裡番丁作夥，駐紮在十一份仔山腳的兵仔營。伊賣命賺轉來的餉俸，必須飼老爸和其他一大家夥仔人，實在有像本來就嘸眞大塊的冰糖，放入去熬湯的大鼎內，一眨目，就消融得無影無蹤，咱連嘴舌伸出來，淺淺舔一下，是有甜抑嘸，嘛不敢想。

阿飼孤一個帶囝仔，早暗無閒入、無閒出，是厝內要伊做，那外口嘛有伊的責任。

「妳的翁婿給清朝派去打番，應該莫歹吃穿。」有庄頭的查某人這樣猜。

「有啥好？又不曾看伊轉來探某探子。伊跑是跑不遠，煞偏偏綁在兵仔營內，那比坐監較慘死。人親像丟掉在外口。等阮囝仔大漢，咱絕對不要伊走這途耶。厝內人甘願伊留在庄耶，田園內做食，吃咱家己，較實在。」住厝邊的阿婆看阿飼嘸翁婿在鬥做食，孤一個查某人如一粒仔陀螺，不時在土腳打轉，煞嘸人可以替手，很不以爲然。

「不要再罵東罵西了。嘸路用啦。總講一句，咱埔裡番想要挨到哪一邊去，攏不對，別人攏有話講。話講轉來，阿飼，妳咁莫煩惱？阮昨仔行過十一份仔，沿路要去水頭，透早日頭還光仔光，就聽到兵仔營那邊頭，竹鼓敲得又急又快，一陣一陣，響個不停。阮本來是無啥會驚，後來嘛聽得心肝噗噗跳。沒多久以後，阮又隱約聽到槍聲。阮看那十一份仔人飼的雞仔、鴨仔，嘛驚到不敢隨便下蛋。」

「夭壽囉，竹鼓咁一定要那麼直直催？千卓萬有時從那邊山頂落來，從這條路出出入入，古早就是這款，有啥好大驚小怪？哪會把每一個番攏當作敵人來款待？實在太過分。」

「奇怪，水賴伊們哪會愈守愈大孔？幾年前，咱這裡不是這樣的。千卓萬不是個性順仔順？阮從來不曾聽阮阿公講過，伊們南番會這麼歹剃頭啊。時機咁有影那麼歹？」一個招翁的厝邊阿嬸，跟著猛搖頭。

這兩、三年來，阿飼無閒飼子，早已習慣厝內無水賴鬥做的日子。久久一段時間，水賴會突然在半眠仔或透早惦惦踏入門。

「最近是走多遠去打番咧？」她還是會被驚嚇到。

「嘸啊，閒閒沒代誌做。眞無聊。」阿飼根本沒在聽伊的應答。她自顧自瞪著水賴，相信伊離開這一段期間，發生過的大小事，都藏在伊身軀內面，全部逃不過她那雙貓仔目。

「那邊的山頂，無啥動靜。」水賴回應阿飼那緊迫釘人的瞪視，像被抓個正著的慣賊，機靈補上一句自清的供詞。

阿飼抓住機會，趕緊轉個話題：「阿爸年紀愈來愈大，身體嘛不像以往那麼勇。你將厝耶田園，攏放給伊一個人擔，恐驚仔早慢會荒廢在那兒。阮看，以後飼蚊仔就好啊。」

「靠阮做屯丁，官府分的那塊園仔就有夠囉。」

「你不要以爲阮莫知，你們整群番丁，一下子派這、一下子派那，竹鼓若響，就肖尬衝來衝去，哪有法度安心種作？」阿飼煩惱，不是沒有道理。

「再說，官府分給你的旱園仔，在那麼遠的山腳，離咱厝地嘛有好長一段路，你會愈嘸閒轉來枇杷城，照顧咱囝仔大小。咱庄頭祭祖、走鏢，哪一年你有被放轉來參加？嘸嘛。坐監同款嘛。」

水賴知影阿飼眞不滿。伊已經跟厝內愈來愈疏遠。庄頭派公工，咱厝內嘛找嘸一個壯丁來鬥腳手。伊只好再度轉移話題。「厝內剩下那麼小塊的一片仔田，未來怎麼處理？根本嘸啥差別。反正咱是種無夠給官府抽稅金啦。」罕見的，阿飼並沒有立刻接下伊的話尾。

（差不多是阿飼和水賴牽手的同一年，台灣建省，劉銘傳上任爲巡撫。他向清國皇帝大力建言，在雍正、乾隆盛世，台灣島無足輕重；如今，台灣建省以後，爲了能有足夠財力，自謀生存，而不拖累中國，就必須先透過查户、丈田的施行，而後才可徹底清賦。滿清治台官府避免地方豪強私納的結果，台灣雖一年兩熟，卻田日闢而賦不增，墾户的租納更未稍減。劉銘傳視爲改革眼中釘的賦稅私納行爲，指稱是由於紳民大規模包墾，卻只呈供一小部分。估算他們募佃墾荒、私納的範圍，包括了大租、屯租、番租和隘租等，全都繳交不到公家手上。他推動清賦的目標則爲「私租悉革，一入公家」。）

「你指的，若是官府清賦稅這款問題，就不必自尋煩惱了。阮看，咱枇杷城只有余家，才會被清國官府釘上。伊們是地方上最大的墾首。劉銘傳手下的這些官，早就眞不滿伊們在內山的勢力。伊們被殺雞儆猴，是早慢會發生。咱這些族親有啥好大驚小怪咧？」阿飼尚知影水賴的孔仔隙，伊根本是故意在閃避問題。

「妳咁早就聽到啥風聲？」

「大埔城那邊的漢人，平常時仔就在會啊，講清國是日暮西山，官府的聲勢大不如過去。」

「伊們閒閒無代誌做，作夥還有啥好會耶？」水賴長年拘留在封閉的兵仔營內，反倒更渴望，追逐外頭時局震盪的風向。

「伊們嘲笑，官府嘴講要來改革台灣，希望伊們所作所爲，能夠一併提振民番生計，帶來煥然一新的氣象。但是咱若眞正看透伊們的用心，這群大官虎分明是相準準，伊們精打細算，講清朝國勢既然在走下坡，就不能再白白放任台灣島，讓這一塊大肥肉，憨憨仔掛在黑水溝這邊頭滴油，煞莫曉趕緊夾來吃。伊們當然得趁著咱還沒被啥土匪無賴，再來搶搶走，先榨取個夠吧。」

「但是這和出代誌的佘家，有何瓜葛？」

「這就怪囉，是你在枇杷城大漢耶，怎麼換你來問我？咱咁你較知影，這些紛爭後壁的眉眉角角？」阿飼像是故意吊著水賴的胃口。

那是劉銘傳治台最後一年發生的事。

「我聽庄頭的人講，不知有影無影，清源仔伯連續好幾天，不曾踏出護庭一腳步。」

「我想伊一定艱苦到捶心肝。」阿飼自細漢就知，大肚城老輩的人一直對清源仔伯眞感心。若不是伊以枇杷城頭人的身分，出面讚聲，這些埔裡番恐驚仔眞歹挎作夥。尤其那當時，大肚城若想要憑靠伊家己的力，一手將媽祖間蓋起來，實在是眞拚咧。

「白髮人送黑髮人。出山，嘛不敢太聲張。佘家人有夠吞忍啊。」

阿飼壓低聲音。「庄頭大家偷偷仔在會，講佘家武秀才已經鬧到天頂去啊。」據傳他跑上天庭去喊冤，要求神界，務必重新審理這件抗租案，還他一個是非清白。

「咱枇杷城番咁有驚過哪一種番？有啥惡人咱不曾堵過？咱絕對嘸那麼簡單就放過伊們。」水賴眞有自信。

阿飼在接連驚奇中，關注著佘家人在天庭抗辯的最新發展。

那是她嫁入來枇杷城，迄今最難忘懷的一件事。自從官府以趕盡殺絕手段，壓制住番仔頭人的佘家，檯面上如被掐住了脖子，悶垮、沸騰不了的整個庄頭，卻在底下天翻地覆擾動著。每日暗頓了後的閒暇時間，有哪一個枇杷城番丁，不去佘家大埕參加武館的訓練？佘家武秀才之死，豈不是枇杷城番共同的頓挫？這像是讓全體番丁，先在伊們身軀要害上受刺，隨後又被捅上一刀。官方主謀的這一起番墾首誘殺事件，不只造成枇杷城番的中堅領導者，壯年蒙難，更可赤裸裸窺知，清國對於武勇著稱的這群內山熟番，到底有著多大防範的心計！治台官府對於平埔人的內山自衛武力，可又藏有多深的不信任啊。

「武秀才悍草那麼好。伊練就一身武功，竟是這麼不堪地慘死？」阿飼揣想。

武秀才的牽手不是擅長騎馬射箭，懷有打番退敵的好膽識？如今，她還在繽紛年紀，就成了帶著三名孤子的寡婦，其中最年幼的，也才三足歲吶。官府若不能還她一個公道，豈是要伊含著冤屈，度過漫漫長路的餘生？

「余家若敗，咱枇杷城番誰還敢造反？」水賴尚了解頂高做官仔人的心態。武館帶頭的余家武秀才，就是眞有，官府無法度壓伊落底，更加目孔赤，才致使伊最終惹來了殺身之禍。

外界揣測，那是武秀才帶頭開墾鱺魚窟仔一帶土地，官府要強力執行劉銘傳的清賦政策，而懷疑余家私納墾租，並未如實繳交公家入庫，才將他們視爲罪不可赦的抗租者。但是地方上的枇杷城番卻普遍不滿，認定清國官吏早就對埔裡番軟土深掘，無法坐視伊們的壯大。或者官府也不讓熟番頭人們延續祖先經驗，持續保有內山耕墾的傳統優勢。

阿飼不只親聞枇杷城番們地下傳遞的耳語，還融入了其他族親的祕密行動，熱烈參與著天庭抗辯的後續精采發展。

「偷偷摸摸殺人的是官府。」清國官吏竟然以宴請喝酒爲餌，召請武秀才一行人，前往彰化城赴席。他不疑有他。他們歡喜赴宴，可終究是一去不回了。

「官府一定要將咱壓落底。」余家長者氣憤難平。那是他最大的痛：「咱南、北投社的祖先當年退入來內山，已經放棄了原鄉土地。如今，阮余家帶著族親，最後據守在枇杷城，難道還得屈服於官府的威嚇？阮被脅迫，將族親擁有的一切吐出，進貢給清國。這官府像是飢餓多日，尚未進食的野獸。咱到底要怎麼做，伊們才肯罷休呢？」

「眉角在於，清國在短短幾年中間，就招了那麼多漢人入來內山拓墾。官府對付咱，不是和對付山頂的青番沒兩樣？同款奧步。伊派兵仔來伺候。打到你喊不敢。伊要不，就先刣大尾耶，給你驚到不敢喘氣。接下來，伊們招墾的漢人也尾隨而入。伊們有官府做靠山，就像胡神一大堆，一下子挨過來，拍嘛拍嘍走。」

「拜託咧，講尬那麼好聽。這些作爲，和搶的有啥嘸同款？」

「大人，您爲何要刣阮們？」

「官府來收租，必須公事公辦。」

「您假好禮，請阮們去彰化城作客，是把阮們當作憨番來弄治？」

在天庭中被告的官府，只能沉默以對。

「我們自認有理，情願在這兒抗辯到底。」

「那就由神明來定奪，看祂的判決是站在誰那一邊。」

「死了，阮還是不認爲家己有罪。」

「要不，你的意思是：代表清國王法的官府罪該萬死囉？」

……

遭喪子之痛的余家清源仔伯，到底有沒有派族親去到彰化城收屍？阿飼並不清楚。不過，就他們天庭申冤的現場來看，在武秀才獲得平反以前，他的屍首一定不甘願，不肯被埋葬在暗無天日的地底下。

被斬首的余家武秀才，嘸頭也要跑到天庭抗辯。伊至死不肯屈服的情狀，成了枇杷城人彼此祕密口傳的庄頭傳奇。幾年後，還繼續講述這件冤案的庄民們更不忘評語：「應該感覺見笑的，是偷偷仔行暗步的那款不肖官府。」

「伊們在天庭抗辯的結果是啥？」枇杷城庄的細漢囝仔總會這樣追問。

「咱阿公伊們枇杷城番的武館，後來咁就散了了啊？」某一家夥的查埔囝仔，則更關心庄民們引以爲傲的武勇精神，是否因著余家頭人的悲慘下場而中輟。

「武秀才那家夥開的曲館，到伊的屘仔囝開基仔大漢，顚倒更旺囉。」這個查埔囝仔的老母，伊較有興趣的，卻是余家帶頭組織的地方曲館，怎麼樣在官府無情的政治誘殺之後，鋒芒漸露地崛起。

日本時代的母親

等阿飼生伊第二胎的囝仔，已經跨過清國，台灣島來到了日治殖民年代。

「日本人來了後，你才出世。」

「你做阿兄耶，嘸囉，完全嘸同款喔。你是，劉銘傳還在管台灣的清朝時代，我就生你啊。」

阿飼有兩個子，中間差快要十歲。她成了兩種身世查埔囝仔的老母。這兩個囝仔若想要逗陣走鏢，嘛無可能。因爲阿飼的第二個子是命注好好，一落地，就有全然不同的日本時代，流氓一樣有恃無恐等在那兒迎接他。

日本人來，確實搞到阿飼的生活，像是家己車了好幾個畚斗，顛簸中，她擔心是要站立不穩了。

「有晉仔，等你較大漢，iya 就帶你去公廳讀冊。咱加減嘛需要學一點兒漢文。將來就免親像你們老爸，只會曉武的。伊不是刀、就是槍，除了跟青番相刣，其他煞無半步。」阿飼認眞探聽了後，本來一直期待，伊的子有朝一日，能夠和大埔城那些漢商的後輩同款，懂幾個漢字。「咱才不會吃暗虧，常常給人騙得團團轉。」她估算，既然枇杷城和大肚城同款，攏有在公廳內底設暗學仔；那麼，庄頭族親飼的囝仔，應該眞有機會跟那些漢文仔仙，讀寡仔四書、五經。

人算不如天算。有晉六、七歲仔，大漢到較知影輕重的年紀啊。萬不知是，台灣島就在埔裡社的平埔人，一點兒攏無心理防備的情形下，講變天就變天啊。

「妳嘛吃飽太閒，要給囝仔讀啥漢文？後世人嘛輪不到清國的官來管咱。事實是咱這些枇杷城番若無眞有，就算認得幾個漢字，嘛無路用。我看咱免想太多，過得較清心。」庄頭的人給阿飼潑了一大桶冷水。伊在公廳頭前堵到的伯仔，還不想走。他按捺不住心底的騷動，還想跟阿飼多講幾句仔。只是他倏地降低了聲調，那隻嘴幾乎湊到了她的耳朵旁：「阿飼，這幾日妳咁攏嘸轉去大肚城看看耶？是不是公族仔內的大大小小攏平安？」

「究竟是出了啥代誌？伯仔您嘛無需要再掩蓋啊啦。」當時她還一頭霧水，煞嘛家己先急起來。

「害啊啦。已經亂到咱內山來啊，大家還不知影驚？」

阿飼感染到伯仔極度不安的心神。但是實況爲何，她還摸不著任何頭緒。

「咁要我講那麼白？」伯仔擔心阿飼還不經世事。伊若自細漢不曾堵過，莫知影初初入來統治的官兵，一開始咱若不肯聽伊們的，一惱羞成怒，乾脆來個殺雞儆猴的時陣，心肝會有多熊。

「若有法度，囝仔帶著，包袱仔款款耶，敢緊躲入去山仔內底較穩。」

伯仔繞一大圈，小心翼翼的言談，只爲了點醒她：「大埔城內的人在喊，講那扛紅日頭旗的日本兵仔，這一、兩日就要入來囉。」

「咁有影？」

「這塊布本來打算要存起來。咱想講等明年，又番仔過年，要給阮有晉仔縫一領新衫，庄頭熱鬧時好通穿。」阿飼很快從半信半疑中醒悟過來。城外東角這邊，姓王的總理已經開始動員，要求庄頭每一戶，得照伊們規定，製作一面一尺兩寸大小的四角方旗，再於白棉布上，彩繪一大粒朱砂的圓日頭。

阿飼眞不情願將伊私房的布料貢獻出來。她瞧見厝邊大戶人家製作的旗面兩側，還奉命添加了斗大如對聯的兩行墨字。她感覺庄頭忙碌的婦女們，即使惶惶不安，還可以將這些紅日頭旗當作不知名喜慶的結綵。那是私下攙雜了鄙夷情緒的公開興高采烈吧。那一顆顆大紅昂揚的日頭，陪襯出大面白底的肅殺，呼之欲出，它彷彿預告了喪葬人家沒有盡頭的悲愴。阿飼好奇，有錢人氣派製作，比伊們的更體面一些的紅日頭旗兩邊，柴柴站衛兵的那些大字，到底有啥特別含義。她忍不住拜託庄頭識字的漢人，一字一句念給伊聽。「大日本帝國善良民，居住悅服歸順。」喔，原來伊們查某人連夜趕工，製成的竟是歸順者自願馴服的一面面降旗吶。

阿飼手縫的那面降旗，在同一尺寸，飛揚如河海的紅日頭當中，並不特別顯眼。替新統治者鋪路的迄今大、小戰事，是否已將島上暴民對抗時集結的鮮血，全拿來染透這些赤炙發燒的紅日頭？伊們淹沒在迎接日軍的人群裡，一小段距離以外，就完全無法辨識，誰是戒慎撐旗的良民了。紅日頭旗的孤高無二，是伊們迎接日軍時，公開展示的唯一表情。就在南門外茄苳腳的大楓樹腳，大埔城內四街總理、城外四角總理，浩浩蕩蕩全都出面了。各庄頭和市街動員而來的良民，絡繹不絕加入，現場結成更綿長的人龍。居總理職的那幾個地方頭人，則在整條人龍頭前，半帶敷衍似的恭謹站立。在阿飼看來，他們浮面表達的歸順者誠意，最後也是以很不自在的僵硬動作獻出。

日本軍當天以統治者之姿入駐大埔城。傳說他們是兵不血刃，即從容踏入了清國理番重鎮的內山埔裡社。

「今仔日是誰帶頭，開路引導日本軍入來咱大埔城，大家作夥看好啊。伊莫驚禍延子孫？咱才來看，這個人是不是會有好尾？咱清國人這般屈從，此情此景，咱實在痛心。你們這群烏牛欄番，甘願被日本人利用，做伊們的走狗，呸！阮料想，你們對咱大清帝國的統治，早就有二心。要不，怎麼會馬上翻倒過來，猴急地認賊作父？嘸你們今仔日挨向日本這邊的勢力，咁是憨憨，打算日後要做伊們的番仔奴才？」城內西門街總理陳圖沉默中挺直了腰桿，像是進行著一場無言的抗議。他實則陷入了有生之年最大的天人交戰。老實講，今仔日伊會加入歸順隊伍，根本就情非得已。這是他為求日後苟活，不得不有的即時政治表態。若非他同姓的親同，陳結等人組織的抗日民軍暫且解散了。目前單靠他一己之力，要跟配備了精良槍砲的這些日本軍警拚生死，恐驚仔不是伊們的對手。要不他怎會甘心，扛著這面帶衰的紅日頭旗，行出來迎接這幫異族的統治者?他自認是萬分屈辱，才不得不歸順在日本人的軍威底下。

「那群眞匪類，莫知在亂啥?這回伊們總算聞風喪膽，作鳥獸散了。過去這段時間內，可講是無王法可管、無官府可辦，他們才得以糾集漢人無賴，滋生各樣事端。他們四處橫行，豈不是藉機，要來欺凌咱城外四角各個庄頭的族親?可笑啊，憑這群烏合之眾，還想回復清國的統治?伊們一聽日本軍要入來，可一下子尿遁，逃得無影無蹤了。」

今仔日這種特殊的場面，烏牛欄千總潘踏必里現出了更加魁梧的形貌。可惜上面那一大段話，還孤零零鎖在他一路緊閉的豐厚嘴唇內。在日本軍進城的這個公開聚集上，他完全聽不懂日本人講的話。其中若有漢人話語的攙雜，他則加加減減，可以理解一些。可是眞正能夠讓他暢所欲言的巴宰語，在這樣的場合中，卻是一點也派不上用場。

「我怎會不知，大埔城內的人，你們私底下話很多:講我潘踏必里啥，好大膽，一夕之間成爲出賣清國的叛番。你們還怨妒我是捉耙仔，充當了日本人進城的嚮導。有人講到我，就呸嘴爛。你們遷怒於我，認定誰將他們引進了埔裡社，誰就是罪不可赦的惡徒。」潘踏必里向來以威信聞名。而他此刻穩穩自持的冷靜，可又數倍超過了平日。

「清國官府還在時，我們一路退、一路隱忍。阮除了被漢人管，沒有第二條路可選擇。如今情勢大不相同。爲了族人的前途設想，我怎可能跟著吃番夠夠的你們，一起反日本?你們別怪我是日本走狗。我應該承認，過去是做漢人奴才做得太累了。」

潘踏必里回想，他三請日軍，最後達陣的那一幕，眞是永生難忘的驚險之旅。「潘孝希開山、潘阿四老阿爲，我多麼以你們爲榮。巴宰壯丁中，找不到比你們兩個更勇猛的了。回溯祖先退避漢人的那條路，我們的動作比山貓還輕盈，沿南烘溪出了內山，返回巴宰原鄉的岸裡大社，那兒早有我們信任的親同，張開了鼓舞的膀臂。同樣姓潘，我們最尊敬的大社總理，挺立在上帝面前，仔細聆聽我們在改朝換代的亂世中，如何重新有了不同的抉擇。

「我說：『這是上帝眞正的旨意，要拯救身爲奴僕的我們出埃及，不再受到漢人的挾制了。』他最能理解我們的心思，甘心樂意陪伴我們，前往彰化城。一行人終於抵達了日軍守備的營門。帶來求和信息的我們，該如何不被繃緊神經，過度警戒了的哨兵誤判爲群起反亂的民眾？我們心生一計，先在一段距離之外，數度鳴放空槍，作爲引起注意的信號。接著我們脫下上衣，插掛在長槍尾。再將它高舉，用力揮動。我們一邊緩緩趨前。」

潘踏必里停頓了他如豪雨急落的話語。他突然眼眶泛紅。「老實講，當下我還是不禁生出了屈辱感。我只好讓溫熱的淚滴，暫先停留在眼眶內，任由它們來回滾動。啊，以忠誠、驍勇爲傲的我們巴宰戰士，果眞背叛了一度效忠的清國？或者，族中長者當年的掙扎，最後還是遺傳到了我們的身體？是不是我們祖先隱忍的痛楚終於一併發作？

「不是嗎？當年，我們巴宰選擇和清國統治者合作，無數次替他們出征作戰。那些光榮獎賞的代價又是什麼？我們原本親愛如兄弟的打里摺番親，宛如在要害處中了槍的山林走獸，他們血流如注地倒下，幾陣哀鳴後，才一個個斷了氣。比較那些親如兄弟的番親，我們豈是這些征戰最後的贏家？更悽慘的教訓臨到我們。虛妄不實的光榮啊。它們一如黃金堆砌的宮殿，在我們目光下閃爍。可嘆是這禁制不了的誘惑，容讓我族千千百百漂亮的青年，渡海遠去陌生的對岸，最終葬身在清國遙遠的母土上。可悲啊，那是耗盡了戰士元氣的長征。我們武勇的倖存者還是無法回頭。他們深陷太平天國戰事的泥濘中。他們有沒有回來？竟然連這麼簡單的問題，都讓我們後輩感到困惑了。我只好自問：之前結局的我們迄今處境，是跟當年反抗清國的其他打里摺番親，有何不同呢？大家一樣，要在殺戮中消沉，不是嗎？」

「我們從內山走出來，一路聽聞各種亂象的描繪。有日軍將投誠的台民，當作意圖反亂者，當場射殺。當我們在眼露兇光、對台民一律不信任的日本軍面前，解除了武裝，烏牛欄基督教傳道師潘文明草擬的那份『嘆願日軍進埔書』，就成了唯一救命的解藥。我們若非懷抱了政治任務，怎會甘冒性命危險，直入日軍虎穴？現今，我則不得不承認，我們出面輸誠，主動和日方謀和的時候，是有不小一群的大埔城投機分子，狡黠地藏身在我們的背後。」日方發給潘踏必里等人，蓋有憲兵隊章的良民證，上頭寫著：「烏牛欄善良民」。日軍饗以酒食的潘踏必里，卻依舊感慨：「莫非我們已從為清國南征北討，賣命的番勇，變臉為替日本國鎮壓內山反動者的良民？我們正在重蹈覆轍？到頭來，我們會不會是官府率先犧牲的一群憨番？」

只有上帝理解，潘踏必里和他的族人在此政權更迭的景況下，並無其他選擇。「可恨，清國官府長期袒護你們，甘做你們背後的靠山。難不成，埔裡社整碗攏給你們漢人捧去，大家才會歡喜？陳結那幫人，不是吃過清國的頭路嗎？講啥不要給日本人管，要家己保鄉衛民，其實也是一群自利的卒仔。表面上，你們一心一意想做清國人，骨子裡，不過是為了一己的利益。過去，你們漢人的勢力相勾結，給我們欺負了有夠累。阮是正番，從來不想當漢人。我們早就想透，清國官府是和你們同一個鼻孔出氣。我們繼續讓你們這幫奸巧的漢人管，也沒啥好處，不如，以後換給日本人管管看。說不定，我們還比較壓你們會過。至少，現階段讓日本人幫我們出一口怨氣，也比較甘願吧。」

眼前迎接日軍的大陣仗，得來不易。這是他們烏牛欄番用心計較，三度懇請日軍，才如願以償。潘踏必里回想，當初日軍攻陷彰化城，內山埔裡社人也早有心理準備，支持清國的漢人抗日者，已難翻盤，台灣島脫離清國，大勢底定。「一開始，若不是林榮泰來找我，我們族人也不會徹底支持日本軍，走到今天這個地步。我們出手，確實是一招險棋。」

潘踏必里表情凝重。他不是不知，擔任北港溪隘勇線管帶的林烏狗養子林榮泰，為了內山採樟熬腦的龐大利益，不惜充當了清國打手，是武力拓墾的馬前卒。他一直被清國利用，與官府勾結得最厲害。他早將魔掌長長伸入了內山，也因此成為隘勇守備的最大一股勢力。說穿了，他們既是漢人拓殖者的前衛，也是威嚇生番的後盾。潘踏必里認真思考過：「林榮泰跟走抗日路線的民軍，劃清了界線，無非是見風轉舵。他們彎腰行禮，向接收台灣島的日軍示好，豈不是為了繼續做海外生意，賺取樟腦出口的暴利？看得出來，他那一路人馬現今有多焦急，恐怕一夕變天以後，不再那麼風光，不能如昔獨占開山的種種好處。我看，清國親像他們穿破了的草鞋仔，說丟就丟。管他是做日本人，還是清國軍，維持住他們眼前的利益，才是上策。日軍也成了他們最新效忠的主子。」潘踏必里心知肚明，林榮泰肯來找他，必是看在他們烏牛欄番正港勇，擁有水陸兩棲的作戰實力，是兵荒馬亂當頭，不可或缺的結盟對象。「承平時期，林榮泰跟官府結作夥，油水就吃不完啦。伊們哪會看得起咱這群熟番？若非清國官府棄台保命，把這座孤島當作無價值的贅肉，毫不手軟割給了日本，過去享有官府特權，又民又軍的這些隘勇部隊，怎會葷素不忌，破例爭取我們烏牛欄戰士的同盟？」

「林榮泰帶槍投靠，以示忠誠，日本人是很得意。但是我相信，日本人也在提防他，怕他說反就反。」潘踏必里眼神銳利而節制，宛如山林中警戒的山豬。他目光掃向斜對角。那個人站立在群眾前頭，極不自然地擠出了滿臉笑意。他是迎接日軍進城的另一名地方頭人：城內東門街的總理蔡贛。潘踏必里有感：「奇怪，東門街仔這個蔡贛，怎會願意出面歸順日本軍？他的祖公仔是從唐山過來，是在大埔城內開設商號的大有錢人。他厝內查某人嘛攏是綁腳的娘仔。如今，他竟然明快換舉了紅日頭旗？我本來以爲，若要對清國死忠，抗日到底，是非他莫屬了。難道是我看錯人？唉，除非在他心目中，統治了好幾代漢移民的清國，仍是不信任他們的異族？」

潘踏必里洞察他們在亂世中的倒錯言行。他於是感嘆，漢人如今處境，竟比他們熟番還悲哀，伊們等於是清國拋棄的自家島民。「我用福佬話來講，這些漢人就親像被伊們親生的老爸、老母放殺。伊們會比較想不開，抑是感覺前途一片渺茫，咱可以理解。怪不得，大埔城內頗具名望的那幾名漢人士紳，嘛是林榮泰處心積慮策反，作夥向新統治者臣服、示好的首要人選。果然不出我所料，伊們嘛知影『識時務者爲俊傑』。這是伊們漢人面對人情世事，尚簡單的一款道理吧。」

潘踏必里不忘自我評斷：「但是咱的地位，向來跟他們天差地別。更何況我們烏牛欄番又不是第一次歸化異族，又不是第一次當了帝國次等的臣民。既然同樣是異族的統治，那就不要怪我們無血無目屎。」

潘踏必里猶記得，今日站在他右手邊，城外西角的總理潘應廉坦率表白的一段話：「我們如果不能在日本人江山未穩時，替伊們打頭前，立下汗馬功勞，恐驚仔隨時會被伊們踢一邊，去納涼。」潘應廉提前的警訊，不是毫無憑據。潘踏必里同樣用福佬話補了一句：「啥良民的牌仔，咱番親大家不要太過靠勢。咱番就是番，日本人來，嘛嘸一定會較好康。」

後邊人擠那麼多，蔡贛仍注意到，烏牛欄社的潘千總帶著狐疑眼神望向他。今仔日出門以前，蔡贛就提醒家己，千萬要吞忍，不能意氣用事。「日本人眞奸詐，知影烏牛欄和四庄這些番，眞討厭咱這些漢人。講咱尾隨伊們祖公、祖嬤仔，入來埔裡社開墾，認定咱是亦步亦趨，一撂到啥機會，就趕緊想孔想隙，要來占伊們這些番的田園土地。日本人看準了台灣人的矛盾。咱城內埔裡街仔的唐山人，和城外庄頭的這些番，冤仇結眞深。伊們這些番若嘸趁這次變天的難得機會，來個大翻身，更待何時呢？日本軍初初來管咱台灣，反的人眞多，眼前移入來內山的軍警力量，似乎還不足夠。反倒那些憨番，一個一個個性土直，較好差遣。咱可以想見，日本軍想要鎮壓咱在地抗日的民軍，伊們番勇自是不二人選呐。」

日本軍入埔以前的地方動盪期，林榮泰也曾力勸東門街仔的蔡總理，作夥向日本人輸誠。對方一路搧風點火。他則不置可否，並未當面嚴峻的拒絕。

「清朝官府攏放手啊，咱再跟日本人車拚，恐驚仔會造成無謂的犧牲。」

「咱若嘸跟日本軍拚一下，即刻束手就擒，咱後代子孫就注定做伊們日本人啊。這樣咱咁對得起以早過來台灣的唐山祖公？」

「跟日本人合作，嘛是一條可以行的活路，不一定對咱子孫仔較歹。」

「唉，我知影大勢已去。咱嘛想沒步啊。」

「那群在反的人，咁有派人來找你？」林榮泰眞精。當他問起這款敏感的問題，反倒目光疏離地空望著喝茶瓷杯的把手邊緣。彷彿他正對著遠處不相干的某個人在詢問。

「他們成不了氣候吧。頂多被當成一班流竄的匪徒，早慢給人趕去山頂。我估計伊們撐不了多久，就會散了了。伊們不像你，是看過世面的。」

「我在街仔，規規矩矩做生意。若講要舞刀弄槍，咱無那個本事。」蔡總理小心翼翼閃開了對方的盤問。在伊生意場上的見識，那幫人土性太重，光會喊衝。伊們半眠仔來撞過門，請他務必出面，在日本軍入來埔裡社進前，先發制人，帶頭作夥來反。「咱活著，絕不讓日本人管；咱死，嘛要做清國的鬼。」他們一副從灶腳抬菜刀出來，竹篙湊湊耶，就可以跟日本軍拚生死的莽撞樣。

林榮泰像是在官民的爾虞我詐中學乖了。他苦勸蔡總理，若要投靠日本這邊，千萬得把握黃金時間。臨走前，他還丟下語意深長的一句話：「咱咁需要那麼憨，還繼續替清國官府賣命？嘸値啦。」

「街仔的人攏偷偷在喊，反日本的那群人，眞緊就要攻入來大埔城囉。」阿飼自出世，聽聞過查埔人打番的代誌，伊對青番出草的實況，也並不陌生。不過當有替仔憨直追問：「iya，伊們咁是土匪？」平時理家眞有主見的阿飼，竟一下子憨去，回答不出半句話。她只能在尷尬的靜默中自問：咱到底是應該倚清國這邊，和這群四散的土匪逗陣反日本？抑是咱趕緊對人舉紅日頭旗，安分做一個日本良民？至少她意識到，厝內還有幼囝仔的伊這家夥，面對動盪局勢，可眞是前途渺茫啊。

埔里社支廳退城日誌　日文中譯的部分摘要呈現如下：

明治二十九年六月三十日

凌晨一點五十分，埔里社支廳前往守備隊的廳員歸廳，傳令警戒。上午十一點，加藤大尉率領一小隊士兵來埔里。城內外民情平穩，似乎未聽説集集街騷亂之事。

據報，拂曉時南門衛兵逮捕土匪嫌疑者兩名，彼等皆於面部等處受傷……

*

她不同於往常，累到一沾著眠床板，睏蟲就挨來，讓伊即刻倒頭沉睡。阿飼昨暗翻來覆去，一直到天要光啊，還沒法度深眠。整暗又厚眠夢。一下子是伊 baba 轉來，講啥煩惱伊的安危，才特別從眞遠的水尾那邊頭，行來枇杷城看伊。一下子，又有查某祖將伊當作細漢囡仔，抱在胸口前惜啊惜。

「baba，那麼多年了，你怎麼攏嘸較老？」baba 突然現身，站在離阿飼不到手臂伸直的距離。他若有所思，緊盯已爲人母的大查某子。

「尙重要，囝仔顧顧好。妳千萬要記得，多存一點兒米。唉，這款情形咱不曾堵到過。這比中國改朝換代更嚴重，代誌恐怕沒那麼簡單收束。驚莫知還要亂多久？」

「你一個人行來？沿路咁有堵到日本兵仔？咁有刁難你？」阿飼煩惱，四邊城仔門攏有日本人站衛兵，話語又不通。伊們疑神疑鬼，將每一個人攏當作土匪來盤查。萬一誰被伊們看嘜順眼，就害囉。

「我行過大埔城的街仔。謠言一大堆，嘸人分得清楚，是眞抑是假。」

「街仔的人有講啥否？」阿飼恨不得掌握所有變化的細節。

「漢人還在拜伊們唐山祖公，怎肯背祖，乖乖仔給日本管？大家私底下攏在會，集集街仔那邊，早已經反起來囉。」

「baba，我細漢聽你講過番仔反，咱大肚番以前在海口，嘛曾經被官府當作土匪，是不是咧？」

「那麼久了。顚倒現在咱大肚城番內面，有人替清國抱不平。伊們甘願給唐山來的清國官府管，嘛要反日本反到底。」阿飼想問個清楚：大肚城咁嘛有帶頭，要出來反？眠夢中 baba 的形影逐漸模糊。她再也記不得，接下來，baba 是怎麼離開了枇杷城。

「查某祖，您咁無感覺，咱埔裡社變眞多囉。現在外口風聲那麼緊，您哪敢出來趴趴走？」阿飼身軀縮轉去一個細漢囡仔。不過她的心智卻更老成了。阿祖袱抱著她，疼命命。她反而擔心，外口這麼不平靖，老夥仔人又常常愛講那別人攏聽嘸的番仔話。萬一她去堵到日本軍警，抑是造反的土匪，實在攏嘸好。

「可悲啊，現在的埔裡番親像無眞團結？一種番，一個意見。大家堵到這麼大的麻煩，還是沒法度作夥來解決。」查某祖到底在感慨啥，連阿飼攏一知半解。

「阿祖，現在的番，不比以早。咱不少番娶鹿港人，義學內底讀漢文，番仔話又不常在講，心理上嘛不一定想要做番，是要怎麼樣來逗陣參詳代誌咧？」

「我還記得，當時南、北番拚眞厲害，恐驚大家早就打歹感情啊。」阿市對於阿祖仍未過時的評斷，感同身受。現時她更看見嘸同款番中間，更爲分歧處境，而忍不住嘆了口氣。

「比如講，我嫁來枇杷城，看到咱本來平平攏是番，枇杷城番和咱大肚城番，兩邊立場就眞嘸同款。看得出來，有人早就挨過去，力挺日本軍，打算做個日本國的順民。他們的目的，不外是想給庄頭愈來愈不是款的那些漢人，嘗一嘗苦頭。另外嘛有咱番親，對日本人要來管咱，非常氣憤不平，嘛已經偷偷仔在庄頭招壯丁，預備要組織抗日的民軍。」

「事實上，咱們相帶入來內山的這群埔裡番，第一討厭是漢人。現在若有大肚番的子孫，一心一意要做伊們清國人，認唐山人做祖公、祖嬤，繼續傳伊們的香火，恐怕日後是欲哭嘸目屎。」阿飼感覺，查某祖在念這些有耶無耶的時，她的身軀又大漢轉來。這遽變讓阿祖一下子抱不住她，就要站立不穩了。

她在即將摔下的瞬間，驚醒了。此後阿飼還半醒地斜躺在床沿。她無法停止意念地揣想著：「咱埔裡番有的討厭被清國官府管，有的嘛，眞嘸尬意聽伊們日本人蠻橫的號令。但是咱無論選擇行啥路，總奈何不了時局的戲弄吧。」

社支廳退城日誌　日文中譯的部分摘要再呈現如下：

明治二十九年七月二日

下午三點，召喚埔里城內外各總理及社長，令河內通譯告諭下列事項。

（一）二十九日集集街匪徒事件及當時情況。

（二）人民切勿迷惑而協助匪徒。

（三）若有協助之徵候，則全村終究難免於災難。

（四）軍隊之威力。

（五）總理及社長對政府之義務等。

下午五點半，聯絡台中之電信線被匪徒切斷。

*

「尾暗仔，日頭較不那麼赤炎炎，記得要去園仔，摘寡仔大欉菜葉仔。」阿飼自我提醒。她還掛心，是有晉仔從透早開始，就一直咳嗽，鼻水管管流。伊應該昨暗踢被，無小心去涼著。

「有啥代誌，嘛未曉轉來鬥參詳。咱莫知伊不肯走，是在堅持啥？哪會頭殼這樣硬，轉未過來？」她這陣仔嘴雖然嘸講，水賴實給伊眞怨嘆。她不禁質疑，連官府攏嘸啊，水賴何苦還留在史櫓塔守番？眞明顯是前一陣仔，日本軍要入來大埔城的風聲一放，不少人驚日本人會刣人，就趕緊避入去山內。伊們大部分是從過坑那條路的方向走。大家堵到這非常時期，誰還管講那邊山內底，是有青番出草抑嘸？大家嘛眼前先逃命，過了這關，才再講啦。

「我實在想嘸，清國官府連台灣島整個攏不要了，水賴伊們這一小群屯丁，還打算爲誰賣命？」阿飼希望水賴趕緊轉來。若有啥匪類的人，出入咱庄頭，想要趁亂欺負咱厝內的婦孺和老大人，嘛好有一個查埔仔相照應。否則她連在光天化日底下，攏會驚講，隨時有啥來路不明的人，侵門踏戶入來做歹。

「清國官府一退離台灣，咱這款藏在內山的兵仔營，就瞬間被遺忘了。屯丁終年活在血光刀口換來，彷佛未曾存有過的曖昧身分；如今混亂局勢底下，屯丁營也根本就沒有機構撤不撤除的問題。近年來，伊們時有時無發放的薪餉，也不再有人提起。不是史櫓塔消失了，是不再有人注意到它，不必等到守護者實質的背棄。這已經是它未來想像的一回殘酷宣判了。」

水賴最近一次返家，不就隱晦透露出屯丁營內的實況？清朝派落來，平常指揮調度的唐山仔長官，深怕日本兵下馬威，早就棄營，逃逸不知去向了。可是水賴還不死心：「阮下腳這些屯兵，攏是在地的埔裡番，叫阮跟伊們同款溜走？那是絕對不可能發生的代誌。」當日本軍還未入來時，埔裡社內既無官府的控制，就回到了角落庄頭各自爲政，市街頭人誰也不服誰的混沌狀態。可想而知，附近山上的南、北青番仔，這時總算稍獲得了喘息機會，不必承受清國撫番，官府時時監控的壓力。水賴不也坦言：「山頂番社發現咱無官府啊，才又蠢蠢欲動。他們再度擦拭番刀，想落來出草，像是要一古腦兒發洩出多年壓抑的怒氣。即使阮們要壓伊們落底，恐驚仔嘛壓不了多久。」

「阿飼，畢竟阮一路守番，已經守那麼長的時日。無奈，阮現在煞淪落到：要走，不是，要繼續守落去，嘛不是。眞悲哀。咱看大家攏在隨人顧性命，家己卻還寧願留駐在原地。當然咱嘛會感覺，咱這款的番丁實在有夠憨。」阿飼雖然無法度完全諒解，水賴坐困兵仔營的癡傻，不過聽伊吐露眞言，多少減緩她受害者的苦毒情緒。阿飼甚而遐想，水賴多年留守的這座屯丁營，從此將怎麼頹傾呢？那兒間隔傳來的竹鼓警戒，是否也將成爲絕響？至於他們耕守的山園，則將沒入荒煙蔓草，重返昔時孤寂？

老邁銅鑼早不習慣了夏日烈陽底下的跳舞，而反響出略帶沙啞的喉音。城外東角的王總理正緊急通知，要各家各戶派人，到公廳頭前集合。「會不會是日本人下令要來招募軍夫了？害啊，若咱水賴被伊們相中，成爲志願作戰的壯丁，那不是早慢，伊得要替日本人擋火槍，淪爲砲灰？」阿飼這才暗自慶幸，再也拿不到清國薪餉的水賴，猶可固執守望喪失了名分的那座屯丁營。他避居新、舊統治者皆遺忘了的山邊，反倒可以安然度過目睭前的反亂。

「全全攏是空話。」城外東角王總理代爲宣達的日人埔里社支廳傳令，著實了無新意。庄頭聚集者中，有人不屑，低聲批評著。

查埔人長年不在厝內，阿飼早習慣攬下枇杷城內，大家整群做公工的各項職責。她底下聽取總理傳達的緊急政令，對於字斟句酌的那一長串官方說法，竟毫不在意，而從容不迫地，左耳進、右耳出，讓它們彷彿夏日晨霧，一到日頭升起就自動的消散了。可是她偵查的目光卻從頭到尾，直直盯住了王經理，窺看伊怎麼利用伊作爲歸順頭人的投機角色，布達出外來統治者焦急的訓令。

他挺直背脊，用典雅修辭的漢文，一口氣念出支廳在此一非常時期，不得不緊急下達的公告內容。即使她是這一大群聆聽者當中，最爲置若罔聞的一個，仍可察覺，他根本是在家己還未清洗的傷口上撒鹽，像是二度宣告著祖國棄他而去的降書。那是喪家守靈者才有的神態。阿飼一閉起目睭，他那極具威嚴的恭謹語氣，就會突兀地轉換成呼天搶地的一曲哭調仔。

一如枇杷城庄人傳言，台灣割日後，來自唐山的王家人，並不甘心屈從日本人。即使該家族檯面人物的城外東角總理，在日軍進城時，現身歸順者行列，地方上仍多耳語，指稱他們和城內陳結那幫武裝反日的「土匪」，暗中往來，根本是反日陣營的同路人。阿飼對此感慨：「余家武秀才眞可惜。若不是清國官府誘騙，害伊落難彰化城，最終牽連整個公族仔，頓挫了聲勢，咱枇杷城的王家，怎可能趁隙崛起，做啥城外東角的總理？」水賴伊們田家，和余家平平攏是枇杷城番，心態上自然比較偏袒他們。接下來，枇杷城庄現今有權勢的王家，怎麼在往後的埔裡社戰役中，成爲抗日民軍擁戴的頭人，自是和抗日情緒較爲和緩的枇杷城番親，落差頗大。

「咱埔裡番跟唐山來的漢人，本來就嘸同祖公仔，大家政治思想嘛會嘸啥同款。老實講，日本人來統治，咱還未經歷過，不至於反感到必須以武力抵抗到底。」水賴的老爸平時仔若閒閒，攏嘸啥愛管世事。但是伊曾經就反日與親日這兩種立場，表達過心聲：「我是做山的埔裡番。阮們祖公仔自古早就不懂啥是『國』。阮們原本嘛眞嘸愛給官府管，才會遠遠移入來內山。認眞講起來，不論是清國抑是日本國，給誰管攏嘸自由，同款艱苦過。唉！」多年以後，阿飼還忘不了伊感慨萬千的這聲長嘆。

埔里社支廳退城日誌　日文中譯的部分摘要再一次呈現如下：

明治二十九年七月三日

上午十一點，支廳因土匪勢力猖獗而勸告守備隊使用熟蕃人，守備隊長加藤大尉贊同此事，遂即刻召喚烏牛欄社社長。正午社長來廳，故令通譯用漢人轉譯來懇談，但因社長懷疑漢人通譯而不從，遂讓熟蕃內稍通文字者以筆談方式協議，彼欣然答應協議，約定將勸誘各社壯丁。

晚上八點起，熟蕃壯丁陸續集合。

*

阿飼感覺，日本人一入來，埔裡社各庄頭的本性，嘛攏作夥顯顯出來。

至少伊親目睭看著，枇杷城庄就已經分裂啊。

「水賴，枇杷城余家的人怎麼這樣低迷，整個攏恬恬，啊嘸啥聲說？」阿飼真好奇，當番、漢所有不同背景者，全都被捲入了反日與親日的對立，那麼枇杷城番裡頭最有權勢的余家，即使負傷未癒，果眞有法度免除了選邊站的政治抉擇？

「余家哪有可能對清國官府還心存幻想地留戀？」

「你是講，那個姓王的帶領民軍，出來反日本，伊們姓余的那家夥人，嘸可能支持？」

「你想看嘜，枇杷城的武館在咱整埔裡社那麼出名，余家又是庄頭專門訓練武術的大家族仔。像伊們余家的青連仔伯，我就眞熟。伊若肯答應，出錢出力，枇杷城反日本的勢力，絕不會只集結到這個限度。多明顯啊。大家住同庄頭，伊表面敷衍王家，是不想要打歹關係。」水賴根據伊在屯丁營內磨練，研判目前階段，只能說是山雨欲來風滿樓。那隨後將至的殊死戰，尚在醞釀中。一旦時機成熟，兩邊各自亮出底牌，屆時，異常低調的余家將採取什麼態度？就將一目了然了。

「城外西角的烏牛欄番，被日本人動員起來。咱枇杷城這邊的番，不是和伊們『南北拚』過？大家拿刀，你刣我，我刣你，鬧到眞嘸歡喜。咱這邊余家咁有可能又跟伊們合作，幫日本軍打『土匪』？」

「恐驚仔是咱枇杷城內部，家己先鬧分裂。過去那幾年，余家是樹大招風，才被清國官府修理。伊們即使元氣大傷，仍累積了許多不滿。伊們一定很想趁機算總帳。至少嘛可以吐一吐怨氣。不過，自從官府將余家壓落底，咱枇杷城這邊番的聲勢，就大大不如往昔了。相反地，以王家為代表的漢人勢力，卻在枇杷城內快速壯大。咱這些番一動一靜要做啥，嘛還得看伊們的面色。總講一句，自從咱枇杷城這邊的番，開始走下坡，就嘸啥氣力，再去和烏牛欄番，追溯過去的恩恩怨怨。同款，我想真短時間內，咱嘛嘸那個才調跟伊們合作，去親日本囉。」

現今詭譎情勢，已讓阿飼有所了悟：「若有埔裡番較親日本人，骨子裡是為了反撲漢人，才寧可替日本軍賣命。大埔城的漢人為了反日本，則甘願出來做『土匪』。」她隨即嘆了一口氣，像是自我反駁這過度簡化的論調：「代誌若是這樣簡單，就好啊。」

埔里社支廳退城日誌　日文中譯的部分摘要接下來呈現如下：

明治二十九年七月四日

上午六點，加藤守備隊長前來，令熟蕃壯丁於支廳庭院前整隊，他向熟蕃隊寒暄後，決定西部指揮者為烏牛欄社長潘定文，北部指揮者為守城份總理潘進生，並將國旗各一面，授與兩名指揮者。七點三十分解散，彼等意氣飛揚的高舉國旗回村。

發布命令：本日起每夜集合熟蕃壯丁約百名，防守城內四門。

下午兩點，召喚附近各庄總理、社長，命其調查壯丁人數。

*

「今仔日我要轉去大肚城一趟。」

阿飼緊盯枇杷城這邊頭瞬息萬變的政治情勢。另外一頭，伊們大肚城族親在動亂中的生計和安危，她也免不了要牽腸掛肚吶。

她沿途經過東門。有幾個烏牛欄番認眞站在那兒，擔任防守城門的衛兵。其中一個讓伊覺得眼熟。他還對著她微笑示意。一時之間，她怎麼都想不起來，這名壯丁是家族仔內底，哪一個親戚五十的囝仔？這景象令伊聯想起：一旦各個不同立場的庄頭都牽涉其中，那麼，大埔城一觸即發的戰事，豈不又是家己人相刣的一場內戰？

「大嬸，厝內大小攏平安否？」大伯這幾年又娶了一個細姨。洪家大小項代誌攏換伊在攬權。阿飼早就知影，大伯這房頭仔並嘸歡迎伊轉來。

「城內的『土匪』，恐驚仔打不過日本人。伊們暫時四散囉。這是沒錯。不過這一陣仔大家偷偷仔攏還在喊，講要作夥起來，逗陣反日本。還有啦，青番仔看咱大埔城內內外外攏在亂，趁隙又出來囉。伊們前幾天才在附近的田裡，砍到一粒人頭。」

「還有咧，有庄頭的人，今仔日從烏牛欄轉來，喊講伊們那庄的公廳頭前，已經有紅日頭的一大面日本旗仔插在那兒，開始蝦攞啊。那穩是伊們庄耶頭人，想要跟日本軍討功勞，莫知影見笑才插上去。大家嘛在喊，四庄那邊頭的噶哈巫，嘛領一面轉去啊，眞風神的款。反正，伊們才是正港的番，要挨那一邊，攏不要緊，較莫有掛慮。咱庄仔底就嘸同款囉。現在的大肚城，跟妳細漢時應該差眞多。唐山來的，抑是嫁娶鹿仔港人耶，一大堆。那邊街仔，和咱庄仔底又不在纏對，那兒的人來來去去，百百款，大家頭殼想的，嘛攏嘸相同。」大伯的細姨平時對伊再冷淡，一遇到這款非常時期，嘛表現得親滋滋，啥攏要掏出來講似的。

「反日本軍的那群『土匪』，咁有入來咱庄頭？」阿飼刻意要套她的話。她煩惱，大肚城庄嘛是處境複雜，嘛早慢愛涉入官民對抗的是是非非。

「妳千萬不能傳出去。咱庄仔底那個姓都的頭人，有風聲講，打算帶頭出來反。」大伯的細姨明明就嘸啥在驚人知，大肚城庄仔底的人，將加入日本人視爲「土匪」行徑的反亂。

「咱大肚城番咁一定要跟伊們作夥反？」阿飼顯得比她還焦急。

「那是姓都的頭人，決意要帶頭出來反，嘸咱庄仔底那些老輩，嘛嘸多贊成。尤其咱庄仔底還有一寡仔老番，跟烏牛欄那邊的番，攏有牽親戚，嘛驚講到時陣，家己番要打家己耶兄弟仔，不是眞憨？但是咱大肚城嘛有像陳旺、林稟忠那一群人，攏給伊讚聲。伊們在邊仔拍掌仔，喊燒，歡喜要衝出去拚一個死活。咱咁有啥法度去阻擋？」

「格正兄是怎麼了？」洪家跟都家嘛算厝邊。

「咱大肚城庄，有哪一個人比格正仔的學問更飽？算算起來，咱大肚城番讀得懂漢文的，嘛嘸幾個。格正仔眞是咱大肚城番栽培出來的一個大人才。這實在嘸話講。伊苦讀那麼多年，還強強拚去台南府考舉。伊煞堵堵好在清國將台灣島割給日本人晉前，才考著了秀才。但是，唉，可惜伊沒堵到好時機。唐山那邊皇帝蓋印的榜單，都還沒來得及放出來，台灣就變天囉。這嘛是命運作弄啦。咱從伊的立場想看嘜，清國若和台灣徹底切斷關係，光有秀才那款過人的涵養，有啥路用？咱若嘸想寡仔辦法，將日本政府趕趕轉去，伊原本還可期待的功名之路，不就一世人攏斷送了？」

「我猜，伊並不是只爲家己功名打算的那款人。他那麼有學識，應該目睭看眞遠。」

阿飼這次回大肚城，已有了心理準備，不管是枇杷城，抑是大肚城，皆躲不過即將襲來的烽火。

埔里社支廳退城日誌　日文中譯的部分摘要有必要如下更完整的呈現：

明治二十九年七月五日

凌晨三點，因應守備隊長請求，召集熟蕃壯丁兩百名集合。

本日林榮泰隘勇長前來守備隊，陳述台中縣附近之戰況，他今晚宿於大肚城，明日將回北港溪。

晚間八點，南門守備兵巡視前方之際，聽見西南方向有二聲槍響。

晚間九點，加藤守備隊長前來通知：「剛才水尾方向聽到一聲槍響，故派出偵察隊前往該方向，而與本夜派出防守水尾口之熟蕃壯丁相遇，故而誤開槍。」

本日清晨起從事竹林修復工作，並徵用各城門人民服勞役，監督者爲安田步兵少尉。

＊

明治二十九年七月七日

下午八點，支援中隊抵達，故守備隊請求發米糧給本島人夫五十一名。故即刻派廳員命南門總理施瑞源辦理，但他不肯，然而眾人皆知，他家內藏有許多米糧，故廳員陳述理由並責問之，終於使其俯首聽命。同時答應提供睡鋪用稻稈之要求，而命當地人陳仲連辦理，宿舍則徵調民家來充當。

＊

明治二十九年七月十一日

下午一點十五分，請立即召集熟蕃壯丁赴援，至五點半，共有三百八十五名報到。總理說：村落守備只由少數人員及婦女來應付。

下午兩點半，守備隊全體似乎士氣消沉，聽到有主張撤退之意見。

三點，石塚步兵大尉通知支廳、憲兵和警察等三處，有事急需商議。

石塚大尉說：「土匪勢力猖獗，今晚或明早必定來襲。本守衛隊雖有二中隊，但多人生病，有戰鬥能力者極少，且本城廓必須配置多人始堪防守，不得已時若不採取家屋防禦戰術，則無法防守本城。一旦防守困難而城陷撤退時，過半數之人將被擊斃。因此，應於土匪來襲前撤退，或者一直堅守此地，兩者間必須做一決斷。」

支廳員答說：「撤退並非全廳員之希望。不論如何，自土匪蜂起以來，直至今日，爲防守而召集各熟蕃壯丁，他們相信我政府，並誠心盡力報效。今日若我方見敵人來襲卻撤退時，那些熟蕃人村落必定陷於土匪的殘害。於徵召時，就約定好我軍隊會一直防守，不會帶給他們困擾。」

今日拂曉偵察隊出發，朝水社前進……敵人數目共約六、七百人，前進之際受到各庄盛大歡迎，所通過村落的當地人，看起來似乎並無異心。豈料，回途時村落的當地人民皆變爲土匪，占據退路旁的竹林，攻擊抵抗我部隊，而陷入極大困境。敵人明早必定襲擊本地。敵人扛著神轎一類的東西前來，並舉著大旗，旗上大書「撫國安民」四字。

下午五點，支廳員一同集合於事務所，認爲不可撤退，各人下定決心，並通告與熟蕃壯丁一同死守，直到擊退土匪爲止。

其協議要點第二：我軍撤退後，敵人唯一著眼點就會集中於熟蕃村落，應該明白他們將面臨漢人攻擊而全滅。彼熟蕃以誠實之心來因應我方急需，直至今日，不僅居所、衣物，就連性命也供作犧牲。如今不僅加以遺棄，且要拋棄當日共患難之朋友，以及應召正陸續聚集而來的壯丁而撤退，即使我們是非戰鬥員，也實在難以保持緘默。

對此，石塚大尉勃然大怒說：「支廳員豈有力量可防守？若是依靠熟蕃人逗留此地，則以熟蕃單獨的力量，實在無法抵擋強勢的土匪……本地亦是危險之地，萬一西部北港溪隘勇反叛時，有何管道獲得糧食？有何方法請求援軍？實際上就只能一同等死而已。還是撤退吧！」

支廳員依舊要決死防禦，不願接受兩大尉的忠告，他們製作連署簿，同意守城者簽名蓋章。

石塚大尉：「軍令嚴厲如山，支廳員必須隨同撤退。」

加藤大尉：「支廳員不知戰鬥之困難。今日雖棄此地，但迅速收復亦易如反掌。只不過撤退聽起來不好聽罷了。但認爲，離開本地到較好位置去防守，這種想法絕不是可恥的事。」

下午五點五十分，守備隊傳令使前來下達命令：

先前通知往北港溪撤退一事，惟另行命令以前，應暫留原地待命。

接獲此新命令時，所有廳員歡欣鼓躍，拍手稱快。

不久，山下特務曹長前來傳令如下：

剛才所發命令取消，請儘速準備撤退。

廳員聽到此命令時氣憤激昂說：「……理應守備隊勸說我們共襄盛舉，共同防禦守城才是，而今卻變成反客爲主，乃因軍隊士兵羸弱，匪徒尚未到來，而身爲指揮官的石塚、加藤兩大尉心懷怯懦所致。我等支廳員爲了國家而與軍隊分道揚鑣，留於此地，永遠盡力防守，死而後已。」

下午六點三十分，加藤大尉來廳勸告，憲兵隊長田畑少尉亦來仲裁，勸說內訌將對國家不利，請廳員讓一步。

下午八點三十分，終於開始撤退。由本地至太平頂路程僅十二餘公里，但到達時已近黎明。這次撤退儘管部隊人數不多，但頭尾延伸距離超過六公里。

*

明治二十九年七月十二日

上午六點，向北港溪撤退。根據今早來自埔里社的眼線所言，土匪約五百名於今日拂曉進入埔里社。

*

「希望我一睏醒，就全部代誌攏放忘記去。」那可能是從動亂恢復平靖，必得付出的代價。阿飼想攏嘸，是到了這個地步，日本軍不是已經穩贏了嗎？阿飼親目睭看到，日本人報復的心，比大火在燒更熾烈。「日本軍要焚城，給咱燒了了，才甘願？莫非他們是將咱的庄頭，看作是賊窩？」伊們趁勝追擊所帶來振奮的軍心，絕對是點火最佳的引信。日本人對不歸順者報復的意念，和咱這邊，甘願讓日本人喊作「土匪」，那股反亂的意志，應該同等堅強吧。

「咱庄頭嘛有人跟日本人同邊站作夥。但他們還是不肯放過？」阿飼不平，咱庄頭這群枇杷城番若眞是想爲難日本人，局勢可就完全改觀了。她將身軀旁仔的有晉仔拉緊緊，一起躲在穀倉邊的草埔仔內，不敢發出一點兒聲響。「入來燒啊。阿福仔，叫大家趕緊逃。」有壯丁一面奔跑，一面熱心警戒著庄頭路過的厝邊大小。不久以後，阿飼又聽聞一陣含糊的騷動。接下來，不遠處傳來一群日本兵仔，接連訓斥的嗓音。伊聽不懂在講啥，但口氣有夠嚴厲了。她將有晉仔抱得更緊。

那不過是兩天前的事。水賴趁半眠仔，偷偷仔轉來。「妳包袱仔款款耶。咱作陣跑來山頂躲。」阿飼聽了，竟是面上毫無表情。

「我一個查某人，還有的，就是老人跟囝仔。來就來，我想日本兵不會那麼惡質。咱又沒有參加那群『土匪』。現在情勢已漸漸緩和，有啥好驚？」阿飼目睭避開水賴。他就是這個樣子。阿飼感到困惑，水賴是不是打番打太久了？一堵到緊要關頭，水賴常讓她覺得，面頭前睏過同眠床的這個查埔人，有夠生分。她完全猜不出來他在想啥。

「你千萬嘜留在厝內。」阿飼覺得，她快要無從判斷現今處境了。連她都對家己講出嘴的決定，十分錯愕。

「咁有啥道理？只要這邊庄頭有一個人反過，咱剩下，沒跑的每一個庄民，就攏有嫌疑。他們分明把咱當作『土匪』的共犯。」厝邊姓林的一個伯仔，沿路細細念個不停，像是複誦著咒文的巫師。阿飼感覺奇怪，在伊印象中，這個伯仔對日本人來管，並不那麼排斥。

阿飼愈想愈驚。「庄仔底的人和日本人話語不通。伊們要認咱作『土匪』，咱再怎麼辯駁嘛無效。在咱看，伊們日本軍是給反亂的人纏到驚。咱表面看，恬恬，是無啥敗害的順民，可能一行過，就變面，拿長槍起來和伊們相拚。嘸同文、嘸同種，伊們來管咱，其實啥種人攏沒法度信任，只能用兵仔來硬壓。」

周遭稍靜下來，阿飼目睭前看到的，不是一片焦黑的餘燼，就是還在嗶嗶飆飆，目中無人的火苗，還在各個家舍卑微的身軀內爆裂。它們意圖從中煽動，最後一口不滿的氣息。日本軍警燒燬了整個庄頭，一點也不手軟。「只要庄頭有一個人出來反，伊們就恨不得，咱整個庄頭攏跟著陪葬。日本兵仔怎肯放咱一條活路？」一、兩棟厝地以外的距離，冒出一條灰中帶紅的濃煙。阿飼看著那條煙柱往北邊竄升，隨之生出似曾熟悉的感覺。「那是去接祖先們下來。祂們被派來安慰我們。」阿飼並沒有哭泣。

阿飼往北邊探頭，遠處有同樣攙雜了紅光的幾縷灰煙。它們像是腿力正好的年輕人，賣力往上竄升。她覺得拍瀑拉的祖靈今年等不及子孫們背回來。祂們大概很擔心大肚番的孩子們，不曉得伊們在嘸人能置身事外的戰火中，是否安然無恙？長煙往上冒的那個方向，從阿飼的直覺，就是大肚城庄。「咱大肚城是不是番仔味愈來愈嘸，才讓日本警察認定了，咱跟街仔這邊的漢人，早就串通好勢？初初才來的日本軍，實際上不知，平平是大肚城，庄仔底和街仔兩邊，自早以來就互相嘸纏對啊。」

北邊還在緩緩冒出長煙。那表示拍瀑拉祖靈返家的路途還很遙遠。「即使咱保護不了庄仔底厝地的厝頂和雨簷，焚城的火龍，至少不能讓伊燒到咱門扇後的那一小角仔土腳。咱 malau 將糯米含在嘴內咀嚼，咬爛了，吐出來放著，暗時惦惦發酵成了甜中帶酸的酒汁。這不像摸不著的一股兒煙，也不是無法讓思念祖靈的心發燙的大火燒厝。那種滋味擴散在活著的人與死了的人中間。咱整尾生石鱝仔，還是可以攏在那個隱祕半掩的門扇後。咱土腳，任何一小凹仔的孔仔隙，攏有等待咱飼飽的祖公、祖嬤，是咱子孫仔，從地下通達天頂的一條又一條不爲人知的密道吶。」

大肚城確實被日本人報復之心燒傷了。不過，日本軍這般清除「匪徒」的過激舉動，還是無法連根拔起庄仔底的大肚番。只要石頭公旁的那株龍眼樹，還會在夏季來臨以前結出累累的果籽；只要大肚番老輩親手鑿出的那口井，還能汩汩流出甘甜的泉水，阿飼就能找到返回母社的那條路。

有晉仔較大漢以後，這樣追問過阿飼：「iya，妳不是給我講過，妳細漢的時陣，大肚城街仔有夠熱鬧。啥賣柑仔糖的、鹿仔港人挑入來賣雜細仔耶、磨番刀的鐵店、換番的山產店，還有剃頭擔仔啊啥，眞好玩，一點兒嘛嘸輸那埔里街仔。現在哪會攏嘸再看見？」結果，從來不信，大肚城會敗的阿飼僅淡淡回說：「那好比咱身軀有啥淺顯的傷口，一段時間了後，就結痂了。隨後伊該脫落的那層皮，自然掉了，總有一日可以恢復伊原本的樣。大肚城，庄仔底還在耶，就讓我放心囉。」早年漢商雲集的大肚城街，終究倒下去了。街上風光一時的店鋪與商號，歷經紅日頭激烈的火焚，顯得益發失意。那是日暮之後，暗眠三更以前，步步走向黯黑的消沉景象。

埔裡社戰事平定，日本政府論功行賞，褒獎大埔城內外，對天皇效忠的親日分子。根據埔里社支廳退城日誌的記載，他們以告示第二十八號，由臺中縣知事村上義雄，轉呈台灣總督，發給了獎狀，官方還另給賞金如次：

烏牛欄庄　潘踏必里　二十元
城內西門街陳中廉　十五元　黃世龍　十元
城內東門街蔡贛　十元
城內南門街游通達　五元
城外西角藍城庄茆劉秀　十元
城外西角阿里史社黃利用　五元
城外西角房里庄潘監玉　五元
城外南角生番空庄巫福清　五元
城外北角九欉楓（福興庄）巫明順　五元
城外東角舂米宮（枇杷城庄）余清連　五元
至於林榮泰，後來由日皇授與勳六等；潘定文則在明治三十三年，由賞勳局總裁賞賜五十元。

枇杷城、大肚城……這些埔裡番的庄頭落魄不到兩年，阿飼的第二個子晉成仔就出世囉。阿飼每想起晉成仔怎麼適時來報到，總會忍不住嘴角上揚。即使她也總會潑辣地一邊破口大罵：「阮水賴的大頭家，屁嘛無放一聲，就家己先溜，恬恬走去啊。假如不是這樣，伊怎甘願乖乖仔轉來厝耶，讓我多生一隻古錐的小水賴？」她還會搖頭：「阮還甘願翁婿較巧，親像山頂一隻狡黠的山豬，知曉早一步遁逃，躲過後面獵槍的追殺。」

其實伊的翁婿一直不肯放手。史櫓塔屯丁營從未正式解散。如果清國打番的這座屯丁營，是個獵人設下的陷阱，那田水賴根本是天生要掉進去的最後一隻獵物。「伊愛去山頂，不愛整年綁在田家剩下的那一小塊田園內。伊早慢會踏入去管伊清國或日本國設下的圈套，疼到哀哀叫。」阿飼覺得，水賴的身軀是轉來啊，但是伊嘛常常憨神憨神，魂魄攏還留在兵仔營，召未轉來。

有時，水賴會吐出一、兩句仔眞奇怪的話。「阮屯丁還未解散。過兩工仔，我就要轉去兵仔營，無驚青番會拿刀落來。這是阮的責任。清國官府沒叫阮走，嘛還有日本政府來替手。那邊的屯仔園攏在發草啊，阮無去不行。妳嘜擋。」這時阿飼只好用話狠狠捅他一刀。「全埔裡社只有你孤一人，還活在那清國。咱做憨番可以，但是嘜那麼死忠。」當她毒舌的時候，卻總是忘了，除了窩在厝內，不知今夕爲何年的水賴，嘛還有大肚城庄仔底，正大肚城番的那個格正兄。伊是至今都還活在清國的唐山咧。

在阿飼挑釁的目光底下，日本人的埔裡社算是愈來愈熱鬧了。這兒除了有青番仔，有腳步總是不很一致的埔裡番，又增加了所謂的「內地人」。至於查某祖在生時愛批評的鹿仔港人或是唐山人，現在則擁有了「台灣土人」這樣一個從日本人的國語裡吐出來的嶄新稱呼方式。這個新奇的稱號，總是讓阿飼覺得納悶，一下子反應不過來。「我眞的是半個『台灣土人』？難道咱以後得住在那種磨米的土人間？」

阿飼在埔里街仔堵會到的「內地人」，嘛無攏總是同一種身分和地位。有一回，她從遠處望見裝飾華麗的一檯轎子，快步扛了過來，街上十色人嘛攏自動閃避，一副恭謹謙遜的模樣。這時，阿飼身軀邊堵好站一個四庄番。伊即刻壓低了講話的聲量。「伊是日本人。」

阿飼不以爲然拉高了聲調。「阮又不是沒堵到過啥日本人。」

對方仍刻意壓低了家己的番仔腔：「嘸同款的日本人。」

「騙肖仔，有啥不同款？難道是日本天皇來啊？」

「差不多喔。」對方一副嚴肅模樣。但她邊講卻又家己嗤嗤一聲，笑了出來。

「你講是清國的皇帝坐在轎子內，那還差不多。眞是笑死人。」阿飼後來才知影，坐在轎內面的日本人，擁有尊貴的士族地位。

「原來是個被捧得高高的日本大老爺。」

逐漸地，日本時代繼續做母親的阿飼，看到了運甘蔗的鐵支仔路，一條一條接起來。她本來計畫，讓有晉仔入去義學讀冊、學漢文，和格正兄行同款的路，嘛變作空思妄想。現今有耶，是國語暗學仔。「咱大肚城番會曉讀漢文的，已經沒幾個。現在講要學『國語』，恐驚仔嘛還輪未到咱。」她講的「國語」，換作了日本話。「學學哪些，有啥路用？不如跟阿爸仔做山，學隘勇，嘛較實在。」阿飼來不及認眞打算，即讓水賴相準準，一槍打死了念頭。阿飼有感而發：「咱做番，做到了比較現代化的日本時代，可惜咱環境實在嘛嘸講較舒適。」

福基（日治明治三十二年）

福基明天就要入去埔里社。

「這次你打算在內底住多久？」

「阿銀，妳厝內要看頭看尾。囝仔顧好，嘜落鉤去。尙重要，人若嘸爽快，行幾步仔路就到啊，隨時找阮阿母參詳。不然妳就坐叔仔的轎，去漢醫哪兒拿藥仔轉來煎。」

她嘸應嘴。

阿銀腹肚有囝仔已經好幾個月了。但由於她塊頭不大，骨架也滿纖細的，現今外表還不太明顯。外口的人若嘸去注意到，可能嘛看嘸啥會出來。

木椿仔已經兩歲多，眞愛爬高爬低，像山頂的一隻潑猴，無人撂伊會著。自從伊生了這個後生，對於福基仔三不五時，就厝放放耶，一個人走走去路途那麼迢遠的內山，就眞嘸習慣。只要他一開嘴，再講要入去仔，她就面臭整日給伊看。

「又不是去綁人家的田來做。哪有人爲著種田，還要行一、兩日，到那麼遠的所在？別人連替嘸熟識的頭家做食，抑去外位仔做長工賺吃，嘛無需要常常離開伊家己的厝那麼久。你到那麼遠路，是巡啥田水？根本就嘸人看有。」阿銀從隔壁的草湖庄嫁來番仔寮，兩位要行得到，嘛算有一點兒遠囉。她根本不敢想，若要伊跟福基同款，從番仔寮庄行到埔里社，可能半世人嘛還行未到。她該如何是好？

這是林銀必須要認命的所在。問伊咁會怨嘆，自細漢就被人綁腳？似乎伊若艱苦，就乖乖仔忍起來，不曾有過反抗。「阮那當陣是在清朝，庄頭有頭有面家庭、婧婧幼秀的娘仔，哪一個嘸綁？哪知影時代變眞緊，日本人來管，顚倒嫌咱台灣查某囝仔綁腳，講咱無衛生，有歹看，喊講要來禁。伊們要不就叫保正，直接來勸，講咱這是舊頭腦，是眞落伍的作法。」

等伊嫁來番仔寮庄，日本時代才開始。外口常常有人在亂，一風聲，日本兵仔要入來庄頭撂人，大家要逃抑要躲，像伊這款綁腳的查某人就眞吃虧，驚會跑未離。伊的搭家仔江津老是老，腳手還眞溜撂，有時仔若要躲，可逃得比伊還快，還轉頭放慢腳步，逗扶伊。這讓伊不時得將目屎往腹肚吞。「誰叫咱腳綁是綁啊，嫁出去耶，卻不是有好幾個查某嫺仔奉侍的大戶人家。」

這家夥有一個還未嫁的小姑仔，和伊同款，嘛有綁腳。林銀納悶了好長一段時間。有一次，她終於抓住機會問出嘴：「阿母，阿文是幾歲給伊綁腳？」

「那是伊老爸仔堅持，講咱查某囝仔一定要綁腳才有人要，阮只好順伊的意。阿文那當陣哭得好厲害，阮實在眞莫甘。」阿銀更好奇了。伊搭家爲何家己細漢嘸被人綁腳？江津多加了一句感嘆的話：「早知影日本人要來管，時代會嘸同款，那當時就免讓阿文多受這樣的罪。那當陣嘛眞憨，妳搭官仔一廂情願，歆羨林家的娘仔眞幼秀，嘸想講伊是巡邏，查某子綁腳嘛嘸才調變作富裕人的娘仔。」

阿銀更納悶了，番仔寮庄跟伊搭家仔同輩的查某人，不是差不多攏有綁腳？

「阿母妳在車籠埔庄的姐妹仔，咁攏嘸綁腳？」

「阮以前嫁在埔里社，那些番婆仔嘛嘸人綁腳。看來看去，四界攏是大腳盤，眞習慣啊。」

林銀嫁來番仔寮，翁婿厝內嘸眞有，伊早就有心理準備啊。伊較歹適應的，反倒是福基仔伊老母。並不是伊做人有多歹。講起來，伊跟江津嘛算有緣。天良講，伊嫁來這，不曾給人苦毒過。但無論如何，阿銀總感覺江津跟伊家己後頭厝，自細漢熟識的庄頭查某人，煞嘸啥同款。從伊講話的腔口，醃鹹菜的手路，到行路背物件的姿勢，穿衫的偏好，甚至小到伊梳頭毛的方式，吃飯捧碗筷的習慣，攏讓伊感覺無所適從。這不是伊嫁來外庄的問題。這家夥人煞跟厝邊仔攏嘸相像，才麻煩。

「福基仔不是妳搭官仔生耶，妳應該知影才對？」阿銀嫁來沒多久，也住在林家中鋪附近的厝邊阿婆，時常會在邊仔嘸外人的時陣，續嘴跟伊講這些有耶嘸耶。

「對啦，福基仔和伊小妹阿文嘸同老爸。」阿銀嫁入來進前，媒人婆就跟伊阿兄講過這。只是伊還嘸眞清楚伊們過去的坎坎坷坷。

「這是整番仔寮庄的人透底攏知耶。妳的搭家仔腹肚眞大粒啊，紅嬰仔要爆出來啊。才被文勝仔家己，搬山過嶺用轎扛轉來。不是才這樣。伊這樣身命不打緊，還又多背一個前人子。反正便便，多送一個子來鬥做食，嘛好。」阿婆越講越順嘴，聽起來欲罷不能。阿銀眞好性地，就順伊，再歹聽，嘛恬恬嘸應。

「麻煩在哪兒？妳搭家仔帶福基仔來，吃伊們林家的米大漢，煞不肯讓妳的翁婿改作姓林。喔，好佳在妳攏莫知。那當時伊還是囝仔，才跟伊老母來番仔寮的前幾年，文勝的老爸還在，阮攏叫伊阿水伯仔，是多不甘願咧。他講江津要不就給伊生一個查埔孫，來傳林家的香火，要不，就乾脆給福基仔改作姓林。阿水伯在生的時陣，尬意去坐在廟口那兒，堵到平平是老夥仔，就一直搖頭，怨嘆講伊的後生文勝太過古意，憨憨仔只會給人流汗扛轎，全全未曉打算。」林銀並不急著插嘴。因爲，牽涉到頂輩的人，紛紛擾擾像是舞台頂在搬歌仔戲的這些齣頭，福基仔至今不曾對伊提起過。

「唉呀，文勝仔半塊田嘛無咧。大家攏嘛知，問題出在這。」阿銀並不意外，伊搭官仔以前專門給那些大爺跟娘仔扛轎。

「啊，阮看這以外的攏莫講啊，咱今仔日就講到這兒爲止。」阿婆眞巧，故意在戲弄伊，看伊有在愛聽抑無。

「驚要落雨啊。阮埕仔在曬菜脯，愛來翻翻耶，抑是趕緊愛收啊。外口那隻狗有夠惡。」阿銀用忙碌的推辭，掩飾伊對阿婆接下來話題濃厚的興趣。

「人家江津才眞會曉打算。妳的翁福基仔畢竟是前人囝仔，比起來，人家姓洪是較好康，雖講親老爸早就無去啊，嘛還有田園留落來。聽講不少咧。伊們應該有給妳知才對。」阿婆一雙目睭像暗時的貓仔目，瞪得大大的，一直偷偷在瞄她。

「伊嘛還有一個大姐，應該妳抑知。前幾年，咱番仔寮大拜拜，廟仔頭前連續搬戲搬好幾日，整庄頭攏在熱鬧，阮就有看著伊啊。」阿銀對於這個未曾謀面的大姑仔眞好奇，不知影她何時會再來？

「伊是從內山沿路行來耶？」

「無講叫文勝仔用轎給她扛出來？」

阿婆家己當作在講笑虧。「妳這個大姑仔，人較黑，鼻仔箭箭箭。不矮喔。是番婆仔啦。妳咁連這嘛不知？」大家攏稱讚福基仔眞淵斗。他也比林銀的阿兄勤仔高眞多。但是伊煞做眠夢嘛不曾想過，福基有番仔種。

「不是那款，會從山頂落來刣人的青番。」

阿婆突然將高亢興奮的嗓音降低。「哪親像土鴨仔去配到番鴨仔的種。」她再狡黠露出了笑意：「平常時仔，江津眞無愛人講這些有耶沒耶代誌。」

「阮那個大姑仔一定嘸綁腳，才有法度行那麼遠的山路走來？」阿銀眞會曉事事替別人想。她察覺到，阿婆驚講順這番仔的話頭再講落去，大家攏會歹勢。她不著痕跡地轉移了話題。

「像伊這款嘸綁腳的番婆，也只能跟同款的番做親戚。」阿婆很得意，雖然伊沒法度通天文地理，但是庄頭有啥代誌，煞攏隱瞞未過伊。「她瘦瘦、高仔高，肢骨眞好。有一次，她來咱這兒吃拜拜，我講笑，她若不是大腳婆，恐驚仔行不到番仔寮，她攏嘸跟咱生氣，還笑面笑面應講，大腳盤才站得穩，不會被風吹去。」

阿婆談天說地的興致更高了。「咱番仔寮庄以前嘛有山頂的番仔來出草。有囝仔被番掠去做子，大漢才轉來認親。我看，你們厝的福基仔堵好顚倒，伊是番的親生子，來給咱做子。所以，伊無改作姓林抑好，較免現在大漢仔，走轉去內山認親，受到阻礙。」

阿婆仔跟林銀的搭家長年住厝邊，兩個煞嘸眞合，伊才一抓著機會，就愛挖伊的孔仔隙。「江津家己不是番婆。但是伊的囝仔去透到番仔種，有啥好遮遮掩掩？妳生的子，嘛是有番仔的種，妳講對否？不過無要緊啦，顧較住咧，免給伊們走轉去內山做番就好。」阿婆是在暗示伊，福基仔要顧較著咧。

這就是林銀煩惱的原因。阿兄跟人講親戚，想咱嫁來隔壁庄平平姓林的，查埔仔人才又莫歹。日子過得去就好了。怎知她來，才知影福基仔的背景那麼複雜。現在囝仔攏生啊，她也只能嫁雞隨雞、嫁狗隨狗。

福基仔入去埔里顧那兒的田園，一趟就是一整個月。這段期間他可說是毫無音訊，親像斷了線的風吹。伊眞無奈。「莫非咱是驚伊去黏在那兒，一去，就不想要轉來？」伊按一般人情世事來推想，當然知影福基對伊老母眞有孝。現時伊們第二個囝仔，再幾個月也要出世啊。福基那麼軟心的人，絕對嘸可能放某放子，一去不回。但是伊查某人特有的直覺則不斷警訊，福基較愛跟內山那些番作夥，恐驚仔伊早慢會拋開番仔寮這邊的牽絆，轉去做番。更何況做田的人，是田園在啥所在，心肝就整個綁在那兒。伊目前這款情形，田園是離離那麼遠。叫伊全心全意留在番仔寮？這是絕對辦不到的。

林銀嘛知影，若要伊入去內山住，根本活莫落去。「福基仔若出門，阮就煩惱。伊一路若堵到落大雨，咁會堵到崩山，被落下的大粒石頭砸中了？要不，溪底的水若跟著暴漲，福基會不會涉渡不過，被溪水沖走了？」她有可能跟福基仔行入去埔里否？林銀光想，伊綁過的這雙腳，現在要解解開，嘛未赴啊。她咁有法度，跟翁婿行過這一段坎坷的溪埔仔路？「咱只是從大埕踏出去，就眞無簡單啊，有時仔要行轉去隔壁的草湖庄，嘛已經是路迢迢。讓我跟福基仔作夥行入去內山？無咱做媳婦耶，咁面皮那麼厚，請阮搭官仔用轎來扛咱？免等福基開嘴，阮家己就打退堂鼓囉。」萬一伊們整家夥仔要搬入去埔里，她準會成爲福基不小的負擔。林銀不敢再多想了。

福基仔嘛眞爲難。伊在番仔寮庄和埔里社這兩邊頭，來來去去，經常搞糊塗了，究竟朝哪個方向，才是伊的返鄉之路？「你轉來囉。」去到大肚城，庄仔底的人嘛眞有情，會這麼親切招呼，彷彿伊未曾離開過這裡。內山老一輩的人，是將伊這款少年人，看作暫時飛出去的鳥仔，伊這邊「巢」的親族仔一召，嘛會緊緊走轉來。

至於番仔寮庄那一頭，則有伊 iya 習慣坐在護庭外，路頭路尾跟人相招呼。她像是同時在梟梟望，等福基隨時會從埔里行轉來。「會當平安順勢，轉來就好。」iya 看到伊，頭一句話攏無別項。內山充滿各式各樣危險，這款想法十多年來未曾離開過伊。福基仔每一趟走轉去番仔寮，總是歷劫歸來似的。福基仔有當時嘛分未清楚，是妻兒老母引領期盼的力量比較大，還是大肚番社循著血緣，向伊招手的那股拉力比較驚人？

福基娶牽手，生囝仔做老爸了後，嘛一點兒攏無感覺，生活有較安定。「阮八歲那一年，跟 iya 出來番仔寮住，老實講，早就習慣這個庄頭。但是阮哪有可能忘記了大肚城？」

伊 iya 從來不談死去的 baba。她卻熱中，跟身軀邊兩歲外的查埔孫木椿，反覆講述埔里散毛番的法術有多厲害。彷彿正亦邪的煞魔仔法，掌握了她前一段婚姻的美好與挫敗。整個內山的統治者，聽起來既不是撤退了的過去清國官府，也不是由警察嚴厲控制的日本拓殖政府。她言談中來去自如的煞魔仔，才恆久統管著天下。

「阿爸，你的手咁有黏在果籽頂？」

「有啊，我差一點點兒拔不起來，愛你來救我。」福基仔每次從埔里轉來，木椿仔就會用伊臭乳呆的囡仔聲，搶著詢問伊和煞魔仔過招的輸贏。

「咱囝仔就不敢把路邊的果籽仔摘了了，對否？我眞愛吃咧。我甘願去給伊黏在那兒。嘿，埔里長出來的果籽眞甜，你幫我摘。」

「到現在你才知。當然會比平地生的較大粒。我感覺水分嘛較多。」

「阿爸仔，煞魔仔是好的抑是歹的？」

「有黑，有白啦。」

「我怎麼攏嘸看著？我眞愛煞魔仔。」

福基仔若入去埔里，伊 iya 在盼望伊轉來的每一日，攏在跟剛學會講話的孫仔講煞魔仔，啥囝仔伸長了手臂，作勢要摘路邊的果籽，手指一碰到，就被黏在那兒，動彈不得了。這讓福基仔一直很好奇，iya 果眞懷念在大肚城那幾年的點滴？「內山生活嘸在好過啦。」福基總是踢到鐵板。

福基仔明天又要進埔里。這時候他最能夠感觸，啥叫作漂浪人生。一方面他很焦慮，家己娶妻生子以後，怎麼還安定不下來？同時他又迷戀於兩座庄頭同時的擁有。伊兩邊攏要，攏無法度放。伊充滿了矛盾，而感覺家己是被獵人設置的陷阱夾住了。這時他知覺到的，是難以脫身的困窘，而不是想安定下來，以致耗盡了元氣的所有努力。那景象正符合了煞魔仔面對偷摘果籽者的懲罰：伸長去摘取甜美果籽，這隻手臂瞬時被黏住。福基眞驚，莫非身軀邊熟識的人當中，藏著煞魔仔，正在對伊施行報復的法術？

福基十六歲那年，差不多轉大人啊。有一日 iya 將伊叫來面頭前。「咱這兒嘸田好做。我看，你轉去大肚城才對。你生父留的田嘛還在耶。咱總是嘸可能，攏放給你大伯那房耶。」那麼多年了，江津藏在心底的這一番話，總算能在現今恰當時機，一吐爲快。

「但是路途那麼遠。」福基還沒準備好，出來一肩承擔這樣隔閡的家業。

江津輕拍，撫摸著獨子的臂膀。她嘆息：「畢竟你還姓洪，連個林皮洪骨也談不上。事實在番仔寮這邊，嘛無啥家夥（若是有，以後嘛嘸可能放給你）。我嘸提早替你打算，嘛會煩惱。」福基目眶紅起來。baba 嘸去，至少他還可以對在 iya 身軀邊。因此他寧可從內山走出來，住在這個不相干的庄頭，給叔仔飼大漢。

「畢竟咱是前人子。」伊們移入來的前幾年，福基時常一個人坐在護庭，默默望向黃竹仔坑及車籠埔那邊的山巒。即使他從這樣距離，度量山的力道，總覺得它們營養不良，支撐不了伊對壯觀山勢的期待。他入住番仔寮林家才沒幾個月，小妹阿文就出世，但是他覺得更形孤影單了。起初他還能假想，家己和 iya 是相依爲命的一對母子。但是自從 iya 有了阿文這個查某囡，他感覺 iya、阿文和叔仔才是關係緊密的同一家夥人。有好長一段時間，他完全不肯承認，iya 的反背，已令他陷入進退維谷的境地。

「我是不是可以偷偷仔走轉去內山？」福基宛如單兵作戰的勇士。從頭到尾，他的脫逃行動攏是孤一個人在祕密策動。他努力回想當年出來，沿路所見所聞的鮮明景致，相信它們不會憑空消失。而且伊們沿溪埔行的這一段路，即使有青番仔頻繁的恫嚇，仍算不得是多大挑戰吶。他思索，伊頂多按照原路，返回伊童年熟悉的埔里社。伊打算「偷渡」，歸返內山的構想，並非只憑藉了一股衝動。「阿叔啊嘸承認咱。咱到頭來嘛是大肚城番的子。」

福基八歲以前，曾有過全然不同的生活。有時伊聽庄仔底的老輩在話語內底，攙雜了破碎字句的番仔話，總讓伊感覺是跟著伊們，走鏢時陣，飲了眞多嘴耶 Mada 酒，而在醉茫茫之際，形影分離在截斷了的兩個世界。他沿著那條大路奔走。爲了通往庄仔底。伊經過的厝埕前，姓都的 atau，伊嘴齒攏落了了啊，還露出門扉洞開的大嘴孔，笑喊：「你這個猴囝仔，嘜衝那麼緊，dabaha mazida，家己還莫知影歹勢。」福基才嘸在給伊信道。dabaha mazida 又怎麼樣？atau 在笑，伊那領褲破一大孔。他繼續奔跑，展現出務必搶得頭鏢的活力。那個嘸嘴齒的 atau 笑得更開懷了。伊的嘴親像一打開，就無法度關起來的大水。這樣應對抑是伊和福基仔之間共通的默契。他愛用番仔話取笑愛走鏢的福基仔，嘛是要試探伊，到底咱祖先的話語，伊是聽有，抑是聽無？

福基仔明明聽有，還裝傻。他毫不停頓，往前衝刺的同時，又故意擺出了完全不在乎的模樣。「dabaha mazida。」福基老早遺忘了，讓無嘴齒的 atau 笑開懷的這句番仔話。自從他出來番仔寮住，就再也聽不到一聲半句這樣的話語。他以爲早忘記了。他多麼嚮往，再次聽聞「dabaha mazida」的喊聲。那是粗獷，溫暖，至親孩子們嘻鬧的講話。「dabaha mazida」喊聲賜與他的甜度，未輸一大角的黑糖磚。伊身處在兩個不同世界，這是微酸中挾帶愉悅，交界的滋味。

福基固執認定了，叔仔、iya、阿文小妹和阿水阿公，才是組合成一串結實香蕉的不可或缺成員。至於伊，雖然在過渡期間，短暫吊掛過林家安逸的枝幹，最終嘛無可能被人在欉挽落來。福基的血肉和伊們無法完全連起來，伊時時經歷，是已撕裂傷口毫不遲緩的痛感。這樣痛感和伊同母異父小妹阿文，給人綁腳那段時間的景況，竟有異曲同工之妙：伊沒有哭天喊地，四邊卻瀰漫了針刺一樣，令人坐立難安的安靜。

那是原本活潑好動的查某囝仔，由於被寄予了未來希望，才咬齒根，忍受伊深入了骨肉的痛楚。福基認爲，阿文是在破病。日頭不再繼續照耀伊的身軀。伊被禁閉在臥房內，任由至親允諾了的酷刑儀式，在伊少女身軀上執行。旁觀的福基仔陷入了惶恐。福基仔瞥見伊 iya 不捨的拭淚。江津在伊家己的少女時代，並沒有親身經歷過綁腳的行刑。如今她卻以母親角色，號令屘查某子身軀的酷刑，以來換取伊終生的幸福。她早有萬全準備，要成爲毫不心軟的一線執行者。江津當時暗想：「咱庄頭的查某囝仔，大部分嘛擁有綁腳。咱哪有可能，等伊大漢了後，才被人恥笑？」她嚴厲執行這樣的希望工程。伊拉開嗓門，以喝斥來鼓舞床榻上皺緊了眉頭的屘查某子：「小忍一下，就過去啊。」

那一段時間，福基睏在厝內另外一頭，較遠的房間仔內。照理講伊不應該聽有阿文在那個房間仔內，給人綁腳的動靜。但奇怪的是，他卻時常滿身大汗地從睡夢中驚醒，而且夢境中，多次出現了阿文的那一雙腳。它們因捆綁的擠壓，溢流出血汁與臭膿混雜的黏液，到後來，它們開始扭曲、萎縮，它們不再裸露在奔跑中，用整面放鬆而寬敞的腳掌，持續抓住跟著日夜時辰轉換了溫度的土腳。它們放棄了自在伸展的快感。福基八歲以前在大肚城庄接觸到的查某人，攏是腳手伶俐的大腳婆，行起來比掘田翻土的鐵犂更好用。姐仔阿飼就常和他爭鬥，比誰跑得更像一陣風。「阮跟飼仔大姐，才是同欉挨近，擠在同一串香蕉的兩條香蕉仔子。」當他跨到日本時代，在番仔寮娶某生子，跟草湖庄林家的查某囝仔作夥配了種，他則宛如接枝在另外一欉感覺生疏的樹頭頂，突兀生出了和家己嘸啥同款的變種果籽。那比如是土芭樂身的內面，嘛去攙到芒果肉的香氣。他還是覺得家己不屬於這個新欉旁生而出的另外一串。當他爲了洪家埔里的田園，兩邊來來去去，行烏溪，親像行灶腳，要求他將家己公平地切割成兩半，一半給番仔寮庄至親的老母和某子，一半回歸內山的埔里社，猶如在共同拓墾者中間，進行土地均等的分割。他和內山手足的聯繫，更是像極了獵獲山豬肉的大塊分享。當他想得更徹底，性命如一支竹管仔，剖開切半的這款情形，可能到死嘛做莫路來。

福基家己嘛眞好奇，伊若不願性命剖成兩半，就得繼續走下去，看看順沿著烏溪，節奏往返的這一條路，他能夠以哪個方向作爲眞正回溯的歸程？歸鄉是多是無路用的空談啊。今仔日掛在番仔寮名下的庄頭，是個沒有了番的地方；同樣地，大肚山這邊的海口，即使大肚番的腳蹤未必完全斷絕，舉目望去，社腳地方鼎盛的人丁，仍集中在漢人的庄頭。到了福基這一世代，物換星移的海口，並未替大肚番後裔留下退路。他們除了內山的大肚城庄，應該再也找不到讓祖靈落腳的空隙了。

福基一入去埔里社，即刻淡忘了番仔寮庄內親情的纏繞。一如阿銀所抱怨，是「出去，親像丟掉了；轉來，則像是暫時撿到」。相反地，當他從埔里社轉來，和離別了不短時日的妻小相見，不論一家夥仔團聚一堂的溫情多濃烈，他總像是魂魄還沒一起召回似的。伊的身軀只帶回一具空殼。他覺得，那沿著烏溪行走的回程，即使超過了足足一日，還是太匆促，以致他的心神還滯留在埔里社的某個地方。伊是伊家己的祖公仔，每趟回程以後，伊攏必須要耗費氣力，將徘徊在另一個家鄉的伊家己這仙祖公仔，慢慢仔再背轉來厝內。伊得隔上一段時日，才能夠某種程度地逐漸恢復伊現時現地裡，具體的日常節奏。否則伊因著離開而中止了的大肚城生活，仍將繼續糾纏伊的心思，要求和番仔寮家園的日常細節相疊合。哪些細節呢？

譬如講，是 iya 飼的雞仔隻病囉、伊的子木椿仔長高了一寸，抑是阿銀洗身軀了後飄散的體味。以及，大欉芒果樹的果籽熟透了，怎麼趁伊清晨還在酣睡之際，跳躍入水般淅哩嘩啦滿滿掉落在厝頂，又彈擊出類似樂音的曲調，進而催促伊享受當季難忘的愉悅。它們可都自動滲入了內山遺留的官能。

另外一個地方相處過的物件和發生過的人事，像是成群獵犬，在福基仔背後死命地追逐。它們並未因著伊形體的遠離，而快速消退。有關伊精神耽溺的這一切解剖，讓他倍感疲憊。他不得不懷疑，是否自伊八歲離開了大肚城庄，失去了與他朝夕相處機會的內山，即遺憾地俘虜了他？由於這個地方不甘，它自身在那麼一大段歲月裡的空白，便利用伊短暫的歸返，進行了心神占有和反撲？埔里番的另一個世界，將他蠱惑住了。可惜沉迷於這類蠱惑的伊心神，只有滯留內山的飼仔姐，能夠產生共感；也只有她，和他分享了由血脈力量維繫的番性。對福基仔來講，伊長成後才返回內山，繼承了大肚城番的田園。那是幸福，同時也是詛咒。他自是抵抗不了這麼巨大磁吸的力道吶。

巴宰的煞魔仔

進出埔里的那一條路

只要他從遠處望見烏牛欄，路途上所有疲累，即刻消失得無影無蹤。「船要入港囉。」從南烘溪畔高起的這塊台地，賜與漂泊者歸航的慰藉。可是福基要比別人付出更多代價。他返回 baba 庄頭的每一趟路，都必須拋下妻小和改嫁了的 iya。對於傳統的大肚城番來講，有查某人坐鎮決策的厝內，才能讓人放心。但是他長成以來的歸返，卻總是孤零零的。

他光想到阿銀綁腳，就在心理上先打了退堂鼓。「咱哪有能力，幫她請一台轎，跟著咱不時在走闖？」

更何況，在阿銀看來，福基仔在埔里社的阿飼姐，根本是和伊嘸啥同款的番仔大姐，而大肚城庄即使移入不少漢商，還是一座粗陋番社。阿銀嫁入來，尚可適應的，還是番仔寮庄這款的鄉里吧。「阿銀明明是一個眞好性地的牽手。但不知爲何，咱煞感覺伊眞生疏。咱若想講，伊跟番仔寮庄那些厝邊攏同款，會笑咱是埔里番，就眞莫愛跟伊談起，咱常常在思慕的大肚城。彷彿分隔的兩地，一個是陰間，一個是陽界。」

兩個人攏作夥生囝囉，福基仔還固執認定，阿銀看不起伊有番仔種。這番揣想的侵襲，足夠讓伊在牽手面頭前時時保留，處處遮掩。他自嘲：「我有夠嘸路用，是一個雙面刀鬼。一轉來大肚城，阮是番；轉去番仔寮庄，阮是林銀的翁婿，是江津的後生。伊們兩個，哪一個是番？阮是靠伊們兩個身分的掩護，隱藏家己半番的實情。」他總感到不安，家己較爲黝黑膚色，成了身軀頂永遠洗嘜掉的鄙陋印記。無法用伊道地的福佬話來隱瞞。

他一回到番仔寮庄，就會在言行間，自動收斂起大肚番外顯的習性。他不斷地自我審查。他不要人家笑伊是番。伊嘛驚去牽連到伊的子。雖然伊家己爲了守住田園，轉去大肚城做番，伊嘛莫敢想，到伊囝仔那一輩，咁還會有意願，繼續做番？「咱番仔的血脈，本來親像眞厚眞膏的一碗糖水，可是到了木椿仔這一代，嘛會愈沖愈淡，愈來愈無味。」

「伊嘸愛人知啦。」有一次，福基聽到 iya 在跟庄頭的人開講，她突然壓低了嗓音。他萬萬沒料到家己會這麼敏感。他竟是不分青紅皂白，到了快要動怒的地步。他嘛還未探問伊們談話的內容，不在顧啥前因後果，就武斷插嘴，急急辯解了起來：「阿母，妳免想要替我掩蓋。大家心知肚明，阮是埔里番生的前人子。全番仔寮庄嘛只有我這個番，有啥好驚伊厚話？」

伊感覺這麼活較實在。

福基這一回入來，還多出了無法明講的某種期待。他在抵達大肚城以前，必須先行過烏牛欄。伊從崁腳落去，經過恆吉仔城，進大肚城街，最後才行入去庄仔底洪家的厝地。這是他最熟悉不過的一條路，嘛是決定了伊短暫人生的那條不歸路。

伊沿那條溪底路，從邊坡小徑爬上了烏牛欄。在伊目睭前展開的聚落是阿里史。阿姐曾講過，伊們查某祖原本是阿里史番，那個庄頭好像有她的親戚，不過現在已經沒在來往囉。這附近人家飼的狗眞惡。只要路過的人，稍稍靠近伊們的門埕，就有一大群獵犬，見獵心喜似的嚎叫，有的更是衝了出來，作勢要咬他。每當衛兵一樣，盡忠看守厝地的大隻黑狗緊追不放，福基不但不會慌亂脫逃，反倒會穩住腳步，一派輕鬆地和牠們招呼幾句：「好啊啦。較乖咧，嘜直直吠。想嘸你們是在對我歹啥？較乖咧，我啊不是土匪，抑是賊仔。」伊心內在嘀咕：「咁是日本人指使，叫厝主放你們出來，硬硬要咬阮們這幫大肚城番？莫非是驚阮們又跟『土匪』作夥起來反日本軍？平平是番，大家咁冤仇結那麼深？」

每隔一段時日，福基就得出入埔里社，大埔城外西角的烏牛欄，作爲他的必經之地，已然習慣了對伊往返行腳的窺探。對他吠叫，圍獵如勇士的那一群土狗，也都在仔細嗅聞，伊每一趟路途所產生的舉止變化。烏牛欄聚落外圍，將他視爲可疑入侵者的群集土狗，雖同樣地誇大叫囂，仍可讓他判讀出不同強度的敵意。或者對方是用負面攻擊，吸引他稀罕的注意力。牠們眞正渴望，竟是以一對一近距搏鬥的挑釁，來宣示進一步友好連結的需求。牠們獵犬天職的叫囂背後，仍是沉默場景中，唯有隱晦方能明志的那份期待吧。這是福基仔對於戒備森嚴烏牛欄的例行性感懷。

他很喜歡走過那一座會唱歌的烏牛欄教堂。有時，內面的番仔牧師堵好從正門行出來。他魁梧體格不輸最勇猛的戰士。福基想像他即使鑽入溪底，急流中展開搏鬥的水戰，嘛有法度即刻化爲靈活的一尾魚。福基從他移動時如風的腳手，亦可想像他上山打山豬，一刀刺中要害時的稱勝表情。當然，等他親手剖開投降山豬的內臟，將新鮮腥紅的血汁，捧在碗內大口暢飲，肯定也是滿足而豪邁的。這猶如他在聖堂中莊嚴捧起了耶穌賜與的聖杯，帶領信眾謙卑喝下那人子爲世人犧牲而流出的寶血。有時，聖歌禮拜後，會有一群烏牛欄少女，像極了爲採蜜而舞動的蝶群，從軀體豐美的教堂內擁擠著出來。她們驕傲的臉面在聖父、聖子、聖靈三位一體的高處綻放。她們宛如在這意外一刻來臨以前，才剛吸吮了不知名野花，沾浸過最深處儲藏的蜜汁。「莫知影，伊平常時仔會來教堂否？」福基衷心期盼，她就在這一群少女中間。然而這也正是他最害怕的事。伊迅即移開的視線，成功躲避了她們。

另外一種埔里番

烏牛欄公廳頭前，紅日頭的日本國旗插得高入雲頂。它正在午後涼風中，兀自遐想著帝國在這塊南國番地上，如何推動下一波的理番大業。伊醒目的紅色火球，則唯我獨尊地暗示，那將是多麼意氣風發的一幅天朝景象啊。福基接著回想，清國割下贅肉的台灣島，獻給了日本人，就在變天那一、兩年的反亂期間，iya曾一度堅持，不讓他進埔里。

「田還未收，就這樣放著。我怎麼能夠放心呢？」福基再度成爲斷了線的風吹，失去伊和大肚城之間微弱的聯繫。

「咱來給你相一個好對象。」江津語氣柔和。這次她是鐵了心，定要阻擋福基仔轉去的路。她毫無讓步空間。這樣強硬態度反讓旁觀者聯想，它出自一個老母驚會失去伊唯一後生的恐慌。

「給我死綁在這兒，攏嘸田好做，咱是可以靠啥來娶某？」伊老早看穿了iya的用意。福基宛如一隻困獸，正在誤入的陷阱中，最後掙扎。

「至少咱在這兒，還可以活命。」

「誰講這兒比內面安全？同款亂啦。」

「你不要囝仔教老母轉臍。我曾在埔里住那麼多年，內底情勢會怎樣，有誰比我更清楚？清國官府撤出，日本人再使弄一下，街仔路嘛有『土匪』頭拚勢在招人。那些埔里番家己人就打起來囉。有誰能夠聰明不涉入，在旁仔，高高看馬相踢？」江津的世故和伊快速應變的本領，遠超過福基仔一隻腸仔通到底的年少想像。

福基仔別無選擇地順從了母命。他留在一樣不平靜的番仔寮庄，匆促完成娶妻的人生大事，第二年，伊頭胎的查埔囝仔就出世了。「我家己要先死了這條心。」所有變化彷彿是要迫使他，從此落地生根；要伊不再頻頻回首，留戀大肚城族親無聲的召喚。

內山局勢已較爲緩和。福基仔苦等至今，終於又循相同路徑，入來看顧洪家的田園。他攀升，爬上烏牛欄，最後再從崁腳一帶，順著古道滑下去。福基仔不再有往昔一個獨身仔，毫無心理負擔的模樣。伊現時的心情，總是跟隨這一沿路地勢的起伏，坎坷升降。

自從烏牛欄主動投效日本政府，接受日人守城的徵召，即被賦予良民特權，而在埔里番中浮出檯面，成爲與漢人勢力對峙的在地角頭。這同時，他們亦命定捲入了是非，不得不浸滲到權力爭奪的染缸當中。於是當福基仔帶著外口妻小沉重的牽絆，重返大肚城洪家，他穿越烏牛欄的極短路途，儼然形成一條偵防的新通路。那是連對其他埔里番親都高度偵察的入口。它對於漢人往來內山的排斥，也更明顯了。

兩姐妹的邂逅

如果他進出埔里社，不必穿過烏牛欄，那麼他這一世人活著的長度，可能就要改寫。

「妳這群姐妹仔，只有妳一個姓潘？」

「很多番都姓潘。我堂堂有一個番仔姓，眞好。」阿金發現，福基笑文文的兩蕊目睭，一開始就直直望向她。

「阮老母不時跟阮們這些姐妹仔講：『咱是正番』。不像你們這些大肚城番，還跟那群一直肖想要占咱田園的漢人結黨，出去做啥『土匪』？你們到頭來，還不是給日本人打得土、土、土，還反倒轉要罵阮，愛做日本狗。」福基對阿金率直的應答，竟是不知所措。之前他並沒有認眞思考過，埔里不同款番中間，果眞有啥嫌隙。

阿金跟著愣了半晌。福基仔失措的表情，看來眞是怯於還擊她的挑釁。她面對伊無言的窘態，反倒讓她言談攻堅的火力全消。她信任福基，這是眼前唯一有把握的事。於是她語鋒一轉，順搭福基誠懇的問話，猶如身軀率性的坦露。她毫不羞赧地裸裎了自家的身世：「姓潘的是阮阿母。伊是出身守城份的四庄番。那麼多年了，烏牛欄這邊的厝邊，攏還叫伊噶哈巫仔姨。」

「歹勢，我自細漢就離開埔里，不懂的眞多。能否讓我了解，『噶哈巫』這樣的番語是怎麼來的？」阿金溫柔點一點頭，像是爲了讓伊放心，立即慷慨允諾了什麼。

她接續拉開序幕的前言，將噶哈巫仔姨年輕時擁有過的情愛歷程，娓娓道來。「當年，他們會做牽手，並不是旁邊的人太雞婆，用心計較將兩個人送作堆。起頭完全是我的阿母。伊宛如被空中的閃電擊中，自己去愛到阿爸。結果，阿母的老母不肯放；阿爸的老母也期待能有孫輩，日後傳承伊家族的姓氏和田產。」按阿金俏皮的形容，兩邊喬不攏，連敦請了族中長者出面，也還是各有堅持。他們還未鬧到無法收拾地步，但事後回首，確實是有婚事僵持不前的窘態。最後，兩個家族只能透過彼此熟識的教會傳道師，居中協調。他們終於隨從四庄番之間常見，折衷的嫁娶方式，也正是一般俗稱的「招入娶出」。亦即，尙早一開始，是阿金的阿爸從烏牛欄被她阿母招去四庄，得留在阿母那邊的厝內，骨力替潘家的長者服務，做長工。到了第二年，噶哈巫仔姨生下阿金，並根據兩家人「抽豬母稅」的先前約定，直接讓她依從了母姓。「講眞的，阿母頭胎生我，她的阿母非常歡喜。她老人家較愛查某囝仔，講才是有賺。」阿金的驕傲是從一出世就給強化了。

後來，阿金的父母確實按照雙方約束而行。她的阿爸留在四庄那邊，打拚服勞役，期滿了三年，才又將這個噶哈巫查某給娶了出來。這一家夥人從此住在烏牛欄。伊們也在往後幾年間，一個接一個生下了阿金的妹妹們。阿金有感而發：「這樣你明白了吧。我看你是日本人指的『台灣土人』，不是咱的番親。要不，阮烏牛欄番的家族仔內，那一大堆眉眉角角，你哪會啥攏不知？」她稍作停頓，像是要爲伊的權威發言做總結。「因著這些緣故，我跟同父同母生的那些小妹，並嘸同姓。」

阿金既然繼承了阿母那邊的姓氏，當然不希望福基仔誤解了四庄噶哈巫的過往。她幾近偏執地認爲，福基必須要有正視噶哈巫的立場，避免將伊阿母噶哈巫仔姨和這邊的烏牛欄番混淆爲一，他才能眞正用心對待姐妹仔中唯一姓潘的阿金。「阮們源頭的祖先本來是有名無姓。」阿金聽伊阿嬤講過。她隨即補充：「那是爲了報戶口，以及土地登記的需要，才找到了有田、有水，又有米可吃的『潘』字這個姓，擺在名字頭前，湊起來使用。庄頭眞多戶攏姓潘，就是這個道理。這個『潘』字，就成了咱常見的番仔姓，理由就是這樣。」

「所以妳是傳噶哈巫仔姨那邊的。」福基納悶，人一生長弄弄，「招入娶出」才招那頭幾年，到尾仔來算，嘛是查某這邊較吃虧，對否？甚至查某這邊抽那款「豬母稅」，嘛比正港招贅的查某人較委屈，咁莫是？但是伊歹勢直接這樣問，驚阿金會憮歡喜。

「比我慢出世的妹妹們，到現在根本都還沒有姓。阮阿爸的名叫作『阿沐』。她們各自的名字，也全部連著阿爸的這個名字來取。咱烏牛欄的長者們講，這和父女連心一樣好，讓庄頭的人記得很清楚，她們是誰的孩子。老實講，我也很歆羡她們。況且，咱加一個姓，也沒啥好處。偏偏咱四庄番，姓潘的族親一大堆，又不是同一個老爸、老母生的。這實在會害死人。幾代下來，各個家族都搞混了。」阿金一直認爲她擁有了姓氏，簡直多此一舉。她自個兒打的主意，是有朝一日要讓伊查某子的名，重新連上伊阿母的名。

阿金一吐爲快。「有一次大水來，厝邊喊『噶哈巫仔姨』的阮阿母，跟著十多名婦孺，困在南烘溪對岸。眾人眼見溪水高漲，溢到了兩岸的溪埔，而擔憂伊們若是強強要涉過，可能隨時會被滾滾洪流吞噬。」福基愈聽愈緊張，彷彿伊家己嘛困在做大水的溪邊。

「結果當天的天光還未暗下，她們已平安地全員歸來。」福基愈發好奇，是誰及時拯救了伊們？

「誰知咧，阮村社事後廣爲流傳的說法，是平時不甚起眼的阮阿母，也就是伊們暱稱的噶哈巫仔姨，將那群婦孺全體帶著，飛回到了烏牛欄。」阿金將這起事件急轉直下發展的轉捩點，講得雲淡風清，彷彿那是很稀鬆平常的事。

「妳阿母帶一群查某人飛轉來？像鳥仔有翅，可以在天頂飛，是同款意思就對喔？」福基更納悶了，阿金大可以跟伊阿母直接求證啊！

「阮是連家己至親，嘛莫知影誰是會曉散毛仔法的煞魔仔。」阿金聽得出來福基仔對伊的不信任。聰穎的她寧可先一步自清。

「阮族名『噶哈巫』，意思是頭殼內面裝滿滿的那些腦。阮『噶哈巫』跟別庄的人尙嘸同款的所在，是阮只要靠頭殼內底這個腦，用伊來思考，就能夠飛來飛去。咱要飛到高啊高，多遠攏可以。」這群噶哈巫光用頭殼的腦來想，身軀就能夠飛起來，是阿金最引以爲傲的。然而伊疏離的口吻，像是正在講述，與她毫不相干的一群人。

阿金謹記長者教訓，絕不可輕易洩漏了自家的法術。此刻阿金對於煞魔仔作爲的吐露，也不是尋常發生的景況。那是宛如一欉竹林在早春微風中，受到挑弄，而出現一陣輕幅震盪，才讓柔軟竹枝彎腰款擺，而在纖長竹葉仔的間隙，產生了沙沙作響的愉悅摩擦。這樣動作看起來微乎其微，卻眞是碰觸到了人際最敏感的部位。那是足可穿透距離的媒介，任由阿金和福基仔中間親密的互動，被一種馴服於黑色法術的共識給渲染開來。

阿金的阿母從未明說，她卻能夠心領神會。她們噶哈巫女人自古擅長，通過肉眼看不見，卻足可讓她們身軀輕盈飛起的良善法術，快速擄掠家己中意的男人。

「妳的小妹阿毛，咁嘛知影這種噶哈巫的代誌？」阿金並不應答。

「我忘了，妳們這群姐妹仔只有妳姓潘。」福基不自覺紅赧了面頰。他意識到率直的阿金，儼如草埔中竄跑的小山兔。伊看起來毫無心機，卻又不失狡黠求生的本能。她那一對初熟桃子般潤澤，蕩漾水意的目睭珠仔，隨時可能因著嫉妒情緒的高漲，而盈滿了腥紅恨意的血絲。

「阮們姐妹仔永遠是一體，無在分啥你和我。」阿金快快掩飾了眞實情緒的這句回應，反而讓福基仔不寒而顫。他預知了即將到來，從暴漲、到氾濫、到潰決的情感，終究要覆沒了伊。福基頂一回轉來大肚城，剛好遇到烏牛欄的番仔過年。當時年紀更輕的阿毛膽子好大，竟趁她阿爸邀請福基仔來到社內作客，還大口暢飲久釀的糯米酒，茫茫不知所以的間隙，默默走近了。他再也無法清楚回想，當初兩人互動的實際情景。不過他卻清楚接收到，從她主動發信的某類訊息，它形同那天幾碗酒下肚以後，讓整個身軀持續發燙，到要爆炸開來的灼熱感。這是他從牽手阿銀的身上，從未接收過的信號。「阿毛畢竟還只是個查某囝仔。」他這樣說服了伊家己。

「如果她眞的能飛，咱埔里這些番婆愛啥，有誰阻擋得了？」福基仔和阿金有各自隱匿的思慮，而形成了如弓弦緊繃時的兩造關係。他僅能夠借用一點點的戲謔，來稍緩和。

「阮用頭殼內底的腦想想耶，就可能帶著大家自由自在飛。肯學這款物件的四庄番，愈來愈少啊。」

「問題出在哪？莫非是日本人插手，禁止你們？」福基仔眞是不解，世間若有這麼好康的法術，哪會慢慢沒落了？

「嘸講嘸人知。阮噶哈巫祖先能飛起來，古早的源頭是從 da ba mi ma iu 這座山請神，聽講遠遠請入來的，是那兒的『懸崖鬼』。不幸的是，阿母講咱噶哈巫不知珍惜，跟祂們慢慢疏遠。那群有靈有驗的『懸崖鬼』只好散去。等咱有心去找，早不知去向了。」

「這樣講，妳家己嘛會有心，打拚要將這群鬼仔找轉來？」福基的大膽探問，因著早有定見而混雜了驚奇。那恐驚仔是因爲，伊開始對這個極度可疑的煞魔仔傳人，生出了欽慕情感。他自我警惕，假如再往前踏一小步，戀棧上這個狡黠的噶哈巫番婆，就要自個兒墜落斷崖，成了阿金族親們費心尋回的那款「懸崖鬼」囉。

煞魔仔

「對啊，阮是愛啥一定要到底的番婆吶。你已經這樣想了，我不承認不行啊。」阿金毫不害羞，張開伊大大蕊的番仔目，居高臨下瞪視福基仔。她記得，福基仔頭一遍路過烏牛欄，愣愣地停在伊們厝頭前，而滿頭大汗地求助，講伊莫知影，大肚城要往哪一頭行。她正蹲下，忙著剖洗撈獲的溪魚仔。她先用目睭尾，斜斜瞥見他頎長的身影，再猛一抬頭。她望見，烈日炙烤底下的長途跋涉，不但沒有讓他顯出疲態，反而在伊發亮的臉面上，孤單種植出高挺如山峰的一脈鼻梁。他的膚色比她還更黝黑，此刻也因著期待，透露出溫情的亮光。「他正午日頭似的，好光滑、好明亮的一張臉。」

「時局眞亂。但是阮做伊親大伯，路途再迢遠，嘛一定會去番仔寮飲伊的喜酒。」當烏牛欄番動員社丁，以伊們的戰鬥實力，替日本軍出頭（伊們守衛大埔城四邊的城門，反制了漢人爲主的「土匪」反亂）。至少有兩、三年期間吧，阿金不僅不見福基仔發亮地現身，她更從大肚城那邊頭的福基仔親戚，間接聽聞了伊娶牽手的喜訊。

往後，親日、反日陣營相打尙厲害的期間，又有跟伊同庄的大肚城番報馬仔：「福基娶一個林家綁腳的娘仔。伊有夠好命，眞緊就生一個查埔囝仔囉。等伊再轉來大肚城做田，恐驚仔早就火花去啊。看起來，洪家的田，伊是打算要放放掉啊。伊嘜再入來啊啦。」阿金恨極了那些厚話的人。那時，她的處境已經眞歹過啊。當日本人趁勢動員烏牛欄的壯丁，她也是一點兒都沒得閒。她得陪伴厝內一大群姐妹仔，輪伙食，照三頓煮給那些兵仔吃。她還要提心吊膽，一旦伊們番社自身鬧空城計，即可能讓站在反日本那邊頭的漢人覺得有機可乘，而帶「土匪」們侵門踏戶來報復。因此伊們無論是婦孺老小，都得學會自我防衛。

大埔城內、城外的亂局稍平靜下來。阿金還趕不及，嘛無法度從燻慣了的火煙，和忽近忽遠捉摸不定的槍砲聲響中，回過神來。福基仔就又循著伊慣常行走的那一條路，進來了。他的臉面更添光彩。今仔日伊入來，一如伊在前些日子的音訊全無，皆不需要多做啥解釋。即使他不再是個獨身仔，只要伊一踏入內山，無論是在番親簇擁下或是孤零零一個人，確實皆和另一個世界的妻兒無啥瓜葛了。

「你眞好運，嘸入來埔里找煞魔仔做牽手。」阿金故意刮洗伊。

「相信你一定曾聽過，誰若對不起伊『煞魔仔』的牽手，心橫要離開她，會有啥歹看的結局咧？」福基仔嘸應話。他知影家己這時陣講啥，有任何推託之辭，證明伊的身不由己，攏是多餘的。而且那些託辭極可能火上澆油，惹惱阿金積累已久的怒氣。

「她會讓房間的眠床一飛，橫著擋住出入的房門口，不准這個負心的查埔人一走了之。」剩下她還沒講，有關煞魔仔無邊的法力，福基沒有一樣不知。

那是伊 iya 的老生常談了。他比較不放心，是將來若有哪一個煞魔仔，不肯對伊放手，是否會趁暗時仔，抑是眞深的半眠仔，將伊家己目睭仁拔落來，裝湊上貓兒愈暗愈是睜大發亮的那雙目睭？這時，她還會在線條優美的背脊上，裝置起成雙成對的大扇香蕉葉。她咻嗚一聲，飛出去，再咻嗚一聲，乘著埔里城外竹枝仔長長的彈力，跳上了番仔寮庄那邊的老竹欉。他可要儘快提醒阿銀，伊們第二胎的囡仔若出世，千萬不能用背帶，綁在後背上搖啊搖。福基希望，阿銀肯將伊緊緊抱在胸坎仔前，時時用她的溫暖乳房來呵護。嘸福基眞驚，伊們囡仔的心臟，會被內山飛來的煞魔仔，親像透早挖筍仔同款，隨時就挖挖走。

「那些漢人眞無禮，硬要稱呼阮們是『番婆鬼』，叫到那麼歹聽。伊們又批評，阮們就是愛吃腥，才會專門偷抱人耶囡仔，挖開伊們新鮮跳動的心臟，再大嘴、大嘴，嘸驚會流血流滴，取取來生吃。那分明是城內漢人怨妒，才會將阮法術高明的煞魔仔，看作伊們的歹鬼來詆毀。」阿金熟識的煞魔仔，除了對正、邪場域的遊走自有分寸，也總是安於俗世番女群中的隱匿，以致若非必要，並不輕佻展現她們非凡的法術。可以說，阿金是否擁有噶哈巫傳承的飛天法術，還待證實。但是她無法認同，漢人社群將伊們舉重若輕、詼諧的煞魔仔，污名化爲專做黑心事的「番婆鬼」，則是不爭的事實。

阿金對福基交織的愛憎，如暴雨後的山溪，除了儘早傾瀉，別無出路了。「我看，你眞像那種想孔想隙，要來反背煞魔仔的查埔人。」福基仔揣想，他心愛的查某人若是半眠仔偷飛出去，專門吃囝仔心臟的那種煞魔仔，他應該也會如傳說中所言，冷血地毫不聲張，將他所愛煞魔仔暫時取下的目睭仁，給泡上厚厚鹽巴。等到她將囝仔心臟吃飽飽，得意洋洋飛轉來，要重新換回目睭仁時，就要痛不欲生地搞瞎了她的雙眼。

「阮若如妳所講，是那種無血無目屎的歹查埔，那麼，妳不就承認了，家己是會曉厲害法術的煞魔仔？」

阿金和福基仔重逢了後，展開一大串惡毒台詞的鬥嘴鼓，卻還是在兩人藏不住的情意中，怒罵嬉笑地溫馨收場。他是情願愛上會報復的煞魔仔，也不肯讓伊仍侍冒險的青春，自此停滯在番仔寮庄綁腳的阿銀身上。

番仔寮不歸路

「伊咁嘸較好啊？」

「眞害，整隻腳攏生爛瘡，流膿，歹了了啊。」

「我看，是無效啊，救未轉來囉。」

江津大聲嚎出來。她的哭聲淹沒了林銀哀戚的低泣。這比起二十年前，江津在大肚城庄死翁的悲傷，情感濃度和痛感強度皆更加劇了。她不算是哭。那是接近了獸性發作的一種咆哮。若有啥人在庄頭另外一邊，聽聞這一場大號哭，準是無法分辨，是查埔仔抑是查某人在那兒喊。那樣撕裂了心肺的吶喊，反而透露出孤雛的無助。也只有回到她紅嬰仔時期的純眞，身爲母親的悲慟者才能承受這場撕裂帶來的身心巨變，從而接受伊自身日後難堪的苟活。

「二十年前，大肚城傷透了阮的心；二十年後的今仔日，則是埔里社整個所在出來，捅了我致命的一刀。」江津感嘆，當年她千方百計再嫁，目的就是要遠離番人背負的宿命。她原以爲，離開了大肚城番數代飽受的詛咒，她們母子從此得以平安度日了。果不其然，這必定是內山惡靈歷經長程跋涉以後，終於發現了她在番仔寮庄的藏匿，而飛奔前來，嚴厲追討伊孤子承自埔里番祖先的所有欠債。她但願在生與死的兩岸中間，架設一條往來穿梭的流籠。她才可以將自身過渡到死界的彼岸，換回伊孤子福基仔返航此岸以後，可資延長的珍貴壽數吶。

「我錯啊，今仔日我才知影，家己是大大錯了。福基仔，請你原諒 iya。我不應該將你帶出來，又硬硬要你轉去大肚城。洪家的田園？我攏不要啦。我只要我的子可以平安轉來。難道那是洪家祖靈，用最大敵意來懲罰歸回的子孫？我攏嘸愛，我的孫仔嘛攏嘸愛啊啦。我愛伊們遠遠離開那塊土地。那是命中注定，會引來厄運的田園啦。是 iya 害你，是我的貪念褻瀆了那一塊田園。我的子啊，我嘛是一個殺人的兇手。」江津滿是自責。她嘶叫後傾倒地上，用力摔撞伊家己的身軀。她欲凌虐殆盡，伊對孤子在世年歲的一切回憶，伊宛如藉此驅趕了那化身爲極惡之靈的喪子悲痛。

江津在呼喊中一面顫抖，終於將這不可承受厄運的矛頭，指向了埔里的散毛番。「埔里的散毛番那麼厲害，咱哪有法度對抗？那是散毛番親手放符仔害咱。福基躺在病榻上才不到一個月，就走啊。誰有法度平復我的哀怨？我這世人終究和你這個乖子無緣。咱母仔子眞是有夠冤枉。那是誰下的毒手，咱哪會莫知？」江津放膽控訴，卻又充滿了被繼續加害的恐懼。除去散毛番爲了報復，狠毒施放了法術，誰能夠在福基仔俊美健碩的盛年，造成這般讓人不忍的死亡慘狀？

洪家後代從此有了這樣傳說：福基入去大肚城做田，結到散毛番的查某。有兩個姐妹仔，伊們在福基仔離開以前，要求伊分別贈與伊們一件貼身信物。他絕對不能辜負對方。

「一個月了後，我一定會轉來找妳。」多情的福基口頭立下了感情的承諾。

「你不能再入去啊。你有某有子。除非你已經嘸承認我是你的老母，你才再入去埔里，再繼續跟那邊的查某勾勾纏。你這個囝仔實在眞可惡。一個就眞慘啊，一次又給我結兩個。你若再入去，到尾仔穩是未收拾。」江津確立了伊嚴厲的母命，近期內，反對福基仔再進埔里。江津無非是要阻斷福基仔入埔的路途。到頭來，福基 iya 的這道禁令，仍無法讓他遠避這樣的殺身禍事。江津在她有生之年，一再信誓旦旦，指認是埔里社的煞魔仔，極度怨怒福基仔的失約，判定是伊反背了彼此感情的諾言，而陰謀利用他所留下的信物，加諸了可怖的巫術。這一切詛咒的作爲，才導致福基仔在短時間內，兩腳潰爛而快速暴死的人生終曲。

「我，江津今仔日對天發誓，從這兒番仔寮，去到埔里社的這條路，我的子福基仔傳落來的所有子孫孫，永不再踏上。我如今爲了洪家日後世世代代的平安，而在番仔寮庄和內山的大肚城庄中間，重重放下這一大塊壓路石。我在此聲明，從今而後，咱絕不再有任何一個子孫，再行入去埔里。」江津立下這一戰帖似的壓路誓詞。它的力道猛烈，一點也不輸散毛番下注在福基身上，快速取走伊性命的最後符咒。

蜈蚣崙隘勇（日治明治三十四年）

「水賴是在外口無隘勇好做啊，咱才有法度撿轉來。他被人丟轉來厝內，整日無代誌，便便做一個閒人。這煞害我，一和他作夥，就有啊。」三十歲的阿飼又有身啊。這一遍和過去情形同款，等到她瓜熟蒂落，準備要生囝仔時，水賴伊人早就守在那隘寮內。

水賴是帶著一份怯生生的感覺，前去就任那個隘勇職。即使他曾經當過了十幾年屯丁，對於守番工作的投注，遠超過伊對厝內大小斷斷續續溫情的付出。如今他還是掩飾不住，作爲一個新人的惶惑不安。「咱明明是北投番，要守嘛守咱這邊的庄頭，哪會將咱編入去四庄番守城的地盤？東角城外的南邊，不是還有卓社番在虎視眈眈嗎？」

水賴算是從史櫓塔附近慣常出沒的山豬，學到了老成狡獪。不過他若要在下一階段，堅定挺進日人制度底下的隘勇之路，這些沖積如溪中沙洲的過往歷練，反倒成爲他最大的內在障礙。

水賴回想政權更迭的那幾年，受到官府壓抑的青番伺機浮動。他們形同反擊的出草行爲，更是時有所聞。他長年守番的屯丁營，等於是在半荒廢狀態。他堅守至最後關頭，仍不捨棄對北投番聚落的守衛。但是伊日後的結局，竟比果斷轉向了對立陣營的任何民番，都更感覺到無路可行。他是投降不成、抵抗也不是，只能在快速變化的局勢中，孤一個番陷入了泥淖。「在外口，我是個求助無門的哀兵，連官府宣布解散的最後一道皇令，都苦等不到；即使阮倉皇回到了枇杷城的厝內，仍只是個廢人罷了。」

「埔里街仔大家攏在風聲，日本人決心打番。近期內，埔里社支廳就會正式公告，成批召募守番的隘勇。」大腹肚的阿飼，堵好從大肚城庄那邊頭行轉來。伊講話時，還上氣不接下氣喘息著。她沿途上還一度猶豫，要不要讓水賴知影這項招募信息。她揣想：「水賴若再去做隘勇，我又要守一段時間的活寡囉。」她嘛知影驚。「這次日本人視為眼中釘的，並不是性格較為溫和的南番，而是一向嘸那麼好剃頭的北番。有紋面的北番較惡較歹，大家攏知。」

「我已經有聽人講過啊。到時陣我會去報名。」水賴真阿沙力地回應。彷彿伊對此事成敗，早就胸有成竹。

「咱不能想得太天真。聽講那只是臨時召募。萬一你入去，可以待多久，嘛嘸人知。說不定這辦沒多久，日本人就一聲令下，將它解散了。」水賴不待阿飼提出啥嘸同款意見，就急著想要澆熄伊牽手過多的期待。

「那麼多年來，你一直替漢人官府賣命，是清國兵仔營內的屯丁。現在你若倚過去，開始穿得像是個體面的日本巡查埔，每日向日本國旗行禮，一出啥差錯，皮就要繃較緊咧，給開嘴、閉嘴『巴嘎魯』，愛打罵、訓斥台灣狗的日人警官羞辱個不停，咁會習慣？」阿飼真是矛盾。此時她還寧可水賴家己就先打了退堂鼓。

「日本人是要派隘勇去守蜈蚣崙。」水賴不著痕跡地迴避了阿飼憂心的問話。他實在擔心，霧社番和日本人兩邊的冤仇結那麼深。這次伊若入選，那麼伊日後守在隘寮的日子，不論長短，恐驚仔攏嘸那麼好過。

「日本人不知死活，一時仔人頭就被砍光光，驚破膽。」四年前，治台日人計畫越過中部番地，開闢一條橫貫中央山脈的東、西向鐵道線，因此由陸軍步兵大尉深堀帶領十三人，組成了蕃地探險隊。他們自埔里社入山，欲穿過霧社番的狩獵地域，朝東部奇萊的山區踏查。此行人抵達土魯閣社以後，即全數遭遇「番害」。從此，日人對這個區域的番地治理，改採恩威並行政策。如今蜈蚣崙隘勇監督所欲擴編隘勇的員額，當然是針對了他們口中兇番的霧社番。

「相打歸相打，咁連一條生路，攏不要放給這些番行？騙肖仔，大家攏嘛在蜈蚣崙『換番』，這款代誌我是自細漢就聽過啊。」大肚城庄的阿飼後頭厝，有一個姓味的阿嬸，伊就有親戚住在蜈蚣崙。日本人還未入來統治進前，這家夥仔私底下就經常跑到崙仔腳那一帶，偷偷仔「換番」，伊們和霧社番之間，兩邊話語嘛稍稍仔會通。阿飼猶記憶鮮明，有一年，十一月十五番仔過年當日，伊鬥熱鬧，跟著阿嬸去到那個親戚厝內做人客。

「這阿拉粿才炊熟，趁燒，囝仔尚愛吃。」熱情款待的女主人，分好幾塊粿給阿飼。她還特地帶伊們，入去厝內的某一個房間。那兒的陰暗角落裡，琳琅滿目堆置了不少物件。那當時，阿飼還只是站在門口，就已聞到一股十分嗆鼻的味道。那濃郁襲來的異味，彷彿是由好幾種不相干的味道混合而成，既不全然是酸腐的腥臭，也很難用日頭曝曬過，正常、愉悅的嗅覺來感觸。唯一可確定，那並不是她在大肚城庄日常經驗過的味道。那像是某種特殊營生管道的店鋪內，因貨物的長年屯積，而滯留下來的餘味。往後，那股異樣的氣味就一直保存在她的身軀內。那是直到水賴進駐蜈蚣崙隘寮，剩下伊孤一個查某人，拖幾個囝仔在枇杷城過日子，當年那股異味仍會趁著暗眠，在月光侵入的空隙，從她躺臥的床板底下，鬼祟飄散開來。那股異味噪音般吵醒了深眠中的她。那異質的氣味擅長在靜默中滲入她的皮膚，取代了水賴將溫熱身軀整個覆蓋在她上面時，難以驅逐的體味。她心底反覆懷想：「水賴過去在十一份仔，咱只感覺他在附近守番。現在，伊平平是領官府的薪俸，同款替公家辦代誌，咱煞感覺，伊這回才眞正被徵召，走向激戰的最前線。」阿飼堵開始，每日攏提心吊膽，驚講水賴入去山內打番，隨時可能被番仔刣。「到時陣，家己翁婿被番砍去了頭顱，咱可能還莫知影半項，還憨憨在厝內，等伊平安轉來。」

「妳摸看嘜，咱透世人不曾看過這麼軟心的山羊皮。這一對是正港的水鹿仔角，不是啥季節攏有。妳左手邊那一大疊番布，是不是色水和織工攏眞讚？不是咱家己愛吹捧，這種物仔住在街仔的日本人尚愛。還有一大袋的粟，咱顧念青番部落的生計所需，可以收的，就盡量跟伊們換，嘜去爲難人家。」對方在有意無意間，跟阿嬸誇口，炫耀伊自家的屯積物件。那些全是「換番」所得中，大受市場歡迎的熱門貨品。不久，伊引阿嬸入去厝地後壁，更深、更隱祕的另一個小房間。阿飼覺得，那似乎是兼具有儲物功能的一處土人間。阿飼不知不覺受到這間密室周遭不法氛圍的蠱惑。她想像：這地方可不像是咱平常人在住的厝內房間。

這個屋子左右兩邊的竹窗，皆被橫桿緊緊壓住，彷彿鎖死了一般。當她們嘎然一聲，推門而入，在黯黑中失落了軀體，只剩下竄逃時颼颼聲響的幾隻小山鼠，或從牆邊土腳的縫隙間，熟稔地鑽了出去，或在這個密閉空間內，慌忙閃避著外來偵察者的敵意。牠們宛如某個地下世界決策的首腦。而當這群小鼠逐漸安靜下來，她才聽清楚了某個禁止入內的聲音，正在拉下竹窗的墨黑屋子裡迴盪。跟著推開的門扇，不經意潑灑進來的日光，激動了伊還在躊躇不前的兩蕊目睭。

「這兒有好幾包鹽的存貨，簡直是他們救命的仙丹；這些釦子對他們裡面老的、小的，攏嘛眞實用。妳再看正手邊，倒蓋起來，而且懸吊在牆面的那兩支大銅鼎，是他們好幾戶人家隨時攏會搶著要的，放多久嘛無問題，咱一點兒嘛不驚伊們會銷不出去。還有左手邊，妳咁相會眞？插在竹籠仔內的那好幾把鐵刀，每回他們若有機會取得，攏歡喜到親像獵到一頭漂亮的大山豬。」對方一心一意，善盡款待之責的嗓音，這時雖不若先前高亢，卻仍讓阿飼聽出了鋌而走險的決心。那亦像是漂泊者早豁了出去，最後的一擊。

「另外一頭的後壁，我親像看見了好幾支長槍。難道妳連火藥嘛有供應？」阿嬸主動的詢問，像是刺槍擊中了對方要害。阿飼爲她捏了把冷汗，心想：「咱阿嬸未免太過白目了吧。」阿飼注意到，當對方巨細靡遺，不厭其煩介紹這些違禁交易的「走私」物品，竟還能泰然自若地維持她滿臉笑意。依舊處在半隱祕狀態的這趟參觀行程，讓對方抓住了寶貴機會。她終於得以昭告天下：這一家夥人長年買賣熱絡地進行，完全不輸埔里街仔的漢商。他們墜入地下、密而不宣的交易，不論聲勢或實力，已足夠將正式商號在日用鋪貨的隆重排場，硬是比落去。

「現在可說是非常時期，啥攏不比從前的景況。妳不能太天眞。」

「住蜈蚣崙的四庄番，不少人的祖先，是被下來出草的霧社番斬頭。可是也有不少四庄番男人，娶了山頂的番女。兩邊再怎麼衝突，也不至於將對方當作永不往來的敵營。」阿飼了解，青番落來刣人，是將伊們埔里番視同背叛者。如今日本警察爲了屈服北番，進行「生計大封鎖」。連阿飼這款隘勇的牽手攏嘛有感覺，這分明是強壓到底，不將伊們青番仔的整個部族趕盡殺絕，即不肯罷手似的。日本人這樣的作法，只會讓剽悍的霧社番生出了更大反彈，而對內山的平靖，並無實質助益。

「咱用腳頭烏想嘛知，日本人早認定，從埔里四庄守備最前線的蜈蚣崙一入山，就是黑天暗地囉。霧社番公然殺戮了日本軍官？這等於是向日本帝國宣戰，怎可能不被他們視爲敵國？」對於日本政府來說，好砍人頭的霧社番極端兇猛，他們的傳統生活領域，已成爲十分危險的「黑暗番地」，至於同屬霧社番的十餘個村社，也一併列作了挑釁日方的敵國。水賴若是心意已決，欲涉入日本人與青番仔中間綿長擴大的戰線，就必須及早認清伊所陷入的險惡環境吧。

反觀阿飼，雖說她已能夠世故扮演屯丁之妻的角色，但當她面對，水賴重操舊業以後，又將整年和番相刣，何嘗沒有擺脫不去的心理陰影？

「咱整個埔里社，才選中了十七個人。」水賴希冀阿飼以他爲榮。

「官府每個月撥給咱隘勇的薪俸，是六圓。」他能做、會做的，也只有這一項了。他相信，厝內還有幾個囝仔要飼，阿飼萬萬沒有條件，拒絕日本政府固定薪俸，給伊們整家夥人的生活保障。

「多久歇睏一次？總不會無閒到連祖靈祭和走鏢，攏不肯放你轉來？」阿飼眞知影日本人的輕重。伊們開錢，飼水賴這種番丁，除了看中伊有夠勇，嘛相準準伊這個北投番個性土直，較好差遣。不過，伊們日本人嘜親像在飼牛，白白放伊在那兒逍遙。可以講，平時仔伊們就嘜給伊那麼好吃穿才對。

水賴不願再多作解釋了。按照日本人的規定，伊們這群隘勇是在完全嘸漏鉤，全勤的條件下，才有半年五天，亦即一整年十天的放假日。他早有預感，日後轉來探看妻小的機會不多了。

阿飼自言自語似的喟嘆著：「世界上，咁有啥查某人，願意看著家己翁婿，每日活在和番相刣的恐懼當中？咱受日本人統治，但畢竟不是生來就是伊們日本人。何況咱番自底就無國啊。現時咱要跟紅日頭的日本旗行禮，嘛不會憨到替伊們日本國在那兒拚生死。嘸可能，咱嘸這款的感情啦。」

番太祖（日治明治三十五年）

「水賴，我看你整早攏憨神憨神，一直看往那邊去，啊又嘸講半句話。你咁是有啥心事？講來聽看嘜，是不是有法度給伊解解開？」

「樹木仔，你是本庄的人，找一個歇睏的空檔，咱作夥去你們番太祖那兒拜拜耶。」水賴來到蜈蚣崙做隘勇，才第二個年頭。他已經感覺，日子實在不好過。

「自早你不是做過十幾年的屯丁？咱又不是未曾打過番。怎麼了，會驚喔？」樹木仔是四庄的正噶哈巫，他家厝地就在離蜈蚣崙隘勇監督所不遠，庄頭入口再彎進去一小段路的巷弄內。他自細漢就拜這尊番太祖。伊開始被日本人請，在庄耶守隘了後，伊的老母就拜太祖拜得更勤了。

「咱來到蜈蚣崙這麼久了，嘸去給番太祖行一個禮，求平安，恐驚仔對你們在地的神明，是大大不敬。老實講，不管會驚或莫驚，攏愛去給太祖請安，才是做人的道理。」

「阮 a-bu-a-bu-da-ba-han 救阮庄頭，救過無數次。祂不只生得跟咱同款，番仔面、番仔面，祂將那把彎彎的番刀，手上握得眞緊，隨時要化作千軍萬將，喝令來襲的青番仔，讓伊們一個一個知難而退。你那麼有心，太祖一定會保佑你，祂眞是有靈有驗。

「阮四庄的祖公仔族長潘希文，當年帶領噶哈巫，從葫蘆墩的大湳仔移入來內山的時，就將 a-bu-a-bu-da-ba-han 請入來啊。阮祖公、祖嬤在蜈蚣崙仔腳開庄，經歷過大大小小的番害，若不是這尊番太祖時時在保護，阮庄頭哪有法度維持到今仔日，大家安然無恙？」

「樹木仔，你還眞少年。不像我。我懷疑家己是不是開始老啊，才會那麼恐慌。似乎不管我怎麼強迫家己，亦是無法度振作。」水賴聽人講起番太祖，展講伊有多厲害，可不是頭一次。但現今伊聽來，煞足感心耶。這是伊前所未有的感受。

過去伊一直認爲，家己眞勇。光憑他剛毅果決，有幾分兇悍的五官表情，不難唬住伊身軀邊這幾個少年的隘勇。水賴除了在陣前，安定他們的心神，也足讓他們信任，他提供了可靠的青番情報，而樂意隨從他的腳步，於危急時刻快速地因應。然而過去一年多，他總意識到，自身正陷於情緒潰決的邊緣。

好幾個暗眠，他雖然沒有聽見青番仔來襲的警戒聲響，卻號哭著從睡夢中驚醒。他還記得，當時家己是如何悽愴地喊叫。伊像是安穩躺臥在阿母胸懷裡的幼囡，此刻遍尋不著吸吮的乳頭，就撕破了咽喉地哭泣。當時伊身處的這座隘寮，也還在安靜沉睡，他只好壓下了尋求外援的衝動。唯獨在伊四周，還擴大瀰漫的暗影中，有一片老楓香樹林，吹來有淨化力量，又有不同濃淡層次的香氣。就在滿載星光的夜空底下，那陣楓香適時安撫了伊的悲涼。

那是去年春天。他因著隘勇新職的取得，重新贏回北投番男子的尊嚴。他還來不及摸索這份新職的體質，就經歷了他在蜈蚣崙的第一場打番戰役。當時，埔里社支廳的官員派令地方上駐守的隘勇，與理番警察們共同組成前進隊，推進到東北角的觀音山一帶，和桀驁不馴的霧社番人相遇交戰。

「長官們眞看重咱的戰力。伊們讓咱這群隘勇，跟日本警察作夥行頭前，算是打番的先鋒部隊。咱要好好表現，不能漏氣。」以埔里番爲主力的新進隘勇們，個個躍躍欲試，而顯得亢奮，滿懷著稱勝歸返的雄心。

「我們算是辜負了先鋒戰士應有的美名。」日人測試他們戰力的結果，這支前進隊被迫退回了蜈蚣崙守衛的原點。到了今年四月間，埔里社支廳轉以日軍守備隊做前鋒。以熟番爲主力的隘勇和日警，則退至攻擊火力的第二線。水賴從親身參與者的了悟，評斷這次出征的終結：交戰雙方，無一稱得上是眞正勝利者。

他們在自古聞名攻防要塞的「人止關」，展開了激烈戰鬥，而催化出它作爲殊死戰的本質：殺戮，尤其是仇恨意識高漲下的殺戮，是征戰的最高指導原則。這樣的戰爭既有火藥長槍等新進精良武器的助長，又有短兵相接時，兩造刀刃相刺的殘酷肉搏。兩者皆讓戰士們陷入冷血殺戮的暴力漩渦。這是透過國家統治之名，爲殺戮行爲爭得不可撼動的正當性。

水賴從小追求武勇的個人意志，竟在這樣勝負難分的殺戮中，徹底動搖。它如同一夕間發生的山崩。一方面，他意識到日本人嚴格的派令，遠遠超過伊們守護族親社庄時，被動防番的心態。埔里社支廳的理番任務，顯然晉升到了日本帝國對反抗統治者的鎮壓。水賴這樣的熟番隘勇，是受到日人絕對的統治欲念，從伊們背後殷殷的驅使。只要這群霧社番一日不屈服，日本官府的威嚇絕不休止。「那不就是咱平埔番的祖先，早年發動過的番仔反？擔任隘勇的咱這一群埔里番，不就成了日本人以番制番，巧計利用的打手？」

退居二線的熟番隘勇，藉機被冷落，而在過激交戰時，取得冷眼旁觀的第三者位置。「咱番親入來埔里，是爲著賺吃。咱在內山這片平坦土地上，做食開田園，但求飼飽一家夥人，可以安安啊過日子。連樹木仔伊們蜈蚣崙的四庄番，整庄的壯丁總動員，整年在防番，亦必須輪流爬上望高寮，認眞守城，嘛不曾大規模宣戰，打番打到人止關這邊頭。北番落來出草，咱更不至於橫了心，要去抄對方的庄、滅對方的族。」

水賴想，平平守番，伊在十一份仔山邊的兵仔營，給清國官府飼十外年，感覺管台灣管得尙透的劉銘傳，嘛不是眞正卯足了吃奶的氣力，要給青番仔管死死。「劉銘傳是要開山，替慢慢敗了家夥的清廷政府，多開些山園、多採些樟腦。清國官府是多收些稅金較實際，而不是正港要把山頂的那些番仔當作統治的對象。否則整個中國一大塊，比起來，咱台灣島連一小嘴的零星肉仔亦談不上，伊們幹嘛大費周章，硬要修理山內眞少數的青番咧？」咱講入骨一點，水賴賺官府的薪餉，是從清國賺到日本國。但可笑的是，至今他還甘願頭殼放空空，嘛一點兒攏裝不入去，「國家」這種太過生疏的物仔。他們這群隘勇，一穿上日人挺直的制服，看起來眞蝦攏，有當時仔跟日警的巡查埔，嘛嘸啥分得清楚，但是伊心內，根本嘸啥日本國耶存在。他從來不覺得家己是日本人。「咱還不是跟以前同款？咱北投番本來就不是漢人，清朝皇帝生作啥款，咱嘛一問三不知。咱只知影，伊們年年跟咱族親討田租、討勞役，極盡所能搜括民番的資源。伊們光懂得拖磨咱，對否?」

人止關這場戰役，終於打垮了水賴自欺欺人的心態。先鋒的日軍守備隊員，彼此對講著他完全聽不懂的日本話。「伊們攏比我少年好幾歲。」水賴旁觀，伊們身形短，是天生小粒籽。伊們又是發育未晉成熟的大欉木瓜，完全不能引起貪婪者摘取的欲望。水賴控制不了伊對異族日本軍的貶抑：「難道伊們沒有曬過南方的日頭?伊們的面色。」

出征前的整備階段，水賴還不太好意思，直直盯住他們細看。然而當他們對著紅日頭旗，行正式的軍禮，是多麼整齊畫一。他們併腿立正，靴子可響亮拍擊著土腳，至於他們文風不動的腰骨，則挺直如同習慣了眾人屈從的傲慢國旗杆。他們舉手投足的慎重，空間中瞬間畫成的集體美感，已足夠說服水賴了。

「Tanah Tunuh, Tanah Tunuh。」霧社番眾誓死守住人止關。他們在前仆後繼的攻堅、圍堵中，吶喊著同樣發音。聞名古戰場的人止關，正以陡直如刀鋒的山壁，充作屏障族人的天險，阻嚇來勢洶洶的入侵者。正規日軍的守備隊員，才有資格頭戴那款紅帽。伊們一顆顆紅色的頭，在火槍發射的叢林中快速移動。他們代表了日本國旗上唯一的紅日頭。也只有精銳部隊的他們，願意爲日本國光榮戰死吧。「Tanah Tunuh, Tanah Tunuh, Tanah Tunuh。」戰事中，水賴被編排在無關痛癢的後衛。他感覺，那一波波戰歌似吟唱，應該是霧社番的祖靈們，借用戰士無懼的嘴唇，發出了如箭射出的喊聲：那是強勢宣告，祂們有多麼飢渴，需要更多更多紅色頭顱的砍下，滾落溪谷，宛若日本紅日頭在南方殖民地上的第一次殞落。那是伊們祖靈的渴望，紅日頭沉落了。人止關正在流血的黃昏，紅日頭沉落了。

隘寮內，日本理番警察再多有力的訓誡，都無法將「番地是個黑暗世界」的想像，根植在水賴的頭殼內。「伊們北番強調 gaga，跟咱看重祖靈的熟番庄頭，嘛攏同款。大家若嘸滅族，就有祖先跟咱作夥。」他從一年一度的祖靈祭，繼承了對祖靈堅固的信仰。「講伊們番地是黑暗的所在?嘸可能啦。」水賴堅持，有祖靈守護的地方，就不會黑天暗地，不會是個沒有希望的所在。

戰事的發展愈恐怖，水賴的心思愈脫離了處在高度戰鬥狀態的身軀。

「阿飼腹肚內面那個囝仔，咁順利生出來啊？是查埔仔，抑是查某耶？她頭前生那幾胎，我攏嘸在厝內，實在眞委屈伊。」屈居殺番後衛的水賴，還有多餘心力遐想著：「等我後一遍歇睏轉去，應該領俸啊。我要記得，先去埔里街仔買一寡仔坐月內需要的物件。假使阿飼又生一個查埔仔，就盡量讓伊學文耶，才好。」

幾年前，伊們第二胎的晉成出世，他還駐守在十一份仔山邊的兵仔營。有族親急急跑來跟他報喜信。當時，他紅赧著粗獷慣了的惡面腔，轉身就跟屯丁同僚誇口：「我的囝仔大漢，尚好嘛可以打番。」旁邊的少年輩也跟著他笑開懷了。

又有一陣高亢喊聲，塞爆他兩邊的耳朵。它們統統化作召喚祖靈的吟唱：「Tanah Tunuh, Tanah Tunuh, Tanah Tunuh。」其餘全都消失了。不管是紋面者被進步火槍殺戮後染紅的身軀，或是番刀砍下，紅色跌落的頭，全部都變得非常不具體。只有人止關那片冷酷的山壁，不會因著祖靈的棄絕而消失。

人止關見證過無數次征戰，也一貫地毫無回音。水賴背負的遺憾，不輸這一座剛直山壁。水賴感到未曾有過的孤單。水賴所屬陣營，是用日本話，進行提振軍心的喊話；和水賴敵對的另一邊，還是他聽不懂的番仔話。他終於坦承：「我不屬於任何一邊。我眞不知爲何而戰？我喪失了打番意志。」日本守備隊和日警們，可以爲著效忠天皇而戰死。他們相信，靖國神社不會忘卻伊們身後牌位的安置。至於水賴被迫敵對的霧社番，更可爲祖靈犧牲。他們所寄望，不外是在所有祖靈看顧下，平安跨過那一座彩虹的祖靈橋。他們最終仍將抵達祖先永恆的福地。

未來等待水賴的，只有悲哀吧。正是不知爲何而戰的悲哀，支撐了他在烽煙中的苟活。

水賴自細漢就愛爬高爬低，一有閒，就去吊在密葉遮蔽的樹仔頂，無聲無息藏匿了起來。到時陣，連那尚雞婆性、尚愛管囝仔大小的庄頭長者，嘛會遍尋不著。

望高寮靠伊長弄弄的腳骨，讓輪流爬上去守寮的每一名隘勇，可以在很短時間內，練就出猴山仔一般靈活的身手。水賴必須跟同儕們換班守隘，一如寺院修行者，容忍著望高寮上冗長度過的時間，重複那兒枯燥、無止境的日常。若非這番情境，讓他產生藏身樹仔頂的雷同感覺，帶他重返無所牽絆的兒時歲月，他可能老早失去一名勇壯男子的起碼鬥志。那樣的日常，意味了番情觀測上，看來平和無事的中途。但是對老練的水賴來講，這般浮面的平靖，反而預告著另一更大威脅無常地到來。

那一頭，就在刺竹圍仔的後壁，不是有一條極爲刁鑽的青番仔路？那兒超過了一個人身高的芒草欉，難道早淹沒了頻繁通達的原有路徑？這不也是一種幸福嗎？當這暗示著，四庄番守庄大敵的北番，不再具有傳統出草的氣力，一如當地最有搏擊勇氣的獵人，不再遭逢這一帶慣常出沒的最偉壯黑熊。任憑是誰，如果失去了勢均力敵的對象，以後日子哪可能值得期待呢？或者可以這樣講：霧社番和分布各社的其餘北番族親，一旦被日本統治者列爲島內報復的首要戰犯，角色有如日人看門犬的熟番壯丁，就再也無法恢復往昔對等的戰鬥位階。那像是霧社番的不馴，他們飽受指責的黯黑勢力，反提升了他們在日人心目中的評比。「他們既然被日人歸入了敵國，豈不間接占據了島中之國的優位？」水賴不情願地瞥見，這正是他們馴化，納入日人武備的隱藏代價吧。

「國家是啥？臭到親像一堆屎！」水賴對於刺面番的敵視並未稍減。可是他若從伊們北投番的傳統祖訓來評判，則不得不暗自佩服：霧社番爲了據守祖先的獵場，不停下山番仔反。伊們膽敢站出來，迎戰日本國，算是眞英雄。長年守番的水賴最能夠理解，那是日人強加的黯黑印記，才讓番地得以凝聚，伊們排斥日本帝國的更大元氣吶。

水賴一直覺得歲末冷冽的十二月天，性格很陰險。

透早天才光，罕見盛裝的日警巡查，就已踏著油亮的皮靴，萬分歹面腔地四處喝令。他若對哪一個下腳手稍嫌不滿意，即用自己才能聽得懂的日本話，大吼斥責。他愈是挑剔，愈覺得樣樣不如他意。他藉此取得了非常的勝利。

「唉，奇怪囉，今仔日咁是日本天皇的生日？」

「你別憨。咱用肚臍孔想嘛知，一定又是霧社番出來歸順啊啦。」

「那才眞正奇咧。不是今年的年頭才歸順過？」

「前次的歸順若根本是在做戲，那麼咱在戲棚腳，是不是看得太入神了？還在當眞？實在好笑。我看伊們是逼不得已，才配合日本人演出。伊們事實是演了眞𣍐甘願。」

「按照漢人講法，這是識時務者爲俊傑。好幾年，伊們被封得死死，快要斬斷大大小小生計了。日本警察管得這麼嚴。連咱這邊的四庄番，平常時仔是尙好膽囉，亦𣍐一個，敢再偷偷仔『換番』。聽伊們嫁過來咱這邊的番女講，伊們是連旱作開園仔，使用農具的鐵刀，嘛攏眞欠缺。伊們是連鹽，嘛受到限制。這叫伊們是要怎麼活下去？伊們再不願屈服，嘛快要撐不下去了。」

「對啊，伊們霧社番前一遍是在表面上『歸順』，假跟日本人投降，騙講願意受日本國保護。一旦日本人要求伊們，在實際條件上屈服，伊們可又躊躇不前，而更惹火了日本人。伊們再下來的際遇，就更慘了。」

「這次就𣍐同款啊。照日本人新的規定，伊們私藏的槍械，全部攏要交交出來。」

「咱跟北番嘛𣍐好。但是這種騙番的奧步，咱眞看不起。日本人看起來四正、四正，手段煞有夠惡毒。家己殺番殺不過，乾脆來個借刀殺人。」

「怎麼了？」水賴在旁邊恬恬聽。這群守隘的同僚你一句、我一句，講得眞熱鬧。但是他們到了關鍵處，又突然默不作聲，彷彿擔心這群隘勇，有誰是日本警察的抓耙仔，若偷跑去跟上級報告，以後大家穩嘸好日子過。

此時唯有水賴，一副天不怕、地不怕的老大哥神情。

「水賴，人家就歹勢再講落去啊。你煞硬要問，咁莫太白目？」樹木平常時仔就跟伊嘸大嘸小。

「聽日本隊長跟阮們講，南、北番的冤仇，本來就牽連到好幾代。伊們會相刣，嘸人會感覺意外。」有人忍不住掀開這個半被掩蓋的話題。

「這個事件才發生兩個月，霧社番就出來繳械投降，支廳的日本大官虎，半眠仔在睏嘛歡喜到偷笑。」

「這次，干卓萬社番是專門要來報仇？刣霧社番，刣了有夠累。百外名壯丁快要被他們滅完了。剩下活口，轉去的，聽講嘛嘸幾個。」

「這件代誌不尋常啊。霧社番平常時仔那麼歹，哪有可能被伊們刣到這麼悽慘落魄？」

「這件代誌的源頭，是日本人懲罰霧社番，將伊們從外口來的物資攏擋住耶。那親像一條溪仔水，從水頭的所在給伊切切斷。伊們宛如溪底的魚蝦，水差不多要乾涸了，怎不會在那兒急得亂跳？伊們情急底下完全喪失了戒心，才會讓干卓萬有機可乘。」

「伊們被干卓萬騙去。」

「原來是用騙耶？莫怪喔。」

「霧社番死那麼多壯丁，眞冤枉。」

「確實。」

「伊們藉口要跟霧社番交換物資，誘騙伊們去南北番交界的所在。伊們還用番仔酒，將伊們灌到醉茫茫，再趁半眠仔大刣人。」

「這些故事還停留在表面那一層。伊們的幕後指使者，聽講是日本人。」即將透露內情的這名隘勇，遲疑地稍作停頓。這反倒吸引大家，趕緊拉長了耳朵。

「咱若無啥證據，不能隨便誣賴他們。」

「這根本是日本警部故意放出來的風聲。他們一來是想藉機洩恨，將霧社番一次就壓落底；二來，也是要警訊其餘兇番：現在連尚大尾耶，攏出來歸順，絕對服從啊。伊們還不肯就範，乖乖仔聽日本人的號令？」

蜈蚣崙隘勇監督所東邊，日本人講法，大約是三十町的距離，正是霧社番今仔日出來，公開宣示歸順的地點。號令埔里社支廳、警部及日軍守備隊等理番機構的日本人大官虎，一個個穿著筆挺官服。他們胸前、膀臂和帽沿，也分別掛有閃亮的徽記和勳章，是職權位階和過去輝煌功績的競爭與展示。水賴等隘勇們站在後頭、偏右側旁邊的位置。還好，伊自細漢在山頂打獵，早訓練出一對好眼力。今仔日伊就有法度，從較遠的距離，狩獵般窺探這樣盛大歸順式上的排場，以及在官方「歸順」名義下，兩造暗藏的諸多玄機。

「平平站作夥，在咱來看，日本軍警這邊的大官虎，比較有勢，舉止神態也較威風。呸，日本天皇手要伸入來咱內山，肖想要管這些番，當然要靠日本軍和警部的槍砲行頭前，不是會扛筆的這群文官，就能辦得到。」場上，日本大官虎專門配坐的幾隻馬匹，用繩索繫在臨時紮營的會場邊。水賴一直注視著牠們，羨慕牠們光滑有致的背部和俊秀的軀體線條。伊想像有朝一日，可以像這一群高級官警，駕馬奔馳在埔里社域內。那是多麼風光的場面啊。

水賴一下子抓摸不著自己的心思。他完全不敢望向出來歸順的霧社番。我們更準確形容，他應該是不願意將伊們屈辱形影，接納到伊愈老邁將愈清晰的性命記憶中。他一路逃避伊們的一舉一動，更不消說，伊們原本剽悍利落的眼神，落難到今仔日卑躬屈膝場合，是否早失落了昔日光彩？陷入沉思的水賴自問：「爲何伊們今仔日的屈辱，讓我感同身受，好像我自身，就是台下屈膝跪地的一名歸順番？」

「Tanah Tunuh, Tanah Tunuh, Tanah Tunuh!」宣告日人統治勝利的歸順式，即將開始。水賴目睭前，盡是炫耀日本軍警武力的陣仗。他耳朵內同步傳來，人止關戰役那一日，霧社番眾奮力砍殺，具奏樂效果的一陣陣叫囂。

那一場戰役不是早就結束了嗎？今仔日走出來的歸順番，不再尋求人止關天險的庇護。一度是他們廝殺對象的 Tanah Tunuh，今日站在更近距離內，和他們面對面。水賴站立在軍警隊伍的組織最末梢。這樣安排正合他意。他寧可跟刻意營造出來的和平場景，保持距離。

這一大片排列有序的「紅色的頭」，在他看來，是更高高在上，更顯得浮誇。水賴若非親睹過，陣前他們驚見番刀砍了過來，那一瞬間立現的萎縮，就不會在今仔日的風光場面，冷眼看待伊們濫用的耀武。他更爲難堪，親睹了霧社番們低聲下氣的求和。自從人止關那一次交戰，他就在眠夢中，不時舊地重遊。那兒和現實最大的差別：他早潛伏在陡直峭壁另一端的高處，往入口地點，人形渺小的低處俯瞰、偵察著。那是守護番地的戰士們，一貫捍衛祖靈之地的形影。夢中他還清楚意識，自身納悶地追問：「我怎麼會躲在這兒？日本人仇視的島中『敵國』。讓我替霧社番兄弟們槍口瞄準，一粒一粒縮得很小、很小，紅色的頭在哪裡呢？」

當他懷想起戰場上遭逢敵手的那群霧社番，就會有人止關險峻的形影，背後交疊在一塊兒。不是人止關縮短了地理上的尺寸，而是他們番壯丁們膨脹到了那樣開天闢地的巨型。在那一場戰役發生以後的日子裡，人止關就等同於他心目中險不可攀的北番戰士了。

番仔年過去，有一陣子了。他一度期盼，假如霧社番又一次選在番仔過年來襲，守護四庄番的 a-bu-a-bu-da-ba-han，蜈蚣崙庄的番仔太祖，可再度顯靈，化身百尊、千尊，共同擊潰他們。四庄番的太祖和霧社番勇士們的對峙、打鬥，比較是一個獵人和狩獵對象的一頭山豬之間，展現英勇氣概的公平比武，而不涉及外來統治者滅族的野心，也不屬於龐大帝國不對等欺壓的一環。水賴還立正在征服者陣營的最後那一排。伊的目睭明澈如水沙連湖面。他能夠遠遠洞察歸順儀式的細節。即使他不自覺避開了歸順舞台上的霧社番頭人，他猶可較量出，日人支廳及軍警長官們驅策過的馬兒座騎，是比他們漂亮多了。官方特別架設的儀式高台上，佩帶位階及歷年受賞勳章的長官們，排比端坐高椅，歸順番人除了帶領投降的族長，其餘皆靜默地跪地伏首。水賴面對這一歷史性場景，竟顯得失魂落魄：「他們社中最爲悍然無懼的那名戰士，肯定不在場了。」

地雷（日治明治三十七年、三十八年）

「這回咱埋過這種物件，會害咱日後無論行去哪兒，攏無啥敢踏入去土腳。」水賴煩惱，他這樣做，受傷的不是別人，是他對土腳面頂，所有自然長成的信任。

「埔里番的祖公、祖嬤咁會指責，講咱聽日本人的命令，成了流無辜人血的兇手？」

「兇手？」水賴的同僚樹木仔，很訝異他會這麼自責。

「對啊，誰一行過，不小心去踏著，不一定是不服日本人的那些歹番。」

「背囡仔出門，來山邊採收粟作的番婆，嘛有可能踏著。」樹木仔有個親戚娶了番女，想像她們同社人進進出出的生活細節，並非難事。

「還有老番，跟咱的老夥仔個性嘛差不多。他們哪裡閒得下去？伊若行出來，到山頂，看看幾天前才放的陷阱，可能只稍微改變了慣常行走的途徑，多繞一小段山路，反陷入咱埋下的更恐怖牽套。他連一般動物掙扎，尋求脫困的機會都沒有。他會在轟隆爆炸聲中，一眨眼，變成了祖靈。」

水賴暗想，遇著這樣際遇的老番，至少不必擔心，頭顱被輕易取下，充當獻祭的戰利品。水賴彷彿親睹：「當場，他的頭顱粉碎，分散的軀體吊掛在陰森的樹叢中，這兒一塊，那兒一隻，很快招引飢餓覓食的林中走獸。他只好趕緊飛走，尋覓另一個世界的 gaga 祖靈了。」

「要再等一時仔，現在茫霧罩太厚咧。」樹木仔轉述上級傳遞的命令。他們預定進行的工事，被迫暫緩。

一路上，他們嚴重警戒。搜索隊員爲避免遭遇番人，在這隱祕行動的關卡，引起不必要的衝突，更刻意繞行遠路，一行人如蛇腹在山徑中磨蹭著前進。他們根據隊友提供的情報，這一處高地是附近幾座番社中，唯一方便出入的交通孔道。水賴奉命暫停。他機警地四面窺視，目測約在幾步以外的近距，濃霧已吞噬了所有景物。他跟著陷入，比這場濃霧還厚重的遐思：「會不會是霧社番的祖靈轉來啊，故意化一個景，才出現這麼厚重的茫霧，來阻擋日本人即將執行的險惡計畫？這場漫天蓋地的大霧，有能力讓我一口氣瞎掉兩蕊目瞷。我不是依稀聽見了那一聲聲悲切的呼喚？伊們合唱起來，不輸威嚴軍長的一聲令下。伊們足可動員他麾下的眾多兵丁，快速集結。這一靈界英雄會的壯觀場面，可不等同於現今實景？」水賴有了令伊家己滿意的答案：「這目瞷前瀰漫的乳白色茫霧，一定是他們祖靈飄浮的身軀，合作搭建而成。它們提前降臨在地面上，形成完美無瑕的大片天幕。」

他親手掘開地洞，旁邊則是臨時堆起的一座土丘。那上頭新翻出的土壤，摸起來非常柔軟，更有著健康的棕黑色澤。水賴右手隨意抓起一小把泥土，不自覺地往嘴裡送。他細細咀嚼，宛如炊熟米粒的入口。貌似祥和的這片土地，已不再純淨。它宛如腹肚皮剖開，掏空了內臟的墓穴；那兒預定下葬，則是早已發臭的一具腐屍。他苦笑：「咱親像一隊挖墳的長工。咱再認眞打拚，嘛是冷血無情，等待更多死屍的運來。」

「我確實按照頂面所交代，將地雷一顆一顆埋進了土內。」他像是在進行著懺悔的告白。

「土地本來就是需要種作，才會拿來使用。」

大霧漸漸退去。

「今仔日我來挖土的感覺，和我細漢時，跟在阮阿爸後壁，在田園仔內種作，是有幾分相像。」

「咱愈挖，應該會愈深，種植進入非戰士北番們受害的身軀。」

「這塊土腳隨時會爆炸開來。附近番社的人聽著，恐驚仔以為那是山神在發怒。」

「對啊，阮自細漢，查某祖就教，講內山的任何一片土地，攏有靈守住耶，才會那麼旺，隨便攏在發草，養飼咱一大堆的埔里番。」

「現時咱要在人家霧社番頻繁出入的大門口，埋設爆炸的惡靈，不是要驅走那兒守望的祖靈？」

「但願這樣莫大罪愆，最終不要歸咎在咱的身上。」

「番地這邊出出入入，嘛有十色人，誰較衰運，去踏到埋伏的惡靈，咱嘛攏莫知。」

「咱不需要想想那麼多。反正咱若是獵人，到了山上，自然會放陷阱，有啥野獸會憨憨掉入去，不幸喪命了，咱嘛不可能百分之百預知。」

「獵人設置的陷阱，向來是被祖靈祝福的。但是今仔日，咱埋設的這種物件，咁過得了咱祖先給咱的良心這一關？」

「有一個日本警部的人曾講過，誰踏入了軍警地雷的領域，誰就準備要自殺囉。不是咱動刀，殺滅了這樣的無辜者，而是他們主動闖越了日本國可以容忍的界線。我還記得，當他說：『誰都別想越過這雷池一步』，那表情竟是比一路往前暴衝的山豬，還要陰狠個千百倍。」水賴覺得，他是個容易失去記憶的人，因此下次再來，就他最有可能誤踩了今仔日伊親手埋設的陷阱。

隔年，也就是日治明治三十八年，水賴這一群機動編組的隘勇，又承接了未曾有過的新鮮差事。那是在防番隘勇線的最外圍，讓青番盤據的黑暗番地，和接受日化的埔里社之間，產生一道更爲內外分明的圍堵防線。

「咱這次，總算不用偷來暗去。咱不會親像山貓鼠同款，得趁人不注意，才鬼鬼祟祟，溜進了穀倉。」人算不如天算，水賴還來不及鬆一口氣，就又掙扎在祖靈對土地的保守，以及召請更多惡靈的兩難中間。最終惡靈還是占了上風：惡靈迅即在日常生活中，謀取了非戰士番人的性命。

水賴困惑了：「咱目前守隘的蜈蚣崙庄，和山內面的霧社番地之間，咁眞耶，有一條明確劃定的分界線？」

「蜜蜂、蝴蝶和鳥仔怎麼四界自由飛，咱駐守的庄頭隘寮和山內面的番地，就找不到啥天然的分界線。若有，我頭給你。那根本是騙人耶啦。」這兒土生土長的樹木仔，自認是這方面的權威。

「聽講日本人最近會派軍中專員，帶咱在沿線的地界，架設起一排鐵線網仔，是有影，抑無影？」

「那就跟咱四庄番在蜈蚣崙庄的外環，密密種植防番的竹圍叢，意思攏同款嘛。」

「你嘜憨啊。日本人才有夠狠。那款鐵線網通電，誰身軀一碰觸到，就整個人相打電，恐驚仔還會給人電到臭火乾。反正一眨目就死翹翹，完全無藥醫。竹圍仔？眞是小巫見大巫。」

「那是連一隻貓或狗，不知情想要跳過去，抑是蛇要從空隙鑽過去，嘛同款會慘死？」

「來一隻、死一隻，是番是狗，平平同款一條命。那鐵線網仔啊嘸生目睭，怎麼分？」

「這種物仔日本人又不曾試過，他們千萬不要太自信才好。」

這些原只是隘勇們茶餘飯後的揣想，不料它們眞實發生的速度，遠超過預估。

「我愈來愈感覺，家己的手確實沾染了不少的血。」水賴有時自我詛咒，被他動手做成的那一排鐵線網困住的，不是山上霧社番，而是他們這群背叛了祖靈的「日本走狗」。他心內有這樣晦澀的念頭，是連在隘寮仔內，每日共生死的同僚面頭前，嘛不敢稍微透露。那一整排鐵線網仔，宛若地上攀爬的一條臭青母，在日本人單方制定的邊線上，冷血，而且目中無人地，惡毒伸展牠危險的身子。他想：咱埔里番的祖靈每一年攏要轉來，一個個眞能通過危險電流的排斥與考驗？會不會不小心就誤觸了死亡的網羅？或者，這層嚇阻已化作土地持續撕裂的傷口，祖靈們感到那一條界線內，滿是屠殺與占領的不潔，而不再走向原本熟悉的那條返家之路？

水賴更不敢吐露，自個兒有莫名衝動，要家己，乾脆衝向那一層恫嚇青番仔的鐵線網。只有電流擊中他，奔竄在他全身軀的那一瞬間，才能免除他精神上一直加重的負荷。從來沒有一個純眞無瑕的邊境。

「咱架設的鐵線網擊斃的，往往不是首要戰犯的兇番，而是家己早就不想活了的懦弱自殺者。這是自殺世界形成的邊界啊。」多年以後，這樣消極的評語還繼續流傳在這群隘勇的後代中間。

同一年，日人也在埔里社的山麓，展開了隘勇線前進的行動。新設的隘勇線由水賴服務的蜈蚣崙，直線貫穿鯉魚窟仔，再接上枇杷城那一頭的過坑線。水賴若能沿著這條拉直的密集隘勇線，他回家的路途就更短近了。即使日本人逐步收編了霧社番的各個村社，以漸苛的和解條件，反覆和他們進行著所謂的「歸順」式，卻形成他們和殖民者之間更難調解的冤仇。那結果是讓所有涉入者，皆苦尋不到回家的路了。

一代隘勇的輓歌

吸鴉片（日治明治三十九年）

日治明治三十九年四月，在蜈蚣崙隘寮守備的熟番隘勇們接到上級指令，將聯合附近各個隘所兵力，從事埋石山方面的隘勇線前進行動。

「埋石山在哪兒？」有同僚問。

「那座山所在的位置，正好和霧社番的部落對望。日本軍若能率先取得埋石山，那麼，下一步攻占霧社一帶，就非難事了。」水賴終能理解，日本人這回再次發動前進隘勇線，背後有著怎樣的戰略思考。

早在這一年二月九日那一日，埔里社支廳長研判，日方徹底馴服霧社兇番的時機成熟。他決定親身出馬，進到霧社地區，深入視察當地番情。據悉，他此行最大的收穫，是體認到地方番人對於恢復生計物資交易的渴求。換言之，這個地區的生番，早被官廳的生計大封鎖給掐住了咽喉。如今局面，距離他們束手就範，僅剩下最後一步路了。「大家攏在喊，日本人壓制霧社番，壓那麼多年，伊們最終要被制伏，讓日本人捕獲收網的勝利時間到了。」

「水賴，咱這一次再行入去深山打番，絕不是一天、兩天的事。你現今的體力，咁堪得起？」樹木仔頗憂心他的健康狀況，才私底下關心。

「阮啊不是頭一日吃日本人的頭路。他們要命令咱做啥，咱就必須要聽命行事。嘸咱咁有別種的選擇？」水賴阿沙力的應話，算是間接迴避了樹木仔對他目前健康的掛念。

水賴確實有難言之隱。「咱厝內，大漢子是成年了，但是還有兩個細漢的查埔囝仔。伊們年紀還小，還得靠咱在外面賺吃，來飼伊們母仔子。雖然在幾年前，阮就苦勸阿飼，將唯一的查某囡仔送出去，給姓李的人家飼。當時她爲這件代誌，跟我冤家眞久。等阮們把囡仔送出去了後，伊還因爲艱苦心，病倒了一段時日。」

他不是沒有考慮過退職一事。「現時叫我退落來，轉去做別項，我嘛驚會做嘸路來。」自伊少年成家了後，出來做屯丁、隘勇，靠打番，才飼活了這一家夥人。過去，伊經歷過清國的統治，現在則聽命於日本官廳，算起來，嘛守番守差不多二十年啊。

「你鴉片煙千萬要改。吃太重，會眞傷。」樹木仔尚知影伊的輕重。

「整年從頭到尾，咱攏被官府綁在隘寮內。即使咱近近就有厝有某有子，嘛攏有家歸不得。生活中，我只有這項趣味囉。咱若連這樣輕鬆一下，來未記得煩惱攏不行，咱在這個世間活著，還有啥意思咧？」

同一座隘寮仔內，吃鴉片煙的，不是只有他一個。

伊自早在史櫓塔的兵仔營內，就染上這樣的習性。大家閒閒，無青番仔出來的警戒時；或是心情煩悶的當下，就會和幾個老資格的屯丁，輪流臥躺在竹榻上，吞雲吐霧一番。他們習慣將日頭明亮的光線，給整個遮掉，寮仔內昏暗陰森的孤立角落，才是伊們放縱形體，讓心神亢奮飛翔的絕佳庇護環境。那樣的情景絕不喧鬧，而有超脫現實之外，某種神祕儀式正在冗長進行的愉悅感。

「吃鴉片煙，身軀較輕，想要堵到北投番的祖靈，較緊啦。」這算是一個好藉口嗎？水賴從來沒有行動印證。不過就在他期待，開心開得好大、好大，得以擁抱祖靈以先，伊原本疾風一般快速的腦力，以及覆蓋著繁茂綠林，一座大山似的身軀，就給逐步侵蝕了。當他年少時壯碩的體格，不得不在煙毒刺激的亢奮，以及心神委靡不振的兩種極端狀態底下，長期、戲劇化地震盪交替著，他那異常堅固的軀體，也開始裸露出早衰的病徵，以及體力快速倒退的過勞症候了。

果不其然，這一回勝利在望的出征任務，反成了他二十年打番記憶的終結。

就在同一個月份的十一日，日本理蕃總督佐久間左馬太繼任前一任總督兒玉源太郎，成為第五任台灣總督，自此展開他共計十餘年的理蕃行動。巧合在他就職後不到十天，即當年的四月十八日，在隘勇線前進行動中又病又傷的田水賴，終於被予以免職，歸建回到了枇杷城庄的民宅。

水頭庄（日治明治四十一年）

水賴被官廳免職以後，總是輪流在伊和阿飼所生的三個查埔囝仔面頭前，驕傲地誇口：「阮最後、最遠還打到了埋石仔山，成功占領了霧社一帶最歹的番社。那當時我若沒退職，準會跟著日本警察，派調到守城大山那邊頭的隘寮。嘸彩，我才退落來沒多久，霧社到眉原的整條隘勇線，總算讓我們的同僚一舉攻進了。阮這隊，一開始就是正統官派的，全是熟番壯丁內面，一時之選，攏眞漂撇的人才。阮不是只有體格好就夠了，阮嘛需要有才智。若嘸阮們在蜈蚣崙替日本人打天下，伊們哪敢一步登天，要來制伏山內那群尚歹的北番？」

當他述說著光榮過往，伊的身軀則彷彿是經歷了一整季蟲害的稻作。那兒有惡蟲啃咬過的殘跡，最終呈現在伊面容的五官上：一雙目睭仁顯得混濁，像是剛剛才落過一陣暴雨的溪水面；他原來飽滿的眼眶則是向內凹陷，宛如亂刀砍殺後的紛擾林徑。至於他的兩頰也是明顯扭曲過的。從那兒，你可以窺見土塊崩落後的兩面山壁，該部位特有的黯沉色澤，則多屬於嚴重破病的人。在阿飼看來，只有水賴還不肯安分，開閉中激烈顫動的傲慢嘴形，才是在過去歲月中，未曾改變過的。「他的那一雙嘴唇，還是這樣堅持。伊一點兒攏不願承認，伊這一個古早味的番丁，已從戰地前線狼狽地退下陣來。伊勇壯的體格，則宛如大粒山頭前，極易飄散開來的一陣茫霧。」

田水賴從隘勇監督所退職，返回枇杷城庄，也才在那裡住了一年多，就跟著大兒子有晉搬到了近山的水頭庄。又隔了一年多，他才病死水頭庄。

伊離世時，得年不到四十。他來不及活到圓滿的老年。

糖廠：背神主牌仔出埔里（日治明治四十三年）

「怎麼連咱洪家公廳攏要給咱毀毀掉？」

「是日本人強制徵收，叫咱土地一定要賣給伊們。堵到這，咱嘛嘸法度。」

「我才不要相信。咱洪家到底是誰在主意？」

當阿飼公然質問，旁觀的眾人反而噤不出聲。

「大伯的細姨？」她並不期待在場任何人的回應。

她心內暗想：「我猜嘛是。畢竟她不是今仔日才這樣。她早就肖貪慣習。我看伊是愛錢愛到無藥醫。眞是可悲啊。」

「咱不能就這樣任憑他們擺布。」原來靜默不發一語的親同，這時高調提出了行動抵制的建議。

「總講是日本人那邊有夠霸，給咱一點兒參詳的餘地攏嘸。」

「阮們這房尙悽慘，田園、厝地早就放放掉，全不要了。現時阮竟然連唯一不可能捨棄，咱祖公、祖嬤的神主牌仔，攏快要嘸所在奉祀囉。大家若再讓步落去，莫知影下一刻，咱這些公嬤會被迫流落到何處？」

阿飼滿是怒氣，伊的目睭神看起來眞歹。但她絕不讓空站一旁，只是靜觀其變，或者，無事而純粹看熱鬧的任何人，有一丁點兒機會，轉過來同情伊目前的處境。那是她自細漢就很熟悉的場景：一旦大肚城番們堵到家族仔滅絕的危機，在厝內尙有權的查某人，攏會形同攻守同盟中的捍衛戰士，跳出來抱不平。

態度強硬的伊，此時也不禁泛紅了眼眶：「咱這樣出賣家己的公嬤，咁對？咱做人，可以這樣嗎？你們替我想想看：我的baba早就無啊，我唯一親生的小弟仔，嘛真少年就過身。我若要看伊們，跟伊們講幾句貼心的話，除了『揹祖公』，平時，嘛剩下公廳這一座神主牌仔，可以來行行耶、看看耶。我連要拜伊們的墓，我尚親的小弟仔，屍骨嘛無埋在咱大肚城。總講是我跟伊無緣，才讓伊四散到外口去。我較坦白講，阮兩年前死翁，多艱苦嘛攏可以認命，畢竟和伊無同姓，無斷不了的血緣關係。然而你們還留在大肚城的洪家人，咁比我這個嫁出去的查某子心更橫，更無情，忍心坐視洪家的公嬤從此流離失所？」

「唉呀，我真怨嘆，那當時怎麼大家這樣憨，想要招日本人逗陣來投資？結果咧，根本就是請鬼開藥單。」洪家現在剩大伯那一房最有權，其他房親平常時仔就無啥在扯代誌。如今伊們發現代誌大條仔，才敢出頭，希望能夠討回公道。

「攏是她旁邊有人在使弄。偏偏伊這個人耳孔根較軟，一拐就去啊。咱想要擋，嘛已經未赴啊。」阿飼大伯的細姨成了眾矢之的。

「好啦，按目前的情勢，咱再罵誰嘛無路用。咱既然給日本人管，注定是要行到這個地步。本島人不如內地人，而咱大肚城番又更比不上埔里街仔做生意的福佬人，抑是尚慢入來開墾的客人仔。伊們日本人是一堵到好康耶，就現出本形，啥嘛整碗攏要捧捧去吃，咱一嘴嘛免肖想。尤其講到做事業賺錢，咱番哪有可能跟官鬥？咱穩做未贏伊們啦。」

「這款情形，不就是一般漢人常常講耶：『乞丐趕廟公』？」阿飼更加氣憤難平。「是誰先來耶？免講到尾尾仔的日本人啦。咱大肚城番的祖公、祖嬤堵入來開墾時，連清國官府攏還未管到山內底，漢人嘛一個影攏無。到尾仔，咱這些番擋不了一大群福佬人和客人仔，伊們嘛相爭入來開墾。咱必須承認，伊們做人較奸巧，咱一半是被伊們騙去，嘛可能一半要怪咱家己敗家，咱田園、土地是一點一滴在流失當中。但是現在是啥情形，趕活人還不夠，連給洪家公嬤住的公廳，攏強制咱要移掉？這可不是被外人割去一、兩塊贅肉的問題而已，簡直是被抄家滅族嘛。」

「奇怪，這些內地來的日本人是在靠勢啥？」有親同不禁感慨家族的命運，他似乎希望看透「廢公廳」

這件事背後，有啥是咱這種給日本人管的熟番，自頭到尾攏被蒙在鼓裡的？

「日本的有錢人渡海來台灣，大力投資咱這兒的製糖事業，名義上是這些資本家為了做生意，私人合股開設的會社，骨子裡，根本是官廳特別獎勵才促成。咱本來開大片的水田，骨力種稻仔，官廳煞不是找理由，講是為著公的利益，強制來給咱徵收去，嘸就是勸咱，趕快轉作，開始插甘蔗，提供會社榨糖所需的原料。」

「對啊，日本國的紅日頭旗大大方方插在咱這兒，這麼蝦攏，豈是白白插著而已？咱台灣島雖然才小小一粒兒子，若能夠普遍推廣插甘蔗，榨糖賣去外國，抑是銷轉去伊們日本內地，穩當是一項眞好賺的經濟作物。」

「原來，這些日本人是這樣打算盤的。伊們表面是在鼓勵咱榨糖，結果，咱看顯顯，分明是想盡辦法，要將咱的田園壓榨到乾仔乾，才甘願。」

「本來，不是咱這邊的人，靠共同募集的資金，協力蓋了一座紅糖廠？」阿飼記得，水賴從隘寮退職，從此在厝內負病不起的第二年，她曾經回到大肚城，找這邊的親族仔想辦法，看能否協助她，擔起日後沉重的家計？

「咱這兒，才家己人合開了一間紅糖廠。看妳的大子有晉仔，有想要來學榨糖否？」剛巧那段期間，大肚城的紅糖廠開工，阿飼後頭厝的大伯，有意招她的大子轉來這做。

「阿母，阮想要去做隘勇。」阿飼即刻被潑了一盆冷水。她萬萬沒想到，有晉仔打算跟伊老爸行同款的路。她回想家己的翁婿一世人打番，親像做國家的「巡邏」，將身軀出賣給摸嘸伊身軀身的國家，相打的，煞是跟伊們同款祭拜祖靈的番。

水賴不曾長期留在厝內，和她安定相作伴。如今，總算伊人轉來，不再活在槍砲轟擊形成的煙霧中，比空中浮雲還捉摸不定。但是，現今留下來，每日陪伴伊的水賴，卻已是傷後久病不起，半廢掉了的一個人。就在她用自身所剩不多的壯年，伴隨著他一半躺入墓仔埔的此時此刻，伊第一個成年的子，竟然又要志願，踏向不是刣番，就是被番刣去的那條不歸路？

這周遭的一切變化太快了。

阿飼還在癡心妄想，有晉仔也許很快就會改變主意，答應伊入去大肚城庄的紅糖廠，安心仔吃家己人的頭路。她還來不及說服有晉，水賴就走了。於是有晉仔學伊過身老爸仔的樣，還是七少年、八少年，還獨身仔一個人，就眞草性，急要跑去做隘勇。

「阮知影日本人和番打得正烈，需要更多腳手加入。但是，咱愛看詳細，你的老爸一世人只會做隘勇，我是親像將家己的翁婿，用每個月固定薪俸的代價，抵押給清國和日本國，充當防番的肉牆。咱埔里番講來講去嘛是番，一代接一代，官廳用咱熟番來對抗青番仔，不是借刀殺人，是啥？」阿飼停了半晌。她訝然發現，目睭前惦惦仔站著的有晉仔，體格怎麼長得跟水賴少年時一模一樣？這讓她更惶恐，她的口氣顯得更爲急促：「日本人嘛個性太過龜毛。一定要壓人霧社番壓落底，要山內的番全部出來屈服，改作嘸同種的日本人，被管到四正四正，才肯罷休。以前聽你阿爸講起，他們一年打過一年，隆重的『歸順』式辦了一次又一次，人家番社較少年的壯丁，親像田裡剛長熟的稻穀，一排又一排眞婧，就給日本人割割起來。伊們的壯丁陸續給日本人的火槍和大砲，轟到跑未離，剩餘的，恐怕只有少數病弱的，或是還未成年的。眞缺德，用火槍打還不夠，連重武器的大砲攏運入來。你阿爸要死進前，就每天在念：

『在阮頭前，日本軍警拉出一整排重得要死的大砲。咱一次背好幾隻死的山豬，嘛比那較輕。夭壽，全身黑得像熊的大砲，每發射一次，轟隆巨響，就親像連遠遠的大山，攏被擊破了大洞。那些番再歹，嘛堪未起這樣傷重的損失。連我嘛眞同情伊們。阿飼，我退轉來，整日躺在這兒，每想起來這些往事，就感覺眞罪惡。』

『阿飼，我一世人全部的時間，可以有多長？我親手埋入去土內的地雷，至今還有許多，是還未爆炸開來的。它們還沒有傷到人以先，就先挫傷咱祖靈們自由來去的土地，對否？』

「你阿爸仔眞煩惱，從此以後，連最信任土地的番，攏不得不懷疑，伊踏上去的安詳地面，嘛可能暗藏詭詐。伊們一向自在的那雙赤腳，不再碰觸溫柔的土壤，驚惶，跟著看不見的地雷，埋伏在咱內山嘸同款番的心內。那種驚惶和走不完的土地同款，攏嘸盡頭。『我再也無法繼續將這樣深厚的罪孽，埋在別人看不見的心底。伊熊熊爆炸開，在我的眠夢中。』

「有晉仔，阿爸仔爲何那麼早死？你咁知咧？我感覺，那是伊不再有繼續打落去的勇氣囉。另外一邊的霧社番，耗損了許多的壯丁。你阿爸嘛同款。才嘸幾年，伊的性命已經在日本人和青番仔的纏鬥中耗盡了。刣伊的，不是麻醉伊的鴉片煙。那是伊不想再活下去了。那是伊意識到，咱繼續打番，愈打落去是愈殘忍。但是伊實在眞矛盾，伊別項嘸半撇，若嘸做打番的隘勇，嘛行嘸路。有晉仔，再聽一次iya的苦勸，你莫再想要做隘勇啊。我眞嘸愛，連我的囝仔嘛再行這途耶。」

有晉仔身軀流著和伊老爸同款的血脈。

周遭一切確實變化太快。阿飼不只挽末轉來，有晉仔想要出去做隘勇的決心，她替伊設想的退路，嘛眞緊就被斬斷囉。

有官廳撐腰的日本人，想要強占大肚城的製糖產業。伊們講得好聽一點，是來「投資」，是拿出伊們和帝國大砲同款相對優勢的資金，將埔里當地的人籌資，建設起來的人工壓榨紅糖廠，重組爲合股公司。若講較白咧，伊們是以強制的手段，要求合併，改建成新式的製糖工廠。那根本是霸王硬上弓，哪有對等商榷的餘地？大肚城庄的原經營者豈不心知肚明，日本人在內山埔里社的這項惡性併購，最終目標是要進行技術與權力的重組，爲日後經營的最大獲利鋪路。

「聽講是新的製糖廠，想要擴大生產規模。但是原本手工榨糖的所在，煞嘸夠用啊。結果本來是妳baba金城仔的份，總共有兩甲多的洪家土地，攏總被妳大伯的細姨大主大意，賣給新的製糖廠。伊們連那塊地面頂，奉祀你們祖公、祖嬤神主牌仔的公廳，攏要作夥徵收。」阿飼的後頭厝，就在日方強制併購的利誘與威嚇底下，放棄了整個家族仔在大肚城庄開枝散葉，作爲根本源頭的這間公廳。

「阿飼，妳怎麼能夠怪阮咧？一開始，埔里社在地的人集資開紅糖廠，咱打算要好好仔拚一下，有咱庄頭的事業。咱哪會料想到，俗語講『螳螂捕蟬，麻雀在後』，日本人目孔赤，硬要入來爭。外口人有誰不知，官廳分明是偏向哪一邊。怪就要怪咱無靠山，在地的投資者不但頭家做不成，還得呑忍，日本人進一步給咱洪家強制徵收土地。咱是進嘸位、退嘸路。嘸大家是愛逼我死給你們看否？」

伊大伯的細姨平常時仔是眞精功、眞厲害的一個查某人。她竟搞到洪家快要在大肚城被連根拔起。她已背負了出賣公族仔的惡名。阿飼再怎麼怨她，還是於事無補。而洪家滅公廳的這件代誌，就在她失去水賴還不滿兩年的孤寡現實裡，如夏季風颱過後，山裡暴漲的溪水洪流，已讓原想平靜渡河的伊，近乎精神滅頂了。

「福基，你跟著我，慢慢仔行。這是一座竹仔橋，下面水眞急。我給你背眞緊，嘜驚。咱作夥小心。過來喔，過橋啊。」

「我的小弟，頭前這座山擋住了咱的去路，咱愛沿著溪埔仔行，順著山勢，咱得要轉來轉去，稍繞一點仔遠路。你嘜急性。這條山路，你以前常常行，應該比我更熟。來，靠你來給我帶路。來喔，咱作夥行出來。這溪埔仔的石頭會滑溜。我有準備，給你穿一雙仔較合腳的布鞋。好好仔行，嘜滑到。來喔，讓我牽你，咱耐心繞過這座山。咱要出來囉。」

「福基，我眞不甘你離開咱埔里。我嘛知影，你不是番仔寮林家叔仔生的子。你的心意，是要跟咱洪家祖靈作夥，留在大肚城。更何況，咱細漢就作夥。那一年，你坐叔仔的轎，拉 iya 的裙尾，又再嫁出去。我當時就眞不甘跟你分開。這次，我又不得不背你出去，讓你去外口流浪。我實在更加艱苦心囉。我看未著你，但是我感覺會著你。你千萬不能激氣。這次，換我背你出來。」阿飼愈講、語調愈悲戚，不明就裡者可能會以爲，她是邊走邊在嚎。

「你要歡喜。阮們要帶你出去找 iya。那兒還有你尙疼的子，兩個眞古椎的查埔囝仔。伊們較大漢啊，嘛會愈來愈知影世事。爲著跟伊們團圓，你一定要歡喜跟我出來。咱出來，以後你可以和子作夥，我就較未煩惱你啊。來，這邊路較平，較好行，咱們眞緊就可以行到番仔寮庄啊。怎麼了？我若行太緊，驚你沒跟上，來，跟我行。我現在有較放慢腳步。我喊你，拜託你要給我應，一定要跟上。」

有晉仔不忍伊 iya 一路呵護尻舅仔，是那麼牽腸掛肚。他輕拍幾下 iya 肩膀，作勢要她稍作歇息。換伊幫 iya 聲聲呼喚，早就嘸去的福基仔舅：「阿舅，我是有晉仔，有我陪你行，咱要帶你去找阿嬤，還有兩個小弟。我較含慢，無啥會曉講話，但是一定保護你到位，嘛會保護阮 iya 一路平安。你放心跟阮們行。」

「這邊坡路較崎，來，咱作夥爬上去。」

「來，我幫你逗看，過來這一段路，咱要經過大片的竹林仔。沿路有風在吹，較涼，咱可以行較緊一點兒。」

有晉個兒不高。但憑他做隘勇的體格，胸坎仔有夠厚實，底下腳腿肉嘛生得精幹有力。如今他奉母命，身後背負一具大型斗擀，到洪福基爲止，洪家分出來的神主牌仔，攏包裹妥當地置放在內。

他特別從隘寮請假轉來。

「最近，經過守城大山、霧社，再到眉原的隘勇線上，戰況眞吃力。山頂的青番仔叛服無常。伊們三不五時會出來鬧，專門攻擊落單留在腦寮內的那些腦丁。聽講阮理番的頂司，目前有在計畫，準備入去討伐霧社那邊的兇番。咱莫知啥時陣，伊們喊要動員，就動員啊。看來戰事是愈來愈吃緊了。你咁眞正要請假出去？你咁未驚，可能日本警官一句話，就回絕了你的申請？他們還會認爲，你不夠賣命，日後特意找你麻煩。咱若想較嚴重咧，那些人一心一意在趕打番的業績，即使批准你了，嘛可能乾脆請你走路，不要再做下去了？」有晉的同僚苦勸伊，現時外口的風聲那麼緊，是否眞要請上好幾日的假？

「好佳在，咱頂司內面，還有一寡仔通情達理的日本人。」

有晉跟頂司請假，理由是講要親身陪伊 iya，背洪家分出來的神主牌仔出埔里，送去給跟伊年紀差眞多的小弟那房奉祀。他誠摯的態度，意外感動了來自警部的巡查長官。

「田有晉，你眞有孝。我已經將你的請假報出去，上級應該會同意。」他的請假終於獲准。他卻同時暫見，圈住這名巡查警官細長目瞷的目眶，竟泛出了融雪一般，純淨而透明的淚珠。

「唉，我眞久嘸轉去日本。阮故鄉的老母年事已大。她只有生阮一個孤子，不知伊一切平安否？」有晉著實嚇了一大跳。他恍神中想著：「連日本人嘛父母親情大過天。原來不是每一個日本警官，只爲日本天皇而活，爲伊犧牲了性命，也在所不惜。咱回頭想，除了那群剽悍的霧社番，有誰正港是嘜驚死的英雄？」有晉是從伊老爸過身以前那幾個月的談話，認定了貪生怕死的普遍人性。

阿飼和有晉仔，足足行了整日的路。天暗的時，伊們在龜仔頭歇睏一眠。

「你們哪會熊熊走來？內面是發生了啥大代誌？咁又番仔反啊？」母子倆隔日抵達了番仔寮庄。江津訝異不已。

「你背這個斗擀仔內底，是放啥物件？」眼尖的她，不待伊們應話，就神色凝重地追問。

待阿飼說明了緣由，江津就眉頭緊閉，再不多說一句了。

她像是面對面，見到了伊早死的前翁，還有伊尚思念、尚不甘的福基仔。

「那一塊地面頂，不是還有洪家的好幾門墓？不會連那些攏作夥毀了了？莫非那是官廳打算，要一次就給咱抄家滅門？」

「我莫知影，還顧不到那邊去。iya，歹勢啦，我孤一人，嘸氣力搶救到那個部分。」

江津留阿飼伊們母仔子在番仔寮住了幾天。

取名「埔里社製糖合資會社」的這座新式製糖廠，按計畫徵收了洪家土地以後，終於開始運轉。

這是現代化國度裡，必要符合資本競爭邏輯，才能持續運作的一項帝國新興事業。一年之後，日本人主要持股的這家內山製糖會社，增資募股，擴大組織股份有限公司，而更名爲「埔里社製糖株式會社」。就在同一年，歹運去堵著埔里做大水，這座糖廠損失慘重，不得不面對又一次經營危機。又過了一年，即日治大正元年，它又併入當時台灣四大製糖企業之一的「台灣製糖株式會社」，從此成爲該會社分支的「埔里社製糖所」。從此以後，這座糖廠成爲大肚城庄的地標，在埔里人印象中，大肚城和糖廠，可說畫上了等號。當大肚城番的祖先拓墾得來的土地，又一塊一塊失去，伊們的生計無所憑藉的時候，就不分男女，爭先投效一年到頭冒著濃煙的這座大糖廠，成爲日資製糖會社的底層「會社工」了。

阿飼是唯一的例外。「我將來的子孫，一定不准伊們去做啥會社工。」阿飼一直到老，仍無法釋懷，大肚城番現代生計命脈的這座製糖廠，是以官廳強徵民地的壓迫性手段，毀掉了伊們洪家的公廳和老墓，作爲它擴大開發規模的代價。

「我眞久嘸轉來，尾暗仔從大肚城街一行入來庄仔底，就堵到格正兄。奇怪，伊一下子老了那麼多？伊嘛嘸幾歲，哪會頭毛就白一半去啊？」阿飼怨嘆公廳被日本人毀掉，連本來是福基在種作的兩甲多田園，嘛攏被鴨霸的日本官廳徵收了了。因此她至少有大半年時間，都不願意再度回到這個傷心地。

「伊啥代誌攏不愛再管啊。伊只是恬恬仔教咱大肚城的囝仔，多學寡仔漢文。」

「不是日本官廳一直愛咱講伊們的國語？咁有人還想要學啥漢文？」

「妳千萬嘜在伊面頭前講。伊若聽到別人有這款批評，就整腹火燒起來。」

「人伊是前清秀才，漢文眞飽，咱牽田唱番曲，毒家老師在台仔頂翻的那本簿仔，有人講，就是伊抄寫出來耶。伊講，咱大肚城的囝仔還是要學寡仔漢文比較好，尙嘸，學唱咱的番曲嘛抑讀有。伊又講給大家聽，伊有夠氣咧，日本人嘸愛咱講番仔話，嘛嘸愛咱讀漢文，實在眞無理。伊罵給伊的孫聽，好多代前，他們都家的人原本是在中國做官。那是伊們去堵到改朝換代的大變天，不得已逃難，才會從中國輾轉渡海，來到了咱台灣島。因此，他非常看不起，某某人要在咱大肚城的公廳開暗學，教囝仔學日本話。伊笑講：『那種話，哪是咱的國語咧？』」

「妳啥攏嘸清楚，嘜又去問東問西。妳咁連這攏莫知？我緊較細聲來講給妳聽，他的大子在守城份做隘勇，眞不幸，煞頭殼被番仔斬斬去了。可憐啊，伊的子才三十歲。妳看有冤枉抑嘸？」

「莫怪，格正兄那麼討厭日本人。」

「那是時也運也。伊再怎麼嘸愛做啥日本人，心內還直直想講，要再找一個好機會，再一次出來反日本。但是伊的子煞嘜驚死，偏偏仔要去吃日本軍警的頭路，在隘寮仔內聽伊們號令，還去山內打番。伊抑是無可奈何，對否？」

「去年，阮有晉仔才跟著大批動員的日本討伐隊，入去打霧社番。我聽講打了眞激烈。那些番仔才會不時出來報復。大家是冤冤相報，未了時。」

「頭是嘸去，伊們那家夥人嘛有去收屍。家己的子，沒在驚，總講眞不甘啦。」

「幸虧格正兄還有孫，眞細漢就學漢文啊。伊那口灶要繼續傳漢文仔仙的香火，嘛免愁煩。」

「學漢文咁以後大漢可以做官？」

「反正學日本話當國語，咱大肚城番將來嘛免肖想會出脫，入去官廳做啥一官半職。攏嘸啥差別啦。」

「那麼，還是咱這些不識字的番婆仔，較嘸煩嘸惱。」她們一小群講閒仔話的查某人彼此戲弄，笑成了一團。

「阿飼，咁嘸人給妳講？開糖廠的日本人嘸給你們洪家先通知一聲，就神不知鬼不覺，把你們祖公、祖嬤仔留落來的那幾門墓，攏總毀毀掉啊。」阿飼的笑面瞬時凍結。她想要哭，煞半聲嘛嚎嘜出來。

「妳講阮 baba 的墓嘛嘸去啊？他的墓並嘸眞大座，跟阮洪家入來大肚城，開基祖的那幾座石頭墓，全全埋在同一個所在。那邊仔種了幾株大龍眼樹，樹蔭腳，草埔仔再行過去，幾步仔路就看耶著啊。」

「妳太慢轉來啊啦。伊們爲了趕緊整地，加速工程來擴大糖廠的規模，做得眞兇狂。庄仔底攏嘸人知，就徹底清得平平，啥攏找嘸啊啦。」

「聽人講，伊們的廠房要挖地基的時，去挖得一寡仔墓內面埋的屍骨。結果日本工頭一下令，煞全部撿撿作夥。」

「撿去哪兒？」阿飼想講，是不是伊還有法度補救啥？

「那些墓骨，應該是撿整堆，才移去東門那邊頭的有應公廟。妳祖公、祖嬤的骨骸，煞被伊們當作無主屍骨，送去做大墓公。咱邊仔看，嘛實在眞無理。到這來，就算妳有心，嘛撿未轉來。伊們就攏混混耶，堆作夥啊。」

「難道日本人自作主張，就把阮們祖墳內面埋了幾十年的先祖，攏當作冤死、嘸人要的嘸主孤魂來看待？」阿飼感覺太不可思議了。日本人不是嘛眞尊敬伊們家己的祖先？

「嗳憨啊啦，伊們根本是驚麻煩。想看嗳，伊們若跟你們洪家的人通知，不是得要賠償一筆爲數不小的遷葬費用？做事業的人將本求利，沒那麼傻。更何況，伊們嘛給咱看作番，是次等國民以下，次次等的國民。伊們嘸把咱當作貓兒、狗兒，曝屍路頭就眞佳在囉。」

「伊們不是看咱大肚城有一寡仔散赤人，死了後的屍骨，連埋嘛攏嘸埋，用甕仔裝著，就現現擺在路邊放著，嫌咱，講是不衛生，罵得一直要給咱清清掉？」

阿飼不再多講啥。

她心底想著：「若連祖公、祖嬤仔攏屍骨嘸存，從今而後，我在這兒，眞是一個孤女，被人從根斬除了。」

王大老和大老娘（日治大正二年）

「達仔，我眞歹做人。有晉一直不肯諒解。」

「伊有跟我講過，老爸仔嘸去啊，尙歹，伊嘛已經大人大種仔，可以逗飼這一家夥人。」

「我家己生的子，是啥性質，哪會莫知影。伊自細漢就眞有孝。」

「阿飼仔姐，妳艱苦那麼久，現在又轉來大肚城，我眞心替妳歡喜。」

「達仔，要給你說謝。」

「咱本來就是同公族仔。」

「祕冬嘛眞好性地，不曾怨過伊的老爸仔。」

「你們做長輩的，有一個人相作伴，日子過得好，阮們後輩就可以免再煩惱東、煩惱西。對啦，庄仔底的人攏叫妳一聲『大老娘』，阮嘛應該這麼尊稱妳，才算盡了人情義理。」

「添財是你的丈人爸仔。咱又不是外人，何必叫得這麼生疏？害我歹勢尬。」

達仔的全名是洪大達，他是阿飼大伯那一旁頭的洪家子弟。六年前，伊被同庄仔底的王阿悅招贅入門，是大肚城人尊稱作「王大老」的王添財子婿。達仔自細漢，就習慣喊阿飼一聲姐仔。現今，她在翁婿過身了後，又和平平是大肚城人的伊丈人仔作夥。達仔煞一時反應不過來，不知到底伊是要順嘴，繼續叫伊「姐仔」，還是應該改口，稱呼伊一聲"iya"，將伊當作阿悅的後母？「這實在眞纏。叫伊"iya"，咱又講莫出嘴。我看咱嘜想想那麼多。反正大家是親上加親，就對了。只要咱丈人爸仔嘸講啥，別人嘛不會有意見。我反倒是煩惱厝內的阿悅。阿飼姐四十出頭，三個子嘛攏大漢啊。伊這時入門，咱阿悅咁會排斥伊？」

阿飼到尾仔會跟王大老結作夥，認眞講起來，嘛是達仔這邊無意中促成的。「咱一定愛去跟這些日本人理論到底。咱不能睜一隻眼閉一隻眼，當作嘸事人同款。」那當陣，糖廠毀掉大肚城洪家的祖墳，阿飼轉來找大伯這房的人參詳，大家攏縮頭縮尾，不敢出來和那些當事者正面起衝突。唯獨算是外人的達仔伊丈人爸仔，聽了可眞氣惱，個性爽快的他竟不顧旁人勸阻，決定出面來替伊們打抱不平。

王添財教示達仔：「這不僅是欺負你們洪家的公嬤。伊們入來咱大肚城，霸土地來經營這間糖廠，好膽向著天，打造了那麼大支的煙囪，還一日到暗吐黑煙，恐驚仔咱大肚城番的祖公、祖嬤，陣日被嗆以後，再不肯從天頂行落來，咱眞緊就背嘸祖公、祖嬤囉。」王添財伊們這一家族仔非常重義氣，在大肚城庄算是喊水會堅凍。尤其「王大老」若堵到公的代誌，時常會在庄民高度期待底下，出面主持公道。伊們姓王的，和姓高的、姓都的、姓毒的等大肚城番家族仔，攏親戚結眞密，嘛有在認眞往來。

「講實在，若不是糖廠還懂得放一些基層的會社工，給咱庄仔底的族親做，有一寡仔家族仔還可以靠伊，尚嘸嘛三頓賺一個粗飽，咱才不去跟伊們計較。但是我萬萬沒想到，伊們還敢這麼惡質，煞比一般的賊仔還不如。這個日本人的糖廠，強迫你們洪家移公嬤牌仔、毀公廳，就眞匪類啊，怎麼連土腳下底埋眞深，你們一世祖的骨骸，攏敢來偷挖挖掉？」王添財有個根深柢固的觀念，認爲大肚城等同於古早大肚番的社地。雖然這個所在經過好幾個世代，已經有十色人在這兒混混住作夥，庄仔底人遷入、移出的變化嘛眞大，從伊的目睭來看，伊們可一律都是入來相爭土地的外人。

阿飼轉來，去勾到「王大老」，大肚城庄的族親並嘸感覺有啥好奇怪耶。和阿飼年紀相當的同庄查某人，主動換對象，前前後後牽過嘸同款查埔人的手，並不在少數。嘛有人還沒去官廳登記，嘸辦理過戶手續，嘛嘸公開嫁娶，就大腹肚生子啊。所以講那埔里街仔，就有一寡仔漢商的家後，會在講閒仔話的時陣冷嘲熱諷：「咱若是跟她們這些番婆同款，攏嘸綁腳，一雙大腳盤四界溜溜走，咱嘛敢那樣蝦擺，一日到暗出去對查埔仔。有夠郝姬姬，一點仔嘛莫知影見笑。」也有的不忘補上一句：「誰知影伊們是不是煞魔仔？嘸哪會本性就那麼愛吃腥！」

「我咁有可能，又轉來大肚城住？」老實講，阿飼再對一個查埔仔，是和吃、睏同款，攏天生自然的代誌。眞正讓她猶豫不前，反倒是王添財和大肚城洪家之間複雜的牽連。

阿飼離開庄仔底二十外年。如今伊若想再轉來，就必須去面對，霸占伊們洪家土地，砍斷祖先回家之路的會社糖廠，儼然成爲聳立在大肚城庄的時代新地標。現時埔里社的人總是抱怨：「只要我人還在埔里，一清醒，目睭打開，糖廠那支大煙囪就會映入我的目睭仁。不管我目睭怎麼閃避，總是嘸法度躲開伊無所不在的監視。」

製糖所運甘蔗的五分仔車，在鐵支路頂嘟嘟走，按西醫的解說，伊們就親像是活跳跳的會社身軀內面，有一條一條的血管，運載伊鮮紅的血液在奔流。糖廠有五分車的鐵支仔路天羅地網地分布，迫使了親疏不一的市街和庄頭，務必來和心臟位置上的大肚城庄相銜接。阿飼覺得，這座會社的糖廠簡直像極了水賴生前所轉述，常在蜈蚣崙隘寮一帶出沒的黑熊。她想像這隻擅長死亡攻擊的黑熊，正伸長了黑茸茸的兩隻大掌，將她強加擄獲，然後一古腦兒丟回了不再有童年溫暖的大肚城。這座會社製糖所愈是欣欣向榮運轉，就愈邁向具現代化展望的日本殖民經濟，而致使原爲拓墾有成者的庄仔底人，在生計上更大依賴著糖廠微薄的薪資。阿飼也愈發感覺，過去熟悉的大肚城庄，早已離她而去。

「我並嘸想要轉來。」這才是阿飼的心聲。

「我想要跟添財仔兄作夥。」阿飼心內想，進前伊的大子若婚事講了有順適，早就可以有一個牽手；伊身爲人母，自然也到了可以做阿嬤的年歲。「我若想要做阿嬤，早就有資格囉。但是咱入今是轉過頭，再一遍，揀一個查埔人來逗陣。」阿飼邊想，邊自顧自地發笑。伊目睭前霎時顯現，庄仔底大溝邊，大紅胭脂般滿樹盛放的刺桐花欉。反正伊在大肚城的長成，從來沒有外口漢家女那套「三從四德」的束縛，親像花想要開，就自在仔開；何時該結籽，自然就會結滿了果仔；而等到菜瓜或匏仔肥大熟透，就會瓜熟蒂落，圓滿了。伊現在，不只身軀邊嘸父嘸母，連兄弟仔嘛嘸半個。她還是跟往昔一般，全部家己來主張，愛誰就揀誰，目睭金金，表情毫不羞澀，有尬意的查埔仔，就對伊從頭相到腳，任何可釘住的細微地方，都不放過。講伊是暗時仔，偷偷換上一雙貓仔目睭的煞魔仔，嘛差不多同意思啊。伊認眞相，看誰人的心肝，有腥抑嘸，可以講是又利又準。

阿飼的貓仔目說，她想跟王添財睏同頂眠床。

「我當時才十幾歲仔，就學會曉自作主張，揀這個水賴來做牽手。如今，添財兄嘛同款。四十歲的我嘛還親像一隻無閒的蜂，知影要飛去哪一蕊花，有法度吸得尙甜的蜜。」

添財早就暗暗在尬意阿飼仔。

伊少年時娶過兩個牽手。戶口面頂，一個是妻；一個登記的是妾。

「咱大肚番過去咁有人在娶大某、細姨？笑破人的嘴。唉，有這款的子孫，咱眞見笑代。」王添財的 iya 姓高，番仔名叫作阿汝蛙。那當陣，尙反對伊娶妾的，就是這個拍瀑拉老母。

「啥叫作妾？阮大肚番婆沒法度娶翁婿入門就眞害啊，還要被娶來做小耶？跟我牽手的翁婿若肖想要納妾，我就照阮 malau 古早時仔教的，番刀扛來，親像在割稻仔同款，動作利落，一下，就給伊砍斷了頭殼，血給伊噴到南烘溪底去。呸，咱以前的祖先又不是不懂啥叫作出草。若讓我氣到，絕對嘸第二句話好講。」阿汝蛙對伊大子添財，這麼不是款，跟外口漢人逗時行，嘛要娶啥大某、細姨，一開始就給伊罵到臭頭。她就算是在眾人面頭前，嘛毫不留情面。

「你以前娶過兩個某?」阿飼直接問他。

「那攏過去啊。」王添財不愛再提，伊大某、細姨陸續過身的往事。

添財十一歲那年，就經長輩安排，和同庄仔底的阿腰結親戚。阿腰的阿公是鹿港人，入來給大肚城番的 malau 招，得了土地以後，煞不肯照原來招贅的約束，硬講伊們生的囝仔，得要姓老爸仔這邊的姓。是這樣的緣故，阿腰的 baba 才姓了「何」。但是後來，當日本官廳正式入來做戶口調查，阿腰的 baba 卻又在伊 malau 堅持下，重新歸屬於伊這邊頭的大肚城番仔姓。

入門的阿腰和添財，名義上是夫妻，但實質上，還未大漢的這兩個囝仔，也只有名分上的關係。差別只在於，阿汝蛙多一個查某子，厝內大小項代誌，伊攏會曉做。驕傲的阿汝蛙從來不願承認，伊嘛嘸小心，去吃得漢人的嘴瀾，這個阿腰當年入門時，分明就是伊仿效了漢庄時行的「童養媳」婚。

添財和阿腰，直到大漢才送作堆，兩個人睏作夥。但是兩個翁仔某不是眞親。直到伊們登記結婚後的第十七年，伊們才生出第一個孩子。而且這年，堵好是清國將台灣割給日本的同一年。於是伊們的長子祕冬一出世，就是日本國民啊。

當時添財急忙跟在產婆後壁，溜進房內，探看剛剪斷了臍帶的這個頭胎生耶。他興奮地向長子心戰喊話：「怎麼了，咱等那麼久，等到有夠厭煩，你就是不肯來出世。原來，你是算準準，要來做伊們日本人?你這個大肚城番，給我較小心咧，千萬嘜憨堵堵，沒幾下兒，就給日本人拐拐去。」

又過了四年，添財和阿腰才再生下第二個囝仔。她就是將達仔娶入門的阿悅。

「她又不是阮家己尬意的對象。我那當陣，嘛才細細漢，才一個囝仔子，哪懂啥?」阿悅還未三足歲，伊的 baba 添財就再娶同庄仔底，一個姓蚋的查某囝仔入門當妾。添財這回納妾的藉口，是伊和阿結兩個互相眞意愛，不像伊和元配阿腰的婚姻，是細細漢仔就被父母決定了。添財不得不遵從長輩的安排。那當陣，伊們將阿腰帶轉來厝內住，一開始，和添財嘛嘸啥感情，是默默承擔了早熟人生的童養媳罷了。當添財認眞回溯起伊和阿結的緣分，猶如菜瓜欉長長生的一條藤，是在庄仔內一直拓、一直拓，害這些番親牽來牽去，切莫斷、離莫開，嘛嘜當煞尾。比如講，添財伊們王家另外一房的王阿來，比添財減好幾歲，攏叫伊阿兄，就是和蚋阿鄰結親戚，而這個阿鄰和阿結，講起來嘛是兄妹仔關係。同庄仔底的族親，大家那樣相纏，結果是誰該叫誰啥、是排哪一個輩分，攏嘛時常攪混。

庄仔底人尊稱「王大老」的添財仔，雖然在大肚城番中間，算是喊水會堅凍的一號人物，可是從伊身上，嘛眞早就一併洩漏出王家沒落的跡象。若有人摸透伊們這一公族仔的來龍去脈，肯定訝異於伊們急速下沉，以致近乎日暮西山的悲涼。

「德和仔叔，你看起來心事沉重？」那是在日本時代的明治三十四年，也就是阿悅出世還沒兩足歲的秋末時節。添財在公廳附近，堵到王家另一房的德和仔叔。

「我才轉去大肚，處理掉咱王家的公田。這次賣賣斷，自此田嘸溝、水嘸流，我嘛免還吊一半在掛心那邊囉。」從德和仔叔講話時有氣無力的口吻，以及伊沮喪神情，添財實在無法確認，叔仔是否眞了卻一樁心事，從此可以安枕無憂？相反地，添財感受到伊嚴重的失落感，彷彿伊正苟活在空盪盪的無根狀態。

「叔仔，你不甘把祖田放放掉，對否？」添財盼能稍稍解開德和仔叔的心結。

「咱未做以前，一日到暗牽腸掛肚，睏未安穩，煩惱講阮阿祖，抑就是你的查埔阿太留落來，位在王田番仔埔的那些田，是應該去給伊整塊贖轉來？抑是咱乾脆看破，徹底放給離？」

「叔仔，你嘛知影，咱大家手頭攏眞緊，要籌足一大筆錢，給阿太名下的田買贖轉來，恐驚仔是心有餘，力不足。再講，咱離開大肚那麼多代啊，路途又那麼迢遠，怎有可能叫咱家族仔的少年人，常常轉去顧那些地？」添財講的，德和仔叔攏理解。至少伊一條一條耐心分析，多少舒緩了叔仔糾結的情感。

「添財，咱這些少年輩，有的攏假風神，想要轉作伊們日本人囉。這些少年的耶，頂多知影家己是大肚城番，煞對伊們祖公、祖嬤的出身，糊里糊塗弄未清楚。這讓我更傷心啊。」

「你講過好幾遍了。咱查埔太在清國時代，是堂堂大肚南社的土目。你講咱本來嘛有名無姓，咱王家的囝仔不能忘本。」添財的貼心，讓原本固執己見的德和仔叔，頓時好過多了。

「實在是這煩惱，那嘛煩惱。添財，我不知該問否，聽人講，你跟蚋家那個阿結行眞近？你 iya 眞嘸歡喜，要我有閒跟你談一下。你咁一定要娶伊入來做妾？」熱心腸的王德和，反將困擾指向了幫伊解憂愁的添財。

德和仔叔順勢苦勸這個同公族仔的晚輩：「咱大肚番過去啊嘸在娶啥大某、細姨。咱的查某人在厝內眞有權，財產攏伊們在分。伊若不歡喜，娶入來的翁婿還會被伊們趕趕出去，離離掉。誰有那麼大的熊心豹膽，敢有第二個牽手？」

添財歹勢跟阿叔應嘴應舌。伊只能暗暗不平而鳴：「你們頂輩咁攏嘸想過：若不是你們學漢人，我才十一歲就幫我娶阿腰入來做啥『媳婦仔』，害阮兩個根本就嘸相意愛，嘛必須從細漢開始，一世人綁作夥，今仔日我咁有必要，學學伊們漢人，歹款在納妾？講啥阿腰是你們飼大漢的『媳婦仔』，明明那麼多年，攏嘛將伊當作『查某嫺仔』喊來喊去。」

德和仔叔費心的苦勸，不是完全沒有道理。阿結甘願屈從，入去王家做添財仔二房的妾，已是三十出頭，不算小的歲數了。可悲的是，她並不眞正適應這樣委屈的細姨仔名分。妾身，又哪裡是大肚城拍瀑拉從先祖遺傳的查某人宿命？

「阮眞細漢時，malau 和 atau 在厝內大聲相冤家。malau 氣得把 atau 的衫仔褲，款款在一個大包袱仔內，狠狠丟出了房門，同時喊說，你永遠嘜給我轉來。我的 atau 嘛不是 malau 招入來的第一個翁。伊根本免吞忍，伊又不是嫁到查埔仔厝內，得要看伊們全家夥的面色。」阿結嫁入王家，來做人小耶，實在苦多於樂。她並不眞是那麼慷慨，心甘情願跟另外一個查某仔，共事一個翁婿。她不爽的情緒隨時會蔓延開來。伊的情感像是暴雨中，因洪流沖刷而受創了的破碎河床。

王大老一面以漢人爲師，模仿父系納妾的婚事態度。另一方面，他延續著熟番後裔在日本時代流離的腳蹤，而不得不同步疏遠了妻和妾，讓她們一併陷入和翁婿離散的厄運。

「iya，有一件代誌，我想要跟妳稍參詳一下。」添財自伊八歲那年，baba 過身了後，伊若有啥重要的決定，攏會來向伊 iya 阿汝蛙如實地稟報。

「你講別項可以，若是要再娶細姨，那就別來講啥有耶、沒耶理由。反正我管你莫過。」添財又去愛著阿結，硬要帶伊入來王家，正式入這邊的戶口。阿汝蛙至今還耿耿於懷。

添財挨近 iya，和她並坐在同一條椅頭仔頂。伊右臂伸出，多情地環繞在阿汝蛙背後，最後又將他修長的手掌，搭到她的右肩上。他們母子兩人身軀的溫度，再度交融在一塊兒，彷彿回到了紅嬰仔時的安全襁抱。「咱王家的地，目前還剩下的，實在眞有限。堵好林水性那邊，在招人逗開墾。咱來試看嘜，妳感覺有妥當否？」

「是阿罩霧林家派來的帳房？」

「對。但是伊這回招的人，免去到那山頂尾溜。」添財小心翼翼，一步一步和 iya 商討此事。他並不樂見她思慮太多，以致躊躇不前。

「哪裡？」阿汝蛙知影，這個林水性以前若入來埔里社，處理伊頭家的業務，時常歇腳在大肚城公館。伊們阿罩霧林家自清朝時代，就帶頭入來內山開墾，去到北番頻仍出沒的北港溪那區位仔，採樟腦、伐木材，項項行頭前。

「北港溪那一帶，早就開庄啊。日本人有專門理番的警察，管眞嚴，那群番咁敢亂震動？現在，大家往那一頭來來去去，嘛親像在行灶腳同款，萬項代誌攏眞利便。妳免煩惱啦。」添財驚伊 iya 黑白想，以爲伊是要拿槍，沿路跟著那群腦丁行，任務是要保護拓墾者的人身安全。

「你嘜肖貪。伊們那一群人是愛錢愛到嘸惜性命。咱用腳頭烏想嘛知，在山仔開墾，怎可能給你閒仙仙？伊們林家飼的長工，攏嘛家己配槍，講起來是務農，實際嘛兼在做兵。要不，伊們如此侵門踏戶，那群歹到要死的北番，哪會放伊們那麼好吃穿，煞無從深山走出來，整群和伊們拚生死？」

「不啦，時代無同款啊啦。現在的隘勇攏是官廳在飼，日本人設的隘勇線一直要前進，跟咱們一點兒關係攏無。更何況，林家的頭家和日本官廳嘛攏眞配合，有伊們做靠山，才能爲拓墾行動大開方便之門。咱時機一定要摺眞緊，若再慢一步，就無啥機會啊。iya，不是只有咱想要去，那些福佬人、客人仔，攏相爭要入來。」添財愈講愈急。他早意識到，王家的人若繼續憨憨仔守在這個大肚城庄，會愈來愈畏縮，愈縮愈散赤。

「你是打算對林水性那幫人去北港溪討賺？」

「咱戶口寄留在牛眠山就可以囉。」

「你的意思我知影，講較可憐咧，你若無出去，咱整家夥仔就留在這兒等死。」

於是，即將屆齡四十的王添財，一放，就放整家夥仔。就在日本時代的明治三十九年六月天，他跟著林家招募的長工隊伍，在鄰近眉原番的北港溪一帶，展開長達三年的拓墾事業。

「主任，咱拚勢開墾，搶時間整理起來的這塊地，是要做啥用途？是要插甘蔗，對否？」添財參與整地，歷經不算短的一段時間。伊們新闢出的這一大片山園，接下來怎麼開發利用？他仍是一知半解。

「對呀，現在時機不同，咱進行的拓墾事業，嘛需要調整腳步。阮們尙早入來開山，大部分是請人來做腦丁。那時陣，頭家嘛有家己訓練，兵農合一的團練，可在山崁仔內，第一線保護夜以繼日的熬腦工作。只要大家有膽識，嘜驚番仔出草，光是樟腦這一項，就可以做到嚇嚇叫，飼活一大群人，連伊們留在厝內的某子，嘛有法度衣食無虞。如今，咱受日本人統治，官廳有無同款的打算，咱嘛要見機行事。咱萬一堵到山壁，擋著耶咱的去路，確實是該轉就要轉。」

林水性算是間接回覆了王添財的詢問。

從前一年開始，林水性就被林烈堂派來，在北港溪庄的外圍地帶，擔任他名下墾地的整理主任一職。林水性預計帶領林家僱用的大批長工，從事大規模的農墾拓殖。阿罩霧林家特別指派的這項任務，算是林水性事業轉型的一次重大考驗。在這以前，他一路跟著阿罩霧庄的林烈堂家族做事，從樟腦事業中掌理帳目的會計頭路，轉而進駐北港溪，晉升爲當地總管林家樟腦事業的主任職，可以說他一路走來，全和採樟熬腦的拓墾專門事務有關。直到近年，日人在台灣推動糖業拓殖的新經濟政策，儼然成形。擅長經商的林家，很快嗅聞到新興榨糖事業的風向。林水性作爲林家內山拓墾的先驅，於是積極擔負起事業轉向的先行者角色。

隔年十月，他們繼甫完成的北港溪番外開墾地整理工作，又移駐到小埔社的大坪頂一帶，另行拓墾新的園地。不同的是，這回是替林澄堂整地。

「添財，你這邊做完，有啥打算？」林水性特別關注，年紀老大不小的王添財，下一步路將如何抉擇？

王添財一時語塞。

「我知影你這一、兩年，熊熊把一大家夥人放耶，老耶、幼耶，攏照顧未到，卻得孤一個人，跟阮們在山內開墾，大家全變作沒有家累的羅漢腳仔。你心內一定嘸好過。」林水性並不特別提及，添財在大肚城一放，就放了兩個牽手，無法度，大某、細姨攏要作夥放。

「這是一個莫歹的機會，能把握就該把握。我是看你，平常時仔做代誌眞有氣魄，算是人才，才先透露一點兒風聲。你好好考慮一下。」林水性在感情上，並不將王添財看作是下腳手人。

「主任，你是講，咱要再轉去別位，還有別塊開墾地，嘛準備要插甘蔗？我還是有點納悶，外口榨糖，咁眞正需要那麼多的甘蔗？」添財眞好奇，日本人是怎麼在全台灣，如火如荼推動起製糖事業？

「我的意思是，一下子，所有可開闢的墾地，全拿來插甘蔗，咱台灣人咁攏免吃米，攏嘸需要水田來種稻仔咧？」

「添財，這些情形你就全莫知囉。咱種植農作，不只是爲了塡飽腹肚。日本官廳是愛咱台灣生產的蔗糖，大量出口到全世界，替伊們賺大錢。反正這些地要盡量開墾，伊們收咱台灣島這個殖民地，才能發揮最大經濟價值。其實阮們阿罩霧林家，自清國開始樟腦專賣，就是用船運出台灣，外銷去賺外國的銀圓。」

林水性終於談到，伊們在下一階段事業發展的重點。「這邊的開墾地整理完畢，我不會離開。林家頭家交代我一定要留落來，在大坪頂這兒開糖廍，設立製糖事業的基地。也就是說，頭家要家己來製造砂糖，咱從插甘蔗到榨糖技術，攏可以一手包辦。」

「咱咁拚得過日本人？」那當時，添財嘛聽人在傳，大肚城庄有人嘛要開設糖廍。但是，添財總覺得，這樣的製糖產業若是有利可圖，日本人絕不會坐視。伊們的手早慢會伸入來。

「對啊，俗語講：『民不與官鬥』。屆時，咱林家勢力再大，可能嘛歹和日本人分這一杯羹。」這是林水性最感憂慮的前景。他們豈不知，日本官廳一個政令下來，哪一個本島人還有氣力，跟日本人搶食同一塊肥肉？

明治四十一年，「王大老」從牛眠山寄留地退了戶口。當他再度返回大肚城庄，無獨有偶，這兒也有本地人籌資，設立了人工榨糖的紅糖廠。他暗想：「咱哪裡也逃不了的。這是現代時局中，四界布下的天羅地網，插甘蔗、榨糖的日本時代，終於來臨了。」

王大老轉回來大肚城的第二年，厝內伊就升格做 atau 了。

「添財，阿悅生啊啦。這個紅嬰仔是我頭一個曾孫，我做阿祖啊。」阿汝蛙喜孜孜出來報喜信。

「查某孫，抑查埔孫？」伊 iya 煞嘸直接回答。

「你老爸仔若還在耶，不知要多歡喜。伊過身時，你還一粒仔子。唉，連阿冬、阿悅兩兄妹仔攏嘸抱到。總講是伊沒這個命。」阿汝蛙今仔日話眞多。添財訝異，iya 世間事看那麼多了，爲何還會爲了這樣一個囝仔的出世，難抑她的激動？

「iya，莫非是生查埔囝仔？」

「嘸啊，查埔囝仔等大漢，嘛會給別家夥仔招招去，嘸較好嘛。」阿汝蛙不解添財心肝內是在想啥。她只好故意顯露出，伊對查埔囝仔並不特別寵幸的傲然表情。

「添財，咱嘸一個囝仔，傳姓高耶，不行啦。」這是阿汝蛙最在乎的。她千盼萬盼，終於等到這一日到來。

「咱阿悅招達仔，就是要有一個囝仔，對我同姓。否則，連續兩代，查某、查埔，攏嘸一個姓高，我咁對得起咱的祖公、祖嬤？我不要還活著，就親目睭看著阮姓高的，親像一條溝仔水，流著流著，沿路分給別人的田灌水，行一半就乾底，嘸了了啊。」

「iya，阿悅是娶、不是嫁，她生的囝仔，一定得姓咱這邊的姓。至於姓高抑是姓王，相信伊會聽妳的話，照妳的心願來達成。」添財回想，兩年前伊們打算讓阿悅結親戚，伊 iya 非常堅持，伊尚惜的阿悅招翁可以，對方若是要咱嫁出去，那就免想。現在他終於恍然大悟，原來，iya 早就決心爭取，曾孫輩要能冠上她的姓氏，傳承她的家族血脈。

他們沒有讓阿汝蛙失望。阿悅頭胎的後生，取名高傳。

挑米坑仔插甘蔗（日治大正七年）

王大老從林水性手下，歸回出身源頭的大肚城，也還不是他漂浪下半生的終結。伊的大子祕冬仔二十三歲那一年，設在挑米坑仔淺山的會社農場，需要招募更多插甘蔗的會社工。那兒同時徵求資深工頭，協助管理甘蔗種植的相關事業。

「阿飼，我知影妳眞討厭埔里糖廠。但是，阿冬若有機會吃伊們會社的頭路，日子應該過得較順適，厝內的經濟嘛未那麼逼切。日後咱就免驚講，被那壓得連氣攏喘不過。」

那當陣，阿飼轉來大肚城，和王大老作夥至少有五年啊。庄仔底的人堵到，攏會禮貌喊伊一聲「大老娘」，至於王大老的子祕冬仔，戴念伊是達仔耶阿姑，嘛眞貼心，願意人前、人後攏叫伊一聲「阿飼姨仔」。

「添財，祕冬是大人大種啊。伊家己要行哪一條路，咱怎麼有法度給伊阻擋咧？」阿飼再怎麼怨懟糖廠，嘛不是一個嘸明理的人。她確實忘不了會社的日本人，過去對洪家的所作所爲，是如何橫柴入灶。可是如今的大肚城庄，又有哪個族親的生計，全然不需仰賴糖廠，高姿態地拒絕伊們所提供的各式各樣會社工？伊們從田園轉作會社甘蔗、應徵甘蔗採收的臨時性粗工，到運送甘蔗、五分仔車鐵支路的維修，從製糖所廠房的設計營造，到糖廠內榨甘蔗、將甘蔗汁熬作結晶砂糖的技術工人，以及最是微不足道，砂糖布袋的縫製，全少不了大肚城庄民老老少少普及的動員。

「嘸咱就跟著，和伊作夥去挑米坑仔的會社農場做食。咱先試一個鹹淡，陪伊們少年人拚看嘜。」王大老總算放下，壓住伊心底的這一塊大石頭。

幾年前，添財跟著林水性到山內拓墾，在北港溪和小埔社一帶開闢蔗園，期間所面對的挑戰，包括開墾地的整理實務，怎麼種出高品質的甘蔗等，全難不倒他。如今重出江湖的王添財，可說是寶刀未老；他甚而比伊日正當中的長子，還要積極投向挑米坑仔的農場新職。顯見他本人對於甘蔗拓殖事業的參與，仍多麼地躍躍欲試吶。

北港溪的黃昏（日治大正十一年）

「咱若繼續留在大肚城，一定又行嘸路啊。」阿飼跟著王大老父子，在挑米坑仔農場插甘蔗，參與日本人製糖拓殖事業，前後不過兩年光景。他們返回大肚城以後的兩、三年間，即再度遭遇生計的瓶頸。那景況像是溪底的水快速枯竭，水中猶然生猛有力的活魚、活蝦，如果不試著，在本能掙扎的彈跳中，成功脫離了那片致命的乾涸，又怎能有尊嚴地活下去？

「我以前作夥過的頭家林水性，後來還繼續留在北港溪。伊那邊頭的糖廍，嘛經營不少年啊。況且他當過北港溪庄的保正，過坑啦、水尾啦，這些山邊仔伊嘛攏走透透，人面真闊。幾年前，我在街仔堵過伊。我跟伊作夥艱苦過。伊真惜情，講咱若要去北港溪發展，可以找伊參詳。」

添財的建議，阿飼並不特別排斥。她唯一底線是：「咱要去，就兩個人作夥去。我是哪裡攏敢去，啥攏唛驚。」

那是因爲，做隘勇的水賴，長年守隘寮，在外口打番，害阿飼有翁婿親像嘸翁婿同款。她過怕了那種沒有伴的孤寂生活。如今，這個王大老想要去哪裡，她這個大老娘一定跟著走到哪兒。她可眞是豁然開朗了。「除非，添財要去的所在，是咱查某人踏不入去的兵仔營，否則，我甘願跟伊作夥去流浪，嘛嘸要再分開啊。」

換句話說，選擇了王大老的阿飼，也爲伊家己選擇了看似顚簸，實則滿載了拓墾先驅者勇氣的晚年。而她最後那幾年的飄流，正是朝向更邊境，不斷地移動著。

日本時代的大正十一年，五十出頭的阿飼跟著王大老，遷移到了北港溪。

「添財，咁不要找有晉仔作夥來？咱要出去開墾，尙煩惱的是不夠氣力。只有咱兩個老耶，恐驚仔做嘸路來，結果嘛無彩工。」

阿飼眞正考量，是有晉仔這一、兩年，終於肯退下伊的隘勇職。阿飼必須幫伊引介個出路，以免伊要做田嘸田、要吃頭路又找嘸頭路。伊一旦找嘸別款謀生的活路，恐驚仔又轉去做隘勇。阿飼煩惱，萬一伊行回頭路，再去做日本人的走狗，伊就眞悽慘，得跟伊老爸仔同款，一世人潦入去深山林內打番囉。

「這就要看伊的意願。」

「我是伊的老母，知影伊的性。伊跟伊的老爸仔同款，不是眞正愛和番仔刣。伊是土性太重，愛在山內走闖。咱講伊個性親像一隻山豬，嘛差不多。」

「在北港溪生活，不比咱在大肚城，抑是枇杷城。出去開墾，是艱苦代誌，伊咁要？」

「反正伊在山邊打過番。咱要去的開墾地，和伊住過的隘寮比起來，形勢應該不會更嚴峻吧？」

「咱爲了活命，別人不敢去的所在，咱嘛要去。而且咱一去，嘛嘸可能隨便跟外口人哭夭，嘸啥事就在喊驚。」

王大老五十五歲那一年，再度前去北港溪開墾。

這回伊嘸再孤一個。除了阿飼、阿飼的大子有晉、伊的牽手阿葉，更有八歲大，阿飼分出去查某子所生的查某孫仔鏈英。伊們不分壯丁，抑是老弱婦孺，總算一家夥人緊密相伴，前往了「番害」頻傳的北港溪新墾地。這也是伊大肚城和枇杷城混血的熟番後裔，再度前進番地，更爲大膽試探的底層移墾。這同時是潦草中輟以後，很快埋入荒煙蔓草，至終又得返回原點的另一次雄偉開頭。

大肚城抖田的四個女曲頭（日治昭和三年）

「鏘──、鏘──、鏘──。」誰說彎來繞去的庄仔底路，擋得住筆直走來的陣陣銅鑼音？又誰說，遲來的古老敲擊，已無力穿透緘默慣了的大肚城？本身即是流汗舞步的鏘──、鏘──、鏘──，提醒了過去的存在、即將成爲過往的霎時，還有即將從過去某處和此時此地合力出發的未來。

鏘──、鏘──、鏘──，王採鳳聽到老邁的大肚城庄辛苦喘著氣，那吐出來的每一口氣，也像是隨時會中斷。

八歲採鳳仔擠在公廳大埕，層層圍觀的人群當中，顯得個頭更小了。鏘、鏘、鏘，鏘、鏘、鏘，四面銅鑼急如戰鼓，承命前來擊醒庄仔底的少年輩。它們雖未獲得立即迴響，卻和大肚城天際線一樣的清朗明亮。伊們亦如飄飛雲絮，不知不覺逼近了人群，最後又和查某頭人們不失莊重的利落身影，合體爲一。

大肚城年度走鏢「送祖公」，榮獲頭鏢的勝利者出爐。採鳳永遠記得那極其榮耀的一幕：拍瀑拉長者們各個睜大了鷹眼。與其說他們裁判無誤，伊阿爸先馳奔返，在今年大肚城走鏢贏第一，不如說他們老早立定主意，贈與每一位走鏢拍瀑拉同樣至深的溫情。

王採鳳的養爸仔搶下頭鏢鏢旗。他毫無倦容地享受了圍觀群眾熱烈的喝采。採鳳仔急於盯住他的一舉一動。她多麼歆羡，養爸仔得以在眾人擁戴還未散去的時候，即刻昂首張口，豪邁吞下了金橘蛋黃的一粒鮮雞蛋。

*

他已經不是第一回奪取頭鏢。王家厝內吃 mata 酒的滿桌盛宴已備妥。

鏘——、鏘——、鏘——，鏘——、鏘——、鏘——，她們一面摃銅鑼、一面領頭吟唱祖先的番仔歌，而讓前來暢飲勝利 mata 酒的拍瀑拉族親們，得以一步步拉高伊們歡樂情緒，進而彼此渲染著。

每年七月初一，大肚城庄走鏢、送過祖公的那一整個下午，可說是拍瀑拉族親們一整年裡頭最熱烈期待的共同愉悅時光。頭鏢，頭一個厝內擺席吃 mata 酒；緊接著二鏢；厝內同樣擺席、吃 mata 酒；再接下來三鏢；還是厝內擺席、吃 mata 酒；再再接下來四鏢、五鏢、六鏢，庄仔底有多少壯丁走鏢，就有多少攤慶賀的 mata 酒宴。於是這四名摃銅鑼的拍瀑拉 malau 跟著逐一巡走，在吃 mata 酒的每場宴席當中敲鑼、領唱，一路熱鬧到了近晚時刻。

拍瀑拉族親們巡飲 mata 酒的間隙，也會在這四位女曲頭靈巧引領底下，一波波群集到公廳頭前的大埕，各個亢奮融入了伊們帶頭抖田的持續盛會。她們沿襲了好幾代 kaya、malau 承家本領的有力膀臂，總是以千軍萬馬架式，揮舞出淩厲節拍。她們了然於胸，唯有伊本分地，一記記敲響固執的黃銅鑼，方能號召庄仔底每一家夥人，扶老攜幼，攏總行出來。而她們最觸動激情，則不外乎是抖田時刻極致的跳姿。有別於暗眠時仔大夥仔緩緩「牽田」的肅穆、悲愴，她們白天曝曬在豔陽底下的抖田會，則更像極了拍瀑拉海岸原鄉翻滾的巨浪，一路席捲到了好幾代以後的內山。

她們還是末代的。

*

頭鏢得主王家當日下午擺設 mata 酒宴的大廳，正是伊們透早「飼祖公」的同一個所在。只是隨著漢化拍瀑拉的習俗演進，這個公族仔完成「飼祖公」年度祭儀以後，還另外擇正午時段，仿效起漢人的「拜公嬤」習俗。

「阮嘛有拜公嬤。」

採鳳才幾歲囝仔，就養爸仔厝內大小項代誌，攏要跟著做。不管是「飼祖公」，抑是「拜公嬤」，伊攏會鬥無閒。

伊們同款在壁腳「飼祖公」，但是那土角壁腳已經從傳統的門扇後，移到了正大廳：那是牆上披掛觀音彩，紅格桌頂奉祭有神主牌仔的頭角廳。伊們「飼祖公」是跟高桌頂公嬤牌仔挨作夥，邊仔的一處壁腳。採鳳自細漢就眞知影，伊們這脈王家神格桌頂，那公嬤牌仔內底主祀的，是嬤，不是公。「阮們主要拜耶煞攏是嬤咧。一個是阮養爸仔的老母；一個是這個養阿嬤的小妹。兩個攏嘛用招耶，阮們攏嘛吃伊們的姓。還有一個嬤，嘛不能不拜。那是阮養阿公從生番空過來，給本庄姓王的養阿嬤招，嘛將伊們那邊傳家阿嬤的神主牌仔，一個姓滿的外祖，跟著帶入門囉。」

「等阮大漢，嘛要穿跟阿嬤同款的衫。尚好這樣，從頭到腳整身。伊們一大群人作夥抖田，才會好看。」採鳳以目光追逐伊親阿嬤在敲銅鑼隊伍中的耀眼表現。利落摺出的暗青頭巾，讓抖田曲頭中最年長的伊阿嬤，更顯威信。她上身那件長袖棉衣，比春好的米粒還要純白無瑕；它對襟排列釦結的布鈕，則成了伊孫女兒一盯著瞧，就要感覺暈眩的一顆顆閃亮銀星；她下半身的闊褲褶仔，外搭半長短的一片裙，則是絕對莊重的墨黑，彷彿沒有了不肯妥協的這樣大片重黑，背回家的祖靈就將無從依附與藏身。

採鳳最歆羨，則是緊繫阿嬤腰際，繽紛織錦的那一條阿拉帶。她覺得阿嬤只要繫上拍瀑拉鏽花的半弧狀阿拉帶，即可回復伊少女時代如蛇的腰身。阿嬤抖田一跳，那整排繡花也要隨著綻放了。而當她們來去呼喚的銅鑼聲，此時此刻灌滿了採鳳昂首佇立的四周圍，她本應稚嫩的思索也倏地活躍了起來：咱大肚城番的祖先，是行這樣的路入來埔里。伊們所經過，有大溪，有好幾座山，還有長長溪埔仔路，也是這麼來來回回的彎曲。咱揹祖公，照起工，該怎麼做？想跟祖靈講啥話？要不，咱別忘記了，所有祖公、祖嬤的教示，攏藏在這條阿拉帶內面。就這樣，咱阿嬤甘願給伊攬著著。

採鳳尚愛看伊阿嬤在眾人面頭前，帶領抖田時精幹的架式。「阮阿嬤不只是腳手伶俐而已。伊實在真有型。」採鳳感覺真歹形容，阿嬤今年六十多歲了，可是怎麼一跳起來，整個身軀不但不像大鳥展翅時刻，羽翼輕盈，往上騰飛的體態，反而當她單腳頓地，腰身放肆擺動之際，像極了扎根更深的一欉老樹。

用年歲來排，採鳳的外嬤王玉芝，可以算是這四個查某頭人內面的大姐。玉芝的查某子陳月，若厝內過年過節做粿，攏會喊伊親生的查某子採鳳仔轉來，趁燒包幾塊仔走。採鳳的親生老母分粿給伊，就成爲伊和阿嬤之間，難得的相聚時光了。嘸採鳳自紅嬰仔就分出去，煞攏不曾和伊正阿嬤逗陣生活過。每當採鳳感覺生疏，羞赧不知怎麼和伊這個正阿嬤應對的時，王玉芝就會笑文文，大蕊目睭直直盯住了採鳳寬大的腳盤。抑是有當時仔，伊嘛會將皺紋已深的枯老手掌伸了出去，溫柔輕撫採鳳十足豐腴的腳腿肉。隨後伊還經常會心一笑地讚嘆：「妳跟阿嬤還真是同款仔、同款。咱生的這雙腳盤，攏比別人更再大。咱這樣尚好，站較穩，行路嘛攏嘜絆倒。」

就是這個緣故，採鳳只要看阿嬤抖田，目睭大部分攏會盯著阿嬤穩健有力的那兩隻腳腿，仰慕它們，遐想它們怎麼有法度在奔放抖田的同時，大山聳立似的，不可撼動。採鳳一度滿懷希望：有朝一日，將換作伊家己，大方站頭前，帶領庄仔底後輩，是大肚城帶頭抖田的下一代女曲頭。

「我這個查某孫，畢竟還留在大肚城，目睭前，人還看得到。」行頭前的王玉芝，早習慣了眾人攏在看伊的樣，而顯得坦然自若。她更有餘暇，目睭尾特別掃過人群，再以老練視線短暫抓住了採鳳，關注伊挾在大人中間，咁看耶清楚家己親阿嬤是怎麼從祖靈得到了庇佑？玉芝滿意地展露笑容。「將伊送轉去王家做查某子，比去對陳家那邊的姓，還讓我感到安心。無咱王家，古早大肚番社土目的後代，恐驚仔早慢會斷血脈。」她心思一轉，眉頭才又打結似的，糾葛、皺成了一團，整塊面煞親像大欉樟仔的枝幹上，再也無法脫落、換新的老皮：「咱後輩千萬嘜再跟鹿仔港人相嫁娶，結作親戚囉。咱眞憨，月仔招翁有啥路用咧？到尾仔，伊生一大堆囝仔，講是對咱查某這邊的姓，事實嘛攏是吃著伊老爸那邊的姓，全全姓陳，抑嘸一個對我姓王。眞害，過去伊們嘛攏有分著咱姓王的土地。這分明是多拖磨而已，到底是好在哪裡？我實在攏看嘸。」

王玉芝連在抖田，召喚祖靈時刻，嘛會不平，暗自發牢騷，可不是完全沒有道理。伊出身的家族仔，最近世代以來，不時和鹿港人勾勾纏，牽扯不清。伊這支的王家，對於家己是海口大肚南社土目的後代，還加減有一點兒印象。不過當伊們講起家己是大肚「城」番，就予人感覺，和伊們祖公、祖嬤講家己是大肚番，有一寡仔出入。若伊們一代過一代，一寡仔、一寡仔去混到漢人的血統，嘛算過耶去。偏偏伊們這房頭，煞專門跟鹿港人有緣，兩邊的查埔、查某，若有心要閃，嘛閃莫開腳。就從伊頂一代的 baba、iya 談起：伊 iya 是出身同庄仔底的施家。那一看就知，伊明明就正港大肚城番，煞在遺傳特徵明顯的這個身軀頂頭，僞證般印記上道地的鹿港姓。這使得扎根庄仔底的伊家族仔，臉上一律記號上異族的紋面，讓伊一世人嘛洗不掉。「爲啥咪咱得要吃伊們鹿港人的姓？」玉芝的 iya 有當時仔會碎碎念，怎麼家己像是頭毛去染著蝨母同款，苦苦根治不了這個生分外來姓氏的加冠？

「咱前世人欠伊們，鹿港人才會這麼陰魂不散。」王玉芝是厝內尚年長的查某子。伊 iya 跟人講親戚，十四歲就讓伊跟同庄頭的陳阿壁牽手。玉芝的搭家姓林，是出身彰化二林的海口人。她早年和鹿港擔埔社的翁婿入來大肚城打拚，當伊跟王家講婚事的時，就眞堅持，伊的後生絕對不要給人招。陳家有她在，玉芝只有嫁入門，做伊們陳家媳婦的份。到尾仔連伊生落來的每一個囝仔，全部攏愛傳伊們陳家的香火。這麼多年下來，玉芝只得私底下跟伊查某子鎮日訴苦，才稍排遣了鬱悶的情緒：「妳這個彰化嬤做人眞鐵齒。一定愛這群孫對伊的子的姓，連稍讓步，給咱這邊抽一個『豬母稅』，和我同姓，嘛攏不行，就用這項，來將我壓入底。伊家己綁腳，行路行不遠，做厝內嘛只能做些幼路仔，那款較粗俗的代誌，只要伊後生不在耶，攏嘛靠我一個人在擔。竟然她還眞蝦擺，笑講我是大腳婆，歹看。騙肖耶，像伊們古早的鹿港查某，腳細細隻，像鳥仔腳同款，風一吹，就險險仔要倒，是有啥好咧？我一出世就在內山，就是番婆，又怎樣？妳喔，大漢千萬要記得，以後要生一個傳咱姓王耶，嘸我會一世人莫甘願。」

王玉芝是等到伊搭家仔活過日本時代，在七十多歲過身了後，才掌握到伊這一代大肚城番婆，在厝內尚起碼的主權。伊所插手，尚關鍵的厝內事，就是伊所生的後一代人，不管查某、查埔，在嫁娶婚事上有意識的安排。

「咱大肚城番和伊們鹿港人嘸同款。咱時行查某娶查埔耶。」多年來，玉芝總覺得遺憾，她不能把翁婿招入門，反倒是家己孤孤單單嫁出去。

「那是怎麼一回事，malau 將妳嫁出來？」月仔十分納悶，伊 iya 當初嫁入來陳家，是帶著怎樣的心情？是不是正因爲，iya 如今懷有強烈的補償心理，才會認眞打算，一定愛伊招翁？

「我當時才十四歲，一個囝仔子，懂啥？是咱嫁出來了後，才知影苦。」做人媳婦，不只在厝內嘸權，還得萬事吞忍，玉芝確實眞嘸習慣。後來伊嘛一直想嘸，後頭厝的父母是在肖貪啥？伊們怎會爲了跟鹿港人結親戚，甘願將家己查某子送出去？

「嘜再講我。那些攏是過去事，可以全全放水流。現在，咱來談妳的婚事較重要。阮不要妳嫁出去。阮是打算要給妳招翁。若嘸愛給人招，那種查埔仔跟咱一定不合。咱就嘜再跟伊們多講啥。咱愛較巧咧，知否？」玉芝等搭家、官過身，才總算出頭天。而後，伊無論決定厝內啥大小項代誌，攏可以表現出十足的威嚴，形同一家之主的架式。伊希望查某子招翁的這款主張，正像是對自身在過去婚事中承受過的委屈，推動著一項偉大平反的工事。

月仔並嘸馬上應話。咱免嫁出去，無需要重新適應別家夥的生活，又有家己老母好靠，當然嘛對查某人較有利。又再講，過去 iya 不時灌輸伊這款思想：「咱查某嘛可以娶查埔仔」，是那麼理直氣壯，嘛算是庄仔底老輩天經地義的慣習。月仔和 iya 站在同一陣線。她還更深思熟慮：「咱這樣做，也是在幫咱 iya 吐一口怨氣。咱想到去做人媳婦，就驚到要坔屎。嘜較好啦。咱招翁有眞多好處。至少咱厝內嘛可以多一個長工，入來給咱逗做食。」

「這個少年囝仔姓方，他和庄仔底洪家那個鹿港嬸婆仔，是同公族仔耶。她眞熱心，給咱逗牽。我嘛相過啊，人才還算莫歹啦。」玉芝堅持查某子娶翁，煞嘸排斥月仔招鹿港人。似乎她一面覺得，查某子招翁較贏面；另一方面，又聰明計算著，鹿港人是莫歹的生意腳肖，他們在埔里街仔經營店鋪，可說是聲勢日漸看漲。但反倒轉來，咱庄仔底屬大肚城番的族親，一步步行到現時的環境，早年祖公、祖嬤留落來的田園家夥，不只所剩不多，還愈敗愈大孔，快要漏財漏了了。即使她本人有意願和族內的家己人通婚，親上加親，嘛不一定可以眞正讓唯一的查某子，和人牽手了後，日子較好過。伊想：咱何必太過堅持呢？當然，她打從心底這樣考量，僅剩下嘴內還不肯承認，月仔嘛血統攏混過啊，是半個鹿港人。甚至講，二十年來，伊家己嘛是道地鹿港人所娶的媳婦。伊們再和鹿港人相牽相纏，嘛免啥大驚小怪啊。

「妳應該不會對鹿港人有啥反感才對？」

「有一好，嘸兩好。」

「對啦，有這麼多款人，在大肚城來來去去，咱早就慣習啊。咱要跟誰結親戚，攏嘛可以。反正是咱這邊在娶。若硬是叫咱嫁嫁出去，就嘸那麼好參詳啊。」

「又再講，日本人禁咱台灣人不能綁腳，是連伊們鹿港查某，嘛學咱做大腳婆。咱要嫁娶啥款人，嘛嘸啥差別囉。」玉芝現出一副眞開通的扮勢。

於是，玉芝明明是跟伊鹿港搭家一世人不和，伊還是招了一個正港的鹿港子婿轉來，似乎一點兒攏嘸煩惱，伊們海口人原本住那麼迢遠，鹿港擔埔社的少年仔，是一雙草鞋仔常常穿到破。但認眞講起來，玉芝掛在嘴邊的鹿港子婿，充其量只是曾經在鹿港街仔，跟頭家住過一陣仔，一個打拚賺吃的庄腳少年。他的確實出身，是武西堡崙仔腳庄的農家子弟吶。似乎，玉芝在「名義上」招一個鹿港子婿，嘛算眞風光的一件婚事啊。

日本人統治台灣的前一年，玉芝仔生阿月；等到月仔招翁，就已經進到了日本人統治底下的大正三年了。約略過了半年後，玉芝的厝內可又是熱鬧滾滾，再辦它一件喜事。只是，這回主角輪到了玉芝的後生，而且，伊的大子阿誠並嘸準備被人招招出去。玉芝老神在在。如今伊將鹿港親戚暫且放到一邊去。伊順勢轉過頭，跟和伊感情最密的姐妹仔伴，也就是水裡城的洪阿李，私底下戚戚簇簇，又在講親戚囉。

「阿藍眞有人緣。」玉芝過家過到水裡城。伊蹲在阿李厝大廳的護庭仔外口，大家閒閒作夥在開講。

「姐仔，妳不是不知，伊不是我生耶。不過至少是吃我的嘴瀾大漢耶。」阿李嘴內一邊咀嚼菁仔，一邊跟玉芝應答，同時還隨手遞出一顆菁仔給伊。阿李這麼稱呼玉芝一聲姐仔，除了是庄仔底人常有的客套稱謂，追溯起來，兩人之間也眞攀得上那麼一點兒親戚關係：阿李招贅的王大羽，是玉芝伊後頭厝王家嘸同房親的小弟；阿李嘸生，伊分轉來的子洪阿萬，抑是玉芝出世的王家中，另外一個房親仔兄弟王椿的親生子。阿藍與阿萬這兩個姐弟仔，攏是分轉來的囝仔。這麼多年來，玉芝算是一點一滴，看著阿李怎麼養飼伊們大漢，嘛眞習慣由伊們來喊伊一聲「玉芝仔姑」。而且伊們若講到血緣上的眉角，阿藍的老爸仔，是阿李在水裡城洪家的房親，先去給伊姓「潘」的老母，招入去烏牛欄。所以講，阿藍這個查某囝仔雖講是阿李養耶，嘛是有咱一半血緣的大肚城番。玉芝早就眞尬意這個阿藍，而且暗自打算，日後阿誠若有法度將伊娶入門，牽來牽去，嘛算攏是家己人。

「抑是咱番婆，看了較順眼。」

「唉，光生一個番仔面、顯顯一雙番仔目，全嘸路用啦。不是我老輩耶嘴賤，在愛念，伊們這些少年輩耶，嘸分查埔、查某，番仔話攏講嘸幾句。伊們若堵到牽田，有的還故意躲在那厝內房間，門關死死，任憑咱銅鑼怎麼出力在損，伊們嘛假作臭耳人，實在讓我眞失望。」阿李難得可以在阿姐面頭前，講寡仔少年代的不成材。

「阿李，咱作夥打銅鑼、作夥抖田、作夥念番曲，是比親姐妹仔較親。」玉芝這一番話，講得讓洪阿李泛紅了目睭眶。近年來，阿李更覺得孤單。伊連要講幾句仔番仔話，解一下愁悶，攏要找嘸對象啊。

「就是這樣在慘。咱庄仔底還家己承認是大肚城番耶，恐怕手指頭仔彎彎耶來算，嘛嘸剩幾個。妳的搭家、官還在時，嘛嘸啥歡喜妳出來跟阮作夥抖田。」

「是啊。伊在生時，壓我眞累。講啥咱這些大腳婆抖田，眞不束鬼，莫知影見笑。」

「伊們鹿港查某時行綁腳，假幼秀，當然看咱莫慣習。」洪阿李一邊凝視著玉芝仔姐。伊是好奇，玉芝平常時仔那麼活潑，這時怎麼顯得有些沉悶？伊是否有啥心事解不開？於是，阿李又追問了一句：「妳不是不喜歡做伊們鹿港人的媳婦，哪會想不開，又招入來一個鹿港子婿？」

阿李率直問話，反給玉芝一個大好機會，順伊的話尾，切入玉芝現時尙關心的問題。「阿月招翁入來，鹿港人嘛嘸啥要緊，骨力做食就可以。阮嘸再叫伊去做鹿港人的媳婦囉。再來，阮換要替阿誠好好仔打算。阮較嘸愛外位的查某囝仔。伊若娶得那些鹿港查某，除了莫曉抖田，咱番仔話伊們嘛莫曉半句，以後咱老叩叩，嘛跳莫震動啊，就嘸人好再傳落去啊，對否？」

就這樣，玉芝的子女一邊跟大肚城番牽手，多少守住了族內人末代的根性；一邊則還繼續跟外口的鹿港人牽親引戚，又娶又招，設法適應伊這一輩的人，生活中堵到的現實。過去二十年來，她身爲鹿港媳婦的壓抑記憶，不再掐住伊。那場磨難如今促成的，反倒是她在抖田、損銅鑼時，毫無保留地投入。那也像是回光返照的一場預報：某日，當她在人世間的歲月具體結束，也正是祖靈祭典終結的末日。

更往前追溯，早在玉芝三十三歲那年，不幸死翁，成爲感情上全無倚靠的寡婦，她還得想盡辦法，飼活這一家夥人。那時她就想通了。即使伊和搭家仔還住在同一個厝腳，嘛免再繼續應付伊們那一整套三從四德的庭訓，再讓家己萬項代誌攏綁腳綁手，活得不痛快囉。

「咱死翁的查某，除非又再嫁，否則在外口，一言一舉，攏要留寡仔給人探聽。唛那麼郝姬姬，癢到愛去找啥嘸正經的查埔仔，實在嚇死嚇眾。嘸妳敢再入門喔？」那當陣，玉芝的翁婿死好幾年了。伊的搭家卻還活得耳聰目明，精幹得很。每日伊有意無意間，不曾鬆懈對伊在外言行的監看。然而，伊搭家仔的辱罵，並不能恫嚇玉芝身軀與情感自然的發展。就算搭家仔將伊看作無恥的蕩婦，伊嘛嘸出言不遜的頂撞。她只是逕自妖嬈展現著，作爲一名青春未燼婦人的魅力。不過在她內心，還是存在不得不吞下的一連串答辯：「阮埔里番婆又不像妳們鹿港查某，那麼軟弱。你們查埔人時行納妾，阮這些番婆嘛不是好欺負耶。阮前前後後，總共招好幾個翁，和嘸同查埔仔生子，嘛攏眞平常的代誌。反正，阮嘸講留在厝內，一世人守活寡啦。笑死人。」

就在玉芝的翁婿死了後的第十年，伊嘸躲、嘛嘸掩蓋，就在庄仔底老輩一致的呵護下，十月懷胎產下了一子。她老蚌生蚵，產下孩子後，親身到日本官廳那兒報戶口。

「妳的翁婿叫啥？」

「我牽手的翁，十年前就過往啊。」玉芝瞬時讀出日本廳員禁不住的羞赧。伊看起來還眞少年。

「妳嘸再嫁？」她搖搖頭。

「我姓王。」

這名廳員一板一眼，不敢稍微脫離常軌的模樣。伊在戶籍上，以日文記註出如下的新生兒戶口。

「王卿來，父不詳，母王氏玉芝的私生子，明治四十一年五月三日生。」

直到十幾天後，王卿來才從這個戶籍除戶，轉成爲潘志忠收養的螟蛉子。

「唉，少年人若不愛出來，一年過一年，咱擱再老，嘛愛跳頭前，做一個好模範給大家看。」招妹是四個女曲頭中，身材最高眺的一位。伊的厝在公廳後壁。大肚城庄仔底屬於公耶，正在進行的大項小項代誌，攏避未開伊眞精功的目睭。大家集合在毒家大埕牽田，嘛是幾步路仔就行得到。她轉去家己的公族仔，嘛是厝邊頭尾相講講咧，牽牽耶，就成了，嘸啥需要去麻煩到外口人。

「我跟阮 iya 同款，一世人守在大肚城，一腳步嘛嘸走。咱哪會知影，到今仔日來，會這麼狼狽？」招妹抖田時，即便盡量配合眾人節奏，伊的腳步仍顯得突兀，旁觀者全然感受不到任何歡娛。伊身軀內，像是有個不甘心被束縛的啥物件，在內底滾來滾去，又時而像極發脾氣的一頭牛，不時對外衝撞。即使她四周有返家祖靈坐鎮，依然挾制不了那股往外狂奔的力道。伊的身軀如同一間草厝仔，連棲身所在的大門板，嘛隨時可能自個兒拆解下來。

「我無法度吞忍。我莫甘願啦。」招妹更投入，抖動大夥兒共同的步伐。此刻她回想起 iya，愈感覺家己這樣活，眞嘸値。這時，一邊跟伊手牽手的玉芝仔姐，用溫暖目光緊緊攬住她，意欲傳遞出更加堅固的姐妹情誼，要她安心似的。

「iya 死十幾年。進陞嘛嘸去啊。難道我的怨氣還無法度消？」招妹充滿彈性的柔軟身軀，一來一往抖跳，成爲伊最佳的宣泄出口。

招妹 iya 的後頭厝，嘛在公廳邊。伊是厝內第三個查某子，一堆姐妹仔，招翁招有夠啊，才捨得將伊嫁到離嘸幾步路的厝邊仔。伊們那公族仔進展到招妹這一代，情景就大大嘸同囉。招妹是沈天寶的長女。伊十五歲那年，iya 就開始用心計較，一步步安排，要讓伊招夫的代誌。

「妳的 iya，嘛是阮老母，誰講是阮來給妳招？」進陞在生的最後那幾年，伊們兩個時常口角，有當時仔，透瞑嘛大聲喊到連厝邊嘛給伊們吵到攏免睏。伊們惡面相向的程度，只差還沒將那落厝頂掀掀開。

「這不是招入門，嘸是啥？眞嘸天理。雖然咱同庄仔底，大門口又近近相對，我咁有偷入去你們賴家住一暗？你還硬拗。是你入來阮沈家，咁有不對？」招妹啥攏可退讓，唯獨伊分明嘸嫁出去，厝內吵了好幾年的這件公案，她是一點兒攏不可能落軟，一定要爭到贏。

「阿母是愛我做伊的後生。」進陞眞正在意的，不是招抑是娶。伊嘸需要跟招妹爭這一口氣。但是，伊明明嘸給伊招，後來日本人調查戶口，伊嘛講得一清二楚，照實登記在戶籍上。他認爲，就是這樣前因後果，伊和招妹雖生了五男一女，嘛只有秋融仔孤一個，對伊老母姓沈。

「是阮老母嘸去。那嘸，伊一定眞傷心。你是死鴨仔硬嘴撇，不肯承認。她早就打算，讓我招你。我問你：既然是給阮老母做子，給伊養，怎麼你還是姓賴？怎麼了，看不起阮們，無愛換阮們的姓，對否？」

招妹愈講愈火大。進陞是連做 iya 的子，嘛根本就無誠意。

「我跟妳作夥，那是好幾年以後的代誌。妳家己良心摸看嘜，我厝內幫阿母做食那麼多年，無功勞，嘛有一點兒苦勞。」進陸仔更加惱怒了。他自十八歲來給招妹的老母做子，厝內事事攏聽伊們在發落，伊只有惦惦做長工的份，招妹難道還不滿意？現在換伊一定要爭到贏：「妳不能太過蝦擺。大家心知肚明，這問題的糾結，不在我身上，是妳阿爸、阿母一個愛妳招翁、一個愛妳嫁人，心內想的不同調，才會讓咱寃家整世人。」

招妹像是一下子嘴被堵住，接不上話。可不是嗎？伊的 baba、iya 算起來攏是大肚城番，煞攏總嘸純。伊們兩邊混來混去，嘛攏去吃到外口人的姓囉。不過，比較起來，伊 iya 孝日仔較愛跟番作夥，根深柢固覺得，查某子就是愛招翁，才算有賺，這較合她的意向。那矛盾就出在，可能伊 baba 細漢吃伊阿嬤太多嘴瀾，一直想要生一個查埔仔來傳香火。所以當伊 iya 生頭胎，是一個查某囡仔，伊 baba 在期待落空下，就給她取了個「招弟」的菜市仔名，意思是，有伊了後，可以趕緊生一個查埔嬰。「生查某囝仔有啥嘸好？我眞不歡喜，妳老爸耳孔根較軟，給伊老母逼到無法度，講一定要生一個查埔仔來傳，才對得起伊們祖公、祖嬤。騙阮嘸讀過冊，查某仔才更好。」孝日仔眞不尬意伊的查某子取啥「招弟」，大家喊伊的名，就親像在恥笑伊嘸路用，生嘸後生。伊明明感覺，飼查某仔，有較好。這件代誌結果嘛眞趣味，這個紅嬰仔是伊 baba 叫「招弟」；伊 iya 叫「招妹」，老爸、老母各叫各的，反正叫伊，伊聽有，會曉應，就無代。

孝日仔反抗的心理，多少感染到「招妹」。結果，等招妹二十外歲，日本人正式來查戶口，iya 在邊仔，就一直對伊使目色，母女倆於是聯手，演出一齣宛如漢人「貍貓換太子」的宮廷好戲。

「阮是大肚城番。」她身爲長女，早認定了，iya 是大肚城番，伊就是。

「所以是『熟』。」她跟著點了點頭。雖然，「熟」是啥意義，對伊並不重要。

「妳姓啥？」

「沈，我不會寫。不過記得是旁邊有三點水。這三點水，是從大肚溪、烏溪，南烘溪流到咱這邊來。」

「妳名咧？」

「招妹。」她嘛無算是白賊。
「哪一個『妹』?」
「我不會寫。但是眞清楚，阮 iya 講生查某才有賺，叫我盡量招小妹，招愈多個愈好。」反正伊 baba 過身眞久，不會在厝內再喊伊「招弟」囉。至於庄仔底別口灶的人叫伊啥，嘸要緊。伊感覺嘸需要跟這種官廳的人囉唆，講太多這些有耶嘸耶，嘛嘸彩工。
「我就幫妳正式登記，妳姓沈，名招妹，招眞多個小妹，才有賺的『招妹』。」
「伊是玉芝無緣的查某孫仔。伊那麼細漢，就知影跟咱逗陣，有夠乖。伊知影在旁仔看，嘛算眞大才，」招妹抖田時，特別注意庄仔底那些少年輩耶，看咁有多幾個耶出來。王玉芝分人飼的孫仔採鳳，才沒幾歲的囝仔，就會曉揹祖公，大人在抖田、走鏢，伊嘛跟著看透透。「伊實在眞値得那些老輩的疼惜。」招妹隨後嘆了口氣。伊又想：「伊就是歹命囝仔，給人苦毒過，才會那麼幹練，每一項攏學到著。文支仔的牽手，一年到頭病倒在眠床頂，採鳳不只厝內大小項代誌攏愛做，嘛得替伊捧屎捧尿，我看玉芝姐仔一定眞莫甘願。」

招妹看到令人心疼的採鳳，煞又想起進陞仔。這讓她一腹肚火，又被招惹。「採鳳的養父仔文支，是阿來的子。阿來較早死。伊和玉芝，攏是大肚城王家的姐妹仔。阿來的翁婿，嘛是正大肚城番，姓蚋的公族仔。」招妹一想到姓蚋這個公族仔，就覺得難堪。「進陞仔的 iya 嘛是跟伊們同公族仔的番。」

招妹一想起進陞仔，在生時硬要跟伊爭姓，害講伊們攏總生六個囝仔，尾仔竟只剩下孤一個，跟伊這個 iya 姓沈。招妹不甘願是不甘願，伊對家族仔內的這件公案，如今嘛算有法度將伊看得更爲透徹：「爭啥?到頭來，大肚城番不只是田園土地一塊一塊敗了了，連咱的姓，嘛給外口人，一嘴一嘴吃了了。」招妹尚感慨的是，進陞仔那邊的姓，硬過來爭，看起來是伊占了上風。但是事實上，咱若作夥來比評，這兩邊頭緣起於大肚城番老母的姓，到尾仔，煞作夥沉到了溪底。

招妹記得，她曾經衝著進陞仔，挑釁地講過了這樣的話：「你只會顧你老爸這邊的香火，笑破人的嘴，你正港大肚城番的 iya，伊姓蚋這個公族仔，有法度繼續傳伊的姓耶，煞沒剩幾個，眞是人丁單薄到多麼可憐的地步啊。反倒你阿爸仔伊們姓賴的，外位仔一大堆，親像溪底摸蛤仔，手隨便伸落去，撈起來嘛一大堆。較拜託咧，以後講著姓賴耶，人家宗親咁會想到咱大肚城這個所在？眞拚咧。」

招妹想起當時，兩邊爲了這個姓是誰吃誰，爭到快要起相打，反倒覺得太不值了。「連厝邊的人厚話，笑咱這些子，哪會攏嘸對我姓沈，咱還會氣到，想要拿番刀來刣。咱嘛有一次，氣不過，煞把人遠遠追去庄仔底的另外一邊頭。咱實在有夠憨。」

招妹瘦瘦高高。她不只腳長手長，連面形仔嘛長。伊抖田的時，站作夥的玉芝姐，就顯得矮小。至於四個女曲頭當中，另一個潑辣角色——阿姬，雖然不若她高眺，卻因著那一雙明亮逼人的大眼，配合上多年勤練，利落抖跳的腳手，仍足以吸引來自外庄圍觀的眾人，以及跟在她們後頭，那些同庄後輩注視的目光。

阿姬抖田，側身剛巧斜照面時，不忘向著招妹，極有默契地嫣然一笑，宛如兩人相伴返回了少女時代。招妹完全能夠明瞭她要傳達的心意。「阿姬一定暫見潮和仔，親像一支柱仔，惦惦立在那裡，和一塊死柴仔板同款，嘸要嘸緊。唉，看伊老實人，講起來，咱家己嘛感覺好笑。」阿姬和伊同款，攏有過兩個翁。不過招妹一直感覺，阿姬的過往有比伊還要坎坷。

「阿姬，妳的親 iya 到底是誰？」

「這咁需要問？」

招妹愛過家。誰知影，有一日，伊行到姓味的厝邊那兒，跟人講東講西，才無疑誤聽著，阿姬並不是阿百姨仔親生耶。

「阿百姨不是從日南那邊嫁入來咱庄頭？」

「講對，嘛對；講不對，嘛不對。」

「妳嘜把這麼簡單的厝內事，講到那麼讓人聽嘸。妳咁是驚我聽到睏去，才故作神祕？」

「阿百姨的 iya，是阮味家的姑婆嬤嫁過去耶。咱大肚城是伊 iya 的後頭厝，咱講伊並不是外位仔入來耶，嘛對。」

「所以說，阿姬和妳同血緣，是親戚中間的姐妹仔代？」招妹平鋪直敘的問話，竟讓這個老厝邊突然變得吞吞吐吐，似乎不知如何應對了。

「無啦，阿姬的 baba，又不是阿百姨的第一個翁。」她答非所問。

「妳是講，阿姬的 baba 是別人，是阿百姨仔的前翁？」

「嘜啦，聽妳黑白猜。我對伊們會眞歹勢。咱嘜再講落去啊。」

招妹慢慢回想，伊 iya 以前講過，阿百姨眞強腳，她本來是和大湳仔一個姓巫的結翁某。

「妳是愈講愈遠，不是這樣啦。」這個厝邊彷佛不小心講到了親族仔的痛處，才趕緊閉嘴，用接下來的靜默，來救贖前一時刻的魯莽。

最後還是由阿姬本人，親嘴證實了伊的身世。「現時我的查某子網市仔的 malau，還未跟阮 baba 牽手進前，阮 baba 是跟別個查某作夥，早就生我啊。這抑嘸啥，只是日本人造戶口，咱老輩耶，嘸愛再講這件代誌，才登記講我是阮 baba 的私生子。結果，官廳的人硬要講我是『母不詳』。我嘛不要緊。」

「妳莫知影生妳的老母是誰？」

「當然嘛知。伊們頂一代人嘸願意又再講，咱就歡歡喜喜過日子，嘜爲難伊們啊。」阿姬一直到少女時代，嘛攏還有看著伊親生的老母。伊早就招翁啊。大家以爲阿姬啥攏不知。其實伊自細漢，就對伊家己隱祕的身世瞭若指掌了。每一個牽涉其中的頂輩，一面驚伊知，將這事實掩蓋起來，一面伊們又處處設下陷阱，一回又一回，忍不住用伊必然理解的方式，愼重暗示著伊，非要伊掉進去這個半遮蔽事實的網羅不可。那是她不以爲意的開朗性格，才讓這個公開祕密顯得十分無害。

「阿姬，我眞歆羨妳，家己的姓，嘸被妳招入來的翁婿隨便吃吃掉。」

「尙早，伊是從外位仔入來開墾，做咱的田園，哪敢跟大隻黑熊借膽，在咱厝內，就一個人大主大意！」阿姬在厝內眞有權，做人嘛算明理。伊先讓家己頭胎生的大查某子，跟伊的客人仔老爸姓劉；等她到了生第二胎，紅毛仔呱呱落地，就換對伊的姓囉。

「他入來，是給我招。伊們客人仔愛有一個子孫仔傳香火，不能讓伊失望，是沒有錯。但伊們總不能整碗捧去，讓咱大肚城番傳莫落去，對否？」阿姬記得伊的 baba 林慶福以前時常講：「妳較巧，較可以靠耶，千萬要聽得詳細。咱大肚城姓林的這一家夥仔，和外口啥霧峰林家的人，是全全嘸一點兒關係。大家嘜黑白認祖，恐驚仔又被人笑講，咱是一群憨番。」

「我自細漢，看庄仔底那些老番，哪會嘸伊一個，跟咱同款這個姓？」

「是啊，我嘛莫知是啥緣故。但是，聽阮 malau 親嘴講過，阮在大肚山還有親戚。同款姓林的大肚番，有一大個房頭沒走，雖然番社攏廢囉，伊們還留在那兒。」baba 特別跟阿姬提醒，伊們在大肚那邊還有親戚。

「那麼，大家兩邊，咁抑有在來來去去？」

「眞歹講。像是全斷，又斷沒離。講沒斷，大家卻又慢慢仔疏遠囉。這半是親像斷線的一面風吹，遠遠目睭看耶著，親像大隻鳥在盤旋，高飛在半空中，卻總是拉不過來，拉不近。咱只能眼睜睜看它愈飛愈遠，快要嘸啊啦。」

「伊們在大肚山，咁抑有跟番作夥，牽田、揹祖公？」

「嘸啊啦。聽講番社早就空仔空，移到剩嘸半人啊。」

「那當時，伊們怎麼嘸作夥移來？」阿姬感覺，做大肚城番，是天經地義的事。

「莫甘願，要繼續做番，就非走不可。既然伊們一小撮仔留落來，算是寄人籬下，就要有打算，轉做漢人，日子才較好過。伊們的身世就這樣，有意無意被掩蓋了起來。」阿姬不時懷想，落單了的那一房頭，伊們還有祖靈陪伴嗎？伊們是否需要，早就作夥移過來的祖靈，返倒轉去，向現世遺落的伊們這一群人招魂呢？

招妹尙愛看阿姬抖田的模樣。那是拚性命的姿勢。伊是在激烈舞動下，整身軀的骨頭爆炸似的，漂亮拉開，最終還得倚賴伊意志的號令，方能從祖靈招引到了邊界的那當下，回復到日頭底下，這個平靜、安穩的現世。

今年招妹特別感覺，阿姬唱番曲的時，歌聲更投入，像是和祖靈展開了幽深的對話。那兒也有某種不可測度的感傷，像一層濃霧，重重罩了下來。她的周遭，從此瀰漫了悲切情緒。而當我們反向思索，伊清楚吟唱出來的這款悲哀，確實撫慰了歷經人世艱苦的眾族親。

阿姬召請祖靈返家的決心，一年比一年迫切。這是第三年了。「我的心肝仔子紅毛仔，我愛來給你帶轉去。」

阿姬只要看著身軀邊的孫仔永成，伊多大漢啊？她就可以算出，紅毛仔過身有多久。當年這個囝仔出世還未滿月，伊 baba 紅毛就嘸去。「街仔的人想要安慰我，講這個囝仔和老爸仔無緣，要我看開一點。我可絕對不要這樣想。我的子紅毛是去跟祖靈作夥，和咱離不遠。只要咱永成仔大漢，學會曉揹祖公，伊和 baba 就不會斷。咱厝內大埕，家己有時仔會招一寡仔族親來牽田、飲酒，同款熱鬧，紅毛仔一定嘛有轉來，跟咱作夥歡喜。」

庄仔底眾人知，阿姬婆眞雞婆性。大肚城若全庄要牽田，攏愛有伊帶頭，喊大家趕緊出來。大肚城番飼的細漢囝仔，一個一個嘛攏給伊疼過，惜命命，不輸伊家己生的子孫仔。平平族親，大家有啥想不開，嘛會去伊那兒投訴。而她一貫豪爽的個性，早早展現在當年伊死翁了後的際遇。

「妳的翁婿是客人仔，伊姓劉？」

「對。」

「妳的細漢查某子，咁有對伊的姓？」

「伊跟我姓林。」

「阮頭一個翁，死好幾年囉。」

「所以，林網市還沒出世，伊baba就過身啊？」

阿姬毫不扭捏地直直望向他。這是日本官廳派來查戶口耶。無需她多做解釋。他總算意會了。

「那我就註明，是私生子。」

官派人員來阿姬這兒做戶口調查，遇著私生子話題，這不是頭一遭。官員先前就曾問過阿姬的身世。她卻只能說明，陳阿百並不是伊親生的老母。「既然阮老爸不肯給我講，究竟誰是生我的人？我就不再追問了。」

「那我就註在戶口簿仔頂面：妳的生母不詳。」

阿姬是跟平平是大肚城番的王阿木先作夥，有身了後，把網市仔生落來，後來，才再帶這個查某囡仔，去跟阿木的一家夥人住。

「伊不是客人仔的子。這不對，一定要改。」阿姬對於網市仔是私生子的登錄，並不特別感到困擾。但是伊事實並沒有客人仔血緣，這一點可不能任憑官廳杜撰。

戶口上，網市仔從註明爲「廣」，改作了「熟」，總算有名有分地歸屬於大肚城番。她也終究成爲阿木收養的查某子。

阿姬有勇氣跟第二個翁正式離緣，滿懷歆羨的招妹，可說是佩服到五體投地。

「還是招翁較好。」八年前，阿姬決心帶著查某子網市仔，搬轉來原本那間厝住。伊那樣做才沒多久，就又家己主意，招枇杷城姓李的入門，做伊的子婿。只不過，伊目睭前的情勢，和過去是完全嘸同款囉。第二年，網市生頭胎的琇鳳，伊招入來的阿銘，煞轉頭堅持，戶口面頂，伊這個查某子一定要報作姓李耶。

「咱錯就錯在那當時，『網市』這個名取了嘸好，親像咱不是認眞要搖飼這個查某子，不是那麼看重伊，才會連讓伊招翁，入門歸入門，還是看不起咱這邊的姓。我看，連頭一胎的姓，攏給伊吃吃去啊，不管咱多用心計較，這根本是白招一場吶。」

阿姬的囝查某子網市仔，招夫生子的同一年，招妹嘛有了第二個翁婿。而且年近五十的招妹仔，終能一圓她的心願，戶口頂頭清清楚楚註明了伊招贅的事實。

「招妹、阿姬，還有玉芝姐仔，咱這幾個抖田行頭前，敲銅鑼的查某人，我看是年紀愈大愈倔強，愈不肯將咱祖公、祖嬤放放掉。咱爲啥緣故，肯站出來，肯行在眾人頭前？咱若嘸番性還眞厚，咱若不是出身的家族仔，古早就是眞有尊嚴的頭人，今仔日恐驚仔是嘸這款膽識，嘛嘸可能有這麼大的使命感，喊大家出來做番囉。」

她們從揁銅鑼，到帶頭唱番仔歌，到抖田，簡直成了無役不與的好姐妹耶。水裡城洪阿李嘛是算在內。阿李如今有感而發，即迫於她們所處大環境排山倒海而來，用自詡文明的現代化戰旗，滅番於無形的龐大壓力。講求拓殖利益的日本官廳，是以伊們優勢的治理政策，更加削弱了熟番新世代最後殘存的我族歸屬感。

小埔社母仔接爸（日治昭和五年）

「有晉，你咁嘸去？咱埔里人大大小小，有腳會行路，攏去看啊。」

「我又不是吃飽太閒。有啥好看？」

「北門那邊，有飛翎機，在操兵場歇睏。」

伊是水頭人。伊嘸等田有晉回嘴，就自顧自地往下講。他興奮溢於言表。「是兩支翅仔。怎麼只來一台？先惦惦，停在那兒，等伊要起飛啊，翅就開始轉。喔，眞有夠力，不是只土沙仔，那是連土腳的石頭，攏在滾震動。」他親眼所見，只是戰機前行的偵察飛機罷了。軍部眞正要執行戰鬥任務的，根本還沒進來。

有晉傾聽的表情，是那麼平靜，彷彿他身處的時局，還是個承平年代。不久前，他已從水頭庄這邊，瞧見四輪仔、行鐵支仔路的人力車，四人一車，一批又一批，運載了滿滿的兵仔入來。

「他們準備要進攻霧社。番仔反起來囉。」

整座埔里城的內內外外，風聲鶴唳。有晉堵好入去大肚城，就順便跟住在那邊庄的 iya 親戚探聽消息。他多少也擔心 iya 安危。那是他不願意正面承認的事。

「番仔反堵開始。我看這些日本警察眞嘸膽，嘛驚打輸這些霧社番。眞歹喔。頭幾日，整個城內緊張到進入了全面警戒。伊們叫咱大肚城的人，全部躲入去會社的糖廠內面。日本警察還分一寡仔火槍給阮們庄頭的男丁，防衛家己。你 iya 跟王大老那些老輩，嘛跟阮們作夥躲。唉，大家吃老，才親像在逃難，心肝頭一定攏嘸好過。」

「伊們日本人叫咱大肚城人去打番？」有晉仔煩惱 iya 的安危。但是 iya 早早就通人叫伊「大老娘」啊。現時母仔子是各人有各人的命運，彼此間猶隔了一層。

「嘸啦。霧社番來勢洶洶，沒那麼好應付。日本人看這個扮勢，應該是打算要動員正規日本軍，動員飛翎機和大砲等等重裝備武器。霧社番已經呑忍那麼久，看伊們兩邊要大刣起來囉。」

「聽講蜈蚣崙隘勇，這次嘛有給日本人徵調去。我以前跟伊們作夥過，那整隊攏嘛是咱埔里番。」

「那可能是番仔反才一開始，外面的部隊還未赴調入來作戰。」

「唉，那些隘勇眞多是體格和人才攏一等一耶。你若遠遠，從外表看起來，伊們制服穿尬水噹噹，漂撇到嘸輸那些日本巡查。實際上，伊們是整年透天在那深山林內割板仔，做人奴才。伊們去到高山，氣候不適應，冷到凍凍死嘛有。伊們若某子有法度相伴，去山頂作夥住，嘛還算幸運，免講一世人放某放子，在外口做獨身仔。」

有晉較少年的時，嘛不肯聽 iya 苦勸，硬要學伊 baba 的樣。伊對人時行，做過了一陣隘勇。現在伊回想，那段記憶仍混雜著甘苦不一的情緒。伊至今還自我壓制，無法輕易對外言說的，是當初跟著同僚，刣番渡過生死關了後，還大群圍作夥，分食煮熟的那鼎番仔肉。山上那鼎番仔肉，沸滾中濁濁冒泡。伊們目睭前瀰漫的是熱燙蒸氣，發怒般向上竄升。迥異於死亡的這般奔騰景象，讓他忘記了身旁夥伴，轉而信仰此時此刻正有北番的祖靈，循著這條煙路築起的長橋，彼此扶持，緩步通向了另一頭的祖先福地。他那雙畏罪的眼睛，剛出世一樣緊閉著。他一大口呑下了鹹鹹腥腥的肉屑。「我若還不忘本，根本是番吃番。」由於他更相信親眼所見，青番仔們早在祖靈眼睛的保護底下，安然離去，也就對於大夥一致認定的傳說：「咱吃過番仔肉，才不會被番仔刣」，懷抱著極大極深的不信任。他怎能漠然以對，伊年少即親嘗過，理應令他當下作噁的那一口鹹鹹腥腥的味道？他感覺那是一生中最爲接近死亡的時刻。那不是青番之死。那是伊自身瀕死的滋味。那更是伊用極短的年少輕狂，追獵伊 baba 番丁、隘勇的綿長世襲，至終所付出的代價吧。

「我猜想，那時番仔反剛起，日本人判斷咱大肚城番無才調幫伊們打番，才將我們召集在會社糖廠內，保護咱的安全。要不，伊們是草木皆兵，懷疑咱根本嘛是番，會趁亂事發生，跟伊們山頂的青番仔合流，作夥起來反？我的意思是：難道日本人當時，是故意將咱隔離，就近監視咱？」大肚城庄 iya 這邊的親戚，又一段番仔反信息的傳遞，才打斷伊沉陷於過去的思緒。

「日本人心內在想啥，咱恐驚仔永遠猜嘸。咱庄頭大大小小攏平安就好。」有晉仔溫情安慰這名族親。

「庄仔底施家的子，這次就在人止關冤枉慘死囉。」

「被霧社番刣？」

「伊的境遇比起這樣的結局，還要狼狽好幾倍。」

「日本人不是一開始就看衰咱，嘸動員咱去打番？」

他像是受到了驚嚇。

「埔里番好幾代人，打番打到現在，嘛給日本人操到元氣大傷。咱滅族就眞佳在囉。反正伊們日本人看咱是嘸用白嘸用，可能想咱歹歹馬嘛有一步踢。伊們還是徵調了咱的壯丁，去做日本軍夫，任務是替伊們的兵仔背負沉重物件。」

「後勤做苦力而已，怎會就這樣喪命了？」

「我講過啊，不是被番仔刣。是兩邊在人止關對峙，亂陣之際，日人前導部隊才一掉頭，打算往後撤退，咱充當日人軍夫的大肚城番子弟，卻被後衛支援的日軍，當作了敵陣來犯的青番仔，而當場射殺了。」

「眞嘸値。莫非咱還生了番仔面、番仔面，讓伊們分不清。」

有晉舉家往外拓墾，在鄰近北番的邊界上，四處遷徙了那麼多年，如今才終於返回埔里，重新定居到田家根源的水頭、十一份仔這一帶。他萬萬沒料想到，伊們安定落來，才不到半年，就有大規模番仔反，帶來了內山緊張的局勢。

「阿桃，外口在亂，清元若去內底林那邊做食，叫伊千萬不能落單。」有晉是跑去小埔社，才結著阿桃。她和死去的翁婿攏是客人仔，清元是她親生的前人子。伊們兩個，一個是死某又帶著一個養女的壯年鰥夫；一個是無翁婿，又拖了一個後生的中年寡婦。大家日子攏嘸好過。有晉住小埔社的時，有一個從十一份仔出來的親同，堵好是阿桃的厝邊，就熱心撮合了伊們。對方講是要幫阿桃的子清元，和有晉的查某子鏈英仔做媒人，實際伊們兩個還眞細漢，一點兒嘛嘸急。倒是阿桃和有晉仔攏嘸伴，查埔、查某嘛同款，日子可以講是眞艱苦過。那個親同想，若有法度將伊們送作堆，彼此有個倚靠，嘛算功德一件。

那是雙方從一開始就有的默契。不完整的兩個家庭母仔接爸，寡母過來跟喪妻的阿爸湊，兩代人雙雙對對，一步到位地重組爲查埔、查某相扶持的新移墾家庭。兩邊同時協商，幾年了後，等待伊們少年輩的那一代長成，再將兩人的查某子、後生逗作夥。自此清元仔以養子身分，入了有晉的戶口，而阿桃在小埔社的原來戶口，則整個廢家，母子兩人決心跟著有晉仔，回到了水頭庄來定居。那一年，有晉四十二歲，那嘛是霧社番仔反的同一年。

又隔一年，洪阿飼嘛轉來跟有晉仔住。王大老身體是愈來愈歹，靠阿飼一個照顧不了。伊們臨老，亟需安養天年之際，就迫不得已分開了。兩個老的，即各自轉去跟家己的後生住作夥。

「阿爸，那日下午我經過大肚城庄。在那一大欉老茄苳樹腳，無疑誤去堵到阿公。」

「喔。」有晉撇開了頭，似乎並不樂意再聽下去。

田鏈英跟阿嬤較親。但是伊不敢跟阿嬤直接提及，路上堵到王大老的這件代誌。英仔驚伊若跟阿嬤講起這個阿公，她會愈不甘，愈傷心。英仔注意到，自從阿嬤轉來跟阿爸住了後，人就變得沉靜，嘸願再加講啥囉。

「這欉老茄苳，實在蔭眞闊、眞涼。」英仔才要行過樹腳，伊那個無緣的阿公煞從後壁喊伊的名。那嘸眞大聲。但是強強要喊伊的名，煞嘸夠有元氣的那一聲，仍用伊眞沉重疼惜了這個查某孫仔的親情，極具震撼力地叫住了她。

無直接血緣關係的阿公和查某孫，在大樹腳面對面。伊們兩個煞惦惦，連一句互相問安的客套話，嘛講不出嘴。

「妳等一下，我去買一塊炸苦仔嗲給妳吃。」

鏈英乖乖仔在樹腳等阿公。伊轉來，手捧了一片熱騰騰、香貢貢的炸苦仔嗲。阿公笑文文。伊嘛嘸再多講啥。阿公惦惦看英仔狼吞虎嚥，沒幾嘴，就將整塊苦仔嗲吃了了。

伊想要跟這個阿公，好好仔講一寡仔阿嬤的代誌。嘸嘛探伊幾句：「阿公，你有啥話，我可以幫你轉達給阿嬤？」自然阿公免講啥，伊就有法度了解，他對阿嬤有多掛心。

英仔這回在茄苳樹腳，和阿公短暫會面，像極了兩人刻意的重逢。英仔跟著人稱「王大老」的這個阿公，在北港溪做食那幾年，所經歷過的流離，此刻全化作她含在嘴裡的這塊炸苦仔嗲，是永遠香貢貢的一種幸福滋味。當時伊在北港溪逗飼牛。這個阿公眞惜伊，不甘伊連一領較好的衫攏嘸得穿，就家己開錢，買水衫給伊穿。有時陣，阿嬤想要去番仔寮看查某祖，這個阿公就一面牽著伊阿嬤的手，一面將英仔背在身軀後壁，而同時在斷壁懸崖間，奮力攀緣住僅有的幾根山中藤條，方能不畏險阻地前行。即使在那當下，是連原本憨憨，莫知影驚的英仔，也嚇得緊閉了雙眼。

這確實是鱸英和王大老尙尾仔的一次見面。

又過了沒多久，這個阿公就一病不起了。

「阮老爸病倒在眠床頂，嘴還一直念著『大老娘』的名。我眞不甘。」王大老的後生，從大肚城急忙趕來水頭。伊私底下跟有晉參詳，希望請鱸英仔的阿嬤，無論如何得愛行一遍大肚城，算是見王大老最後一面。

鱸英仔惦惦站邊仔，聽兩個大人眞嚴肅在講話。伊的養爸有晉的回應，讓伊感覺非常失望。伊煞不敢親嘴去給阿嬤懇求。眞多年以後，伊還一直不解：「爲何咱養爸仔會這樣孤老，不肯給咱阿嬤去見這個阿公最後一面？」她只記住了，養爸仔那當時回絕的神情，是這麼高傲，宛如戰場中執意對決的一名武士，以致他解讀對方低姿態底下溫情的懇請，竟是充滿了敵意。

兩年後，洪阿飼跟著王大老的腳步，離開了人世。她是在眠夢中，毫無痛苦，毫無掙扎，沒有睡醒就走了。而在鱸英仔的記憶中，她未曾聽聞，阿嬤對於早年大肚城生活的任何憶往與講述。英仔是活到八十好幾的高齡，才圓滿過往。但是洪阿飼生前尙疼、尙親的這個查某孫，是終其一生，攏莫知影阿嬤過去是番。英仔同伊同輩人差不多，攏不曾聽聞啥是拍瀑拉。洪阿飼的暮晚之年，早是一片寂靜。

大肚番祖靈在水裡城的終曲（日治昭和十六年）

「姨嬤，是妳喔？人轉來就好。」

不仔十幾歲仔，就從挑米坑仔嫁入來水裡城洪家。洪阿李跟伊住同厝腳，是伊日常熟悉的老輩。

「厝內這麼闊，煞連一支菜刀攏找嘸？」

「我藏在內底啦。」不仔將伊偷偷仔留起來的那支鐵刀，仔細包裹著。這支菜刀比金仔還値錢似的，得意躺在灶腳菜櫥仔的尙頂面層。不仔藏那麼深，恐驚仔一日到暗在灶腳梭來梭去的貓鼠仔，嘛攏找嘸。

「姨嬤，妳早一腳步走，我那當時眞不甘。現在我轉頭，想給眞足，對妳嘛不一定較歹。」不仔是睏到半眠仔，聽到灶腳那邊頭，有戚戚蹴蹴的聲。伊平常時仔就眞骨力，才肯在眞愛睏眠的時，乖乖仔爬起來，四界看看、巡巡耶。這時伊如同受了委屈，而忍不住搖了搖頭。「姨嬤，妳若還在耶，堵著官廳連鑼鼓嘛給咱禁，妳和那幾個老番，那麼愛抖田，煞嘸一面銅鑼可以損，日子不是會嚕歹過？」日本人發動大東亞戰爭，鐵攏總搜括去，講是需要充作軍用品。夭壽喔，連咱窗櫺攏來給咱拔拔去，全拆了了。不仔有夠怨嘆，鐵製的物件攏強逼伊們一定要獻出來，規定一家夥，只准留下一支菜刀，作爲日常使用。

「莫怪，四界怗箸箸。」

「一片鐵攏嘸，全沒收了，怎樣動鼓樂？現時整個大肚城庄，從街仔尾那頭，透到咱這邊的水裡城，嘍講是一大面銅鑼，連一支小粒鼓攏無耶。那些風神、愛浸在曲館內面，鎮日拉弦仔、唱曲、吹鼓吹的人，攏不得不收收起來。」

「叫咱做伊們日本人，學伊們去神社參拜，講是啥米國民精神的總動員。結果，官廳就是硬要禁咱，嘸愛咱這些埔里番在庄頭內牽田。伊們顚倒規定咱，愛照起工，每日膜拜伊們的天皇？奇怪啊，伊們若嘸愛咱揹祖公，咱爲啥米得要拜伊們日本人的神明？」

「姨嬤，是妳喔？嘸可能是別人。我叩叩仔等妳轉來，等了有一陣仔。」

「唉，前幾年，還用不著日本人出面給咱禁，庄頭少年輩耶，就家己嘸愛做番，伊們寧可躲在厝內，嘛嘸愛出來跟阮作夥牽田。早就剩下沒幾個，會曉念咱的番曲，比如那邊大肚城庄仔底，連毒家的老師站在頭前，認眞要教咱拍瀑拉大大小小，結果伊們反倒家己見笑，打死不肯出來學。伊們這些少年輩，咱看顯顯：大家時行，根本是追逐曲館，一堵到軒、園拚館，就全部擠到媽祖間，去跟人逗熱鬧。」

雖說不仔指證歷歷，亦是嘸人有法度確認，那一暗，洪阿李究竟有轉來否？若有，伊咁有在灶腳翻著那一支劫後倖存的鐵刀？

早在太平洋戰爭爆發之前半年，洪阿李就過身囉。伊若繼續活在世間，一定無法度預想到，聲勢早就壓過了埔里番的牽田祭祖，而且又承自彰化大媽館的內山曲館，竟在戰火催逼的皇民化運動升高之際，和牽田同款，攏變作日本人推動「內地化」的對敵，以致悲慟地和日本人禁令的鑼鼓聲俱亡。

洪阿李在水裡城的最後那幾年，日子確實異常地寂寥。大肚城庄慣常舉行的揹祖公、走鏢和牽田儀式，好幾年前就統統在日本人鼓勵同化、揭舉現代性的氣氛當中，被日治官府親手扼殺了。

「那一日，我才在大肚城公廳門口，堵到玉芝姐的查某孫採鳳仔。我看伊眞乖，就問講，妳是不是又來這兒讀暗學仔？我才對伊直直搖頭。無好啦。咱讀讀那些日本人的國語，念啥あ、い、う、え、お，是打算等大漢，作夥去做人日本婆仔喔？唉庄仔底這些猴囝仔，咱家己的番仔話攏放在邊仔納涼，嘸人有心跟 malau 學，只會曉時行跟那些老師唱日本歌。」

洪阿李莫驚剩伊孤一個，繼續活在過往時日。伊講的採鳳仔早早就招翁生子，做人老母啊，阿李煞想講伊還細細漢，還囝仔咧。

採鳳仔做囝仔的時，大肚城公廳幫庄仔底幼囝仔設想的暗學仔，確實轉向教這些大肚城番後裔，伊們那日本人的國語去啊。誰來教咧？伊們免肖想講是日本人落來給咱教。那是庄仔底較少年代耶內面，屈指可數，有在日本人糖廠吃那款較涼的「寫字」頭路，像清仔、竹仔、火仔那幾位仔，一個人教一暗，輪流做老師。伊們是顧慮，現時就已經日本時代過那麼久啊，伊們大肚城人若要行出去，會當跟人平站起，至少嘛愛會曉講寡仔日本話。「嘸那就眞現實的代誌。日本人會社糖廠的煙囪，在咱埔里咁還有另外一支？明明伊親像立大佛同款，「奉祀」在咱庄仔底人面頭前，每日吐黑雲，怎麼咱大肚城的少年耶，大部分是攏查埔耶去做伊們五分仔車鐵支路的工，查某耶跟人去甘蔗園仔拔甘蔗葉仔，日頭腳賺那少少啊艱苦錢？反正咱再後一代，若無受日本教育，是要苦一世人攏未出脫啦。咱家己來教囝仔日本話，咁不對？」

採鳳仔就是從公廳暗學仔，開始學寡仔あ、い、う、え、お，兼學會曉算帳。「那愛蘭有一個老老耶，叫做黃阿竹，喔，伊若來教，每暗攏寫整黑板的漢字。咱寫寫完，就未記去。那陣仔來讀耶，有一個囝仔愛度孤，那老師就用日本話喊伊ピンイン。」即使日本國語當道，大肚城公廳主持暗學仔的那幾個少年輩，猶不忘請來漢文仙仔，混著教漢文。在那日治的昭和初年，連採鳳仔從大肚城公廳學著的所謂日本歌，嘛是將那日語常用的「莎喲娜拉」等，過渡性地混搭了番仔話殘餘的一兩個單字，而不是番仔話、漢字全面掃除了。

清木的牽手不仔，跟姨嬤較貼心。阿李有時會在伊面頭前，念這些有耶嘸耶。平平住同厝腳，姨嬤的客人仔媳婦錦仔，同款會在不仔面頭前，細細念，背後數落姨嬤種種的不是：「伊眞害，愛跟那些番作夥，又愛吃酒。洪家的家夥，差不多被伊敗了了啊。」

不仔做人後輩，即使意識到錦仔對姨嬤的鄙夷，嘛不敢應嘴。不仔唯一確認，除了姨嬤孤一人，洪家整家夥仔，早就嘸一個是番。「奇怪，明明同家夥就同血脈，怎麼頂代還是番，下一代就攏嘸同種去啊？」這是不仔直直摸嘸的所在。

不仔惦惦仔看在眼內：這個姨嬤的查某孫仔，是從伊細漢，就時常聽阿母對厝內阿嬤不屑的言談。「老夥仔人煞愛賭博，給日本人抓抓著，咁未削咱這些世小的面子？」

不仔反倒同情起，總予人孤零零感覺的這個姨嬤了。

水裡城內，正身護龍的洪家三合院，在孤傲筆直的幾株大欉菁仔守衛下，面腔煞愈來愈神似，從祖先得著這片厝地的洪阿李：遺孤，卻仍驕傲，絕對不肯惦惦仔投降。

平平是大肚城番的幾個老夥仔，攏愛來跟阿李作夥。大埕頂，有入夜後燃起的幾堆火把，將整個厝地燒得通紅。不仔姨嬤伊們，早被遺忘了的這一小群老番，則顯得益發神祕。她們不是圍成一圈牽田；就是蹲踞同一個角落，用雜菜麵同款，相攙一寡仔福佬話的番仔話交談。埔里街仔那些少年人，正時興從日本國本島飄洋過海的現代事物。嘸一個少年代耶肯挨過來參加伊們。她們才是異國。她們還在人世，就被子孫遺棄了。

洪阿李正是其中最固執的主謀。唯獨伊有膽識，將四周邊零落的老番，召集作夥，繼續偷偷仔牽田。

伊總是逾越了官廳禁令的那個歹帶頭。「日本警察眞歹，差一點兒掠我去關，講啥我賭博，違反著伊們的規定。」從伊那隻嘴飛出來，還有生了翅膀的一大串番仔話，主要意思是：唉，嘜講淪爲二等國民的漢人，嘛會受阻礙，咱拍瀑拉少年代耶，更加無法度轉來做番囉。咱感覺尚自在，還是和每年攏有背轉來的祖公、祖嬷逗群。

「現在這樣情勢，咱庄仔底這些少年人，是否就能如願以償？」她們是在議論，嘸牽田，大肚城庄就不再是番庄。嘸愛出來抖田的少年輩，咁有法度安心仔做伊們日本國民？

「講起來眞了然。那當時，咱在大肚城庄仔底某某人的大埕牽田。那家夥的阿兄眞熱心，站在眾番面頭前，領咱整群拍瀑拉唱番曲。但是偏偏仔伊家己的查某孫仔，煞半次嘛不肯出來。」

「人家伊少年輩耶，穿衫眞時行，穿得親像街仔的日本婆仔。我猜，伊是驚人認出來伊是番，才不肯跟咱這些老夥仔逗陣。不要緊啦，再怎麼講，伊攏是咱的囝仔。等伊老啊，就知影咱有多艱苦心。」

「少年人攏走去哪兒？」

「嘸牽田好看，他們煞愈來愈趣味學曲館，做人憨子弟。咱大肚城出的文陣『協樂軒』，嘛出去跟人拚館。那些吹達仔、拉弦仔的，可好幾個攏是咱的少年人。聽人講，九月神明生在迎鬧熱，他們那些曲館的人，從外口割香轉來，在媽祖廟那兒，鼓管的戲棚仔一搭，就可以拚上個七眠七日。大家聽到軒、園在相拚，就田庄的軒仔靠軒仔、街仔做生意的園仔靠園仔，拚到各個庄頭殺豬宰羊，拚誰較多人來看、誰人氣較好。連外口彰化、台中，軒的、園的，攏會聞風而至，作夥拚一個輸贏。」老番們對軒、園拚館精采的描述，是讓伊們用盡了炭火，仍苦燒不旺的聚集，顯得更加寂寥。

「咱大肚城庄出去的阿飼，老來才跟王大老作夥，現在嘛已經嘸啊。但是伊的細漢子萬天，就是生尬黑仔黑、矮矮仔那個，聽仔講就是十一份仔的曲館老師。人在媽祖廟拚館，伊攏有參加。」

「對啦。那就全全攏是埔里番嘛。有否，枇杷城的振梨園，是跟咱大肚城的軒打對頭。伊們庄頭的曲館辦尚久，內面帶頭的開基，就是余家的人。伊若不是枇杷城番，嘸是誰有法度帶頭？」

「伊們枇杷城人一嘸牽田了後，就嘸再承認家己是番庄。」

「這我尚知。」老番們親像燉湯同款，慢慢仔作夥會的這個話題，是通埔里街仔的人攏知的代誌。意思是：伊們余家自從武秀才被清朝官府斬頭，就慢慢仔被人壓落底。本來武館是伊們在主持，現在煞被姓林的保正，拿去發落。這個林家，雖然和余家有牽著親戚，伊們的祖公仔，尚頭先煞是霧峰林家從台中派入來做隘勇耶，而不是一開庄，就在那兒站起的枇杷城番。水裡城老番們同心感慨：「若不是開基仔肯撒錢，玩曲館，怎還有伊們枇杷城番置喙的餘地？」

又有老番打抱不平：「伊那個孫仔余定邦，嘛還眞有勢，煞萬萬想未到，才去山頂剉幾支仔柴，就被日本警察掠去打到脫褲。」

「我嘛有聽人講過。日本警察給咱管到那麼嚴。伊們煞利用隘勇，去山頂割板仔，尚好的檜木，攏被伊們運轉去日本，蓋神社囉。這大家嘛攏心知肚明，還想要騙咱這些憨國民。」

「嘜再講啊。日本警察會來這兒巡。」

「我啊嘸在驚伊們啥。」

伊們還是在老厝柴火通紅的大埕頂，一個接一個，牽起手來，她們用祖先傳下的番仔話，唱起了召喚祖靈的番曲。從伊們沉緩而帶悲戚的聲音，聆聽者仍可察覺，因著伊們動人的召請，拍瀑拉祖靈也爭相返家了。

洪阿李就在這間厝內過身。她躺進了棺木，卻不再擁有拍瀑拉祖先「揹祖公」的墓葬姿勢。而當拍瀑拉後裔們不再背負洪阿李的祖靈返家，在那末日之年，陪同她違抗官廳禁令，祕密牽引祖靈的那一小群老番，是否同樣斷絕了回家之路？

她們不再歸返大肚城。

半年後，太平洋戰爭爆發。

參考文獻

一、劉澤民編著（二〇〇〇初版），大肚社古文書。南投市：台灣省文獻委員會。
二、簡史朗、曾品滄主編（二〇〇二初版），水沙連—埔社古文書選輯（精）。臺北縣新店市：國史館。
三、黃美英、鄭安勝、張耀木訪問整理（二〇〇六年七月出版），「埔里四庄老照片系列報導第三部・上PAUVUNUN守城」，水沙連雜誌，三十五期，頁四九—五三。埔里：水沙連雜誌社。
四、陳文學訪問，柯宏昇、黃美英整理（二〇〇七年七月出版），「埔里四庄老照片系列報導第四部・PAIISIA牛眠」，水沙連雜誌，三十七期，頁二一。埔里：水沙連雜誌社。
五、吳振宇策劃，方有水、印莉敏撰文（一九九五初版），布農：傳說故事及其早期生活習俗。南投縣：內政部營建署玉山國家公園管理處。
六、簡史朗著（二〇〇八），西部平埔族群入墾埔里時之聚落形成。十月十八日—十月十九日發表於水沙連區域研究學術研討會。南投縣埔里：國立暨南國際大學人文學院會議廳。主辦單位：國立暨南國際大學人類學研究所、原住民族文化教育暨生計發展中心。
七、潘大和著（二〇〇二初版），台灣開拓史上的功臣：平埔巴宰族滄桑史。台北市：南天。
八、劉澤民編著（二〇〇四初版），台灣總督府檔案平埔族關係文獻選輯續篇（上下）。南投市：國史館台灣文獻館。
九、劉枝萬著（一九六一），南投縣風俗志宗教篇稿。南投：南投縣文獻委員會。

十、王學新譯著（二〇〇四），埔里城退城日誌暨總督府公文類纂相關史料彙編。南投市：國史館台灣文獻館。
十一、翁佳音著（二〇〇一初版），異論台灣史。臺北縣板橋市：稻鄉。
十二、台灣總督府警務局（一九二一初版），理蕃誌稿，台北市：南天書局。
十三、黃豐昌、陳榮原著（二〇〇六年十月十四日—十月十五日），「清代後期太平的拓墾及五庄聚落的形成」，太平學學術研討會論文集，頁三九—六五，台中縣太平市國立勤益技術學院。
十四、劉枝萬編著（一九四七—一九五二編著，一九五一—一九五二編者印行），臺灣埔里鄉土志稿二卷（八章），油印本，二冊。
十五、宋文薰、劉枝萬著（一九五二），貓霧捒社番曲。文獻專刊三（一）一—二十。

INK PUBLISHING 文學叢書 382

大肚城，歸來

作　　者　趙慧琳
總 編 輯　初安民
責任編輯　鄭嫦娥
美術編輯　陳淑美
校　　對　呂佳貞 鄭嫦娥

發 行 人　張書銘
出　　版　INK 印刻文學生活雜誌出版有限公司
235 新北市中和區建一路 249 號 8 樓
電話：02-22281626
傳眞：02-22281598
e-mail: ink.book@msa.hinet.net
網　　址　舒讀網 http://www.sudu.cc

法律顧問　漢廷法律事務所
劉大正律師
總 代 理　成陽出版股份有限公司
電話：03-3589000（代表號）
傳眞：03-3556521
郵政劃撥　19000691 成陽出版股份有限公司
印　　刷　海王印刷事業股份有限公司

港澳總經銷　泛華發行代理有限公司
地　　址　香港筲箕灣東旺道 3 號星島新聞集團大廈 3 樓
電　　話　852-2798-2220
傳　　眞　852-2796-5471
網　　址　www.gccd.com.hk

出版日期　2013 年 12 月 初版
ISBN　978-986-5823-53-5

定價　480 元

國家圖書館出版品預行編目（CIP）資料

大肚城，歸來 / 趙慧琳作. - - 初版. - - 新北市：
INK 印刻文學, 2013. 12
492 面；17×23 公分. - -（文學叢書；382）
ISBN 978-986-5823-53-5（平裝）

863.857　102023036

本書獲 國藝會 NCAF 創作補助
贊助單位：文化部 MINISTRY OF CULTURE（本書獲文化部「藝術新秀創作發表」專案補助）